KB252922

새 미 학 술 신 서 시 리 즈 12

# 현대 소설과 환상

박정수

새미

# 책머리에

오늘날 환상은 더 이상 우리를 놀라게 하지 않는다. 환상적인 것은 이제 현실 바깥이나 의식 아래로부터 우리의 삶 속으로 침입해 들어오지 않는다. 오늘날 우리는 환상을 즐겁게 생산하고 능숙하게 소비한다. 사이버 공간 안에서, 대중 매체를 통해, 혹은 힘겹게 순문학 진영을 지켜 가는 문단의 평론과 소설 속에서 우리는 길들여지거나 과잉 생산된 환상들을 만나게 된다. 이런 상황에서 환상을 통해 현실을 전복시킬 수 있다고 생각하는 것은 너무 순진하거나, 혹은 자기 기만적이다. 오늘날 환상은 더 이상 현실과 적대적인 관계에 있지 않기 때문이다.

이 책은 근대성과 관련하여 환상이 모종의 부정적 관계를 맺고 있던 시대를 산 세 작가를 다룬다. 한국 소설사에서 환상이 미미하지만 소중한 역할을 다했을 때는 1950년대 후반부터 1970년대 초반까지이다. 장용학과 최인훈, 그리고 박상륭은 한국 사회의 근대성이 정초되어 가던 그 때, 문학적 환상을 통해 시대와 대결했던 작가들이다. 따라서, 이 책의 내용은 과거형이지 현재형이 아니다. 더 이상 현재가 아닌 과거로서, 이 책이 오늘날의 환상을 성찰하는 하나의 거울이 되기를 바란다.

2002년 10월 28일

박정수

# 차례

## I. 서 론



## II. 장용학: 현실 바깥으로의 초월과 <非人>의 탄생

## Ⅲ. 최인훈 : 현실 내부에서의 방황과 <風聞人>의 탄생



## Ⅳ. 박상륭 : 현실 생성에 대한 탐색과 <人神>의 탄생

# 서 론

## 1. 문제 제기

문제될 것이 전혀 없어 보이는데 문제시되는 경우가 있다. 환상 문학이 그런 경우이다. 문학 예술이 원래 상상력의 산물이라면 현실에서 경험할 수 없는 세계를 꿈꾸는 것이야말로 문학 본연의 임무이자 최종적인 존재 이유라고 할 수 있다. 그런데도 환상적인 문학이 문제시되는 이유는 무엇인가? 한발 물러나서 문학적 상상력은 현실 반영의 한 형태일 뿐이라고 하더라도, 결국 그렇게 재현된 현실이란 작가에 의해 가공된 허구적 표상에 불과하다는 사실에는 변함이 없다. 오히려 문학적 환상이란 그렇게 가공된 현실을 실재 현실처럼 믿는 데 있다고 할 수 있다. 그럼에도 불구하고 현실을 현실답게 그리지 않고 환상을 창조하는 것이 문제가 되는 이유는 무엇일까?

환상 문학, 혹은 문학에서 환상이 차지하는 위상에 대해 본격적으로 관심을 가지게 된 것은 1990년대 중반이다.[1] 90년대 이후 환상 문학에 대한 관심이 높아진 데에는 리얼리즘 문학의 이론적·실천적 전망이 불투명해졌

---

[1] 각종 문학 잡지에서 환상 문학을 기획 특집으로 다룬 것도 이때쯤이다. <상상> 1996, 가을호. <오늘의 비평>, 1996, 겨울호. <외국문학>, 1997, 가을호. <세계의 문학>, 1997, 여름호.

다는 시대적 공감대가 작용하고 있었다. 아울러 90년대 후반부터 사이버 공간에서 유통되던 판타지 소설이 출판계를 강타하고, 소위 본격 문학에서도 환상적 모티프를 도입한 소설들이 잇달아 나오면서 문학의 환상성에 대한 비평적 관심은 구체성을 더해 갔고, 여기에 탈 근대성을 둘러싼 논의까지 가세하면서 환상성은 근대적 상징 체계에 대한 전복의 상상력으로까지 평가받기에 이른다.[2] 환상성을 탈 근대성의 미적 표상으로 평가하는 사람들은 환상성이 합리주의와 경험론 같은 근대적 인식론을 해체하는 동시에 남근 중심적 억압 체계로부터 배제된 성적 욕망을 되불러 온다고 주장한다. 그러나, 90년대의 문학적 환상에 이렇게 탈 근대적 전복성을 부여하기에는 어딘가 미덥지 않은 구석이 있다. 환상성에 대한 90년대 이후의 관심이 문학의 사회적 비판 기능에 대한 신념의 약화나 유행처럼 번진 포스트 모더니즘 담론에 편승한 측면과 함께, 대중적 판타지 문학과 탈 근대적 상상력으로서의 환상성을 명확히 구분하기 힘들어진 상황이 이런 의구심을 뒷받침한다.

그럼에도 불구하고, 환상성과 탈 근대성의 함수 관계를 부정하기 힘든 것은 사회적 근대성에 대한 문학의 미적 자율성 때문이다. 사회적 근대성에 대한 비판과 전복의 가능성을 함축하고 있는 이 미적 근대성으로부터 문학적 환상이 지닌 탈 근대성 또한 생각해 볼 수 있을 텐데, 본서가 90년대 문학이 아니라 60년대 전후의 문학을 연구 대상으로 삼은 것도 이 때문이다. 다시 말해서, 문학적 환상을 곧바로 탈 근대성의 미적 표징으로 단정하기 전에 사회적 근대성과 미적 근대성 사이의 길항 관계가 본격적으로 고민되는 시점에서 문학적 환상이 요청된 맥락을 검토해 보자는 것이다.

한국 문학사에서 미적 근대성에 대한 고민이 선명하게 부각된 것은 60년

---

2) 김춘식, 「데카르트가 모르는 곳」, <문학동네>, 2001, 봄호. 박설호, 「문학과 환상에 관한 12개의 테제」, <실천문학>, 2000, 겨울호. 임옥희, 「환상, 그 위반의 시학」, <여/성이론> 2호, 1999.

대 문학론, 특히 김현을 필두로 20대에 사일구 혁명을 경험한 젊은 비평가들에 의해 제기된 4·19 세대론에서이다.3) 4·19 세대론은 자기 세대의 문학 정신을 전후(戰後) 세대와 차별화함으로써 자신들의 문학사적 위상을 확립하려는 비평 담론이다. 김현의 말처럼, "어느 시대에나 그 시대에 동일한 감정의 일반적인 형태가 있게 마련이고 자신의 내적 필연에 의해 자신의 문학적 적을 상정하고 그것을 극복하려는" 세대론적 전략이 있게 마련이지만4) 오늘날 한국 문학의 지형도를 설계한 이들 4·19 세대 비평가들의 문파(ecole) 의식에는 한국 근대 문학의 미적 주체로 자리잡고자 하는 강력한 인정(認定) 욕망이 내재해 있어 새삼 주목을 요한다. 한국 문학사의 상상적 대주체(Subject)로부터 호명 받고자 하는 이들 4·19 세대의 인정 욕망은 자기 세대 작가로의 호명과 배제 과정을 통해 문학 담론의 중심에 서고자 하는 권력 욕망으로 표출되는데, 장용학·최인훈·박상륭은 이 호명과 배제 과정에 밀접하게 연루되어 있다. 장용학은 김현의 표현대로 4·19 세대의 "문학적 적"인 전후 세대를 대표하는 작가이며, 최인훈은 4·19 세대 작가는 아니지만 "60년 내내 4·19 세대와 같이 싸워온"5) 작가이며, 박상륭은 4·19 세대 작가로 매번 거론되면서도 그 특이한 작품성으로 인해 4·19 세대의 외연으로부터 일정 정도 벗어나 있는 작가이다.

한국 문학의 미적 근대성과 관련하여 4·19 세대론자들이 제기한 중심 사안은 <언어>, <전통>, 그리고 <주체>이다. 먼저, 4·19 세대를 지칭하는 몇 가지 다른 용어—60년 세대, 65년 세대, 제3세대— 중 가장 적실한 것은 '한글 세대'이다. 연도나 사건은 거기에 시대 정신이나 공통 감각이 덧붙여짐으로써만 유의미한 세대론적 표지가 되는데, 거기에는 의미부여자

---

3) 김현, 김병익, 김치수, 김주연, 『현대한국문학의 이론』, 민음사, 1972. 에는 4·19 세대론의 이론적 입각점이 분명하게 제시되어 있다.

4) 김현(1970), 「테로리즘의 문학」, <문학과 지성>, 1971, 여름.

5) 김현, 「60년대 문학의 배경과 성과」, 『김현전집7』, 문학과지성사, 1992, 246쪽.

의 주관적 입장이 개입하기 십상인 바 '한글 세대'는 "일본어로 사유하고 한국어로 써야 했던 전후 세대와 한국어로 사유하고 한국어로 글을 쓰게 된 4·19 세대"[6]를 나누는 기준의 객관성이나 4·19 세대 문인들이 언어에 기울인 관심[7]의 강도에 있어 그들의 정체성을 뚜렷이 확인시켜 준다. 장용학[8], 최인훈, 박상륭[9]은 각기 뚜렷한 언어관을 지니고 있으며 그 언어관은 그들이 구현한 문학적 환상의 서사적 기원으로 작용하고 있다.

4·19 세대가 전후 세대를 비판할 때 매번 거론한 것은 전후 세대의 '전통 단절론'과 '새것 콤플렉스'이다.[10] 김현이 지적한 것처럼, 전후 세대가 전통에 대해 자기 모멸적 단절 의식을 지니게 된 것은 첫째, 한국어에 익숙지 않았기에 한국 문학과 한국어의 풍속을 향유할 기회가 적었던 점, 둘째, 그에 반해 서구의 실존주의 관념에 대해서는 손쉽게 상황적 동질감을 느낄

---

6) 김현, 「테로리즘의 문학」, <문학과 지성>, 1971. 여름.

7) 김병익, 「60년대 문학의 가능성」, 『현대한국문학의 이론』, 민음사, 1972. 김병익은 50년대는 언어의 능력을 불신하고 그 대신 생생한 체험을 일차적인 것으로 중시함으로써 문학을 비극적인 감정의 카타르시스를 위한 도구로 전위시켜 버렸다고 비판한다. 이에 반해 60년대는 경악에서 성찰로, 체험에서 언어로, 물리적 현상에서 내적 결단으로, 실존주의에서 시민의식으로, 패배감에서 극복에의 의지로 거대한 전환이 시작되었다고 한다.

8) 김현, 「이름없는 세계에의 갈구: 비인탄생, 역성서설」, 『현대한국문학전집 4』, 신구문화사, 1981. 「에피메니드의 역설: 장용학론」, 같은 책. 장용학에 대한 김현의 비평에서 가장 주목할 점은 장용학 소설을 '내면'에서 보면 노이로제 환자의 병상기록, '외부'에서 보면 呪文化된 '언어'의 극단적 병폐에 대한 기록으로 파악하는 데 있다. '내부' '외부' '언어'는 4·19 세대의 문학관을 구성하는 세 꼭지점이다. 이런 구도에 입각하여 그들은 '언어'를 매개로 하여 '내면적' 자아와 '외부' 현실을 통합하는 근대 문학의 과제를 성찰한다.

9) 김병익, 「60년대 문학의 가능성」, 『현대한국문학의 이론』, 민음사, 1972. 김병익은 50년대 문학을 극복한 60년대 문학은 언어 미학에 역점을 둔다고 주장하면서 그 예로 김승옥, 이청준, 박태순, 홍태원, 박상륭을 든다. 특히 박상륭에 대해서는 토착어의 끈질긴 언어를 사용함으로써 제 나름의 언어미학을 구축하고 있다고 평한다.

10) 김현, 「테로리즘의 문학」, <문학과 지성>, 1971, 여름.

수 있었던 점, 셋째, 전쟁 체험에서 비롯된 고양된 감정을 허무의 관념으로 전위시킨 점, 넷째, 당시 번역 소개된 엘리어트의 전통론을 '현재형이 아닌 과거는 전통이 아니다'는 식으로 독해함으로써 자신의 세대 의식을 합리화한 것에서 기인한다. 이런 사항들은 장용학의 발언을 통해 고스란히 확인된다.11) 그러나 근대 합리주의나 사실주의에 대한 장용학의 극단적 부정 의식과 환상 세계에 대한 관심을 고려한다면 달리 볼 여지가 있다. 근대적 서사 양식으로서의 사실주의에 대한 극단적 부정의식에는 신비주의적 요소나 동양적 상상력이 개입할 여지가 충분히 존재하기 때문이다. 최인훈12)과 박상륭13)의 소설 역시 이런 각도에서 재조명해볼 필요가 있다.

4·19 세대론자들이 추구한 주체는 "사소한 것의 사소하지 않음"을 포착

---

11) 장용학, 「감상적 발언」, <문학예술>, 1956, 8.

「국민문학을 위해서」, 『현대 한국문학 전집 4』, 신구문화사, 1981.

「실존과 요한시집」, 『한국전후문제작품집』, 신구문화사, 1960.

「나의 작가 수업」, <현대문학>, 신년호, 1956.

「좌담회-소설 50년의 반성과 전망」, <사상계>, 1962, 9.

12) 김현을 비롯한 4·19 세대 비평가들은 최인훈 소설의 주제의식이나 형식 실험에 대해서는 여러 차례 언급하면서도 불교적 사유와 상상력에 대해서는 언급을 회피하고 있다. 특히, 명백히 불교적 구도론의 맥락에서 쓰여진 『가면고』를 굳이 서구 기독교적 사유에 입각한 것으로 독해하는 김병익의 「사랑, 혹은 현대의 구원」(『최인훈 전집 6권』, 문학과지성사, 1976, 268쪽)을 통해 4·19 세대 비평가들의 서구 합리주의적 시선을 읽을 수 있다.

13) 4·19 세대 비평가들이 박상륭을 자기 세대 소설가로 지목하면서 항상 거론한 것은 "샤머니즘"이다. 박상륭 소설의 샤머니즘적 발상법을 자족적인 미적 표상 체계로 보지 않고, 근대화를 위해 마땅히 척결해야 할 미신으로 보거나, "농촌의 폐쇄 사회는 결국 자멸할 수밖에 없다는 교훈"적 맥락 속에서 해석하거나,(김현, 「1969년이 작가 상황」, <사상계>, 1968, 12, 135쪽) 심지어 문학은 마땅히 샤머니즘을 지양해야 하며, 샤머니즘과의 대결 정신을 보이고 있는 박상륭 소설의 개인은 소시민으로서의 그것이라고 (김주연, 「새시대 문학의 성립」, <아세아>, 1969, 창간호) 해석하는 것을 통해 4·19 세대가 지향한 사회적 근대성과 미적 근대성 사이의 적대관계를 엿볼 수 있다.

하는 섬세한 감성의 주체이며[14] 폐쇄적 전근대를 극복하고 개방된 시민 사회를 수립하려는 계몽의 신념을 지닌 이성적 주체이다.[15] 장용학과 최인훈, 그리고 박상륭은 이런 근대적 주체에 포섭되지 않는 문제적 인간형을 설정한다. 장용학의 소설은 전체적으로 <非人>의 탄생을 향해 전개되며, 최인훈의 소설은 <風聞人>의 욕망과 방황을 그리고 있으며, 박상륭의 소설은 희생 제의를 통한 <人神>의 탄생을 그리고 있다. 이들 세 인간형은 근대적 주체 형성을 거부하거나, 억압하거나, 혹은 부인함으로써 근대적 상징 체계의 안팎 잉여 공간을 표상하는 미적 주체라고 할 수 있다. 환상은 근대적 이데올로기로부터 호명 받은 이들 주체의 고뇌와 욕망을 상연하는 상상적 무대이다.


## 2. 연구 방법

장용학, 최인훈, 박상륭의 작품 세계가 4 · 19 세대론과 관련하여 한국 문학의 미적 근대성을 구성하는 핵심 요소를 함축하고 있다는 것과 이들의 작품 세계를 환상 문학의 논의 틀 속에서 다뤄야 한다는 것은 다른 문제이다. 그러므로 이 세 작가의 소설을 과연 환상 문학의 범주 속에 넣을 수 있을까, 만약 그렇다면 문학에서 환상은 어떻게 정의되는가? 라는 물음이 제기되는 것은 너무나 당연하다. 환상 문학, 혹은 문학적 환상에 관한 연구

---

14) 김주연, 「새시대 문학의 성립」, <아세아>, 1969, 창간호. 4 · 19 세대론에서 언어와 감수성에의 눈뜸은 '개인의 발견'을 의미한다.

15) 4 · 19 혁명의 경험으로 인한 시민 의식과 주체 의식을 강조한 김병익의 「60년대 문학의 가능성」, 소시민적 개인 의식에서 이성과 합리주의의 주체를 찾고 있는 김주연의 「새시대 문학의 성립」, 허무주의를 극복하고 서구적 근대화에 대한 확고한 신념을 지닌 개인의 자아를 강조한 김현의 「풍속적 인간」(<한국문학>, 1966, 가을 · 겨울호)을 통해 이를 확인할 수 있다.

에서 피할 수 없는 것이 바로 이 '환상이란 무엇인가?' 라는 물음이다. 이 물음은 그것이 제기되는 층위에 따라 첫째, 환상적 사건은 어떤 사건인가. 둘째, 환상(문학)은 작중 인물(내포 독자)로 하여금 어떤 지적·정서적 반응을 불러일으키는 현상인가. 셋째, 환상문학은 독자로 하여금 어떤 장르적 반응을 요구하는 서사 양식인가로 세분된다. 대체로 첫 번째 층위에서 환상은 인간의 경험 세계에서는 일어날 수 없는 초자연적이고 비현실적이며 불가능한 사건으로 정의되고,[16] 환상 문학은 작품 전체에 걸쳐 그런 환상적인 사건을 포함하고 있는 작품을 가리킨다.[17] 두 번째 층위에서 환상은 현실 원리와 초자연적 사건의 충돌로 인해 발생한 지적·정서적 반응 양상으로 규정되고, 그에 따라 환상 문학은 그런 반응을 재생산하도록 고안된 작품으로 한정된다.[18] 세 번째 층위에서 환상은 일정한 의미 확정을 회피하는 담화적 현상으로 규정되고, 환상 문학은 독자의 장르 관습에 따라 좀처럼 의미화되지 않는 서사적 담화 양식으로 재조명된다.[19]

---

16) C.N. Manlove, "On the Nature of Fantasy", The Aesthetics of Fantasy Literature and Art, ed., Roger C. Schlobin, University of Notre Dame Press, 1982, p.16.

17) 이런 넓은 정의를 대표하는 학자는 캐스린 홈(Kathryn Hume)이다. 그녀는 Fantasy and Mimesis : Responses to reality in western literature (Methuen, 1984)에서 환상은 모방 충동과 함께 문학 일반에 내재하는 충동으로,(p.20) 합의된 현실성(consensus reality)으로부터 일탈하려는 충동.(p.21)이라고 말한다. 그녀에 따르면 환상 문학이란 그런 환상 충동이 구현된 일련의 작품이다. 이런 넓은 정의는 문학에서 환상이 나타나는 제 양태와 다양한 의미 기능에 대해 폭넓게 고찰할 수 있는 기회를 제공한다.

18) 초자연적인 사건이 작중인물(내포독자)에게 감수(感受)되는 방식에 따라 환상을 규정한 대표적인 이론가는 츠베탕 토도로프(Tzvetan Todorov)이다. 그는 Introduction à la littérature fantastique(Seuil, 1970)에서 환상성(le fantastique)을 작중 인물에게 일어난 사건이 현실인지 꿈인지, 혹은 사실인지 환영에 불과한 것인지 결정하지 못하고 주저하는(hésiter) 상태로 규정한다.(p.36)

19) 환상을 의미화 일반에 저항하는 담화 양식으로 규정하는 대표적인 이론가는 로즈메리 잭슨(Rosemary Jackson)이다. 그녀는 Fantasy: the literature of subversion(Routledge, 1981)에서 환상을 '장르' 개념이 아니라 경이적인 양식(marvellous mode)이나 모방적

 장르 연구자가 아니라면 환상성의 내포와 외연을 확정하는데 집착할 필
요는 없다. 환상성의 정의가 중요한 것은 환상적인 것과 환상적이지 않은
것을 구분하는 기준을 마련하기 위함이 아니라, 그 정의 속에 함축된 문제
지평과 세부적인 논의 과제 때문이다. 먼저, 사건 표상의 층위에서 환상에
관한 논의는 크게 환상적 모티프에 대한 주제학적 연구와 환상적 사건의
발생 메카니즘을 해명하는 체계론적 연구로 세분된다. 환상 테마에 관한
주제학적 연구에는 개별 작품에서 환상적 모티프의 주제 형성 기능을 분석
하거나, 자주 반복되는 환상적 테마들을 분류하거나, 환상 테마·모티프·
플롯의 원천과 변이 과정을 추적하는 작업들이 포함된다. 특히, 환상적 모티
프의 원천과 변이 양상을 추적하는 작업은 전통의 단절과 지속의 문제뿐만
아니라 탈 근대성과 전 근대성 간의 관계를 해명하는 데 중요한 역할을
한다.

 환상적 사건에 대한 체계론적 연구[20]는 현실을 '실재' 자체가 아니라 담
화적으로 구성된 현실 '표상'으로 전제한다. 여기서 문제가 되는 것은 환상
이 실재를 어떻게 왜곡하는가가 아니라, 오히려 우리가 현실적이라고 느끼
는 것이 어떻게 '구성'되어 있는가 하는 점이다.[21] 그래서 환상성도 현실성

---

　 인 양식(mimetic mode)과 변별되는 담화 양식으로 규정하면서,(p.26) 환상적 담화 양
　 식이 지닌 핵심적인 특질로 비의미화(non-signification)를 든다.(p.37)

20) 대표적으로 라브킨(Eric S. Rabkin)의 논의를 들 수 있다. 그는 Fantastic in
　 Literature,(Princeton University Press, 1976)에서 '관점'(perspective)이라는 개념을 통해
　 환상적 사건이 일어나게 되는 논리적 조건을 규명한다. 그에 따르면, 각각의 서사
　 체는 저마다의 기본 원칙(ground rules)을 가지고 있는데, 그것이 요구하는 관점이 정
　 반대로 전도될 때 환상성(the fantastic)이 발생한다. 이런 전제 하에 그는 <예기치
　 못한 것>(the unexpected), <잘못 예상한 것>(the dis-expected), <예상에 반한 것>(the
　 anti-expected), <부적절한 것>(irrelevant) 등과 같은, 환상성과 유사한 속성들의 경계
　 를 설정한(pp.8-17) 다음, 그런 기본 원칙의 전도가 독자에게 미치는 영향을 인지심
　 리학자나 논리학자처럼 꼼꼼하게 분석한다.

21) 이렇게 경험적 현실을 실재 자체(thing in themselves)와 분리시키고 그것을 <구성된>

이 구성되는 방식의 교란과 규칙 위반의 맥락 속에서 파악된다. 이 환상의 체계론은 환상성이 발생하는 텍스트 내적 문법에 천착하기 때문에 환상의 테마론, 혹은 환상의 의미론과는 어울리지 않는 경향이 있다. 환상 문학의 이론적 정초자라 할 수 있는 토도로프는 환상적 테마의 분포에 내재하는 규칙을 도출함으로써 환상의 테마론(의미론)과 환상의 체계론(통사론)을 절묘하게 결합한다.[22] 그는 불규칙하게 분포하는 것처럼 보이는 환상적 테마들을 담화 소통 체계의 두 주체인 <나je>의 테마와 <너tu>의 테마로 구분한다. 그에 따르면, 첫 번째 환상적 사건 계열은 의식 주체인 <나>와 세계와의 인식론적 관계를 문제화하며, 두 번째 사건 계열은 욕망의 주체인 나와 욕망의 대상인 <너>의 윤리적 관계를 문제화한다. 이런 구분에 입각하여 그는 첫 번째 사건 계열에 시간과 공간의 변형·범결정론과 같은 특수한 인과율·자아의 분열과 복수화를 분포시키고, 두 번째 사건 계열에 성욕의

---

현실(the world of appearances)로 역전시킨 사람은 근대 계몽철학의 수립자라고 할 수 있는 칸트이다. 그에 따르면 우리가 지각·통각·인식할 수 있는 세계는 물 자체가 아니라 선험적 지각·오성 형식을 통해 '현상된' 세계이다.(S. 쾨르너, 『칸트의 비판철학』, 강영계 역, 서광사, 1983. 참조) 한편, 문학 텍스트에 대한 고려가 개입될 때 리얼리티 구성의 층위는 좀더 복잡해진다. 장 파브르는 어떤 글을 미메시스로 구성하는 체계는 a) 현실과 닮아 있음으로서의 핍진성 b) 공중적으로 합의된 핍진성 c) 각각의 장르가 요구하는 핍진성 d) 개별 텍스트 자체의 핍진성 등의 네 가지 '사실임직함'(vraisemblance)의 수준에서 전개된다고 말한다.(Jean Farbre, Le miroir de sorcière, José Corti, 1992, pp.64-65) 토도로프 역시 핍진성(versimilitude)을 세 가지로 층위에서 구분한 바 있다. 그에 따르면 핍진성은 첫째, 가장 일반적이면서도 버려야 할 것으로, 실재 현실과 닮아 있음을 의미하는 용법, 둘째, 대부분의 사람들이 현실이라고 믿는 것, 즉 상식, 통념, 공통감각 등 비인칭적 담론과 텍스트와의 관계를 가리키는 용법, 셋째, 특정한 문학 장르가 요구하는 개연적 법칙으로 구분된다. (Todorov, 『산문의 시학』, 신동욱 역, 문예 출판사, 1992, 97~98쪽)

22) 사건의 의미론을 사건의 체계론으로 전환시키는 매개항은 사건의 분포론이다. 토도로프에 따르면 일군의 환상적 사건들은 공존가능성(compatibilité) 속에서 동일한 계열 속에 분포하며, 다른 사건들은 전자와 함께 분포할 수 없다는(incompatibilité) 특징으로 인해 또 다른 계열을 형성한다. (Todorov, 같은 책, p.112)

테마(치명적인 관능을 상징하는 악마·근친상간이나 동성애·혼교·시체
와의 성교 등)와 죽음의 테마(사디즘적 잔혹 행위·살아 있는 시체·흡혈귀
등)를 분포시킨다. 그는 이 환상적 사건의 분포 형식에 작동하는 동력학
(dynamics)을 검토하기 위해 프로이트의 개념을 빌려온다. 그에 따르면 <나>
의 사건 계열은 지각 의식 체계(le system perception-conscience)가 교란됨으
로써 발생하고, <너>의 사건 계열은 무의식적 충동 체계(le system
pulsions-inconscientes)가 교란됨으로써 발생한다. 환상의 테마론에서 분포
론적 체계를 경유하여 환상의 동력학에 도달한 토도로프는 이렇게 해서
정신분석학과 만나게 된다.23)

　　환상의 발생 역학에 대한 정신분석학적 논의24)는 '현실 원칙'(reality
principle)에 대한 부정적 함수 관계로부터 출발한다. 현실 원칙은 지각 의식
체계와 무의식적 충동 체계 양자에 걸쳐 작동한다.25) 지각 의식 체계에서

---

23) Todorov, 같은 책, p.126, p.157. 토도로프에 따르면 정신분석학은 구조에 관한 과학
이면서 동시에 해석적 테크닉이다. 첫 번째 경우 정신분석학은 심적 활동의 메카니
즘을 기술한다. 두 번째 경우 정신분석학은 그렇게 기술된 것에 대해 최종적인 의
미를 밝히려 든다.(p.157) "정신분석학이 그 진가를 발휘할 때는 인간의 **주체 구조**
(강조: 인용자) 일반에 대해 다룰 때이다".(p.160) 라는 그의 말은 본서의 연구 방향
을 지정해 준다. 본서는 토도로프가 손을 뗀 그 지점, 즉 환상을 통해 드러나는 주
체 구조에 대한 정신분석학적 연구를 진행하고자 한다.

24) 정신분석학에서 '환상'은 보통 영어로는 fantasy(phantasy), 불어로는 fantasme으로 표
기된다. 라브킨은 환상에 관련된 용어법을 정리하면서, 환상성(the fantastic)은 서사
의 기본 원칙들이 정반대로 뒤집어지고 일련의 특수한 감정적 감응이 그런 전도와
교합되는 구조적 특질을 가리키는 개념으로, 대문자 환상(Fantasy)은 환상적인 구조
적 특질이 구현되어 있는 환상 장르를 가리키는 개념으로, 소문자 환상(fantasy)은
정신분석학에서 욕구 충족의 상상적 장면을 가리키는 개념으로 사용할 것을 제안
한다.(Eric S. Rabkin, The Fantastic in Literature, Princeton University, 1976, pp.28-29)

25) J. Laplanche and J. B. Pontalis, The Language of Psycho-analysis, Trans. Donald Nicholson
Smith, Presses Universitaires de France, 1967. 지각 의식 체계는 전의식·의식 체계, 혹
은 2차 과정에 해당한다. 이 체계는 외부 세계에 대한 지각 의식 작용이 이루어지
는 심적 부면으로, 자아의 사고 동일성(thought-identity)을 구성한다.(p.339) 무의식적

작동하는 현실 원칙은 현실에 대한 공통 감각을 구성하며, 무의식적 충동 체계에서 작동하는 현실원칙은 죽음충동과 융합된 무제한적 성 충동을 조절하고 통제한다. 이렇게 환상의 발생 역학에 정신분석학적 논의 틀을 끌어들임으로써 토도로프가 제기한 <나>의 환상 테마와 <너>의 환상 테마간의 상보적 분포 관계는 새로운 조명을 받게 된다. 지각 의식 체계가 교란됨으로써 발생하는 <나> 계열의 텍스트에 무의식적 금기 체계가 철폐됨으로써 발생하는 <너> 계열의 초자연성26)이 분포하지 않는 이유는 <억압>(Repression)이라는 역학적 개념으로 설명된다. 즉, 억압된 무의식적 충동은 지각 의식 체계를 교란시켜 기괴함을 불러일으키는 사건 표상으로 되돌아오지만 그것은 이미 성적 카텍시스가 철회된 상태이기 때문에 성욕과는 무관한 것처럼 보인다.

　이에 반해 <나> 계열의 초자연성은 나타나지 않고 <너> 계열의 초자연성만 나타나는 텍스트도 상정할 수 있다.27) <나> 계열의 초자연성이

---

　　충동 체계는 1차 과정에 속하는 체계로 심적 에너지가 어떤 부정도·의심도·확실성의 등급도 없이 오직 쾌·불쾌의 원칙에만 따라 흐르는 심적 체계이다.(p.476) 그러나 무의식적 충동 체계에서 작동하는 쾌락원칙은 죽음 충동을 향한 무제한적 지향이 아니라 오히려 그 죽음 충동으로부터 자신을 보호하면서 "가능한 최소한으로 즐기려는" 쾌락의 분절 원칙이다.(Dylan Evans, An Introductory Dictionary of Lacanian Psychoanalysis, Routledge, 1996, p.148. 참조)

26) G. Freud, "Das Unheimliche", 『프로이트 전집 18』, 정장진 역, 열린 책들, 1996, 122~128쪽. 프로이트가 기괴함(Unheimliche: uncanny)을 불러일으키는 모티프로 거론한 것 중 토도로프의 <나> 계열에 속하는 것은 분신의 모티프(자아의 분열·분리·교체), 동일한 것의 기계적 반복(시간의 변형)이며, <너> 계열에 속하는 것은 죽은 자의 생환(유령)이나 악마, 신체의 절단과 해체, 덜 죽은 상태에서의 매장, 여성의 자궁 속으로 빨려 들어갈 것 같은 환상 등이다.

27) 토도로프는 이런 텍스트를 환상 장르로 규정하는 데 '주저한다.' 그는 <너>의 테마를 열거하고 난 후 "다만 초자연성이 이 모든 케이스에 언제나 동등한 강도로 나타나지는 않으며" 이런 <너>의 테마 요소는 <나>의 테마 원리에 의해 지지될 때만 환상에 포함된다고 말한다.(Todorov, 같은 책, p.146)

현실감각의 파열과 이질적 요소의 침입으로 설명된다면, 이 <너> 계열의 초자연성은 선험적 도덕률의 위반과 리비도적 욕망의 과잉으로 설명된다.[28] 이때 <나> 계열의 환상 원리는 <너> 계열의 그로테스크한 표상이 나타날 수 있는 최소한의 구성적 역할에 그친다.[29] 이런 형태의 도착증적 환상은 <부인>(disavowal)[30]이라는 부정 역학으로 설명된다. 욕망의 대상과 욕망의 주체를 분리시키는 부성적 금기 작용이 부인(否認)됨으로써 죽음 충동과 융합된 도착적 성충동이 환상적인 경이 세계에서 거침없이 표현되는 것이

28) <너> 계열의 초자연성에 관련된 용어는 그로테스크, 카니발리즘, 혹은 사디즘이다. Lucie Armitt, Theorising the Fantastique, Arnold, 1996, pp.68-69. 그로테스크는 축제적인 유쾌함의 이면, 즉 뭔가 불길하고 사악한 것이 유희적이면서도 태연자약한 환상으로부터 떠올라 오는 지점에서 발생한다. 이런 그로테스크한 형식이 갖는 특징은 사실적인 세계와 환상적인 세계 사이에 연결 통로를 마련해 준다는 점이다. Rosemary Jackson, Fantasy: the literature of subversion, Routledge, 1981. 메니피아는 환상적 예술의 전통 중 하나다. 그것은 축제적인 요소가 변형된 현대적 환상물에서 발견되는 무질서함과 카니발리즘이 보여주는 난장적인 의례간의 연관성을 보여준다. 예를 들어 도스토예프스키의 『보복Bobok』, 『분신』, 『지하생활자』 『음담 패설』 등은 이런 카니발적인 특징들을 보여준다.(p.16) 또한 환상성은 엔트로피 제로를 향한 죽음 충동을 보여주며 이런 양상은 사드의 파괴적인 글에서 극단적으로 나타난다.(pp.72-73)

29) H. Marcuse, 『에로스와 문명 : 프로이트 이론의 철학적 연구』, 김인환 역, 나남 출판, 1989, 63쪽. 저자는 도착증과 환상의 구조적 유사성을 지적하면서 "환상은 성욕의 도착된 표현으로서 구성적인 역할을 할 뿐 아니라 예술적 상상력으로써 도착을 완전한 자유와 만족의 이미지에 연결시킨다"라고 말한다. 도착증적 환상의 많은 경우는 분명 토도로프가 경이 장르(le merveilleux)로 분류한 것에 속할 것이다. 이렇게 도착증적 환상이 펼쳐지는 경이 문학 역시 현대적 환상의 한 영역을 차지한다고 생각한다.

30) Bruce Fink, A clinical introduction to Lacanian psychoanalysis, Harvard University Press, 1997, p.76. 프로이트는 신경증의 특징이 억압(Verdrängung)인 반면에 도착증의 특징은 부인(Verleugnung)이라고 말한다. 자끄 알렝 밀레(Jacque-Alain Miller)에 따르면 성적 충동의 억압을 통해 발생한 신경증은 잃어버린 욕망의 대상을 향한, 그러나 결코 도달할 수 없는 추구로 특징지어진다. 이에 반해 도착증은 욕망의 대상을 찾는다. 즉, 도착증자는 성적 기쁨을 얻는 자기 방법들에 대해 확신한다.(Jacque-Alain Miller, "On Perversion", Reading Seminars I and II, State University of New York, 1996, p.309)

다. 앞의 두 경우가 결합된 형태의 환상도 상정할 수 있다. 이렇게 <나> 계열의 환상도 나타나고 <너> 계열의 그로테스크한 사건도 나타나는 경우는 장 파브르(Jean Fabre)의 말처럼 환상성이 그 완전한 형식을 갖추게 되는 형태이다.[31] 이런 형태의 환상은 지각 의식 체계에 작동하는 현실원칙과 무의식적 충동 체계에 작동하는 현실원칙이 전면적으로 <배제> (Forclosure)[32] 됨으로서 발생한다고 할 수 있다.

두 번째 층위, 즉 환상적 사건에 대한 작중 인물의 반응 역시 두 가지 계열로 나눌 수 있다. 먼저, 지각 의식 체계의 교란을 통해 발생하는 <나> 계열의 반응은 지적(intellectual) 불확정성으로 특징지어진다. 초자연성의 인식론적 불확실성으로부터 야기된 이 주저함(hesitation)[33]의 반응은 근본적으로 해석학적 속성을 지닌다.[34] 신의 현현(Epiphany) 앞에 직면한 인간처럼 초자연적 사건을 마주한 작중 인물은 그 사건의 현실성에 대해 끊임없이 묻게 되고 그 물음이 멈춰지는 순간, 즉 그 초자연성이 어떤 단일한 해석 지평으로 수렴되는 순간 주저함도 사라지게 된다. 그렇다면, 토도로프가

---

31) Jean Fabre, 같은 책, p.116.

32) Bruce Fink, A clinical introduction to Lacanian psychoanalysis, Harvard University Press, 1997, p.76. 이 용어는 프로이트가 신경증이나 도착증과는 또 다른, 보다 극단적인 형태의 심적 메카니즘을 지칭하기 위해 사용한 Verwerfung에서 온 것이다. 라깡은 정신병의 구조를 설명하기 위해 이 용어를 가져왔는데, 처음에는 거부(rejection)라고 했다가 나중에는 배제(foreclosure)라는 용어로 확정했다.

33) Todorov, 같은 책, p.36. 토도로프는 환상성의 핵심 인자로서 작중 인물과 그에게 동화된 독자의 주저함(hésitation)을 꼽는다.

34) 장 파브르는 환상 소설은 탐정소설과 마찬가지로 해석학적, 혹은 문제 발견적 (heuristique) 장르라고 말하면서 바르뜨의 해석학적 코드를 따라 환상 소설에서 제기되는 물음들을 검토한다. 그 물음은 해명되어야 할 초자연적 사건의 속성과 주체의 관점, 그리고 시간성에 관한 문제이다. 결국, 환상성이 발현되는 조건은 지금 ‘현재’ ‘나’에게 명백히 ‘일어난’ 사건이다 (Jean Fabre, Le miroir de sorcière, pp.97-104)

설정한 <경이>(le merveilleux) : <환상>(le fantastique) : <기괴>(l'étrange)의 삼분법은 어떤 식이든 초자연성에 대한 해석 지평을 내포하고 있는 텍스트(경이 장르와 기괴 장르)와 초자연성에 대한 해석학적 수수께끼가 결코 풀리지 않는 텍스트(환상 장르)의 이분법으로 재조정될 수 있다. 초자연성에 대한 지적 불확정성이 제기하는 문제는 결국 초자연성을 어떤 방식으로 해석할 것인가의 문제라기보다는 그것을 받아들일 것인가 말 것인가 하는 '수용'과 '거부'의 문제이기 때문이다.

다음으로, 무의식적 금기 체계의 교란으로 야기된 <너> 계열의 반응은 정서적(affective) 불안정성의 극단적 형태인 기괴함(uncanny)으로 특징지어진다.[35] 물론 기괴함의 정서적 반응은 지적 불확실성을 동반하는 경우가 많지만, 프로이트의 말처럼 이성의 이름으로 조명해 봐도 그 낯선 두려움(unheimliche)의 감정은 각인된 듯 남아 있는 경우도 많다.[36] 왜냐하면 이 기괴함의 원천은 '외부' 세계가 아니라 자기 '내부'에 존재해왔던 타자이기 때문이다.[37] 원래는 우리 자신의 것이었지만 지금은 낯설게 된 무의식적 충동이 되돌아 올 때, 그것은 두려움과 불안을 동반한 존재론적 고뇌(Angst)

---

[35] 프로이트는 일찍이 지적 불확정성이라는 개념은 환상적 기괴함이라는 감정 상태를 이해하려고 할 때는 어떤 도움도 주지 못한다고 말하면서 기괴함(unheimliche)의 독자성을 명확히 주장한 바 있다.(Freud, "Das Unheimliche", 『프로이트 전집 18』, 정장진 역, 열린 책들, 1996, 111쪽)

[36] 프로이트, "Das Unheimliche", 같은 책, 116쪽.

[37] Julia Kristeva, Strange to Ourselves, Trans. Leon S. Roudiez, Columbia University Press, 1991, p.184. 기괴함이란 새롭거나 이국적인 어떤 것이 아니라 자기 자신의 정신 안에 오래 전부터 있어왔던 것으로, 그것은 억압의 과정을 통해 의식으로부터 소외된 어떤 것이다. 한편, 장 파브르는 논리적 법칙의 파열로부터 비롯된 <나> 계열의 환상과 윤리적 법칙의 위반으로부터 야기된 <너>계열의 환상을 구분하기 위해 이질성(altération)과 소외성(aliénation)이라는 용어를 도입한다. 그에 따르면, 이질성은 아직 '나타나지 않은' 타자가 아니라 결코 '존재하지(is) 않는' 타자이다. 이에 반해 소외성은 원래는 가지고 있던(have) 것이지만 어떤 이유로 해서 지각 의식의 표면으로부터 사라진 타자이다.(Jean Fabre, 같은 책, pp.107-109)

를 불러일으킨다.[38] 초자연성을 믿을 것인가 말 것인가라는 지적 불확실성
과 마찬가지로 이 경우 역시 초자연성에 대한 수용과 거부의 문제를 제기한
다. 자기 내부의 무의식적 충동을 억압한 경우, 다시 말해서 억압을 '수용'한
사람은 억압된 것의 귀환을 표징하는 초자연성에 대해 두려움을 갖게 될
것이고, 의식적이든 무의식적이든 억압을 '거부'한 사람은 그 사건 표상에
대해서 두려움을 갖지 않을 것이다. 이것을 도식화하면 다음과 같다.

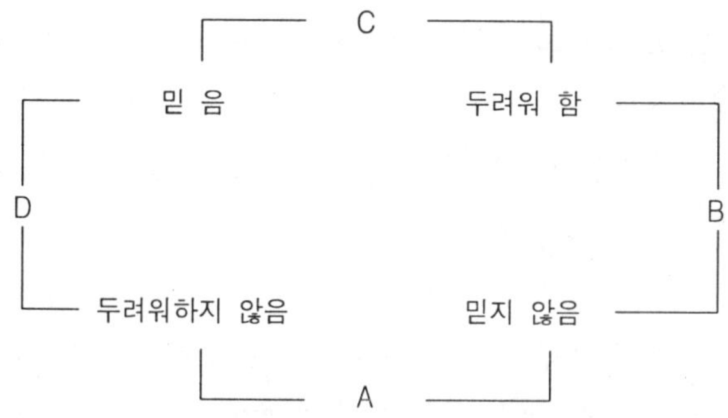


A: 믿지도 않고 두려워하지도 않음

B: 믿지 않지만 두려워함

C: 믿으면서도 두려워함

D: 믿으며 두려워하지 않음 [39]

---

38) Julia Kristeva, Strange to Ourselves, Trans. Leon S. Roudiez, Columbia University Press, 1991, p.184.

39) Jean Fabre, 같은 책, p.90 참조. 저자는 이 반응 체계로 네 가지 사유 방식을 구분한다. A의 경우(믿지도 않고 두려워하지도 않음)는 실증주의적 반응, B의 경우(믿지는 않지만 두려워함)는 환상적 반응, C의 경우(믿으며 두려워함)는 미신적 반응, D의 경우(믿으며 두려워함)는 종교적 반응 양상이다. 이 네 가지 반응 양상은 대체로 토도로프가 환상의 인접 장르로 설정한 <순수한 기괴étrange pur>-<환상적 기괴 fantastique-étrange>-<환상적 경이fantastique-merveilleux>-<순수한 경이merveilleux pur>에 대응한다.

A의 반응 양상을 보이는 인물은 정상적인 성인의 합리적 의식을 가진 사람이라고 할 수 있다. 이런 인물은 환상과는 무관하다. B는 <나> 계열의 환상을 특징짓는 반응 양상이다. 그의 의식은 환상의 실재성을 믿지 않지만 그의 무의식은 환상의 자기 내적 요인에 대해 알고 있으므로 그는 믿지 않으면서도 두려워한다. 의식적 불신(거부)과 무의식적 공포(수용)의 역설적 결합으로 이루어진 이런 반응 양상은 신경증적 환상을 특징짓는 것으로, 그때 환상은 '억압'된 것이 되돌아오는 상상적 무대가 된다.[40] C는 <나> 계열과 <너> 계열이 결합된 환상의 반응 양상이다. 이 경우 <나> 계열의 지적 불확정성은 짧은 기간 동안만 지속되고, 대신 <너> 계열의 기괴함이 전경화된다. 이런 반응 양상은 정신병적 망상이나 환각에서 전형적으로 발견된다. 그는 공통 감각을 구성하는 현실 원칙을 애초부터 '배제'해 버렸기 때문에 눈앞에 펼쳐진 환상의 실재성을 의심치 않는다.[41] 그럼에도 그가 자신의 망상이나 환각에 대해 공포를 느끼는 것은 그 환상 속에 펼쳐진 무의식의 세계가 무제한적 충동에 대한 초자아의 위협이 서슬 푸르게 실재하는 세계이기 때문이다.[42] 마지막으로 D는 <너> 계열의 환상에 자주 나타나는 반응 양상이다. 이 경이로운 신화 세계의 주인공은 죽음 충동과 융합된 도착적 충동을 스스로 실행하기 때문에 주저할 것도, 두려워할 것도 없다.

---

40) Bruce Fink, A clinical introduction to Lacanian psychoanalysis, Harvard University Press, 1997, p.85. '억압'으로 인한 신경증자의 환상은 너무나 강렬해서 만져질 것처럼 실감나지만 얼마간의 의심은 떨쳐버릴 수 없다. 참으로 그는 무엇이 현실이고 무엇이 아닌지 말하기 어렵다는 것을 알게 된다.

41) Bruce Fink, 같은 책, p.84. 확신성은 정신병의 특징이다. 정신병자는 그가 보고 들은 것의 공중적 '현실성' 때문이 아니라 그것이 무언가를 의미한다는 것, 즉 그 의미가 자기를 둘러싸고 있다는 사실에 대해 확신한다.

42) Bruce Fink, 같은 책, p.193. 정신병은 자기 몸 안에 타자의 희열이 침범해 들어오는 것 같은 경험으로부터 공포스러운 고통을 느낀다.

세 번째 층위, 즉 서사 담화 층위에서의 환상은 초자연성에 대한 작중 인물의 지적 반응과 구조적 상동 관계에 있다. 왜냐하면 초자연성에 대한 작중 인물의 반응과 환상 텍스트에 대한 독자의 반응은 모두 환상의 존재론적 위상을 의미화(signification) 하는 방식에 관련된 것이기 때문이다. 초자연성에 대한 작중 인물의 반응이 신비주의적 해석(수용: 경이)과 합리주의적 해석(거부: 기괴)으로 구분됨은 앞에서 이미 언급한 바 있다. 이에 상응하여 환상 텍스트에 대한 독자의 의미화 방식 역시 신비주의적 수용과 이성적 거부의 패러다임으로 이해될 수 있다. 이 두 극단 사이에서 부유하는 '불확정적 의미화'까지 포함하면 담화 층위에서 도출되는 환상의 의미화 방식 역시 삼항 체계를 이룬다.

토도로프의 환상 장르, 즉 작중 인물의 주저함이 독자에게 전이되는 의미화 방식은 메타 재현적 의미화이다. 메타 재현적 의미화란 재현적 의미화의 토대 위에서 재현 표상의 인공성에 대해 자의식적이고 체계적인 물음을 조직화하는 의미화 방식이다.[43] 토도로프의 환상이 메타 재현적 의미화를 내포하고 있다는 것은 그것이 사실주의 소설과 부정적 동맹 관계에 있다는 것을 뜻한다.[44] 토도로프가 말한 환상성은 사실주의적 규칙이 엄격히 적용

---

43) Patricia Waugh, Metafiction: The theory and practice of self-conscious fiction, Methuen Series, 1984, p.2. 저자는 허구와 현실간의 관계에 의문을 제기하고, 소설의 허구적 위상(가공물)에 대해 자의식적이고 체계적인 관심을 갖는 소설을 메타 픽션이라고 부른다. 필자가 사용하는 메타 재현적 의미화란 용어는 메타 픽션이란 용어에서 차용한 것이다.

44) 토도로프가 제시한 환상성의 제 1 조건은 텍스트가 독자로 하여금 작중 인물의 세계를 살아 있는 인간의 세계, 즉 독자가 살고 있는 세계와 동일한 법칙이 적용되는 세계라고 생각하도록 강제하고, 작중 인물의 반응에 동화되기를 요구한다는 것이다.(Todorov, p.37) 작중 현실의 지시적 재현성과 작중 인물과의 동일시(identification)라는 이 조건은 사실주의 소설이 요구하는 기본 조건이다. 즉, "오직 자연적인 법칙만을 알고 있는 작중 인물"에 상응하는 독자는 오직 사실주의적 원칙만을 알고 있는 독자이다. 그러므로 토도로프의 환상 장르는 사실주의적 서사와는 별도의 서사

되는 해석장 안에서, 그 규칙을 180도 전도시켰을 때 발생하는 파열의 효과이기 때문에 그런 환상 효과를 지속시키기 위해서는 독자가 사실주의적 계약45)을 끝까지 포기하지 않게 해야 한다. 이런 환상 텍스트는 재현적 규범의 구축과 그로부터의 일탈을 지속적으로 긴장시킴으로써 소설의 재현적 위상에 대해 자의식적 물음을 조직화하는 메타 픽션적 효과를 띠게 된다.

초자연성의 신비주의적 해석에 속하는 의미화 방식은 토도로프가 시적 독서라고 부른 상징적 의미화이다.46) 이렇게 상징적으로 의미화 되는 환상은 지적 불확실성을 불러일으키지 않는다. 왜냐하면 독자는 그것이 현실적 대상을 지시하는 것이 아니라 어떤 보편적 관념 형상(idea)에 직접 생동감을 부여한 것임을 알고 있기 때문이다. 그러나 <상징>의 특이성은 그것의 의미 함축성에 있는 것이 아니라 자족적 실재성에 있다. 상징은 단지 다른 어떤 것을 의미하고 마는 것이 아니라 자기 자신을 위해 스스로 존재한다.

---

양식을 허용하지 않는다.

45) 사실주의는 일종의 서사적 계약이다. 사실성이란 실재의 진실한 반영이 아니라 가장된 신뢰(make believe, suspension of disbelief, Let's pretend)에 기반한 서사적 효과로 파악될 필요가 있다. 그때 사실주의는 서사적 놀이나 임의적 계약의 장 속에 던져진다.(Lilian R. Furst, All is True, Duke University Press, 1995, pp.38-47)

46) 토도로프는 환상 장르는 시적으로 읽히거나 알레고리적으로 읽히면 안 된다고 말한다. 여기서 詩性(poésie)이라는 용어를 사용하면서 토도로프가 염두에 두 것은 실은 상징(symbol)이다. 그에 따르면, 시적인 독서란 지시적 표상 작용(représentation)을 거부하고 각각의 문장을 순수한 의미론적 조합(combinasion sémantique)으로 간주하면서(Todorov, Intruduction à la tittérature, p.65) 동시에 축자적(littéral)으로 읽기를 요구한다.(p.67) 의미론적 조합이면서 동시에 축자적 자동사성을 지닌 의미화 방식은 곧 상징(symbol)이다. 상징은 함축적 의미를 내포하면서 동시에 자기 지시적인(self-referent: 자동사적) 속성을 지니고 있다. 이에 대해서는 토도로프 자신이 Theories of the Symbol,(Trans. Catherine Porter, Cornell University Press, 1982, p196-199)에서 자세히 설명하고 있다. 한편, 뤼네트 헌터(Lynette Hunter)는 Modern Allegory and Fantasy,(St. Martin's Press, 1989, p. 80)에서 비유적(알레고리적) 독서와 대비되는 문면의 축자성과 시적 언어의 축자성을 구별하기 위해 시적 축자성을 <상징적>으로, 비-비유적 축자성을 <본래적(proper)>으로 지칭한다.

상징에서 그 의미 작용의 표면(signifying face)은 지각적 불투명성과 자기 지시성을 여전히 보유하고 있다. 상징은 무엇보다 자기 자신을 위해 존재하며 그것이 의미하는 바를 발견하게 되는 것은 오직 제 2단계에서이다.[47) 이렇게 상징적으로 의미화 되는 환상은 시적 언어[48) · 꿈 표상[49) · 신화에서처럼 존재의 영역과 의미의 영역이 융합된 원초적 언어 세계를 되불러옴으로써 화석화된 자의적 기호 체계에 충격을 가한다.

　초자연성의 합리주의적 해석에 속하는 의미화 방식은 알레고리적 의미화이다. 고전적 <알레고리>는 이성적 지력을 통해 초자연성이 대신하고 있는 다른 것—도덕적 개념이나 역사적 사건—을 도출해 내도록 하기 때문에

---

47) Tzvetan Todorov, Theories of the Symbol, Trans. Catherine Porter, Cornell University Press, 1982, p.201. 폴 리꾀르 역시 『악의 상징』(양명수 역, 문학과 지성사, 1994, 28쪽)에서 상징 역시 알레고리와 마찬가지로 2차 의미(connotation)를 생산하는 이차 기호이지만, 상징에서는 2차 의미와 1차 의미의 유비적 관계를 객관화하여 독립시킬 수 없다고 말한다. 그에 따르면, 상징은 오직 1차 의미 속에서, 1차 의미에 의해서만 2차 의미를 생산한다.

48) 시적 언어와 환상의 관계로부터 환상은 단지 상상력을 충족시키는 환영(vision)이 아니라 언어의 감각적이고 에로틱한 측면을 되불러오는 영감이라는 것을 도출할 수 있다. (Christy L. Bruns, "Fantastic Language: Jeanette Winterson's Recovery of the Postmodern world", Contemporary Literature, 37. 1996, p.278) 시적 언어를 통해 사회적 상징 질서 속에 혁명적 에너지를 불어넣는 기호적 실천 가능성을 탐색하는 크리스테바의 논의까지 끌어들인다면 환상과 시적 언어와의 관계는 새로운 조명을 받게 된다. "그리스의 디오니소스 축제는 언어적 상징 질서를 관통하여 춤, 노래, 시로 고조된 동물성 속에서 상징 질서의 해체를 겨냥하는 기표의 홍수를 가장 두드러지게 나타낸다. 상징계의 기호화로서의 예술은 이처럼 언어 속으로 희열의 유입을 재현한다"(Julia Kristeva, La révolution du langage poétique, Seuil, 1974, p.77)라는 그녀의 말은 도착증적 충동이 발현되는 환상과 시적 언어의 관계를 해명할 수 있는 단서를 제공한다.

49) T.E. Apter, Fantasy literature : An approach to reality, The Macmillan Press, 1982, p.4. 환상 문학은 꿈 작업에서 일어나는 무시간성, 파편성, 상호 모순성, 과정과 왜곡, 전치, 응축 등과 같은 특질을 가지고 있어서 무의식의 표출이라고 읽고 싶게끔 한다.

환상적 표상의 자족성을 심각하게 위협한다.[50] 그러나, 단일한 해석 지평이 부재하는 현대 사회에서 알레고리가 대신하는 것은 명제화된 관념에 한정되지 않는다. 현대적 알레고리가 대신하는 것은 신화적 보편 관념에서부터 파편화된 세계상, 혹은 무의미(nonsense) 자체이기도 하다. 알레고리가 환상과 만나는 지점은 애초에 그랬던 것처럼[51] 그것이 보편적 관념 형상을 의미하거나, 혹은 아무 것도 의미하지 않을 때이다. 그때 알레고리는 다른 어떤 것을 대신하는 것이 아니라 스스로 존재함으로써 환상적 표상의 의미 작용에 개입하게 된다.[52]

---

50) 로즈메리 잭슨은 환상적 서사의 전개는 은유적 과정보다 환유적 과정을 선호하기 때문에 하나의 대상을 다른 것으로 대신(stand for)하는 알레고리는 환상성을 위협한다고 말한다. 그녀에 따르면, 환상적 서사에서 "하나의 대상은 다른 것을 대신하는 것이 아니라 문자 그대로 다른 것이 되고 그 다른 것으로 미끄러져 들어가며, 영원한 변화와 불확정성 속에서 하나의 형태는 다른 형태로 변형된다."(Rosemary Jackson, 같은 책, p.41) 그러나 그녀가 말한 의미의 미끄러짐과 불확정성은 현대의 알레고리에서도 충분히 발현될 수 있다. 알레고리적 재현은 애초의 의미에서부터 그것의 표현을 배제하는 지점까지 다양한 의미를 지향한다.(Lynette Hunter, Modern Allegory and Fantasy, St. Martin's Press, 1989, p.38)

51) Jon Whitman, "From the Textual to the Temporal : Early Christian Allegory and Early Romantic Symbol", New Literary History, 1991, p.162. 초기의 알레고리스트에게 있어서 신화적 이야기를 통해 '말해진(agoreuein) 다른 어떤 것(allos)'은 역사를 초월한 신의 뜻이었다.

52) 대표적인 예는 카프카의 환상 소설이다. 토도로프도 인정하듯이 카프카의 소설에서 환상과 알레고리는 더 이상 구분되지 않는다. 왜냐하면 여기서는 정상적인 현실과 비정상적인 환상의 구분점이 사라지기 때문이다.(Todorov, 같은 책, p.181) 거기서 환상적 대상은 하나밖에 없다. 그것은 바로 인간 자신이다. 요정이나 괴물이 환상적인 것이 아니라 괴물 같은 관료 기계의 부속품이 되어 버린 인간의 현실 자체가 환상적이다.(Jean Paul Sartre, "Aminadab ou du fantastique considéré comme un langage", Situation 1, p.120) 이렇게 알레고리적 언어가 아무 것도 의미하지 않을 때 혹은 무의미 자체를 의미할 때 그것은 신화적 상징과 비등한 '존재성'을 얻게 된다. 고전적 알레고리(우화fable, 예화exemplum, 비유담parable)가 존재성을 갖지 못하는 것은 그것이 신화적 상징처럼 보편적 이데아를 대신하는 단독자(the singular)가 아니라 일

환상 텍스트와 관련된 이 세 가지 의미 작용은 결국 언어와 실재의 관계를 어떻게 설정할 것인가의 문제와 연관된다. 근대적 표상 체계가 언어와 실재의 자의적 결합을 통해 지시적 관계를 수립한다면 이 세 가지 의미 작용은 그런 근대적 표상 체계에 동일화되지 않는 작가의 기호적 욕망을 담고 있다고 할 수 있다.

지금까지 이론적 가설의 차원에서 환상적 사건의 발생 원리와 의미화 방식을 세 가지로 나누어 보았다. 이런 삼항 구도 아래 이 책의 본론은 크게 세 부분으로 구성된다. 첫 번째 부분은 환상의 서사적 구현 양상을 고찰하는 부분으로, 먼저 각 작가의 소설에 구현된 환상적 사건 표상의 발생 원리를 지각 의식 체계의 교란(시ㆍ공의 변형, 인과율의 파열, 자아 동일성의 분열)과 무의식적 충동 체계의 교란(성적 금기 위반, 죽음의 한계 위반)으로 나누어 검토할 것이다. 이어서 환상적 사건이 작중 인물과 독자에게 의미화 되는 방식을 메타 재현적 의미화, 상징적 의미화, 알레고리적 의미화를 기준으로 살펴볼 것이다. 두 번째 부분은 환상의 서사적 기원을 추적하는 부분으로, 먼저 텍스트의 의미 작용으로부터 작가의 언어관을 추출하여 그것이 사실주의적 언어관과 맺고 있는 부정적 함수 관계를 살펴본다. 이어서 세 작가의 소설에 나타난 환상 테마ㆍ모티프ㆍ플롯의 전통적 기원에 대해 고찰함으로써 사실주의로부터의 이탈과 서구적 근대성으로부터의 탈주가 어떤 관계에 있는지 살펴본다. 세 번째 부분은 앞선 분석을 종합하면서 근대적 상징 체계에 자신을 동일화하지 않는 세 주체의 욕망과 언어를 검토한다.

---

반적(general) 개념을 대신하는 특수자(the special)이기 때문이다. 그러나, 만약 알레고리가 아무 것도 의미하지 않게 되면(전칭 부정) 그 부정의 보편성으로 말미암아 알레고리적 표상은 단독자로서의 존재성을 획득한다.

# ❧ II ❧
# 장용학 : 현실 바깥으로의 초월과 <非人>의 탄생

## 1. 현실성과 재현 규칙의 총체적 부정

### 1. 1 현실원칙의 붕괴

[1] 制度的 시간과 宿命的 시간

　장용학의 소설 구성 원리와 그것을 지배하는 사유 방식은 아주 단순한 이분법에 기초해 있다. 그 이분법은 인간의 '生' 자체와 그 생을 '인간적' 상징 체계 속에 가두어 놓는 선험적 범주간의 대립 구도로 귀결된다. 그 선험적 범주는 크게 인식론적 범주와 가치론적 범주로 나눌 수 있다. 인식론적 차원에서 '인간적' 현실은 시·공간적 지각 형식, 인과율로 대표되는 오성 범주, 그것을 종합하는 경험적 자아의 자기 동일성으로 구성되고, 가치론적 차원에서 '인간성'은 善과 惡, 美와 醜를 구별짓는 가치 체계를 비롯하여 정상적 인간 관계를 지탱하는 성적 금기 체계를 통해 구성된다. 장용학 소설에서 '인간적' 현실을 틀 짓는 이들 현실 원칙들은 '인간'과 인간의 '生' 자체를 구속하는 가공할 적대자로 설정되고, 주인공의 행동과 사유는 그로부터의 완전한 자유를 향한 도정 속에 던져진다.

　　인간이 인간적 현실로부터 해방되기 위해서는 우선 '시간'의 질곡으로부터 벗어나야 한다. 시간이야말로 인간의 生을 지배하고 있는 가장 기본적인 지각 형식이자 조직 형식이기 때문이다. 장용학 소설에서 시간이 인간의 생을 지배하는 방식은 크게 두 가지로 요약된다. 첫째는 시간이 사회적 관계의 구성 원리로 작용하여 개인의 자유 의지를 통제하는 경우이고, 둘째는 자아의 의식적 통어력을 벗어난 운명이나 무의식적 인과율의 내적 원리로 작용하는 경우이다. 첫 번째 방식의 시간 지배를 극명하게 보여주는 작품은 『현대의 야』이다. 이 소설에서 주인공은 어머니의 죽음을 알리는 부고를 돌리러 나갔다가 폭격으로 죽은 시체를 치우는 "민주사업"에 동원되는데, 거기서 그는 어처구니없게도 시체 구덩이 속에 실족하게 된다. 그와 함께 했던 무리들은 지프차를 타고 온 "북한 동무"에게 무덤 속에 산 사람이 끼여 있으니 도로 파 보자고 요구하지만 당 간부는 그 요구를 일거에 무시해 버린다.

> 「동무들의 말은 사실이라고 생각하오」
> 그는 팔뚝시계를 쳐들고 시간을 본다.
> 「그렇지만 시간이 없소!」[53]

　　그렇게 해서 주인공 현우는 "시간이 없기" 때문에 그만 이 지상에서 말살되어 버린다. 전체주의 이데올로기를 상징적으로 극화시킨 이 장면에서 시간은 개인을 위한 시간과 집단을 위한 시간 중 어느 것이 중요한가라는 공리주의적 잣대를 통해 계량된다. 시간이 이렇게 인간의 생 자체로부터 소외되어 인간을 지배하는 이데올로기적 수단으로 전락하게 된 근본적인 원인은 시간이 '인간적' 잣대로 분절되고 측량되기 때문이다. '시계의 시간'에 대한 이런 공포는 그가 기적같이 살아 나와 이름을 '만동'으로 바꾸고

---

53) 「현대의 야」, <사상계>, 1960, 3, 336쪽.

새로운 삶을 살고자 했을 때에도 지속된다. '현우'로서의 그가 낭만적 감상에 빠져 살았다면 '만동'으로서의 그는 시계에 종속된 "산문적" 삶을 살아간다. "시간이 없어서" 죽을 뻔한 그에게 시계는 이제 두려운 물신(物神)이 된다. 시계가 가리키는 시간은 "세시 이분인데 해가 지고 있는 것"을 보고 놀라움과, 공포와, 알 수 없는 환희에 빠지는 다음 대목에서 물신화된 시간에의 공포를 느낄 수 있다.

> 아 마침내 世界에 大變動이 왔구나! 時間이 죽었구나! 時間과 空間
> 이 마침내 離婚했구나…그랬는데 알고 보니 내 시계가 서 있었어. 죽
> 은 건 시간이 아니라 時計였단 말이오. (339쪽)

시계에 종속된 그의 생활에서 가장 두려운 것은 지각(遲刻)이다. 은행에 취직한 그는 다른 것은 모두 용서되지만 지각만은 용납되지 않는 자본주의적 시간 관념에 고통받다가 급기야 시계처럼 정확한 '미숙'과 결혼할 수밖에 없는 상황에 처한다. 현우의 지각에 대한 공포를 이용해서 그가 지닌 경제적 효용성을 가족 질서 안에 편입시키려는 미숙 모녀의 음모는 결국 주인공을 죽음으로 몰아 넣는 결과를 초래한다. 미숙의 모친이 주인공 명의로 만든 저금통장이 빌미가 되어 간첩으로 몰린 그는 재판까지 받게 되고 종국에는 감방 문틈 사이에 손가락이 찝혀 죽게 된 것이다. 결국 주인공을 두 번씩이나 죽음으로 몰고 간 것은 전체주의 이데올로기나 자본주의적 사회 체제에 의해 제도화된 시간이라 할 수 있다.

제도적 시간과 함께 이 소설에서 주인공의 삶을 지배하는 또 다른 시간은 반복이나 회귀의 형식으로 되돌아온 '과거'이다. 시체 더미에서 간신히 빠져 나온 주인공은 자신의 "과거와 결별"하기 위해 이름까지 바꾼다. 자신의 이름을 지워 버렸다는 것은 그 이름이 등록된 상징적 질서 속에서 그는 이미 '죽었다'는 것을 의미한다. 그 이후 그는 방위군 무리에 섞여 부두

노동도 하고 포로 수용소 생활도 하지만 그 집단 속에서 그의 자리는 텅 비어 있다.

> 포로도 아니고 노무자도 아니고, 경비원도 아니고, 그가 거기서 뭔지 아무도 똑똑히 아는 사람은 없었다. 그러면서 그가 거기에 있을 수 있는 것은 완전히 셈 밖의 존재였기 때문일 것이다. (343쪽)

그 텅빈 자리를 속물적 소시민의 이름(만동)으로 채우려는 순간, 그가 지워 버리고자 했던 '과거'는 전혀 새로운 이데올로기적 조명을 받으며 되돌아온다. 부두 노동은 정보수집으로, 비행장 노동은 군사 기밀 탐지로, 포로 수용소 생활은 북한의 지령 전달을 위한 간첩활동으로, 반공 이데올로기는 이렇게 '현우'라는 지워진 이름에 '간첩'이라는 새로운 이름을 부여한다. 주인공을 무덤 속으로 내몬 공산주의 이데올로기는 이렇게 뒤집어진 모습으로, 즉 반공 이데올로기로 되돌아와 '미완의 임무'를 성취하고야 만 것이다.

첫 번째는 발을 헛디디는 어처구니없는 우연으로, 두 번째는 문틈에 손이 찝히는 웃지 못할 우연의 외관을 쓰고 발현되는 이 필연의 시간은 물리적 시간도 아니고 심리 작용으로 현상된 시간도 아니다. 자아의 의식적 통어력을 벗어나서 그의 삶을 은밀하게 지배하는 운명의 사슬 속에 흐르는 이 시간은 '지워진 과거'가 현재 속에 되돌아오는 반복과 회귀의 궤적으로 나타난다. 『원형의 전설』에서 주인공의 삶을 지배하고 있는 시간 역시 이와 같다. 이 소설에서 남매 간의 근친 상간으로 태어난 주인공은 그 출생의 비밀이 감추어져 있는 과거가 되돌아오는 순간, 즉 아버지와 똑같이 여동생과 근친상간을 감행하는 순간 죽음을 맞이한다. 남매간의 근친상간을 통해 어머니의 자궁에 잉태되었다가, 남매간의 근친상간을 통해 어머니의 자궁과도 같은 동굴 속에서 생명을 마감하는 주인공의 비극적 운명을 지배하는 시간의 궤적은 그래서 작품의 제목처럼 원형을 그린다. 이 경우의 과거가

주체의 자율적 의지를 벗어난 운명의 지배력 속에 되돌아오는 과거라면
『요한 시집』에서의 '과거'는 인식 주체의 현실 감각을 위협하면서 되돌아온
다. 이 소설의 초반부에서 주인공은 시계가 가리키는 공적 시간과 지각 주체
의 개입으로 상대화된 시간감각 사이의 간극에 대해 성찰한다.

> 時計가 가리키는 시간과 位置가 비져내는 시간. 이 두 개의 시간
> 사이에 가로 놓여 있는 빈터. 그것이 얼마나한 출혈(出血)을 강요하든
> 우리는 이러한 빈터에서 놀 때 自由를 느낀다. 우리에게 두 개의 시간
> 을 품게 한 이러한 빈터가 결국은 「나」를 두 개의 나로 쪼개 버린
> 실마리였는지도 모른다.[54]

자기 동일성은 과거에 대한 기억을 통해 보장된다. 과거의 '나'와 현재의
'나'를 동일한 '나'로 일치시킬 수 있는 것은 과거에 대한 상기(想起) 작용을
통해서이다. 그때, 과거란 현재의 '나'가 상기 할 수 있는 것 전체라고 할
수 있다. 이 소설의 주인공은 그 상기 가능한 전체 중에서 상기되지 않은
것이 있어왔다는 사실을 깨닫는 순간 자기 동일성에 대해 심각하게 회의한다.

> 머릿속이 얼떨떨해진다. 이러한 「행방불명」이, 아직 돌아오지 않은
> 이러한 「行方不明」이 얼마나 많을 것인가…그것을 모두 한데 모아
> 놓으면 욱실욱실할 것이다. 그것은 여기에 앉아 있는 동호보다 더 큰
> 무더기가 될 것이다! 나는 나의 一部分을 살고 있는 셈이 된다. (57쪽)

"행방불명된" 과거가 불쑥 의식의 표면으로 떠올랐을 때 갖게 되는 이물
감과 함께 주인공 동호는 상기하는 '의식' 속의 과거가 현재의 지각적 '현실'
이 되어버린다면 어떻게 할 것인가라는 비현실적 망상에 사로잡힌다. 다음
장면은 주인공의 의식 속에 문득 떠오른 고향 K성의 풍경이 상기하고 있는

---

54) 「요한시집」, <현대문학>, 1955, 7, 53쪽.

지금 현재의 풍경으로 물화(物化)되는 상황을 기술한 대목이다.

> 그 초가집이 우리집?… / 그러나 그것만은 아니었다. 사과나무는
> 서문밖에 어엿이 서있었다. 돗자리를 펴놓은 그 그늘 아래에서 한쪽
> 다리를 쭉 뻗고 앉아 늘 배만 쓰다듬던 할아버지가 일생을 마친 우리
> 집은 그 굴뚝이 서문밖에 서있는 그 사과나무 바로 옆에 있었던 것이
> 다. / 하나님일지라도 이 사과나무를 이제와서 산기슭인 그 초갓집
> 굴뚝 위에 옮겨다놓을 수는 없는 것이다. / 그렇다. 하느님도 옮겨다놓
> 을 수 없다. 옮겨다놓지 않는다. 그것은 나도 믿는다. / 그러나 언제
> 무슨 결에 거기에 가 턱, 서 있는 것으로 되어버리면 어쩌겠는가…
> (57~58쪽)

상기 작용의 대상은 과거 속에 있고 지각 작용의 대상은 현재 속에 있다. 상기 작용을 통해 떠올린 과거는 보이거나, 들리거나, 만질 수 있는 것이 아니라 단지 생각되어진 형태로만 되돌아온다. 너무나 당연한 말이지만, 상기 작용을 통해 되돌아 온 과거는 물질적 현실이 아니라 정신적 현실이다. 만약, 그 상기된 과거가 지각적 현재로 물질화 된다면 그것은 자연적 법칙을 넘어선 초자연적 현실이 된다. 토도로프가 시간의 변형을 통한 초자연성을 정신적인 것의 물질적 실현으로 이해하는 이유가 여기에 있다. 그러나 『요한시집』에서 과거의 물질적 회귀는 비유적인 차원에 그치고 있다. 이 소설에서 동호의 기억 속에 존재하는 누혜의 손은 지금 현재 죽어 가는 누혜 어머니의 손으로, 누혜의 눈은 주인공을 응시하는 고양이의 눈으로, 그리고 죽은 누혜는 현재를 살아가는 동호 자신으로 전이(轉移)되는데, 이런 과거의 현재적 전이는 인물의 심리적 현실이나 수사적 현실일 뿐 그 자체로 초자연적 현실은 아니다.

과거의 물질적 회귀가 환상적 효과를 야기하는 장면은 『비인탄생』 연작에서 찾을 수 있다. 『비인탄생』의 도입 서사에 제시된 예화(exemplum)는

전술한 바 시간이 인간의 생을 지배하는 두 가지 방식이 결합된 모습을 보여준다. 이 도입 예화는 아홉시만 가까워 오면 배탈이 나는 아이에 관한 이야기이다. 일종의 심인성 신체 질환이라고 할 수 있는 이 시간 공포증은 제도적으로 강제된 (등교) 시간에 대한 두려움 때문에 생긴 것이다. 처음에는 의도적인 꾀병이었던 시간 공포증은 점차 자아의 의식적 통어력을 벗어나 현실 세계로부터 어떤 책임을 요구받는 순간이면 자동적으로 발병한다. 이 예화 끄트머리에서 화자는 이런 시간 공포증은 단지 사회적 생존을 위해 억압되어 있을 뿐 모든 현대인에게 잠재되어 있는 보편적 병리이라고 말한다.

> 그러는 사이에 그는 배탈의 아픔을 느끼지 않게 되었다. 그의 생리는 배탈에 아주 물들어 버린 것이다. 건강체가 된 것이다. 모든 사람은 말하자면 그런 건강체인지도 모른다. 그렇다면 그들은 지금 무슨 아홉시병에 걸려 있는 것인가…? 55)

『역성서설-비인탄생 2부』의 주인공은 사회적 현실을 지배하고 있는 제도적 시간으로부터의 탈출을 구시병(九時病)과 같은 소극적 자기 방어가 아니라, 적극적인 초월의 형식으로 감행한다. 사회적 생활로부터 철저하게 배제된 그는 급기야 일상적 시간 감각이 붕괴된 초월 세계로 들어간다. 깊은 산 속 동굴 너머에 펼쳐진 그 세계가 초자연적 세계라는 것을 가장 선명하게 드러내는 장면은 일상적 시간 감각이 붕괴된 현실을 보고할 때이다. "녹두 대사"라 불리는 기괴한 노인의 안내를 받아 산사(山寺) 암자에서 하룻밤을 지낸 주인공은 다음날 아침 전날처럼 폭포 가로 내려간다. 그때 그는 전날과 똑같은 자세로 전날과 똑같은 말을 건네 오는 녹두 대사를 보며 경악한다.

> 슬며시 돌아보는 것이 어제와 비슷하다. / 비슷한 것은 그것뿐이

---

55) 「비인탄생」, <사상계>, 1956, 10, 351쪽.

> 아니다. 황공해서 어쩔 바를 몰라하는 거며 무릎을 꿇는 거며… (…인
> 용자) 마치 스크린을 흐르던 映像이 고장으로 멎은 것처럼. (…)이것이
> 時間의 意味인가? 내일이 이 쪽에서 닥아가고 있는 것이다.56)

현실에서의 시간은 반드시 운동과 차이를 발생시킨다. 거기서 반복되는 것은 물리적 사태 자체(전체)가 아니라 인간의 정신 작용으로 인해 추상화된 어떤 (부분적) 속성일 뿐이다. 따라서 이 장면에 나타난 시간의 기계적 반복은 주인공이 들어간 세계가 초자연적 환상 세계라는 것을 증명한다. 주인공은 일상적 시간 감각이 붕괴된 그 경이 세계 속에서 일년 동안 신비한 모험을 하다가 다시 나온다. 설화나 고전 소설의 선계(仙界) 체험에서처럼57) 그가 환상 속에서 보낸 일년은 현실에서는 한나절을 넘지 않는 것처럼 그려진다. 현실의 시간이 환상적 선계의 시간보다 훨씬 짧게 그려짐으로써 그의 환상 체험은 한 나절의 꿈이었거나 짧은 순간의 망상이었다는 암시를 받게 된다.

일상적 시간 감각의 붕괴와 함께 또 하나 주목할 점은 그가 들어간 환상 세계가 태고적의 선계(仙界)로 그려진다는 점이다. 제도적 시간으로부터의 '자유'가 이렇게 시간적 '퇴행'으로 귀결되는 것은 장용학 소설의 반 근대성을 이해하는 데 있어 중요한 시사점을 던진다. 그에게 '현대'는 역사적 현재가 아니라 인간 일반을 구속하는 추상적 현재로 이해된다. 이렇게 현대를 추상화시킬 때 그것을 극복하는 시간론 역시 추상적일 수밖에 없다. 그의

---

56) 「역성서설」, <사상계>, 1958, 3, 331~332쪽.

57) 이종은, 윤석산, 정민, 정재서, 박영호, 김응환, 「한국문학에 나타난 유토피아 의식 연구」, 『도교의 한국적 변용』, 아세아 문화사, 1996, 424~487쪽. 도교적 상상력을 통해 그려진 환상적 초월 세계는 현실 세계와 상이한 시간 관념을 지니고 있는데, 현실의 시간보다 仙界의 시간이 훨씬 짧은 것은 영원 불사에 대한 욕망 때문이라고 할 수 있다. 이와 반대로 『역성서설』을 비롯해서 현대의 환상물에서는 환상 세계의 시간이 현실보다 훨씬 길게 그려지는 경우가 많은데, 이것은 환상이 꿈이나 잠깐 동안의 망상, 혹은 의식의 흐름으로 동기화되는 경우가 많기 때문이다.

소설을 실존주의적 관점으로 해석할 수 없는 이유도 여기에 있다. 그의 소설에서 시간은 인간의 세계 내 존재성이 개시되는 터가 아니라 인간의 자유를 구속하는 선험적 굴레로 그려진다. 그로 인해 장용학의 자유는 실존주의에서처럼 미래적 가능성을 향해 기획 투사하는 자유[58]가 아니라 인간의 생을 구속하는 시간 일반으로부터의 해방으로 제시된다. 그 해방에 대한 구상적인 고려가 불가능할 때, 그것은 미래를 향한 것이 아니라 신화적 과거로의 퇴행으로 귀결될 수밖에 없다.

## [2] 地上 仙界 공간과 地下 異界 공간

장용학의 처녀작 『肉囚』의 제목은 이후 소설에서 반복되는 서사 구조를 도상적으로 보여 준다. 이 소설은 육체(肉)에 갇혀 있는 인간 존재(囚)가 그 선험적 굴레(口)로부터 자유로워지는 인간 해방의 과정(囚 →人)을 그린 소설이다. 이 작품에서 주인공을 가두고 있는 것은 육체적 결함(언청이) 자체라기보다는 그것을 보고 있는 세인(世人)의 눈이다. 그의 찢어진 입술은 '먹는' 기관이라기보다는 타인의 시선을 응시하는 '보는' 기관이다. 그 찢어진 입술은 그가 아끼던 개(마루)의 "한쪽 눈이 곪은 눈"으로 객체화된다. 마지막 장면에서 주인공이 마루의 곪은 눈을 향해 방아쇠를 당길 때 그가 쏜 것은 실은 자신의 찢어진 입술에 고정된 타자의 눈이다. 그 순간 그는 "보이는 내"가 아니라 "보는 나"로 거듭난다.

이 소설에서 주인공의 찢어진 입술에 고정된 세인(世人)의 응시가 미치지

---

58) 하이데거의 현상학적 실존주의에 따르면, 인간의 본질은 시간성에 있다. 왜냐하면 인간은 과거를 회상하고 미래에 기투(企投)함으로써만 현재의 자신을 이해할 수 있기 때문이다. 하이데거는 현존재(Dasein)를 자신의 가능성을 향해 자신을 넘어서 스스로를 항상 투기하는 양식의 존재자로 기술한다. 현재 자신을 조건짓는 상태에 환원되지 않고 미래의 가능성에 기투하는 존재라는 측면에서 인간은 자유롭다. R. Kearney, 『현대 유럽철학의 흐름』, 임헌규, 곽영아, 임찬순 역, 한울, 1992, 49~49쪽.

않는 공간은 지하 동굴과 깊은 산 속으로 그려진다. 아버지와 다투고 집을 뛰쳐나온 주인공은 알 수 없는 충동에 사로잡혀 폐림(廢林)으로 들어가면서 "거의 쓰러져 가는 사당이 저만치 보이는 굵은 나무 밑"에 몸을 누인다. 그때 그는 지하 이계(異界)를 경험한다.

> 부시럭 하는 소리에 그리를 보니 시꺼먼 덩어리가 나무뿌리로 튀어 나와 사당 쪽으로 사라졌다. 밑동이 펑 뻐개진 것이, 가만히 보니 나는 지금 땅에 거꾸로 머리를 박고 있는 거대한 헤청이의 입앞에 누워 있는 셈이었다. 그런데 그 헤청이를 보니 싫은 것이 없다.[59]

정체를 알 수 없는 그림자 괴물 같은 것이 살고 있는 이 지하 동굴은 대지의 찢어진 입처럼 주인공을 삼킨다. 그 동굴 안에서 올려다 본 지상의 인간들은 주인공을 지상에서 말살시켜 버리려는 듯 부지런히 동굴 입구를 막아버리는 공사를 하고 있다. 물론, 그 장면은 주인공의 잠깐 동안의 망상이나 꿈 장면이지만, 그로부터 깨어난 이후 마을 쪽으로 걸음을 떼어놓는 순간 "슛! 하는 소리"와 함께 조금 전의 그 그림자 괴물이 나무뿌리 안으로 뛰어 들어가는 것을 목격할 때 그 지하 이계의 실재성은 모호한 상태로 남아 있다.

이 소설에서 주인공이 타인의 응시로부터 완전한 자유를 성취하는 곳은 현실 세계로부터 절연된 깊은 산 속이다. 지금은 죽고 없지만 유일하게 자신을 이해해 주었던 여자(밀희)의 묘지가 있는 깊은 산중에서 그는 "자연은 완성에의 질서였다. 거역하지 말아라. 그러면 외면하지 않게 될 것이며, 따라서 아픔이 없어질 것이다"라는 다분히 도가적(道家的)인 깨달음을 얻게 된다. 이 소설에서 깊은 산중 공간은 아직 완전히 초자연적인 환상 공간으로 묘사되고 있지는 않지만 이 소설과 거의 동일한 구도, 즉 눈과 관련된 육체

---

59) 「肉囚」, <사상계>, 1955, 3, 175쪽.

적 결함을 지닌 주인공이 죽은 여인을 찾아 초월적 세계로 들어가는 구도를 그리고 있는 『사화산』에서는 완연히 도교적 산악 선계의 모습으로 그려진 다. 『사화산』의 주인공은 6. 25 전쟁 때 전우의 오발로 장님이 되었다. 현실 세계로부터 시각적으로 단절된 그는 현실 너머의 환상 세계를 본다. 그가 보고 있는 세계는 그의 연인이고자 했던 '리나'가 그린 그림 속의 세계이다.

> 리나의 머리속에 그런 애수와 공상의 날개가 숨어 있으리라고는 생각지 못했었다. 지금 그 그림을 나는 「東方의 哀愁」라고 부르고 싶 다. 월남하여 네 생각이 날 때면 네 모습은 늘 그 그림 속의 동산을 배경으로 하여 떠올랐던 것이다.60)

세계 바깥으로 내몰린 주인공이 들어간 이 초자연의 세계는 '그림'이라는 상상의 풍경이 실재 자연으로 구현된 세계, 즉 정신적인 것이 물질적 현실로 구현된 환상 세계이다. 지각 가능한 현상계를 넘어서 있다는 측면에서 '초월 계'라고 할 수 있는 그 세계는 깊은 산협(山峽) 속 "無爲의 門"을 지나 "하늘 에 연해 있는 地城"으로, 거기에는 온갖 기화 요초가 만발하고 (장자의) 나비가 날아다니며 "청동으로 기둥을 세운 사당"과 천제(天帝)가 살고 있는 신전(神殿)이 용궁과 연결되어 있는 도교적 산악 선계 공간이다. 이런 도교 적 선계 공간은 『역성서설』에서도 거의 동일한 모습으로 나타난다.

장용학 소설의 환상 공간이 도교적 산악 선계를 재현하고 있다는 것은 그 배경이 자아내는 도교적 의장뿐만 아니라, 고뇌와 좌절로 얼룩진 인간 세계로부터 완전히 격절된 깊은 산중에 펼쳐진 유토피아(Outopia: no-place) 라는 점61), 그곳에서는 일상적 시간과는 다른 시간이 흐른다는 점62), 그곳으

---

60) 「사화산」, <문학예술>, 1955, 10, 40쪽.

61) 정 민, 「조선 전기 遊仙辭賦 연구」, 『도교의 한국적 변용』, 아세아 문화사, 1996, 42 4~487쪽. 저자는 동양의 유토피아를 신화적 이상공간인 산해경형, 도교의 小國寡 民主의적 이념이 실현된 이상 사회인 무릉도원형, 인간계를 벗어나 신선들이 사는

로 가는 통로가 좁은 협곡이나 동굴로 설정되고 있다는 점[63] 등을 통해 확인할 수 있다. 이 도교적 산악 선계 공간은 지상인(地上人)의 지각 의식적 한계를 초월해 있는 세계로, 거기서는 정신적인 것과 물질적인 것의 경계가 무너져 현실에서는 볼 수도 없고, 들을 수도 없고, 행할 수도 없는 것이 무한한 가능성 속에 펼쳐지는 경이로운 세계이다.

산악 선계 공간과 함께 장용학 소설에 자주 나타나는 초월 공간은 동굴이다. 이 지하 이계(異界) 공간은 산악 선계 공간과 상보적 관계를 이루면서 지각 의식적 초월과는 또 다른 종류의 환상이 펼쳐지는 공간이다. 먼저, 동굴은 지상적 현실에서 은폐된 진실이 드러나는 우화적 공간으로 설정된다. 『육수』에서 이미 환상 공간으로서 기능했던 동굴은 『부활미수』에 와서 인간 재배의 환상이 펼쳐지는 지하국 이계(異界)로 그려진다. 이 소설의 주인공은 무너진 도덕을 상징하는 난파된 배에서 오직 동물적 본능에 따라 움직이는 인간—사공과 옛 애인 경실—을 목격하고는 지금까지 지녀 왔던 신앙을 철저히 부정하게 된다. 사공을 죽이고 옛 애인이었던 경실을 목 졸라 죽임으로써 신이 인간에게 부여한 도덕성으로부터 완전히 자유로워지려는 순간 그는 경실과 함께 이국의 화물선에 의해 구조된다. 거기서 개만도 못한 대접을 받으며 인간 이하의 나락으로 추락하던 그는 의식이 망실된 동안

---

이상 공간인 삼신산형, 공동체적 이상 국가 모형이 구현된 협의의 유토피아인 대동 사회형으로 나눈다. 장용학이 추구하는 유토피아는 삼신산형에 가깝다. 삼신산형 유토피아는 천상 선계, 지상 선계(산악 선계), 해중 선계(용궁)로 구성되어 있는데 이 세 선계는 서로 연결되어 있다. 장용학의 『사화산』에서 산악 선계에는 천상 선계의 천제(옥황상제)가 살고 있고, 『비인탄생』의 산악 선계 역시 용궁과 연결되어 있다.

62) 같은 책, 446쪽. 이 논문에 따르면, 삼신산형 유토피아의 개입이 있을 때만 인간계 와 선계의 상이한 시간 관념이 작용한다고 한다.

63) 『역성서설』의 화자는 주인공이 들어간 초월적 공간을 무릉도원이라고 말하는데, 도 연명의 소설체 산문 「도화원기」에서 묘사된 무릉 도원 역시 깊은 산 속의 작은 굴 을 통과해서 펼쳐진 이상향이다.

기괴한 환상 속으로 빨려 들어간다.

> 땅을 자꾸 파고 있는 것이었다. 그런데 가느다란 뿌리만이 이어져
> 나올 뿐, 인삼은 나타나지 않는다. (…인용자) 그런데 뿌리 끝에 달린
> 이 인삼에게는 코도 있고 입도 있고 … 귀바퀴도 있고 … 그 새끼
> 사람은 다리까지 폈다 굽혔다 하기 시작했다. 아침 체조를 하고 있는
> 것이었다. 소름이 쭉 끼친다.[64]

『원형의 전설』에도 나오는 이 인간 재배 장면은 인삼과 인간 사이의 형태상·음운상 유사성에 기반하여 인간이 누군가—신·기계 문명·사회적 상징 체계—에 의해 재배되고 있다는 공포스러운 메시지를 전달하는 우화적 환상이다. 『원형의 전설』의 주인공이 이와 유사한 성격의 '법정'의 환상을 보는 곳도 동굴이다. 부도덕한 아버지(오택부)에 의해 동굴 속에 감금된 주인공은 "인간 거세"의 죄목으로 피고석에 세워진 "시계의 시간"과 "진·선·미" 등을 재판하는 망상에 빠진다. 동굴이 이처럼 우화적 공간으로 설정되는 것은 우화라는 서사 양식과 동굴 사이의 공간 현상학적 유사성 때문이다. 우화는 사실주의적(지상적) 시선이 미치지 않는 어떤 숨겨진(지하의) 진실을 자기 폐쇄적인 현실 속에 담아 내는 서사 양식이다. 비유컨데, 사실주의가 지상의 서사라면 우화는 동굴의 서사라고 할 수 있다.

둘째, 장용학 소설에서 동굴은 의식 표면으로부터 망실된 심층 기억이 물리적 현실로 되돌아오는 공간으로 설정된다. 『현대의 야』에서 주인공은 동굴과도 같은 무덤 속에서 어린 시절의 체험과 관련된 환상을 본다. 그 환상 속에서 어린 날의 주인공은 운동회 날 달리기 시합에서 혼자만 반대 방향으로 달린다. 또, 『원형의 전설』에서 6. 25 때 총상을 입은 주인공은 동굴 속에서 지하 이계(異界)를 여행하게 되는데, 거기에서는 국민학교 생물

---

64)「復活未遂」, <신천지>, 1954, 9, 181~182쪽.

선생이 여전히 강의를 계속하고 있다. 동굴이 이처럼 심층 기억이 되돌아오는 공간으로 설정되는 이유는 현재의 지각 대상은 '외부'에 있고 기억 속의 과거는 '내부'에 잠재해 있다고 여기는 공간 현상학 때문이다.

세 번째 양상은 이런 위상학적 구도를 뒤집는다. 이 경우 지하 동굴은 내부로 '들어가는 것'이 아니라 바깥으로 '나가는' 통로가 된다. 장용학 소설에서 인간적 구속으로부터의 자유는 '바깥으로 나감'으로 이해된다. 이 바깥으로의 초월은 상·하 양방향을 취한다. 상 방향의 초월 공간이 산악 선계 공간이라면, 하 방향의 초월 공간은 동굴이다. 『육수』에서 보여진 것처럼 상 방향의 초월이 '육체로부터'의 초월이라면, 하 방향의 초월은 『부활미수』에서 나타난 것처럼 '육체적'인 초월이라 할 수 있다. 육체로부터의 초월은 지각·의식적 한계로부터 자유로워지는 것이다. 그래서 보이지 않는 것이 보이게 되고 정신적인 것이 물질화된다. 이에 반해 육체적 초월이란 인간의 행위를 제약하는 정신적 구속으로부터의 초월이다. 인간이 동물과 다른 것은 신이 부여한 영혼 때문이라고 할 때, 신으로부터의 자유를 인간 구원으로 여기는 장용학 소설의 주인공들은 그 도덕적 영혼을 부정하는 육체적 위반 행위를 감행한다.

『부활미수』의 주인공은 신에 의해 인간이 재배되는 밭을 유다의 아켈다마(피밭)이라고 부른다.

> 넓은 밭이 바라보이는 한 저 지평선 끝까지 일면 인삼잎으로 덮인 여기는 인삼 재배원이었다. 人間 栽培?! 피가 거꾸로 흘렀다. 여기는 獨生子를 판 유다의 三十兩으로 산 아켈다마의 피밭이었는가…? 그럼 이 밭 주인인 나는?! (182쪽)

이 아켈다마의 환상은 주인공의 위반 행위에 함축된 의미를 분명하게 보여준다. 원래 신부였던 그는 동물적 본능만이 지배하는 난파선에서 뱃사공을 살해하고 이미 결혼한 옛 애인의 육체를 탐함으로써 신을 배반한다. 이국 선원들에 의해 구조된 이후 그는 인간 이하의 동물적 영혼을 갖게 되고, 신이 인간에게 부여한 '인간성'을 거부하는 것만이 인간 해방의 길임을 깨닫는다. 소설 말미에서 그는 그를 독살하려다 오히려 자기 자신이 독을 먹고 죽은 옛 애인의 시체를 바위로 짓이기려고 한다. 배반과 오욕으로 물든 인간성을 파괴하려는 듯 경실의 시체를 향해 바위를 치켜든 그는 죽은 이의 얼굴에서 지난 사변 때 본 여자 시체의 부패한 얼굴을 떠올리고는 인간에 대한 연민에 잠시 망설인다.

> 빠개진 두개골로 흘러나온 누르스름한 뇌장이며 눈이고 코고 입술이고 문들어져 없고, 흰 이빨을 들이대고 하아 벌린 꺼먼 입 속으로는 구데기가 근질근질 열심히들 기어 나오다가 어떤 놈은 도루 기어 들어가고… (186쪽)

　장용학 소설에서 시체에 대한 해부학적 묘사는 매우 특별한 가치를 지닌다. 그의 소설에 사용된 언어는 대부분 추상적이고 관념적인 언어인데 유독 시체 묘사에 이르러서만 포르노그라피적으로 정밀한 것은 인간의 육체성에 대한 작가의 각별한 관심 때문이다. 인간의 가장 비인간적 모습, 즉 썩어가는 물질 덩어리로서의 모습을 통해 인간의 고귀함을 주장하는 계몽주의적 휴머니즘을 부정하려는 것이다. 이 소설의 주인공은 그 누추한 인간성을 육화하고 있는 애인의 시체를 바위로 짓이김으로써 인간적 한계를 뛰어넘어 "非人"으로 부활하려 한다. 그러나 인간성에 대한 증오와 인간에 대한 연민 사이에서 주저하던 그는 그만 발을 삐끗하여 들고 있던 바위에 깔려 죽는다. 그 때 그의 죽음은 신이 부여한 도덕적 영혼을 배반한 유다의 죽음이며 그 낭자한 주검의 현장은 아켈다마(피밭)라 할 수 있다. 이 장면은 그 자체로 환상적이지는 않지만 부패한 시체에 대한 해부학적 묘사와 인간적 한계를 넘어선 악마적인 폭력, 그리고 기괴한 죽음과 소극적(笑劇的) 실수 행위 사이의 부조화 등 일상적이고 정상적인 현실로부터 일탈된 그로테스크[65] 미학을 보여준다.

아켈다마(피밭) 모티프는 이미 『인간의 종언』에서 예고되었다. 미국 유학에의 꿈에 들떠 있던 주인공은 자신이 문둥병에 걸렸다는 사실을 알게 된 후 그 저주스러운 운명에 절망한 나머지 "인간 종언"의 의식(儀式)을 치른다. 인간에서 비인(非人)으로 거듭나기 위한 그 통과 의식은 방안에 장작을 쌓아 놓고 아내와 아들과 함께 인간의 육신적 굴레를 화장시키는 것이다. 그런데, 불은 이내 꺼져 버리고 주인공은 "살아 있는 송장"처럼 꿈틀거리며 죽은 아들의 배를 갈라 그 속의 간을 꺼내 먹는다.

> 칼날은 한번 번득하더니 양주의 배로 내려가 푹하고 꽂혔다. 쭉찢었다. 갈라지는 뱃속에서 오장이 흘러나왔다. 칼을 버리고 오장을 헤치면서 간을 찾기 시작하는 애비의 두 손. 팔목의 시계가 어울리지 않았다.[66]

자식의 배에서 꺼낸 간을 씹어 먹은 그 '살아 있는 시체'는 아침 햇살을 받으며 잠시 미뤄두었던 죽음을 맞이한다. 이 저주스러운 주검의 현장은 인간이 도덕적 영혼의 구속으로부터 벗어나 '非人'으로 부활하기 위해 통과해야 하는 영도(零度)의 공간으로, 앞서 살펴본 바의 '동굴'과 다르지 않다.

---

65) William Nelson, "The Grotesque in Darkness Visible and Rite of Passage", Twentieth Century Literature, Summer, 1982, pp.181-182. 그로테스크한 세계는 일상성 속에 감추어진 심연 같은 어둠의 영역을 보여줌으로써 새로운 세계로의 통과제의적 기능을 한다. 장용학 소설에서의 그로테스크(기괴와 희극성의 이질적 혼합, 악마적 카오스 상태, 세계의 파편화에 의해 야기된 끔찍한 폭력) 역시 초인(超人)적 주체가 탄생하기 위한 통과제의적 기능을 한다.

66) 「人間의 終焉」, <문화세계>, 1953, 11, 218쪽.

즉, 빛으로부터 차단된 이 공간은 인간의 종언과 비인(非人)의 탄생이 치러지는 '무덤'이자 '자궁'이다.

『현대의 야』에 묘사된 그로테스크한 죽음에는 성적 충동까지 개입한다. 이 소설에서도 시체들에 대한 해부학적 묘사는 일상성의 한계를 넘어 그로테스크한 느낌을 자아낸다. 구더기가 굼실거리는 부패한 시체와 사지가 절단되어 제멋대로 나뒹구는 조각난 몸들의 틈바구니에 끼어 이미 "죽음 속에 들어온" 주인공은 과거에 사랑했던 여인을 닮은 여자 시체와 성 관계의 체위로 포개져 있다.

> 그는 자기 얼굴이 옆이 되어 파묻혀 있는 것이 그 여자의 가슴이라는 것을 안다. 왼쪽 팔은 여자의 허리에 감겼고 바른 손은 어디에 숨어서 꼼짝 않고 있는지 모르지만, 두 男女는 시옷(ㅅ)字形으로 엇갈려 그 이상도 그 이하도 못되고 있는 것이다. (340쪽)

이 장면은 죽은 여자와의 성 관계를 향한 충동(necrophilia)을 환기시킨다. 그가 이 죽음의 공간으로부터 빠져 나오게 되는 것은 그 여자 시체의 입에서 곰실거리던 구더기가 그의 입으로 기어 들어오는 것을 느끼고 엉겁결에 몸을 뒤집음으로써 손의 자유를 얻게 되었기 때문인데, 이처럼 '주검과의 입맞춤'을 통해 얻은 재생은 주인공을 살아 있는 시체로 만들어 종국에는 두 번째 진짜 죽음을 맞게 한다.

『원형의 전설』은 동굴이 금기 위반의 공간으로 설정된 대표적인 작품이다. 이복 여동생과의 근친상간을 실행함으로써 '인간적' 한계를 넘어선 주인공은 '인간'의 성(城)을 찾아가는 환상을 본다. 그 환상에서 "인간적"이라고 표현된 현실원칙은 자기 꼬리를 물고 있는 요괴로 그려지고, 그로부터 해방된 "인간"은 "금지의 문"을 지나, "죄의 문"을 넘어 "신의 문"앞에 당도한다.

> 「神」의 門을 열고 들어서는 순간, 骸骨의 더미가 마치 세상의 모든
> 장작을 마구 쳐 넣은 것처럼 널려 있는 저 溪谷에 굴러 떨어졌다. 까맣
> 게 달겨드는 까마귀의 떼, 그 검은 帳幕 사이로, 나는 하늘을 찌르고
> 山巓에 높이 솟아 있는 이 「人間」의 城을 발견한 것이다![67)

신이 부여한 도덕적 금기의 문을 넘어 "인간의 성"에 도달하기 위해서는
해골 더미가 쌓여 있는 죽음의 계곡을 건너가야 한다. 그 죽음의 계곡이
『부활미수』에 명시되었던 아켈다마임은 두말할 필요도 없다. 근친상간을
통해 "반미추, 반선악, 반진위의 신천지"로 초월하려는 주인공이 묻혀 죽은
그 동굴 역시 신을 위반한 인간(유다)의 무덤인 아켈다마이다.

## [3] 魔性的 현실 원칙과 超自然的 인과율

장용학의 문단 데뷔작인 『지동설』은 너무 일찍 불어온 근대화의 바람(西
學)에 휩쓸린 지식인의 파멸을 그리고 있다. 이 소설의 중심 인물인 유 선생
은 아직 전근대적 문화가 지배하는 강원도 두메 산골 서당에서 서구의 근대
적 과학 지식을 전파하려 한다. 그가 가르치는 지식 중 대표적인 것은 '지동
설'이다. 그 지동설은 '동길'을 비롯한 학동들에게 지구가 태양 주위를 돌면
자기네 우물물이 쏟아지지 않을까 하는 '농담조'의 공포로 받아들여진다.
그러나 유 선생이 '동길'의 연인 '춘녀'를 성적으로 유린하고는 죽여 버릴
때 그 공포는 '농담'이 아니라 '진담'이 된다. 이처럼 장용학 소설은 그 출발
점부터 근대적 합리성, 혹은 과학적 이성이 가져올 공포스러운 결과에 주목
하고 있었다.

『미련소묘』에 와서 과학적 이성은 미신적 인과율과 심각한 충돌을 일으
키면서 이후에 전개될 초자연적 인과율을 예고한다. 이 소설의 주인공은
"아주 근대적인 시구를 만들어 내느라고 골몰하는" 모더니스트로, 미신에

---

67) 「원형의 전설」, <사상계>, 1962, 11, 366쪽.

젖어 있는 어머니를 핀잔줄 만치 합리적인 정신을 갖고 있었다. 그러나 점쟁
이로부터 길조가 있으리라는 "신탁"을 받은 날 부엌 한 구석에 기어 들어온
두꺼비 때문에 그의 합리주의적 신념은 시나브로 흔들리기 시작한다. 그는
어느 새 어머니보다 더 절실하게 그 두꺼비가 가져다 줄 지도 모르는 복(福)
에 집착하게 된 것이다. 특히, 몇 차례에 걸쳐 자신이 생각한 대로 두꺼비가
움직여 주는 것을 지켜볼 때 "그는 숨이 막혔다. 놀라지 맙시사였다." 두꺼
비는 당연히 사람의 말을 알아들을 수 없다. 그가 두꺼비에게 "한번 더 저
밑에 들어가 엎드려주려무나"라고 말한 것과 두꺼비가 그 말처럼 움직여
준 것은 우연한 합치(偶合)일 것이다. 그러나 그런 우연이 반복된다면 그때
는 어떤 초자연적 인과율을 받아들일 수밖에 없다.

　『비인탄생』 역시 이 소설과 거의 동일한 상황을 그리고 있다. 이 소설의
주인공 역시 산비탈의 방공호에서 어머니와 단 둘이 불우한 생활을 연명하
고 있다. 이 소설에서 비합리적 인과율을 담지한 주술적 사물은 "쥐의 시체"
이다.

> 　　그가 모를 것은 쥐가 왜 자기를 그렇게 원수로 삼는가 하는 그 이유
> 뿐이었다. 사실 우연한 일치인지는 몰라도 그에게 있어서는 쥐의 시체
> 를 보게 되는 것과 일이 팽글아지는 것이 꼭 因과 果가 되었던 것이
> 다.68)

　합리적 사고 방식에 따르면 쥐의 시체와 불우한 사건간의 이런 일치는
우연이거나 심리적 요인에 의한 것으로 설명된다. 물론 이 소설의 주인공도
처음엔 그렇게 생각했다. 그러나 이 우연의 일치가 거듭 반복되거나, 원인
(쥐의 시체)의 부재가 결과(불우한 사건)의 부재를 야기하면서 재확인될 때
는 그 우연을 지배하는 어떤 초자연적 인과율을 인정하지 않을 수 없게

---

68) 「비인탄생」, <사상계>, 1956, 10, 360쪽.

된다.

『미련소묘』의 주인공은 이런 초자연적 인과율에 대해 '미련'과 '공포'가 뒤섞인 양가 감정을 느낀다. 소설 말미에서 그가 두꺼비를 집어 던진 것은 그 초자연적 인과성(福)을 믿고 싶어하는 내적 충동에 대항하는 자기 방어적 행동이다. 이에 반해서 『비인탄생』의 주인공은 쥐의 시체가 불러올 불운의 필연성을 확신한다. 자신에게 닥친 모든 불행을 '쥐의 시체'에 돌림으로써 그는 점점 피해 망상의 세계로 빠져든다. 그가 쥐의 시체를 처음 본 것은 직장(학교)에서 권고 사직을 당하던 날 아침이었다. 그가 담임했던 졸업반 가운데 내내 우등생으로 지내 왔는데 그해 새로 실시된 등록제 때문에 우등생 자격을 상실하게 된 아이를 두고 학교 교장과 언쟁을 한 것이 계기가 되어 강제로 퇴직 당하게 된 것이다. 이 논쟁에서 학교 교장은 속물적인 관료주의에 입각한 논리를 편다. 법은 한 사람의 예외도 없이 철저하게 지켜져야 한다는 것이 그의 주장인데, 그렇다면 새로 정한 규칙대로 전교생 중 백 여명의 학생을 낙제시킬거냐는 주인공의 반론에 교장은 유구무언이다. 결국 주인공은 그 속물적인 현실 원칙 때문에 학교에서 쫓겨나게 되고, 그 날부터 그 현실 원칙은 쥐의 시체로 물신화되어 그를 따라 다닌다.

'쥐 시체'의 마성적 인과율 때문에 주인공은 직업 생활도 할 수 없게 되어 점점 현실 세계로부터 분리된다. 결정적으로 주인공을 현실 세계로부터 "망명"하도록 만든 것도 '쥐 시체'로 표상된 현실 원칙 때문이다. 이번에는 '경관'이 그 현실 원칙을 대변하고 있다. 주위 정황에만 기댄 사법적 인과 추리 때문에 주인공은 도둑으로 몰리게 되고, 그 충격으로 어머니는 목숨을 잃고 만다. 누명을 벗고 경찰서에서 돌아온 그는 비참하게 죽은 어머니의 시체를 화장한 후 쥐의 저주, 즉 마성적 현실 원칙이 적용되지 않는 세계로 망명한다. 앞서 살펴본 것처럼 『비인탄생 2부- 역성서설』에 펼쳐진 그 초월적 선계(仙界)는 현실적 인과 법칙을 초월한 환상 세계이다.

'쥐 시체'에 대한 공포증은 처녀작 『처수(処囚)』에서부터 나타난다. 다음 장면

은 자신이 언청이라는 사실 때문에 정상인들의 시선을 피하려는 주인공의
심리 상태를 묘사한 대목이다.

> 저기로 죽은 쥐를 끈에 매어 든 작란군들이 온다. 나는 처마 밑으로
> 슬슬 피하면서 걸었다. 그 피묻은 쥐를 내입 거기에다가 막 문질러놓
> 고 좋아할것만 같았다. 그런 봉변을 당하는 것이 적당한 나의 입술이
> 었다. (…인용자) 온길을 도로 더듬는데 그 여혜가 바로 거기에 나타났
> 다. (…) 나는 다시 쥐가 되어 곁골목으로 미끌어져 들어갔다.(166쪽)

주인공은 다른 사람들이 자신을 모욕하기 위해 자신의 찢어진 입술에
"피묻은 쥐"를 문지를 지도 모른다는 피해 망상에 사로잡힌다. 그 때문에
그는 정상적인 세인(世人)의 시선으로부터 몸을 감추어야 하는 '쥐'와 자기
자신을 동일화시킨다. 여기서도 쥐의 시체는 현실에 대한 주인공의 망상적
공포가 투영된 사물로 기능한다.

쥐 시체에 대한 공포는 『요한시집』에 와서 더욱 분명한 목소리를 갖게
된다. 이 소설의 주인공은 죽은 누혜 대신 누혜 어머니를 찾아간다. 산비탈
하꼬방에서 죽어 가는 누혜 어머니는 고양이가 물어다 준 '죽은 쥐'를 먹고
있었다.

> 쥐를 움켜진 노파의 손과 싸우면서도 나는 그의 공모자(共謀者)가
> 그 등허리에 노기를 세워 가지고 내뒤에서 나를 노리고 있는 것을
> 느껴야 했다. / 아까 그 노파의 눈, 손, 입, 그것은 그 쥐를 먹으려고
> 하는 눈이고, 손이고, 입술의 꼬물거림이었다! (65쪽)

누혜 어머니가 먹고 있는 이 쥐는 단지 삶을 연명하기 위한 고기 덩어리가
아니다. 그것은 누혜를 죽음으로 몰고 간 이데올로기와 아들을 잃은 어머니
로 하여금 굶주림 속에서 비참하게 죽어가도록 만든 부조리한 현실의 물질

적 표상이다. 사회 현실로부터 버림받은 어머니의 죽음에 달라붙어 있는 그 저주스러운 '쥐 시체'가 『비인탄생』에 와서 또 다시 어머니를 죽게 한 것이다.

'쥐 시체'가 서구의 종말론적 상상력으로부터 온 것이라면 『미련소묘』의 '두꺼비'는 동양의 무속적 상상력으로부터 온 주술적 동물이다. 이 두꺼비는 『인간의 종언』에 다시 나타난다. 이 소설에서 두꺼비는 문둥병 환자인 주인공의 살가죽 위에 달라붙어 있다.

> 「문둥이! 아! 몸이 가려워!」 몇 번 기색했는지 모른다. 상상만 하여라. / 밖으로 넙죽하게 번져지는 벌건 입술. 두꺼비껍질에다 붉은 물을 드린 것 같은 내 얼굴, 코는 문드러져 구멍이 펑- 뚫리고… (213쪽)

여기서 문둥병은 두꺼비의 저주로 인한 천형(天刑)으로 그려진다. 이 소설의 주인공은 『미련소묘』의 주인공과 마찬가지로 근대의 과학 이성—수학, 혹은 물리학—을 신뢰하는 지식인이었다. 그런 그가 광기의 화신이 되어 아들의 간을 빼먹는 괴물로 돌변한 것은 사회 체제의 모순이나 이데올로기적 폭력 때문이 아니라, '문둥병'이라는 천명(天命)의 저주 때문이다. 『미련소묘』에서 이미 확인한 것처럼 그 두꺼비의 저주는 전근대적 인과율—天命이나 무속적 주술—의 발현이라 할 수 있는데, 『미련소묘』에서 주인공이 집어 던져 버린 그 두꺼비(福)가 이 소설에 되돌아와 천형(天刑)의 저주를 내린 것이다. 그 저주로 인해 주인공의 과학적 이성은 산산조각 나고 만다.

『비인탄생』의 녹두 노인은 그 비근대적 결정론을 체현하고 있는 두꺼비로 그려진다. 인간을 옭아매고 있는 이성과 도덕을 벗어 던지고 "역성혁명"를 감행하라고 외치는 그는 두꺼비의 형상을 하고 있다.

> 함부로 툭 튀어나온 눈알에서는 凍太의 그것과 같은 졸음이 느껴지

는가 하면, 食人種을 연상케 하는 두터운 입술, 그 사이를 남북으로
달리는 코마루는, 뭐니뭐니 해도 여기서는 내가 最高峰이라 하듯 두꺼
비처럼 버티고 있다.[69]

이처럼 '두꺼비'라는 주술적 동물은 도교적 상상력과 밀접한 관계를 맺으
면서 합리적 질서를 넘어선 초월적 결정론을 구현하고 있다. 그 초월적 인과
법칙은 '우연'처럼 보이는 사건 연쇄를 지배하고 있는 운명적 인과율로,
『원형의 전설』은 우연한 사건 연쇄의 배후에 작동하는 운명의 결정론을
잘 보여준다. 이 소설에서 인물들간의 관계와 사건 연쇄는 고소설이나 신소
설, 혹은 통속소설의 플롯처럼 '우연'의 법칙에 따라 전개된다. 주인공 이장
이 자기 출생의 비밀을 알게 되는 상황이나 인민군과 국군을 오가며 자신이
태어난 '방골'에 가게 되는 상황, 간첩으로 남파된 후 어머니의 첫사랑 '현만
우'와 친아버지 오택부의 딸 '안지야'를 만나게 되는 상황 등 이 소설의
주요 사건들은 개연성의 논리가 아니라 작가의 관념적 통제에 따른 '우연'
의 병치적 연쇄로 전개된다. 그 '우연성'은 삶의 부조리함을 증명하는 것이
아니라 현실 배후에서 인물의 삶을 지배하는 숙명의 필연성을 증명한다.
이 전근대적 결정론에 종속된 인물들은 마치 태엽 인형처럼 정해진 순간에
(탄생/죽음의 접점), 정해진 장소에서 (자궁/동굴) 정해진 관계로 (누이와 성
교하는 오라비) 만나고 죽어간다.

이 소설의 주인공이 두꺼비의 주술에 걸려 있다는 것은 그가 동굴로부터
빠져 나와 그를 '사육했던' 늙은 할미 앞에 나타났을 때 드러난다.

「우애! 저눔 도께비가?…」 / 이장은 그것이 도깨비라는 말인지 두꺼
비라는 말인지 잘 알 수 없었습니다. (…인용자) 「아까 도깨비라고 했
소? 두꺼비라고 했소? 한 대로 해주지」 / 「뚜 뚜께비요, 뚜께비요.」[70]

---

69) 「비인탄생」, <사상계>, 1956, 12, 327쪽.

이 장면은 플롯 전개에서 별로 중요하지 않은 대목이지만, 바로 그 때문에 '두꺼비'에 대한 작가의 특별한 관심을 보여준다. 이 소설의 주인공은 근친상간이라는 인간 이하(地下)의 위반을 통해 잉태된 순간부터 이미 동굴(자궁) 속의 한 마리 두꺼비였으며, 동굴 속의 근친상간을 통해 자신의 잉태 지점으로 되돌아가 죽는 순간에야 비로소 두꺼비의 생으로부터 자유로워진다.

정리하면, 장용학 소설에서 인간의 생은 '쥐 시체'로 표상된 사회적 현실 원칙과 '두꺼비'가 함축하고 있는 숙명적 인과율에 구속되어 있다. 이 두 가지 인과 법칙은 각각의 역사 철학적 성격이 다르다. 현실의 부조리함을 표상하는 쥐 시체의 경우는 근대적 사회 질서라고 하는 구체적인 맥락을 내포하고 있지만, 두꺼비의 경우는 사회 제도와는 무관한 천명의 결정론을 함축하고 있다. 장용학 소설의 특이성은 이 둘을 구분하지 않는 데 있다. 즉, 그의 소설에서 인간은 신의 간계나 저주스러운 숙명의 지위로까지 고양된 사회적 현실 원칙에 사로잡혀 있으며, 따라서 인간의 '자유'는 단지 부조리한 사회 제도의 개선이 아니라 '인과 법칙' 자체로부터의 초월을 통해 성취된다.

## [4] 자아의 分身과 타자의 變身

장용학의 처녀작 『육수』에서부터 주인공의 자아는 둘로 분리되어 있다. 이 소설에서 주인공의 자아는 타인에 의해 "보여지는 나"와 타인의 응시로부터 벗어나 스스로를 "보는 나"로 분리된다. 현실 속에서 무언가를 '보는 것'은 그 봄의 각도를 미리 규정하는 시각적 틀을 전제로 했을 때만 가능하다. 다시 말해서, 우리가 보는 현실은 이미 그렇게 보이도록 구성된 현실이다. 이 소설 말미에서 타자의 응시 대상으로부터 순수한 시선의 주체로 "轉身"을 꾀한 주인공이 보는 것은 그래서 현실이 아니라 환상이다. 『사화산』

---

70) 「원형의 전설」, <사상계>, 1962, 8, 349쪽.

은 그렇게 지각 현실을 초월하여 순수하게 "보는 나"가 된 '장님'의 환상 세계를 그리고 있다.『육수』에서 '보이는 나'와 '보는 나', 혹은 현실적 자아와 초월적 자아의 분리는 다음과 같은 발화 속에 나타난다.

> 나는 克服되어야 할 그 무엇이었다. 극복되어야 할 무엇을 가지고 있는 나는 나를 克服한다! / 입술이 내가 아니다. 내가 내다! 보이는 내가 내 아니고, 보는 내가 내여야 한다. 轉身을 꾀하는 것만이 너를 밖에 서게 한다. / 물린 것은 물어뜯어야 한다! 그밖에 너에게는 길이 없었다! (184쪽)

인용문에서 일인칭 화자는 자기 자신을 '나'와 '너'로 분리해서 칭하고 있다. '나'란 이미 현실을 초월해 있는 자아이고, 그 초월적 자아에 의해 '너'로 지칭되고 있는 자아는 현실적 자아이다. 그러나, 이 소설에서 자아 분열은 단지 발화 상에서만 나타날 뿐 분리된 신체(分身)로 구현되지는 않는다.

『요한시집』에 나타난 자아 분열은 주인공에게 놀라움의 반응을 불러일으킬 정도로 현실화된다. 다음 장면은 산비탈에 앉아 누혜에 대한 상념에 잠겨 있던 동호가 자기 동일성을 상실하는 부분이다.

> 「동호야…」 / 나는 내 이름을 불러 보았다. / 그러나 그 근처에 대답해 주는 소리는 있지 않았다. 석양이 어린 경사를 적막이 흘러내리고 있을 뿐이었다. 마음이 불안스러워졌다. 이 자리를 떠나고만 싶다. 곁눈으로 내 옆에 있는 그림자를 더듬어 보았다. 무득득한 것이 내 그림자같지 않았다. 다른 누가 여기에 앉아 있어, 그의 그림자가 거기에 그렇게 비쳐 있는 것만 같다. / 「동호!」 / 나는 그 소리에 깜짝 놀랐다. 내 소리 같지 않았고, 농담인줄 알았는데 그 소리는 비감에 서린 비명이었다. 그래서 얼결에 기겁을 먹고 「누구야」 하려고 했다. (56~57쪽)

자기 이름을 불러 놓고는 누군가가 대답해 주기를 기다릴 만큼 주인공은 자기 동일성 확보에 위기를 겪고 있다. 여기서 주인공의 인격은 "동호야"라고 부르는 진술 주체와 "동호!"라고 말하는 또 다른 발화 주체로 분열되어 있다. 이 소설의 전체 맥락상 비감에 서린 비명으로 "동호!"라고 부른 발화 주체는 죽은 누혜이다. 죽은 누혜는 동호의 인격 속에 또 다른 자아로 자리 잡고 있었던 것이다. 그래서 주인공은 누혜의 어머니를 자신의 어머니로, 누혜 어머니의 손을 포로 수용소 화장실에 버려진 누혜의 손으로, 누혜 어머니에게 죽은 쥐를 물어다 준 고양이의 눈을 누혜의 눈으로 생각한다. 그렇게 살아 있는 동호의 내면 속에 되돌아 온 죽은 누혜는 현실의 부조리함에 대한 해명과 책임을 묻고 있다.

> 처다보니, 아까 저녁때 까마귀가 황혼을 울던 나뭇가지에 두 눈알이 켜져 있었다. / 돌을 찾아 던져도 그 눈빛은 꺼지지 않는다. 그에게는 날개가 없는 것이다. 나는 우리 조상이라고 하는 원숭이의 재주를 먼 옛날에 상실해 버린 것이다. / 저주와 복수를 자아내던 두 눈빛이 사라지면서 그 근처가 흐무러진다.(82쪽)

동호를 응시하고 있는 고양이의 눈은 저주와 복수에 사무친 누혜의 눈이다. 해가 뜨면 그 파란 인광은 사라지겠지만, 동호는 "과연 내일 아침에 해는 동산에 떠오를 것인가"라고 회의하면서 "누혜의 비단옷을 빌려 입은 나의 그림자"를 쳐다본다. 이후의 소설에서 현실에 대한 저주와 복수에 사무친 누혜의 영혼에 사로잡힌 주인공들은 인간에게 부여된 제약과 한계를 뛰어넘는 '역성 혁명'을 감행한다.

죽은 이의 영혼이 산 자의 인격 속에 분신으로 되돌아 올 때, 다시 말해서 죽음의 그림자가 산 자의 영혼에 드리워질 때 살아 있는 자는 죽음의 위기에 직면한다.71) 『현대의 야』는 분신의 유령이 불러온 죽음의 전조를 보여준다.

이 소설의 전반부(1장)에서 주인공(현우)은 시체들이 쌓여 있는 구덩이 속에서 죽었다.

> 이리하여 여기 한 젊은이는 「時間」이 없기 때문에 그만 이 地上에서 抹殺되어 버리고 만 것이다. (336쪽)

그러나 2장에서 주인공은 기적적으로 그 무덤에서 빠져 나온 것으로 밝혀진다. '그는 죽었다.' 라는 전지적 서술자의 진술과 주인공이 되살아난 현실을 공존시키기 위해 작가는 1장의 현실을 주인공이 쓴 소설의 허구적 현실로 재설정한다. 그러나, 상징적 차원에서 주인공은 이미 무덤 속에서 죽었다. 그는 '현우'라는 이전의 이름을 지워 버림으로써 자신을 제사지내고, 대신 '만동'이라는 이름을 가진 속물적 소시민으로 다시 태어난 것이다. 그렇게 죽은 현우는 3장에서 경찰에 의해 다시 살아난다. 다음 장면은 경찰이 제시한 "사변 전"의 자기 사진을 가리키며 주인공이 하는 말이다.

> 「저놈입니다! 저놈이 도망칩니다!」 / 「뭐가 저놈이야!」 그는 사진이 날아간 것을 못 보았고 거기를 볼가고도 하지 않는다. / 「幽靈이요! 그때 파묻어 버린 그놈이 도루 살아났습니다.' (347쪽)

살아 돌아온 현우는 부역자가 아니라 간첩이 된다. 결국 주인공은 자신이 별 볼일 없는 부역자 현우인지 속물적인 소시민 만동인지, 아니면 남파 간첩 현우인지 알 수 없는 정신 분열 상태에 빠진다. 다중 인격자가 되어 버린 그는 감옥 문틈에 손가락을 찝혀 죽고 마는데, 그를 죽음으로 몰아 간 것은

---

71) T.E. Apter, Fantasy Literature: An Approach to Reality, The Macmillan Press, 1982, p.51. 분신의 현존은 자신의 존재에 도전한다. 분신은 자기 내면 속에 기생하면서 원래의 자아를 대신하거나 파괴하려는 목적을 지니게 된다. 따라서 분신의 유령은 죽음의 전조가 된다.

공권력(검찰)이라기보다는 무덤 속에서 되살아 난 '분신의 유령'이라고 할 수 있다.

그러나, 『요한시집』에서 누혜/동호의 분신 관계와 『현대의 야』에서 현우/만동의 분신 관계는 단지 인물의 내면 심리에 작용하고 있는 자아 분열이지 물리적 현실로 구현된 초자연적 환상은 아니다. 자아 분열의 테마가 초자연적 환상으로 표출되는 작품은 『비인탄생』 연작이다. 이 소설에서 주인공은 죽어 가는 어머니에 대해 양면적인 감정을 가지고 있다. 그의 현실적 자아는 어머니가 살아나길 원하지만 또 다른 자아는 그렇지 않다.

> 그런데 너는 기어코 그 몸을 살겠다고 팔다리 운동에 여념이 없어야 겠다는 말인가… / 그렇다. 나는 이 몸을 살아 있어야 한다. 왜? 어머니 때문이다. / 그래서 너는 어머니가 돌아가셨으면 하는 게로구나. / 뭐! 뭐라구! 내가? 내가, 내가 어머니가 돌아가셨으면라구?… 넌 정말 쌍놈 이다! 거지다. (…인용자) 너는 자기를 欺瞞하고 있다. / 입을 닫쳐라! 넌 끝끝내 나를 믿지 못하겠다는 말이지… / 네가 그렇게 흥분하지 않으면 믿을 것이다.[72]

자기 내부의 악마적 자아와 도덕 관념(孝)을 고수하는 현실적 자아가 각기 독립된 발화자로 분리되어 나누는 이 대화 장면은 심적 분열 상태의 수사적 표현을 넘어 환상의 실재적 구현에 가까워진다. 왜냐하면 『비인탄생 2부-역성서설』에서 주인공은 현실을 벗어난 "超人"의 仙界로 들어가기 때문이다. 여기서 문제가 되는 것은 현실적 자아와 분리된 또다른 자아가 어떤 육체를 입는가 하는 점이다. 작가는 두 가지 방식을 취한다. 첫 번째 방식은 『현대의 야』에서처럼 그 둘에게 서로 다른 이름을 부여하는 것이다. 『비인탄생』에서 의 주인공은 현실 속의 자아로, "地瑚"라는 이름을 가지고 있다. 이에 대해 『비인탄생 2부-역성서설』에서의 주인공은 초월 세계로 들어가는데, 그는

______

72) 「비인탄생」, <사상계>, 1957, 1, 355쪽.

1부에서 지호의 아명으로 사용된 "三守"의 앞글자만 바뀐 "森守"라는 이름을 갖게 된다. 이 두 이름은 고유명사로서의 가치뿐만 아니라 그 인물이 지닌 주제적 성격을 함축하고 있다. 地瑚(땅의 산호)라는 이름은 그가 원래는 바다 속에 있었는데(산호) 지금은 지상에 올라와 있다는 것을 의미한다. 실제로『역성서설』에서 그는 녹두 대사로부터 용궁의 태자라는 정체성을 부여받는다. 이에 대해 '森守'는 '깊은 산림을 지킨다'는 뜻을 내포한 이름으로,『역성서설』의 환상 공간이 도교적 산악 선계(仙界)로 그려지고 있다는 점을 생각해 보면 금방 이해할 수 있는 명명법이다. 이렇게 주인공의 이름이 지호에서 삼수로 바뀐 것은 현실적 자아가 자신의 본향인 선계로 되돌아가서 초월적 주체로 거듭나리라는 것을 의미한다.

　두 번째 방법은『육수』에서 이미 사용되었던 방법으로, '그림자'에 생명을 부여하는 것이다.

> 　소르르 감아지는 그의 눈가에 족제비같은 그림자가 기어들었다가 사라져 버렸다. 아까 까마귀가 앉았다가 날아가 버린 고목 밑둥치에 펑 헤쳐진 데로 머리를 내밀고 주위를 한번 살피더니 쏜 살같이 어디로인지 사라져 버린 것이다. / 主人이 외출한 그 속으로 누가 슬그머니 들어서고 있다. 내 옆에 누워 있던 그림자라고 했다.[73]

　지하 동굴은 어둡다. 그곳은 현실의 빛이 들지 않는 그림자의 세계이다. 주인공의 신체로부터 분리된 그림자는 시·공간이 붕괴되어 버린 순전한 카오스의 어둠 속에 빨려들어 갔다가 다시 빠져 나와 "주위를 한번 둘러보고 내 옆에 와서 슬그머니 드러눕는 것이다." 이때 그림자는 현실적(地上的) 자아가 의식할 수 없는 심층 영역(地下 異界)의 또 다른 자아를 표상한다. 자기 자신의 신체로부터 탈각된 이 '그림자의 분신'이 거처하는 세계는 "언

---

73)「역성서설」, <사상계>, 1958, 3, 320쪽.

제까지 이러고 있고” 싶은 무하유지향(無何有之鄕)이다. 주인공이 추구하는 초월 세계에 거처한다는 면에서 이 그림자의 분신은 긍정적인 가치를 지닌다고 있다고 할 수 있다. 그러나 소설 말미에 가서 그 그림자의 분신은 부정적 자아로 탈바꿈한다.

> 돌층대 위에 두 팔을 쳐든 것을 보니 동물성은 동물성인데 動物이라기보다 流動體였다. 삼사개월된 무슨 짐승의 태아(胎兒)가 그 모양대로 햇빛을 받아 자라난 것 같은 怪物. 부피는 巨人의 배(培)가 되어 보이는 그 보이는 그 흐들흐들한 怪物이 저 機械의 낫가리를 지키고 있던 불가살이가 아니겠는가!?[74]

여기서 그림자는 “기계의 낫가리”를 지키는 괴물로서 근대의 물질 문명에 순응하는 부정적 자아, 혹은 현실적 자아를 표상한다. 이 그림자로부터 탈각된 그의 신체는 거인처럼 성장하여 ‘그림자 괴물’과 목숨을 건 사투를 벌인다. 그 거인은 주인공이 화강암석에 새긴 거상(巨像)이 생명을 얻은 것으로, 현실적 자아를 초극한 진짜 주체(非人)를 표상한다.[75] 이처럼 자기 신체로부터 탈각한 그림자가 처음에는 ‘지향’의 대상이었다가 종국에는 ‘극복’의 대상으로 그 성격이 바뀌는 것은 이 소설, 나아가 장용학 소설 전반에 걸쳐 나타난 유토피아 의식이 단지 현실로부터의 초월 의지만으로 규정될 수 없다는 것을 보여준다. 이 소설의 주인공이 추구하는 “非人”의 탄생은

---

74) 「역성서설」, <사상계>, 1958, 5·6, 379쪽.

75) 거대한 석상이 살아 있는 거인으로 변하는 것은 주인공 삼수가 폐색된 현실적 자아로부터 무한한 생을 체현하고 있는 초월적 자아로 변신한 것이라고 할 수 있다. 이재선에 따르면 문학의 역사에서 변신(metamorphosis) 원망이 수없이 되풀이되는 이유는 근원적으로 인간은 변신을 통해 폐색된 현실적 삶을 지양하고 한계 지워진 자아를 초월하려는 원망을 지니고 있기 때문이다. 이 소설의 주제 역시 “현실적인 삶의 초월과 무한한 자아로의 변성과 변형”이라는 변신의 주제학으로 이해될 수 있다.(이재선, 『한국문학 주제론』, 서강대출판부, 1989, 42~43쪽)

일회적인 부정, 즉 현실 세계로부터의 초월만이 아니라 부정의 부정, 즉 초월 자체가 초월됨으로써만 가능하다.

 이 소설에서 그림자의 가치 전도와 함께 초월의 이중성을 드러내는 서사적 요소는 녹두 노인의 '변신'과 그 속에 함축된 '가짜 메시아' 모티프이다. 분신의 환상이 현실적 자아와 분리된 또 다른 자아가 물리적으로 육화된 것이라면, 변신의 환상은 어떤 인격체의 속성 변화가 물리적으로 구현된 것이다. 『역성서설』에서 현실로부터 배제된 심층의 자아를 표상했던 그림자가 현실 원칙을 수호하는 괴물로 변한 것은 그래서 일종의 변신 모티프라 할 수 있다. 녹두 대사의 변신은 이 그림자의 속성 변화와 궤를 같이 한다. 『비인탄생』에 처음 등장할 때부터 녹두 노인은 주인공의 마음과 과거사를 모두 꿰뚫어 볼 수 있는 초자연적 능력을 지닌 인물(異人)로 그려진다. 스스로 후천 개벽을 이끌 '녹두 대사'로 자처하던 그는 『역성서설』에서 "천동시대"라 명명된 근대 초극의 인간 해방을 역설한다.

 『역성서설』에서 그의 초자연적 능력은 더욱 두드러져 주인공의 꿈을 투시하거나, 중력의 한계를 벗어나서 이동하거나, 해중 선계(용궁)와 산악 선계를 자유롭게 오가거나, 관음보살상에 생명을 불어넣는 등 완연히 지상 선인(仙人)의 형상을 하고 있다. 이때까지만 하더라도 그는 분명 주인공을 "易姓"의 세계로 안내하는 메시아로 기능했다. 그러나 소설 말미에서 그는 기계 문명의 산물인 인조 인간으로 변신한다. 이와 거의 동일한 장면이 『사화산』에서 제시된 바 있었는데, 『사화산』에서 녹두 대사와 동일한 역할을 맡고 있는 인물은 천상 선계의 "天帝"이다. 이 초자연적 인물은 직접적으로 모습을 드러내고 있지는 않지만 주인공과 '리나'의 성적 결합을 방해하는 '적대자'로 등장한다. 녹두 대사와 천제가 주인공에게 적대자로 기능하는 이유는 그들이 주인공과 '이상적 여인'과의 성적 결합을 방해하기 때문이다.

 『역성서설』에서 '연희'를 사이에 두고 주인공과 경쟁 관계에 있는 녹두 대사는 "용왕"과 "금강역사", 그리고 "구미호"로 변신한다.

「이제 한탄한 들 무슨 소용이리오만 나는 대사가 너의 편인 줄 알았
는데 나를 용왕에게 시집보내려 하니 이 일을 어찌하면 좋단 말이냐.」
/ 「용왕? 용왕이란 없다! 용왕이 누군 줄 아느냐. 저 대사가 누군 줄
아느냐. 법당에서 잘 땐 금강역사(金剛力士)이구 옛말 속에서 용왕이
다!」 / 「지금 암자에서 잘 때는 무엇인지 아느냐?」 / 「구미호다! 꼬리가
아홉 개 달린 그 백년 묵은 여우다! 내 가서 그 꼬리를 끌구 올 터이니
보아라!」[76]

그런 맥락에서, 이들 도교적 선계의 초월자는 기독교적 선계(에덴 동산)의
아버지 신으로 변신했다고 할 수 있다. 이렇게 메시아(원조자)가 금지자(적
대자)로 변하고, 무의식의 그림자가 기계 문명의 화신으로 변함에 따라 환상
적 선계 공간은 인간이 해방된 이상향이 아니라 부성적 금기 원칙이 적나라
하게 드러나는 환각의 세계임이 밝혀진다. 그 환각 속에서 주인공은 현실에
는 존재하지 않는 여성과의 성 관계를 통해 아버지 신이 쳐 놓은 금기의
문턱을 넘어서려고 한다.

지금까지 살펴본 것처럼, 장용학 소설에 나타난 환상은 지각 의식 체계에
작동하는 현실 원칙—공통 감각—과 무의식적 충동 체계에 작동하는 현실원
칙—도덕적 금기—이 전면적으로 붕괴됨으로써 발생한다. 지각의식 체계와
관련하여 주인공은 인간의 生을 감금하는 제도적 시간으로부터 벗어나려
한다. 시계의 시간이 적용되지 않는 그 초월적 환상 세계는 산악 仙界 공간으
로 그려진다. 그가 초월적 선계 공간으로 망명하게 되는 이유는 '쥐 시체'의
저주로 표상된 현실 원칙 때문이다. 인간의 생을 죽음으로 몰아 가는 '쥐
시체'의 저주에 걸린 그는 극심한 자아 분열을 경험한다. 의식적 자아와 무의
식적 자아, 현실적 자아와 초월적 자아로 분열된 그는 자신의 신체로부터
분리된 그림자를 따라 신비한 '그림(자)'의 세계 속으로 들어간다. 그러나
그 초월적 선계는 인간이 해방된 유토피아가 아니라 한 여인을 사이에 두고

---

76) 「역성서설」, <사상계>, 1858, 5 · 6, 375쪽.

아버지 신과 목숨을 건 싸움을 벌이는 정신병적 환각의 세계이다.

이 지점에서 무의식적 충동 체계와 관련된 환상이 발생한다. 장용학 소설의 주인공은 제도적 시간으로부터 벗어나려다가 그보다 더 불가해한 '숙명'의 시간에 포획된다. 언청이로 태어나거나(『육수』), 문둥병에 걸리거나(『인간의 종언』), 장님이 되거나(『사화산』), 혹은 남매간의 근친상간으로 인해 태어나는(『원형의 전설』) 등 자신의 의지로는 어찌할 수 없는 천명(天命)의 결정론에 포획된 주인공은 그 굴레로부터 벗어나기 위해 지하 異界 공간(동굴)으로 들어간다. 그 인간 '이하'(地下)의 세계에서 그는 신이 인간에게 부여한 도덕적 한계를 뛰어 넘어, 자식의 간을 빼 먹거나(『인간의 종언』), 연인의 시체를 돌로 짓이기거나(『부활미수』), 아버지가 한 것과 똑같이 자신의 누이와 근친상간을 자행함으로써 '인간 해방'을 기획하지만 신에 대한 그 유다(Jude)적인 반항은 그로테스크한 죽음의 피밭(아켈다마)으로 귀결된다.


## 1. 2 알레고리적 의미화

장용학 소설에 나타난 초현실적 장면은 명백히 우의적 맥락 안에서 구현된 환상과 일상 현실을 초월한 선계 공간에 구현된 경이 세계, 그리고 현실 세계 내부에서 인간에게 부여된 도덕적 한계를 위반함으로써 야기되는 그로테스크한 장면으로 분류된다. 첫 번째 형태의 환상은 대체로 작중 인물의 꿈이나 백일몽, 혹은 의식의 망실 상태로부터 야기된 심적 환각 상태로 동기화(motivation)된다. 가령, 『육수』에서 주인공이 지하 동굴에 갇혀 있고 세상 사람들이 그 동굴 입구를 돌로 막고 있는 장면은 그 장면 묘사가 끝나는 지점의 "눈을 떴다."라는 문장으로 인해 주인공이 잠깐 사이에 꾼 꿈이나 백일몽이었음이 밝혀진다. 『부활미수』에서 인간이 재배되고 있는 환상 장면 역시 "아앗! 눈을 떴다. 식은 땀이 온 몸에 배었다."라는 문장 때문에

그 자체로 초자연적 현실이 아니라 주인공의 꿈이나 백일몽으로 받아들여
진다. 『원형의 전설』의 인간 재배 환상 역시 기차간에서 주인공이 꾼 꿈으로
제시된다. 이 경우 서술자는 입몽(入夢) 과정을 생략함으로써 꿈과 현실간의
경계를 모호하게 처리한다. 다음 인용문은 서술자의 이런 의도가 직접 노출
된 부분이다.

> 그 꿈과 저 죽음은 世界의 根本形式인 時間에 있어서 繼起한 것이기
> 때문에 그것이 因果律이 되는 무슨 秩序가 있어야 할 것이라는 것입니
> 다. 그 두 現象은 小括弧로서는 꿈과 生時라는 별개의 괄호에 묶이어
> 있지만 大括弧로서는 하나의 式으로 이어져 있을 것이라는 것입니
> 다.[77]

주인공을 향해 기계 괴물 같은 불도저가 전속력으로 쫓아오는 꿈 장면과
그 꿈에서 깨어나자마자 목격한 기차 사고간의 현실적 인과관계를 설정하
려는 주석적 화자의 비상식적인 사고 방식을 고려한다면, 이 소설에서 '꿈'
은 우의(寓意) 전달뿐만 아니라 현실과 환상간의 경계를 모호하게 만들기
위해 도입된 서사 기제임을 알 수 있다.

입몽 과정이 생략된 꿈보다 환상에 좀더 가까운 형태는 의식의 망실 상태
에서 펼쳐지는 환영이다. 다음 장면은 『요한시집』에서 죽은 쥐를 먹으려는
누혜 어머니와 실랑이를 벌이다가 감정이 격해진 주인공의 "초점을 잃어버
린" 눈에 비쳐든 환영이다.

> 막 우는 진동에 눈동자가 촛점을 잃어버린다. 환영(幻影)이 비쳐든
> 다. (…인용자) 꿀꿀 꿀꿀, 돼지 우는 소리가 들려온다. 꺼먼 돼지, 흰
> 돼지, 빨강 돼지, (…) 나무들이 진군해 온다. 대추나무, 회나무, 잣나무,
> (…) 눈 속으로 검은 그림자가 나타났다. 갓을 푹 수겨 쓴 그 젊은 도승

---

77) 「원형의 전설」, <사상계>, 1962, 6, 411쪽.

(道僧)은 눈이 먼 것이다. 손으로 앞을 더듬으면서 가까이 온다. (…)
「누에-」 / 노파가 소리를 부벼냈다. 나는 소스라치면서 환상에서 깼다.
(67~69쪽)


근대 문명을 무너뜨리며 돌진하는 돼지 떼와, 사전에서 벗어 나와 진군하
는 나무들, 그리고 문명의 탄생 과정과 그 문명을 덮어 버리는 눈 등 주인공
의 관념 형상이 초현실적으로 표현된 이 장면 앞과 뒷부분에는 그것이 주인
공의 "환영"이었음을 명시하는 문장이 제시되어 있다. 이런 환영은 인용된
장면처럼 인물의 심리 상태가 정상성의 한도를 넘어설 만치 격화될 때도
나타나지만, 『원형의 전설』의 주인공이 지하 세계의 교실을 여행하거나 "인
간의 城"을 찾아가는 장면처럼 작중 인물이 기절한 상태에서 펼쳐지기도
한다. 다음 인용문은 『현대의 야』에서 시체들 틈새에 끼여 있는 주인공이
운동회 날 반대 방향으로 질주하는 아이의 환상을 보는 장면이다.


　　그는 의식이 아득해져 갔다. / ……
　　―하늘에는 萬國旗, 땅에는 樂隊소리. 새 운동화를 신고 꼬마選手들
은 스타트라인에 한 줄로 나섰다. / 온자 마크 겟셋…탕! / 그런데 한
아이가 反對方向으로 뛰어 나간 것이다. (…인용자) 그는 의식이 살아
났다. (341~342쪽)


이처럼 주인공의 꿈(백일몽)이나 의식의 망실 상태에서 펼쳐지는 환상은
미약하나마 서사적 동기가 부여되고 현실과 환상의 경계도 설정된다. 그러
나 『원형의 전설』에서 동굴에 갇힌 주인공의 의식 속에 펼쳐지는 '법정'의
환상은 어떠한 서사적 유인(誘因)도 마련되지 않은 상태에서 주인공의 관념
적 사색으로부터 곧장 환상으로 치닫는다.


　　누가 時間을 스물넷으로 쪼갰는가. / 기어이 쪼개어야 심성이 풀리

는 것이라면, 차라리 쉰네댓으로 쪼개어야 했을 것이다. (…인용자)
「最後의 審判」이라는 것이 정말있는 것이라면, 그 被告席의 맨앞줄
한 가운데에 서야 할 것은 이 「스물네 시간」이어야 한다. (…) 被告席
第一列에는, 눈에 보이지는 않지만 「二十四時間」을 필두로 眞·善·
美등 元兇중의 元兇들이 쇠고랑에 채어 있다.[78]

이렇게 시작되는 법정 장면은 검사와 변호사의 변론도 제시되고 장내
분위기도 묘사되면서 자족적인 서사 현실을 구현해 나간다. 이 장면의 우화
적 성격은 너무나 분명하다. 이 장면뿐만 아니라 앞에서 거론한 꿈 장면이나
환영 장면 역시 기본 서사와는 별 상관없이 작중 인물이나 전지적 서술자의
돌발적인 관념 형상을 표출하는 삽입 우화적 성격을 지닌다. 그로 인해 작중
인물은 자신이 보고 있는 비현실적 장면에 대해 놀라거나 그것의 현실성
여부에 대해 의문을 품지 않는다. 독자의 경우, 처음에는 입몽 사실이나
의식의 망실 여부가 명확히 제시되지 않은 채 펼쳐진 초자연적 장면에 대해
그것이 기본 서사의 재현 규칙을 위반한 것이 아닐까 의심하지만, 그 장면
자체의 우화적 성격과 서술자(혹은 작중 인물)에 의해 직접 진술되는 우의
(寓意)로 인해 어떠한 해석학적 불확정성에도 빠지지 않는다.

두 번째, 일상 현실을 초월한 지상 선계 공간에 구현된 경이 세계는『사화
산』과『역성서설』에서 찾을 수 있다. 이 경우 현실 세계에 속해 있던 주인공
은 이런 저런 이유로 현실세계로부터 벗어나 좁은 협곡이나 동굴을 통과해
도교적 산악 선계 공간으로 들어간다. 두 소설 모두 주인공이 환상 세계로
"망명"하게 되는 이유는 현실에 대한 증오감과 부재하는 여인을 향한 욕망
때문이다. 이렇게 주인공의 이계(異界) 여행이 주인공 자신의 의지와 욕망으
로부터 비롯된 것이기 때문에 주인공과 독자는 눈앞에 펼쳐진 초자연적
풍경과 비현실적 사건에 대해 기괴함이나 지적 망설임 같은 이질감을 느끼

---

78)「원형의 전설」, <사상계>, 1962, 7, 345쪽.

지 않는다.

특히, 『사화산』의 경우 독자는 맹인인 주인공이 보고하는 환상이 그가 직접 보거나 체험한 것이 아니라 움푹 패인 눈망울에 맺힌 그 자신의 망상이라는 것을 알고 있기 때문에 그것을 실제로 일어난 초자연적 현상이라고 믿지 않는다. 다만, 『역성서설』의 경우에는 현실과 망상간의 경계를 모호하게 설정함으로써 환상 효과를 창출하려는 작가의 의도가 작용하여 시간의 변형(旣視感)이나 녹두 대사의 초자연적 능력에 대한 주인공의 당혹감을 기록하고 있다. 그러나 그것도 잠시뿐 주인공과 독자는 별다른 어려움 없이 눈앞에 펼쳐진 초자연적 현실에 적응한다. 다음 장면은 주인공이 지하 해저 세계에서 자신의 분신을 만나는 장면이다.

> 船室門을 찾아내어 그 손잡이에 손을 가져 갔던 그는 멈칫, 숨이 쿡 막혀들었다. 「그」가 나타난 것이다! 아까 어둠속에서 살아진 내 그림자가 하늘에서 그름이 걷히고 이제 여기에 나타났던 것이다. / (…인용자) 빤히 보고 있노라면 내가 내같지 않아지고 그가 그같지 않아지는 것이었다. 「누가 정말 삼수인가!」 돌아보니 綠豆大師가 들어 오고 있는 것이었다. (…) 「실은 그래서 제비뽑기가 나온거야. 알겠나.」 (…) 「내 것이 더 굵지요!?」 / 「내 것이 더 굵지요!?」[79]

이 초자연적인 상황에 대해 주인공은 그것이 실제 현실에 속한 것인지 아니면 착각이나 망상에 속한 것인지 묻지 않는다. 물론 그 역시 자기 자신과 똑같은 분신의 현존에 당혹스러워하지만 그 당혹스러움은 초자연적 사건에 대한 것이 아니라, 녹두 대사가 설파하는 바 인간의 자아 감각과 현실 감각은 허구일 수 있으며 가짜와 진짜의 구별 자체가 불가능하다는 주장에 대한 당혹스러움이다. 이처럼 이 소설에서 초자연적 사건은 그 사건이 의미하는 바를 직접 말하는 작중 인물이나 전지적 서술자의 사변적 담화와 함께

---

79) 「역성서설」, <사상계>, 1958, 4, 345~347쪽.

나타나기 때문에, 독자는 그 사건의 리얼리티가 아니라 그 사건을 제시한
작가의 주제 의식에만 관심을 기울이게 된다.

이 소설에서 작중인물이나 전지적 서술자에 의해 직접 제시된 관념의
주요 내용은 현실이란 유일한 실재가 아니라 언어나 인과율과 같은 표상
체계에 의해 인위적으로 구성된 것이기 때문에 현실과 환상, 의식과 무의식,
정상성과 광기는 절대적으로 구분되지 않는다는 것이다. 따라서, 이 소설의
초자연성은 그런 반 현실주의적 관념을 예증하는 서사적 사례로 기능할
뿐 자기 충족적인 현실로 받아들여지지 않는다. 이런 서사적 현실은 결국
알레고리적 의미 작용으로 수렴될 수밖에 없다. 다음은 이 소설의 끝 장면으
로, 그림자 괴물과 그림자로부터 탈구되어 거인처럼 성장한 주인공의 신체
가 싸우는 장면이다.

> 그 괴물의 몸이 반쯤으로 줄어든다. 다음 순간 거인을 향하여 펄떡
> 뛰며 덮쳐 들었든 것이다. 한 걸음 물러서면서 그 엄습을 받아 내는
> 巨人의 반격! (…인용자) 괴물은 덮어들어서 적을 싸버리려 하고 거인
> 은 주먹으로 쳐서 거꾸러뜨리려고 했다. (…) 그 아래에서 서로 서로를
> 죽이려고 딩구는 世界와 人間의 決鬪80)

여기서 서술자는 그림자 괴물과 거인의 싸움을 마치 눈앞에 펼쳐진 산
현실처럼 그리고 있지만, 서술의 주된 초점은 그 장면의 리얼리티가 아니라
거기에 함축된 의미, 즉 "세계와 인간의 결투", "一이 多를 죽이는" 인과율
과 생(生) 자체의 대결이라는 추상적 관념이다. 결국 이 소설에 구현된 경이
세계와 주인공의 환상 모험은 자기 충족적인 현실이 아니라 반이성주의 ·
반문명주의 · 반합리주의적 '사상'을 예증하는 비유적 현실로 기능하고 있
다.

---

80) 「역성서설」, <사상계>, 1958, 5 · 6, 379~380쪽.

세 번째, 인간적 현실에 부여된 도덕적 금기의 위반으로부터 야기된 그로 테스크 역시 알레고리적 해석 지평으로 수렴된다. 이런 형태의 그로테스크 를 불러일으키는 대표적 작품은 『부활미수』와 『인간의 종언』이다. 『부활미 수』는 바다 한 가운데 '난파된 배'라는 알레고리적 상황을 배경으로 상식을 초월한 작중 인물들의 위반 행위를 묘사하고 있다. 고기 낚을 미끼로 쓰기 위해 옆 사람의 허벅지 살을 뜯거나, 고기 한 점에 몸을 팔거나 타인을 죽이는 등 난파선의 세 인물(사공, 허준, 경실)은 동물적 생존 본능에 몸을 맡긴 채 '인간적' 도덕 관념으로는 납득할 수 없는 행위를 자행한다. 여기까 지는 작중 인물들의 기괴한 행위가 그들이 처한 극한적 상황에 기인한 것으 로 동기화될 여지가 있다. 그러나 주인공과 그의 옛 애인이 이국의 선원들에 게 구조되고 난 이후에 벌어지는 일련의 그로테스크한 상황과 비도덕적 행위는 사건 연쇄의 인과율이 아니라 작가의 관념 조작에 따라, 즉 인간에게 부여된 선험적 도덕률을 위반함으로써만 인간은 신으로부터 해방될 수 있 다는 관념의 서사적 예증으로 제시된 듯 하다. 가령, 소설 말미에서 '경실'이 주인공 허준을 독살하려다 오히려 자신이 독살 당하는 사건이나 죽은 경실 을 바위로 짓누르려다 오히려 주인공 자신이 바위에 깔리게 되는 장면은 어떠한 현실적 개연성도 부여받지 못한 채 서술자의 궁색한 사후 설명적 진술로 뒷받침된다.

> 독을 먹은 것은 결국 경실 쪽이 되는 셈이었다. 아까 뻴에게 놀랐을 때 그는 그것을 잘못 싸들었던지 어쨌던지 한 모양이었다. (…인용자) 응당 바윗돌은 여인의 얼굴로 낙하해야 했다. 그러나 하늘과 땅이 공 모해서 국면을 획 달리해 놓았다. (186~187쪽)

서술자는 객관적 묘사문장을 통한 장면 제시가 아니라 마치 변사가 무성 영화를 중개해 주는 듯한 주석적 설명문을 통해 사건을 진술해 나감으로써 서술의 초점이 허구적 현실 구축에 있는 것이 아니라 관념적 사상의 전달에 있음을 드러낸다. 그런 사정은 『인간의 종언』에서도 마찬가지다. 이 소설의 첫 장면과 마지막 장면은 주인공이나 전지적 서술자가 격앙에 차서 외치는 주제 의식, 즉 미와 추, 선과 악의 구별을 철폐함으로써 인간의 종언을 고한다는 관념을 함축하고 있다. 이 소설의 첫 장면은 사람인지 살쾡이인지, 혹은 괴물인지 모를 존재가 꽃밭을 망가뜨리는 장면을 아내의 시점에서 묘사하고 있다.

> 뻘건 달무리였다. / 어디서 몰려들었는지 예닐곱마리 되는 괴무리들이 저 아래 달빛 어리는 숲속 빈터를 딩굴면서 亂舞하고 있었다. 획 숏구치면서 풀숲으로 뛰어들기도 하였다. 서로 물고 뜯는지 숲속에서 「꽥 꽥」 비명이 달빛을 부스어 놓을때마다 몸이 오싹해지고 숨이 켕겨 드는 것을 어찌할 수 없었다. (208쪽)

그 자체로 초현실적인 분위기를 자아내는 이 장면에서 꽃밭을 망가뜨리는 주인공은 인간이 아니라 어떤 괴물스러운 동물로 묘사되고 있다. 주인공이 남의 집 꽃밭을 망가뜨리는 것은 문둥병으로 추해질 자신의 운명에 대한 저주와 타인의 아름다움에 대한 질투 때문이겠지만, 이 장면은 그런 현실 논리를 넘어 '인간적' 미(美) 관념을 파괴함으로써 인간으로부터 (非人인 괴물로) 초월한다는 작가의 주제의식을 함축하고 있다. 이와 함께, 불에 타다 만 끔찍한 몰골을 한 주인공이 아들의 배를 갈라 간을 꺼내 씹어 먹는 마지막 장면 역시 문둥병 환자로서는 그럴 수도 있는 일이라는 현실적 개연성과는 상관없이 '인간적' 선(善) 관념이 규정해 놓은 금기의 한계를 초월함으로써 인간의 종언을 고한다는 추상적 관념의 알레고리이다.

정리하면, 장용학 소설에서 인간의 인식 범위를 초월해서 펼쳐지는 초자연적 환상 세계나 상식적 도덕 관념의 한계를 넘어서 펼쳐지는 그로테스크한 장면들은 자기 충족적인 현실이 아니라 작중 인물이나 전지적 서술자의 사변적 담화를 통해 직접 제시되는 반 인간주의·반 이성주의·반 문명주의적 관념을 예증하는 비유적 현실로 제시된다. 이런 알레고리적 의미 작용은 비단 초현실적 장면에만 해당하는 것이 아니라 현실에서 일어날 법한 사건들의 연쇄에도 적용된다. 전체적으로 장용학의 소설 세계는 현실에 대한 천착과 객관적인 재현을 통해 주제 의식을 표현하는 방식이 아니라 작가에 의해 선험적으로 설정된 세계상을 예증할 수 있는 사건들을 축조해 가는 방식으로 구성된다.

## 2. 음성 언어의 거부와 도교적 상상력

### 2.1 <문자> 중심적 언어관

지금까지 장용학 소설에 나타난 초자연성의 발생 원리와 의미화 방식에 대해 살펴보았다. 이 장에서는 그 비사실주의적 소설 양식이 비롯된 언어적 기원에 대해 고찰하고자 한다. 결론부터 말하면, 장용학의 비사실주의적 소설 양식은 음성 언어에 대한 거부와 문자 중심적 언어관으로부터 비롯된 것이다. 장용학의 언어관을 확인할 수 있는 일차 자료는 한글 전용론에 대한 입장을 표명한 글이다. 특히, 한글 전용론에 대한 그의 확고부동한 반대 입장과 4·19 세대를 대표하는 김현의 한글 전용 찬성론을 대조해 봄으로써 근대성에 대한 장용학의 부정 의식이 어떤 입각점 위에 세워진 것인지 확인할 수 있을 것이다.

해방 직후부터 정부와 한글 학회를 중심으로 강력히 추진된 한글 전용 정책에 대해 장용학은 그 어떤 문인보다도 일찍이, 그리고 선명하게 자신의 반대 의견을 피력했다.[81] 그는 「한글 專用論이 意味하는 것: 知性과 愛鄕主

義」(<자유문학> 1961. 11)에서 한글 전용론에 반대할 수밖에 없는 이유를 조목조목 들고 있는데, 그의 논거는 대략 네 가지로 정리된다. 첫째, 한글 전용론자들이 내세우는 표음문자(한글)의 우월성은 근거가 없다. 왜냐하면 문자의 생명은 자형(字形)이 주는 시각성과 의미전달에 있는데 한글은 시각적 조형미와 의미 전달력이 희박하기 때문이다. 둘째, 민족 정신이 깃들어 있는 것은 '말'이지 문자가 아니므로 민족의 얼을 운운하며 한글전용을 주장하는 것은 근거가 없다. 셋째, 한글은 배우기도 쉽고 한글만으로도 자유롭게 의사를 표현할 수 있기 때문에 한글을 전용하자는 주장은 원칙을 방기한 대중추수주의이다. 넷째, 완전한 한글 전용은 그 자체로 불가능하기도 하지만 그 과정에서 엄청난 부작용을 야기한다.

장용학의 한글 전용 불가론에서 가장 눈에 띄는 점은 '민족'이나 '애국'의 관점을 제거하고 순전히 문자의 기능적 효용성에 입각해서만 이 문제를 바라보고 있다는 점이다. 이런 관점은 한글 전용을 서구적 개방 사회를 향한 역사적 필연으로 파악한 김현의 관점과 대조된다.[82] 장용학이 한글 전용 문제를 근대 민족 국가 형성과 분리시켜 바라봐야 한다고 주장한 일차적

---

81) 장용학이 처음으로 한글 전용론에 대한 입장을 표명한 것은 <현대문학>,(1955년, 창간호, 64쪽)에서이다. 새해의 포부를 밝히는 짤막한 지면에서조차 한글 전용론은 "한글 전용 망국론"을 예고하는 아주 위험한 주장이라고 말할 정도로 장용학은 일찍부터 이 문제에 민감하게 반응했다.

82) 김 현, 「한글 논의에 관하여」, 1972년, 6월.『김현 예술 기행』, 문학과 지성, 1993, 175~177쪽.
　　　「어문 정책에 대하여」, <대한신문>, 1977, 8, 28.
　　　「한글 전용 문제의 진정한 의미」『김현 예술 기행』, 454~455쪽.
　　김현은 사유와 언어의 불가분적 관계에 입각하여 표기법의 변화에는 사회 역사적 요인이 작용하며, 김만중・실학파・개화파・이광수 등에 이르는 한글 문체의 역사는 근대 민주주의를 향한 진보의 역사라고 주장한다. 특히, 한국 사회의 기조를 이루는 서구식 민주주의가 탈바꿈하지 않는 한 한글 전용은 역사적 필연이며 한글로 사유하고 한글로 글을 쓰는 4・19 세대야말로 이 역사적 진보의 주체라는 주장에는 문학사의 대주체(Subject)로부터 인정받고자 하는 세대론적 욕망이 담겨 있다.

근거는 음성 언어와 문자 언어는 근본적으로 서로 다른 질서라는 점이다. 그에 따르면 문자는 단지 음성 언어의 시각적 표상이 아니라 독자적인 기능과 내적 질서를 지니고 있다. 이에 반해 김현을 비롯한 근대론자들은 음성 언어의 일차성에 기반하여 음성 언어와 일치된 문어, 즉 표음 문자와 언문 일치 문체의 수월성(秀越性)을 주장한다. 김현이 한국어로 사유하고 한국어로 글을 쓰게 된 4·19 세대[83]야말로 한국 근대 문학사의 주체라고 선언한 근거가 바로 여기, 즉 근대 문학은 음성 언어와 일치된 문자 언어를 통해 내면과 풍속의 발견을 지향한다는 인식[84]에 있는 것이다. 장용학은 이 근대적 음성주의를 부정하고 문자의 독립성에 기반한 문학관을 개진한다. 그는 문어의 세계(문학)는 구어의 세계(현실)와 본성적으로 다르며, 같아질 필요도 없다는 전제로부터 사실주의를 간단히 거부해 버린다. 그렇다고 그가 모더니즘을 향하고 있다고 보기도 어렵다. 왜냐하면 외부 세계를 총체적으로 반영하는 리얼리즘이나 외부 세계와 내적 자아의 분열을 분열된 형식으로 표현하는 모더니즘이나 음성 언어의 현전성을 꼭지점으로 하는 근대 문학의 삼각형, 즉 내적 자아 - 음성언어 - 외부 세계의 삼각형 '안'에 있기 때문이다. 내부와 외부를 통합하든 그 통합의 불가능성을 표현하든 어쨌든 그 삼각 구도를 벗어나서는 말해질 수 없다. 그러나 장용학은 애초부터 그 삼각형을 벗어나 있다. 그 벗어남은 근대적 음성주의에 대한 거부로부터 출발한다.

　장용학의 소설 세계가 근대적 음성주의에 대한 부정 의식에서 출발한다

---

83) 김현, 「60년대 문학의 배경과 성과」, 『분석과 해석』, 문학과지성사, 1992, 240쪽.

84) 가라타니 고진(柄谷行人), 『일본근대문학의 기원』, 박유하 역, 민음사, 1997, 86~95쪽. "내면이 내면으로 존재한다는 것은 자기 자신의 목소리를 듣는다는 현전성이 확립되는 것이다. 데리다에 따르면 그것이 서양의 음성중심주의이며, 그 근저에는 표음 문자가 있다. 플라톤 이래로 문자는 단순히 음성을 옮기는 것으로서 비하되어 왔으며 의식의 현전성, 즉 음성의 우위야말로 서구의 형이상학을 특징짓고 있는 것이다. (…) 일본의 언문일치 운동에서 문제가 되는 것은 형상(한자)의 억압이다."

는 것은 그의 문단 데뷔작인 『지동설』을 통해 확인할 수 있다. 이 소설은 장용학 소설의 출발점이 어디인지를 여실히 보여주면서도 이후의 소설들처럼 '발설에 대한 강박 관념'을 드러내지 않는다. 이 소설의 줄거리는 짧고도 쉽지만 장용학 소설 중 가장 '난해'한 소설이라 불러도 좋을 작품이다. '難解'함이 그저 잘 안 읽히거나 무거운 주제를 담고 있다는 의미가 아니라 문자 그대로 '풀기 어렵다'를 뜻한다면 말이다. 다시 말해서, 이 소설은 각각의 가닥은 분명하고 간단하지만 서로 교직되어 있기 때문에 풀기 어려운 잘 짜여진 직물(text)이다.

이 소설은 서학(西學)이 유행하던 시절 강원도 두메 산골에서 일어난 사건을 그리고 있다. 새 원님이 부임하던 날 어디선가 흘러들어 온 유(柳)선생은 서당을 열고 인근 동네 청년들을 가르친다. 그가 가르치는 내용은 지동설을 비롯한 서구의 과학 지식이다. 나무꾼 아들 동길이는 그 생소한 지식을 이해하지는 못하지만 그럼에도 유선생을 무척 존경한다. 그 유선생의 왼손 엄지손가락이 손톱부리부터 잘려 있다는 '비밀'을 아는 것이 그에게는 가슴 벅찬 자랑이기도 하다. 한편, 동길은 우물가에서 만난 원님네 종 춘란(春蘭)을 향한 짝사랑으로 괴로워한다. 어느 날 춘란은 동길에게 '籍'이라고만 쓴 편지를 건넨다. 그 날부터 동길은 그 글자의 의미를 해독하느라 전전긍긍하다가 급기야 유선생을 찾아가지만 유선생 역시 그 글자의 의미를 풀지 못한다. 이윽고, 그 달 20일 원님 환갑 잔치에 초대된 유선생은 우연히 원님으로부터 그 글자의 속뜻(卄日來竹: 20일 대나무 숲으로 오라)을 엿듣게 된다. 그날 밤 동네 청년들은 대나무 숲에서 목을 매고 죽은 춘란을 발견한다. 이튿날 유선생도 자살한 모습으로 발견된다.

이상의 줄거리를 통해 알 수 있듯이 이 소설은 동길을 사이에 두고, 유선생을 중심으로 한 '근대성(서학)의 기호'와 춘란을 중심으로 한 '사랑(연정)의 기호'가 서로 교직되면서 일련의 해석학적 코드를 엮어 가고 있다. 먼저, 근대성(서학)의 기호는 유선생의 교육—'책'이 아니라 '말'로 이뤄지는 교육——을 통해 동길을 비롯한 동네 청년들에게 전해진다. 그 교육의 말이 담고 있는 메시지는 지구는 둥글고 저편에는 서양이 있다는 것, 지구는 자전하면서 태양 주위를 돌고 있다는 것, 인간의 신체는 해부된 개구리의 그것과 별반 다르지 않다는 것 등이다. 그러나 그 메시지는 동길을 비롯한 청년들에게 지구가 돌면 "우물물이 쏟아질 것"이라는 농담조의 공포로 받아들여질 뿐이다.

근대성을 담고 있는 교육의 말 외에 유선생에게는 또 다른 기호가 있다. 그것은 그의 잘려진 엄지손가락이다. 이 잘린 손가락(斷指)은 비밀을 간직한 '문자'이다. 문자는 의미가 현전하지 않은 채 실재(바위, 양피지, 종이, 그리고 신체)에 새겨진 자국(文)이다. 그 문자의 비밀(의미)은 주체 자신도 알지 못한다. 그것이 새겨지는 순간부터 그 비밀은 주체가 소외된 의미화 체계(signifying system)를 떠돈다. 이 텍스트에서 유선생의 문자(斷指)는 먼저 동길에 의해 '보여진다'. 그것이 보여지는 상황은 동길과 함께 산책하던 중 우연히 마주친 춘란이 떨어뜨린 물건을 집어 줄 때이다. 그 다음, 그 문자(斷指)의 의미는 유선생 자신에 의해 '말해진다'. 그는 "살모사의 입안이 어떤 모양으로 생겼는가를 살피려다가 그만 그 입에 손가락이 물려 반사적으로 칼을 집어 손가락 끝을 찍어냈다"라고 말한다. 여기서 눈여겨봐야 할 점은 그 문자의 의미가 '말해진' 상황이 춘란의 편지(문자)에 담긴 의미가 '물어질' 때라는 점이다.

> 「무슨 뜻인지 얼른 모르겠는 걸....」 동길은 일찍이 그에게서 그런 음성을 들은 적이 없었다. 껍질에 싸여 끈기 있던 것이 지금 소리는 구멍이 숭숭 난 것이었다. 아니꼬와 하는 듯한 그 소리를 들으면서 동길은 그 병신 손가락을 못 본 체하지 못한 자기를 나무랐다. 그러나 그 음성은 예대로 끈기 있게 껍질에 싸였다. 딴소리를 하는 것이었다.85)

첫 번째 상황과 마찬가지로 유선생의 잘린 손가락과 춘란의 편지가 묘하게 연관되어 있음을 알 수 있다. 마지막으로, 유선생의 문자(斷指)는 죽은 춘란의 목에 '쓰여진다.'

> 이것이 밝은 낮이었더라면 그래도 사람들은 모가지에 난 밧줄 자국은 다만 미안스레 껍질을 긁적여 놓았달 뿐, 숨을 끊어 버린 것은 시퍼렇게 멍이 박힌 손톱자국이었다는 것쯤은 알아볼 수가 있었을 것이다. 그리고 그 왼쪽 손톱자국에는 엄지가락의 그것이 없었다는 것도 또한 알 수가 있었을 것이다.   (420쪽)

이렇게 유선생의 문자(斷指)는 (동길에게) 보여졌다가 (자기 자신에 의해) 말해졌다가 최종적으로는 '부재'의 형식으로 (춘란의 죽은 신체에) 다시 쓰여진다. 지금가지 살펴본 것을 도식화 하면 다음과 같다.

$$근대성(서학)의\ 기호학\ =\ \frac{교육의\ 음성}{斷指의\ 문자}$$

교육의 음성과 단지(斷指)의 문자 사이의 장벽(bar)은 기표와 기의를 가로지르는 의미화의 장벽이면서 동시에 억압의 장벽이다. 유선생의 말로 표상된 근대의 음성 언어는 의미(진리) 현전성(presence)을 주장하기 위해 전근대의 문자(한자)를 억압한다. 그러나 그 근대적 담론(서학)의 이면에는 어떤 '결여'가 내재해 있다. 이 텍스트에서 유선생이 결여한 것은 '권력'이다. 그가 손가락을 자를 때 사용했던 "황금으로 용이 아로새겨진 단도"는 그가 한때는 전제 군주적 권력 가까이 있었음을 암시한다. 이 전근대적 권력의

---

85) 「지동설」, 『한국문학대전집 13』, 태극출판사, 1976, 417쪽.

물질적 표상(단도)이 "살모사(근대성: 인용자)의 입안이 어떻게 생겼는가" 알아보려다 물린 손가락을 자르는데 사용되었다는 것은 전제 군주 권력과 근대화(서학) 세력간의 갈등이나, 혹은 서학 세력 내부의 자기 분열을 암시한다.

유선생이 결여한 권력을 가진 사람은 원님이다. 세속적 가치에만 사로잡힌 이 천박한 원님은 고귀한 지식을 가진 유선생을 사위 삼고 싶어한다. 그러나 유선생은 원님의 제안에 시큰둥하다. 왜냐하면 그는 춘란을 향한 욕망에 사로잡혀 있기 때문이다. 유선생이 춘란을 처음 '보게 되는' 장면이 동길에게 처음으로 자신의 잘린 손가락을 '보이게' 된 순간이라는 사실이 이를 증명한다. 그러므로 유선생의 문자(斷指)는 근대 담론(서학)이 결여한 권력과 억압된 욕망을 표상한다고 할 수 있다. 그 억압된 욕망은 유선생의 문자(斷指)가 춘란의 죽은 신체에 '부재'의 형식—춘란의 목에 난, 왼손 엄지 자리가 빠진 아홉 개의 손톱 자국—으로 쓰여질 때에야 비로소 모습을 드러내는데, 그러기 위해서는 또 다른 문자, 즉 춘란의 편지가 해독되어야 한다.

근대성의 기호와 함께 이 텍스트를 짜고 있는 또 다른 기호는 사랑의 기호이다. 이 사랑의 기호는 춘란의 편지를 통해 동길에게 전달된다. 그 편지에는 "籍"이라는 한자가 적혀 있는데, 이 문자는 그 자체로는 아무런 의미도 지니고 있지 않다. 이 한자의 사전적인 의미—'호적, 문서'—는 이 경우 올바른 해석을 가로막는 장애물이 될 뿐이다. 왜냐하면 이 문자(籍)를 해독하기 위해서는 '의미에의 유혹'을 떨쳐 버려야 하기 때문이다. '그녀는 이 글자를 통해 무엇을 말하고자 한 것일까?' 라고 고심하는 자는 결코 이 문자를 해독할 수 없다. 동길과 유선생이 이 문자를 해독하지 못한 근본적인 이유는 그들이 이 문자/편지를 보낸 발신자의 의도(의미)에 사로잡혀 있기 때문이다. 그들이 춘란에 대한 욕망에 사로잡혀 있는 한, 그래서 그녀가 보낸 편지의 의미에 집착하는 한 그 문자는 결코 해독되지 않는다. 이 문자는 그 욕망의 시선과 의미에의 유혹에서 벗어날 때, 즉 그 문자를 문자(물질적 자국) 그대로 받아들일 때만 해독된다.

문자를 문자 그대로 받아들인다는 것은 그것을 '하나'의 단일한 기호로 보는 시선으로부터 벗어난다는 것을 의미한다. 이 문자가 해독되기 위해서는 반드시 '조각나야' 한다. 이 파자(破字)의 문자학은 사회적 기호 체계로부터 억압된 언어의 물질성과 다의성을 유희적 해석장 속에 불러옴으로써 상층의 전유물이던 한자를 하층 문화로까지 확대시키는 기능을 한다. 이 소설의 모두(冒頭)에 "西學이라는 새 조류가 차츰차츰 물들어오는 무렵이니 한문이 난숙해질 대로 난숙해져서 글 장난으로 전락하던 때"라는 문장은 근대화는 서양 문명의 유입과 함께 한자 문화의 탈 계층화와 밀접하게 연관되어 있음을 보여준다.

이 破字의 문자학은 교육적 기능뿐만 아니라 연애 편지의 수사학으로 이용되기도 한다. 유선생으로 대표되는 교육의 기호학이 진리의 명증성—음성 언어의 진리 현전성—을 추구한다면, 이 사랑의 기호학은 문자가 지닌 해석학적 기능—수수께끼적 특성—을 적극적으로 활용한다. 사랑에 빠진 사람에게는 상대방의 행동과 표정, 심지어 사랑한다는 말조차도 알 수 없는 의미를 지닌 기호로 여겨지는 까닭이다. 사랑하는 사람(동길)에게 가장 많은 잉여 의미를 생산하는 기호는 역시 사랑 받는 사람(춘란)의 침묵이다.

> 한마디만 한 마디만 「널 사랑해 줘두 좋아」 이렇게 말해 주면, 아 그러면 난 이 우물물이 쏟아져두 좋아! 그러나 춘란이는 「널 사랑해 줘두 좋아」는 커녕 집에 가서 자라는 말도 없었다. 그는 두레박질밖에 모르고 있는 것이다. (415쪽)

사랑의 기호학에서 사랑받는 사람의 말은 근본적으로 모두 '침묵'의 언어이다. 음성언어가 진리의 현전성을 추구한다면, 사랑의 기호학에서 사랑받는 사람(춘란)의 진리(진심)를 담은 음성은 침묵의 심연으로 빠져 버린다.

그 침묵의 음성은 '그녀는 내게 무엇을 원하는가?' 라는 물음을 생산하는 진리의 부재증명이다.

교육이 말(음성언어)을 통해 수행된다면 사랑은 편지/문자를 통해 전달된다. 문자 자체의 속성상 사랑의 편지/문자는 알 수 없는 의미화 연쇄를 따라 떠돌다가 전혀 엉뚱한 곳에 도달한다. 먼저, 춘란의 편지가 발송되는 장소는 우물가이다. 그때, 유선생이 나타나 아무 말 없이 동길에게 손을 내민다. 유선생에 대한 동길의 존경심이 경계심으로 바뀌는 순간이다. 이 장면부터 춘란을 중심으로 한 사랑의 기호학과 유선생을 중심으로 한 근대의 기호학이 비대칭적 함수 관계를 맺기 시작한다. 이 관계를 살펴보기 전에, 앞서 설정한 근대성의 기호학 옆에 사랑의 기호학을 배치하면 다음과 같다.

| | 교육의 음성 (A) | (B) 사랑의 문자 | |
|---|:---:|:---:|---|
| 근대의 기호학 | —————— | —————— | 사랑의 기호학 |
| | 斷指의 문자 (B') | (A') 침묵의 음성 | |

(A)-(A') 먼저, 교육의 음성과 침묵의 음성은 "우물"의 상징을 통해 접속된다. 유선생의 말(지동설)은 동길에게 "우물물이 쏟아지는" 두려움을 불러일으키고, 춘란의 침묵은 동길에게 "우물가"에서의 고뇌를 불러일으킨다. 이 두 음성이 만나는 지점에서 동길은 춘란의 편지를 달라는 듯 손을 내미는 유 선생에게서 "우물물을 쏟아지게 하는 사람"의 두려움을 느끼는데, 이 두려움은 근대적 지식(지동설)에 대한 두려움일 뿐만 아니라 자신의 사랑을 빼앗을 지도 모를 타자(유선생)의 욕망에 대한 두려움이다. 그러나 아직 근대성 이면에 감춰진 파괴적 욕망은 침묵하고 있다. 그것이 겉으로 드러나기 위해서는 또 다른 문자와 접속해야 한다.

(B)-(B') 유선생의 문자(斷指)가 춘란의 문자와 접속하는 장면은 동길이

유선생에게 춘란의 편지 해독을 부탁하는 장면이다. 그러나 유선생 역시 춘란에 대한 욕망에 사로잡혀 있기 때문에 그 편지/문자를 해독하지 못한다. 앞서 언급했던 것처럼 욕망에 사로잡힌 사람은 의미에의 유혹 때문에 그 편지의 문자성을 파악할 수 없다. 동길은 춘란의 편지를 해독하지 못한 유선생에게 실망하게 된다. 그 순간 유선생의 "잘린 손가락"은 고귀한 비밀이 아니라 <결여>(병신)로 인식된다. 여기서 동길의 실망 속에 드러난 유선생의 <결여>는 두 가지 의미를 지닌다. 하나는 유선생의 말을 통해 전해진 근대적 지식의 불완전성이고, 또 하나는 유선생의 문자(斷指)가 표상하는 억압된 욕망이다. 여기서 유선생의 斷指가 '잘려진' 문자인데 반해, 춘란의 문자는 '잘려야 하는' 문자라는 대칭성이 도출된다. 유선생의 문자(斷指)가 결여된 부분을 메우는 과정을 통해 그 숨겨진 의미(욕망)를 드러낸다면, 춘란의 문자는 잘려져 그 잉여 의미가 배출됨으로써만 해독될 수 있다. 그러나 유선생의 '결여된 문자'와 춘란의 '잉여적 문자'가 접속하기 위해서는 춘란의 편지/문자가 해독되어야 한다.

(B')-(A') 어쨌든, 이제 춘란의 편지/문자는 동길의 손을 떠나 유선생의 손으로 넘어간다. 그 사이 근대의 억압된 문자(斷指)와 침묵 중인 사랑의 음성을 접속시킨 동길은 완전한 무능력 상태에 빠진다. 그는 유선생의 비밀을 보고 들었지만 그 본질을 알지는 못한다. 유선생과의 관계에서 그는 이중으로 소외되어 있다. 師-弟 관계의 측면에서 그는 근대적 지식으로부터 소외되어 있고, 외디푸스적 父-子 관계의 측면에서는 대상(춘란)을 향한 욕망의 실현으로부터 소외되어 있다. 지식과 욕망으로부터 소외된 그가 할 수 있는 일은 아무 것도 없다. 다른 한편, 그는 사랑하는 사람으로부터 약속 편지를 받았지만 그 편지 속에 담긴 음성을 들을 수 없다. 결국 그 편지의 음성을 들을 수 있는 기회를 유선생에게 넘겨 버리고 "동길은 자기 방에서 세상없이 자고 있었다."

(A)-(B) 이제 남은 관계는 '근대의 음성'과 '사랑의 문자'의 접속이다. 물p

론 이 접속은 근대적 음성의 발신자인 유선생과 연애 편지의 발신자인 춘란의 만남을 통해 이루어지지만, 이 접속이 이루어지기 위해서는 매개자가 필요하다. 이 매개자는 유선생이 결여하고 있는 것과 춘란이 결여하고 있는 것을 모두 가지고 있으면서도 해당 소통 체계로부터 자유로운 사람이어야 한다. 그 '아무 것도 모르는 주인'은 원님이다. 그는 유선생이 결여하고 있는 권력과 춘란이 결여하고 있는 음성을 가지고 있다. 춘란이 음성을 결여하고 있다는 것은 그녀가 벙어리라는 것이 아니라, 자신이 보낸 문자/편지에 담긴 진실을 말할 수 없는 위치를 점하고 있다는 뜻이다. 그녀를 대신해서 원님이 사랑의 문자(籍)에 담긴 메시지에 음성을 부여할 수 있었던 이유는 단지 그가 파자(破字) 놀이에 익숙했기 때문이 아니라 문자/편지가 주는 '의미에의 유혹'으로부터 자유로우면서도 그 메시지를 수신할 수밖에 없는 위치에 있기 때문이다.

> 좀 얼근해진 유 선생은 젓가락 끝에 술방울을 묻혀서는 쌍 위에 장난질을 하였다. 부질없이 대죽(竹)자를 몇 번이고 쓰다가는 올래(來)를 또 그렇게 썼다. / 「자네 그 날짠 왜 자꾸 써....」 (…) 그때 젓가락은 옛석(昔)자를 만들고 있었다. 「응 그래 내 생일날이 어쨌단 말이오?」 (418~419쪽)

이 문자(籍)에 숨어 있는 메시지 중에서 가장 중요한 것은 "대나무 숲(竹)으로 와라(來)라"가 아니라 그 '약속 시간'이다. 竹이나 來는 동길이나 유선생도 풀 수 있었지만 昔(옛 석)의 뜻만큼은 도대체 알 수가 없었던 것이다. 약속 날짜는 당연히 미래여야 하는데 언표된 글자의 의미는 과거이니 알 수 없는 게 당연하다. '다가올 과거'라는 그 수수께끼는 정확히 오늘, 즉 원님의 생일날(卄日: 20일) 원님 당사자에 의해 밝혀진다.

원님은 유선생에게 자신의 딸과 권력 대신 춘란을 차지할 수 있는 지식을 넘겨주고 유선생은 약간의 망설임 끝에 춘란을 만나러 대나무 숲으로 간다.

그 결과는 (성)폭력과 죽음이다. 그렇게 점잖은 유선생이 한 순간에 폭력적인 충동의 노예가 되어 버린 것은 술기운 탓도 아니고 춘란이 그를 거부했기 때문만도 아니다. 춘란은 단지 유선생으로 대표되는 근대적 지성의 파괴적 욕망을 불러내는 미끼일 뿐이다. 다음 날 유선생은 스스로 목숨을 끊게 되는데, 사회·정치적 힘을 얻지 못해 실패로 끝난 그의 근대적 욕망이 엉뚱하게 힘없는 여종을 향하게 될 때 그것은 이미 치러진 자신의 정치적 죽음을 실재적 죽음으로 반복하는 행위인 것이다.

지금까지 한글 전용론에 대한 반대 입장과 『지동설』에 함축된 근대성 비판을 통해 장용학의 반 음성중심적 언어관을 살펴보았다. 이런 반 근대적 언어관은 장용학의 비사실주의적 소설 미학의 토대로 작용한다. 먼저, 『지동설』에 나타난 바 문자 언어를 억압한 근대적 음성 언어에 대한 부정 의식은 이후 소설들에서 현실적 공통감각을 구성하는 언어 기호를 부정하고 언어적 질서로부터 배제된 초월 세계를 지향하는 주인공의 의식과 운명을 통해 구체화된다. 장용학에게 있어 인간의 자유를 제약하는 제도 중 대표적인 것은 언어 기호(이름)이다.

> 모욕이 아닌 땅이 어디에 있을 것이다. 있어야 한다! / 거기에는 아직 「이름」이 붙지 않았기 때문에 우리 눈에 보이지 않는 것뿐이다. (…인용자) 「이름」. 이 精虫! 이 시굴떠기. 서울驛에서 내리자 그만 결려든 계집에게 얼을 다 뺏긴 村紳士. 하룻밤 사이에 주머니를 다 털리고 이튿날 새벽차에 도로 몸을 실을 수밖에 없게 되었던 그가 시골에 돌아가선 퇴시 마루에 버티고 나앉아서 서울계집이라는 것은…하고 수염을 쓰다듬는 것이다. 이렇게 해서 성립된 것이 세계다.[86]

그에 의하면 세계는 실재 자체가 아니라 이름 붙여진 세계, 즉 근본적으로 인공적인 언어 체계에 의해 구성된 '가짜' 현실이다. 그 언어화된 세계는

---

86) 「비인탄생」, <사상계>, 1956, 10, 354쪽.

'사실'이 아니라 이데올로기적 상징 체계에 의해 구성된 '진실'의 세계이다. 장용학 소설의 주인공들은 그 허구적 진실과 언어적 현실로부터 배제된 실재 세계를 추구한다. 다음 인용문은 그 언어(이름)가 살해한 실재 세계의 초월성을 명시한 구절이다.

> 여기는 固有名詞가 없다. 固有名詞가 없는 世界, 옛날 에덴 동산은 고유명사가 없는 세계였지만 오늘날에는 그것이 없는 것이 마치 공기가 없는 것과 같은 것이다. / 그러나 나에게도 고유명사가 있는 세계가 하나 있다. 눈방울이다. 네 모습은 거기에 새로 태어나는 것이다. 거기서 너는 웃기도 하고 춤도 춘다. 너와 나는 앞이 보이는 사람인 것이다.[87]

장용학 소설의 주인공들은 이름 붙여진 세계 너머를 지향한다. 언어적 진실이 부정되는 그 초월 세계는 볼 수 없는 것이 보이고, 단지 언어 속에서만 일컬어진 비존재가—천제, 용궁, 구미호, 거인, 괴물, 환영…— 사물적 실재성을 획득하며, 언어적 논리가 기괴한 반논리로 전도되는 환상 세계이다.

초자연적 작중 현실과 함께 장용학 소설의 반 사실주의적 특성을 이루는 것은 알레고리적 서사 구성과 추상적 관념의 직접적 노출이다. 이런 반 근대적 서사 양식의 근저에는 그의 반 음성중심적 언어관이 자리잡고 있다. 언문 일치에 대한 거부와 문자 언어, 특히 한자에 대한 각별한 가치 부여는 그로부터 야기된 장용학 특유의 반 사실주의적 서사 양식을 동양의 전통적 서사 양식과 비교하게끔 한다.

## 2. 2 莊子的 <寓言> 서사

앞 장에서 살펴본 것처럼, 장용학의 반 사실주의적 서사 양식은 근대적

---

87) 「사화산」, <문학예술>, 1955, 10, 44쪽.

음성주의에 대한 부정으로부터 비롯된 것이다. 그에 따르면 문자(글)의 세계
는 구어의 세계(현실)와 지시적·모방적 관계를 맺고 있지 않다. 글의 세계,
즉 소설의 세계가 구어적 현실로부터 독립되어 있다면 글이 담는 세계는
무엇일까? 장용학은 그것을 '思想'이라고 말한다. 그는 「나는 왜 소설에
한자를 쓰는가」(<세대>, 1963. 9)에서 "소설에는 줄거리와 조사(措辭)와
사상이 있어야 하는데 우리 소설에는 줄거리와 묘사만 있고 사상이 없다.
그렇게 된 원인의 하나는 한글 전용에 있다"라고 말한다. 사실주의적 창작
방법과 한글 전용을 연결시키는 것도 이채롭지만 여기서 주목할 부분은
소설의 존재 근거를 '사상'에서 찾고 있는 점이다. 글의 세계는 구어적 현실
을 반영하는 것이 아니라 사상을 담아내야 한다고 말할 때, 그의 문학관은
자신도 모르는 사이에 전근대적 文以載道論)[88]과 닮아 있게 된다. 물론 장용
학이 글(文)을 통해 전달하고자 하는 사상(道)은 인간이 하늘로부터 품수(稟
受)받은 도덕적 본성(仁義禮智)이 아니라 '인간성'에 부여된 그 선험적 본유
관념을 벗어버리자는 사상이다.[89] 결론부터 말하면, 장용학이 새로운 세대
의 작가에게 부여된 문학적 사명은 "존재를 작품 세계에 끌어들이고 fiction
에 종지부를 찍는 것인 바, 인물의 묘사에서 인간의 구원으로 창작활동의
중심을 옮겨 놓는 것"[90]이라고 말할 때 그의 신세대론이 가 닿는 궁극적
도달점은 반 문명주의·반 이성주의 사상(道)을 실어 나르는 글, 즉 노장(老

---

88) 정요일, 『한문학의 연구와 해석』, 일조각, 2000, 9쪽. 宋代 초기의 유학자 周敦頤는
　　그의 「文辭」에서 "文所以載道也(글은 도를 싣는 것이다)"라고 말한다.

89) 劉偉林, 『중국문예심리학사』, 沈揆昊 역, 동문선, 1999, 189쪽. 청대의 紀昀이 "文以
　　載道 明其當然 文原於道 明其本然 識其本 乃不遂其末"(글로 도를 실어 그 당연함을
　　밝히고, 글은 도에 근원을 두니 그 본디 그러함을 밝히는 것이다. 그 근본을 알게되
　　면 그 끝은 좇을 필요가 없는 것이다.)라는 말로 일갈한 유협의 「원도」에서부터 文
　　의 본질이 道를 체현하는 데 있음이 주장되었는데, 유협의 道論은 물론 유가에 속
　　한 것이지만 道家 사상에도 깊이 관련되어 있다. 그가 말하는 음양 오행의 道는 도
　　가가 제창한 自然의 道이기도 한 것이다.

90) 장용학, 「감상적 발언」, <문학예술>, 1956, 8.

莊)적 문이재도론(文以載道)이다.

장용학의 글에 노장적 문학관이 숨어 있다는 것은 그가 사르트르의 실존주의를 이해하는 방식을 통해 알 수 있다. 장용학의 소설과 실존주의의 연관성을 부정하기란 힘들다. 무엇보다 그 자신이 사르트르의 『구토』를 읽고 나서 『요한시집』을 썼다고 말한 이상 장용학 소설과 실존주의는 뗄 수 없는 관계처럼 여겨진다. 그러나 어떤 외래 사상이 유입될 때는 그것을 받아들인 수용자의 수용환경[91] 내지 선이해(preunderstand) 지평을 유념해야 한다. 장용학은 사르트르의 『구토』를 읽고 "생리적으로 취미가 맞았고 안개 속에서 희미하게 느끼고 있던 것을 길은 여기라고 구체적으로 짚어서 말해 주는 것 같았다."고 말한다. 여기서 놓치지 말아야 할 점은 장용학에게 사르트르는 새로운 방향을 알려준 것이 아니라 "어렴풋하게 생리적으로" 내재해 있던 것을 확인시켜 주었을 뿐이라는 점이다. 사실 그가 사르트르의 『구토』를 읽기(1953년 봄) 전에 쓴 작품들, 특히 『肉囚』(1948년 탈고, 1955년 3월 <사상계> 발표), 『死火山』(1951년 6월 탈고, 1955년 10월 <문학예술> 발표)의 작품 세계와 『요한시집』을 비롯해서 그 이후에 발표된 작품 세계는 '실존'이니 '본질'이니 하는 실존주의적 용어 사용에 있어서만 다를 뿐 인간에게 부여된 선험적 가치·구별체계에 대한 총체적 부정 의식과 그로부터의 해방이라는 기본 줄기는 전혀 변함이 없다.

그가 사르트르 실존주의를 통해 확인한 것, 즉 '인간성'을 규정하는 어떠한 선험적 범주도(신, 이성, 도덕) 인간의 生을 해명해주지 못한다는 것은 굳이 사르트르가 아니어도, 가령 니체나 딜타이의 생철학에서도 볼 수 있는 내용이다. 결정적으로, 장용학의 '자유'와 실존주의의 '자유'는 완전히 다르

---

91) 김학동, 『비교문학론』, 새문사, 1984, 122쪽. "어느 한 작품이나 작가가 국경을 넘어 다른 나라로 전파될 때, 그것을 받아들이는 나라의 수용환경에 의해서 일으키는 굴절작용에 유념해야 한다. 이런 굴절현상을 올바로 파악하지 못하고 설정한 영향관계가 자칫 공론에 흐를 가능성이 있기 때문이다."

다. 실존주의의 자유는 미래의 가능성을 향해 자신을 내 던질 수 있는(그래
야만 하는) 자유, 혹은 자신의 행위를 자기 스스로 선택할 수 있는(선택할
수밖에 없는) 자유를 의미하는데 반해[92], 장용학이 추구하는 자유는 인간에
게 부여된 모든 규범과 한계로부터의 '초월'을 의미한다. 또한 실존주의적
자유는 인간 존재를 세계—시간성, 구체적 상황성— '안'에 던져 놓지만
장용학의 자유는 세계 '바깥'을 지향한다.

  장용학이 『구토』를 통해 재확인한 것은 "메카니즘-합리적 「인간성」에서
「인간」을 구원해 내야 한다"[93]는 것이다. 한마디로, 그는 실존주의를 반
문명주의 · 반 합리주의로 잘못 읽었다. 이런 오독에 기반해서 그는 사르트
르를 "도스또예프스키 —(빼기) 神性"으로 이해한다.[94] 확실히 장용학은 사
르트르보다 도스또예프스키에게 훨씬 더 많은 빛을 지고 있다. 합리적 이성
중심의 서구 문명에 대한 부정적 태도뿐만 아니라 전지적 서술자나 작중
인물의 입을 통해 작가의 사상을 토로하는 관념 소설적 경향에서도 그의
소설은 사트트르보다 도스토예프스키의 소설에 훨씬 더 가깝다. 그러나 장
용학의 소설에는 관념의 대화성이 전무하다. 그의 소설에 울려 퍼지는 관념
들은 多聲的이기는 커녕, 單聲的인 차원을 넘어 神聲的이기까지 하다. 그의
목소리가 신성적(神聲的)인 것은 그의 반 문명주의 · 반 인본주의 · 반 합리
주의적 목소리가 세계 '바깥'으로의 초월을 외치기 때문이다. 그는 세계를
구성하는 善神의 자리에 모든 것을 의심하는 惡神을 세워 놓는다. 물론 그
악신의 목소리 역시 절대적이며 선언적이다.

  장용학은 세계의 '안'과 '바깥'이라는 위상학적 대립 구도를 통해, 사르트
르에게서 "「들어오는 것」은 「나가는 것」이 된다는 발견, 밖에서 집안으로
들어오는 것은 밖에서 볼 땐 밖에서 안으로 나가는 것이 된다는 사실"[95]을

---

92) O.F. Bollnows, 『실존철학』, 최동희 역, 이성과 현실, 1989, 75~97쪽.

93) 장용학, 「감상적 발언」

94) 장용학, 「실존과 요한시집」

발견한다. 사르트르의 실존주의는 실존을 세계 내 존재로 파악한다. 이에 반해 장용학은 그렇게 세계 안으로 "들어오는 것"을 세계 바깥의 시점에서 "나가는" 것으로 본다. 內-존재성을 脫-존재성(Ex-sistence)으로 역전시킴으로써 그는 (자신도 모르는 사이에) 하이데거의 현상학적 존재론에 접근한다. 세계 내에 있는 현존재(Da-sein)를 바깥으로 서있음(Ex-sistence)으로 이해하는 것은 '바깥'의 시점을 상정했을 때라야 가능하다. 장용학식 실존주의와 후기 하이데거가 만나는 지점이 바로 이 초월론적 관점이다. 어떻게 이런 만남이 가능했을까? 사르트르의『구토』가 이 둘을 만나게 한 가교 역할을 했다. 이 관념의 다리 위에서 만난 것은 정확히 노장철학과 후기 하이데거 철학이다. 장용학이 읽은 사르트르의『구토』는『존재와 무』를 소설적 언어로 풀어놓은 것이고,『존재와 무』는 하이데거의 현상학적 존재론을 사르트르 자신의 입장에서 기술한 책이다. 그리고 하이데거 현상학, 특히 후기의 초월론적 존재론은 동양의 노장사상과 실제적인 연관성을 갖고 있다.96) 이런 연관 고리를 고려한다면, 장용학이『구토』에서 '확인한' 것은 하이데거를 매개로 사르트르의 현상학적 실존주의 안에 스며있던 노장 철학이었다고 볼 수 있다. 물론, 장용학이 사르트르의『구토』를 읽고 확인한 "생리적인" 사상은 니체나 도스토예프스키의 것일 수도 있다. 그럼에도 그것을 노장적 사유 방식으로 이해하게끔 하는 것은 그의 문자 중심적 언어관 때문이다. 음성 언어를 매개로 하지 않고 사유(사상)와 문자 언어(글)를 직접 결합시키는 문이재도(文以載道)적 문학관과 그의 반 문명주의 사상은 긴밀한

---

95) 장용학,「실존과 요한시집」

96) Reinhard May, Heidegger's hidden sources: East Asian influences on his work, Trans. Graham Parkes, Routledge, 1989. 이 책은 하이데거의 저작이 그 자신은 언급하지 않았지만, 도가 경전의 독일 번역본으로부터 핵심적인 아이디어를 받았음을 실증적인 측면에서부터 이론적인 측면에 걸쳐 꼼꼼히 증명하고 있다. 이 문제와 관련하여 참고할 만한 책은 H.P. Hempel,『하이데거와 禪』(이기상, 추기연 역, 민음사, 1995)와 J. Steffney 외.『서양철학과 禪』(김종욱 편역, 민족사, 1993)등이 있다.

연관성을 지니고 있는데, 그것을 연결시키는 숨어 있는 매개자가 바로『장자』였던 것이다.[97]

장용학 소설에 나타난 환상적 모티프―시공간의 초월, 인과율과 자아 동일성의 붕괴, 禮敎的 도덕 관념의 거부―와 도교적 상상력과의 유사성에 대해서는 앞에서 대강 언급했다. 특히 장용학 소설에 형상화된 초월 세계가 도교적 산악 선계의 모습을 하고 있다는 점은 둘 사이의 연관성을 암시하는 일차적 단서라고 할 수 있다. 초월론적 사유 방식이나 도교적 상상력뿐만 아니라 장용학의 비사실주의적 서사 양식과『장자』의 글쓰기 양식은 중요한 지점에서 서로 닮아 있다. 장용학 소설의 반 사실주의적 특성은 알레고리적 구성 원리를 근간으로 추상적 관념의 직설적 토로와 초현실적 장면 구성으로 요약되는데, 이런 특이한 서사 양식은『莊子』에서 그 기원적 모태를 찾을 수 있다.

장자는「寓言」편과「天下」편에서 자신의 말을 우언(寓言), 중언(重言), 치언(巵言)으로 나누고 있다. 우언은 알레고리적 구성 방법이고, 중언은 추상적 관념을 직설화법으로 제시하는 방법이며, 치언은 비논리적이고 자기 해체적인 발화 양식이다. 만약 장용학 소설이 그 사상적인 측면과 서사 형식적인

---

97) 張涵, 史鴻文 編著,『中國美學史』, 西苑出版社, 1995. 저자는 先秦시대 道家의 체험 미학을 파악함에 있어, 美와 醜, 美와 善, 美와 信(眞)의 관계를 상호 依存的이고 상호 轉化的인 것으로 파악한 老子의 상대주의적 심미관에서 출발하여, 그의 사상을 이어받은 莊子의 사유 방식이 지닌 審美적 성격을 조명한다. 그는 장자의 사상을 생명 철학으로 규정하면서, 장자의 본의는 是·非와 美·醜의 구별을 해체하고 인간의 我執과 偏見을 불식하여 현상세계를 초월한 무한한 자유의 경지에 逍遙하는 것에 있다고 정리한다. 그에 따르면, 인간의 생명과 자유를 무한의 경지까지 고양시키고자 하는 장자의 생명 철학은 그 반 공리적·비 합리적 성격으로 말미암아, 그리고 모든 인간적 본유 관념(예의 법규)을 버린 坐忘의 상태에서 대상과 주체의 혼융일체를 추구한다는 점에서 근본적으로 심미적 성격을 지닌다. 결국 장자가 추구한 절대 경지는 인간의 생명활동과 심미활동의 자유를 혼융일체로 체험하는 것이다.

측면에서 『장자』를 되살리고 있는 것이 확인된다면, 우리는 탈근대적 충동과 전근대의 주변부 담론, 혹은 서구적 보편성을 향한 미적 지향과 동양의 글쓰기 양식이 만나는 문학사적 현장을 탐문할 수 있을 것이다.

『장자』「우언」편에 따르면, 우언이란 장자 자신을 화자로 취하지 않고 他者—동물이나 무생물도 포함—를 화자로 취하는 담화이다. 당대(唐代)의 중현학자(重玄學者) 성현영(成玄英)은 그 빗댄(寄) 대상의 예로 鴻蒙, 雲將, 肩吾, 連淑을 든다.98) 이 외에도 『장자』에는 무생물에서부터 동식물, 역사적 인물에서부터 신화적 존재에 이르기까지 셀 수 없을 만큼 많은 우화적 인물이 등장해서 도가의 진리를 전달한다. 그 인물들 중 상당수는 알레고리적 명명법을 통해 추상적 개념을 의인화한 것이다. 단적인 예로, 「知北遊」편 첫머리에서 "知가 북녘 玄水 가에서 노닐며 隱弅의 언덕에 올라갔을 때 우연히 無爲謂를 만났다.99)"라고 할 때, 知와 無爲謂는 도가적 관념(지식/無言의 道)을 의인화한 이름이다.

장용학 역시 이런 알레고리적 명명법(appellation), 그것도 노장 철학의 관용어를 이용한 명명법을 자주 사용한다. 장용학의 처녀작이라 할 수 있는 『肉囚』에서 한눈에 『비인탄생』의 여주인공 然姫100)와의 연관성을 짐작케 하는 密姫의 <密>은 노장철학에서 道의 작용이 隱密하고 유약(柔弱)하다

---

98) (故 鴻蒙, 雲將, 肩吾, 連淑之類 皆寓言耳) 郭慶藩 撰, 王孝魚 點校, 『莊子集釋』, 中華書局, 1961, 947쪽. 홍몽과 운장은 「在宥」편에 나오는데, 운장은 구름을 주관하는 장수(혹은 雲氣)를, 홍몽은 자연의 元氣(혹은 海上의 氣)를 의인화한 인물이다. 그리고 견오와 연숙은 「逍遙遊」편에 나오는 현인들로, 꼭 실재 인물은 아니고 허구적인 인물일 가능성이 높다.

99) (知北遊於玄水之上 登隱弅之丘 而適遭無爲謂焉) 『莊子集釋』, 729쪽.

100) 「非人誕生」은 <사상계> 1956년 10월부터 연재되었는데 <사상계> 1956년 11월호 제 2회에 처음 언급되는 終姫의 쌍둥이 자매 이름은 분명 然姫였다(363쪽). 그런데 『신한국문학전집 23』(어문각, 1974)에 실린 「비인탄생」에서 惟姫로 제시되더니 이후에 출판된 판본에서는 모두 유희(惟姫)로 나온다. 출판사측의 실수인지, 작가의 의도적 개작인지 알 수 없다.

는 것을 밝힐 때 자주 사용하는 한자이며 <然>은 두말할 나위 없이 분절과 구분을 벗어나 스스로 그러함(自然)의 그 然이다. 이 두 여자 주인공은 현실 세계의 여자(麗惠와 終姬)와 대응짝을 이루어 현상계 너머의 원형적 아니마 형상, 즉 人爲의 세계를 초월한 無爲 自然의 여성(노자의 玄牝[101])을 표상한다. 그리고 『현대의 야』의 남자 주인공 이름은 서울 수복 이전에는 玄宇이고 이후에는 萬同인데, 玄이라는 글자는 위진시대 道家 철학을 玄學이라고 하듯이 道를 대신한 말이다. 즉, 玄宇라는 명명법에 담긴 의미는 "어둡고 답답한 우주"[102]이기 전에 '人爲를 초월한, 미묘하게 어두컴컴한 道의 세계'이다. 장자 철학에 따르면 물자체의 자연계는 어떤 분별과 차별도 없이 평등하다. 그것을 齊物, 혹은 萬物齊同이라고 한다. 『현대의 야』에서 萬同이라는 명명법은 이 만물제동에서 온 것이 틀림없다.[103]

알레고리적 명명법과 함께 장자의 우언에서 자주 사용되는 방법은 상상의 동물을 등장시켜 우화(fable)적 상황을 연출하는 것이다. 일례로 「소요유」는 붕(鵬)이라는 우주적 새에 관한 우화로부터 시작한다.[104] 작은 지혜와 큰 지혜를 대비시킨 이 우화에서 곤(鯤)과 붕(鵬)은 장자 자신이 만들어 낸 동물이 아니라 당시 전승되어 내려오던 신화 속의 동물이다. 북해 海神(곤)이면서 風神(붕)을 비유하는 이 상상의 동물 외에도 『장자』에는 서왕모(西王

---

101) 蕭兵, 『노자와 性』, 노승현 역, 문학동네, 2000, 249쪽. 혼돈(元氣), 대지, 사랑의 신(검은 암컷, 계곡의 신)은 상고시대의 신화에서 삼위 일체된 원형체이다. 이 원형신의 철학적 승화가 바로 道이다.

102) 김현, 「에피메니드의 역설」

103) 명명법에 사용된 한자 어휘뿐만 아니라 장용학 소설에 사용된 한자어 중 상당 부분이 無(↔ 有), 無爲(↔有爲), 無一物, 一元, 自然, 太極 등 노장 철학에서 사용되는 용어이다. 실존철학을 노장 사상으로 번안한 것처럼 느껴질 정도다.

104) 북쪽 바다에 물고기가 있다. 그 이름을 '곤'이라고 한다. 곤의 크기는 몇 천리나 되는지 알 수가 없다. 그가 변해서 새가 되는데 그 이름을 '붕'이라 한다.(北溟有漁 其名爲鯤 鯤之大 不知其幾千里 化而爲鳥 其名爲鵬), 『莊子集釋』, 2쪽.

母), 풍이(馮夷: 물의 신), 감배(堪坏: 人面獸身의 신), 우강(愚强: 人面鳥身의 수신) 등 신화적 존재가 많이 등장한다. 이렇게 신화를 우언화 한 단적인 예는 「천지」편에서 황제가 현주(玄珠)를 잃어버린 이야기에서 찾을 수 있다. 『淮南子·人間篇』에도 나오는 이 신화는 우주적 실재성을 상실하고 우화적(허구적) 상황 속에 기입된다.105) 신화를 우언화 하는 방법과 대극을 이루는 것은 역사를 우언화 하는 것이다. 장자의 우언에는 노자를 비롯해서 堯·舜·禹·湯 등 역사적 인물들을 허구적 상황 속에 던져 놓고서 道를 논하는 장면이 많이 나온다.106) 장자의 우언 중 가장 많은 비중을 차지하는 것은 장자 자신이 창작한 비유담(parable) 내지 교훈예화(exemplum)이다.107)

장자의 우언은 이렇게 신화를 재료로 한 우화(fable)와 역사를 제재로 한 예화(exemplum)를 양극으로 동물 우화, 비유담, 창안적 교훈 예화 등 다양한 허구적 서사들을 포함하고 있다. 이것들을 모두 우언의 범주 속에 묶을 수 있는 것은 그 서사 속의 행위자와 행동, 혹은 그 배경이 축자적 의미를 넘어 어떤 관념적 의미를 전달하도록 고안되었기 때문이다. 이런 우언적 글쓰기는 건축학적 구성 원리를 따른다. 거기서는 제재가 되는 사건이나 인물의 자연적인 성격이 아니라 작가가 전달하고자 하는 추상적 관념이

---

105) 황제가 玄珠(신비의 구슬, 道을 비유함)을 잃어버렸다 함은 세속으로 들어 왔다는 것을 의미한다. 황제는 知(지식의 의인화), 離朱(뛰어난 시력의 의인화), 喫詬(뛰어난 언변의 의인화)를 시켜 찾게 했지만 찾지 못했다. 그래서 象罔(忽恍이라고도 하는 신화적 인물로 無心의 의인화)을 시켰더니 상망이 그것을 찾았다. 결국 이 이야기 는 知, 明, 辯 따위의 재능을 부정하고 無心의 경지를 예찬한 우화이다.

106) 예를 들면, 「대종사」편에 大道를 깨달은 지인(至人)인 자상호(子桑戶), 맹자반(孟子反), 자금장(子琴張)에 대해 공자가 찬탄하는 이야기가 있다. 儒家의 禮에 대해 비판 하는 이 우화에서 공자를 화자로 삼은 것은 허구(우언)가 줄 수 있는 역설의 묘미를 이용한 것이라 할 수 있다.

107) 예를 들어 「양생주」 첫머리에는 포정(庖丁)이 문혜군(文惠君)을 위해 소를 잡은 이야 기가 나온다. 소의 가죽과 고기, 살과 뼈 사이의 틈새를 따라 자연스럽게 칼을 놀리 듯 天理의 自然을 따라 사는 것이 養生의 비결임을 말하는 교훈 예화이다.

서사 구성의 준거로 작용한다. 이런 건축학적 구성에서 중요한 것은 그 설계도(관념)가 세계의 진상을 얼마나 적실하게 포착하고 있는가와 건축물(플롯)이 일관되게 그 설계도대로 지어졌느냐 하는 것이지 거기에 쓰인 건축 재료가 현실 세계에 실제로 존재하느냐가 아니다.

장용학의 소설이 장자의 우언적 글쓰기 형식과 닮았다는 것은 단지 동물우화(『요한시집』의 토끼 이야기)나 비유 설화(『비인탄생』의 九時病 이야기)와 같은 삽입 우화 때문이 아니라, 그의 소설 전체가 이런 건축학적 구성 원리로 쓰여졌다는 것을 의미한다. 장용학의 소설 중 장자의 우언과 가장 흡사한 것은 『육수』이다. 이 소설은 『장자』 「덕충부」편에 집중적으로 나오는 병신 우화들과 유사한 형식과 주제의식을 담고 있다. 『육수』는 언청이라는 천형(天刑)을 타고난 주인공이 인간 존재를 고통과 환멸 속에 가두어 버리는 世人의 시선으로부터 자유로워지는 이야기이다. 『장자』 「덕충부」편에는 이와 유사한 우언이 많이 나온다. 다리 하나가 잘린 왕태(王駘)·신도가(申徒嘉)·숙산무지(叔山無趾), 상식 이하로 못생긴 추남 애태타(哀駘它), 절름발이에 꼽추에 언청이를 한꺼번에 타고난 병신, 커다란 혹을 달고 태어난 병신 등 육체적 불구로 태어난 이들은 자신의 외형적인 결함을 정신적 초월의 조건으로 전환시킨 사람들이다.

『육수』를 삶의 의지를 되찾은 장애인에 관한 이야기로 읽는 것은 불가능하다. 왜냐하면 이 소설의 주인공은 한 명의 언청이가 아니라 육체에 갇혀 있는 인간 존재를 대표하는 알레고리적 인물이기 때문이다. 장용학 소설의 설계도는 이 '갇혀 있는 인간(囚)'으로부터 시작된다. 앞서 살펴본 것처럼, 이 소설에서 주인공을 가두고 있는 것은 그의 육체적 결함 자체가 아니라 세인(世人)의 시선이다. 그 세인의 시선으로부터 완전히 자유로워질 때, 주인공이 보게 되는 것은 투명한 실재가 아니라 『사화산』의 주인공(맹인)이 보는 것과 같은 초현실적 환각의 세계이다. 장용학의 글쓰기에서 장자의 '신화적' 우언이 사용되는 지점이 바로 여기다. 장용학 소설들은 약간의 변주는 있지만 일정한 리듬과 패턴을 가지고 있다. 그의 소설은 어떤 임계점에 도달할 때까지 주인공을 극도의 한계 상황으로 몰아 세운다. 대부분 '죽음'으로 표현되는 세계의 가장자리까지 몰린 주인공은 훌쩍 현실 너머의 초월 세계로 들어간다. 앞서 살펴본 것처럼 그 초월 세계는 대부분 太古와 같은 깊은 계곡 속에 펼쳐진 도교적 仙界로 그려진다.

장용학 소설의 알레고리는 주제 의식이나 운용 방식의 측면에서 사르트르가 환상의 마지막 운명을 보여준다고 말한 카프카나 블랑쇼의 알레고리[108]보다는 장자의 우언 양식과 훨씬 더 많이 닮았다. 장용학의 알레고리를 현대의 서구적 알레고리가 아니라 장자의 우언과 비교할 수밖에 없는 이유는 그 알레고리 안팎에 출몰하는 교설적 담화 때문이다. 추상적 관념의 직설적 표현에 해당하는 장자의 말은 重言이다. 우언이 타인에 빗댄 말이라면 중언은 장자 자신의 말이다. 성현영에 의하면, 중언이란 시골에서 존중받는 노인의 말이다.[109] 우언이 간접화의 방식으로 속인들(俗人)의 신뢰를 획득하는 말이라면, 중언은 속세의 청자들이 부여한 권위를 통해 신뢰를 획득하는 담화이다.[110]

『장자』에서 중언은 크게 세 가지 상황에서 나타난다. 첫째, 우언과 상관없이 자연의 道를 상술하는 경우로, 이때 ""莊子 曰"이라는 직설화법 대신 "夫大道不稱… "(「제물론」)처럼 비인칭 구문의 형식을 띤다는 점에 주목해야 한다. 이것은 『장자』가 음성의 현전성이 아니라 문자의 기술성에 기반하고 있음을 보여준다. 둘째, 『장자』의 10餘萬言 중 대부분을 차지하는 우언의

---

108) Jean Paul Sartre, "Aminadab ou du fantastique considéré comme un langage", Situation 1 : essais critique, Gallimard, 1947, p.127.

109) 중언이란 시골의 존경받는 늙은이이다. 노인의 말은 열 중 일곱은 믿게 된다.(重言 長老鄕閭尊重者也 老人之言 猶十信其七也)『莊子集釋』, 947쪽.

110) 叶舒憲,『壯者的文化解析-前古典与后現代的視界融合』, 湖北人民出版社, 1997, 60쪽. 이 중언은 선진 시대 제자 백가들이 흔히 쓰던 것으로, 자기 자신의 도(道)를 고인이나 고서를 인용하지 않고 자신의 직설화법으로 말하는 방법이 그것이다.

맥락 안에서 장자 자신이나 다른 至人(혹은 聖人, 神人, 眞人)의 말을 통해 道를 상술하는 경우로, 예를 들면 「소요유」의 견오와 연숙의 우언에서 막고야 신인(藐姑射 神人)에 대한 연숙의 말이 여기에 해당한다.111) 세 번째 경우는 우언의 앞이나 뒷부분에 나타난 주석적 화자의 논평으로, 앞에서 든 붕(鵬)과 매미·비둘기의 우언 이후에 "이 두 조그만 날짐승이 또한 어떻게 알겠는가. 작은 지혜는 큰 지혜에 미칠 수 없고, 짧은 수명은 긴 수명에 미칠 수 없다112)"와 같은 논평적 언술이 여기에 속한다.

장용학의 소설도 이와 유사하다. 그의 소설에서 추상적 관념의 직설적 담화(重言)는 첫째, 『현대의 야』의 마지막 부분 "이리하여 한 인간의 역사는 끝났다"로 시작하는 세 단락이나, 『원형의 전설』 첫 부분 "이것은 세계가 자유와 평등, 이 두 진영으로 갈라져서 싸우고 있던 시절, 조선이라고 하는 조그만 나라에 있은 한 사생아의 이야깁니다"로 시작하는 꽤 긴 분량의 모두(冒頭)에서처럼 알레고리적 서사의 앞이나 뒷부분에 나타나는 주석적 화자의 논평부에서 사용되는 경우. 둘째, 전지적 서술자나 일인칭 화자가 직접 나서서 철학적 사상을 전달하는 사변적 담화 부분. 셋째, 작중 인물이 자기가 체험한 사건에 대해 상념과 추상적 관념이 뒤섞인 말을 장황하게 내뱉는 부분에서 발견된다. 픽션에 종지부를 찍고 사상을 전달하는 것이 현대 소설의 사명이라는 자신의 말을 보란듯이 실행에 옮긴 이 중언의 남발은 장용학 소설의 반 사실주의성, 나아가 반 근대성을 단적으로 보여준다.

장용학 소설의 사변적 담화와 장자의 중언이 지닌 공통점은 둘 다 권위적 담화 양식이라는 점이다. 그 권위는 중언의 화자가 위치한 초월적 관점으로부터 나온다. 장자는 「덕충부」의 병신 우화에 이어 "그러므로 덕이 뛰어나면 외형 따위는 잊게 되고 만다. 그러나 사람들은 그 잊어야 할 것은 잊지

---

111) 견오가 연숙에게 막고야 신인에 대해 의문을 피력하자 연숙은 神人의 德에 대해 자세히 말해준다.

112) (之二蟲又何知. 小知不及大知. 小年不及大年) 『莊子集釋』, 11쪽.

않고 잊지 말아야 할 것은 잊고 있다.”(故德有所長 而形有所望 人不忘其所忘 而其所不忘) 라고 논평하는데, 여기서 도를 깨우치지 못한 사람들을 人으로 지칭하는 것에 주목할 필요가 있다. 깨닫지 못한 사람들을 (他)人으로 칭하는 ‘自’(己)의 위치는 물론 현상계를 초월한 眞人의 위치이다. 장용학 소설이 지닌 관념성을 도스토예프스키를 비롯한 서구의 관념 소설이 아니라 『장자』의 권위적 담화와 비교하는 이유가 바로 여기에 있다. 장용학 소설에서는 그가 서술자이든 작중인물이든 반문명적 사상을 펼치는 중언의 화자가 되는 순간 인간(人) 일반으로부터 제외된 유일한 존재(非人)가 된다. 거기서는 서구의 관념 소설에서 보여지는 바와 같은 관념의 대화성이나 아이러니적 자기 반조성 같은 것은 찾아 볼 수 없다.

가령, 『사화산』의 주인공이 이국의 선원들 앞에서 “나는 지금 자유를 말하고 있는 것입니다. 生 그 자체를 논하고 있는 것입니다.”로 시작되는 일장 연설을 할 때 그의 말을 전혀 알아듣지 못하는 이국의 청자들에게 그 ‘무거운 말’과 오뇌에 찬 몸짓은 한갓 코미디로 받아들여진다. 만약, 그의 소설이 도스토예프스키적 관념소설에 속하려면 이와 같은 장치, 즉 작가의 관념과 대립되거나, 최소한 그 관념을 객관적인 시각에서 평가할 수 있는 대화적 상황이 마련되어야 한다. 그러나 『사화산』에서 이국 선원들의 시선은 주인공의 관념을 대화적인(혹은 아이러니적인) 상황에 던져 놓는 시선이 아니라 주인공의 초월을 이해하지 못하는 무지한 세인(俗人)의 시선으로 그려진다. 타인의 시선을 곁눈질하는 일인칭 화자를 등장시켰다는 점에서 도스토예프스키의 『지하로부터의 수기』와 유사한 『육수』에서도 “그들”로 지칭된 타인의 시선은 ‘나’의 말을 대화적 국면으로 던져 놓는 시선이 아니라 초극해야 할 세속의 시선으로 그려진다.

너는 그들과 다르다는 것을 알아야 한다! 너는 일을 해야 한다! 너는 일해야 한다. (…) 너는 나무! 그늘은 그들의 것. 이렇게 살아야 한다! (185쪽)

이외에도, 장용학 소설에서 주인공을 제외한 (他)人은 주인공을 세계의 바깥으로 몰아 세우는 '박해자'로, 그래서 인간 세계를 초월한 非人(眞人, 超人)에 의해 무지한 '俗人'으로 평가받게 된다. 위의 인용문에서 일인칭 서술자는 자기 자신을 '너'로 지칭하고 있다. 이런 분열이 일어나는 이유는 간단하다. 이 '무거운 말'을 선포하고 있는 화자는 이미 현실 속의 한 '인간'이 아니라 그 인간(나)을 '너'라고 부를 수 있는 초월적 존재(眞人)이기 때문이다. 증언의 화자가 초월적 화자라는 것은 그가 '시간성'으로부터 벗어나 '영원' 속에 존재하고 있다는 것을 의미한다. 장용학 소설이 대부분 전지적 시점을 취할 수밖에 없는 이유, 그리고『원형의 전설』모두(冒頭) 부분의 화자가 불특정 미래의 시점, 즉 '무시간성'의 시점에서 내부 서사를 진술하는 이유가 여기에 있다.

장용학 소설에서는 서술자의 지위와 작중 인물의 지위가 혼동을 일으키는 경우가 많은데, 이것 역시 시간 '속'에 있는 인물이 전지적 서술자의 무시간적 위치를 지향하기 때문에 일어나는 현상이다. 단적인 예로『비인탄생』에서

> 그의 마음도 텅 비어 가고 地의 고달픔이 그를 엄습했다. / 일어나기로 했다. / 일어나서 「집」 앞으로 갔다. 멈칫했다. / 집….그는 집이라고 했다. 그의 얼굴에서 한두 오리 줄음살이 펴지는 것 같았다. 그는 그 굴을 집이라고 생각하게 된 것이다.[113] (강조: 인용자)

이 인용문에서 "(그는) 일어나서 집 앞으로 갔다"는 외부 서술자가 작중 인물의 행위를 묘사한 문장이다. 그런데 그 서술자(초점화자)는 자신이 '보고' '쓴' 것을 마치 작중 인물(초점 대상)이 '생각'한 것처럼 말하고 있다. 이것은 극단적인 예에 불과하고, 전반적으로 장용학 소설에서는 서술자와

---

113) 「비인탄생」, <사상계>, 1956, 10, 356쪽

작중 인물간의 거리를 찾아 볼 수 없다. 동호의 일인칭 시점을 취하고 있는
『요한시집』의 경우에도 동호의 목소리와 누혜의 목소리는 어떤 차이도 보
이지 않은 채 그냥 한 사람의 목소리처럼 들린다. 결론적으로, 장용학의
소설에서는 관념의 대화성이나 목소리의 다성성이라고는 눈을 씻고 찾아도
없다. 왜냐하면 인물의 관념과 서술자의 목소리는 오직 하나의 시점, 즉
시간성을 초월한 진인(眞人)의 시점으로 귀결되기 때문이다.

  장자의 삼언(三言) 가운데 가장 중요하면서도 가장 모호한 것이 卮言이다.
「우언」편에서 '치언'은 세 번째로 언급되고, 「천하」편에서는 맨 처음에 언
급된다.114) 치언이 무엇을 의미하는가에 대해서는 의견이 분분하다. 치언의
의미는 크게 세 가지 차원에서 살펴 볼 수 있다. 첫째, 치언은 우언이나
중언과 함께 어떤 구체적인 담화 양식을 가리킨다. 사마표(司馬彪)는 치언을
지리(支離)하면서도 처음과 끝이 없는 말, 즉 앞뒤가 맞지 않는 말을 가리킨
다고 한다.115) 치언의 卮자가 술잔을 가리키는 것을 감안한다면, 치언이란
술자리에서 술잔이 돌고 도는 것 같이 지리멸렬한 말이라 할 수 있다. 영국
의 중문학자 빅터 메어(Victor H. Mair)는 치언을 goblet words로 번역하면서
그것을 즉흥적인 말(impromptuwords), 무의식적으로 나온 말, 초현실주의의
자동 기술법과 같은 말로 해석한다.116) 장용학 역시 이런 자동기술적인 담
화를 자주 사용한다. 다음 인용문은 『요한시집』의 한 부분이다.

  할아버지의 산소가 거기에 있었던가?… / 갑자기 믿기 어려웠으나,
  저 하꼬방에서 이만큼 떨어진 곳이었다. 할아버지의 산소가 그 초가집

---

114) 叶舒憲, 『莊者的文化解析-前古典与后現代的視界融合』, 湖北人民出版社, 1997, 62쪽. 「
   우언」편에서 우언이 맨 처음 나온 것은 우언이 장자의 주요한 문장 형식이기 때문
   이고 「천하」편에서 치언이 가장 먼저 나온 것은 치언이 장자의 언어관을 담고 있기
   때문이다.
115) (司馬云 謂支離無首尾言也) 『莊子集釋』, 948쪽.
116) 叶舒憲, 『莊者的文化解析-前古典与后現代的視界融合』, 58쪽.

에서 바로 이만큼 떨어진 곳에 서 있는 소나무의 두툴한 그늘 아래에 자리잡고 있다는 것은 사실이었다. 그럼 그동안 나는 어디에 가 있었던가? 그 동안 할아버지의 산소는 어디에 있는 것으로 해두고 있었던가? (57쪽)

위 인용문은 누혜 어머니의 하꼬방이 있는 산기슭에서 동호가 문득 고향의 K성을 떠올리며 느끼게 된 의식의 혼란상을 표현한 문장이다. 과거를 상기하는 의식의 흐름과 현재를 바라보는 지각의 흐름이 교묘하게 결합되어 현실감을 상실한 자의 심리상태를 섬세하게 담아내고 있는 이 문장은 자동기술법이 비교적 성공적으로 사용된 경우라 할 수 있다. 이 외에도 순전히 주인공의 정신 세계(기억, 망상, 관념)만을 기록한 『사화산』을 비롯하여 장용학 소설 곳곳에서 인물의 혼란스러운 지각 작용과 심리 상태를 자동기술하는 문장들을 볼 수 있다. 그러나 그의 소설들에서 미분(未分)적인 지각 의식의 흐름을 표현하는 치언은 너무나 빨리 추상적 중언으로 비약해 버린다. 우언(비유)에서 중언(논변)으로의 비약과 함께 장용학 소설에 자주 나타나는 서술 패턴은 치언(심리)에서 중언(관념)으로의 비약이다. 한 예로 『비인탄생』 초반부에서 서술자는 지호의 눈에 어리는 잔상 작용에 대해 섬세하게 묘사하다가 곧 자아 상실에 대한 추상적 관념으로 비약한다.

그는 아까부터 시선이 간지러운 것을 느끼고 있었다. 그러나 눈앞에 움직이는 것이라곤 보이지 않는다. 그런데도 무엇이 열심히 떠돌고 있는 것이 느껴지는 것이다. 그 어름에다 초점을 모아 가면 있던 것 같던 그것은 없는 것이 되는 것이다. (…인용자) 無가 有를 除去하고 있다. 過去가 現在에다 구멍을 내고 있는 것이다. 그 구멍을 「生」이 흘러 떨어지는 것이 「生」이라는 말인가?…117)

---

117) 「비인탄생」, <사상계>, 1956, 10, 352~353쪽.

지각 의식(심리)의 표현에서 추상적 관념으로의 이런 단속적 비약은 서구의 심리소설(혹은 의식소설Bewubtseinsroman)이나 관념소설에서는 찾아 볼 수 없는, 장용학 소설과 『장자』를 비롯한 동양의 우언 양식이 공유하고 있는 특이한 서술 문체이다.

둘째, 치언은 단지 특정한 담화 양식이 아니라 비일상적, 비논리적 사유 방식을 의미한다. 장자가 추구하는 것은 궁극적으로 無言의 道이다. 道는 말(言)하는 순간 어그러진다. 말함으로써 말을 벗어나는 치언은 그래서 역설(para-doxa)의 논리를 통해 표현된다. 장자는 굳어진 통념과 인간중심적 편견을 깨기 위해 역설의 논리를 자주 사용한다.[118] 장용학 역시 반 이성주의적 관념을 전달하기 위해 이런 치언의 역설을 자주 사용한다. "죽은 내가 눈을 떴다"(『육수』), "멸망을 주려는 시련에 대해선 차라리 멸망으로 대답할 따름이다"(『사화산』), "나는 죽었다! 나는 살았다! 나는 산다. 재생을 선언하는 그의 논리는 단순하였다. 논리가 아니라 그것은 사실이었다."(『부활미수』), "저기에 1+1=2의 세계가 있는 것처럼 여기에 1+1=3의 세계가 있어도 좋다"(『요한시집』), "인간은 非人으로서 인간이었다! 효자가 이니라 탕아가 인간이다."(『비인탄생』) 등 그의 반논리는 참 인간(眞人, 非人)을 찾기 위해 '인간적' 구별 체계와 상식적 논리 체계를 전복시키는 장자적 치언의 역설에서 그 기원적 모태를 찾을 수 있다.

---

118) 예를 들어 "이 세상에 가을 짐승의 털끝보다 큰 것은 없고, 태산은 오히려 작다고 할 수 있다. 또 어려서 죽은 아이보다 장수한 자는 없고, 팽조는 차라리 일찍 죽은 자라고 할 수 있다." 天下莫大於秋毫之末 而大山爲小 莫壽於殤子 而彭祖爲夭(「제물론」, 『莊子集釋』, 79쪽)라는 말이나, "암컷 원숭이는 긴 팔 원숭이를 짝으로 삼고, 순록은 사슴과 교배하며, 미꾸라지는 물고기와 논다. 모장(毛嬙)이나 여희(麗姬)는 사람마다 미인이라고 하지만, 물고기는 그를 보면 물 속 깊이 숨고, 새는 그를 보면 하늘 높이 날아 오르며, 순록은 그를 보면 달아난다. 이 넷 중에 어느 쪽이 이 세상의 참다운 아름다움을 알고 있을까?" 猨猵狙以爲雌 麋與鹿交 鰌與魚遊 毛嬙麗姬 人之美也 魚見之深入 鳥見之高飛 麋鹿見之決驟 四者孰知天下正色哉 (「제물론」, 『莊子集釋』, 93쪽)

치언의 세 번째 의미는 중언의 무게를 비워 내는 말, 즉 텅빈 말이다. 그 텅빈 말은 무하유지향(無何有之鄕)을 선포하는 고압적인 말이 아니라 "만물을 얕보지 않고 시비를 가려 꾸짖지 않으며, 다만 세속과 함께 동화되는[119] 말이다. '巵'라는 글자는 원래 술잔을 가리킨다. 위진 시대 현학자(玄學者) 곽상은 술잔(巵)은 가득 차면 기울이고, 텅 비면 다시 채우기 때문에 치언이란 사물의 변화에 응해서 차고 빔을 무한히 반복하는 말을 가리킨다고 한다.[120] 텅 비어 있기 때문에 치언은 是/非, 出/處, 默/語 중 어느 하나에 얽매이지 않는 지극한 말(至言)이다. 장자가 치언을 통해 궁극적으로 말하고 싶었던 것은 우언이나 중언과 대등한 차원의 담화 양식이 아니라, 참말(至言)은 만물의 운동과 한치의 어긋남도 없이 화동해야 한다는 것, 그래서 그 참말은 어떤 단견에도 빠지지 않는 텅빈 말이어야 한다는 것이다. 그래서 그 텅빈 말은 다성적이고 대화적일 수밖에 없다.[121] 만약 장용학이 비사실주의적 글쓰기를 통해 탈 근대성을 모색했다면 이 치언의 탈구성적 힘을 재창출했어야 했다. 그러나 앞서 살펴본 것처럼 장용학의 서사 담화는 초월론적 사유에 기반한 권위적 담화이다. 세계 바깥으로의 비장한 초월에 집착하는 한, 세계와의 대화적 지평이 들어설 여지는 없다.

물론, 장용학 소설이 전적으로 숭고함의 무게나 비장한 엄숙미만을 지니고 있는 것은 아니다. 가령, 『부활미수』에서 바위로 애인의 시체를 내리치려

---

119) (而不敖倪於萬物 不譴是非 以與世俗處) 『莊子集釋』, 109쪽.

120) (夫巵 酒器也 滿則傾 空則仰 非持故也 況之於言 因物隨變 唯彼之從 故曰日出) 「천하」, 『莊子集釋』, 947쪽.

121) 다음과 같은 말은 치언의 대화성을 잘 보여준다. "나와 당신이 논쟁을 했다고 합시다. 당신이 나를 이기고 내가 당신에게 졌다면 당신이 옳고 내가 틀렸을까요? 내가 당신을 이기고 당신이 내게 졌다면 내가 옳고 당신이 틀린 걸까요? 그 한쪽이 옳고 다른 쪽이 틀렸을까요, 아니면 두 쪽 다 옳을까요, 두 쪽 다 틀린 걸까요? 이러한 일은 나도 당신도 알 수가 없소" 旣使我與若辯矣 若勝我 我不若勝 若果是也 我果非也邪 我勝若 若不吾勝 我果是也 而果非也邪 其或是也 其或非也邪 其俱是也 其俱非也邪 我與若不能相知也 (「제물론」, 『莊子集釋』, 107쪽)

던 주인공이 그만 발이 미끄러져 자신이 들고 있던 바위에 깔려 죽거나, 『현대의 야』의 주인공이 어처구니없이 손가락이 감옥 문틈에 찝혀 죽게 되는 상황처럼 숭고한 죽음을 그로테스크한 유머로 전도시켜 버리는 장면도 드물지 않게 발견된다. 이 '우연성'과 '유머'의 미학이야말로 중언(重言)의 무게를 덜어 낼 수 있는 원동력이다. 그럼에도 불구하고 장용학은 이 삶과 죽음의 '우연성'을 대화적 형식으로 밀고 나가는 대신 무거운 관념으로 그것을 덮어 버린다. 그 단적인 예가『원형의 전설』에서 보여지는 비인과적(우연적) 사건 결합이다. 이 소설은 통속소설 중에서도 가장 저질의 통속소설처럼 우연적이고 돌발적인 사건 연쇄로 구성되어 있다. 그때, 이 우연성은 삶의 空함(부조리)이 아니라 관념의 무거움에 기여하고 만다.

　지금까지 살펴본 것처럼, 장용학의 비사실주의적 소설 양식은『장자』에서 비롯된 전통적 寓言 양식과 닮아 있다. 알레고리적 사건 구성과 추상적 관념의 직설적 표현, 현실 논리를 벗어난 초월적 장경이 결합된 이런 소설 양식은 서구의 해부(Anatomy[122]) 양식과도 일정한 유사성을 지니며, 부분적으로는 서구의 알레고리, 관념 소설, 환상 소설과도 비교 가능하다. 그러나 서구의 해부 양식은 현실 모방을 중심으로 한 서사 전통 속에서 형성된 것이기 때문에 그 세 가지 양식이 한꺼번에 결합되는 경우는 (현대로 올수록) 거의 없다. 이에 반해 동양의 서사 전통은—특히, 寓言 양식의 전통—모방(mimesis)이 아니라, 도덕적 · 철학적 관념 전달을 중심으로 발전해 왔기 때문에 서사 내적 규칙에 있어 서구의 그것보다 훨씬 더 유연하다. 장용학의 소설 형식이 지닌 파천황적(破天荒的)인 유연함은 구어적 세계의 모방으로부터 벗어나 "존재"에 대한 "사상"을 전달하는 글의 세계를 창출하려는

---

122) N. Frye,『비평의 해부』, 임철규 역, 한길사, 1982, 442쪽. 프라이는 형식에 따라 픽션을 소설, 고백, 해부, 로망스로 나눈다. 여기서 해부(anatomy)는 메니포스(Menippos)적 풍자와 박학의 과시를 구성원리로 하는 픽션 형식으로 버어튼의『우울의 해부』에서 따 온 용어이다.

비근대적인—비서구적인—서사적 충동의 산물인 것이다.


## 3. 자기 배제적 주체의 정신병적 망상

### 3. 1 <非人>의 욕망과 惡神的 타자

장용학의 소설적 주체인 '非人'은 그 용어 자체가 웅변하듯이 인간적 영혼을 거부한 인간 존재이다. 인간적 한계를 초월한 이 非人이 갖게 될 영혼은, 그래서 신성(神性)으로까지 고양된 동물적 영혼이라 할 수 있다. 인간의 지각 의식적 한계와 도덕적 금기의 한계를 뛰어 넘을 때 어떠한 문명적 제약도 모르는 이 동물적 영혼은 신적 권능을 획득하여 근친상간이나 가학적 살해와 같은 절대악의 구현자가 된다. 그러나 非人은 초월자라든가 무뢰한과 같은 어떤 정립된 인간상이 아니다. 만약 "인간은 비인(非人)으로서 인간이었다! 효자가 인간이 아니라 탕아(蕩兒)가 인간이었다"[123] 라는 작가-서술자의 말을 곧이곧대로 받아들인다면 非人이란 한갓 범죄적 인간상(蕩兒)에 불과할 것이다. 그러나, 非人의 非(부정성)는 선(미)에 대립된 악(추)과 같이 어떤 특정한 반정립이 아니라 善/惡·美/醜·是/非를 비롯한 모든 인간적 구별 체계의 정립 자체에 대한 총체적 부정이다.

> 人間은 廢棄되었다! ―連番號가 내가 아니다. 이웃 사람이 내가 아니다. 아들이 내가 아니다! 내가 내다![124]

非人이란 이렇게 인간적 현실을 구성하는 상징들―"일련번호"―과 상호

---


123) 「비인탄생」, <사상계>, 1957, 1, 370쪽.
124) 「비인탄생」, <사상계>, 1957, 1, 370쪽.

주관적 관계—"이웃", "아들"— 일반을 부정하고 오직 "나는 나다"라는 동어 반복적 자기-원인만을 가진 주체이다. 이 "나는 나다"라는 문장에서 술어부의 '나'는 주어 '나'의 의지나 욕망, 혹은 자기 이미지나 신체와 같은 실정적 내용을 함축하고 있는 기호가 아니라, 그 모든 개념 작용으로부터 빠져나가는 '부정성' 자체를 가리키는 '기의 없는 기표[125]'이다. 그런 의미에서 非人은 특정한 사회 역사적 조건 속에서 규정되는—혹은 요청되는—구체적 인간상이 아니라 추상적이고 신화적인, 그래서 현실에 대해서는 어떤 실천적 가치도 없는 관념 형상처럼 보인다. 만약 "非人"이라고 하는 이 주체 표상적 기표가 함축하고 있는 '기의'에 주목한다면 그럴지도 모른다. 그러나 非人은 그 개념적 의미가 아니라 오직 순수한 부정성만을 체현하고 있는 기표라는 것을 고려한다면 그렇지도 않다. 지금부터 "非人" 탄생을 위해 고안된 환상 시나리오를 통해 그 부정성의 사회 역사적 의의를 살펴보고자 한다.

  非人의 탄생을 상연하는 환상 시나리오에서 가장 먼저 설정되어야 할 것은 부정의 대상, 즉 주체의 욕망을 방해하거나, 역설적으로 그의 위반 욕망을 부추기는 타자이다. 장용학 소설에서 그 타자는 인간 존재를 소외시키는 언어적 질서와, 그 질서의 주인으로 군림하는 부성적 권력으로 설정된다. 인간은 일정한 개념적 구획과 차이의 연쇄로 구성된 언어 질서 속에 자기 존재(being)를 이양시키는 '소외' 과정을 통해서만 사회적 주체로 자리 잡을 수 있다.[126] 다시 말해서, 개인이 사회적 주체로 형성되는 과정은 그가

---

125) Dylan Evans, An Introductory Dictionary of Lacanian Psychoanalysis. Routledge, 1996, p.186. 소쉬르에게 있어 기표(signifiant)와 기의(signifié)는 상호 독립적인데 반해, 라깡은 기표가 우선적이며 기표가 기의를 생산한다고 본다. 기표는 일차적으로 닫혀져 있는 미분적 체계 내에 있는 의미 없는 물질적 요소이다. 이 '기의 없는 기표'는 라깡에 의해 '순수한 기표'로 불린다. '모든 기표는 그 자체로 아무 것도 의미하지 않는(혹은 無를 의미하는) 하나의 기표이다. 그 기표가 아무 것도 의미하지 않을수록 그것은 점점 파괴 불가능한 것이 된다.'

말하고, 욕망하고, 사고하는 방식과 위치를 결정하는 담화적 구성을 통해서
이다.127) 非人은 이 언어적 질서를 거부한 주체, 즉 언어 속에서의 자기
소외(결여)를 결여한 정신병적 주체이다.128) 그가 이처럼 언어적 질서—장
용학 소설에서 이름, 인과율, 합리성 등으로 불려지는—를 거부하는 이유는
그것을 生 자체에 대해 이차적이고 인위적인 외관에 불과하다고 여기기
때문이다. 非人에게 있어 현실 세계는 누군가(신)의 음모에 의해 진짜처럼
꾸며진 가장(假裝)이다. 그러나, 언어적 현실이 담론적 구성체라는 전제로부
터 그 상징적 외관을 벗어버리면 진실한 실재(生) 자체와 대면할 수 있다는
결론이 도출되지는 않는다. 장용학 소설에서 상징적 외관—현실 감각—을
상실한 주인공들이 대면하게 되는 세계는 실재 자체가 아니라 상상적인
것과 실재적인 것의 구분이 무화된 정신병적 환각의 세계이다.129) 그 세계

---

126) Bruce Fink, The Lacanian Subject: Between Language and Jouissance. Princeton  University
    Press, 1995, pp.50-52. 라깡은 소외(alienation)란 개념을 언어라는 타자(Other) 속에서
    자기 자신의 존재(being)를 이양시키는 과정으로 설명한다. 즉 소외는 언어의 주체,
    혹은 언어 속의 주체로 자리잡기 위해 강요된 선택이다. 다시 말해서 인간은 언제
    나 이미 선-구성되어 있는 사회적 담론 체계 속에서 자신의 존재를 표명할 것을 받
    아들일 때 비로소 주체가 될 수 있다.

127) Michel Pêcheux, Language, Semantics and Ideology, St. Martin Press, 1975, pp.110-112. 개
    인은 언어 안에서 이데올로기적 구성을 재현하는 담화적 구성에 의해 말하는 주체,
    즉 그들이 발하는 담화의 주체로 호명된다.

128) Bruce Fink, The Lacanian Subject: Between Language and Jouissance, p.49. 정신병적 주체
    는 언어에 의한 '결여'를 결여한 주체이다.

129) 슬라보예 지젝은 현실을 어떤 숨겨진 본질(Essence)의 단순한 외관으로 간주하는 표
    준적인 관념론을 비판하면서 현실의 영역 안에는 '날것'의 현실과 현실의 숨겨진
    본질이 나타나는 스크린을 가로지르는 분리선이 반드시 그어져야 한다고 말한다.
    이 외관의 중개를 벗어 내던질 때 우리는 본질(실재)을 얻는 것이 아니라 오히려 그
    외관 안에서 나타나는 본질 자체를 상실하게 된다. (Slavoj Zizek, The Ticklish Subject,
    Verso, 1999, p.59) 다른 한편, 그는 시뮬라크르(simulacre)의 범람 속에서 존재에 대한
    진실한 경험을 향한 향수어린 갈망이 사라져 버린 포스트모던 사회에 대해 언급하
    면서 오늘날 시뮬라크르(상상적 환영)의 창궐 속에서 우리가 잃어버린 것은 확고하

는 生이 약동하는 유토피아가 아니라 한 여자를 사이에 두고 그녀와의 성 관계를 가로막는 아버지와 목숨을 건 싸움을 벌이는 정신병적 환각의 세계 이다.

『지동설』에서부터 한 여인을 사이에 둔 아버지와의 성적(性的) 대결은 장용학 소설의 중심 플롯을 형성해 왔다.『지동설』에서 주인공(동길)과 춘란 의 결합을 방해하는 아버지 행역자는 유선생이다. 앞서 살펴본 것처럼, 그는 근대적 담론(서학)을 체현하고 있는 인물이다. 춘란을 성적으로 유린하고 살해한 이 근대적 아버지에 대한 공포는 계몽주의적 이성이 내포하고 있는 폭력적 욕망에 대한 공포라고 할 수 있다. 이 근대적 아버지의 형상은『요한 시집』에서 누혜를 자살로 몰고 간 수용소의 인민군 포로들,『비인탄생』에서 지호를 직장에서 내쫓은 학교 교장,『현대의 야』에서 두 번에 걸쳐 주인공을 죽음으로 몰고 간 반/공산주의 이데올로기의 인격적 구현자들에게서 찾을 수 있다. 이 근대적 부권에 붙여진 명칭(이름)과 그들에 의해 구성된 이데올 로기적 상징 체계의 허위성은 비교적 분명하게 이해될 수 있다.

가령,『비인탄생』에서 주인공으로 하여금 권고사직을 강요한 학교 교장 은 이데올로기적 상징 체계의 자기 내적 한계를 선명하게 보여준다. 그는 제도가 정한 법은 무슨 일이 있더라도 지켜져야 한다고 주장한다. 그러나 그가 체현하고 있는 법의 형식적(상징적) 권위는 주인공의 다음과 같은 말 한마디로 인해 치명적인 약점을 드러내고 만다.

> 등록제 때문에 출석 일수가 원급(原級)에 머물러 있어야 할 학생이
> 졸업반인 저의 학급에만 해도 오륙 명이 됩니다. 전교를 통하면 백
> 명은 넘을 것입니다. 이 학생을 모두 법에 다라 낙제시킬 수 있습니까?

---

고 진실된 실재(Real)가 아니라 (상징적) 외관(appearance) 자체라고 말한다. 이 상징적 외관의 특정한 장이 분열될 때 상상적 환영과 실재는 점점 더 구분되지 않는다. (Slavoj Zizek, "A Leftist Plea for Eurocentrism", Critical Inquiry, Summer, 1998, p.995)

/ 「……」 / 그것은 생각지도 않았고 생각할 수도 없는 일이었다.[130]

사회적 제도를 지탱하는 법은 어떤 일이 있어도 지켜져야 한다고 주장하던 교장은 그 법을 문자 그대로, 한치의 에누리도 없이 실재에 적용할 수 있느냐는 주인공의 물음에 결코 대답하지 못한다. 왜냐하면 그것은 "생각할 수도 없는 일"이기 때문이다. 이처럼 상징적 법은 자신이 정한 형식적 조항이 문자 그대로 실행되는 것을 배제한 상태에서만 작동한다. 겉으로는 법의 엄격성을 주장하지만 실제로는 법의 위반 행위 자체에 근거해 있는 이런 자기 모순적 **상황**은 상징적 질서와 실재 사이의 해소불가능한 간극을 드러낸다. 이데올로기적 상징 체계는 실재(사실)와의 근원적인 간극을 통해서만 "진실"을 생산하는 담론 기계이다. 이 담론적 현실로부터 망명한 주인공을 두고 "그것은 진실이라는 옷을 벗어 놓은 사실, 저기 굴러 있는 돌처럼 그저 하나의 '사실'이 거기에 그렇게 나타난 것"이라고 서술하는 것은 이런 맥락에서 지극히 당연하다.

그러나, 장용학의 소설적 주체(非人)는 이 근대의 상징적 아버지에 맞서 싸우거나 그 이데올로기적 메카니즘을 분석·비판하는 시민적 주체가 아니라, 근대적 아버지에 대한 공포에 짓눌려서 그 아버지의 상징적 이름을 자신의 심적 영역으로부터 배제해 버린 정신병적 주체이다.[131] 이 '배제'는 두

---

130) 「비인탄생」, <사상계>, 1956, 10, 362쪽.

131) 라깡은 정신병적 주체 구조를 배제(forclosure)라는 용어로 정식화시킨다. 이 배제는 에고에 의해 혹은 에고로부터 어떤 것을 거부(rejection)하거나(신경증) 혹은 기억 속에 저장되거나 보이지도 않는 어떤 것을 허용하는 것에 대한 거부(도착증)가 아니라, 자신으로부터 "현실"의 어떤 부분을 완전히 방출(ejection)하는 것이다. 어떤 특정한 요소를 자신의 상징적 질서로부터 완전히 배제시키는 이 정신병적 구조에서 배제된 요소는 상징적 질서를 지탱하는 아버지의 이름(nom du père)과 연관되어 있다. 여기서 '아버지의 이름'이란 아버지의 姓이 아니라 부성적 은유 기능이다. 즉 정신병적 주체는 어머니의 욕망과 아버지의 금기(안돼! non du père)라는 외디푸스적 현장에서 일어난 무시무시한 충동의 실재를 상징적 기표로 표상하지 못한다. 그

가지 결과를 초래한다. 첫째는 근대적 부권에 대한 공포를 과장하기 위해 그 아버지를 전근대적 초자아인 신의 지위로 격상시키는 것이고, 둘째는 그 사악한 아버지가 금지한 여자와의 성적 결합을 도모함으로써 공포에 짓눌려 왜소해진 자아의 능력을 부풀리는 것이다. 첫 번째 결과로 출현하는 아버지 형상은 『사화산』의 천제(天帝), 『역성서설』의 녹두 대사, 『부활미수』와 『상립신화』에 암시된 기독신이다. 초자연적 권능을 가진 이 아버지-신들은 선험적 도덕율과 숙명적 결정론을 통해 인간의 生을 감금한다. 『육수』의 주인공을 언청이로 태어나게 하거나, 『사화산』의 주인공으로 하여금 전우의 오발탄에 맞아 장님이 되게 하고, 『인간의 종언』의 주인공을 문둥병에 걸리게 하거나, 『비인탄생』과 『상립신화』의 어머니를 죽음으로 몰아가게 한 것은 모두 신(神)의 간계(奸計)로 그려진다. 장용학 소설의 특이성은 이 중세의 아버지(신)와 근대의 부권적 이데올로기가 그 역사철학적 성격의 차이에도 불구하고 인간의 생을 압살하는 '동일한' 타자로 설정되는 데 있다. 장용학 소설에서 이 둘의 관계는 서로 다른 두 부성적 작인이 아니라, 상징적 외관을 지탱하는 아버지의 이름과 그 이면에 배제되어 있는 부성적 초자아의 관계이다. 다음 인용문은 신이 지닌 초자아적 성격을 보여준다.

> 나는 모랄의 大王과 싸워야 하고 싸울 수 있는 堡壘에 서 있는 나를 발견했던 것이다. (…인용자) 罪意識이 죄였다. 「意識」은 人間의 領域이다. 철모르던 시절에 그만 속아서 빌려주었던 租借港인 「香港」을 도루 찾아냄으로써만 우리는 「罪」를 우리 大陸에서 소멸시켜버릴 수 있는 것이었다. / 「리나, 여기는 나비가 떨어져 죽을 수 없는 밤이라는 것을 알아야 한다. 罪가 없어졌는데 天帝가 무슨 천제란 말인가…. 우리는 원래 自然의 子孫이었던 것이다!」132)

---

대신 그는 정신병적 환각(hallucination)이나 망상(delusion) 속에 되돌아온 외디푸스적 갈등 관계 속에 여전히 사로잡혀 있다. (Bruce Fink, A clinical introduction to Lacanian psychoanalysis, Harvard University Press, 1997, pp.76-79)

장용학 소설에서 신은 '도덕'(moral)의 다른 이름이며 그 도덕은 개별 인간의 초자아 속에 자리 잡아 '죄의식'이라는 자기 동일화의 기제를 통해 작동한다. 이 소설의 주인공은 '리나'와의 성 관계를 가로막고 있는 신(天帝)의 금지 명령을 위반함으로써 非人으로 부활할 수 있을 거라 믿는다. 이 소설뿐만 아니라 『인간의 종언』의 주인공은 자신에게 天刑(문둥병)을 가한 신을 저주하며 "선악의 대립"을 초월한 非人이 되기 위해 아들의 간을 빼 먹고, 『부활 미수』의 주인공(신부)은 자신이 믿었던 기독신을 비웃기라도 하듯 강간과 살육을 자행한다. 특히 『역성서설』의 경우는 정신병적 환각의 세계에서 상연되는 부성적 초자아와의 성적(性的) 대결을 선명하게 보여준다. 이 소설에서 부성적 초자아를 육화하고 있는 인물은 녹두 대사이다. 그가 주인공의 아버지 역할을 맡고 있다는 것은 다음과 문장을 통해 드러난다.

> 「너 혹시 꿈에 용궁(龍宮)에 가서 皇太子 노릇을 해본적이 없니?」
> / 「…」 / 「꼭 있었을게다. 있었지? 응? 잘 생각해 봐라. 그때 용왕은
> 내같았지? 좀 잘 생각해 봐라.」[133]

『비인탄생』에서 주인공의 애인인 종희를 돈으로 사려고 했던 고자(鼓子) 노인이자, 인간적 현실을 초월하여 "천동시대"라 불리는 非人의 세계를 개벽하라고 종용했던 이 녹두 대사는 정신병적 주체의 타자가 지닌 역설적 성격을 보여준다. 이 녹두 대사는 합리적 이성을 통해 수립된 사회 질서 속에서는 결코 "생각할 수도 없는" 불가능한 것들, 즉 합리성이 배제해 버린 모든 가능성들을 욕망하라고 부추기는 측면에서 주인공의 자아 이상[134]을

---

132) 「사화산」, <문학예술>, 1955, 10, 59쪽.

133) 「역성서설」, <사상계>, 1858, 3, 326쪽.

134) Richard Appignanesi, (ed.), Lacan-for beginners, Icon Books, 1995, p.48. 라깡은 프로이트의 저작에서 이미 어느 정도 확립된 자아 이상(ego ideal)과 이상적 자아(ideal ego)를 명확히 구분한다. 1953년에 이루어진 라깡의 공식화에 따르면, 이상적 자아는 내가

육화하고 있는 아버지이다. 또한, 그는 주인공이 욕망하는 대상인 '연희'를 똑같이 욕망하고 있다는 면에서도 자아의 동일시 대상이다. 그런 측면에서 이 녹두 대사는 계몽주의적 아버지―상징적 아버지―가 배제한 무제한적 욕망을 체현하고 있는 이상적 아버지처럼 보인다. 그러나,『역성서설』말미에 가서 그의 정체는 그 자신이 그토록 거부해마지 않던 기계 문명의 총화인 로봇임이 밝혀진다. 이런 '변신'은 상징적 아버지와 그 이면(裏面)의 부성적 초자아간의 역설적 공모관계를 드러낸다. 상징적 법의 이면에는 그 법이 형식적으로 금지한 것을 위반하는 외설적인 초자아가 자리잡고 있다.[135] 녹두 대사의 진정한 위상은 "학교 교장"이 상징적으로 금지한 것을 무조건 적으로 향유하라고 요구함으로써 주인공으로 하여금 그 불가능한 욕망의 실현 앞에서 물러서도록 하는 외설적 초자아이다. '무조건 향유하라'고 명령하는 이 초자아의 정신병적 요구와 욕망의 완전한 충족을 포기하도록 하는 초자아의 금지 기능 사이의 이런 이율배반을 서사화 하는 방법은 녹두 대사를 '가짜 메시아'이자 주인공의 '성적(性的) 경쟁자'로 설정하는 것이다. 그렇게 함으로써 주인공은 정체가 폭로된 녹두 대사(로봇)를 죽이고 연희와 결합한다.

정리하면, 非人이라 불리는 정신병적 주체의 욕망은 상징적 질서에서 배제된 '모든 것'을 체현하고 있는 부성적 초자아의 욕망과 동일하다. 그 둘의

---

가정하는 이미지이고 자아 이상은 나에게 어떤 장소를 부여하여 내가 보여지는 지점을 제공하는 상징적 위치(symbolic point)이다.

135) Bruce Fink, The Lacanian Subject: Between Language and Jouissance, p.109. 라깡은 세미나 XX에서 남성과 여성의 성차(Sexuation) 공식을 제출하는데, 거기서 남성적 욕망의 구조를 지탱하는 것은 모든 개별적 주체들이 누리지 못하는 무제한적 욕망을 체현하고 있는 아버지이다. 남성(Man)적 질서는 보편적 질서를 형성할 수 있다. 왜냐하면 어떤 예외적인 존재가 개별 주체들이 욕망할 수 있는 범위를 한정해 주기 때문이다. 그 예외적 존재는 모든 개별적 주체들을 단일한 상징 체계 속의 일원으로 기입하는 남근 기능(phallic function)이 배제된(forelosed) 존재, 즉 부분적 쾌락의 구조로부터 배제되어 완전한 만족을 누리는 유일한 일자, 즉 원초적 아버지(Father)이다.

욕망이 동일하다는 것, 즉 주체의 욕망이 타자의 욕망이라는 것136)은 단지 그 둘이 동일한 대상을 원한다는 것만을 의미하는 것이 아니라 욕망하는 방식과 그 탈존적137)성격이 동일하다는 의미이다. 물론 이 동일한 구조의 욕망은 정반대의 기능을 한다. 부성적 초자아의 욕망은 상징적 질서의 수립에 기여하고 정신병적 주체의 욕망은 상징적 질서의 붕괴를 기획한다. 정신병적 주체(非人)의 욕망이 타자(부성적 초자아)의 욕망과 같다는 것을 보여주는 또 다른 작품은 『원형의 전설』이다. 이 소설의 주인공은 6. 25 전쟁 와중에 자신의 목숨을 구해 준 털보 사냥꾼의 딸(윤희)과 성 관계를 가짐으로써 윤희를 강간한 털보 영감의 욕망을 모방한다. 여기서 외설적인 아버지(털보 영감)의 욕망과 주체의 욕망 사이의 동일성은 그들이 욕망하는 대상(윤희)의 동일성으로 나타난다. 이것은 『역성서설』의 주인공과 녹두 대사가 똑같이 '연희'를 성적 대상으로 삼고 있는 경우와 같다. 다만, 이 소설에서 보다 분명해진 것은 『사화산』에서 암시되었던 것처럼—그 소설에서 '리나'는 천제(天帝)의 딸로 그려진다— 주인공이 욕망하는 여자가 아버지의 미친

---

136) Bruce Fink, The Lacanian Subject: Between Language and Jouissance, p.54. 라깡은 "인간의 욕망은 타자의 욕망이다"("Le désir de l'homme, c'est le désir de l'Autre" Écrits, Seuil, 1966, p.312)라고 말한다. 이 문장은 "타자의"에서 "의"(de)를 어떻게 해석하느냐에 따라 몇 가지로 달리 번역될 수 있다. 즉 이 문장은 "인간의 욕망은 타자의 욕망이다", "인간의 욕망은 타자의 욕망과 같다", "인간은 타자가 욕망하는 것을 욕망한다" 등과 같은 의미를 부분적으로 함축하고 있다. 여기서 라깡이 강조하는 바는 인간은 타자가 욕망하는 것을 욕망한다는 것뿐만 아니라, 타자와 동일한 방식으로 욕망한다는 것, 다시 말해서 그의 욕망은 정확히 타자의 욕망에 의해 구조화되어 있다는 점이다.

137) Bruce Fink, The Lacanian Subject: Between Language and Jouissance, p.122. 탈존(ex-sistence)라는 단어는 하이데거의 현상학적 존재론에서 사용한 개념이다. 라깡은 이 용어를 사용해서 "-로부터 떨어져 나와 서 있는 존재"에 대해 말하면서 (구조) 내부에 포함되지 않는 어떤 것, 즉 내밀하다기보다는 외밀한(extimate) 어떤 것을 가리킨다. 다시 말해서, 어떤 것이 탈존한다는 것은 그것이 상징적 질서 바깥에 있다는 것을 의미한다.

(근친상간적) 욕망의 대상, 즉 그의 딸이라는 점이다.

아버지와 딸의 근친상간이 의미하는 바는 물론 아버지의 말할 수 없이 사악한 욕망이지만, 거기에는 또 다른 의미가 내재해 있다. 정체가 탄로 난 털보영감을 죽이고 나서 주인공은 북한 공산주의 체제의 일원이 되는데, 거기서 그는『비인탄생』의 "권고사직" 사건과 유사한 이데올로기적 체험을 한다. 탄광 노무관리자로 일하게 된 주인공은 노동자들을 "달래거나 협박하는 일은 없고, 모든 일을 기정사실로 지시할 뿐"이다. 즉, 그는 공산당의 대의 원칙을 한치의 어긋남도 없이 문자 그대로 실행에 옮긴 것이다. 그런데, 바로 그 이유 때문에 그는 공산주의자들로부터 두려움의 대상이자 정신 나간 놈으로 낙인찍혀 축출된다. 그래서 그는 "이북의 진리가 이북에서는 통하지 않고 있다"고 말한다. 그 말에 대해 그의 옛 은사였던 정교수는 다음과 같이 충고한다.

> 「神을 보는 것처럼 거짓말을 보고 아주 그것이 되어 버리면 돼.」
> / 「…」 / 「별루 어려운 것이 아니다. 쏘련이 勝利한다는 것을 확신하면
> 저절로 되지.」 / 「…」 / 「내가 이군을 얼마나 아끼고 있는가 하는 것은
> 이것으로 알 수 있다고 생각하네」 / 「…」 / 「이북의 진리가 이북에서
> 통하게 되면 이북은 없어진다. 이북이 이북이려면 이북의 진리는 이북
> 에서 통하지 않아야 해. 알겠나? (…)138)

정교수의 말처럼 공산당의 대의 원칙은 그것이 문자 그대로 실재에 적용되지 않을 때만 역사적 진리로 작동한다. 마치 신의 존재 여부를 증명하고 나서 신을 믿는 것이 아니라 신에게 복종하는 순간에야 비로소 신이 존재하게 되는 것처럼, 공산주의는 그것을 의심하지 않고 복종할 때라야 비로소 역사적 진리로서의 가치를 지니게 된다. 공산주의는 실재와의 미세하지만

---

138) 「원형의 전설」, <사상계>, 1962, 4, 415쪽.

화해할 수 없는 불일치를 통해서만 작동하는 이데올로기적 상징 체계이기 때문이다. 그 차이를 인정하지 않고 주인공처럼 공산당이 '말한' 것을 액면 그대로 실행에 옮긴다면 공산주의 체제는 붕괴되고 말 것이다. 그런 사정은 공산주의 이데올로기에만 해당되는 것이 아니라『비인탄생』의 주인공(지호)과 학교 교장의 논쟁에서 드러난 것처럼 모든 이데올로기적 상징 체계에 적용된다. 장용학의 소설적 주체가 사회적 상징 체계를 지배하는 아버지를 딸이나 누이를 범한 근친상간범으로 설정하는 이유가 여기에 있다.『비인탄생』의 다음 구절은 상징적 질서 내부의 자기 모순과 파렴치한 "간음" 사이의 제유적 관계를 명시하고 있다.

> 「제가 공문서 위조죄를 범했다면 선생님은 간음죄를 저지른 것이 됩니다.」[139]

학교 교장이 "간음죄"를 저질렀다는 것은 그가 주장하는 대의 원칙은 그것이 문자 그대로 실현되지 말아야 한다는 자기 배반적 위반 행위와 은밀하게 결탁하고 있다는 것을 의미한다. 즉, 아버지의 '간음'(근친상간)은 그 아버지가 수호하고 있는 이데올로기적 상징 질서의 자기 내적 위반을 함축하고 있는 제유적 알레고리이다.『원형의 전설』의 주인공은 결국 아버지(오택부)의 미친 욕망과 동일한 욕망, 즉 자기 누이와의 성 관계를 실행함으로써 아버지의 "간음" 사실을 폭로한다.

> 「지야, 들어라! 너는 이놈에게 깜쪽같이 속고 있는 거다. 이놈은, 알겠느냐, 네 외사촌이라는 게 아니구, 그보다 더한 놈이다! 알았느냐, 더한 놈, 더한 놈 말이다. 알겠지? 알았으면 얼른 나와서 이 놈의 얼굴을 할켜 놔라!」 (…인용자) 「우리는 신혼부부가 되어 있지요.」/ 「관계

---

139)「비인탄생」, <사상계>, 1956, 10, 363쪽.

를 했단 말이냐!」 / 「지야는 오빠를 남편으로 삼는 것은 좀 뭣하다구
했지만요.」 / 「뭐라구! 지야두 알구서 그 지랄을 했단 말이냐?!」[140]

오택부가 반복해서 '이장'은 안지야의 "외사촌"보다 "더한 놈"이라고 말
하는 것은 '이장'이 자기 여동생의 아들일 뿐만 아니라, 자신의 아들, 즉
안지야의 오빠가 된다는 사실을 스스로 폭로하는 것이다. 이 소설의 주인공
이 궁극적으로 원한 것은 누이와의 근친상간 자체가 아니라 아버지 스스로
자신의 사악한 욕망의 진실(근친상간)을 실토하게 하는 것이다.

장용학의 소설적 주체(非人)는 자기만의 독자적인 욕망을 가지고 있지
않다. 그의 욕망은 합리적 이성이라는 이름으로, 혹은 이데올로기라는 이름
으로 인간의 생(生)을 압살한 상징적 아버지의 은폐된 욕망, 즉 어떤 제한도
없이 반인륜적인 행위를 자행하는 부성적 초자아의 정신병적 욕망과 동일
한 욕망이다. 그가 이름(언어)이나 합리적 인과율, 혹은 인간적 도덕원칙이
적용되지 않는 초월적 유토피아를 꿈꾸는 것은 자기 욕망의 타자성을 감추
기 위한 환상에 불과하다. 만약, 그가 원한 것처럼 인간의 영혼을 선험적으
로 규정하는 상징적 외관을 제거하고 순수한 자기 원인성만을 지닌 절대적
본체(실재)에 접근한다면, 그는 자기가 원한 실존적 자발성 자체를 상실하게
될 것이다.[141] 따라서 "非人"은 어떠한 실정적(positive) 내용도 없는, 오직

---

140) 「원형의 전설」, <사상계>, 1962, 11, 363쪽.

141) 그런 의미에서 장용학의 소설적 주체는 정신의 눈으로 가장 명증하게 바라보고 있
다고 생각하는 것마저 오류 가능성이 있다고 의심함으로써 그 의심하고 있는 자아
자신(cogito)의 확실성을 획득하는 데카르트적 주체나, 경험 세계는 선험적 지각 형
식과 순수한 오성적 범주에 의해 구성된 것이라는 전제로부터 지각할 수도 없고 인
식할 수도 없는 물자체의 영역, 즉 초월적 자유의 영역인 본체를 상정하는 칸트적
주체와 동일하다. 칸트에 대한 슬라보예 지젝(Slavoj Zizek)의 다음과 같은 지적은 장
용학에게도 똑같이 적용될 수 있다. "만약 주체가 感受性(receptivity)을 제거하는데
성공하고 직접 본체 자체에 접근한다면 그는 그의 실존적 자발성 자체를 상실하게
될 것이다. 그래서 칸트가 봉착한 난국은 그가 초월적 자유의 자발성을 본체

순수한 부정성만을 체현하고 있는 주체이지 탈계몽적 인간상을 구현한 주체가 아니다. 상징적 아버지가 배제한, 그러나 동시에 그 상징적 아버지의 이면이기도 한 외설적인 초자아의 욕망을 실행함으로써 탄생하는 이 정신병적 주체에게 개방된 세계는 탈근대적 세계가 아니라 근대적 상징 체계의 배면 세계이다. 이데올로기적 폭력에 대한 공포가 불러일으킨 그 정신병적 '세계의 밤'은, 그래서 군대로부터 나가는 출구이라기보다는 근대의 낮 속으로 들어가는 입구라고 할 수 있다.


## 3. 2 〈非人〉의 언어와 편집증적 지식

장용학 소설의 비사실주의적 성격은 非人의 정신병적 욕망이 서사 담화 차원에서 발현된 것이다. 앞장에서 살펴본 것처럼, 非人은 언어로 구성된 상징 세계와 生(실재) 자체 사이의 이율배반적 자기 모순을 용납하지 않는다. 사실주의 역시 사실(실재)에 대한 가장된 신뢰를 통해 작동하는 서사적 이데올로기이다. 사실주의 이데올로기는 작가나 독자 양편에 걸쳐 묘사된 작중 현실은 실재 현실이 아니라 단지 허구적 구성물에 지나지 않는다는 실재적 '앎'과 그럼에도 불구하고 그 허구적 현실이 실재인 것처럼 '믿는' 자기 분열을 통해서만 작동한다. 장용학은 이런 "허구"(fiction)의 논리에 종지부를 찍고 대신 "존재"를 작품 세계에 끌어들이는 것이 새로운 세대의 사명이라고 말한다. 근대 사실주의 이데올로기에 대한 이런 극단적 거부는 사실주의적 언어관에 대한 부정의식과 긴밀하게 연관되어 있다. 사실주의적 언어관은 문자 언어에 대해 음성 언어의 우선권을 주장한다. 왜냐하면 음성 언어만이 외부 현실과 직접적인 지시·재현적 관계를 맺고 있으며,

---

(noumenal)로 잘못 규정한 것이다. 초월적 자발성은 정확히 본체로 인지될 수 없는 어떤 것이다. (Slavoj Zizek, The Ticklish Subject, Verso, 1999, p.28)

문자 언어는 단지 음성 언어를 시각적으로 고정시킨 것에 불과하다고 간주되기 때문이다. 그래서 현실의 총체적 반영을 추구하는 근대 사실주의는 음성언어(구어)의 질서에 문자 언어(글)의 세계를 종속시키는 언문 일치를 지향하게 된다. 장용학은 당시 화제가 되었던 한글 전용론에 대해 일관된 반대 입장을 피력함으로써 사실주의적 소설 형식에 대한 부정을 반 음성주의적 언어관으로 뒷받침한다.

작가 자신의 이런 반 음성주의적 언어관은 작중 인물의 정신병적 욕망을 통해 다시 한번 확인된다. 장용학 소설에서 非人을 지향하는 주인공은 언어에 대한 극단적 반감을 드러낸다. 그의 주장에 따르면 실재는 그것을 인간적 질서에 흡수하는 "이름"에 의해 왜곡될 위기에 처한다. 그 "이름"은 '쓰여지기' 전에 먼저 '불려진다'는 이유로 음성 언어로서의 지위를 갖는다. 그가 "이름"을 부정하는 논리는 앞장에서 살펴본 이데올로기적 상징 체계에 대한 부정의 논법과 동일하다. 즉, 이데올로기와 마찬가지로 언어 기호—일차적으로 음성 언어—는 사물 자체나 그것에 대한 관념(기의)과 자의적인 관계로 결합되어 있다. 음성 언어는 바로 그 자의성으로 말미암아, 즉 사물의 부재를 전제로 해서만 대상 세계를 지시·재현할 수 있다. 따라서, 非人이 보기에 (음성) 언어적 질서는 그 본질에 있어서는 순전히 '자의적' 계약체계일 뿐임에도 불구하고 마치 실재(혹은 기의) 자체를 현존시키고 있는 것처럼 작동하는 자기 모순적 상징 체계이다.

언어적 질서의 이런 은밀한 "간음"을 용납하지 못하는 장용학의 소설적 주체는 그 상징적 계약 관계, 혹은 사실주의 이데올로기를 배제해 버리고 "존재" 자체를 직접 드러내는 문자의 세계를 기획한다. 장용학이 한글 전용론을 배격하고 한자 사용을 주장한 것은 단지 표기법 차원의 문제가 아니라, 장용학의 비사실주의적 서사 양식이 비롯된 언어적 기원을 보여준다. 장용학 소설의 반 사실주의적 특성으로 꼽히는 몇 가지 서사적 요소, 즉 알레고리적 구성과 추상적 담화의 과잉 노출, 그리고 초현실적 장면 등은 현실

'재현'이 아니라 인간 "존재"에 관한 "思想"을 직접 표현하는 문자 세계(소설)를 구현하려는 서사적 욕망으로부터 비롯된 것이다. 다음 인용문은 한글 전용론에 대한 비판과 한자 사용의 불가피성 주장이 비사실주의적 특성과 맺고 있는 관련성을 단적으로 보여준다.

> 思想은 漢字語에만 있고 純우리말에는 없다고 해도 過言이 아닙니다. 한글전용의 우리 소설에 思想이 없는 것은 이 때문인데 이 思想이 없는 無思想을 藝術性이라고 하는 미신이 한국소설을 지배하고 있어요.142)

사상은 한자어에만 있고 순우리말에는 없다는 판단의 옳고 그름과는 상관없이 위 인용문은 장용학 소설의 비사실주의성이 문자 언어에 대한 과대평가로부터 비롯된 것임을 보여준다. 정리하면, 장용학의 소설적 주체는 음성 언어를 매개로 한 현실 재현을 거부하고 인간 "존재"에 관한 지식(思想)을 직접 드러내는 문자의 세계를 구축하려는 서사적 욕망을 지니고 있다. 그러나, 근대 사실주의를 "종식"시키고자 하는 그 서사적 욕망은 어떤 새로운 소설 형식을 창출하는 것이 아니라 근대 소설이 배제한 전근대적 교술 충동과 알레고리 충동을 되불러오는 결과를 초래한다. 우화적 장면과 현실 재현적 장면, 초현실적 장면과 사변적 담화가 어떤 형식적 매개도 없이 단속적으로 비약·교호·혼용되는 장용학 특유의 소설 형식을 『장자』의 우언(寓言) 양식과 비교할 수 있는 근거가 여기에 있다. 그런 원거리 접속은 서사적 퇴행 충동이나 의식적 모방의 결과라기보다는 근대 사실주의 소설 양식과 음성·이성중심주의에 대한 극단적 부정 의식이 유령처럼 떠돌다가 사르트르의 현상학적 실존주의 속에 스며있던 노장적 사유 방식과 접속한 결과로 보여진다.

---

142) 장용학, 「나는 왜 소설에 한자를 쓰는가」, <세대>, 1963, 9.

　장용학의 소설적 주체가 현실을 총체적으로 반영하는 사실주의적 기획을 거부했다고 해서 서구 모더니즘 소설처럼 파편화된 세계상을 파편적인 형식으로 표현하고 있다고 볼 수도 없다. 왜냐하면 그는 세계의 총체적 반영이 불가능하다는 것을 '형식화'하는 것이 아니라 그 불가능성을 알고 있는 악신(惡神)의 목소리로 그것을 '선포'하기 때문이다. 이 지점에서 음성언어를 매개로 하지 않고 문자 언어만으로 담아내고자 하는 그 "思想"의 성격을 고찰할 필요가 있다. 장용학의 소설적 주체가 설파하는 사상은 반 문명주의, 반 이성주의, 반 사실주의, 반 음성중심주의, 반 로고스중심주의로 요약된다. 이렇게 근대적 담론 질서에 의해 생산된 "진실"을 배제해 버릴 때 非人은 상징적 지식으로부터 소외된 주체가 아니라, 오히려 망상적 지식의 주체가 된다.[143] 장용학 소설의 주인공들이 비현실적인 사태에 직면해서 놀라거나 주저하지 않는 이유가 여기에 있다. 그는 경험적 현실 세계 안에서 우리가 "진실"이라고 믿어온 지식은 모두 허구라고 주장한다. 바로 그 이유로 그는 경험적·합리적 지식으로는 해명할 수 없는 초자연적 사건에 대해 놀라거나 주저하지 않는다. 왜냐하면 그는 경험적 현실에 갇혀 있는 인간으로서는 결코 가질 수 없는 초월적 지식을 '소유'하고 있는 정신병적 주체이기 때문이다.

　장용학의 소설적 주체(非人)가 정신병적(망상적) 지식을 소유하고 있다는 것은 『원형의 전설』에서 단적으로 드러난 바, 전지적 서술자의 지식과 주인공의 제한된 인식 사이의 착종을 통해 알 수 있다. 이 소설에서 가장 중요한 장면은 주인공의 아버지 '오택부'와 어머니 '기미' 사이의 근친상간 장면이

---

143) Bruce Fink, A clinical introduction to Lacanian psychoanalysis, p.84. 망상(delusion)적 지식은 정신병적 구조를 특징짓는 핵심적 요소이다. 정신병적 주체가 자신의 심적 현실을 지배하고 있는 초현실적 존재에 대해 어떤 의심도 갖지 않는 것은 이 때문이다. 이런 확신은 정신병의 특징이다. 단, 정신병적 주체는 그가 보고 들은 것의 현실성이 아니라, 그것이 무엇인가를 분명히 의미하고 있다는 것, 즉 그 의미가 명백히 자기 자신을 둘러싸고 있다는 사실을 확신한다.

다. 이 장면은 북한에서 지내던 주인공이 대남 간첩으로 남파되었다는 서술
직후에 삽입 액자 형식으로 제시된다.

> 그리하여 李章은 약 七년만에 남한 땅을 다시 디디게 된 것입니다.

> 여름防學이 되어 고향에 돌아온 起美는 등의자에 다리를 고이고
> 앉아서 (…인용자) 그리하여 그 갓난아이는 李道武라는 그 사람에게
> 인도되었고, 李章이라는 이름으로 그 사람의 호적에 올려지게 되었던
> 것입니다. / 이것이 이장이 알아낸 李章의 출생 經緯였습니다. 그의
> 마음에는 이러하게 비쳐져 있는 것이었습니다.[144]

여기서 문제가 되는 것은 오택부와 기미 사이의 근친상간을 서술하는
전지적 서술자의 지식—묘사된 장면에 함축된 지식—과 제한된 시공간 속
에 존재하는 작중 인물(이장)의 인식—인용문 마지막 부분 "이것이 이장이
알아낸 이장의 출생경위였습니다."라는 진술에 함축된 지식—간의 '불가능
한' 일치에 있다. 분명히 전지적 서술자에 의해 묘사된 장면은 주인공(이장)
이 알아낼 수 있는 한도를 벗어나 있다. 오택부와 기미 사이에 일어난 세부
사건을 전지적 서술자가 '묘사한' 만큼 알고 있어서 주인공에게 전해줄 작
중 인물도 없거니와 결정적으로, 이 소설의 플롯—발견과 폭로의 플롯—을
촉발시킨 '비밀'—오택부와 기미 사이의 근친상간—을 주인공이 알아버렸
다는 것은 서사 내적 논리상 치명적인 결함이 아닐 수 없다. 그런 모순을
만회하기 위해서인 듯 서술자는 "그의 마음에는 이러하게 비쳐져 있는 것이
었습니다."라고 궁색한 별명을 덧붙인다. 그러나, 최소한의 서사 내적 논리
라도 염두에 두고 있는 작가-서술자라면 주인공이 오택부를 만났을 때 다음
과 같은 말을 하게 하지는 않았을 것이다.

---

144) 「원형의 전설」, <사상계>, 1962, 4, 416~425쪽.

「그 손 임자 말입니까?」/ 「…?」/ 오택부는 무슨 말인지 몰라 그 손에 시선을 가져간 것입니다. / 「三十二年 전에 갓난애를 이부자락으로 입 코를 틀어막아 죽이려다가 실패한 그 손 임자말입니까?」/ 「뭘? 뭐!」/ 「내 외삼촌이라면 우선 그것을 인정해야 할 것이고….」/ 「그 말 취소해라!」/ 「다음으로는요, 무릎을 꿇고 두 팔을 벌리면서, 오 나의 무슨 꽃과 같은 뷔너쓰여 했다는데 그게 사실입니까?」/ 「이 놈 아가리를 닥쳐라!」/ 「그리고 비 온 날 그 비너스가 입었던 수영복은 빨간 것이었습니까? 랑 것이습니까?」[145]

오직 전지적 서술자와 오택부만이 알고있는 서사 정보가 주인공(이장)의 입에서 나오도록 한 것은 아무리 주인공의 "마음 속에 비쳐진 것"이라 하더라도 전혀 신빙성이 없다. 결론은 하나다. 주인공(이장)은 전지적 서술자의 '전지적' 지식을 갖게 된 것이다. 그것이 아무리 서사 내적 논리에 맞지 않는다 하더라도 상관없다. 왜냐하면 장용학의 소설적 주체가 지닌 사명은 "픽션(fiction)"의 논리에 종지부를 찍고 "존재" 자체를 담아내는 것이기 때문이다.

장용학의 소설적 주체(非人)가 지닌 지식의 성격은 박해 망상적이다. 작중 인물이나 주석적 화자의 사변적 담화는 말할 것도 없고 장용학 소설에 기술된 사건들은 서사 내적 인과성이 아니라 非人 탄생의 필연성을 증명하는 도구적 목적에 따라 발생하고, 결합되고, 사라진다. 이 목적론적 필연성은 망상적 지식의 성격을 지니고 있다. 장용학 소설의 주인공들에 따르면 현실 세계는 신에 의해 가장(假裝)된 허구이다. 현실 세계의 허구성에 대한 이런 편집증적 지식은 역설적으로 그 가장된 외관을 꾸며 놓은 신(神)에 대한 절대적 '확신'에 기반해 있다. 그 사악한 신은 주체를 세계 안으로부터 바깥으로 내모는 박해자로 규정된다. 언청이로 태어나게 하거나(『육수』), 눈을 멀게 하거나(『사화산』), 문둥병에 걸리게 만들거나(『인간의 종언』), 근친상

---

145) 「원형의 전설」, <사상계>, 1962, 6, 423~424쪽.

간으로 태어나는 것(『원형의 전설』)과 같은 숙명적 결정론을 비롯해서, 장용학 소설의 주인공들은 자신을 세계 바깥으로 내모는 신의 음모에 대해 일말의 의심도 하지 않는다. 그리고 자신은 그 신의 간계에 의해 어쩔 수 없이 非人을 선포할 수밖에 없다고 한다.

이처럼, 非人은 세계에 대한 지식으로부터 소외된 주체가 아니라 세인(世人)들은 결코 알지 못하는 사실, 즉 인간 세계는 신의 음모에 의해 꾸며진 가장이며 신의 간계로 인해 세계 바깥으로 내몰린 자신만이 그 신의 음모를 알고 있다고 확신하는 정신병적 주체이다. 박해 망상적 지식이 타자에 대한 원한과 자기 방어 본능의 극단적 표출 형식이라면, 장용학의 소설적 주체가 설파하는 반 근대주의 사상은 계몽적 이성의 이름으로 자행된 가공할 폭력에 대한 원한으로부터 비롯된 것이며, 한글전용론과 사실주의에 대한 극단적 부정의식은 한글로 쓰여진 근대소설은 물론이고 한글 자체도 외국어 익히듯 배워야 했던 자기 세대에 대한 방어 본능의 즉각적 표출 양상이라고 봐도 크게 틀리지 않다. 그러나 그 전에, 그 자기 방어적 원한의 표출은 근대적 질서와 사실주의 이데올로기의 토대 자체를 회의함으로써 한국 문학의 미적 근대성을 성찰함에 있어 더할 수 없이 유용한 참조점으로 기능한다.

# Ⅲ

# 최인훈: 현실 내부에서의 방황과 <風聞人>의 탄생

## 1. 공통 감각과 재현 규칙의 자기 내적 부정

### 1.1 지각 의식 체계의 교란

### [1] 忘失된 시간의 歸還

최인훈 소설에서 환상이 차지하는 비중은 매우 크다. 전체적으로 그의 소설에 나타난 환상은 외부 세계에 대한 공통 감각을 구성하는 지각 의식 체계가 교란됨으로써 발생한다. 그 중에서도 작중 인물의 초자연적 시간 체험은 최인훈 소설의 환상성을 가장 선명하게 드러내는 서사적 요소이다. 『假面考』는 전생 체험과 같은 환상 모티프를 통해 시간의 본질, 정확히 말해서 '과거'라는 시간적 사태가 지닌 존재론적 의미를 탐구하고 있다. 이 소설의 첫 문장은 일상적 시간 감각이 교란됨으로써 발생하는 환상의 전조를 환기한다.

> 분명히 처음 보는데 언젠가 한번 본 것만 같은 그런 얼굴이었다. 삶의 언저리에서 가끔 일어나 짜증이 나게 마음을 헝클어놓기 일쑤인 기억의 환각…146)

흔히 旣視感(déjà vu)이라고 부르는 이런 "기억의 환각"이 제기하는 문제는 과거라는 시간적 사태의 불확실성이다. 주인공이 전차 맞은 편 좌석에 앉은 여자를 처음 보았다고 확신하는 것은 상기 작용에 의해 되불러진 그의 과거 안에 그녀와의 만남이 존재하지 않기 때문이다. 그럼에도 그가 그 여자를 어디선가 한번 본 것 같다고 '확실하게' 느낄 때 과거는 불확실한 영역으로 돌변한다. 그녀와의 만남이 존재하지 않는 '상기된' 과거와 그녀와의 만남이 존재했을 수도 있는 '다른' 과거와의 불일치를 해소하는 방법은 두 가지이다. 이 소설 초반부에서 제시된 방법은 '유사성'의 원리를 적용한 것이다. 그가 지금 보고 있는 그 여자는 전에 만났던 여자와 '닮은' 여자일 뿐 문자 그대로 동일한 인물이 아니라는 식이다. 그렇게 함으로써 주인공의 시간 의식은 손쉽게 일상성을 회복한다.

전차 속의 여자가 상기시킨 과거의 사건은 이 유사성의 원칙이 적용되지 않을 때, 즉 '그 여자가 정말 그 여자였구나'라는 동일성 확인이 불러일으키는 공포를 보여준다. 그 회상 장면 속에서 주인공은 6. 25 전쟁 직후 댄스 파티에서 한 여자와 춤을 추고 있었다. 아름답고 지적인 이 여인과의 연애를 계획하던 주인공은 문득 그녀의 가슴에 돋은 "까만 점"을 발견한다. 그 까만 점은 주인공의 과거 속에 잠재해 있던 또 하나의 장면을 떠올리게 한다. 6. 25 전쟁 당시 행군 도중 가슴에 까만 점이 있는 애인을 생각하며 혹한을 견디다 끝내 실족사한 M 소위에 관한 기억이 그 까만 점을 매개로 주인공의 의식 표면에 떠오른 것이다. 주인공은 이 까만 점을 과거 속의 '그' 여자와 현재의 이 '이' 여자가 동일인이라는 것을 증명하는 기호로 받아들인다. 과거 속의 M소위와 현재의 주인공을 동일한 자리, 즉 그 여자의 연인의 자리에 위치시키는 이 기호로 인해 과거에 대한 주인공의 확신은 송두리째 붕괴한다. 전쟁 전부터 '연애'와 같은 몸의 체험과는 거리가 먼, 오직 "대영

---

146) 「가면고」, 『최인훈 전집 6』, 문학과지성사, 1976, 161쪽.

백과사전” 같은 책 속에서만 현실과 대면하던 주인공은 “화약과 사람의 살점이 범벅이 돼서 몸부림치던” 전쟁을 “몸으로 치르고” 나서 스스로의 변화를 믿었었다.

> 백과사전을 발바닥에 얹어야만 했던, 고슴도치마냥 가시 돋친 가죽이 전쟁이란 호된 병을 겪고 순한 바탕으로 뱀처럼 허물을 벗었다고 믿었다. ‘기미 있는 여자’의 사건이 일어난 것은 바로 이런 때였다. 그 사건은 어지간히 상징적인 공포를 그에게 안겨 주었다. (172∼173쪽)

그 “까만 점”으로 인해 그의 믿음은 여지없이 무너지고 만 것이다. M소위의 불타는 사랑과 죽음의 무게가 실려 있던 그 까만 점이 현재 속에 되돌아 올 때 그 까만 점은 주인공에게 “상징적인 공포”를 불러일으킨다. 그것은 전쟁 체험이 가져다 주었다고 믿었던 몸의 체험이 허상일 수 있다는 두려움이다. 결국 이 까만 점의 ‘동일성’은 과거를 전혀 다른 모습으로 현재 속에 되불러옴으로써 과거에 대한 확신을 붕괴시킨 것이다.

상기된 과거와 의식화되지 않은 ‘다른’ 과거와의 불일치를 해소하는 두 번째 방법은 ‘망각’의 원리를 적용하는 것이다. 과거란 ‘상기된’ 것의 전체가 아니라 상기 ‘가능한’ 것의 전체이다. 따라서 “분명히 처음 보는데 언젠가 한번 본 것만 같은” 느낌은 ‘아직’ 의식화되지 않은 영역, 즉 망각된 과거의 일부가 (의식의 영역이 아니라) ‘정동’(affect)의 영역에 되돌아온 현상이라고 할 수 있다. 이 소설에서 문제삼는 것은 그 상기 가능한 과거의 범위이다. 이성적 사고에 의하면 그 과거의 범위는 당연히 개인의 지각 의식 활동이 시작되는 시기부터 상기하고 있는 현재까지일 것이다. 그러나 이 소설의 주인공은 개인사에 한정된 과거의 범위를 넘어 그가 태어나기 훨씬 이전에 존재했던 그 자신의 과거와 만난다.

"기미 있는 여자 사건" 이후 주인공은 세계와 직접적으로 소통하지 못하는 자기 자신에 대해 더욱 초조해 한다. 그러던 어느 날, 그는 우연히 도심 한 가운데 있는 심령학회(The Psychic Society)에 들어가게 된다. 이 학회는 불교적 사유 방식에 입각한 "심리적-휴머니즘(Psycho-Humanism)"을 꿈꾸는 단체이다. 그들은 현대인의 정신적 분열을 극복하는 길을 불교의 명상법에 기원을 둔 심령학에서 찾고 있다. 주인공이 체험한 것처럼 그들의 심리 치료 방법은 최면술을 통해 잃어버린 시간을 되찾게 하는 것이다. 주인공은 세 차례에 걸친 최면 요법을 통해 그의 전생이라 여겨지는 장면을 떠올린다. 최면상태에 빠진 그의 독백에 따르면 삼천여 년 전 그는 인도 북부의 가바나 왕국의 왕자 다문고였다. 브라흐마니즘을 신앙하는 그는 얼굴과 마음, 몸과 영혼이 일치된 순수한 자아(ātman)를 찾기 위한 일련의 구도 행각을 벌인다. 결국, 그는 부다가(붓다)의 도움을 받아 가면을 벗은 순수한 얼굴이란 자아에 대한 집착(我執)을 버리고 타자의 주체성을 긍정함으로써만 얻어진다는 진리를 깨닫게 된다. 이렇게 망실된 과거(전생)를 현재 속에 되불러 옴으로써 주인공은 전생에 그랬던 것처럼, 자아에 대한 집착을 버리고 타자(정임)의 주체성을 인정하는 사랑만이 정신과 육체의 분열을 극복하는 구원의 길임을 깨닫게 된다.

그러나, 주인공이 최면 상태(꿈)에서 본 장면이 과거(전생)에 속한 것이라고 단정할 수는 없다. 오히려 주인공 '민'이 본 장면은 그가 연출한 무용극과 마찬가지로 꿈 형성 원리에 따라 구성된 또 하나의 허구적 서사라고 보는 편이 훨씬 더 합리적이다. 즉, 그가 떠올린 장면은 그의 '전생'이 아니라 일상 현실의 체험을 재료로 해서 구성된 꿈 표상이라고 할 수 있다. 그러나 이 소설에는 전자의 신비주의적 해석과 후자의 합리주의적 해석 중 어느 것이 맞는지 확인할 결정적 단서가 없다. 분명한 것은 꿈의 통로를 통해 그가 본 장면은 의식 작용이 미치지 않는 '다른' 세계라는 점이다. 그 세계는 연대기적 시간선 상의 '과거'라기보다는 일상 시간과는 다른 차원의 시간,

혹은 현실에서 '잃어버린 시간'의 세계이다.

다시 ,이 소설의 첫 문장이 제기한 문제로 돌아와서 "분명히 처음 보는데 언젠가 한번 본 것만 같은 기억의 환각"은 인간 존재가 내속해 있는 시간성의 문제를 제기한다. 이 소설의 주인공처럼 몸과 영혼이 분열된 현대인은 어떤 시간을 잃어 버렸다. 그 망실의 징후가 바로 '기시감'이며, 분열을 통합하기 위해 잃어버린 시간을 찾아가는 자아의 모험이 바로 환상 여행이라고 할 수 있다. 『구운몽』의 주인공인 간판사 독고민은 지나간 "황금 시대"로부터 날아 온 한 장의 편지를 받고서 그 '잃어버린 시간'을 되찾기 위해 환상 공간으로 들어간다. 이 소설의 주인공이 초자연적 세계로 들어갔다는 것을 가장 날카롭게 표징하는 사건은 『가면고』의 첫 문장에서 말해진 "기억의 환각"이 물리적 현실로 실현된 장면이다. 가난한 간판사인 주인공은 첫사랑 '숙'으로부터 온 것이라 여겨지는 편지를 받고 약속 장소인 "미궁 다방"으로 나가지만 그녀는 나타나지 않는다. 실망한 주인공은 돌아오는 길에 자신을 "선생님"이라고 부르는 낯선 사람들에게 쫓겨다니다 간신히 집으로 돌아온다. 집 안으로 들어가려던 찰라 그는 '숙'으로부터 편지를 받은 전날과 똑같은 동작으로 성냥을 찾고 전날과 똑같은 실수를 반복하고 있는 자신을 발견한다.

> 그때 그는 쭈볏해졌다. 요 먼저, 그 편지가 와 있던 날 지금과 꼭
> 같은 실수를 한 것을 퍼뜩 생각해 낸 것이다. 악 소리를 지르면서 그는
> 어둠 속에서 얼굴을 감쌌다.[147]

이런 '기시감'이 초자연적으로 느껴지는 것은 시간은 같은 물에 두 번 발 담글 수 없는 것처럼 비가역적 속성을 지니고 있기 때문이다. 시간은 사물의 운동과 변화 속에 내재해 있기 때문에 비록 그 변화 속에서 어떤

---

147) 「구운몽」, 『최인훈전집 1』, 문학과지성사, 1976, 215쪽.

요소가 반복된다고 하더라도 그것은 단지 '유사'한 것일 뿐 문자 그대로 '동일'한 사태가 반복되는 것은 아니다. 차이 없는 순수한 반복으로서의 이런 시간 체험은 시간의 흐름이 파괴된 지점에서 발생하는 환상이다.[148]

숙과의 첫 번째 약속 날 경험한 이 초자연적 시간은 다행히 전날 밤과 똑같지 않은 결말, 즉 요전 날과 달리 성냥불이 꺼지지 않음으로써 간신히 현실성을 회복한다. 그러나 두 번째 약속 날의 기시감은 더 이상 현실성을 회복할 수 없으리 만치 초자연적이다. 첫 번째 약속 날 집으로 돌아온 주인공은 신문광고를 통해 숙과의 약속을 다시 잡는다. 18일 후 동일한 약속 장소에 나간 그는 또 다시 바람맞고 요 전 번과 '똑같은' 풍경의 밤거리를 헤맨다.

> 머리카락이 곤두서듯 오싹했다. 요먼저 숙을 만나러 나왔다가 허탕을 치고 거리를 헤매던 날 밤도 꼭 이랬던 것이다. (…인용자) 그날 밤과 모든 게 꼭같다. 민은 숨이 가빠온다. 그는 사방을 살핀다. 그 거리다. 핀으로 머리를 긁던 여자. 꼭같다. (…) 마치 궤도에 올라앉은 기관차처럼, 벗어나서 달리려고 기를 쓰면 쓸수록 민은 점점 낯익은 길로 자꾸 빠져든다.(222쪽)

18일 전에 자신을 쫓아왔던 그 시인들이 "바로 지금, 그때 모습 그대로" 독고민을 쫓아온다. 독고민 개인의 시간이 18일을 흐르는 동안 그를 둘러싼 세계의 시간은 멈춰 있었던 것이다. 이런 '기시감'은 시간의 선형성에 의문을 제기한다. 우리는 보통 시간을 이미 지나간 과거와 아직 오지 않은 미래를 분할하는 무수한 현재의 선조적 연속으로 생각한다. 그때 지나간 시간은

---

148) Peter Brooks, Reading for the Plot, Random House, 1984, p.119. "순수한 반복, 순수한 재생은 곧 붕괴된 환유이며, 그 속에서 원인과 결과가 동일화되는, 그게 그것인 (same-as-same) 순수한 반복은 차이의 연속인 환유적 운동이 파열된 지점, 시간의 흐름이 파괴된 지점에서 발생하는 환영이다."

'기억' 속에서, 오지 않은 시간은 '기대' 속에서 현상학적으로 존재한다. 그러나 기시감은 과거에 대한 기억과는 전적으로 다른 현상학적 사태이다. 첫 번째 약속 날 숙을 만나러 갔다가 허탕친 독고민은 극장에 들어간다. 그는 옆자리에 앉은 초면의 여자를 "어디선가 많이 본 여자 같다"고 생각한다.『가면고』의 첫 장면과 동일한 상황이다.『가면고』에서 '망실된' 과거가 '전생'으로 암시된다면『구운몽』에서는 '내생'으로 암시된다. 이 소설의 마지막 장면은 '민'이라는 이름을 가진 남자와 왼쪽 뺨에 까만 점이 있는 여자가 영화를 보고 나와 다정하게 키스하는 장면이다. 현재의 독고민과 동일한 이름을 가지고 있는 남자와, 현재의 독고민이 찾고 있는 "왼쪽 뺨에 까만 점이 있는" 여자가, 현재의 독고민이 들어간 "극장"에서 영화를 보고 나와 다정스럽게 입맞춤하는 이 불특정한 미래의 현실은 일단 독고민의 '내생'이라고 할 수 있다.『가면고』의 '전생'이 불교적 상상력에 기인한 것과 마찬가지로『구운몽』의 '내생' 역시 불교적 상상력으로 채색되어 있다. 그리고 그 불국낙토에 사는 주인공은『가면고』의 주인공과 마찬가지로 사랑의 결실을 맺는다.

그러나『가면고』와 달리『구운몽』의 독고민은 그 유토피아적 내생으로 통하는 '시간의 문'을 잃어버리고 공원 밴치에서 얼어죽는다. 그러므로 극장 안에서 우연히 만난 여자를 주인공이 어디선가 보았다면 그것은 지나간 '과거'가 아니라 결코 '오지 않을' 미래라고 할 수 있다. 정확히 말해서, 특정한 시간 표지를 갖지 않은 그 비인칭적 세계는 '아직은 아닌' 미래가 아니라 결코 '여기'일 수 없는 또 다른 가능세계(possible world)이다. 그런 의미에서 기시감이란 현실 세계(actual world)와 공존하지만 결코 소통할 수 없는 가능세계가 차원의 경계를 넘어 흔적을 남기는 현상이라 할 수 있다.

이렇게 시간을 복수(複數)의 차원(우주)으로 이해할 때 '아직은 아니지만 곧 다가올' 미래란 존재하지 않게 된다. 미래뿐만 아니라 '이미 지나갔지만 분명히 실존했던' 과거 역시 존재하지 않는다. 주인공 독고민이 숙과 행복했던 나날을 보냈던 과거의 실존재성을 증명할 방법은 전혀 없다. 그 기억은 독고민이 상상 속에서 꾸며낸 허구일 수도 있는 것이다. 이상한 사람들에게 쫓겨 광장 한 가운데 몰린 독고민이 그 옛날의 '숙'이라고 확실하게 지목한 여자가 그를 전혀 모른다고 할 때 과거의 실재성을 확인할 길은 전혀 없다. 그렇다고 해서 '현재'는 분명히 실재한다고 할 수도 없다. '숙'한테 바람맞은 독고민은 도시의 밤거리를 헤매 다니다가 생전 처음 본 낯선 사람들로부터 면식(面識)을 요구받는다. 자신은 분명 간판사 독고민인데 길거리에서 우연히 만난 그 사람들은 그를 문학 평론가, 은행 사장, 안무가, 술집 여급의 기둥서방, 혁명군 수괴, 바티칸이 파견한 교황 사절 등으로 여긴다. 한마디로, 그는 자기 동일성을 확인할 시간의 연속성을 잃어버린 것이다.

'과거 시간도 없고, 현재 시간도 없고, 미래 시간도 없다'[149]는 이 불교적 시간론이 말하고자 하는 것은 과거, 현재, 미래는 서로의 '관계' 속에서만 존재하는 가유(假有)일 뿐 자립적 실체가 아니라는 것이다. 이렇게 시간을 선조적 단수 체계로 이해하지 않고 개방적 복수 체계로 이해함으로써 인간은 무한한 시간성 속으로 개방된 존재가 된다. 이 소설의 주인공이 체험한 시간의 불확실성은 시간의 연속성으로부터 단절된 현대인의 고독이나 소외가 아니라 자아의 나르시즘적 시간으로부터 사회·역사적 시평(時坪)으로 개방된 인간의 존재론적 조건을 드러낸다. 그는 자기만의 내밀한 시간—"황금시대"—을 되찾기 위해 에고의 방을 나섰지만 잃어버린 황금시대 대신 그가 얻은 것은 시간 내 존재의 사회 역사적 개방성이다.

『웃음소리』와 『열하일기』는 『구운몽』에서 결합되었던 개인적 시간 찾기와 사회 역사적 시간 찾기를 각각 분리해서 보여 준다. 먼저, 『열하일기』는 『구운몽』의 후반부에 제시된 고고학적 모티프를 확장한 소설이다. 『구운

---

149) "過去心不可得 現在心不可得 未來心不可得", 法界通化分, 『반야심경·금강경』, 이기영 역해, 한국불교연구원, 1978, 301쪽.

몽』의 끝 부분에서 행복한 연인이 보고 나온 영화는 어느 고고학자가 보여준 "조선원인고"라는 발굴 필름이었다. 그 필름 내용은 이 소설의 중심 서사라고 할 수 있는 독고민의 환상 체험인데, 현재를 과거화 하는 이런 고고학적 인유(引喩)는 잃어버린 시간을 찾아가는 역사 의식의 발로라고 할 수 있다.『열하일기』의 주인공(고고학자)은 지금은 더 이상 존재하지 않는 "루멀랜드"를 여행했던 20년 전의 경험을 기록하고 있다. 그 사라져 버린 "풍문의 땅"은 역사적 현장이며 그곳에서 보냈던 시간, 즉 지금은 잃어버린 시간은 1950년대 후반부터 1960년 4·19까지의 역사적 현재이다. 이렇게 역사적 현재를 고고학적 시선으로 바라봄으로써 작가는 그 속에 숨겨진 사회역사적 담론 지층을 발굴해 내는 지식의 고고학자가 된다.

『웃음소리』는『구운몽』에서 나타났던 잃어버린 황금 시대를 찾아가는 시간 여행과 죽음의 상관 관계를 다시 보여준다. 직업이 바아걸(bar girl)인 주인공은 순정을 바쳐 사랑한 남자에게 배신당한 충격으로 자살을 결심한다. 그녀는 자신의 죽음을 치를 장소로 점찍어 두었던 P온천의 야산 공터로 향한다. 그곳은 자신을 배신한 남자와의 행복했던 추억이 배어 있는 장소이다. 그녀는 더 이상 되돌릴 수 없는 그 추억의 장소에서 삶의 시간을 마감하고 싶었던 것이다. 하지만 그곳은 이미 다정한 연인이 차지하고 있기 때문에 그녀의 자살 계획은 차질을 빚는다. 행복에 겨운 여자의 웃음소리를 들으며 그녀는 다음 날을 기약하지만 다음 날도 마찬가지다. 사흘 째 되는 날 주인공은 마지막으로 그 장소로 간다. 그리고 그 곳에서 전날의 다정한 연인이 거적때기에 덮여 죽어 있는 것을 목격한다. 죽은 지 일주일이나 되었다는 사람들의 말을 꿈결처럼 듣고 있던 그녀는 거적때기 밑에서 전날 들은 그 웃음소리를 듣는다. 이 소설의 환상성은 시간의 교란과 중첩으로부터 발생한다. 주인공이 이틀 연속으로 본 다정한 연인은 전혀 알지 못하는 남녀의 유령이 아니라 몇 년 전 바로 그 장소에서 사랑을 나누던 그와 그녀 자신이다. 즉, 주인공이 본 환영은 간절히 돌아가고 싶지만 결코 돌아 갈 수 없는

‘잃어버린 과거’가 현재 속에 되돌아 온 장면이다.

『열하일기』와 『웃음소리』에서 분리되어 그려졌던 개인적 시간 여행과 사회 역사적 시간 여행은『크리스마스 케럴 5』와『서유기』에서 다시 결합된다. 먼저,『크리스마스 케럴 5』의 주인공은 아주 기괴한 질병 때문에 어쩔 수 없이 한밤중의 도시를 배회하게 되는 운명에 처한다. 방안에 있으면 참을 수 없는 아픔을 동반한 가래톳이 돋다가도 방을 나서면 거짓말처럼 사라지는 것이다. 그런데, 아무 때나 그런 기이한 사건이 발생하는 게 아니라 밤 열두 시부터 새벽 네시 사이에만 그렇다는 게 문제다. 1959년 당시 이 시간은 통행이 금지된 시간이다. 이 이상한 가래톳 때문에 주인공은 사회·정치적으로 금지된 시간을 탐색하게 된다. ‘금지되었다’는 것은 소유할 수 있는 가능성을 ‘잃어 버렸다’는 것이므로 이 소설 역시 ‘잃어버린 시간’을 찾아가는 자아의 환상 모험을 그리고 있다고 할 수 있다. 주인공은 금지된 밤 산책 도중 사물이 생명을 얻거나 사지가 절단된 시체들이 거리를 행진하는 등 한낮의 현실에서는 경험할 수 없는 환상 체험을 하게 된다. 그 와중에 그는 세 부류의 집단 산책자들을 만나게 된다. 첫 번째 집단은 크리스마스 행렬이다. 크리스마스 이브날은 통행 제한이 철폐되기 때문이다. 그들을 보자 당연히 사라져야 할 가래톳은 더욱 맹렬한 기세로 돋아난다. 두 번째 집단은 4·19 원혼들의 행렬이다. 4·19가 발발한지 일년이 지난 어느 날 주인공은 도심의 밤거리를 행진하는 한 떼의 기괴한 무리를 목격한다. 다리가 끊어진 고등학생, 빠진 눈알을 공중에 집어던지며 걷는 남자, 터진 두개골에서 허연 골이 흘러나오는 대학생 등 4·19 혁명 때 사망한 사람들의 유령을 목격할 때 가래톳은 잠잠했다. 세 번째 집단은 5·16 군부 쿠데타 세력이다. 주인공은 그 군사 혁명 집단에 대해 그들도 가래톳이 있는지 없는지 궁금해한다. 이처럼 금지된 시간의 밤 산책은 사회 정치적 담론에 대한 지식인의 자의식을 펼쳐낸다.

잃어버린 시간을 찾아가는 자아의 환상 모험이 가장 완성된 모습으로 나타난 소설은『서유기』이다. 이 소설은『구운몽』의 가장 바깥 액자—일종의 에필로그—와 똑같이 고고학적 필름 상영으로 인유된 메타 서사적 언술로 시작된다. 바깥 액자뿐 아니라 본 서사의 구성 원리나 환상적 모티프의 운용 방식 또한『구운몽』의 그것과 비슷하다. 프롤로그 다음에 이어지는 본 서사 역시 액자 형식을 취하고 있는데, 도입부와 종결부는『회색인』의 마지막 부분과 연결된다.『회색인』의 주인공 독고준은 북한의 W시를 고향으로 둔 고학생이다. 이 소설의 마지막 장면에서 그는 같은 집에 거처하는 '이유정'의 방에서 나와 자기 방으로 되돌아 가다가 어디선가 자신을 부르는 여자의 목소리를 듣게 된다.『구운몽』의 첫 장면과 흡사한 이 장면은 실은 자기 방으로 돌아온 주인공이 꾼 꿈이었다. 그는 다시 몸을 눕히고 라디오를 켠다. 그때 라디오에서는 고향 W시에서 남몰래 들었던 대북 선전 방송이 흘러나온다. 그 목소리를 따라 어린 시절의 고향에 대한 기억과 현재의 자기 자신에 대한 상념에 젖어 있던 그는 자기 방을 나와 다시 이유정의 방으로 간다. 그녀에 대한 성적 욕망 때문이다. 이유정의 방문 앞에서 잠시 주저하던 그는 "잠기지 않은 문"을 열고 그녀의 방안으로 들어간다.

『서유기』는 독고준이 이유정의 방에서 나와 자신의 방을 향해 걸어가는 장면으로 시작된다. 약 300 쪽에 달하는 이 소설의 마지막 장면은 독고준이 자기 방으로 들어가 왜 자신은 이유정의 방에 들어갔다가 문간에서 다시 나왔을까? 라고 자문하는 장면이다. 이유정의 방에서부터 독고준 자신의 방으로 걸어가는 짧은 시간 동안 그는 고향 W에서 있었던 어린 날의 비밀을 향한 시간 여행을 한다.『구운몽』의 잃어버린 "황금시대"에 대응하는 그 운명적 여름날의 비밀은『회색인』에 구체적으로 제시되어 있다. 연합군의 폭격이 한창이던 W시의 여름 날, 어린 독고준은 평소 자신을 쁘띠 부르조아라며 몰아 세웠던 소년단의 부름을 받고서 다음 날 새벽 학교로 향한다. 그러나 학교는 이미 폐허가 되어 있고, 자신을 질책하던 소년단 지도원을 비롯해서 그 누구도 오지 않았다. 학교를 나와 거리를 배회하던 중 갑자기 공습이 몰아

치고 그는 누님 또래의 한 여자에 이끌려 방공호 속으로 대피한다.

> 그때 부드러운 팔이 그의 몸을 강하게 안았다. 그의 뺨에 와 닿는 뜨거운 뺨을 느꼈다. 준은 놀라움과 흥분으로 숨이 막혔다. 살 냄새. 멀어졌던 폭음이 다시 들려왔다. 준의 고막에 그 소리는 어렴풋했다. 뺨에 닿은 뜨거운 살. 그의 몸을 끌어안은 팔의 힘. 가슴과 어깨로 밀려드는 뭉클한 감촉이 그를 걷잡을 수 없이 헝클어지게 만들었다.[150)]

이 외상적 체험은 주인공의 삶을 지배하는 "운명"의 촉발점으로 작용하였다. 성적 경험과 이데올로기적 경험이 죽음의 한계 상황 속에서 융합된 이 장면은 그가 왜 이데올로기적 현실에 대해 끊임없이 성찰하면서도 결국은 이데올로기적—자본주의 이데올로기든 혁명적 이데올로기든—참여(engagement) 앞에서 물러설 수밖에 없는지, 그리고 그는 왜 이유정의 방에서 그녀와의 성 관계를 감행하지 못하고 물러나올 수밖에 없었는지에 대한 해답의 열쇠가 숨겨져 있는 외상(trauma) 장면이다. 이유정의 방에서 나온 주인공은 그 외상적 장면을 향한 기나긴 시간 여행을 떠난다. 그 환상의 시간 여행 중 그가 만난 사람들은 크게 두 부류로 나눌 수 있다. 첫째 부류는 석왕사 역장과 검차원들, 구호소 의사와 간호원 등 독고준의 개인사에 연루된 인물들이고, 둘째 부류는 논개, 이순신, 이광수, 조봉암 등 공적인 역사 속의 인물들이다. 첫째 부류의 인물들은 회상의 논리에 따라 W시의 '여름날'로 되돌아가려는 주인공에게 시간 여행의 안내자 역할을 하고, 둘째 부류의 인물들은 주인공의 시간 여행이 개인적 '회상'을 넘어 사회적 '역사'로까지 확장되고 있음을 보여준다.

이 소설의 주인공이 이미 지나간 과거(역사) 속의 인물들을 만날 때, 그

---

150) 「회색인」, 『최인훈전집 2』, 문학과지성사, 1977, 50쪽.

비현실적인 시간 체험은 과거(역사)가 지니고 있는 존재론적 본성을 드러낸
다. 석왕사 역에서 만난 역장의 다음과 같은 말은 주인공의 시간 여행이
함축하고 있는 역사성을 환기시켜 준다.

> 자네는 우리가 기다리던 그 사람이야. 우리는 자네를 기다리고 있었
> 네. 자네를 만나야 우리는 옳은 귀신이 될 수 있단 말일세.151)

일반적으로 개인의 역사나 집단의 역사는 이미 지나간 '죽은' 시간으로
여겨진다. 이런 일반적 시간관념에 따르면, 역사는 이미 지나간 것(죽은 것)
이기 때문에 우리는 그 과거(역사)를 객관적으로 성찰할 수 있다. 그러나
엄밀하게 따지면 우리는 이미 지나간 역사와는 결코 만날 수 없다. 살아
있는 자(현재)가 죽은 자(역사)와 만나는 상황은 죽은 자가 살아 있는 자(현
재)에게 '귀신'(현재형의 과거)의 형상으로 되돌아 올 때 뿐이다. 역사와의
만남은 이미 지나간 과거가 아니라 아직 진행중인 과거(시간의 유령)와의
만남인 것이다. 역장을 비롯해서 주인공이 만난 역사적 인물들이 한결같이
오래 전부터(논개: 300년~조봉암: 약 10년) 주인공을 기다려 왔노라고 할
때, 그 기괴한 필연성이 드러내는 것은 역사란 그것을 진행 중인 과거로
되돌아보는 자에 의해서만 정당한 역사—역장이 말한 "옳은 귀신"—로 자
리매김 된다는 사실이다. 이처럼, 잃어버린 시간을 찾아가는 최인훈 소설의
환상 여행은 단지 유희적 상상력의 소산이 아니라 본질적으로 역사적인
상상력의 산물이다.

## [2] 迷路에서의 求道

최인훈 소설의 환상 공간은 현실을 초월한 '바깥'이 아니라 지극히 일상

---

151) 「서유기」, 『최인훈전집 3』, 문학과지성사, 1977, 86쪽.

적인 공간 '내부'에 있다. 『가면고』의 주인공으로 하여금 전생 체험을 하도록 만든 정체 불명의 비밀 단체는 도심 한 가운데 위치해 있다. 무용극단 동료들과 술을 마시러 시내로 나온 주인공은 우연히 빌딩과 빌딩 사이에 위치한 심령학회 간판을 발견한다. 흥미가 당겼지만 동료들에 묻혀 지나친 그는 다음날 시내에서 친구와 만나고 돌아오는 길에 어제 그곳을 지나가고 있음을 문득 깨닫고는 그 심령학회로 들어간다. 전생을 향한 시간 여행의 정거장이라 할 수 있는 이 비밀 결사의 거처가 도심 한 가운데라는 사실은 환상 공간과 도시 지형학의 관계를 시사한다. 전생과 이생, 초월 세계와 현실 세계를 연결하는 이 공간은 이성과 자본의 논리에 따라 구획된 도시 내부의 '부재 공간', 혹은 '제 삼의 장소'라고 할 수 있다.[152] 그 제 삼의 공간은 이성적 합목적성으로부터 빗겨나 있는 곳이다. 그곳은 의도적이거나 계획적으로 방문할 수 있는 장소가 아니다. 그곳에의 방문을 지배하는 법칙은 '우연성'이다. 주인공이 그 곳을 발견하게 된 것도, 까맣게 잊고 있다가 이튿날 방문하게 된 것도 전적으로 우연이었지 계획된 게 아니었다.

주인공이 두 번째로 그 심령학회를 방문하게 된 상황은 우연성과 환상성 간의 관계를 보여준다. 주인공은 무용극에 대한 회의를 마치고 집으로 돌아가려고 버스를 기다리다가 때마침 자기 앞에 도착한 전차에 올라탄다. 전차 안에서 한참 상념에 빠져 있던 주인공은 그만 자신이 내릴 장소를 놓쳐버리고 종점까지 가게 된다. 종점에서 내린 그는 낯선 주위 환경 때문에 상식 밖의 두려움에 사로잡힌다. 시간은 밤 아홉시밖에 안 되었고 그가 내린 곳은 외딴 교외가 아니라 자신이 평소에 자주 다니던 도심 한 가운데였음에도

---

152) Steven Pile, *The Body and the City*, Routledge, 1996, p.183. 저자는 의미화 체계 바깥에 존재하는 부정적(negative) 장소를 지칭하기 위해 제 삼의 장소(third space)라는 용어를 사용한다. 제삼의 장소는 단지 이원주의 바깥에 있는 장소가 아니라 양항 대립의 구성 자체를 문제삼는다. 제삼의 장소는 권력(인종, 계급, 성차, 성)의 축들 사이에 있는 틈일 뿐만 아니라 또 다른 권력 관계, 혹은 또다른 욕망과 공포간의 상호작용으로부터 창조된다.

불구하고 그는 돌연한 낯설음에 어쩔 줄 몰라 한다.

> 여기가 어딘가? 방향을 모르겠다. 사방을 휘둘러보았다. 눈익은 집
> 이 하나도 없다. (…인용자) 말할 수 없는 공포가 그를 사로잡았다.
> 어떡허나… 어떡헌담… (216쪽)

최인훈 소설의 환상성은 이렇게 지극히 일상적인 현실 상황을 살짝 전도
시킴으로써 발생한다. 그에게 있어서 환상성은 현실을 초월한 어떤 초자연
의 영역으로부터 오는 것이 아니라 일상적으로 경험하는 '낯설음'의 상황
자체로부터 온다. 그렇게 낯설어진 도시의 거리를 배회하던 주인공은 이윽
고 눈익은 로터리에 서있는 자신을 발견한다. 그곳은 요 전날 방문했던 심령
학회 근처였던 것이다. 따라서, 도시의 빌딩과 빌딩 "틈새"에 위치한 심령학
회 사무실은 길—의도성, 합목적성—을 잃고서야 '우연히' 방문할 수 있는
잉여 공간이라 할 수 있다. 그 제 삼의 틈새 공간을 통해 주인공은 현실에서
잃어버린 길을 찾아가는(求道) 삼천 년 전의 자기 자신을 만나게 된다.

『구운몽』은 『가면고』에서 삽화적으로 제시되었던 미로화된 도시에서의
환상 체험을 플롯 전체로 확장시킨 소설이다. 이 소설에서 주인공의 환상
체험은 미로와 같은 도시의 밤거리에서 전개된다. '숙'과의 첫 번째 약속이
어긋난 날 주인공은 극장 옆자리에 앉았던, 어디선가 본 듯한 초면의 여자를
따라가다가 광장을 중심으로 미로처럼 얽혀 있는 골목에서 길을 잃는다.
그 골목 귀퉁이에 있는 찻집에서 이상한 시인들로부터 쫓기다 집으로 돌아
온 그는 18일 후 숙과의 두 번째 약속이 어긋난 날에도 똑같은 골목에서
헤매고 있는 자신을 발견한다.

> 전번에 들어선 골목을 지나치고 될수록 낯선 쪽으로 골라서 달린다.
> 그런데 어떻게 된 일일까? 마치 궤도에 올라앉은 기관차처럼, 벗어나

> 서 달리려고 기를 쓰면 쓸수록, 민은 점점 낮익은 길로 자꾸 빠져든다.
> 분명히 전에 헤매던 그 거리를 그날 순서대로 달리고 있는 저를 본다.
> (222쪽)

아무리 달려도 동일한 장소를 맴도는 이런 기괴한 공간 체험은 기시감과 더불어 참을 수 없는 폐쇄 공포증을 유발한다. 이처럼 도시 지형학이 '미로'의 현상학으로 체험되는 이유는 주인공이 도시의 거리를 보행하는 '목적'을 상실했기 때문이다. 도시의 거리는 지극히 합리적이고 현실적인 목적으로 구획된 기구적(器具的) 공간이다. '숙'과의 재회라는 목적을 잃어버린 주인공에게 이제 도시의 거리는 부재하는 목적을 향해 수단(도보 이동)자체가 자기 증식하는 낮선 미로가 된다.[153]

독고민의 미로체험은 개인적 자아가 추구하는 내밀한 삶의 목적과 사회적 상징 체계로부터 요청된 합목적성간의 분열과 상호 적대성을 함축하고 있다. 이 소설에서 도시의 미로는 네 개의 골목이 중앙의 광장으로 수렴되는 구조를 지니고 있다. 그 각각의 거리에서 주인공은 '시인들', '은행 중역들', '무용수들', '술집 여급들'으로부터 그들 집단이 안고 있는 어떤 난제에 답해줄 것을 강요받으며 쫓겨다니다가 결국 광장의 분수대 위에서 총살당한다. 이 소설의 주인공이 사회적 "광장"이 요구하는 목적을 회피하는 이유는 자기만의 내밀한 목적이 따로 있기 때문이다. 그가 추구하는 삶의 목적은 한 여자와의 '사랑'이다. 그 개인적 사랑을 사회 집단적 사랑—그를 쫓아오는 사람들도 그에게 사랑을 요구한다—과 통합하지 못하기 때문에 광장은

---

153) Jean Paul Sartre, "Aminadab ou du fantastique considéré comme un langage", Situation 1, p.114-115. 저자에 따르면 현대의 환상은 목적에 대한 수단의 반항으로부터 야기된다. 그때 도구는 인간적 목적에 봉사하는 사명을 상실한 채, 미끄러지며 도망치는 기묘한 목적을 향해 끝없이 자가 증식하게 된다. 여기에서 어느 곳으로도 통하지 않는 복도, 문, 계단의 미로가 유래하며 아무것도 지시하지 않는 도표, 아무 의미 없는 도로를 구분하는 수많은 기호가 유래하는 것이다.

개인을 소외시키는 타자의 공간이 되어 버리고 자아에 집착하는 주인공으로 하여금 길 잃게 만드는 미로가 된다.

『열하일기』,『금오신화』,『웃음소리』는『구운몽』의 환상 공간이 지닌 세 가지 특징을 각각 분리해서 보여준다.『열하일기』에서 "루멀랜드"라는 가상 공간은『구운몽』에서 주인공 독고민이 들어간 밀폐된 방들—시인들의 찻집, 은행 회의실, 무용실, 카페, 감방—이 지닌 관념의 폐쇄성을 특화시켜 보여준다. 이 가상 공간이 문제시하는 것은 현실적인 것과 초자연적인 것간의 충돌과 긴장이 아니라 작가가 파악하고 있는 당대 사회의 문화형이다. 그 가상 공간은 미로화된 도시의 거리가 지닌 (현실로의) 개방성이 사상(捨象)되어 있다. 대신 작가가 부여한 새로운 목적—현실에 대한 고고학적 탐색—을 함축한 이 관념의 폐쇄 공간은 작품 내적 차원에서는 어떠한 환상성도 불러일으키지 않는다.

『금오신화』는『구운몽』에서 독고민이 꾼 꿈을 현실적 맥락 속에서 재현하고 있는 소설이다.『구운몽』에서 숙과의 첫 번째 약속이 어긋나고 난 후 집에 돌아온 주인공은 "바다처럼 망망한 강"을 건너가다 사지가 절단되는 꿈을 꾼다. 주인공의 환상적 미로 체험 전체를 재반사하는 이 내부 액자는 미로가 지닌 자아 해체적 속성을 상징적으로 보여준다.『금오신화』의 주인공 A는 남한에서 대학을 다니다 의용군으로 끌려갔다가 남파 간첩의 임무를 받고 임진강을 건너던 중 간첩을 잡아 넘기는 것으로 돈벌이를 하는 치들에 의해 살해당한다. 초자연성은 그가 살해되고 난 직후에 발생한다.

> A의 치명상은 뒤통수의 으깨어진 자리였다. 그런데 이상한 일이 일어났다. 그 으깨어진 상처가 흐물흐물 움직이더니, 그 속에서 손이 하나 쏙 나온다. 이어서 팔뚝, 다음에 머리, 가슴. 이윽고 한 사람이 그 속에서 빠져나왔다.[154]

---

154)「금오신화」,『최인훈전집 8』, 문학과지성사, 1976, 216쪽.

『구운몽』에서 총살당한 독고민이 자신의 주검을 벗고 다시 살아나는 장면을 연상시키는 이 장면에서 자신의 죽은 몸으로부터 빠져 나온 주인공의 넋은 자신의 주검을 우두망찰하며 자기 뜻과는 상관없이 전개되어 온 자신의 삶을 비탄한다. 최인훈 소설에서 미로는 이처럼 '이쪽' 언덕(此岸)과 '저쪽' 언덕(彼岸) 사이에 가로놓인 강과 같다. 이 소설에서 주인공이 넘어가고자 하는 저쪽 언덕은 '남한'이라는 역사적 공간이 아니라, 자아의 내밀한 비밀과 타자와의 공적 소통이 어떤 모순도 일으키지 않는 유토피아이다. 마찬가지로, 주인공이 벗어나고자 하는 이쪽 언덕은 '북한'이라는 역사적 공간이 아니라 집단적 이념과 개인의 자유가 서로 적대하는 현실 일반이다. 개인적 사랑과 집단 전체에 대한 사랑이 완벽하게 통일된 저쪽 언덕을 향한 '강(미로) 건너기'는 그래서 종교적 구원의 성격을 지닌다.

『웃음소리』에서 주인공이 자신의 죽음을 치르기 위해 찾아가는 P온천의 야산 언덕배기는 명백하게 현실적인 공간이면서 동시에 환상적인 공간이다. 『구운몽』에서 주인공이 배회하는 도시의 거리와 마찬가지로 이 장소는 이데올로기적 담론 공간도 아니고, 종교적 유토피아도 아니다. 그곳은 주인공 개인의 심리적 착란에 의해 돌연히 환상 공간이 되어 버린 친숙한 공간이다. 어떤 공간이 환상성을 유발하려면 그곳은 체험될 수 있는 장소이어야만 한다. 체험에서 오는 친숙함이 강하면 강할수록 익숙한 가치의 전도(顚倒)로부터 야기된 기괴함 또한 커진다. 앞서 살펴본 것처럼, 도시의 거리가 기구적 성격을 상실하고 그것이 지닌 수단적 가치(도보 이동) 자체가 목적으로 전도될 때 그곳은 출구(목적)를 찾을 수 없는 미로가 된다. 『웃음소리』에서 P온천의 야산 언덕은 주인공에 의해 이미 체험되었던 친숙한 장소, 즉 사랑했던 사람과의 행복한 추억이 배어 있는 장소이다. 남자의 배신으로 공허해진 그 장소에서 자신의 죽음을 치르려고 할 때 존재—행복한 생—와 비존재—쓸쓸한 죽음—의 경계가 무너진 그 텅빈 장소는 돌연 환상으로 채워진 공간이 된다.

『크리스마스 캐럴 5』는『구운몽』에서 암시되었던 자아와 사회적 담론간의 적대성을 선명한 위상학적 구도로 보여준다.『구운몽』의 '편지'와 마찬가지로 밀폐된 자아의 방에 안주해 있던 주인공을 도시의 거리로 이끌어낸 가래톳의 메시지는 그 의미가 불확정적이다. 자아의 방에 머물러 있어도 안되고, 그렇다고 타자와의 소통을 요구하는 것도 아닌 이 가래톳의 메시지는 "모순 그것이다." 지식인의 자의식을 표상하는 이 "날개"—이 가래톳은 날개 모양으로 변한다.—의 모순성 때문에 주인공은 금지된 시간 동안 도시의 밤거리를 떠돌아다니는 배회자가 된다. 그러나『구운몽』의 주인공과 달리 이 소설의 주인공에게 미로화된 도시의 밤거리는 두려운 공간이 아니라 심미적 쾌감을 주는 공간이다. 이런 심미적 쾌감은 현실과의 미적 거리로부터 온다. 산책자로서의 주인공은 밤거리에 출몰한 4·19 유령들이나 5·16 군부 대열, 혹은 크리스마스 행렬에 참가하거나『구운몽』에서처럼 그들로부터 쫓기는 것이 아니라 일정한 거리를 두고 그들을 관찰할 뿐이다. 금기된 밤 산책 동안 그가 소통하는 유일한 대상은 여성화된 도시 자체이다. 그는 은행 건물 벽에서 살아 있는 생명체의 온기를 느끼고 성당의 조각상들이 나누는 대화를 엿들으며 도시의 시설물들과 은밀한 성적 교감을 나눈다. 이처럼 금지된 시간 동안 도시의 밤거리를 산책하는 자기 자신을 "하렘(harem)을 순시하는 술탄(sultan)"으로 여길 때 그는 공적인 영역 안에서 내밀한 소통(사랑)을 나누는 방법을 발견하게 된다. 그는 다른 사람들도 이 같은 방법으로, 그러나 자기만의 개성을 유지한 채 그 여성화된 광장을 소유할 수 있으리라 여긴다.

　　나와 꼭같은 취미를 가진 사람들은 나와 꼭같은 방법으로 그녀들을 소유할 수 있다. 그러나 어느 사람도 나와 완전히 같은 방법일 수는 없다. 비록 대상은 하나일망정 우리는 각기 다른 시간에 그녀들의 침대에 들어가며 조금씩 다른 방법으로 사랑한다.[155]

그러나 주인공은 크리스마스 밤처럼 '개방된' 광장 속에서는 그 은밀한 소통의 쾌감을 공유할 수 없다는 사실을 발견한다. 그가 '금지된' 광장에서 타인들과 은밀한 소통을 공유한 경우는 오직 4·19 혁명 때뿐이다. 그 4·19 혁명이 5·16 반혁명에 의해 무색해진 이후 주인공은 또다시 고독한 산책자가 되어 여성화된 도시의 음부를 배회한다. 결국, 이 소설에서 금지된 도시의 광장은 자아와 타자 사이의 완전한 통합을 꿈꾸는 지식인의 심미적 산책이 펼쳐지는 환상 공간이다.

『서유기』는 미로에서 길찾기(求道)가 지닌 환상 모험적 성격을 총체적으로 보여준다. 이 소설의 미로 공간은 '이유정'의 방(1층)과 주인공 '독고준'의 방(2층)을 연결하는 복도와 계단으로 구성되어 있다. 주인공의 자아 공간과 여성의 자아 공간(방)을 연결하고 있는 통로가 '미로'라는 사실은 사랑은 에고와 에고 사이의 결합이며 그 결합은 지난한 구도(求道: 길찾기) 과정을 통해서만 성취될 수 있다는 것을 말해준다. 이유정의 방에서 나와 복도를 걷다가 이층과 연결된 계단을 올라가던 주인공은 그 계단이 영원히 끝나지 않을 것만 같은 느낌에 사로잡힌다. 계단을 다 올라가서 복도를 걸을 때도 똑같은 느낌을 갖는데, 미로란 이처럼 목적(도달점)이 끝없이 지연되고, 그 부재하는 목적을 향한 수단(통로)이 무한히 자기 증식하는 '개방된 폐쇄' 공간이다. 그런데 이 소설의 주인공은 그처럼 무한히 개방된 폐쇄 공간 안에서 초조함이 아니라 "마음의 평화"를 느낀다. 왜냐하면 그는 타인과 더불어 꾸미는 삶의 목적을 회피하고 있기 때문이다. 그래서 그는 『크리스마스 캐럴 5』의 주인공처럼 어떤 목적도 없이 오직 걸어가는 것 자체에서 심미적 쾌감을 느끼는 고독한 산책자이고 싶어한다.

그런 심미적 미로 체험이 질적 변화를 일으키는 것은 그가 복도의 벽을 만져보았을 때이다. 그 질적 변화는 외부적 미로 체험에서 내재적 미로 체험

---

155) 「크리스마스 캐럴 5」, 『최인훈전집 6』, 문학과지성사, 1976, 154쪽.

으로, 혹은 삼차원적 공간 이동에서 사차원적 공간 이동—시간 여행—으로의 변화이다.

> 벽은 지그시 그의 살갗을 맞밀어 주었다. 확실히 있었다. 그는 행복하였다. 기쁨이 손에 잡히는 형태로 있어준다는 것은 황송스러운 일이었다. 이렇게 걸어가는데 갑자기 그의 발바닥이 물렁한 것을 밟으면서 그의 몸은 아래로 떨어졌다. 그는 정신을 잃었다. (15쪽)

미로는 그 벽이 불투명하고 견고한 재질로 이루어진 것과 투명하고 부드러운 재질로 이루어진 것으로 구분된다. 첫 번째 형태의 미로를 외부적 미로(labyrinthe extrinsèque)라고 한다면 두 번째 형태의 미로는 내부적 미로(labyrinthe intrinsèque)이다.156) 주인공이 '벽'의 물리적 견고함을 기꺼워하는 것은 고립된 자아에 대한 평온함의 연장선상에서 파악할 수 있다. 자아의 심미적 고독을 감각적으로 확인시켜 주는 벽이 그 물질적 견고함을 잃고 "물렁물렁한" 비물질로 변질될 때 그는 자신의 에고가 붕괴될 지도 모른다는 두려움에 사로잡힌다.

외부적 미로에서 내부적 미로로의 변질은 또한 공간적 수평 이동에서

---

156) Abraham Moles, Labyrinthes du Vecu - l'Espace: Matière d'actions, Librairie des Meridiens, 1982, p.76-78. 미로를 그 지각적 양태에 따라 나누면, 내부적 미로는 벽 자체는 어떤 물리적 견고함도 가지고 있지 않은 채 단지 형식적으로 통행 제약의 기능만을 지니고 있는 양태이고 외부적 미로는 풍부한 감각적 질감을 지닌 벽으로 구성된 양태이다. 투명하거나 투과성을 지닌 내부적 미로가 지닌 공간 현상학은 자신이 갇혀 있다는 사실을 인지하고 있다는 것, 또한 자신이 놓인 위치 너머를 볼 수 있고, 그래서 그 제약된 위치로부터 벗어날 수 있다는 철학적 신화(mythe philosophique)를 표상한다. 이에 반해, 불투명하거나 견고한 재질로 이루어진 외부적 미로는 어쩔 수 없이 강제된 통로를 따라 갈 수밖에 없다는 것, 인간 존재를 둘러싼 미로 전체를 볼 수 있는 절대적 시선은 존재하지 않기 때문에 인간에게 주어진 한계는 매 순간 요청되는 실천과 행동으로 돌파해 나갈 수밖에 없다는 상황적 신화(mythe situationnel)를 표상한다.

시간적 수직 이동으로의 변질을 동반한다. 이유정의 방에서 자신의 방으로 이동하던 주인공은 비물질로 변질된 바닥을 밟고서 "아래로 떨어진다." 그때부터 주인공의 공간적 미로 여행은 자아의 비밀이 간직된 "그 여름"을 향한 시간적 미로 여행으로 형질 변화한다. 이런 형질 변화는 객관적 외부 세계로부터 주관적 내면 세계로, 혹은 지각 공간에서 의식 공간으로의 이동을 동반한다. 이때부터 주인공은 "그 여름날"의 비밀을 되찾으려는 개인적 자아의 욕망과 그 외상적 체험 속에 함축된 사회 역사적 이데올로기 사이의 갈등이 펼쳐지는 환상적 미로 여행에 들어간다.

## [3] 緣起法의 수수께끼

『가면고』는 주인공의 현실 세계를 중심으로 최면술을 통해 환기된 '다문고'의 환상 세계와 주인공이 각본을 쓴 무용극의 극중 세계가 이종동형적 (isomorphic) 관계를 이룬다. 이 세 서사 세계는 한편으로는 은유적 관계로 병치되고 다른 한편으로는 환유적 관계로 결합된다. 먼저, 이 세 서사는 모두 자신의 '가면'(분열된 에고/無明/마술사의 저주)을 벗으려는 주인공(독고민/다문고/왕자)이 두 명의 여성(미라:정임/아라녀:마가녀/마녀의 딸:신데렐라)과의 애정 편력을 통해 진정한 사랑(자아완성/해탈/脫저주)에 이르는 과정을 그리고 있다는 점에서 상호 유비적 관계를 형성한다.

다른 한편, 주인공의 전생 세계와 동화 형식의 극중 세계는 이 소설의 중심 서사인 독고민의 자아 탐색 과정에 일정한 영향을 주고받으면서 연속된다. 다문고의 세계는 최면 상태에 빠진 독고민의 발화를 통해 표상된 세계이며, 마술사의 저주로 탈을 쓰게 된 왕자의 이야기는 독고민이 의식적으로 창작한 극중 상황이라는 점에서 독고민의 실제 현실 내부에 있다고 할 수 있다. 이 두 상상 세계는 독고민의 자아 탐색 과정에 능동적인 영향을 미친다. 이 소설에서 독고민의 자아 탐색 과정은 문제 상황 탐색 ― 문제 해결의 전기(轉機) 탐색 — 문제의 해법 탐색 등 세 단계로 나누어지는데, 각 단계마다 전생의 환상과 예술적 환상은 주인공의 탐색 과정을 재확인시켜 주기도 하고, 앞으로의 탐색을 예견하기도 한다.

먼저, 주인공의 첫 번째 전생 체험은 그가 처한 문제 상황의 본질적 의미를 탐색하게끔 한다. 현실 세계의 독고민이 지식과 체험, 정신과 육체가 완전히 일치된 "자아 완성"을 갈망하는 것은 환상 속의 '多聞苦'(너무 많이 아는 고뇌)가 브라마(Brahma: 梵天)와 일치된 아트만(ātman: 自我)을 갈망하는 것으로, 현실 세계의 독고민이 미라와의 성 관계를 통해서 타자와의 결합을 시도하는 것은 환상 속의 다문고 왕자가 궁녀 아라녀와의 성 관계를 통해 브라흐만의 희열(ānanda)을 성취하려는 것으로 원형화 된다. 첫 번째 전생 체험 후 독고민은 전생에서 '다문고'가 그랬던 것처럼 미라와의 성 관계가 기대했던 절대적 희열이 아니라 허무함만을 가져다 준 것에 대해 절망한다. 이런 절망과 고뇌는 무용극 각본으로 투사되어 공주 찾기 이야기 (fairy tale)라는 또 다른 원형적 서사에 투사된다.

독고민의 두 번째 전생 체험은 본격적인 자아 탐색 과정과 사건 전환의 계기(轉機)를 암시하여, 전생에서 마가녀의 등장은 현실에서는 정임의 등장으로, 극중 세계에서는 신데렐라의 등장으로 역투사된다. 두 번째 전생 체험 이후 독고민의 현실 세계는 무용극의 성공적인 공연과 정임을 통한 사랑의 자각, 즉 사랑이란 단지 육체적 관계도 아니고 에고의 욕망을 타인에게 투사하는 것도 아니라는 것, 그것은 타자의 주체성을 온전히 받아들이는 것이라는 사실을 깨닫는 데까지 진행된다. 독고민의 세 번째 전생 체험은 문제 해결 과정을 재확인시켜 준다. 현실의 독고민이 그랬던 것처럼 전생의 다문고는 마가녀를 통해 진정한 사랑을 얻음으로써 해탈을 성취한다.

이처럼 이 소설에서 독고민의 현실 세계와 '다문고'의 전생 세계는 상호 독립적이면서 동시에 상호 의존적인 관계를 맺으며 발생・전개・종결된다. 겉으로 보기에는 서로 독립해 있는 것들 사이에 인과성을 부여하는 이런 불교적 범결정론은 주인공의 자아 탐색과정과도 밀접하게 관련되어 있다. '다문고' 서사가 보여주는 것처럼 아무 것도 덧씌워져 있지 않은 순수한 '아트만 찾기'는 타자와의 상호 의존적 관계(緣起法) 속에 던져진 인간의 존재 조건을 자각함으로써 달성된다. 이렇게 타자와의 상호 의존성을 실존적으로 체험하는 것이 바로 '사랑'이다.

『구운몽』은 『가면고』에서 암시되었던 범결정론의 초자연적 침입을 물리적 현실 차원에서 보여준다. 이 소설의 주인공은 어디선가 본 적이 있지만 더 이상 기억하기 힘들다는 느낌에 시달린다. 이런 '알 수 없는 친숙함'의 수수께끼는 미로 같은 도시의 밤거리에서 만난 초면의 사람들로부터 면식(面識)을 강요받는 상황에 이르러서는 참을 수 없는 공포를 야기한다. 가령, 독고민은 '숙'과의 첫 번째 약속이 어긋난 후 밤거리를 헤매다가 어떤 찻집에 들어간다. 그 찻집에는 빨간 넥타이를 맨 젊은이를 비롯한 한 무리의 사람들이 현대의 시단에 대해 논쟁을 벌이고 있다. 논쟁이 정점에 다다르자 그들은 옆에서 난로를 쬐고 있던 주인공을 향해 말을 걸어온다.

> "선생님" / "어디 가셨더랬어요?" / 선생님께서 자리를 빈 사이에 이 소동이 됐답니다. "조용히 조용히, 자 그러면 자네 선생님 듣는 데서 다시 한번 읽게 조용히!" (…인용자) "자! 선생님" / 민은 그를 보고 애원하듯 모기 소리를 냈다. "여러분 선생님, 무슨 잘못 아신 모양인데요… 저는 독고민이라고, 간판삽니다." (209쪽)

이런 기이한 상황은 독고민이 주인공으로 나오는 첫 번째 서사가 끝날 때까지 계속된다. 그는 은행 중역들에게서 사장님으로서의 결정과 책임을 강요받고, 일군의 불쌍한 무용수들에게는 안무가로서의 판단을, 감방에서는 정부 고관으로서, 술집 여급에게는 기둥서방으로서, 출처를 알 수 없는 스피커 방송으로부터는 혁명의 수괴, 혹은 바티칸 교황 사절로서의 결정과 책임을 요구받는다. 자기 자신은 한 번도 만난 적이 없는 사람들이 마치 오래 전부터 그를 알고 있었던 것처럼 대하는 이런 낯선 상황은 개체와 개체의 만남에 내재하는 인과성에 대해 재고하게끔 한다. 주인공 독고민은 그들과의 만남을 '우연'이라고 여긴다. 그도 그럴 것이 독고민으로서는 그들과의 만남에 자신의 의도나 모종의 현실적 원인이 개재해 있다고 생각할 여지가 전혀 없기 때문이다. 그럼에도 '그들'이 독고민과의 만남을 친숙한 일상 현실로 여길 때 독고민은 자신이 알지 못하는 어떤 '다른' 인과율과 대면해 있음을 깨닫는다. 그 다른 인과율의 세계 속에서 주인공과 그들의 만남은 우연이 아니라 일상적인 필연이다. 이 소설의 후반부, 즉 독고민이 공원 벤치에서 얼어죽은 시체로 등장하는 또 다른 현실 세계는 그 우연한 만남에 모종의 인과성을 부여한다.

그 세계에서 독고민은 가난한 간판사가 아니라 현대인의 분열된 자아를 구원할 방법에 대해 골몰하는 김용길 박사이자, 그가 운영하는 병원 간호부장의 아들이며, 또한 왼쪽 뺨에 까만 점이 있는 견습 간호부를 사랑하는 박사의 조수 '민'이다. 먼저, 독고민과 김용길 박사의 연관성은 그 둘이 동일한 고향·성장 내력을 가지고 있다는 점에서 확인된다. 둘 다 황해도 태생의 외아들이라는 점, 아버지가 포목전을 하던 부자였다는 점, 학창 시절에 미술에 관심이 많았다는 점 등이 그 둘 사이의 동일성을 환기시킨다. 독고민의 환상 체험과 김용길 박사의 일상 현실 사이의 연관성은 네 가지 정도로 파악된다. 첫째, 독고민이 "왼쪽 뺨에 까만 점이 있는 여자"를 찾아다니는 것은 김용길 박사가 『프시케』의 법화에 등장하는 "왼쪽 뺨에 까만 점이 있는 관세음 보살"을 자아 통합의 아니마(anima)상으로 탐색하고 있는 것과 연관된다. 둘째, 독고민이 빨간 넥타이를 맨 시인으로부터 그가 쓴 「海戰」에 대한 비평을 요구받는 것은 김용길 박사가 "어젯밤" "빨간 넥타이를 맨" 자신의 조수로부터 「해전」이라는 제목의 자작시에 대해 비평을 요구받은 것과 연관된다. 셋째, 독고민에게 복잡한 은행 회계를 나열하며 회사 경영상의 중대한 결정을 요구한 사람들은 김용길 박사가 대학 병원의 복잡한 행정 업무 때문에 고심하고 있는 것과 연관된다. 특히 은행 중역들 중 독고민을 안쓰럽게 편들던 늙은 '아버지' 같은 감사역은 김용길 박사의 현실에서는 그에게 경제적 책임을 강요했지만 아내를 여위고 난 이후에는 늙고 "대가 약해져" 버린 아버지와 연관된다. 넷째, 독고민이 종교적 성격을 지닌 집단의 수괴로 설정되는 것은 김용길 박사가 종교적 구원론에 대해 골몰하고 있는 것과 연관된다.

독고민과 간호부장 아들과의 의존적 관계는 두 가지로 정리된다. 첫째, 독고민이 무용실에서 만난 미라와 늙은 아내는 간호부장과 그의 아들 사이의 관계가 투사된 것이다. 얼어죽은 독고민에게서 4·19때 죽은 아들을 느끼던 간호부장은 다음과 같이 회상한다.

> "어머니, 나 연애해도 돼?" "원 누가 붙들던?" "괜히 질투하려고?" "저런 망나니 좀 봐." 신년 파티에서 돌아온 밤, 농담 같으면서 짐짓 그렇지도 않은 성싶던 암시. "그렇지만 안 할래." "왜?" "어머니가 울까봐."(305쪽)

독고민이 무용실에 간 것과 간호부장 아들이 "신년 파티"에 갔다 온 것, 독고민이 젊은 여인(미라)과 늙은 아내—"카바이드"같은 눈알의 늙은 댄서— 사이에서 고심하는 것은 간호부장 아들이 파티에서 만났을 젊은 여자와 "카바이드"처럼 바싹 마른 눈을 한 늙은 홀어미 사이에서 갈등하는 것과 연관된다. 둘째, 독고민이 반란군 수괴로 쫓겨다니다 광장 한 복판에서 처형되는 것은 간호부장의 아들이 4·19 혁명에 참가했다가 죽은 것과 연관된다.

독고민과 빨간 넥타이를 맨 '민'과의 연관성은 왼쪽 뺨에 까만 점이 있는 여자와의 연인 관계를 통해서 암시된다. 즉 독고민이 왼쪽 뺨에 까만 점이 있는 '숙'과 한때 연인 사이였던 것은 '민'이라는 이름을 가진 김용길 박사의 조수가 왼쪽 뺨에 까만 점이 있는 견습 간호부와 사랑하는 사이라는 점과 연관된다. 독고민의 환상 체험 중 김용길 박사의 현실 세계와 관련되지 않은 것은 술집 여급 에레나와의 관계뿐이다. 몸 파는 직업을 가진 이 에레나는 독고민의 기억 속에 있는 '양색시' 숙과만 관련되어 있다.

이처럼 독고민의 현실과 김용길 박사의 현실은 서로 독립해 있으면서도 상호 의존적인 관계를 맺고 있다. 여기서 주의해할 할 점은 김용길 박사의 일상 현실이 독고민과 '그들'의 우연한 만남에 어떤 결정론적인 필연성을 부여하는 것은 아니라는 점이다. 이 경우 김용길 박사의 현실이 이렇기 때문에 독고민에게 그런 일이 일어났다는 식의 인과적 설명은 온전하게 적용되지 않는다. 그나마 가장 합리적인 설명이 독고민의 환상 체험을 김용길 박사의 '꿈'으로 간주하는 것인데, 김용길 박사의 현실에 독고민의 시체가 등장한다는 사실 하나만으로도 그런 설명은 좌초하고 만다. 이 두 세계는 가상(꿈)과 실재(현실) 사이의 결정론적 인과율이 아니라 서로 다른 차원에 공존해 있는 두 '가능세계'간의 상호 의존적 발생 관계를 형성하고 있다. '모든 현상들은 상호 의존하여 일어난다'라는 이 연기법(緣起法)157)은 우연한 만남 뒤에 존재하는 보편적 인과성을 인정한다는 면에서 범결정론적이지만, 그것을 관장하는 어떤 절대적 실체나 결정론적 원인을 부정한다는 측면에서는 회의론적이다. 이처럼 『구운몽』에서 주인공 독고민의 기괴한 만남은 우연과 필연의 결정론을 넘어서는 불교적 연기법에 의해 일어난 환상158)이

---

157) E. Conze, 외,『불교사상과 서양철학』, 김종욱 편역, 民族社, 1990, 74쪽. "붓다가 조건적 발생의 법칙인 연기(緣起 pratītyasamutpāda)를 다루고 있는 것은 인과적 결속의 본질을 이론화함이 없이, 조건들에 의해 연결된 끊임없는 변화의 과정을 현상학적으로 기술하고 있는 것이라고 간주될 수 있다.

158) E. Conze, 외,『불교사상과 서양철학』, 156쪽. "마술적 주문과 환각제와 환상과 같은 예들에서 드러나듯이, 모든 현상들은 상호 의존하여 일어난다. 그러므로 모든 현상들은 존재와 비존재를 완전히 넘어선 것이라는 것이 궁극적으로 입증된다."

며, 그 수수께끼 같은 상호 의존성은 개별 주체와 우주적·사회적 타자와의 거부할 수 없는 연루 관계를 증명하는 서사적 인증으로 작용한다.

『크리스마스 케럴 5』의 주인공 역시 『구운몽』의 주인공과 마찬가지로 수수께끼 같은 초자연적 인과율을 경험한다. 1959년 여름 어느 날 자고 있던 주인공은 느닷없이 돋아난 가래톳 때문에 안절부절못한다. 설상가상 화장실이 급해진 그는 마당 한쪽에 있는 화장실로 뛰어나간다. 볼일을 보고 나오면서 그는 그토록 심하던 아픔이 씻은 듯이 가라앉은 것을 깨닫는다. 그러나 방에 들어서자마자 가래톳은 거짓말처럼 다시 돋아난다. 이 때부터 주인공은 '가래톳'의 수수께끼를 해명하기 위해 일련의 해석학적 탐색에 들어간다.

> 이제는 의심할 나위가 없다. 내 겨드랑에 난 가래톳은 내가 방에 있으면 성을 내고 방을 나서면 말짱해지는 것이다. (…인용자) 나는 망연자실을 실연하였다. 도대체 어찌 됐단 말인가. 어찌 되나마나 이치에 닿는 일이어야지 이런 엄청난 일을 무엇을 어떻게 생각해 볼 수도 없는 일이었다. (108쪽)

밀폐된 방과 가래톳과의 기괴한 인과관계를 확인한 후 주인공은 밤 열두시부터 새벽 네시까지의 통행 금지 시간과 가래톳과의 함수관계를 확인하게 된다. 이로써 가래톳의 수수께끼는 어떤 '메시지'를 지니게 된다. 그것은 고립된 자아의 방으로부터 나오라는 메시지와 타인들과 만나지 말라는, 전자와 모순된 메시지를 동시에 함축한다. 주인공은 이 모순된 메시지에 따라 금지된 시간 동안 홀로 도시의 밤거리를 배회한다. 그러던 중 가래톳의 메시지에는 한 가지가 더 추가된다. 주인공은 금지된 산책 도중 몇몇 집단을 만나게 되는데 그때마다 가래톳은 생기기도 하고 안 생기기도 한다.

날개가, 산책 도중 만난 사람의 모두를 마다하지는 않았다는 일이
다. 날개는 사람을 가렸던 것이다. 이것은 무슨 뜻일까? (157쪽)


이 소설은 해석학적 수수께끼로 시작해서 해석학적 물음으로 끝난다. 그
러나 소설이 진행될수록 그 물음의 성격은 점점 변해간다. 처음 그가 직면한
물음이 가래톳의 '존재'에 관한 것이었다면 마지막에 그가 가진 의문은 가
래톳의 '의미'에 관한 것이다. 물음의 성격이 그렇게 변함에 따라 가래톳의
인과율 역시 환상성을 잃어 간다. 왜냐하면 주인공 역시 그 기괴한 인과율에
적응해 가면서 그것의 현실성보다는 그 메시지(의미)에 집중하기 때문이다.
그가 가래톳의 신비에 적응하게 되는—혹은 적응할 수밖에 없는—이유는
그 신비체험이 『구운몽』처럼 외부의 타인이 아니라 자기 자신의 아픔으로
부터 비롯된 것이기 때문이다. 가래톳의 아픔은 그것이 아무리 해명할 수
없는 수수께끼일지라도 자기 혼자 견뎌 내면 그만인 것이다. 이 내면적 아픔
또한 타자와의 상호 의존적 관계라는 연기법(緣起法)의 수수께끼를 함축하
고 있다. 연기법이란 정신 물리적 과정들의 끊임없는 의존적 발생을 가리킨
다. 주인공의 아픔 역시 자족적인 실체가 아니라 인연 조건의 변화 속에서
존재와 비존재를 거듭하는 가유(假有)이다. 이런 가유(假有)적 존재는 이것
이 생하면 저것도 생하고, 이것이 멸하면 저것도 멸하게 되는 상호 의존적
발생 법칙(緣起法)에 지배된다.159) 밀폐된 방에 있으면 生하고 개방된 광장
에 있으면 滅하며, 금지된 시간 동안에는 생하고 금지되지 않은 시간(크리스
마스) 동안에는 멸하며, 자기만의 내밀한 비밀이 없이 제도에 복속된 사람들
과 만날 때는 생하고, 제도적 압제에 대항하는 집단(4·19 시위대)과 만날
때는 멸하는 이 '아픔의 연기법'은 사회적 광장 속에 던져진 개인의 윤리적
책임을 묻고 있다.
　『서유기』의 주인공 독고준이 체험한 환상적 인과율은 『구운몽』의 독고민

─────────────────────

159) E. Conze, 외, 『불교사상과 서양철학』, 75쪽.

이 체험한 것과 기본적으로 동일한 것이다. 독고준은 "그 여름"을 향한 미로 여행 도중 많은 사람들을 만나게 되는데, 그들은 오래 전부터 그를 기다려 왔노라고 말하면서 그에게 어떤 책임과 판정을 요구한다. 주인공은 그들과의 만남을 우연이라고 여기는데 그들은 한결같이 그 만남의 필연성을 주장할 때, 주인공은 자기만 알지 못하는 어떤 범결정론적 인과율과 대면해 있음을 깨닫게 된다. 주인공과 그들과의 우연한 만남에 필연성을 부여하는 논리는 일차적으로 회상과 망각의 논리이다. 일차적으로 그들의 만남은 "그 여름날"의 사건과 연관되어 있다.

독고준이 "그 여름날"로부터 온 메시지를 받고서 가장 처음으로 만난 사람들은 진찰실의 의사와 간호원이다. 주인공이 그들을 가장 먼저 만난 이유는 그들이 주인공의 외상적 체험과 가장 가까이 있었기 때문이다. 전쟁이 발발한 "그 여름날" 어린 독고준은 한 여자의 손에 이끌려 방공호 속에 들어갔다가 폭격기의 폭음과 여자의 살내음에 그만 정신을 잃어버린다. 정신을 차렸을 때 그는 가까운 구호소에 누워 있었다.

> 그날 구호소에서 의사가 자기를 가리키며 간호원에게 하던 말을 생각했을 때 그는 어떤 빛이 자기 머릿속으로 흘러들어오는 것을 보았다. 뇌를 다쳤을 지도 몰라, 뇌를. (198~199쪽)

"뇌를 다쳤다"는 의사의 말은 방공호에서의 사건이 주인공에게 정신적 외상으로 자리잡게 되었음을 암시한다. 환상 속의 진찰실에서 자기네들끼리 어떤 비밀을 속닥거리다 자살한 의사와 간호원은 바로 그 여름날의 구호소에서 어린 주인공의 외상을 진찰했던 의사와 간호원이었던 것이다.

주인공의 환상 모험이 본격적으로 시작되는 지하 철도의 정거장에서 만난 일본 헌병 역시 어린 시절의 기억과 연관되어 있다. W시의 학교에서 어린 독고준은 소년단 토론 대회 때 공산당 찬양의 근거를 일본 제국주의에 대한 투쟁의 역사 속에서 찾는 원고를 썼다가 지도원 선생으로부터 자아비판을 강요받았다. 어린 주인공에게 있어 이데올로기적 선(善)은 로망스의 주인공처럼 외세(일제)의 침략에 맞선 고독한 영웅의 투쟁과 구별되지 않는다. 그 영웅적 항거의 역사 속에 이순신과 논개가 있었던 것이다. 주인공이 일본 헌병의 안내를 받아 논개와 이순신을 만나고, 친일 콤플렉스를 지닌 이광수의 말을 듣게 되고, 신채호의 역사관을 추종하는 사학자를 만나게 된 것 역시 어린 날의 독고준이 겪었던 이데올로기적 외상 때문이다. 어린 독고준에게 있어 도저히 풀 수 없는 난제는 왜 자신의 영웅주의적 역사관—역사를 비아(非我)에 대한 자아(自我)의 고독한 투쟁으로 보는 로망스적 상상력—이 소년단 지도원의 유물변증법적 역사관과 화해할 수 없는가 하는 점이다. 이런 이데올로기적 수수께끼가 그의 환상 모험을 이끄는 추동력이 된다.

"그 여름"을 향한 시간 여행에서 만난 사람들 중 가장 중요한 사람은 석왕사 역장이다. 그는 W시에 있는 학교와 주인공의 집 사이에 있는 단 하나의 중간역에 근무했던 사람이다. 학교에서 소집이 있다는 전갈을 받고 새벽에 집을 나선 주인공은 철길을 따라 걷다가 석왕사 역에 도착한다. 거기서 주인공은 폭격 때문에 학교에는 갈 수도 없고 또 갈 필요도 없다고 만류하는 역장을 만난다. 주인공의 환상 여행에서 가장 핵심적인 모티프로 작용하고 있는 떠남과 지체—동일한 상황의 변주, 목적지에 도달하지 못하고 언제나 출발점으로 되돌아오는 기차—는 그 여름날의 석왕사에서 겪었던 체험에 기원을 두고 있었던 것이다.

이처럼 주인공의 환상 체험은 "그 여름 날"의 체험에 의해 내적 필연성을 부여받는다. 다시 말해서, 그의 환상은 분명 "그 여름날"을 향한 내면적 시간 여행(회상)의 성격을 지니고 있다. 그럼에도 불구하고 그의 환상체험은 "그 여름날"의 원체험으로 환원되지 않는다. 그 둘간의 관계는 상호 의존(緣起)적 관계이지 전자(상기하는 의식)가 후자(상기된 과거)로 환원되는 관계가 아니다. 독고준이 만난 환상적 상황과 인물들은 분명 그 여름날의 상황에 의존해서 발생한 것이지만 자기만의 독자적인 생명과 논리를 지니고 있다. 주인공이 다시 만난 그 사람들은 "그 여름날"의 주인공으로서는 알 수 없는 자기만의 고뇌를 갖고 있다. 진찰실에서 만난 의사와 간호사는 의료 정책의 공영성과 상업성의 불일치에 대해 고민하고 있고, 악의 화신이라고 여겼던 일본 제국주의(헌병과 총독)는 서구 문명에 대항한 대동아 공영권 건설이라는 만만치 않은 자기 논리와 미학적 아름다움을 지니고 있으며, 대아(大我)를 위한 결연한 자기 희생의 화신으로만 여겼던 논개는 결혼하지 못하고 죽은 원한에 사무쳐 있고, 위대한 영웅 이순신은 조선시대의 문화형으로부터 자유로울 수 없는 한 명의 군인이었을 뿐이다. 따라서 그 여름날의 원체험에 의존해서 발생한 환상은 자아의 내밀한 비밀 속에 내재한 사회 역사적 타자와의 의존적 관계성(緣起法)을 계시하는 상상의 광장이라 할 수 있다.

## [4] 自我의 假想性

지금까지 살펴 본 시·공간의 변형과 인과율의 교란은 결국 자아 동일성의 붕괴를 야기한다. 특히, 인과율의 혼란이 불러일으키는 환상은 자아동일성의 붕괴로 인한 환상과 거의 구분되지 않는데, 이 장에서는 앞의 내용을 간략히 정리하면서 주로 '변신'과 '분신'의 모티프가 제기하는 자아 분열·분리·교체의 문제를 검토하고자 한다.

『가면고』는 제목이 암시하듯, 어떻게 하면 순수하지 못한 자아상(가면)을 벗고 순수한 자아를 완성할 수 있을까? 하는 문제를 중심으로 쓰여진 소설이다. 이 자아 탐색 과정에 종교적 원형성을 부여하고 있는 다문고(多聞苦)의 구도(求道) 행각에서 탈 벗기(해탈)의 방법으로 제시된 것은 다분히 신비주의적이다. 그것은 자신의 자아상과 상극적 속성을 지닌 자의 얼굴 가죽을 벗겨서 자기 얼굴에 뒤집어씌우는 방법이다. 그 신비의식을 주재하고 있는 마술사는 부다가, 즉 붓다이다. 그는 다문고 왕자가 지니고 있는 고귀한 신분과 너무 많은 지식(多聞)을 전혀 갖고 있지 않은, 히말라야 산중에서 지극히 단순한 삶을 살아 온 나무꾼의 얼굴 가죽을 벗겨 그의 얼굴에 덧씌운다. 이런 신비의식은 수 차례 반복된다. 이 방법을 통해 붓다가 일깨우고자 한 것은 자아 중심적 욕망과 죽음 충동과의 연관성이다. 아트만(자아)에 집착할 때 그 집착의 귀결은 결국 타인의 죽음이며, 타인의 죽음은 곧 자기 자신의 죽음으로 이어지리라는 진리를 깨닫게 하기 위해 붓다는 이처럼 살벌한 방법으로 다문고 내면의 죽음 충동을 끄집어내고 있는 것이다.

붓다의 각본대로 다문고는 무아(無我)의 얼굴을 가진 '마가녀'를 사랑하게 되고, "無記의 빈칸" 같은 그녀를 통해 자신의 에고이스트적 욕망이 지닌 끔찍한 죽음의 실체를 발견하게 된다. 다문고 왕자가 자신의 아집(我執)을 후회하는 순간 그가 죽여서 벗겨낸 낯가죽들은 모두 가짜였음이 드러나고, 이 모든 일을 꾸민 마술사 부다가는 옛날의 스승이었던 "사리감"으로 변했다가 다시 브라흐만 신으로 현신(現身)한다.

> 내 말과 동시에 우리 두 사람의 눈앞에서, 허리가 꾸부정하던 마술사 부다가는, 처음에 옛 스승 사리감으로 모습이 바뀌고, 다시 변신하여 저 그림 속에서 본 브라마의 신으로 바뀌었다. (263~264쪽)

부다가의 변신은 주인공의 구도적 탐색을 유인했던 초월적 존재의 진신 현현(眞身顯現 : Epiphany)이다. 이처럼 주인공의 탐색 과정에서 조력자 역할을 했던 붓다가 탐색의 파송자(사리감)이자 탐색의 목표(브라흐마)로 변신하는 것은 탐색 주체의 정신적 성숙이 완성되었음을 의미한다. 즉, 붓다의 진신 현현은 아집에 사로잡힌 불완전한 인간이었던 주인공이 참사랑을 깨달은 자(붓다)로 변신했음을 증명하는 객관적 상관물이다.

『구운몽』의 독고민이 체험한 기괴한 상황들은 자아동일성의 붕괴로 귀결된다. 독고민의 환상은 그를 자기들의 "선생님"으로 부르며 시평을 요구하는 시인들을 만나면서부터 시작된다. 그들로부터 도망쳐 들어간 은행 회의실에서 그는 "젊은 사장"이라는 낯선 정체성을 부여받게 되고, 연이어 무용수들의 안무가이자 늙고 외설스러운 아내의 남편이 되고, 술집 여급 에레나의 기둥서방, 혁명군 괴수, 정부의 고위인사, 바티칸이 파견한 교황사절 등의 낯선 정체성을 강요받게 된다. 타자가 규정하는 자아상과 자기 자신이 생각하고 있던 자아상과의 극단적 불일치로부터 야기된 이런 환상은 분신 모티프의 변형이라고 할 수 있다.

이 기괴한 상황은 시인들을 만나고 돌아온 날 밤에 꾼 꿈에서 이미 상징적으로 예견되었었다. 그 꿈에서 독고민은 바다처럼 망망한 강을 건너고 있었다. 까마득히 먼 저쪽 언덕을 향해 헤엄치던 그는 문득 자신의 사지(四肢)가 조각조각 떨어져 나가는 것을 보게 된다. 그 조각난 신체들은 제각기 흩어져 반대편 언덕을 향해 헤엄친다. 그때 저쪽언덕에 한 떼의 병신 도깨비가 나타나 그 조각난 몸들을 낚아 올린다. 이 꿈속에서 조각난 신체, 즉 분신(分身)들은 분열된 자아의 물질적 표상이며, 그 분열된 몸들을 낚시질하는 도깨비들은 거리에서 그에게 낯선 자아상들을 강요하며 쫓아오던 사람들의 대리 표상이다. 따라서 『구운몽』에서 제기하고 있는 자아동일성의 문제 역시 『가면고』의 그것과 동일하다고 할 수 있다. 『가면고』의 주인공이 외부적 시선에 의해 부여된 자아상(가면: personas) 때문에 괴로워하는 것과 마찬가지로 『구운몽』의 주인공 역시 자기 자신의 것이 아니라고 생각되는 낯선 자아상을 강요하는 사회적 타자들로부터 도망치고 있다. 자신에게 덧씌워진 외부적 자아상(가면)을 떨쳐 버리기 위해 도망치던 독고민은 결국 광장 분수대 위에서 '그들'에 의해 처형당한다. 이 장면은 『가면고』에서 자신의 가면을 벗기 위해 타인을 살해하던 주인공이 최후의 순간 자신의 에고이스트적 욕망을 포기하고 오히려 자신의 죽음을 원하는 장면과 상동적이다.

> 나는 오늘 싸움에서 죽기를 바랐다. 그러나 나는 죽지 못하고 다시
> 한번 흥분 뒤에 오는 덩그런 허전함을 겪었다. 이제는 스스로 죽는
> 길만 남아 있었다. (261쪽)

『가면고』의 주인공이 자신의 상징적 죽음을 통해 새로운 인간으로 변신하게 되었던 것처럼 『구운몽』의 주인공 역시 광장에서 총살당하고 난 뒤 문자 그대로 '변신'한다. 이 소설에서 『가면고』의 부다가처럼 주인공의 변신을 매개하는 인물은 늙은 댄서이다. 분수대 아래 널브러진 독고민의 시체를 껴안고 흐느끼는 순간 늙고 사악한 아내였던 그 늙은 댄서는 젊고 아름다운 여인으로 변신한다.

> 젖은 카바이드처럼 윤기없던 그녀의 두 눈이, 이른봄 샘터같이 환해
> 지기 시작한다. 눈을 중심으로 그 가까운 힘살이 서로 끌어당기듯 팽
> 팽해지면서, 완전한 젊은 여인의 얼굴로 바뀌고 있는 것이다. (281쪽)

그렇게 변신한 그녀는 독고민의 시체 한 부분을 잡아당긴다. 그러자 독고민의 죽은 살갗이 홀렁 벗겨지고 그 주검 속에서 말짱한 독고민이 나온다. 늙은 댄서와 독고민의 변신을 기화로 지금까지 정부군의 편(적대자)에 있었던 은행 감사역·빨간 넥타이·미라·에레나 등은 독고민을 수령으로 하는 종교적 혁명집단의 회원(조력자)으로 바뀐다. 이런 성격 변화는 『가면고』에서 이미 암시되었던 것처럼, 사회적 타자에 의해 규정된 자아상은 벗어버려야 할 적대자가 아니라 상호 주체적 관계 속에 있는 사랑의 대상이라는 것을 말해준다. 이 소설이 『가면고』와 다른 점은 『가면고』에서는 가능한 것처럼 제시되었던 내적 자아와 외적 자아의 통합(해탈)은 현실적으로 불가능하다는 것을 보여준다는 데 있다. 주인공은 변신(재생) 이후에도 여전히 조력자로 변한 '그들'과 완전히 동화되지 못한다. 그것은 이 소설이 『가면고』처럼 로망스적 구조가 아니라 현실주의적 성찰에 의해 구성되었기 때문이다.

『열하일기』에도 이와 유사한 변신·재생 장면이 나온다. 주인공이 루멀랜드에 온 지 이년이 다 되어 가던 가을날 아침 그는 "민중을 사랑하는 암흑의 집 사랑의 방"에서 근무하는 한 남자에 의해 체포되어 경찰서에 끌려간다. 거기 있던 경찰 서장은 고고학자인 주인공을 알아서는 안 되는 역사를 알려고 한 죄와 정체불명의 시인 결사와 접선한 죄목을 씌워 총살한다. 한참 후 눈을 뜬 주인공은 여자 경관이 그의 콧구멍에다 열심히 마늘즙을 짜 넣고 있는 것을 본다. 마늘즙을 콧구멍에 넣어 되살리는 이 장면은 단군신화를 패러디한 것이다. 그렇게 해서 다시 소생한 주인공은 자신을 총살했던 의장병들로부터 "고고학자 각하"라는 칭호에 "받들어 총" 경례를 받는다. 그러나, 이 소설은 문자 그대로 "유머"와 "해학"의 논리로 구성되어 있기 때문에 주인공의 재생이 갖는 "숭고"한 의미는 찾을 수 없다. 단지 그를 잡아 왔던 "민중을 사랑하는 암흑의 집, 사랑의 방" 근무자들이 김주열로 짐작되는 소년의 눈 속에 최루탄을 박아 넣어 "빛나는" 4·19 혁명을 일으킨 장본인들이라는 점을 통해 이 소설을 지배하고 있는 아이러니가 단순한 반어의 논리가 아니라 상극적 가치의 일치, 즉 역설(para-doxa)의 논리라는 것을 알게 할 따름이다.

『금오신화』에 나타난 재생 장면은 매월당의 『금오신화』가 지닌 전기성(傳奇性)을 고스란히 되살리고 있다. 『구운몽』의 독고민처럼 이 소설의 주인공 A는 자신의 주검 속에서 온전한 몸으로 빠져 나온다.

> 어떻게 된 일인가. 그는, 도무지 무엇이 어떻게 되었는지, 알 수 없었다. 확실한 것은 자기가 죽었다는 사실만이었다. A는 자기의 시체를 내려다보았다. (217쪽)

그러나 죽은 육체로부터 이탈한 A의 영혼(ātman: 자아)은 『가면고』의 주인공처럼 구원을 성취한 것도 아니고, 『구운몽』의 주인공처럼 구원의 가

능성 앞에서 주저하는 것도 아니다. 그는 자신의 뜻과는 무관하게 전개되어
온 자기 삶에 대해 비탄과 회의의 눈물을 흘릴 따름이다. 그런 의미에서
이 소설에 나타난 영육이탈(靈肉離脫)은 무반성적 자아에서 자기 반성적
자아로의 변신으로 이해될 수 있다. 다른 측면에서 보면 이 영육이탈은 '분
신' 모티프의 변형이라고도 할 수 있다. 분신의 현존은 그것을 보고 있는
자기 자신의 현존을 위협한다. 분신은 자기 자신의 내면에 기생하면서 자신
을 대신하거나 파괴하는 것을 목적으로 삼고 있는 또 다른 자아의 물질적
구현이기 때문이다.160) 분신과 그것을 목격하고 있는 자기 자신은 결코 화
합·공존할 수 없는 적대적 관계에 있다. 그런 맥락에서, 이 소설에서 시체
로부터 이탈한 자아(ātman)가 바라보고 있는 자신의 시체는 타자에 휘둘리
며 살아온 증오스러운 자아가 구현된 분신이라고 할 수 있다. 그 증오스러운
자아의 분신을 목격하는 순간 그는 이미 죽은 존재이다.

『웃음소리』의 주인공 역시 자기 자신의 죽음을 목격함으로써 상징적 죽
음과 재생의 변신을 치른다. 이 소설의 주인공이 목격한 행복한 연인의 환영
은 그녀 자신과 한때 그녀가 사랑했던 남자이며, 사람들 틈새에서 그녀가
본 시체는 그녀가 충동적으로 원했던 그 남자와의 동반 자살이 실현된 모습
이다. 이미 죽은 자신과 그것을 지켜보는 자기 자신은 결코 공존할 수 없다.
그래서 시체를 수습하고 있던 사람들은 "아무도 그녀를 돌아보지 않았다."
죽어 있는 자신의 분신을 보는 순간 그녀는 삶의 영역에서 지워진 비존재가
되어 버린 것이다. 그렇게 자신의 죽음 충동이 구현된 분신의 환상을 경험함
으로써 상징적인 죽음을 치른 주인공은 다시 삶의 영역으로 되돌아온다.

『크리스마스케럴 5』의 주인공은 어느 날 문득 생긴 기이한 가래톳 때문에
더 이상 이전처럼 살 수 없게 된다. 한마디로, 그는 이전과는 전혀 다른
인격체로 변신한 것이다. 이 변신의 논리를 단적으로 보여주는 장면은 그의

---

160) T.E. Apter, Fantasy Literature: An Approach to Reality, The Macmillan Press, 1982, p.51.

겨드랑이에 돋은 가래톳이 "날개"로 변하는 대목이다.

> 내 겨드랑에는 새끼 까마귀의 그것만한 아주 치사하게 쬐끄만 날개
> 가 돋아나 있었다. (…인용자) 날개가 보통 새들의 것과 다른 점이 그
> 깃털이 곱슬곱슬한 고수머리라는 것뿐이었다. 흠. 이놈이 나오려는
> 아픔이었구나 하고 나는 생각했다. (138쪽)

이 상(李箱)의 『날개』를 환기시키는 이 장면에서 주인공의 가래톳은 그의 겨드랑이에 날개가 돋으려는 징조였음이 밝혀진다. 날개는 보통 현실로부터 비상하려는 욕망의 표상이다. 이 상의 '날개' 역시 박제나 다름없는 현실의 폐색(閉塞) 상태로부터 활력의 공간으로 비상하고자 하는 갈망의 표상이다.161) 『크리스마스 캐럴 5』의 주인공이 벗어나고자 하는 폐색된 현실이란 『크리스마스 캐럴』 연작이 탐구하고 있는 바 크리스마스로 대표되는 서구의 문화형에 덩달아 춤을 추는 한국 사회의 문화 식민적 상황이며, 세대간의 대화가 불가능한 소통 부재의 상황이며, 제도화된 현실에 적응하지도 못하고 그렇다고 현실 타파에 몸을 내던지지도 못하는 자기 고립 상태이다. 『크리스마스 캐럴 4』에서 그 폐색 상태는 분출되지 못한 "토사물"로 표현된다.

> 그는 돌아서서 손잡이를 천천히 돌려 문을 열고 밖으로 나섰다. 어
> 디로? 저 늙은 외국인 여자가 가지고 있던 두 가지가 나에게는 다
> 없다. 바이블도, 한 장의 가죽도. 그리고 저 애들의 팻 분도. 나에게는
> 약속도 없다. 당장에는. 이것은 확실하다. 그러니까 나는 누구도 아니
> 다. 비릿하고 시크무레한 이 속의 메스끄움—이 나다.162)

그는 서구 사회를 지배하는 기독교적 문화형과 비견할 한국 사회의 문화

---

161) 이재선, 『한국문학주제론』, 서강대학교 출판부, 1989, 55쪽.
162) 「크리스마스 캐럴 4」, 『최인훈 전집 6』, 문학과지성사, 1976, 103쪽.

형이 없다는 것뿐만 아니라, "늙은 외국인 여자"처럼 사회적 문화형이 자아의 농밀한 욕망으로 전이된 경험은 고사하고, 남의 것이나마 자신의 짝짓기 문화로 변용하는 천박한 자기화조차 실행하지 못하는 자신에 대해 괴로워하고 있다. 한마디로, 그는 자기 자신의 욕망을 분출시킬 문화적 터전을 갖지 못한 채 그 욕망의 "토사물"을 자아 내부에 품고 있다.『크리스마스 캐럴 5』의 "날개"는 그 폐색된 자아로부터 탈출하여 욕망의 주체로 변신하고픈 갈망이 투영된 것이다.

『서유기』에는 카프카의『변신』에서 온 변신 모티프와 오승은의『서유기』에서 온 변신 모티프가 한편으로는 주인공의 변신과 타자의 변신에 각각 적용기도 하고, 다른 한편으로는 교차 융합되기도 하면서 작품 전체의 주제 형성에 참여하고 있다. 먼저, 주인공 자신의 변신은 네 번째로 석왕사 역에 되돌아오기 직전에 꾼 꿈속에 형상화되어 있다. 주인공의 월남 이후 생활이 그려진 이 꿈 장면에서 주인공은 한 마리 구렁이로 변신한다.

> 손에는 팔이 없고 그 손은 몸통에 바로 붙어 있었다. 비닐 장판처럼 번들거리는 흰 배도 보였다. 그는 도로 털썩 드러누웠다. 피로했어. 무언가 말할 수 없이 서글픈 느낌이 왈칵 덮쳤다. (…인용자) 이것은 어떻게 된 일인가. 이것은 어떻게 된 일인가. 그의 몸은 정말 변해 있었다. 구렁이가 된 그의 몸에는 네 개의 발이 달려 있다. (…) 월남 이후 그는 새 고장에서 얼이 빠졌다든지 기운이 없었다는 것만으로는 설명할 수 없는 용렬한 사람으로 살아온 것을 새삼 생각하는 것이었다. 이런 생각은 그에게는 놀라운 발견이었다. 그는 새 사람이 되어가고 있는 것처럼 느껴짐과 동시에 절망하였다. 그는 구렁이였다.(181쪽, 183쪽, 199쪽)

주인공의 변신은 두 가지 상반된 가치를 지니고 있다. 먼저, 주인공이 구렁이로 변했다는 것은 그가 구렁이 '같은' 존재가 되었다는 것을 의미한다. 카프카의 『변신』과 마찬가지로 그의 변신은 은유의 물리적 구현이다. 그 속에 함축된 의미 역시 카프카의 그것과 유사하다. 한때는 "날카롭고 야심도 있는 소년"이었던 주인공은 월남한 이후에는 동생들을 돌보기 위해 부정한 뒷거래도 마다하지 않는 "용렬한" 가정의 수호신[163]이 되어 버렸다. 주인공이 구렁이로 변신했다는 진술 이후에는 어김없이 두 동생들을 책임지기 위해 자신의 꿈과 열정을 포기해버린 주인공의 각박한 생활이 언급되는 것이 이를 뒷받침해준다. 즉, 주인공의 변신은 가족과 그 가족을 핵 단위로 삼고 있는 사회 체제에 종속되어 버린 도구적 인간의 자기 소외감을 상징한다. 그렇게 사회 체제 내의 기능적 존재로 전락해 버린 개인은 그 기능성이 의심받는 순간 여지없이 가족과 사회로부터 쓸모 없고 혐오스러운 '구렁이'로 취급받게 되는 것이다.

다른 한편, 가족과 사회 체제로부터 소외되었다는 바로 그 이유 때문에 주인공의 변신은 자아에의 눈뜸을 가능케 한다. 주인공은 구렁이가 된 후 "성한 사람일 때는 아무렇지도 않던 월남 후의 생활을" "뜯어보고 돌이켜보는 힘을" 가지게 된다.

> 또아리를 틀고 엎드려 있는 그의 머리는 더욱 맑아지고 무럭무럭 새살이 돋아나듯 그는 지난 날의 기억들을 되새겨 가는 것이었다. 그는 자기 인생을 망쳐버린 그 여름날을 생각하였다. (199쪽)

그는 가족을 부양할 능력이 없는─즉 사회 체제에 편입될 수 없는─ 구렁이가 되어 버린 이후 "또아리를 틀고 생각에 잠긴 채" 자기 내면에 숨어 있던 "그 여름날"의 비밀을 상기하게 된다. 따라서, 주인공의 변신은 자기 삶의 활력을 가족과 사회 체제에 저당 잡힌 기능적 인간으로 전락했다는

---

163) 김현, 「최인훈에 대한 네 개의 산문」, 『사회와 윤리』, 일지사. 1974, 199쪽. 저자는 한국의 민속적 상상력에 의거하여 이 구렁이를 가정의 수호신으로 파악한다.

'하강 퇴행적' 변신이면서, 동시에 자기 소외에 대한 자각과 자아에의 눈뜸
이라는 '상승 전진적' 변신이기도 하다.164)

　주인공의 구렁이 변신에 담긴 의미는 그가 석왕사 역으로 오기 전 신비로
운 정원에서 읽었던 이야기책에 실린 우화 중 네 번째 우화와 다섯 번째
우화에 의해 소급적으로 해석된다. 네 번째 우화는 "자기가 누구였던지 잊
어버린" 기계에 관한 이야기이고, 다섯 번째 우화는 제도적 권위(성경)에
대항해 "앙앙불락"했다가 종국에는 사회 체제에 종속되어 버린 '담소아'와
'학빈'이라는 짝패에 관한 이야기이다. 이 두 이야기는 구렁이 삽화와 마찬
가지로 한때는 "날카롭고 야심도 있는 소년"이었던 주인공이 사회 체제에
종속된 "기계"처럼 용렬한 소시민으로 전락한 모습을 우화적으로 그리고
있다. 특히 네 번째 우화는 타자의 변신과 관련된 내용을 포함하고 있어
주목을 요한다. 이 우화에서 녹슨 "기계"는 매일 밤마다 한 공주가 원숭이처
럼 생긴 아이와 돼지처럼 생긴 아이를 데리고 와서 놀다 가는 꿈을 꾼다.
이 소설의 제목을 상기하면 이 꿈에서 공주는 현장법사를, 원숭이는 손오공
을, 돼지는 저팔계를 가리킨다는 것을 알 수 있다. 이 기계가 꾸는 꿈 장면은
주인공의 시간 여행에서 중요한 역할을 담당하고 있는 역장과 검차원들의
변신 장면과 연결되어 있다.

　　역장이 벌떡 일어서는 것을 보니 어느새 그의 낯빛은 검푸르고 입에
　서는 실오라기 같은 피가 흐르는데 날카로운 덧니가 입술 밖으로 내
　밀렸다. 두 부하들을 돌아보고 독고준은 놀란다. 그들도 변모하고 있
　었던 것이다. (…인용자) 그때 갑자기 비행기의 엔진 소리가 은은히
　들려온다. 그러자 역장과 두 부하가 귀를 막으면서 비실비실 물러난다.
　그들의 모습이 변하고 있다. 역장은 얼굴 피부가 주홍빛이 되면서 털
　이 수북이 자라 있다. 키가 큰 검차수는 주둥이가 한 자 가량 내밀리고,

---

164) 이재선, 『한국문학 주제론』, 서강대학교 출판부, 1989, 45～53쪽. 저자는 한국 문학
　　의 서사적 상상력이 이룬 변신을 상승 전진형과 하강 퇴행형으로 구분한다.

두 귀가 모자 위로 비쭉 솟았다가 개털모자의 귀처럼 더펄 접어진다.
그는 꿀꿀 하고 낑낑 신음한다. 그리고 오줌을 찔끔 싸는데, 어쩐 영문
인지 오줌은 독고준의 바짓가랑이 속에서 뜨뜻하게 주르르 흐른다.
키가 작은 검차수는 눈이 화경같이 커지고 얼굴에 삽시간에 주름살이
수없이 잡혀서 이목구비 중에 눈만 알아보겠다. (87쪽, 128쪽)

두 번째 인용 장면을 통해 알 수 있는 것처럼 역장은 손오공으로, 두
검차수는 저팔계와 사오정으로 변신하고 있다. 이들이 변신하는 상황은 주
인공의 외상 체험이 배어 있는 그 여름날의 폭격기 엔진 소리가 들려 올
때이다. 그 소리를 들으면 그들은 자신의 정체(요괴)를 드러내며 고통스러워
한다. 이것은 두 가지 상반된 의미를 함축하고 있다. 먼저, 그들이 요괴로서
의 자기 정체를 폭로하는 것은 "그 여름날"을 향한 주인공의 여정에 적대자
로 기능하고 있음을 의미한다. 다른 한편, 역장과 검차수들이 손오공과 저팔
계, 사오정으로 변신한 것은 그들이 "그 여름날"의 W시(서역)로 가는 주인
공(현장법사)을 도와주는 조력자로서 기능하고 있음을 의미한다. 이런 상호
모순적 상황은 『구운몽』에서 주인공을 쫓아오던 사람들이 처음에는 주인공
의 적대자(정부군) 편에 있었다가 나중에는 조력자(혁명군) 편에 속하는 상
황과 같다. 특히, 역장은 "그 여름날의 W시"로 돌아가려는 주인공의 시간
여행을 한사코 만류하는 측면에서는 모험의 방해자지만, 주인공을 피고석
에 세운 인민 재판에서 "아버지의 목소리"로 주인공을 변호한다는 측면에
서는 주인공의 조력자로 기능한다. 즉, 『구운몽』의 '그들'과 마찬가지로 역
장과 검차수들은 자아의 비밀에 집착된 주인공에 대해서는 사회적 타자로,
개인의 내면적 자유를 인정하지 않는 전체주의적 이데올로기에 대해서는
자아의 옹호자로 기능한다. 이처럼 주인공의 구렁이 변신과 역장 및 검차수
들의 요괴 변신이 양가적 의미를 지니는 것은 최인훈 소설에서 자아(밀실)와
사회적 타자(광장)는 어느 한 편이 최종적 가치를 지니는 것이 아니라 결코

합치되지 않는 점근적 좌표 위의 두 항처럼 서로 길항(拮抗)하면서도 불가분의 관계로 연루되어 있기 때문이다.

정리하면, 최인훈 소설에 나타난 환상은 시간과 공간, 인과율과 자아 동일성과 같은 지각 의식 체계의 구성 요소가 파열됨으로써 발생한다. 일상적 시간 감각이 붕괴되고, 낯익은 공간이 기이한 미로 공간으로 돌변하며, 자기 자신은 알 수 없는 어떤 범결정론적 인과율에 직면하거나, 자아 동일성이 심각하게 위협받는 등 외부 세계에 대한 공통 감각이 균열을 일으킴으로써 발생하는 이런 환상은 현실에 대한 자아의 확신을 위태롭게 한다. 그 환상 속에서 드러나는 것은 장용학의 경우처럼 현실의 가증스러움과 그로부터의 초월 욕망이 아니라 현실 자체의 본래적 진실이다. 인간 존재는 개방적 복수 체계로서의 시간과 미로처럼 얽혀 있는 사회적 담론장 속에 던져진 존재이며, 사회 역사적 타자와의 상호 의존적 관계를 통해 형성된 무수한 자아상에 대해 책임져야 하는 존재라는 진실이 환상을 통해 드러나는 것이다.


## 1. 2 메타 재현적 의미화

이 장에서는 작중 인물과 독자에 의해 초자연성이 의미화되는 방식과 그런 의미화 방식이 사실주의의 존재론적 위상에 대해 제기하는 문제 의식을 검토하고자 한다. 먼저, 『가면고』에서 가장 초자연성과 가까운 사건은 최면 상태의 주인공이 삼천 여 년 전의 전생을 체험한 사건이다. 최면 시술을 통해 '의식적 자아는 기억하지 못하는 꿈을 꾼 또 다른 자아는 누구인가'라는 의문을 갖게 된 주인공은 며칠 후 도심 한 가운데서 기괴한 미로 체험을 하게 된다. 깜박 딴 생각을 하는 사이에 내려할 할 곳을 지나 종점에서 내리게 된 주인공은 그 일상적인 상황을 환상적인 사태로 받아들인다. 방향 감각을 상실한 채 이리저리 떠돌아다니는 주인공은 갈수록 낯설기만 한 도심의 밤거리를 '미로'로 느끼며 "소리를 터뜨려 울고 싶을" 만큼 "말할 수 없는 공포"에 사로잡힌다. 한 마디로, 그는 예기치 않게 놓여진 현실 공간 속에서 자아를 망실한 것이다. 그때 현실은 갑자기 기괴한 환상 공간으로 돌변하고, 급기야 그는 초현실적 환영을 보게 된다.

> 눈앞에 아물아물 모습이 나타난다.
> 앙상한 맨발 / 그 발이 무엇인가를 자꾸 걸어차고 있다. 미라의 어깨다. 그녀의 가칠한 어깨는 채이면서 비웃듯 이죽대고 있다. 발길은 자꾸 헛나간다.(…) 민은 누군가와 쾅 부딪쳤다. 그는 바쁜 사람이 하듯 두서너 번 꾸벅거려 보이고 더 빨리 걸어간다. (217쪽)

그가 본 환영은 며칠 전 자신이 찢었던 애인(미라)의 그림이 상상적 변형을 통해 영상화된 것이다. 그것은 그가 실재로 본 것이라기보다는 마음속에 떠올려진 심적 영상이다. 일종의 백일몽과 같은 그 심적 영상은 마주 오던 사람과 부딪침으로써 곧 사라진다. 이어 그는 낯설어진 도심의 밤거리를 산책하듯 거닐다 곧 익숙한 길을 찾게 된다. 정리하면, 이 소설의 주인공이 체험한 환상은 전생 체험과 미로체험으로 나눌 수 있는데, 전자의 경우는 주인공의 현실에 실재로(직접) 침입한 것이 아니라 암시적(간접적)으로만 영향을 미치고 있다는 점에서, 후자의 경우는 지속적 현실로 체험된 것이 아니라 일시적인 심적 착란으로 체험된 것이라는 점에서 주인공의 현실 감각을 전면적으로 붕괴시키지는 않는다.

이와 상응해서. 독자 역시 주인공의 환상 체험을 사실주의의 전면적 붕괴가 아니라 일시적이고 함축적인 교란 정도로 받아들인다. 먼저, 주인공의 자유 연상을 통해 제시된 '다문고 서사'는 마법이나 비정상적인 힘의 존재를 인정하는 로망스적 신화 체계[165]로 구성되어 있기 때문에 서사 내적

---

165) Kathryn Hume, Fantasy and Mimesis, p.152.

법칙이 180도 전도됨으로써 야기되는 환상성은 기대하기 어렵다. 여기서 제기되는 문제는 이 삽입 액자의 로망스적 서사 규범이 이 소설의 중심 서사가 견지하고 있는 재현 규칙에 어떤 영향을 주고 있는가 하는 점이다. 이 삽입 서사는 중심 서사의 사건 연쇄를 지배하는 규칙을 무너뜨리는 것이 아니라, 중심 서사 내부에서 그 중심서사의 플롯을 재반사하는 이종동형적 (isomorphic) 거울-텍스트[166)로 기능하고 있다. 이 소설의 독자는 두 서사간 의 유비적(은유적) 관계 설정에 어떤 어려움도 겪지 않기 때문에 이 내적 거울 반사(mise en abyme)는 심연을 향해 무한히 중첩되는 것이 아니라 한 차례의 등치적 반사에 그친다. 그렇게 만드는 또 다른 요인은 삽입된 액자와 중심 서사간의 경계가 너무나 뚜렷하기 때문이다. 만약 이 경계가 무너진다 면 상황은 달라질 것이다.

주인공의 세 번째 전생 체험, 즉 세 번째로 삽입된 다문고 서사는 앞의 두 경우와 달리 액자가 사라진 채, 즉 주인공의 최면 시술 장면이 기술되지 않은 채 곧바로 제시된다. 그로 인해 삽입 서사와 중심 서사간의 경계가 지워짐으로써 환상과 현실간의 경계 역시 모호해질 가능성이 생긴다. 그러 나, 이 소설에서 그런 환상적 불확정성은 단지 가능성에만 그칠 뿐 현실적으 로 실현되지는 않는다. 왜냐하면 최면 속 장면과 현실 장면을 가르는 액자 틀이 비록 텍스트 문면에서는 사라졌더라도 내포 독자의 의미 작용 안에서 는 결코 지워지지 않기 때문이다. 이렇게 경계 틀을 지움으로써 환상적 모호 함을 불러일으키는 상황은 주인공이 미라의 화실에서 그녀를 죽이려는 듯 다가가다가 그녀의 그림을 칼로 찢어 버리는 장면에 나타난다. '다문고' 서사에서 아라녀를 목졸라 죽이는 장면에 유사 대응하는 이 장면 직후 서술 자는 "퍼뜩 잠이 깼다"라고 쓴다. 이 서술로 인해 독자는 방금 전의 장면이 주인공 '민'이 꾼 꿈일지도 모른다는 생각을 하게 된다. 이런 의심은 미라의

---

166) Mike Bal, On meaning-Making, Polebridge Press, 1994, p.52.

화실에 있던 주인공이 잠깐 동안 잠을 자고 있었던 상황을 떠올리면 더욱 설득력을 얻는다. 물론 서술자는 주인공이 그녀의 그림을 찢기 이전에 이미 잠에서 깨어났다고 서술했지만, 바로 그 때문에 주인공의 행위는 꿈이 아닌 듯했지만 결국 꿈이었다는 모호한 환상 지대 속에 던져진다. 그러나 그런 모호함은 "퍼뜩 잠이 깼다"라는 서술이 바로 앞 상황에 걸리는 것이 아니라 그 사건으로부터 며칠이 지난 후 친구의 고향집으로 가는 기차 안에서 잠깐 잠이 들었다가 깨어난 상황에 걸린다는 사실을 뒤늦게 깨닫는 순간 사라진다.

이처럼 이 소설에서 독자의 환상 체험은 현실과 상상을 가르는 액자 틀의 설정과 해체 과정 속에서 살펴 볼 수 있다. 비록 이 소설은 삽입 액자(전생)가 중심 서사(현실)의 내적 법칙을 실제적이고도 지속적으로 교란하고 있지는 않지만 그럴 가능성만은 충분히 함축하고 있다. 현실과 꿈, 혹은 중심 서사와 그것을 재반사하는 삽입 액자와의 경계를 모호하게 하는 이런 틀 짜기/해체 과정은 궁극적으로 소설의 재현적 위상에 대한 문제제기의 효과를 발생시킨다. 『구운몽』은 환상성이 지닌 이런 메타 재현적 기능을 잘 보여준다.

『구운몽』의 주인공은 텍스트 외부 현실과 동일한 법칙에 지배된 작중 현실을 살고 있다. 일상 현실에서는 일어날 수 없는 비현실적 상황에 직면했을 때 주인공이 느끼게 된 놀람과 공포가 그것을 반증한다. 이에 상응해서 주인공에 동화된 독자 역시 처음에 설정된 재현 규칙을 정면으로 위배하는 서사적 상황에 대해 놀람과 해석학적 망설임을 갖게 된다. 사실, 주인공의 환상 체험 중 가장 심각하게 자연 법칙을 위반하고 있는 기시감은 주인공보다 독자가 먼저 느낀다. 주인공이 시인들에게 쫓기는 장면을 묘사하던 서술자는 돌연 소설 초반부에 사용했던 문장과 거의 똑같은 문장을 사용한다.

> 아파트 계단을 올라가면서 독고민은 잠깐 망설인다. 꼭 한잔만 했으면 온몸이 후끈하게 녹을 것만 같았다. 그러면서 그는 술을 좋아하는 편은 아니었다. (214~215쪽)

이처럼 앞선 묘사문과 동일한 문장을 다시 사용하는 서술 상황은 이후에도 몇 차례 반복된다. 그때 독자는 주인공보다 한발 앞서서 어디선가 이미 본 문장을 다시 읽고 있다는 언어적 기시감에 사로잡힌다. 이처럼 이 소설의 초반부는 이미 설정된 재현 규칙으로부터 일탈된 서사적 상황을 제시함으로써 독자로 하여금 서사적 리얼리티에 대해 재심문하게 한다. 그러나 서사가 진행될수록 작중 인물과 독자의 지적 불확실성은 점차 약화된다. 먼저 주인공 독고민은 비현실적 상황이 반복되자 오히려 자기 자신의 현실 감각을 의심하기 시작한다.

> 독고민은 부끄러웠다. 자기는 무엇인가 잘못 알고 있다는 것을 차츰 깨달았다. (230쪽)

주인공이 '그들'만의 낯선 세계에 점차 적응해 가는 것에 상응해서 독자 역시 애초의 재현적 서사 계약—이 소설은 외부 현실과 닮은 현실을 재현하고 있다는 내포 작가와 내포 독자 사이의 암묵적 계약—을 포기하고 재조정된 서사적 계약에 동조하게 된다. 그 새로운 서사 계약은 외부 현실의 사실적 재현에 대해서가 아니라 환상 세계에서 전개되는 관념들에 대해서만 관심을 기울이게 한다. 특히, 주인공이 어떤 서사 내적 개연성도 없이 감방 구역 안에 들어갈 때부터 텍스트의 서술 상황은 기괴한 사건과 그것에 대한 주인공의 반응보다는 인물들의 입이나 담지자 없는 목소리(스피커 방송)를 통한 관념 표출에 더 많은 비중을 두게 된다. 그에 따라 독자는 주인공이 직면한 비현실적 상황의 사실성보다는 그것이 함축하고 있는 관념에 관심을 집중하게 된다. 즉, 재현적 서사 계약이 위반된 이후 새롭게 설정된 서사 계약은 이 소설을 알레고리적 관념 소설로 읽게 만든다.

그러나, 독고민이 주인공으로 등장하는 서사부가 종결되고 김용길 박사가 중심 인물로 등장하는 현실이 제시되면서부터 환상의 현실 심문적 기능은 다시 활성화된다. 이 두 번째 서사는 "이튿날 아침"이라는 시간 표지로 시작하기 때문에 독고민 서사의 연장선상인 것처럼 보이지만, 그 서사 속에 등장하는 인물·사건들과 독고민의 환상 속에 제시된 인물·사건 사이의 유사 대응 관계는 그 둘을 동일한 세계에 공존시킬 수 없게 만든다. 그럴 때 그 두 서사적 현실 중 하나는 다른 하나의 거울 텍스트여야 한다. 이 소설과 서포의 『구운몽』과 맺고 있는 상호 텍스트적 관계는 독고민의 환상 체험을 김용길 박사의 '꿈'으로 해석하게끔 유도한다. 그러나 독고민 서사 와 김용길 서사 사이의 내적 거울 반사 관계는 『가면고』의 그것과 달리, 어떤 것이 현실이고 어떤 것이 그 현실의 가상적 반사(꿈)인지 결코 확정지 을 수 없다.

그 첫째 이유는 독고민이 주검으로서 김용길 박사의 현실 속에 등장하고 있다는 명백한 사실 때문이다. 이때 독고민의 시체는 『삼국유사』, 「洛山二 大聖觀音正趣調信」에 실린 조신 설화의 '돌부처'처럼 꿈과 현실의 경계를 가로질러 존재함으로써 둘간의 경계를 무화시키는 불가해한 사물[167]로 기 능한다. 둘째, 독고민의 환상 체험은 김용길 박사의 일상체험뿐만 아니라 빨간 넥타이를 맨 조수 '민'과 견습 간호부와의 관계, 간호부장과 4·19 때 죽은 그녀 아들과의 관계 역시 투영하고 있기 때문에, 그리고 이들의 현실과는 무관한 독고민만의 정체성 역시 부정할 수 없기 때문에 온전히 김용길 박사의 꿈으로 환원되지 않는다. 셋째, 서포의 『구운몽』에서 주인공 의 입몽(入夢) 이전과 각몽(覺夢) 이후의 현실 세계가 오히려 초경험적 세계 인 것처럼, 김용길 박사가 살고 있는 현실 세계 역시 역사적 지표가 사상된 유토피아(no place)로 그려지기 때문이다. 김용길 박사의 조수 '민'과 견습

---

167) 여기서 말하는 사물(Das Ding)은 일상적인 의미의 물체가 아니라, 라깡이 의미화되 지 않는 것, 즉 상징적 의미 연쇄를 벗어나 있는 대상을 가리킬 때 사용한 대문자 사물(Thing)이다. (Bruce Fink, The Lacanian Subject: Between Language and Jouissance, 1995, p.95)

간호부가 영화를 보고 나오는 다음 장면은 이들이 살고 있는 현실의 초월적 성격을 보여준다.

> 훈풍이 산들거리는 오월의 밤, 음력 사월 초파일이다. 성탄을 기리
> 는 꽃불이 도시 하늘을 눈부시케 수놓았다. 음향 관제가 풀린 공기
> 속에는, 즐거운 가락이 안개처럼 울려퍼져 있다. (311쪽)

서포의『구운몽』마지막 장면을 연상시키는 이 불교적 유토피아에서 '민'과 왼쪽 뺨에 까만 점이 있는 여자는 끝나지 않는 입맞춤을 나누며 독고민이 찾지 못하고 얼어죽은 '사랑'을 만끽하고 있다. 그러므로 독고민 서사와 김용길 서사는 서포『구운몽』의 마지막에 인용된 장자의 '호접지몽'처럼 김용길 박사가 독고민 꿈을 꾼 것인지, 독고민이 김용길 박사의 꿈을 꾼 것이지, 어느 것이 현실이고 어느 것이 환상(꿈)인지, 어느 것이 원인(실체)이고 어느 것이 효과(가상)인지 확정할 수 없는 악무한 속에 빠진 내적 거울 반사 관계를 이룬다.

이 소설은 김용길 서사와 불연속적 내포 관계에 있으면서 동시에 독고민 서사 전체를 재반사하는 또 하나의 거울 텍스트를 설정해 놓고 있다. 이 세 번째 서사는 '조선원인고'라는 제목의 영화에 관한 어느 고고학자의 해설과 그 영화를 보고 나오는 두 남녀에 대한 간략한 묘사로 이뤄져 있다. 그 두 남녀가 김용길 박사의 조수와 견습간호원이라고 생각할 여지가 충분하기 때문에 이 서사는 김용길 서사에 내포되어 있다고 할 수 있지만, 다른 한편으로 이 영화 해설 부분은 작가(고고학자)가 앞의 두 서사(영화)에 대해 독자(관람객)에게 들려주는 허구화된 에필로그처럼 여겨지기 때문에 김용길 서사와 분리되어 있다고도 할 수 있다. 이 고고학 서사는 독고민 서사를 '영화'로 틀지운다. 특히 영화의 형식적 특성을 해설하는 다음 장면은 독고민 서사의 환상 수법 자체를 반사한다.

이 영화는 피사체(被寫體) 자신의 성질 탓에, 그리고 말씀드린 만들게 된 뜻에 따라, 비교적 느린 걸음을 썼으며, 클로우즈업을 쉴새없이 끼워 넣었고, 같은 장면의 되풀이 및, 심지어는 영사기의 돌림을 멈추고, 중요한 화면을 정물 사진으로 볼 수 있게 다루었습니다. (310쪽)

이 영화는 '꿈'과 마찬가지로 독고민 서사를 재반사하는 메타-서사적(에필로그적) 속성을 지니고 있지만, 그 영화를 보고 나오는 두 남녀로 말미암아 독고민 서사와 사건-연쇄적 관계를 형성하기도 한다. 독고민은 숙과의 첫 번째 약속이 어긋난 후 영화관에 들어갔었다. 그 영화관에서 나온 이후부터 그의 **환상** 체험이 시작되는데, 환상 여행의 마지막 장면에서 그는 영화 스크린으로부터 빠져나오는 것으로 그려진다.

독고민과 그녀는 현관에 나섰다. 차는 현관 계단 바로 밑에 모로 대 있었다. 그들은 차를 탔다. 독고민은 그녀가 가리키는 곳을 보았다. 어느새 굳게 닫힌 커다란 현관문이 영사막으로 바뀌고, 거기 감사역을 비롯한 사람들이 따라나와서 그들을 바래고 있다. (293쪽)

그 "영사막"(영화)의 세계로부터 빠져 나온 "독고민과 그녀"가 바로 세 번째 서사에서 조선원인고라는 고고학 필름을 보고 나와 행복한 입맞춤을 나누는 두 남녀인 것이다. 김용길 박사의 현실에 등장한 독고민의 주검과 마찬가지로 독고민 서사(영화) 내부로부터 그 서사를 재반사하는 영화(조선원인고) 외부로 빠져 나온 이 두 남녀는 영화와 현실, 메타-서사와 현실-서사의 경계를 가로질러 존재함으로써 그 둘의 경계를 모호하게 만든다. 정리하면, 이 소설은 텍스트 외부 현실과 동일한 법칙이 적용되는 작중 현실을 살고 있는 주인공의 환상체험과 그것을 '꿈'과 '영화'로 틀 지우면서 동시에 그 틀 자체를 해체하는 내적 거울 반사(mise en abyme) 장치를 통해 소설의 재현적 위상에 대해 자의식적인 물음을 던진다.

『열하일기』는 외부 현실에 가해진 작가의 미적 조작을 형식 자체로 노출함으로써 서사적 재현이 지닌 허구적 본성을 암묵적으로 폭로한다. 이 소설의 작중 현실은 외부 세계의 사실적 반영이 아니라 작가의 관념 조작으로 전도된 형상 세계를 그리고 있다. 이 소설의 중심 공간인 "루머 랜드" (rumour land)는 현실적 장소가 아니라 떠도는 담론(풍문)의 공간이기 때문에 독자가 작중 현실에 대해 심문하는 것은 서사적 핍진성이 아니라 그 담론의 구성원리이다. 이 소설의 구성 원리는 다음 인용문 속에 드러난다.

> 고고학에는 이론이 쓸데없고, 한 자루의 호미와, 잘 보이는 두 눈알만 가지면 넉넉하다고 말씀하신 '리터엉간' 선생의 시대는 지났으므로. 또 어디까지나 심심풀이로 손을 댄 것이다. 고고학의 대상은 유물이다. 이 유물들을 다루면서, 나는 한 가지 발견을 했다. 그것은 이 유물들은 어떤 본의 표현이라는 것이다. 자연물을 다루지 않는 것은 아니지만, 주요 대상은 어디까지나 인공물인데, 인공물인 한 그것들은 그때 그 고장에 살아 있는 본의 표현이라는 일을 안 것이다.168)

이 소설의 주인공은 고고학자이다. 『구운몽』에서처럼 고고학은 소설 쓰기의 은유이다. 인용문에서 "리터엉간"(한물 '간 엉터리') 선생이 가르친 고고학(소설 구성) 방법론은 사실주의이다. 이에 반해 이 소설의 주인공(고고학자: 작가)이 취한 방법은 "심심풀이", 즉 유희 정신을 근간으로 한 상상력이다. 한편, "그 고장에 살아 있는 본"의 표현인 "유물"은 당대 사회를 지배하고 있는 관념 형상의 언어적 표현인 소설 텍스트 자체를 은유한다. 즉, 이 텍스트는 외부 현실의 재현이 아니라 현실을 지배하고 있는, 혹은 그 현실로부터 추상된 관념들이 형상의 외피를 뒤집어 쓴 것이다. 이 소설의 작중 현실을 지배하는 관념 형상은 "숭고"를 숨기고 있는 "유머"이다. 주인공이 여행한 "루멀랜드"에서는 타락한 정치, 고전과 전위가 반목하는 예술,

---

168) 「열하일기」, 『최인훈전집 8』, 문학과지성사, 1976, 157쪽.

합리주의적 사유를 넘어선 선(禪)적 사유 방식, 길거리에서 구걸하는 소년들, 심지어 이루어질 수 없는 사랑 때문에 자살하는 청춘과 (4·19) 혁명조차도 "농담"이고 "유머"이다. "루멀 랜드"에서 역사적 진실과 시적 진실을 보려고 하는 자는 주인공처럼 추방당한다. 독자는 겉으로 표출된 유머와 그 이면에 숨겨진 숭고가 빚어내는 아이러니적 긴장을 통해 현실에 가해진 작가의 관념 조작을 발견하게 된다.

『금오신화』와 『웃음소리』는 『구운몽』의 '독고민 서사'처럼 명백히 역사적 현실을 살고 있는 주인공에게 일어난 초자연적 사건을 그리고 있다. 『금오신화』의 주인공은 휴전 직후 북한으로부터 남파 간첩의 임무를 띠고 임진강을 건너다 정체불명의 모리배에 의해 살해된다. 일련의 사건과 주제의식의 성격상 이 소설은 역사적 핍진성과 서사적 진실성의 가치가 무엇보다 중요한 소설이다. 그럼에도 불구하고 작가는 소설 말미에 주인공의 시체로부터 그의 영혼이 빠져 나오는 초자연적 장면을 제시함으로써 양식적 일탈을 기하고 있다. 그러나 이 초자연성은 주인공에게 하등의 해석학적 불확정성도 야기하지 않는다. 그도 그럴 것이 초자연적 사건의 현실성에 대해 심문할 판단 주체가 이미 육체로부터 분리된 초자연적 존재(혼령)이기 때문이다. 독자 역시 주인공의 시체로부터 꿈틀거리며 빠져 나온 것이 주인공의 넋이라는 것을 알게 되는 순간부터 현실과 초자연 사이의 망설임을 접고 그 '영혼'의 존재를 순순히 받아들인다. 여기서 육체로부터 분리된 영혼(귀신)이 실재하는가 그렇지 않은가 하는 문제는 중요하지 않다. 다만 독자는 시대의 부조리함 때문에 어처구니없이 죽어간 어느 한 지식인의 비극을 죽은 자의 영혼을 통해 듣게 될 뿐이다. 이 소설 말미에 제시된 초자연적 사건은 이렇게 주인공이 처한 비극적 상황의 부조리함을 드러내는 수사적 장치로 기능한다.

『웃음소리』는 가장 전형적인 방식으로 환상의 존재론적 불확실성을 드러낸다. 이 소설의 주인공은 자신의 죽음을 이틀 연속 지연시킨 행복한 연인이 현실에 속한 것인지, 아니면 일주일 전에 죽었다는 익명의 남녀 귀신이었는지 확실히 알지 못한다. 정확히 말해서, 그 환상의 모호함은 주인공의 몫이 아니라 독자의 몫이다. 왜냐하면 주인공은 자신이 실제로 보았다고 믿어왔던 두 남녀가 실은 죽은 시체였다는 것을 알게 되는 순간 기절해 버렸고, 깨어난 이후에도 그 사건의 현실성에 대해 생각하지 않기 때문이다. 이에 반해 독자는 그녀의 환상체험을 의미화 하기 위해 그녀 자신보다 더 많은 수고를 해야 한다. 독자는 그녀가 본 남녀와 웃음소리가 단지 죽음을 앞둔 자의 극단적 불안 심리로부터 야기된 환각에 불과한 것인지, 아니면 제 삼자의 증언처럼 정말 일 주일 전에 죽은 남녀의 귀신(초자연적 존재)인지 확정할 수 없음은 물론이고, 죽은 여자와 그것을 목격하고 있는 살아 있는 여자가 동일인이라는 암시에 이르러서는 주인공의 생존 여부에 대해서조차 확신할 수 없게 된다. 결국 주인공의 환상 체험은 어떤 이해 지평으로도 설명할 수 없는 해석학적 아포리아(aporie)로 남게 된다.

『크리스마스케럴 5』에서 '가래톳'의 초자연적 인과율 역시 주인공과 독자로 하여금 해석학적 수수께끼에 빠지게 한다. 그러나 그 해석학적 탐색의 대상이 가래톳의 존재론적 위상으로부터 그것의 의미론적 메시지로 전환되는 순간부터 그것은 환상의 또 다른 목적에 종속된다. 현실과 허구의 경계를 심문하는 것 외에 환상이 지닌 또 다른 목적은 현실에 대한 작가의 관념 형상을 비유적으로 전달하는 것이다. 밀폐된 방으로부터 나오도록 강제하면서, 동시에 금지된 시간 동안에만 사회적 광장에 참여하도록 만드는 이 가래톳의 인과율은 개인과 사회, 자아와 타자 사이의 적대와 통합에 대한 작가의 문제 의식(관념)을 표현하는 수사적 장치로 기능한다. 환상적 불확실성은 현실적 인과율뿐만 아니라 인과율 일반에 저항해야 하는데, 이 가래톳의 인과율은 일정한 메시지를 전달할 만큼 정연한 규칙성을 지니고 있기 때문에 독자는 그 초자연적 사건을 축자적 현실이 아니라 다른 어떤 것을 '의미'하는 비유적 현실로 받아들이는 것이다. 그때 독자는 더 이상 주인공에게 일어난 기괴한 사건이 현실에 속한 것인지 초자연의 영역에 속한 것인지 묻지 않는다.

그러나, 이 소설의 일인칭 화자가 "이렇게 되면 독자들은 곧 짐작이 가겠지만"이라고 서술할 정도로 자신의 서술 행위 자체에 대해 자의식적 태도를 취하고 있는 점을 고려한다면, 주인공의 환상 체험에 대한 독자의 해석학적 탐문은 여전히 미해결의 상태로 남는다.

> a) 꿈인 듯 아닌 듯 몸의 어느 한 군데에 뜨끔한 아픔을 느끼고 퍼뜩 잠에서 깨어났다. (105쪽)
>
> b) 그러자, 이상한 일이었다. 겨드랑이의 아픔은 씻은 듯이 사라지는 것이 아닌가? 꼭 거짓말 같았다. (106쪽)
>
> c) 혹시 이건 꿈일는지도 모른다. 그래서 나는 내 팔을 힘껏 꼬집어 보았다. 물론 어리석은 일이었다. 꿈이 아니라는 것을 증명하는 길은 이 세상에 없는 것이다. (107쪽)
>
> d) 이렇게 되면서 독자들은 곧 짐작이 갔겠지만, 문제가 생겼다. (130쪽)
>
> e) 다음에 적는 것은 지난 수년 동안의 일기에서 몇 날치를 뽑아서 옮긴 것이다. (131쪽)
>
> f) 이것이 오늘 내 눈으로 본 바 그대로이다. (151쪽)

d)와 e) 문장을 통해 알 수 있듯이, 이 소설의 일인칭 화자는 독자의 존재를 의식하면서 독자가 읽고 있는 소설은 현실 자체가 아니라 자기가 '쓰고 있는' 글임을 밝히고 있다. 따라서 a) "꿈인 듯 아닌 듯" b) "꼭 거짓말 같았다." c) "꿈이 아니라는 것을 증명하는 길은 이 세상에 없다"라는 진술은 일차적으로 초자연적 사건에 대한 주인공의 반응을 기록한 대상-서술이지만, 동시에 서술자 자신이 기술하고 있는 초자연적 사건이 꿈이나 거짓말(허구)일 수도 있다는 것, 혹은 허구(꿈)와 실재를 구분하려는 독자의 사실주의적 강박은 어리석은 집착에 불과하다는 것을 암시하는 메타-서술적 기능도

가지고 있다. 그래서 일인칭 화자가 f)처럼 자신이 목격한 환상이 모두 사실이라고 힘주어 강조할 때 독자는 그 '강조'에 실려 있는 반어적 메시지, 즉 화자가 기록하고 있는 것은 모두 허구(꿈, 거짓말)일수도 있다는 이면의 목소리를 듣게 된다. 이처럼『크리스마스 케럴 5』는 환상적 인과율이 지닌 현실 일탈적 효과와 (알레고리적) 의미생성 효과를 모두 취하기 위해 일인칭 화자의 메타-서술적 언술을 배치함으로써 현실과 허구(꿈, 거짓, 소설)의 경계를 모호하게 만든다.

『서유기』는 지금까지 살펴본 환상의 의미화 방식이 망라되어 있는 소설이다. 먼저, 이 소설은『구운몽』에서처럼 주인공의 환상 체험이 전개되는 중심 서사 안팎으로 그것을 재반사하는 액자 틀을 설정함으로써 현실과 환상(허구)의 경계를 모호하게 만든다. 이 텍스트의 가장 바깥 액자는『구운몽』의 세 번째 영화 액자와 동일하다. 허구화된 프롤로그로 기능하고 있는 이 설정 액자는 본 서사의 환상적 특질을 예고하면서, 동시에 소설적 재현의 허구적 본성을 자의식적으로 노출하는 메타-픽션적 기능을 한다. 그 설정 액자 바로 안쪽에 배치된 도입 액자는 소설 말미의 종결 액자와 맞물려 앞으로 전개될 주인공의 환상이 그의 내면 의식에서 일어난 일종의 백일몽과 같은 것임을 암시함으로써 환상적인 내부 서사에 현실적 동기를 부여한다. 또한, 주인공 독고준이 이유정의 방에서 나와서 이층 자기 방으로 들어가는 이 장면은『회색인』의 마지막 장면과 사건-연쇄 관계를 형성함으로써 상호텍스트적(inter-textual) 약호로도 기능한다.

이 소설의 중심 서사는 "그 여름날"을 향한 주인공의 시간 여행을 그리고 있는데, 주인공은 초자연적 사건들에 대해『구운몽』의 주인공만큼 놀라지도 않고, 자신의 체험이 현실에 속한 것인지 초자연에 속한 것인지 심각하게 묻지도 않는다. 그것은 이 소설의 환상성이 주인공 자신의 회상과 관념에 의해 조정된 측면을 반영한다. 이에 따라 독자 역시 환상의 현실성 여부보다는 그것에 함축된 의미에 주목하게 된다. 그렇다고 해서 이 소설의 환상이 알레고리적 관념에 흡수되고 마는 것은 아니다. 이 소설의 중심 서사 가장 안쪽에 설정된 내부 액자는 환상성이 지닌 메타 재현적 효과를 강하게 발휘한다. 이 액자는 주인공이 세 번째 기차 여행을 끝내고 다시 '석왕사 역'으로 되돌아오기 직전에 삽입되어 있다. 이 삽입 서사는 전쟁 후 월남해서 검차원 생활을 하며 힘겹게 동생들을 부양하던 독고준이 어느 날 구렁이로 변신한 사건과 "그 여름날"에 대한 주인공의 회상 장면을 포함하고 있다.『구운몽』의 '김용길 서사'처럼 이 내부 액자는 주인공의 환상 체험에 현실적 인과성을 부여하면서 중심 서사를 재반사하는 거울 텍스트이다. 주인공이 환상 여행 중 만난 사람들이 이 거울 텍스트 속에 제시된 "그 여름날"의 체험과 의존적 발생관계에 있다는 것은 앞에서 살펴본 바 있으므로, 여기서는 이 소설의 또 다른 내부 액자인 '다섯 편의 이야기'에 재반사된 요소만 간략히 살펴보기로 한다.

논개의 방에서 나온 주인공은 꽃들이 만발한 신비로운 정원에 당도하여 거기서 다섯 편의 우화가 실린 이야기책을 읽는다. 그 정원은 "그 여름날"의 W시에서 '그 여자'가 뛰어 나온 빈집의 꽃들이 만발하던 정원이 환상 공간에 투영된 것이다. 그 정원 정자에서 그가 읽은 이야기 중 첫 번째 이야기는 신(神)이 부재하는 인류 문명사의 맹목적 진화를 암시하는 '선장 없이 항해하는 배' 이야기이다. 이 이야기는 지금 다루고 있는 가장 안쪽의 내부 거울 액자에 제시된 그 여름날의 다음 장면이 투영된 것이다.

> 그는 병정들을 가득 싣고 물 위를 달리는 이순신의 배를 머리에 그렸다. 그 배는 무슨 힘으로 갔을까.(197쪽)

두 번째 이야기는 무엇을 위해서인지도 모르고 질주하다가 죽은 호랑이의 시체로부터 생겨난 구더기 떼가 호랑이 형상 그대로 질주하는 이야기이다. 이 이야기는 "그 여름날"의 다음 장면이 굴절된 것이다.

길가 풀숲에 개가 한 마리 죽어 있다. 개는 구더기들의 산이었다.
개의 모양을 한 구더기들이 바글바글 끓으면서 그 자리를 떠나지 않고
있는 것이었다. (197쪽)

세 번째 이야기는 현대 사회를 살아가는 사람들의 온갖 "서글픔"에 대해
열거해 놓은 수필이다. 이 수필의 화두인 "서글픔"의 정서는 내부 액자에서
월남 후 두 동생을 위해 양심에 어긋나는 일까지 해야했던 독고준에게 어느
날 문득 밀려온 "말할 수 없이 서글픈 느낌"이 반사된 것이다.

네 번째 이야기는 자기가 누구였던지 잊어버리고 살아온 기계가 꾸는
꿈 이야기이다. 그 꿈은 밤이 되면 한 공주(현장법사)가 원숭이(손오공)처럼
생긴 아이와 돼지(저팔계)처럼 생긴 아이를 데리고 와서 놀다가 가는 꿈이
다. 이 이야기는 자아를 상실한 채 '생활 기계'처럼 살아가다 구렁이로 변해
버린 독고준의 꿈이 재반사된 것이다. 기계의 꿈속에 나타난 공주(현장법사)
는 독고준의 꿈속에서 그 여름날(서역)을 향한 자아 탐색(求道) 중인 주인공
이 재반사된 것이고, 원숭이와 돼지는 손오공과 저팔계로 변신하는 석왕사
역장과 검차수가 역투영된 것이다. 결국, 이 내부 액자들간의 거울 반사
관계에는 중심 서사와 그 중심 서사가 패러디하고 있는 오승은의 『서유기』
까지 연루되어 있어서 반사의 출발점(실체)과 도달점(가상)을 확정하는 것이
불가능할 정도로 상호·무한 중첩되어 있다.

다섯 번째 이야기는 담이 큰 담소아(擔小兒)와 가난한 학빈(鶴彬)의 모험
과 제도화된 일상으로의 편입 과정을 그린 우화이다. 담소아가 "가인"(佳人)
의 만류를 뿌리치고 동굴 속에 사는 "달걀귀신"의 이목구비 없는 얼굴을
보고 나서 체제 순응적 소시민이 되었다는 것은 이 소설과 상호 텍스트적
관계에 있는 『회색인』에서 지적 모험심은 크지만(담소아) 가난한(학빈) 독고
준이 이유정(가인)의 만류를 뿌리치고 그 여름날의 반공호(동굴) 속에서 성
과 전쟁의 비밀을 알아 버렸던 어린 날의 자아(달걀귀신)에 집착하는 것을

반사하는 동시에, 구렁이 변신 액자에서 체제 순응적 인간(구렁이)으로 변해버린 독고준이 어느 날 문득 "그 여름날"을 회상하는 장면과도 연결되어 있다.

이처럼, 텍스트의 가장 안쪽에 위치한 이 거울 텍스트는 중심 서사뿐만 아니라 그 중심 서사를 재 반사하는 또 다른 삽입 액자까지도 반사하고 있다. 이 내부 액자와 중심 서사와의 관계 역시『구운몽』의 그것처럼 어느 것이 원본이고 어느 것이 가상적 복제인지 확정할 수 없는 악무한 속에 빠져든다. 이 삽입 액자는 다음과 같은 문장으로 시작한다.

> 어느 가을날 아침이라고 한다. 독고준은 문득 잠에서 깨었다. 그는 무슨 꿈을 꾸고 있었으나 잠에서 깨어난 순간 그만, 잊어버렸다. (179 쪽)

지금까지 독고준의 환상 여행을 따라왔던 독자는 이 문장을 접하면서 어쩌면 지금까지의 환상이 모두 지금 막 잠에서 깨어난 독고준의 꿈일지도 모른다는 의구심에 빠진다. 그러나 꿈에서 깨어난 독고준이 구렁이로 변하는 대목에 이르러서는 그 세계의 현실성 역시 의문시된다. 이처럼 환상적인 중심 서사에 현실적 기연(起緣)을 부여하는 "그 여름날"은 사람이 구렁이로 변신하는 초자연적 세계 속에 살고 있는 독고준의 꿈과 회상 속에서 제시되기 때문에 그 사건의 실재성 또한 의심받게 된다. 그 내부 삽입 액자가 닫히고 난 이후 다시 중심 서사가 이어지는 다음 장면은 이 삽입 서사가 실은 환상 여행 중에 있는 독고준이 석왕사 벤치에 앉아서 꾼 꿈이었음을 암시한다.

> 역장은 보이지 않는다. 벤치에 혼자 앉아서 깜박 졸았던 모양이다. 그 짧은 사이에 꿈을 꾸었던 모양이다. 꿈의 내용은 싹 속아지고 그의

머리에 남은 것은 휑뎅그렁한 텅빔이었다. (200쪽)

이로 인해 독자는 석왕사 역에 있는 독고준이 구렁이가 된 꿈을 꾼 것인지, 아니면 구렁이가 된 독고준이 환상 여행 중인 독고준의 꿈을 꾼 것인지 확정할 수 없는 해석학적 미궁에 빠지게 된다. 이 소설은 이렇게 환상의 의미 함축적 기능이 주된 중심 서사 안팎으로 상호 반사적 거울 관계에 있는 액자들을 중첩시켜 놓음으로써 현실과 환상(소설) 사이의 경계에 대해 자의식적이고 체계적인 의문을 제기하는 메타 재현적 효과를 발생시킨다.


## 2. 언어 기호의 이중성과 불교적 상상력

### 2. 1 이원론적 <기호>관

앞장에서 살펴본 것처럼, 최인훈 소설의 환상성은 현실과 허구 사이의 경계를 문제시함으로써 사실주의 이데올로기가 은폐하고 있는 소설의 작위성을 폭로한다. 언어를 통해 재현된 현실과 실재 현실 사이의 자의적 계약 관계를 심문하는 이런 메타 소설적 글쓰기는 언어 기호가 지닌 이중적 성격에 대한 통찰을 함축하고 있다. 최인훈에 따르면, 현대 사회에서 언어와 사물의 직접적 결합, 혹은 상징과 삶의 총체적 통합은 불가능하다.[169] 그에게 언어는 사물과의 실재적 유연성(有緣)을 담지한 '상징'이 아니라, 세계에 대한 사상(事象), 즉 개념을 매개로 해서만 사물과 지시적 관계를 맺는 '기

---

169) 최인훈, 「신문학의 기조: 계몽, 토속, 참여」, 『문학과 이데올로기』, 문학과 지성사, 157쪽. 근대 이전의 역사에서 예술은 상징적인 기능을 수행한다. 그때 문학의 매체인 언어는 일상어가 세련된 것 외의 아무 것도 아닌데도 주인공들은 신화의 인물처럼 그 언어는 신비한 呪文처럼 느껴진다. 그러나 현대사회에서 상징 언어와 삶 자체의 총체적 통합을 주장하는 것은 자기 기만이다.

호'이다.[170] 이런 소쉬르적 '기호'는 외부 현실과 연관된 측면(지시성)과 현실로부터 분리된 자기 폐쇄적 측면(자의성)의 이원 구조를 내포하고 있다.[171] 먼저, 언어 기호는 그 말을 사용하는 언중들의 구체적 '풍속'으로부터 자유롭지 못하다. 따라서 생활이라는 모사 대상을 매개로 하는 소설[172]은 풍속의 '구상'을 담아 내야 한다.[173] 다른 한편, 언어 기호는 대상 세계를 변형시킬 수 있는 의미(의식, 관념)를 전달하기 때문에, 현실을 반성하는 '방법'으로서의 소설은 언제나 새로운 추상 심벌이어야 한다.[174] 이런 이원

---

170) 최인훈, 「신문학의 기조: 계몽, 토속, 참여」, 같은 책, 158쪽.

171) 최인훈, 『문학과 이데올로기』, 문학과 지성사, 1979.

　　* 「신문학의 기조-계몽, 토속, 참여」, 159쪽. 언어는 추상적이면서 동시에 구체적인 속성을 지니고 있다. 그런 의미에서 언어는 <기호이면서 이미지>이다. 관념의 구조 도식을 빌자면, 언어는 방법이면서 풍속이다. 언어가 방법이라는 측면에서 언어는 번역 가능하지만, 풍속이라는 측면에서 언어, 혹은 예술은 번역 불가능하다.

　　* 「문학과 이데올로기」, 341쪽. 인간의 행동에는 현실 행동과 기호행동이 있다. 기호 행동은 다시 현실을 위한 기호행동과 현실로서의 기호행동으로 구분된다. 현실을 '위한' 기호 행동은 개념을 매개로 현실을 지시하는 일상적·과학적 언어활동이며, 현실'로서의' 기호 행동은 현실과 독립된 자족적 내공간을 창출하는 예술적 언어활동이다.

172) 최인훈, 「소설을 찾아서」, 같은 책, 212쪽.

173) 최인훈, 같은 책, 379쪽. 언어 기호의 풍속성에 대한 인식은 소설 문장에서 "한글 오로지 쓰기의 원칙을 뿌리까지 따라"가도록 한다. 그는 73년부터 76년까지 미국에 있는 동안, 다시 말해서 김현이 말한 '사유와 표현의 괴리'를(로부터 자유로운 상황이 아니라) 실감하는 동안 국한문 혼용의 『광장』을 한글 표기법으로 개작한다. 그러나 한자 어휘를 고유어로 바꾸는 이 '번역' 작업은 언중들의 언어 풍속과의 괴리—"비행기"를 "날틀"로 바꾸는 식—뿐만 아니라, "행동을 위해선 악마와 위험한 계약을 맺어도 좋다고 뽐내지만"(민음사판, 34쪽)을 "보람있는 일이라면 도깨비하고 흥정해도 좋다고 뽐내지만"(전집판, 54쪽)으로 바꿨을 때처럼 소설 내적 맥락과의 괴리를 초래한다.

174) 최인훈, 「추상과 구상」, 같은 책, 302쪽. 예술은 구상적이어야 한다는 원시 존락적인 습관으로부터 벗어나야 한다. 다시 말해서, 리얼리티=구상이라는 고정관념을 버려야 한다. 리얼리티는 양식 개념이 아니라 현실의 진실을 포착해야 한다는 가치 개

적 기호관과 그로부터 파생된 이원적 양식관이 그로 하여금 구상적인(사실주의적) 소설과 추상적인(비사실주의적) 소설을 병행해서 쓰게 했다고 할 수 있다.

　여기서 문제가 되는 것은 기호 표현 내지 자족적 언어 체계와 지시 대상(외부 현실)을 매개하는 개념(관념)의 이중적 위상이다. 개념은 지시대상의 추상적 대용물이라는 측면에서 외부 현실과 지시적 관계를 맺고 있지만, 현실을 변형시키는 주관적 의식의 성분이라는 측면에서는 자족적 기호 체계 내부에 위치한다. 최인훈 소설에서 추상적 관념성이 사실주의적 양식과 비사실주의적 양식을 가르는 기준이 될 수 없는 이유와, 사변적 담화가 구상적(사실적) 소설과 추상적(환상적) 소설 양편에 편재(遍在)하는 이유 역시 언어 기호에서 개념이 차지하고 이중적 위상 때문이다. 최인훈 소설의 환상성은 언어 기호의 두 가지 속성 중 단지 한 측면, 즉 현실로부터 독립된 추상성뿐만 아니라 그 반대 측면, 즉 현실과의 구상적 관련성 역시 그 내재적 구성 요소로 포함하고 있다. 이제부터 언어 기호가 내포하고 있는 이원적 분열성이 환상의 모티브로 기능하는 방식을 살펴보자.

　『가면고』에서의 환상은 발화 행위의 주체와 진술 주체간의 분열을 통해 발생한다. 주인공이 삼천여 년 전의 전생을 '말하게' 되는 최면 상황은 그 발화 행위의 주체가 누구인가?라는 문제를 제기한다. 분명, 그 꿈 표상을 말하고 있는 진술 주체는 주인공 자신이지만 최면에서 깨어난 그는 자신의 발화 내용을 전혀 기억하지 못한다. 의식적 자아가 소거된 상태에서 전생, 혹은 무의식적 표상을 말하고 있는 발화 행위의 주체 <나>는 누구인가?라는 물음에 대해 주인공을 최면으로 이끈 "코밑수염"은 다음과 같이 말한다.

　　　자격이 있습니다. 그러나 유감스럽게도 연구가 아직 거기까지는 미

───────────────

　　념이다. 따라서 리얼리티는 구상적 양식(방법)과 추상적 양식(방법)을 모두 포괄한다. 현대의 예술은 상투화된 구상 심벌을 변혁하는 새로운 추상 심벌을 요구한다.

> 치지 못했습니다. 다만 가설을 말씀드리는 것이 용서된다면 아마 어느
> 근원적인 '나' 혹은 '우리'가 꾸는 것이겠지요. (198쪽)

이처럼 진술 주체(의식적 자아)가 알지 못하는 어떤 근원적인 <나>의 발화를 통해 환상이 표현되는 것은 환상이 지닌 무의식적 위상을 시사한다. 환상은 의식적 진술과 무의식적 발화로 분열된 주체의 징후적 표상인 것이다. 『구운몽』에서 환상은 상호 주관적 소통 체계의 내적 균열로 인해 발생한다. 언어적 의사 소통은 서로 다른 두 주체들간의 메시지 전달 행위이기 때문에 서로가 가정하고 있는 메시지의 의미, 약호, 그리고 접속 방법은 언제든 어긋날 수 있다. 이 소설은 그 어긋난 소통(mis-communication) 가능성이 극단적 형태로 실현됨으로써 발생하는 기괴함을 보여준다. 이 소설의 주인공이 환상 속에 빠지게 된 계기는 어느 날 문득 날아온 한 통의 편지 때문이다. 편지는 송신자와 수신자, 그리고 메시지를 구성 요소로 하는 의사 소통 체계의 문자 기호이다. 주인공의 환상은 그가 생각하고 있는 이 기호(편지)의 발송자·메시지·수신자와 그 기호의 또 다른 주체인 송신자가 가정하고 있는 것 사이의 극단적 불일치로부터 발생한다. 먼저, 주인공은 그 편지의 송신자가 첫사랑 '숙'이라고 확신하지만 편지에는 발신자 이름이 적혀있지 않기 때문에 그의 확신은 상호 주관적 진실이 아니다. 이 송신자의 불확정성은 이후 담지자 없는 스피커 방송으로 변주된다. 출처를 알 수 없는 곳에서 들려오는 혁명군 방송, 정부군 방송, 바티칸 방송 등은 주인공을 메시지의 수신자로 규정하지만 주인공 당사자는 그 목소리의 담지자를 볼 수 없다. 자기 의사와는 무관하게 자신이 수신자로 명기된 낯선 메시지를 받게 되는 이 기이한 상황은 소통 체계가 고도로 다변화되고 복잡해진 현대 사회에서는 그리 낯설지 않은 일상이다. 환상적인 것은 실로 인간적 현실 자체이다.

둘째, 주인공은 그 편지에 담긴 메시지의 의도를 자신과의 '만남'이라고

확신하지만 편지는 약속 날짜가 이미 지난 이후에 발송되었기 때문에 그 메시지의 의미는 불가해한 미궁 속에 던져진다. '그녀는 나에게 무엇을 원한 것일까?'라는 의문을 불러일으키는 이 수수께끼는 이후 초면의 사람들로부터 면식을 강요받으며 어떤 결정적인 답변과 책임을 요구받는 환상을 통해 구체화된다. 주인공은 '그들'의 말을 듣지만 그들의 말에 담긴 의미는 알지 못한다. 자신이 모르는 내용에 대해 판단하고 책임지라고 요구받는 기괴한 상황 역시 현대 사회의 상호 주관적 소통 회로 속에서 드물지 않게 발생한다.

셋째, 편지의 '수신인'으로 지목된 주인공에게 가장 불가해한 수수께끼는 메시지를 수신한 시간적 위치이다. 그는 너무 늦게 도착한 약속 편지를 받았기 때문에 약속 날짜에 나가지 못했다. 그렇게 된 본질적인 이유는 상호 주관적 소통 회로에서 자기가 생각하고 있는 수신 위치와 타자가 부여한 수신 위치가 서로 다르기 때문이다. 그로 인해 주인공은 예상치 못한 위치에서 자기를 수신자로서 호명하는 이데올로기적 타자들에게 쫓겨다니는 상황에 처한다. 시간의 흐름과 차이의 연쇄를 통해 이루어지는 의사 소통 회로에서 이렇게 수신 위치가 잘못 조정되는 상황은 얼마든지 일어날 수 있다. 『구운몽』의 환상성은 이처럼 현대 사회의 언어적 소통 체계에 잠복해 있는 내적 분열성을 현실 속에 불러냄으로써 발생한다.

『열하일기』의 가상 현실은 일상적인 기호 활동이 전도된 언어 공간이다. 가령, 이 가상 현실에서 일본(Japan)은 나파유(Napaj)로 표기되고, 한물 간 엉터리 고고학 선생의 이름은 "리터엉간"으로 표기된다. 가상 현실과 언어 유희는 밀접하게 관련되어 있다. 가상 세계란 일상적 언어 규범을 전도시키거나 비틀어 놓음으로써 지배적 담론에 의해 자동화된 의식에 충격을 가하는 '낯선' 기호 세계이다. 이런 문학적 유희를 가능케 하는 것은 언어 기호가 내포한 "그림자"와 "뜻"의 이원론이다. 최인훈에게 언어 기호는 사물의 질적 차이가 추상된 그림자(기표)와 그 그림자가 담고 있는 뜻(기의)으로 구성된다.

> 문학에서 유희라고 하는 것은 <말>의 두 극인 <그림자>와 <뜻>
> 가운데서 <그림자>쪽에 초점을 맞추고 볼 때의 문학 작품의 모습이
> 라고 하면 어떨까 합니다.[175]

　　이런 문학적 유희가 필요한 것은 일상 생활에서 통용되는 뜻이 가짜일 경우가 많기 때문이다. 현상학적 환원을 통해 일상적 의미 체계를 괄호 속에 넣음으로써, 새롭게 조정된 기호 세계(가상세계)를 통해 현실에서 은폐된 의미들을 발견할 수 있는 것이다. 이 경우 일상적 기호 용법과 전도된 기호 용법 사이의 충돌은 독자의 언어감각을 교란시킬 뿐만 아니라 새로운 (아이러니적) 의미를 생산하기 때문에 언어 기호의 이원성은 새로운 관념 형성의 방법적 수단이 된다.

　　『크리스마스 캐럴 5』의 환상성은 언어적 소통이 안고 있는 불가해한 난제를 잘 보여준다. 주인공에게 생긴 가래톳은 수수께끼 같은 메시지를 담고 있는 기호이다. 밀폐된 방으로부터 금지된 광장으로 나오도록 강제하는 그 환상적 기호는 자아와 세계와의 총체성이 파괴된 현대 사회에서 타자와의 완전한 의사 소통이란 근본적으로 불가능하다는 메시지를 담고 있다. 의사 소통의 불가능성으로 치자면 『크리스마스 캐럴』 연작—연작 4는 제외하고—에서 반복되고 있는 주인공과 아버지간의 대화만큼 잘 보여주는 것도 없다. 다음 인용문은 가래톳 때문에 마당으로 뛰쳐나온 아들과 아버지가 주고받는 대화이다.

> "달 구경을 하고 있구나" / 하고 말씀하신다.
> "제가 말씀인가요?" / "아니 내가 말이다."
> "방금 저한테 말씀하시지 않으셨습니까?" / "내가?"
> "아니 제가 말입니다."
> "그걸 그토록 밝혀서는 어쩌자는 거냐?"

---

175) 최인훈, 「말에 대하여」, 같은 책, 152쪽.

> "아버님, 제가 그토록 용렬해 보입니까?"
> "난 네가 용렬하다고 생각해본 적도 없겠거니와 앞으로도 그럴 마
> 음은 조금도 없다. 네 의향은 어떠냐?" / "제 의향이래야 별것 있습니
> 까? 그저 여러 사람이 다치지 않구 좋은 게 좋은 거죠 뭐."(109쪽)

『크리스마스 캐럴』연작에서 아버지와 아들이 나누는 대화는 거의 다 이런 식이다. 이런 기이한 대화 장면은 특별한 경우—선승들의 선문답이나 정신병자들의 대화, 혹은 코미디언의 만담—가 아니라면 일상 생활에서는 거의 볼 수 없는 것들이다. 인용문에서 두 사람의 대화를 공전(空轉)시키는 것은 발화 행위와 언표 내용간의 불일치와 그로부터 야기된 담화 내적 공백이다. "달 구경을 하고 있구나"라는 아버지의 말에 대한 아들의 반문 "제가 말씀인가요?"는 발화 맥락에서 충분히 파악할 수 있는 주어(너는)를 재확인하는 메타-언어이다. 그 질문에 대한 아버지의 대답 "아니 내가 말이다"는 아들이 확인하고자 했던 발화 맥락(나에게 물으신 건가요?)을 부정하고 최초의 언표 내용을 재규정하는(의문문이 아니라 평서문으로, 나는 달구경을 하고 있다.) 메타언어이다. 아버지의 대답에 대한 아들의 두 번째 질문 "방금 저한테 말씀하지 않으셨습니까?"는 아버지가 부정한 최초의 발화 맥락을 재확인하는(당신의 문장은 의문문이다) 메타-언어이다. 이에 대한 아버지의 반문 "내가?"는 아들의 발화 맥락을 무시하고 "방금"을 곧이곧대로 받아들여 방금 전에 자신이 한 말은 "달구경을 하고 있구나"라는 의문문이 아니라 "아니 내가 말이다"라는 평서문임을 재차 확인하는 메타-언어이다. 이에 대한 아들의 답변 "아니 제가 말입니다."는 처음에 아버지가 했던 맥락 무시와 똑같은 방식으로 아버지가 한 말(아니 내가 말이다)을 되돌려 주고 있는 메타-언어이다. 그 다음 아버지가 한 말 "그걸 그토록 밝혀서는 어쩌자는 거냐?"에서 "그걸"은 이들이 계속해서 물고 늘어진 담화상의 '공백'을 가리킨다.

언어적 담화에는 대화자들이 공유하고 있는 요소가 생략될 수밖에 없다. 즉, 문장 자체가 담고 있는 의미(sense)와 성공적인 대화에서 발화자가 기대하고 수화자가 얻게 되는 의미(signification) 사이에는 필연적으로 간극이 생길 수밖에 없다. 그 간극을 채우는 것은 대화자들이 공유한 해석 지평이다. 이 부자(父子)간의 의사 소통이 계속해서 실패하거나, 오히려 그 실패(오해) 자체가 대화를 성공적으로 이어가게 하는 기이한 상황이 발생하거나, 인용문처럼 어떤 외부적 사태에 대한 대상-언어가 아니라 이미 한 말에 대한 메타-언어만이 계속되는 것은 문장 자체의 의미와 발화 맥락적 의미 사이의 간극을 채워주는 공유된 해석 지평이 부재하기 때문이다.

특히,『크리스마스 캐럴 3』은 상호 주관적 의사 소통의 교란이 불러일으키는 기괴함의 극치를 보여준다. 이 소설의 주인공은 길 위를 지나가는 순경에게 "수고하십니다."라고 무심코 던진 말 한마디 때문에 엉뚱하게 암행 중인 고위 감찰반으로 오인된다.

> "나쁘게 생각지 마시우. 인원은 적은 데다… 연말 경계다 비상 근무다 하고 보면 히스테리컬해져요." / "그러실 겁니다. 그러나 사회의 약속이, 그렇다고 해서 공직에 있는 사람이 시민을 상대로 인간적인 감정을 배설하지는 않기로 돼 있는 것 아닙니까?" / "봉급에 비해서는 지나친 요구지요." "옳습니다. 하지만 나라가 근대화 길에 있는 우리로서 꾹 참아야죠." / "그야 그렇습죠만. 선생님께서는 혹시 감찰반…"
> / "허허 아니요 아니요. 천만에. 자네…" (80쪽)

둘 간의 대화 자체는 전혀 이상할 게 없다. 그런데 그 대화가 특정한 발화 맥락 안에 들어오자 주인공은 자신이 말한 것보다 더 많은 것을 말하게 되는 이상한 소통 상황에 빠진다. 이후 주인공은 계속해서 자신은 감찰반이 아니라고 말하지만 그 "아닙니다"는 자신의 신분을 감추어야 하는 감찰반의 관습적인 부정문으로 의미화 된다.『구운몽』의 주인공이 낯선 사람들로부터 엉뚱한 정체성을 부여받는 장면과 원리가 같은 이 대화 상황은 담화 내적 의미와 발화 맥락적 의미 사이의 분열이 어떻게 상호 오해에 기반한 의사 소통을 가능케 하는지 잘 보여준다. 전체적으로 『크리스마스 캐럴』 연작은 사회적 상징 체계를 단일하게 묶어주는 공유된 해석 지평이 부재함으로써 발생하는 나(我)와 타자(非我) 사이의 소통 단절·왜곡·오해, 그리고 환상적 현실을 보여준다.

『서유기』의 환상성은 지금까지 살펴본 언어 기호의 이원적 분열성을 망라하여 보여준다. 먼저, 이 소설의 환상은 주인공을 수신자로 호명하는 익명의 메시지로부터 시작된다. 주인공을 "그 여름날"을 향한 환상 여행에 초대한 메시지는 라디오 방송(『회색인』 마지막 부분)이나 신문 광고면(『서유기』 앞 부분)을 통해 주인공에게 들려오는 담지자 없는 목소리이다.

> '이 사람을 찾습니다. 그 여름날에 우리가 더불어 받았던 계시를
> 이야기하면서 우리 자신을 찾기 위하여, 우리와 만나기 위하여. 당신
> 이 잘 아는 사람으로부터.' (16쪽)

여기서 눈 여겨 봐야할 부분은 그 메시지의 발신자가 당신'을' 잘 아는 사람이 아니라 당신"이" 잘 아는 사람이라는 점이다. 그 발신자는 실재 인물이 아니라 전적으로 주인공 자신이 설정해야 하는 상상적 이미지인 것이다. 주인공이 두 번째로 듣게 되는 메시지는 라디오 방송을 통해 들려 오는 자기 자신의 목소리이다. 『가면고』에서처럼 의식적 진술 주체로부터 분리된 채 외부의 매체를 통해 울려 나오는 발화는 분명 자기 자신의 목소리지만 지금껏 한번도 "제 입에서 나와본 적이 없는" 목소리이다. 이외에도 주인공은 W시를 향한 환상 여행 도중 자기 자신을 수신인으로 호명하는 상해 임시정부 혁명 위원회의 방송, 북한 인민 위원회의 방송, 이성 병원의 방송, 상해 임시 정부의 방송, 대한 불교 관음종의 방송 등을 듣게 된다. 수신자(주

인공) 자신이 가정하는 것과는 다른 수신 위치(정체성)를 지목하는 이 담지자 없는 목소리는 사회 역사적 현실을 떠돌고 있는 이데올로기적 풍문이다.

담지자 없는 목소리(음성)와 함께 이 소설에서 환상을 야기하는 기호는 문자 언어이다. 주인공은 진찰실에서 그 여름날의 구호소에 있던 의사들과 간호원을 만나게 되는데, 그들은 자기네들끼리 의료 정책의 공공성과 상업성간의 화해 불가능성에 대해 열띤 토론을 벌이다 피를 토하고 죽는다. 그들이 죽는 순간에 그들의 형체는 간 데 없고 그 자리에는『대한 간호원 협회 월보』,『대한 의료시보』라는 팜플렛이 놓여 있다. 즉, 그가 본 환상은 책(문자) 속에 담겨 있던 의미(관념)가 물리적 현실로 구현된 것이다. 그 외 정원 정자 위에서 읽은 다섯 편의 이야기가 실린 책과, 네 번째로 되돌아 온 석왕사 역 벤치에서 읽은 역장 아들의 공간론 '노트' 등 문자를 매개로 한 환상은 현실감각을 교란시키는 기능보다는 작가의 관념을 전달하는 기능을 한다.

이 소설에서 환상성을 야기하는 세 번째 방법은『크리스마스 캐럴』연작과 유사한 의사 소통 내적 균열이다. 환상 여행의 대기실에 있던 주인공을 진찰실로 인도한 사람과 주인공간의 대화는 환상의 비논리적 소통 양상을 보여준다.

> "당신이 지금 어디로 가려고 하는지 잘 알고 있습니다." (…인용자)
> "당신은, 그렇습니다. 모릅니다. 알 턱이 없습니다." / "맞습니다. 나는 모릅니다. 그렇더라도 나는 찬성할 수 없습니다." / "당신은 무언가 잘못 알고 있습니다. 이것은 당신이 끼여들 일이 아닙니다." / "알고 있어요. 그렇기 때문에 나는 찬성할 수 없다는 겁니다. 당신도 이치를 따져 보면 알 일이 아닙니까?" (20쪽)

이 낯선 사람의 말은 반논리적 역설에 따라 전개된다. 그것이 이 사람의 "이치"이다. 그 사람이 안내한 진찰실의 의사들과 간호원 역시 주인공으로서는 이해할 수 없는 말을 하거나, 주인공을 배제한 상태에서 자기네들끼리 쑥덕거린다. 특히 주인공이 처음으로 석왕사 역에 도착해서 역장과 나누는 다음의 대화는 『크리스마스 캐럴』의 부자가 나누는 대화처럼 담화 내적 의미와 발화 맥락적 의미 사이의 공백이 극대화된 지지부진한 소통 양상을 보여준다.

> "도대체 어쩌겠다는 거요?" / (…인용자) / "내 말은 한 말입니다." / "한 말이라니?" / "한가지 말이라는 겁니다." / "당신도 답답하군. 내가 그걸 모를 것 같소?" / "어느 것 말입니까?" / "암, 내 얘기가 바로 그거요. 아시겠소? 서운하다는 게 다름아니라 바로 그 점이란 말이오. 쉬운 일이 아닙니다. 정작 나서고 보면 당신만한 사람, 나만한 사람도 없다는 사정을 우리만큼이나 서로간에, 이를테면 흉허물없이 툭 까놓고 아는 사이가 말이오. 어디 쉬우냐 말이오. 알겠어요?" (78쪽)

이 담화 상황은 마치 선문답처럼 그 내부에 너무 많은 공백을 내포하고 있어서 독자는 두 사람이 어떤 맥락에서 왜 그런 말을 하는지 선뜻 파악할 수 없다. 이처럼 역장을 비롯한 주변 인물들과 주인공 사이의 대화가 행간에 어떤 비밀스런 공백을 담고 있는 어긋난 소통 양상을 보이는 것은 "그 여름날"이 지닌 양가성 때문이다. 즉, 주인공이 집요하게 되돌아가고자 하는 "그 여름날"의 외상 체험은 주인공으로서는 지극히 비밀스런 '밀실'이지만 그의 시간 여행을 만류하거나 지연시키고 있는 타자들로서는 사회 역사적 아포리아가 숨어 있는 '광장'이기 때문에 주인공과 그들간의 대화는 서로 어긋나면서도 내밀한 소통의 끈으로 연결된 선문답식 대화가 된 것이다. 그런 의미에서 이 소설의 주인공이 탐색하고 있는 것은 자아의 내밀한 비밀이 아니라 이데올로기적 상징 체계에 내재해 있는 상호 주관적 소통의 비밀이라고 할 수 있다.

## 2. 2 불교적 〈傳奇〉 서사

최인훈 소설의 환상성은 초자연적 모티프에 대한 분석에서 암시된 것처럼 불교적 사유 방식에 기반한 전기(傳奇) 양식에 그 서사적 기원을 두고 있다. 물론 그의 소설에 사용된 환상적 모티프가 카프카의 소설에 빚지고 있는 측면을 무시할 수는 없다.『회색인』의 주인공이 한 다음과 같은 말은 최인훈의 '추상 심벌'과 카프카식 환상간의 연관성을 확인해 준다.

> 그 점에서 준의 마음을 끄는 것은 카프카였다. 대상을 완전히 분해하지는 않으면서 거기서 '뜻'을 탈색해버리는 방법. 그러는 경우에는 리얼리즘의 모든 규칙을 지키면서 일상성과는 완전히 거꾸로 된 세계를 만들어낼 수 있는 것이다. (206쪽)

실제로, 최인훈의 환상 세계는『서유기』에서 독고준이 어느 날 갑자기 가족들로부터 천대받는 구렁이로 변신하는 경우처럼 카프카의 환상 모티프 (『변신』)를 거의 도용한 것에서부터 정체불명의 발신인으로부터 온 메시지에 이끌려 미로 같은 환상 공간에서 알 수 없는 교시(敎示)를 받아 헛되이 제자리걸음만 하거나, 기억할 수는 없지만 어디선가 본 것 같은 친숙함에 사로잡히거나, 동일한 상황이 연속적으로 변주되는 등 카프카 소설의 악몽적 분위기와 흡사한 것까지 상당 부분 카프카의 환상 소설에 빚지고 있다. 그러나 사르트르가 지적하듯이176) 카프카는 모방할 수 없는 작가이다. 최인훈 자신도『회색인』의 주인공을 통해 그 사실을 시인하고 있다.

---

176) Jean Paul Sartre, 「Aminadab ou du fantastique considéré comme un langage」, Situation 1, pp.129-130. "카프카는 제 1인자였고 그가 선택한 수법은 그의 필요에 응하는 것이다. (…인용자) 블랑쇼는 분명히 주목할 만한 재능을 지니고 있다. 하지만 그가 사용한 기법은 우리가 너무나 잘 알고 있는 것이기 때문에 그는 제 2인자라고 해야한다. (…) 카프카는 모방할 수 없다. 그는 영원한 유혹으로서 지평선 위에 남을 것이다."

그러나 막상 그의 방법을 따르려고 할 때 그는 다시 한번 놀랐다.
왜? 카프카는 한 사람으로 족하다는 것을 깨달았던 것이다. 카프카와
같은 세계는 엄격한 선취득권(先取得權)이 인정돼야 할 세계였다. 설
령 카프카보다 더 카프카적인 소설을 쓴다 할지라도 그것은 사족(蛇
足)이다. (207~208쪽)


그럴 때, 카프카식 추상 심벌이 지닌 매혹을 포기하지도 않으면서도 그
기법을 모방했을 때 부닥치게 될 수사학적 파탄을 면할 수 있는 방법은
그것을 새로운 환상적 서사 양식에 접목시키는 것이다. 최인훈은 카프카식
환상을 전혀 다른 추상 심벌의 서사적 원천과 접목한다. 그 서사적 원천이
바로 서포의 『구운몽』, 매월당의 『금오신화』, 오승은의 『서유기』와 같은
<傳奇>, 즉 동양의 전통적 환상 양식이다.

　전기(傳奇)는 육조 시대의 지괴(志怪)가 질적으로 발전한 것으로, 자유로
운 상상력에 의해 창작된 기이(奇異)한 이야기를 담고 있는 소설 양식을
일컫는 장르 개념으로 발전하였다.[177] 당대(唐代)에 들어와 전기 소설이 융
성하게 된 데에는 인도 문학과 불교의 영향이 컸다. 육조 시대의 지괴(志怪)
소설에서 자주 나타나는 '환몽'(幻夢), '이혼'(離魂), '환생'(還生) 등과 같은
표현 수법 역시 불경 고사의 표현 형식에서 영향을 받은 것이지만[178] 당대
에 들어와 현장 등이 인도를 다녀 온 이래 인도 문학과 불교 사상은 전기
소설의 제재를 더욱 풍성하게 하였다.[179] 전기 소설의 형성과 발전 과정에

---

177) 중국소설연구회 편, 『중국소설사의 이해』, 서울 학고방, 1997, 56쪽.

178) 노신, 『중국소설사략』, 조관희 역, 살림, 1998, 96쪽.

179) 중국소설연구회 편, 『중국소설사의 이해』, 학고방, 1997, 59쪽. 위진 남북조 시대에
　　도 불교의 제재가 나타나 있기는 했다. 그러나 당대 전기에는 불교사상이나 용어가
　　출현했을 뿐만 아니라 심지어 불경의 내용을 살짝 바꾸어서 전기소설로 창작하기
　　도 했다. 예를 들면 이복언(李復言)의 『續玄怪錄』에 들어 있는 <杜子春傳>은 바로
　　불경 고사의 복제품이다. 불교의 영향을 받아 창작된 작품에는 <枕中記>·<補江
　　總白猿傳>·<南柯太守傳>·<柳毅傳> 등이 있다.

서 도교적 상상력이 미친 영향을 무시할 수 없음에도 불구하고 불교적 영향력을 강조하는 이유는 최인훈 소설이 불교적 사유와 맺고 있는 친연성 때문이다.[180) 이 장에서는 각 작품에 나타난 환상적 모티프와 불교적 사유 방식의 관계를 중심으로 전기(傳奇) 양식의 현대적 변용이 지닌 의의를 살피고자 한다.

『가면고』의 환상적 모티프와 작품 전체를 관통하는 주제의식은 불교적 사유 방식에 기반해 있다. 이 소설의 가장 핵심적인 환상 모티프는 전생 체험인데, 불교의 신비주의적 요소 중 가장 핵심적인 것이 바로 '전생에 관한 지식'(宿命通)이다.[181) 한편, 의식적 자아가 망각한 무의식적 기억을 떠올림으로써 심적 고통(苦)을 해소한다는 측면에서 정신분석학적—이 소설에서는 '심리학'으로 명기된다— 방법론과 불교적 구도론은 근본적인 측면에서 서로 통한다. 환상적 모티프를 통해 이 소설이 구현하는 주제 의식은 '사랑(慈)을 통한 자아(아트만)와 보편적 타자(브라흐만)의 존재론적 통합'

---

180) 張涵, 史鴻文 編著, 『中國美學史』, 西苑出版社, 1995, 302~308쪽. 저자는 隋·唐代에 와서 중국 문화 속에 깊숙이 침투한 불교, 특히 禪宗이 수당 예술과 심미 의식에 미친 영향을 여덟 가지로 나누어 설명한다. 첫째, 직접적으로 문인과 사대부의 정신 수양 과정에서 미학과 예술에 대해 관심을 기울이게 했다. 둘째, 마음(心)에 대한 강조로 자연스럽게 심미 활동의 중요성을 인식하게 했다. 셋째, 현묘한 깨달음(妙悟)의 경지를 일깨움으로써 반-합리적이고 비-이성적인 심미 의식과 예술적 심상을 계발하였다. 넷째, 돈오(頓悟)에 대한 강조는 언어의 한계에 대한 인식과 언어를 초월한 경지에 대한 심미 의식을 일깨웠다. 다섯째, 불즉불리(不卽不離)의 경지는 심미의식에 있어서 비존재(虛)와 존재(實), 형상과 형이상(形而上)의 관계에 대한 심오한 물음을 제기하게 했다. 여섯째, 자유무체(自由無滯)의 텅빈 정신은 반-공리적 성격을 띠는 것으로, 이런 속성은 근본적으로 반-공리적인 심미의식의 고양을 불러왔다. 일곱째, 즉심즉불(卽心卽佛)을 제창함으로써 自我와 個性에 대한 관심을 고양시켰다. 특히 유아독존(唯我獨尊)이라는 관념은 '怪'와 '奇'의 미학을 추구한 唐代 문화에 지대한 영향을 미쳤다. 여덟째, 선종은 탈속적이지만은 않아서 현실 생활에 대한 관심과 예술의 현세화에 영향을 미쳤다.

181) Vishwanath Prasad Varma, 『불교와 인도사상』, 김형준 역, 예문서원, 1996, 298쪽.

이라고 할 수 있는데, 이 주제 역시 정신분석학과 불교적 사유체계가 공유하고 있는 핵심 화두이다.182)

　전생의 주인공 '다문고'는 바라문교의 왕자답게 자아(아트만)를 자기 내부에 자리잡은 핵심이나 영혼이라고 생각하며183) 이 순수한 정신적 실체(브라흐만)에 도달하기 위해 지식(識 cit)을 축적하거나 성적 회열(ānanda)184)을 체험해 보지만 진정한 범아 일체(梵我一體)에 도달하지는 못한다. 이에 대해 부다가(붓다)가 깨닫게 해 준 것은 모든 존재자는 상호 의존적 관계를 통해 발생하며 자아 역시 고정된 실체로서 존재하는 것이 아니라, 그 또한 자기 독립적 주체인 타자와의 연대 관계 속에서만 존재한다는 불교적 깨달음의 철학이다. 그 불교의 윤리학이 '서로 사랑함'(慈 Matrī 또는 mettā)을 통해 자아와 타자의 상호 주체적 의존 관계를 체득하는 것임은 두말할 필요도 없다.185)

　『구운몽』은 특히 한국의 전기(傳奇)가 지닌 몇 가지 일반적인 특질을 공유하고 있다.186) 첫째, 이 소설의 주인공 독고(獨孤) 민은 그 성(姓)이 암시하듯이 전기적 인간의 실존적 고독감을 핵심 성격으로 갖고 있다. 둘째, 이 소설은 전기(傳奇) 양식에 자주 사용되는 환몽(幻夢)-각몽(覺夢)의 액자 형식을

---

182) Jeffry B. Rubin, Psychotherapy and Buddhism: Toward an Integration, Plenum Press, 1996, p.57.

183) T.R.V. Murti, 『불교의 중심철학: 중관 체계에 대한 연구』, 김성철 역, 경서원, 1995, 366쪽. 바라문교적 사상 체계에서 실재란 내부에 자리잡은 핵심이나 영혼이며, 이런 핵심적 영혼은 변화하지 않고 영속한다.

184) Murti, 『불교의 중심 철학』, 507쪽. 브라흐만이란 우리의 지식(cit)을 가능하게 해주는, 무조건적으로 자명한 존재이며, 어떤 대상에서 체험하는 기쁨의 원천인 무한한 회열(ānanda)의 원천인 절대 존재이다. 따라서 바라문교에서 해탈이란 절대적 실체에 대한 지식을 얻는 것이며 동시에 브라흐만의 본성인 무한한 회열을 체험하는 것이다.

185) Vishwanath Prasad Varma, 『불교와 인도사상』, 1996, 218쪽.

186) 박희병, 『한국전기소설의 미학』, 돌베개, 1997, 33~76쪽. 참고

변용함으로써 환상과 현실간의 긴장을 창출하고 있다. 셋째, 이 소설은 전기 양식이 지닌 장르 혼합적 성격을 보여준다. 시(詩), 편지, 에세이 등을 허구적 서사 속에 결합시키는 이런 장르 복합적 성격은 작가가 지닌 고도의 지적·문예적 취향으로부터 비롯된 것이다. 마지막으로 이 소설의 플롯은 대다수의 전기(傳奇) 소설처럼 남녀간의 애정(욕망, 사랑) 갈등을 중심으로 전개된다. 남녀간의 애정과 욕망은 전기(傳奇) 소설의 핵심적인 플롯 형성 요인이다. 전기 소설이 이렇게 욕망의 서사와 불가분의 관계를 맺게 된 것은 불교적 사유에서 남녀간의 욕망과 사랑만큼 첨예하면서도 인간적인 문제도 없기 때문으로 짐작된다.

불교적 사유에서 환몽(幻夢)은 욕망의 해소(절멸)를 위한 방편적 유인으로 요청된다. 이 소설과 상호 텍스트적 관계에 있는 서포의『구운몽』과『삼국유사』의「조신」설화는 환몽을 통해 욕망이 절멸되는 두 가지 방식을 보여준다. 서포의『구운몽』은 쾌락원칙이 죽음(열반) 충동에 이를 때까지 주인공의 소망이 온전히 실현되는 환몽을 구현하고 있으며, 이에 반해「조신」은 쾌락 원칙이 현실 원칙에 부딪쳐서 완전히 포기될 때까지 고난과 굴욕의 현실이 펼쳐지는 환몽 세계를 그리고 있다. 욕망을 완전히 소진시킴으로써 열반에 도달하는 방식과 욕망을 완전히 포기함으로써 열반에 도달하는 방식은 쾌락원칙이 현실원칙을 경유해서 궁극적으로 열반 원칙을 실현해 가는 과정에서 나타나는 욕망의 두 얼굴—에로스와 타나토스, 충족과 좌절—이라는 측면에서 상호 보충적 관계에 있다.

최인훈의『구운몽』은 잃어버린 첫사랑을 되찾고자 하는 주인공의 욕망이 불러온 환몽적 현실을 그리고 있다. 그 환몽 속에서 드러나는 욕망의 진실은 쾌락원칙의 실현이나 현실 원칙에의 좌절이 아니라, 욕망의 대상이란 근본적으로 존재하지 않는다는 것이다. 욕망이란 원래 허망하다거나(서포『구운몽』), 욕망이란 고통만을 불러온다는(「조신」) 가르침은 욕망이란 부재하는 대상(허상)을 향한 끝없는 운동이라는 이 소설의 메시지를 통해 불교적 욕망이론을 완성하게 된다.

　서포『구운몽』과의 상호 텍스트적 관계에서 각몽된 현실의 주체(성진)에 해당하는 김용길 박사는 욕망의 충족이 불가능한 원인을 현대인의 "자기 분열"에서 찾는다.


　　　현대는 성공의 시대가 아니라 좌절의 시대며, 건너는 시대가 아니라
　　가라앉는 때며, 한마디로 난파의 계절이므로, 다음에 현대인의 인격적
　　상황은 극심한 자기 분열이다. (300쪽)


　서포『구운몽』의 양소유와 마찬가지로 이 소설의 주인공 독고민 역시 환몽 속에서 숙(팔선녀)의 표식이나 흔적을 지닌 여덟 명의 여자[187]를 만나게 된다. 여기서 중요한 점은 그네들이 서로를 기억하지 못한다는 게 아니라, 개별자로서의 숙과 독고민이 환몽적 현실에서는 각기 다른 여덟 명의 '숙'들과 '독고민'들로 분열되어 있다는 점이다.[188] 이러한 분열상은 구원의 불가능성을 예고하는 현대 사회의 '불행'을 암시하는 것이 아니라, 인간 존재는 상호 의존 관계 속에서 발생하는 (최소한) 아홉 개[189]의 우주(실현된

---

187) 주인공이 찾고 있는 '숙'의 흔적(표식)을 지니고 있는 환몽 속의 여자는 ① 극장에서 옆좌석에 앉은 여자 ② 찻집의 사팔뜨기 여자 ③ 은행 회의실에서 노란 스웨트를 입은 여자 ④ 댄스홀의 미라 ⑤ 잊어버리지 않은 죄를 지은 청년의 첫사랑 ⑥ 술집 여급 에레나 ⑦ 총살당하기 직전에 본 정부 고관의 아내 ⑧ 젊은 여인으로 변신한 늙은 댄서 등이다.

188) 환몽 속에서 독고준은 자신의 의지와 상관없이 ① 시인들의 비평가 선생 ② 은행 사장 ③ 늙은 댄서의 남편 ④ 감옥을 시찰하고 있는 정부 고관 ⑤ 술집 여급의 기둥서방 ⑥ 혁명군 방송에서의 혁명군 수령 ⑦ 정부군 방송에서의 반란군 괴수 ⑧ 바티칸 방송에서의 교황 사절 대주교 등의 낯선 정체성을 부여받는다.

189) 아홉(九)라는 숫자를 통해『구운몽』과『서유기』의 연관성을 엿볼 수 있다. 오승은의 『서유기』14회에서 99회까지는 천축(天竺)으로 들어가는 도중에 현장법사 일행이 겪은 81가지의 재난을 서술하고 있는데, 구(九)란 것은 구(究: 다함, 끝)이고 사물은 구(九)에서 극에 달한다. 9×9는 81이므로 81난(難)이 있게 된다.(노신,『중국소설사

세계 하나 + 가상 세계 여덟) 속에 던져진 존재이기 때문에 각각의 우주에 대해 윤리적 책임을 져야한다는 대승적 사유의 시발점이다. 이 소설의 주인 공은 첫사랑 숙에 대한 집착을 버리지 못한 나머지 여덟의 자아상에 요청된 대승적(사회적) 사랑을 받아들이지 못한다.

> "선생님 우리를 버리십니까?" / "사장님 결정하십시오!"
> "여보 우리의 사랑은 승리한 거예요." / "선생님 대답해 주세요!"
> "사랑해요." / "사랑합니다."  (277쪽)

이 현대적 전기(傳奇) 소설이 던지고 있는 화두는 개인적 구원과 대승적 사랑(慈悲)의 길항 관계이다. 현대 사회에서 그것은 자아(밀실: 개인)와 타자 (광장: 사회), 개인의 내면성(我相)과 사회적 책임성(緣起法) 사이의 길항적 의존 관계로 구체화된다.

『열하일기』는 연암의 원텍스트가 지닌 여행기 내지 탐방기적 속성을 전 기(傳奇)의 하위 장르인 몽유록(夢遊錄) 형식으로 전성시킴으로써 전기 양식 의 관념 표현적 기능(寓言적 기능)을 전경화한 소설이다. 물론, 이 소설의 플롯은 주인공의 '꿈 여행'(夢遊)이 아니라 불특정 미래의 시점에서 과거의 여행 체험을 '회고'하는 형식이지만 <현재>-<과거(가상 세계 여행)>- <현재>라는 액자 형식이 <현실>-<몽유(꿈 여행)>-<현실>과 동일한 형식을 취하고 있다는 면에서 몽유 형식의 이형태(異形態)라고 봐도 무방하 다. 꿈에 가탁(假託)하여 현실 문제를 제기하는 몽유록[190]에서 꿈은 일상

---

락』, 378쪽) 따라서 서포의 『구운몽』을 포함해서 최인훈의 『구운몽』에서 아홉이란 숫자는 남자 주인공 한명 + 여자 주인공 여덟명을 지시한다기보다 인간의 욕망(들) 이 펼쳐놓은 아홉 개(極限)의 우주(九天)를 의미한다고 볼 수 있다.

190) 차용주, 「환몽소설의 전개양상에 대한 고찰」, 『고소설사의 제문제』, 성오 소재영 교 수 환력 기념논총 간행위원회, 1993, 273~275쪽. 저자에 따르면 몽유록의 특징은 첫째, 몽유자의 인물 성격은 강직 호방하여 현실과 타협하지 않고 개세적(慨世的)

현실에서 꾸는 꿈과 달리 작가의 의도에 따라 조정된 우의적 가상 공간인데, 이 소설에서 일인칭 화자가 기록하고 있는 가상 현실 역시 역사적 현실에 대한 작가의 비판 의식이 유희 정신과 결합하여 구성해 낸 우의적 공간이다. 이런 몽유록 형식에는 두 가지 문학적 충동이 내재해 있다. 첫째는 역사적 현실을 허구적 가상 세계로 전도시킴으로써 직설화법으로는 말하기 어려운 작가 의식—현실에 대한 비판의식이나 철학적 관념—을 표출하려는 교술적 충동이고, 둘째는 이 소설의 비현실적 플롯을 지배하는 "유머"의 논리처럼 현실을 지배하는 인과 법칙으로부터 벗어나 자유로운 상상력을 펼치고자 하는 유희 충동이다. 이 소설의 "관음선사"가 설법하고 있듯이191) 불교(禪)

---

비분과 불평의 소유자이지만 개인적인 불운에 대한 개탄은 하지 않는다. 둘째, 입·각몽이 공식화되어 있기는 하나 몽자류와 같이 다른 사람의 환술에 의하지 않는다. 또한, 몽유세계는 개인적인 영달의 구현이 아니고 사회상의 한 단면에 대한 비평과 작가의 이상을 이룩해 보려는 시도이다. 셋째, 각몽 이후 허무감에 대한 심각한 환멸을 느끼지 않는다. 넷째, 몽유세계에서 몽유자 외에 등장하는 인물은 현실세계에 생존해 있는 인물이 아니고 역사적인 인물이 많으며, 몽유자는 몽유세계에 전개되는 내용에 방관적이거나 소극적이다. 이런 특징들은 『열하일기』와 몽유록적 형식이 가미된 『서유기』에도 그대로 나타난다. 첫째, 주인공은 현실에 대한 반성적 지성을 소유한 인물로, 둘째, 주인공의 가상(환상) 여행이 그 자신의 내면 의식에 의해 조종되고 있기 때문에 『구운몽』과 달리 가상(환상) 세계로 들어갔다 나오는 과정이 능동적이며, 그 과정이 비교적 뚜렷이 표지된다. 셋째, 『구운몽』처럼 각몽 이후 죽는다거나 현실에 대한 환멸로 세상을 등지지 않으며, 넷째, 가상 세계에 등장하는 주변 인물들은 역사적 인물이 많으며, 몽유자는 그 가상 세계에서 전개되는 상황에 대해 방관적이거나 소극적이다.

191) 이 소설에는 『회색인』 황선생이 '김학'을 상대로 불교의 관념 체계에 대해 상세하게 설명해 주는 장면과 유사한 대목이 있다. "유머 구락부"의 관음선사가 대중들을 상대로 불교적 사유에 대해 설법하는 이 장면은 소설 초반의 국회의원에 대한 풍자적 시선과 동일한 종류의 시선으로 조명되지 않는다. 즉, 선불교는 서구의 기독교적 사유를 극복할 수 있는 관념형이 될 수 있으며 사회 현실에 대한 철학적 이해와 실천적 사유의 근거를 마련할 수 있다는 관음선사의 진술은 작가 의식과 배리되지 않는다고 여겨진다. 이 장에서는 불교적 사유 자체가 아니라 그 사유에 근거한 전기(傳奇) 양식을 다루고 있기 때문에 추상적 관념의 형태로 제시된 불교적 사유에 대

는 추상적 개념보다는 허구적 설화나 "유머"스러운—익살과 농담의 반논리에 의한— 공안(公案)을 통해 실재에 대한 깨달음을 유도한다. 이 소설의 몽유 형식 역시 자유로운 상상력을 통해 현실에서 은폐된 진실을 일깨우는 기능을 한다.

『금오신화』는 매월당의『금오신화』중 어떤 요소를 빌려 온 것인지 뚜렷하지 안다. 단지 소설 말미에 나타난 이혼(離魂), 혹은 탈혼(脫魂) 모티프만으로 둘간의 상호 텍스트성을 규정하기에는 여타의 패러디 방식에 비해 창조적 재해석의 깊이가 너무 얕다 할 것이다. 확실히 이 소설은 <취유부벽정기>, <남염부주지>, <용궁부연록>의 이계(異界) 체험담이나 몽유 형식을 차용한 것도 아니고 <만복사 저포기>나 <이생규장전>의 애정 전기 형식을 차용한 것도 아니다. 둘 간의 상호 텍스트성을 이렇게 전기(傳奇) 형식에서 찾지 않고 '전란의 비극성'이라는 주제의식에서 찾는 방식은 그 나름대로 타당성이 있지만, 두 소설의 전기성(傳奇性)에 대해 정당한 가치부여를 하지 못한다는 문제점을 노정하게 된다. 이 소설은 분명 주인공의 비극적 현실을 그린 사실적 플롯뿐만 아니라 전기(傳奇) 양식 자체에 있어서도 매월당의 문제 의식을 이어받고 있다.

매월당『금오신화』에서 환상은 인간 존재의 삶을 지배하고 있는 우연성을 실존적 체험형식으로 자각하는 반성적 주체를 형성한다.192) 환상 체험이

---

해서는 따로 언급하지 않는다.

192) 윤채근,『소설적 주체, 그 탄생과 전변-韓國傳奇小說史』, 도서출판 월인, 1999, 165~
245쪽. 저자는 김시습의『금오신화』를 주체 형성의 측면에서 면밀히 분석하여 "이
작품집은 <최치원>에서 탄생·성립된 소설적 주체를 반성성의 지평에서 전개·
완성하고, 이를 정교한 소설 형식을 통해 난만하게 개화시킨 서사적 반성의 집대
성"이라고 평가한다. 그는『금오신화』에 대한 작가 중심적(역사주의적, 혹은 알레
고리적) 독법의 한계를 지적하면서 이 작품집은 단순히 현실에 대한 비판이나 울분
토로에 그치는 것이 아니라, "傳奇문법을 요소화 시킴으로써 삶의 우연성과 비극성
에 대한 실존적 인식을 통해 마침내 일상적 자기 존재와 화해하게 되는 웅대한 초
월적 실존 단계에 대면시키는 소설"이라고 평한다. 특히 그는 김시습의 독창적 생

세계 속에 던져진 인간 실존의 우연성과 비극성을 깨닫게 되는 계기로 작용하는 이런 형태는 당연히 불교적 사유에서 온 것이다. 최인훈의『금오신화』에서 소설 말미의 전기적 초자연성 역시 마찬가지이다. 남한에서나 북한에서나 한번도 자기 의지대로 살아 보지 못한 주인공 A는 실로 어처구니없는 비극적 우연의 사슬에 얽혀 자신의 생명을 갈취 당하고 만다. 바로 그 순간, 무반성적 자아의 주검을 벗고 자기 삶의 타자성을 비탄해마지 않는 자기 반성적 주체가 탄생한다. 이 소설의 초자연성은 이렇게 김시습의『금오신화』가 지닌 환상의 반성적 주체 형성 기능을 가장 원형질적인 모습으로 증시(證示)하고 있는 것이다.

환상의 주체 형성 기능은 환상의 통과 제의적 기능과 연관된다.『웃음소리』는 자신의 죽음을 현시하는 환상을 체험한 후 일상적 삶의 세계로 되돌아오는 주인공을 통해 환상이 지닌 통과 제의적 기능을 암시해 준다. 자신의 죽음을 치를 "빈터"에서 주인공이 목격한 '행복한 남녀'의 환상은 자신을 배신한 남자와 같은 장소에서 같은 웃음소리를 내며 그 행복한 순간을 영속시키기 위해 죽기를 바랬던 그녀 자신의 모습이다. 즉, 이 소설의 환상은 죽음을 향한 그녀 자신의 욕망이 불러낸 것이라 할 수 있다. 자신의 죽음을 상연한 환상을 체험한 이후 주인공은 죽음의 공허함과 삶의 실존적 무게를 깨닫고서 일상으로 되돌아온다. 그런 의미에서, 이 소설은 불교적 전기(傳奇) 소설의 현대적 변용이 가장 성공적으로 이루어진 환상 소설이라 할 수 있다.

『크리스마스캐럴 5』의 주인공은 현실적으로 설명할 수 없는 기괴한 "가래톳"에 직면하여 혹시 꿈을 꾸고 있는 건 아닌가 해서 자기 팔을 꼬집어본다. 그러나 그 자신의 말처럼 "꿈이 아니라는 것을 증명하는 길은 이 세상에 없

---

이해와 실존적 반성의식에 작용하고 있는 불교적 사유에 주목한다. 물론 김시습의 철학적 인생 해석에서 불교적 사유가 미친 영향은 "즉물적 반영은 아니다. 이는 작가의 비극적 세계 이해가 미적 정서로 혼입되는 과정에서 창출되는 존재론적 통찰과 결부된다."

다.”『장자』의 호접몽(胡蝶夢)을 떠올리게 하는 이 구절은 세계 내 존재에게 있어 꿈과 실재를 구분할 수 있는 초월적 준거점은 존재하지 않는다는 불교적 사유 방식을 함축하고 있다.[193] 꿈과 현실의 인식론적 구분을 무화시키는 이런 불교적 사유 방식은 자기 발전(지양)의 최종 단계에서 현대적 알레고리와 통합하게 되는 환상 문학의 역사적 운명[194]에 형이상학적 근거를 제공한다. 이 지점에서 환상적인 것은 현실적인 것 자체가 된다. 이 소설의 주인공이 체험한 환몽적 현실은 꿈도 아니고 그렇다고 현실도 아닌, 꿈이 아닌 것도 아니고 그렇다고 현실이 아닌 것도 아닌 불교적 사구부정(四句不定)의 악무한 속에서 비의미화(non-signifying) 된다. 이렇게 일상 현실을 환몽적 현실로 탈바꿈시킨 ‘가래톳’은 냉혹한 연기법(緣起法)의 사슬에 묶인 인간의 세계 내 존재성에 대한 실존적 자각의 표징이다. 밀폐된 자아의 방으로부터 나와 사회적 광장 속에 던져진 인간 존재의 대자적 존재성을 자각하도록 만든 그 가래톳의 아픔은 현대인의 질병이 아니라 깨달음의 표징이다. 따라서, 주인공이 “가래톳”을 자의식의 “날개”로 인식하는 것은 전적으로 타당하다.

> 날개는 내 마음이다. 그런데 나는 그를 알 수도 없고 항차 그를 다룰 수도 없다니, 이리도 막히고 저리도 막혔다. 나는 짐승처럼 신음한다. 어떻게 할 것인가. 나는 모른다. 아무튼 어떻게 해야만 한다는 것이

---

193) Murti,『불교의 중심 철학』, 404쪽. 베단따와 유식학파는 경험 세계의 가환(假幻)에 대한 분석을 통해 세계의 가환성(world-illusion)을 유추해 낸다. 이에 반해 중관학파는 세계-가환 그 자체로부터 철저히 직접적이고 보편적인 논의를 시작한다. 그 방법이 유추적이든, 선험적이든 불교의 사유 체계에서 꿈의 가환성과 세계 자체의 가환성은 인식론적으로 구분되지 않는다.

194) Jean Paul Sartre, 「Aminadab ou du fantastique considéré comme un langage」, Situation 1, p.114. 저자는 카프카와 블랑쇼의 환상 문학은 환상 장르가 자신의 본질이 실현되어 가는 역사적 과정의 최종 단계를 표지한다고 말한다. 그때 환상은 애초에 신화적 실재와 구분되지 않았듯이 그 자체로 환상적인 현대적 삶의 본 모습을 알레고리적으로 드러낸다.

확실하다.(156쪽)

이 소설에서 "날개"는 초월적 비상의 상징이 아니라 주체와 타자가 상호 의존적으로 발생하는 연기 세계(緣起法)로의 실존적 기투에 대한 자의식의 상징이다. 이것은 현상 세계로부터 분리되어 존재하는 초월적 실재계를 인정하지 않는 불교적 사유 방식과도 일치한다. 불교에서 '깨달음'이란 상호 의존적으로 발생하는 현상계의 본래적 무상성(無常性)과—꿈과 현실의 구분 철폐— 그런 세계 속에 던져진 개인은 고립된 자아가 아니라 상호 의존적으로 타자와 연루된 존재라는 것—가래톳의 메시지—을 자각하는 것에 다름 아니다.195)

『서유기』는 최인훈 소설 곳곳에 언급된 오승은의『서유기』에 대한 찬탄에 부쳐진 제명(題銘)이다. 먼저, 이 소설과 연작 관계에 있는『회색인』에서 '서유기'에 대한 언급은 그 돌발성으로 인해 더욱 중요한 함의를 띤다. 주인공은 조부 뻘 되는 분이 살고 있다는 P면에 다녀와서는 어디 갔다 왔냐는 이유정의 물음에 다음과 같이 대답한다.

> "얼굴이 탄 걸 보니 피크닉을 간 모양이군, 맞았지?"
> "서유기를 갔었지요" / "서유기?"
> "저러니 무슨 신통한 그림을 그릴까? 손오공의 서유기(西遊記)지 무슨 서유길까." (260쪽)

앞뒤 문맥과 전혀 잇닿지 않는 그의 대답에서 '서유기를 갔다'라는 말은 잃어버린 '고향을 다녀왔다'는 말을 대신한다. 작가에게 있어 오승은의『서

---

195) Murti,『불교의 중심 철학』, 42쪽. 불교에서 존재란 불연속적이고 서로 분리되어 있으며 복합성이 없는 것이다. 우주적인 차원에서든 개인적인 차원에서든 실체란 환상일 뿐이며 잘못된 믿음(無明)에 빠진 생각(我相)이 조작해 낸 것이다. 아뜨만에 대한 이런 잘못된 믿음을 제거하는 것이 반야(般若)이다.

유기』는 고향으로 돌아가는 이야기(Home-coming-story)[196]로 이해되고 있음을 짐작케 하는 대목이다. 최인훈의 『서유기』 역시 현실에서는 갈 수 없는 고향(W시)으로 되돌아가는 주인공의 환상 여행을 그리고 있다. 물론 그가 되돌아가고자 하는 고향이란 지리적 공간이 아니라 정신적 고향, 즉 자아의 내밀한 비밀이 숨겨져 있는 심적 외상의 공간이다. 통과 제의에서 자아의 상징적 죽음이 치러지는 공간에 해당하는 그 "방공호"에서 어린 주인공은 성과 이데올로기의 비밀스런 연관을 온몸으로 체험한다. 이렇게 존재의 근원(天竺, 佛, 道)으로 되돌아감으로써 그 기원으로부터 인과적으로 파생된 현상계의 고뇌(苦)를 해소하는 불교적 구도론은 주체의 정신적 삶을 지배하고 있는 외상(trauma)을 소급해 밝힘으로써 고통스러운 증상을 해소하는 정신분석학을 통해 현대적 삶의 이해도구로 계승된다.

둘째, 『가면고』에는 오승은 『서유기』의 전기(傳奇)적[197] 플롯에 대해 언급하고 있다.

> 『서유기』는 기막힌 책이다. 아무리 낮게 매겨도 바이블의 네 배하고 반은 나간다. (… 인용자) 느닷없는 사건 전개와, 전혀 우연의 연쇄인 등장인물들의 행동은 무설명이 주는 심미감으로 가득차 있다. (215쪽)

오승은 『서유기』의 전기적 플롯을 실험하기라도 하듯 최인훈의 『서유기』는 "느닷없는 사건 전개와 전혀 우연의 연쇄인 등장인물들의 행동"을 통해

---

196) 이재선, 『한국문학 주제론』, 178쪽. 인간의 삶이란 공간적인 방위성에서 보면, 그가 태어난 땅을 원점으로 한 떠남과 되돌아옴의 이중적인 운동으로 귀결된다. 이 고향은 우리들 생명의 근원인 동시에 감성을 기르고 최초의 경험을 비장하는 세계요, 상상력과 기억의 보고인 동시에 생의 목표 설정과 가능성을 향한 외부로의 출발의 기점이요, 향수의 대상이며 귀환의 마지막 종점인 것이다.

197) 노신, 『중국소설사략』, 720쪽. 이 소설은 명대에 지어진 神魔 소설이다. 이 소설을 지은 오승은(吳承恩)은 唐代 소설에 정통하였기에, 서유기는 당대소설의 영향을 매우 많이 받은 것이다.

환몽적 현실을 구현하고 있다. 물론, 환상 여행 도중 주인공이 만난 느닷없는 인물들과 황당한 사건들은 "그 여름날"의 원체험으로부터 내적 필연성을 부여받고 있다. 그러나 앞서 살펴보았듯이 이 내적 필연성은 전기적 플롯의 우연성과 불가해성을 손상시키지 않는다. 다시 말해서, 주인공의 모험을 이끄는 원인인 "그 여름날"의 원체험은 기하학적 원근법의(회상의 논리) 소실점이 아니라 비기하학적 원근법의(환상의 반논리) 텅빈 중심으로 기능한다. 환상 세계 속의 주변 인물들이 "그 여름날"로 되돌아가려는 주인공을 극구 만류하는 이유 역시 그 근원은 어떤 실체가 아니라 텅빈 중심(空)이기 때문이다. 이 '텅빔'(空)은 문자 그대로 아무런 것도 없는 허(虛)함이 아니라 에로스(성적 체험)와 타나토스(전쟁의 공포)가 응집된 꽉 찬(內密) '빔'이어서, 그로부터 환상의 비선형적 형식이 파생되고, 그로부터 사회적 담론에 대한 주체의 자기 책임성이 파생되어 나오는 생산적 空함이다. 불교적 사유의 핵심을 주제의식과 환상 플롯 양면에서 구현하고 있는 이 소설은, 그래서 오승은의 『서유기』보다 훨씬 더 심오하고 정교한 방식으로[198] 불교적 형이상학을 서사화했다고 할 수 있다.

셋째, 『서유기』에는 오승은 『서유기』의 기이성(奇異性), 보다 일반적으로 환상성의 인식론적 발생 근거를 밝혀놓은 대목이 있다. 이 대목은 주인공이 네 번째로 되돌아 온 석왕사 역 벤치에서 읽고 있는 노트에 실려 있다. 이 노트는 불교적 사유 방식을 근간으로 인간 실존의 존재 구조를 공간 현상학적 방법으로 해명하고 있다. 이 공간론에서 가장 주목해야 할 점은 자아는 외부와 분리된 내부에 존재하는 것이 아니라 내공간과 외공간의 접점에 존재한다는 것이다. 그에 따르면 자아는 자기 내부의 불변적 '실체'가 아니라, 카오스 상태의 원(原)세계에 코스모스를 부여하는 형이상학적

---

198) 노신, 『중국소설사략』, 386쪽. 『서유기』는 실제로는 유희적인 데서 나온 것으로 도를 말한 것은 아니었으므로, 책 전반에는 오행생극(五行生克)의 상투어가 가끔 보일 뿐이고, 특히 불교 방면에 대해서는 공부하지 않은 것 같다.

일자(신·이성·초자아)를 향한 시선이 자기 자신에게 되돌아와 그 접점에 맺힌 '이미지'이다. 한마디로, '나'란 초경험적(transcendental) 응시의 주체(탄력점: 신, 타자)에 의해 보여진 자아상(自我象)이다. 그때 환상은 그 응시의 주체(신)가 잠시 "딴눈을 팔 때" 내공간(정신)과 외공간(물질) 사이의 경계가 와해되는 현상이다.

> 심령학(心靈學)이 지금 나에게 가장 관심을 끄는 것도 그것이 정신의 물리성을 인정하는 것 같기 때문이다. 『서유기(西遊記)』의 사상은 깊다. (…인용자) 생명없는 물건이, 혹은 제 분수를 넘은 동물들이 부처의 뜰에서 도망쳐 나와 소동을 피운 끝에 부처의 호통 한 마디로 쥐구멍 찾듯 본모습을 드러낸다는 그 이야기는 훌륭한 자연철학이며, 논리학이며 신학(神學)이다. 목숨 없는 물건이 자기 환상(幻想) 속에서 '나'를 참침(僭稱)하고 부처의 뜰을 벗어나 헤맨 끝에 부처의 노여움, 혹은 부르심으로 깨어 본래의 자리에 돌아간다는 것은 그대로 기독교의 창조·죄·구원의 이야기가 아닌가. (221쪽)

가장 근본적인 차원에서 환상은 물질적인 것이 정신적인 것으로 전성(轉成)되고, 정신적인 것이 물질적인 육체를 입는 현상이다. 이 노트의 초반부에 내공간은 "의미 관련의 논리적 구조를 뜻하는 것이 아니라 질량 있는 물리적 공간"이며 그 의사(擬似) 물리적 내공간의 심적 표상이 초험적 감시자(탄력점: 이성)의 눈을 피해 외공간의 물리적 형상으로 표현된 것이 예술(춤·시)이라고 전제한 것을 상기한다면, 의식적 자아는 알지 못하는 또 다른 자아들의 물리적 실존성을 주장하는 심령학이나 영혼(자아)이 없는 물질적 존재들이 인간처럼 자기 독립적 영혼을 주장하는 전기적(傳奇的) 세계에 대한 노트 작성자(작가)의 관심에는 호사취미 이상의 미학적·철학적 근거가 있음을 알 수 있다.

다른 한편, 최인훈 소설의 환상성은 단순히 주관적 관념 표상의 물질적 외화가 아니라, 주인의 시선으로부터 벗어나려는 글의 주체와 그 노예의 글쓰기 행위를 감시하는 초험적(제도적) 시선 사이의 목숨을 건 투쟁의 산물이다. 『서유기』의 손오공이 아무리 날 뛰어도 부처님 손바닥 안이듯 현실 원칙으로부터 벗어나려는 환상 충동은 그것을 감시하고 제약하는 모방 충동199)으로부터 완전히 자유로울 수 없다. 이 노트의 마지막 문장은 자아와 자아 내부의 초험적 타자(탄력점) 사이의 인정 투쟁이 어떤 귀결을 마련해 놓고 있는지 보여준다.

> 우리는 관람석에 앉아서 무대를 바라보는 신세가 아니다. 우리가 관객이라고 생각하는 데서 실수가 생긴다. 관객은 신이다. 그가 정당하게 그것을 손에 넣었는가 어쩐가를 따지는 것은 바보다. 현실로 우리가 댄서이고 그녀가 귀부인인 바에는. (222쪽)

사실주의적 제약으로부터 벗어나려고 하는 최인훈의 소설적 자아 내면에는 그 위반 행위를 관람하고 있는 초험적 주체—사실주의적 이데올로기의 대주체200)—가 자리잡고 있기 때문에 최인훈의 환상적 글쓰기는 모방적 글쓰기의 '바깥'이 아니라 그 '내부'에서의 자기 반성적 일탈로 귀결된다.

지금까지 살펴본 것처럼, 최인훈 소설에서 불교적 사유는 '사랑을 통한 구원

---

199) 환상 충동을 감시하고 통제하는 제도적 시선(탄력점)을 '모방의 강요'라고 하지 않고 '모방 충동'이라고 한 것은 그에게 있어 탄력점(신: 초자아)은 자아 바깥에서 자아를 억압하는 외부적 존재가 아니라 자아의 시선이 구성적으로 형성시킨 자기 내부의 초-자아적 작인이기 때문이다. 즉, 모방은 외부에서 강요되는 것이 아니라 글쓰는 주체 내부의 초자아에 의해 요구되는 것이라고 봐야 한다.

200) 알뛰세는 '이데올로기는 언제나 이미 개인을 주체로 호명한다'는 이데올로기적 주체 형성 구조를 정식화시키면서 "개인을 주체로 호명하는 이데올로기적 구조 안에는 유일하며(Unique) 중심적인 다른 주체(Other Subject)가 존재하는데 그 (기독신의: 인용자)의 이름 안에서 종교적 이데올로기는 모든 개인을 주체로 호명한다."고 부연한다. (Louis Althusser, Lenin and Philosophy and other essays, Trans. Ben Brewster, Nonthly Review Press, 1968, p.178)

의 성취'와 같은 종교적 관념 형성에만 그치지 않는다. 그의 소설에서 불교적 사유 방식은 사회적 제 관계 속에 던져진 개인의 자아 동일성과 욕망의 윤리학에 대한 자기 반성적 성찰에 기여하며, 아울러 세계의 가유성(假有性)과 소설의 허구성에 대한 철학적 통찰에 참여한다. 특히. 중국과 한국의 허구적 서사 전통에 지대한 영향을 끼쳤던 불교적 사유와 전기(傳奇) 양식이 현대 소설사에서 비사실주의적 소설 양식의 미적 근대성을 실험한 작가로 평가받고 있는 최인훈의 소설 세계에 다시 등장하였다는 것은 동양적 전근대성과 서구적 근대성이라는 시각틀을 극복하는 데 있어 시사하는 바가 크다.

## 3. 자기 억압적 주체의 신경증적 환몽

### 3. 1 〈風聞人〉의 욕망과 이데올로기적 타자

최인훈 소설에서 핵심적인 주제는 이데올로기와 개인의 관계이다. 그의 소설에서 이데올로기는 단지 특정한 정치적 이념이나 사회 역사적 문화형으로서가 아니라, 개인을 사회적 주체로 형성하는 담론적 작인으로 제시된다. 마찬가지로, 개인은 이데올로기에 의해 오염되지 않은 순수 자아의 담지처가 아니라, 이데올로기의 호명에 자신을 동일화시킴으로써만 주체인 바의 개인으로 제시된다. 다시 말해서, 최인훈 소설에서 이데올로기와 개인은 전제주의와 개인주의를 대표하는 개념적 실체가 아니라 상호 의존적으로 발생하는 '관계' 개념으로 존재한다. 그 상호 의존적 관계 속에서 이데올로기는 오직 개인을 주체로 형성하는 한에서만 이데올로기이며, 개인은 오직 이데올로기로부터 호명 받는 한에서만 개인으로 존재한다. 이렇게 이데올로기와 개인의 상호 의존적 관계를 탐구함으로써 그의 소설은 개인의 내밀한 심리 영역에서부터 사회 정치적 국면과 종교·형이상학적 층위에 이르기까지 다층적인 의미망 속에서 쓰여지고 읽혀진다.

전통적으로 이데올로기와 환상은 서로 친연적인 관계를 맺어 왔다. 그 둘은 공히 객관적 실재에 대한 상상적 반영으로 이해되어 왔던 것이다. 단적으로, 이데올로기는 사회적 지배 관계를 상상적으로 반영하는 사회적 환상이라 할 수 있다. 실재에 대한 이데올로기적 환상의 진리 함축성 여부와는 상관없이, 이 두 상상계는 개별 주체를 위해서만, 개별 주체에 의해서만 현실적 작용력을 갖는다. 최인훈 소설에서 이데올로기와 개인의 상호 의존적 관계는 이데올로기의 호명과 주체의 동일화 관계 양상을 상연하는 환상과 그 환상적 사태에 직면한 주인공의 주저함에 투사된다. 앞서 살펴본 것처럼, 최인훈 소설에서 환상적 사태에 직면한 주인공들은 그것이 자기로부터의 원인을 내재한 현실에 속하는 것인지 아니면 전혀 다른 세계에 속하는 것인지 확정하지 못하고 망설인다. 그것은 최인훈 소설에서 이데올로기와 개인의 관계가 상관적인 동시에 길항적인 것으로 제시되기 때문이다. 그의 소설에서 이데올로기적 질서에 포섭된 개인은 자신의 내밀한 가치를 상실한 것으로, 이데올로기는 개인의 개별성을 추상함으로써만 작동하는 것으로 그려진다. 최인훈은 이데올로기적 담론 속에서 그 떠도는 말의 질서와 개인의 상호 의존적 길항 관계에 대해 성찰하는 주체를 "풍문인"이라 부른다.

> 극비(極秘). 당신을 만나고 있는 독고 민 박사를 그 자리에서 체포하라. 그의 죄명은 '풍문인(風聞人).' 그는 인생을 살지 않았으며 살았으되 마치 풍문 듣듯 산 것임. 즉 흉악법(凶惡犯)이므로 밖에 새지 않는 한 어떠한 학대를 가해도 묵인하겠으며 서서히 살해하는 방향으로 취급 요.[201]

이 "풍문인"이란 단어는 『회색인』의 "회색인"이란 단어가 내포하고 있는

---

201) 「구운몽」, 『최인훈 전집 1』, 문학과지성사, 1976, 264쪽

‘중간자적 지식인’이나 『그레이 구락부』의 “창 타입의 인간”이 내포하고 있는 ‘자아 내면에 고립된 방관자’라는 의미와 함께, 이데올로기와 개인의 상호 의존적 길항 관계를 그 용어법 속에 함축하고 있다. “풍문인”이란 단어는 두 가지 의미를 함축하고 있다. 먼저, 풍문인이란 ‘풍문 속에 존재하는 인간’이다. 작가 자신이 거론한 바에 따르면 ‘풍문’이란 메시아에 대한 풍문, 신이 죽었다는 풍문, 신이 부활했다는 풍문, 코뮤니즘이 세계를 구하리라는 풍문 등 사회 역사적 조건 속에서 형성된 ‘떠도는 말들’, 즉 이데올로기적 담론을 뜻하며[202] 풍문인이란 그 이데올로기적 풍문 속에 존재하는 인간을 의미한다. 두 번째, “풍문인”이란 그 이데올로기적 현실을 ‘풍문 듣듯 사는 사람’이다. 풍문이 이데올로기를 뜻한다면 “풍문 듣듯”이란 말은 단지 겉도는 삶의 태도가 아니라 이데올로기(풍문)를 이데올로기처럼(풍문 듣듯) 대하는 태도를 의미한다고 할 수 있다. 이데올로기를 이데올로기처럼 대하는 것은 이데올로기에 대한 방관이 아니라 이데올로기에 대한 특이한 부정적 태도를 함의한다. 이데올로기가 사회 현실에서 구체적인 힘을 발휘하기 위해서는 ‘이데올로기처럼’, 즉 실재적인 사태를 왜곡하거나 최소한 그 사태에 대한 (주관적) 해석이 포함되어 있는 담론적 구성체로 받아들여져서는 안 된다. 이데올로기가 작동하기 위해서는 그것이 진리라고 믿어 의심치 않으며, 자신은 그 이데올로기의 부름에 호명받은 자라고 인식하는 주체가 필요하다. 풍문인이란 그 이데올로기적 대주체(Subject)에 자신을 동일화시키지 않는 인간이다.

이데올로기에 대한 풍문인의 태도를 자기만의 고립된 밀실 속에서 이데올로기적 현실에 대해 일정한 거리를 두는 냉소적 태도로 규정할 수는 없다. 최인훈 소설의 관용어인 ‘밀실’과 ‘광장’을 서로 맞서고 있는 두 대립항으로

---

202) 최인훈, 「광장」 서문, <새벽>, 1960, 10. “메시아가 왔다는 이천 년래의 풍문이 있습니다. 신이 죽었다는 풍문이 있습니다. 신이 부활했다는 풍문도 있습니다. 코뮤니즘이 세계를 구하리라는 풍문도 있습니다. 우리는 참 많은 풍문 속에 삽니다.

이해하는 수준에서 좀더 나아가야 한다. 개인과 사회, 자아와 이데올로기적 현실을 서로 적대하고 있는 두 실체로 상정하는 이런 이분법이야말로 특정한 이데올로기적 환영일 뿐이기 때문이다. 물론, 그런 이데올로기적 이분법이 실재적인 사태를 왜곡하는 환영이라고 해서 그것을 간단히 거부해 버릴 수는 없다. 다만 그런 상상적인 대립 구도를 통해 자신의 자아 동일성을 유지하려는 '풍문인'의 욕망을 풍문에 대해 그가 취했던 태도처럼—풍문 듣듯— 욕망 자체로 받아들여야 한다. 이 상상적인 대립 관계 이면에 실재하는 대립 구도는 '내부'와 '외부'의 위상학이 아니라 안에 들어와 있는 바깥과 언제나 이미 바깥에 속해 있는 내부의 뫼비우스적 위상학으로 그려진다. 다시 말해서, 풍문인이 이데올로기에 대해 취하는 부정적 태도는 '저기 바깥'에 존재하는 이데올로기적 현실로부터 '이 안쪽'의 순수 자아를 보호하기 위한 것이 아니라, 자기 내부에 언제나 이미(always-already) 들어와 있는 이데올로기의 호명 사실로부터 자아의 상상적인 통일성을 보호하기 위한 자기 내적 부정성으로 파악되어야 한다. 최인훈 소설에서 자아는 순수한 자기 현존의 영역이 아니라 자기 내부에 언제나 이미 존재하고 있는 타자(이데올로기의 호명)로부터 스스로를 보호하기 위해 구성해 놓은 상상의 밀실로 그려지며, 사회 역사적 현실은 저기 바깥에 현존하는 객관적 실재가 아니라 떠도는 말들(風聞)로 구성된 상징적 담론 공간(광장)으로 그려지기 때문이다.

이데올로기의 호명에 대한 풍문인의 이런 자기 부정적 거리 두기는—"풍문 듣듯"— 최인훈 소설에서 이데올로기의 문제와 항상 결부되어 제기되는 '사랑'에 대한 자기 억압적 욕망으로 구체화된다. 작가 자신의 말처럼, 풍문인의 삶은 '이데올로기'와 '사랑'으로 이루어져 있다.[203] 그 둘은 사회적

---

203) 최인훈, 『광장』, 「1973년판 서문·이명준의 진혼을 위하여」, "나는 12년 전, 이명준이란 잠수부를 상상의 공방(工房)에 제작해서, 삶의 바닷속에 내려보냈다. 그는 '이데올로기'와 '사랑'이라는 심해의 숨은 바위에 걸려 다시는 떠오르지 않았다."

광장과 자아의 밀실 각각에 속하는 것처럼 보이지만 그런 이항 대립 구도
역시 단지 표면적으로만 의미가 있다. 사랑과 이데올로기는 서로 대립된
두 항이 아니라 '풍문인'의 욕망을 구조화하는 타자의 두 얼굴이다. 최인훈
의 문단 데뷔작인 『그레이 구락부 전말기』는 이데올로기적 현실에 대한
부정적 거리 두기와 여성에 대한 자기 억압적 욕망 사이의 상관 관계를
해명하는데 있어 중요한 단서를 제공한다. 먼저, 이 소설에는 풍문인의 성격
을 간명하게 부연해 주는 대목이 있어 주목된다.

> 움직임의 손발을 갖지 못하고, 내다보는 창문만을 가진 인간형이
> 있다. 손 하나 발 하나 까딱하긴 싫고, 다만 눈에 보이는 온갖 빛깔,
> 형태를 굶주린 듯 지켜봄으로써 보람을 느끼는 사람, 이런 사람은 '창'
> 타입의 사람이다.[204]

풍문인은 인용문에서 언급된 '창' 타입의 인간형이다. 이 소설의 주인공
은 소설 첫 단락에 서술된 것처럼 "어느 무엇에 콱 실린다든가 넋없이 빠져
본다든가 그런 일"을 갖지 못한 채 오직 사유의 '창'을 통해서만 현실과
대면한다. 그는 이데올로기적 현실로부터 자신을 방어하기 위해 거의 병적
으로 책읽기에 몰두하는데, 그에게 책은 세계에 대한 명석 판명한 지식을
주는 것이 아니라 '행동'을 대신하여 자기 폐쇄적인 상상의 밀실을 구축하
는 언어적 스크린으로 기능한다. 모든 행위에 이데올로기적 색채를 부여하
는 현실로부터 자아를 보호하는 이 사유의 장막은 그래서 '회색'을 띤다.
그 회색의 장막 속에서 "서로 사이에 내적 유대 감정을 이어가고 순수의
나라에 산다는 느낌을 이어가기" 위해 결성된 모임이 GREY 구락부이다.
이 회색의 지식인 집단을 구성하는 인원은 주인공 '현'을 비롯해서 M, K,
C 라고 명명된 네 사람이지만, 현을 제외한 세 명은 그 명명의 익명성만큼이

---

204) 「GREY 구락부 전말기」, 『최인훈전집 8』, 문학과지성사, 1976, 23쪽.

나 '현'과 구별되는 개성을 지니고 있지 않기 때문에 '현'의 자아 대역자라고 봐도 무방하다.

'그레이 구락부'라고 하는 이 나르시즘적 자아 공간은 '창' 안팎의 두 타자에 대한 부정적 거리 속에서만 유지되는 상상적 세계이다. 외부의 타자는 광기 어린 전쟁을 포함해서 모든 "움직임"에 이데올로기적 색채를 부여하는 사회적 상징 체계이고, 내부의 타자는 여성에 대한 성적 욕망이다. 풍문인의 자아 공간이 여성에 대한 성적 욕망에 대해 부정적 거리를 두고 있다는 것은 그레이 구락부에 가입하려는 '키티'에 대해 이들이 합의한 전제 조건을 통해 알 수 있다.

> 마침내 몇 가지 꼬리표를 달고 사람을 보아 받자, 이렇게 되었는데 꼬리란 이렇다.
> 첫째, 그녀를 이성으로 여기지 않는다.
> 둘째, 그녀와의 개인 플레이를 못 한다.
> 셋째, 무슨 일이든 구락부의 이름을 두고 움직인다. (21쪽)

이런 금지 조항은 표면적으로는 자기네들의 순수한 비밀 결사가 연애 사건으로 오염되는 것을 방지하기 위한 목적에서 제출된 것이지만, 근본적인 차원에서 풍문인(현)은 여성과의 성적 관계를 맺지 않겠다는 초자아와의 계약에 서명함으로써만, 즉 자기 욕망을 억압함으로써만 자아 동일성—"영혼의 밀실"—을 유지할 수 있다는 것을 보여준다. 한마디로, 풍문인에게 여성과의 성 관계는 이데올로기적 행위만큼이나 불가능한 타자이다. K는 여성의 타자성을 다음과 같이 표현한다.

> 여자란, 존재의 막다른 골목의 담벼락에 붙은 문이란 말이야. 우리는 그 너머로 갈 수 없어. 언제까지나 열리지 않는 문, 아주 녹슨 문, 사람이 손으로 만지고 눈으로 볼 수 있는 가장 마지막 물건이란 말일

세.(25쪽)

　존재의 막다른 벽에 붙은 그 문을 연다는 것, 즉 그녀가 유혹하는 문 밖으로 나선다는 것은 그녀와의 성 관계를 의미하는데, 풍문인에게 있어 그것은 자아 동일성(그레이 구락부)을 붕괴시키는 '불가능한' 행위이다. 이 말은 풍문인이 성적 불구자라는 것이 아니라, 그의 욕망은 여성과의 완전한 성 관계를 불가능한 것으로 돌리는 방식으로 구조화되어 있다는 것을 의미한다. 그렇게 성 관계가 불가능한 여자로 설정됨으로써 평범했던 한 명의 여자는 '키티'라는 신비로운 매력을 지닌 욕망의 대상이 된다. 정리하면, 창이라는 상상의 막—이 소설에서 창은 현실에 대한 상상적 이미지를 형성하는 스크린으로 제시된다—을 통해서만 현실과 관계하는 풍문인의 자아는 안팎의 한계를 가지고 있다. 그 내적 한계(limit) 너머에는 여성이라는 타자가 있고, 그 외적 한계(boundary) 바깥에는 이데올로기라는 타자가 있다. 그 안팎의 한계 안에 갇혀 있는 풍문인에게 여성과의 완전한 성 관계와 이데올로기적 실천은 근본적으로 불가능한 행위로 설정된다.

　이 소설에서 그레이 구락부의 창이 깨지는 원인과 결과는 이 안팎의 타자 사이에 연결된 단락선(短絡線)을 보여준다. 이 소설의 주인공 현은 키티를 향한 금지된 욕망을 드러냄으로써 그레이 구락부—자아 공간—의 붕괴를 예고한다. 이렇게 자기 내적 한계가 붕괴되자 곧바로 외부 현실과의 경계 역시 무너져서 구락부는 경찰에 의해 이데올로기적 색채—국가 전복 집단—를 부여받게 된다. 여기서 구락부가 해체된 것은 경찰이라는 억압적 국가 장치 때문이 아니라는 점을 주목해야 한다. 그레이 구락부가 해체된 것은 상상적 자아 동일성을 지탱하고 있던 창 안에서의 나르시즘적 시선과 그 창이 깨어짐으로써 개방된 외부의 응시가 충돌했기 때문이다. 현을 위시한 구락부 회원들은 구락부가 국가 전복을 획책하는 비밀결사체가 아니라는 사실을 형사에게 설명하기 위해—즉, 이데올로기적 주관으로부터 벗어나기 위해— 외부적(객관적) 관점에서 구락부를 규정해야 하는데, 그때 창안에서 보았을 때는 "영혼의 밀실"이나 "순수의 나라"였던 구락부는 "그저 모여서 철학이나 문학에 대한 잡담을 하고 소일하는" 별 볼일 없는 소모임으로 자기 규정된다.

이렇게 구락부에 대해 더 이상 상상적 시선을 투사할 수 없게 된 주인공은 키티를 구락부로부터 분리시키기 위해, 즉 그녀를 성 관계가 가능한 한 명의 평범한 여자로 되돌려 놓기 위해 자진 사퇴를 권고한다. 그러자 키티는 예의 그 '외적' 관점에서 구락부를 "무능한 소인들의 만화, 호언장담하는 과대망상증 환자의 소굴"로 규정하고, 현은 구락부에 대한 키티의 경멸을 회피하기 위해 형사가 취했던 이데올로기적 관점에 따라 그레이 구락부는 무정부주의와 테러리즘을 내세우는 비밀 결사의 세포조직이었다고 말한다. 그러자 키티는 자신의 경솔한 비난을 참회하는 눈물을 흘리고, 현은 그녀의 눈물을 비웃기라도 하듯 자신의 말이 거짓이었음을 밝힌다. 이 현란한 "참과 거짓의 재주 놀이"에서 현이 취한 관점은 창 안(자아)의 관점이 아니라 창 밖(타자)의 관점이다. 그는 자아—그레이 구락부—에 대한 타인(키티)의 시선을 회피하기 위해 자신의 것이 아닌 타자의 시선으로 구락부를 규정한다. 홀짝 게임과 마찬가지로, 그레이 구락부라는 텅빈 스크린을 사이에 두고 벌어지는 이 상호 주관적 인정(認定) 투쟁에서 승리하기 위해서는 자기 욕망이 아니라 상대방의 욕망을 읽어내야 하며, 자기가 내밀 패는 타자의 욕망에 의해 결정되어야 한다. 결국, 그 싸움에 이긴 현의 위악적 기만은 더 이상 자기 자신에 대해 상상적 시선을 투사할 수 없음을 확인하는 행위이며, 그 싸움에서 진 키티의 기절은 남성의 상상적 시선에 의해서만 지탱되던 그녀의 성적 신비가 붕괴되어 버렸음을 확인하는 행위이다.

지금까지 살펴본 것처럼, 풍문인은 자기 내적 욕망과 이데올로기적 현실 양편에 대해 부정적 거리를 유지함으로써만 자아 동일성을 유지하는 인간형이다. 여기서 한가지 덧붙여야 할 점은, 위상학적인 관점에서 사회적 이데올로기는 여성에 대한 욕망과 마찬가지로 풍문인의 '외부'가 아니라 자기 '내부'에 자리잡고 있다는 점이다. 그것은 무의식의 국면에서 그는 언제나 이미 이데올로기에 의해 호명 받고 있었다는 것을 의미한다. 따라서 최인훈의 소설적 주체는 상상적 동일성을 유지하려고 하는 자아와 언제나 이미 이데올로기에 의해 호명 받은 무의식적 주체로 분열된 자기 억압적 주체라고 할 수 있다. 그때 환상은 의식적 자아에 의해 억압된 이데올로기적 호명이 되돌아오는 상상적 무대로 기능하며, 불가능한 성 관계를 향한 주체의 욕망은 그 억압된 것의 귀환에 성적 에너지를 부여한다.

『구운몽』은 환상 속에 되돌아 온 이데올로기의 호명과 자기 억압적 욕망 사이의 관계를 선명하게 보여준다. 이 소설에서 주인공 독고민은 세 번에 걸쳐 익명의 타자로부터 호명 받는다. 첫 번째 호명은 이 소설의 첫 번째 꿈 장면에서 나타난다. 그 꿈속에서 독고민은 태(胎)집 같은 관에 누워 있는 자신을 부르는 낯익은 여성의 목소리를 듣는다. "빨리 나오세요. 따뜻한 데로 가요."라고 부르는 이 목소리의 주인은 물론 첫사랑 숙이지만, "태집"(자궁) 속에 있는 주인공을 불러낸다는 점에서 세 번째 액자 속에 등장하는 어머니(간호부장)의 목소리이기도 하다. "관"과 같이 어둡고 추운 현실을 살아가던 독고민을 "따뜻한 데"로 가자고 부르는 이 목소리의 주인공이 인생에서 가장 행복한 두 시기의—어머니의 품속에 있던 시기와 사랑하는 사람과 찬란한 기쁨을 누리던 시기— 여성이라는 측면에서 이 첫 번째 부름은 더 이상 존재하지 않는 욕망의 상상적 대상을 향한 주인공의 끝없는 모험을 촉발한다고 할 수 있다.

두 번째 호명은 첫 번째 부름이 현실에서 구체화된 것이다. 주인공은 그 꿈을 꾼 다음 날 한 통의 편지를 받는다. 주인공은 그 편지가 당연히 첫사랑 숙으로부터 온 것이며 그 편지로 인해 자신의 "황금시대"가 되돌아오리라 믿는다. 주인공의 이런 상상적 가정과 실제 현실 사이의 간극은 편지에 적힌 약속 날짜와 겉봉에 찍힌 소인 날짜 사이의 간극만큼이나 건널 수 없는 심연이다. 그때, 주인공의 상상 속에 존재했던 여성은 풀 수 없는 수수께끼를 함축한 낯선 타자가 된다. "그녀는 무엇 때문에 열흘씩이나 지난 편지를 부친 것일까? 혹시 딴 사람에게 부치기를 부탁한 것은 아닐까?" 그 알 수 없는 타자(여성)의 욕망이 상연되는 환상 속에서 독고민은 세 번째 호명을 받는다.

 그 호명은 이데올로기의 호명이다. 독고민은 환상 공간에서 시인들, 은행 중역들, 미라와 무용수들, 에레나와 깡패, 혁명가와 정부군으로부터 어떤 결정적인 대답을 강요받는데, 그들은 60년대 한국 사회를 구성하고 있는 이데올로기적 제 담론의 인격적 구현자이다. 힘없는 무용수들을 착취해서라도 가족의 행복을 지속시키고자 하는 늙은 아내와, 유복자 아들과 범상치 않은 정을 나누고 있던 어머니는(간호부장) 가족 관계를 구성하고 있는 담론을, 쓰러져 가는 은행의 중역들은 경제의 담론을, 스피커를 통해 들려오는 혁명사령부와 근위사단의 방송은 정치·혁명의 담론을, 그 혁명에 대해 고심하는 낭만주의 시인들은 참여 문학의 담론을, 예술의 상품성과 순수성 사이에서 고심하고 있는 무용수들은 순수 문학의 담론을 구현하고 있다. 그 이데올로기적 타자들은 주인공 독고민을 사회적 제 관계 속에 편입시키기 위해 그를 쫓아오고 있다. 그러나 풍문인 독고민은 자신의 상상 속에 존재하는 숙과의 만남에 편집되어 있기 때문에 그 이데올로기적 타자의 부름에 자신을 동화시키지 못한다. 여기서 형성된 대립 관계는 숙에 대한 개인적 욕망과 사회적 책임성 사이가 아니라, 풍문인의 상상적 자아 속에 존재하는 여성과 이데올로기적 상징 체계의 메신저로 기능하는 여성 사이에 형성된다. 독고민은 상상적 시선을 통해서 그녀를 보지만 그녀는 독고민이 결코 볼 수 없는 곳—이데올로기적 상징 체계 안—에서 독고민을 응시하고 있다. 자아로부터 투사되는 상상적 시선과 그 자아가 억압한 무의식적 주체를 향한 이데올로기적 응시(호명) 사이의 불일치는 풍문인의 자기 동일성을 위협하고, 그 견딜 수 없는 불일치의 긴장은 조각난 몸의 환영205)을 불러일으킨다. 숙과 어긋난 후 생전 처음 보는 시인들로부터 쫓겨다니다가 집에 돌아온 날 밤 독고민은 자신의 몸이 조각나는 꿈을 꾼다.

> 그러자 민은 보는 것이다. 그의 왼팔이 어깻죽지에서 훌렁 빠져나가는 것을. (…인용자) 오른쪽 어깨도 허전하다. 어깨를 만져 보았다. 이런, 그 팔도 떨어져 혼자 헤엄을 친다. (…) 쪼개진 조각들이 또 갈라지고 삽시간에 강은 수없이 많은 몸의 조각들로 덮여버렸다. (…) 언덕에 한 떼의 도깨비가 나타난다. (…) 손에 손에 하나씩 낚시대를 들었다. (…) 조각들은 별 수 없이 휘젓는 바늘 끝에 올라왔다. (…) 벌거벗은 여자였다. 그녀는 몸통과 팔다리는 멀쩡했으나 머리가 없다. (…) 바늘은 그의 입술을 향해 가까워오고 있는 것이다. (219~220쪽)

이 꿈에서 독고민의 조각난 몸을 낚아 올리려는 도깨비들은 독고민을 쫓아오던 사람이다. 그들은 '응시'의 낚시바늘로 독고민을 건져 올려 사회적 질서 속의 일원으로 편입시키려 한다. 잃어버린 욕망의 대상(어머니/숙)에 고착되어 있는 독고민은 그 상징적 '응시의 낚시바늘'—낚시 바늘과 타자의 욕망에 대한 수수께끼(?), 그리고 타자의 응시하는 눈 사이의 형태상 유사성에 주목하자—을 피해 "풍문처럼" 떠도는데, 풍문인에 대한 그 응시의 위협이 가 닿는 궁극적인 지점은 '거세'이다. 이 꿈의 마지막 장면에서 독고민의 얼굴을 낚아 올리려는 "머리가 없는" 여자는 거세된 주체의 형상을 예고한다. 그래서, '풍문인'이라는 자기 억압적 주체—신경증적 주체—의 환상은 결국 거세 위협의 환상으로 귀결된다고 할 수 있다. 그것은 독고

---

205) Dylan Evans, An Introductory Dictionary of Lacanian Psychoanalysis, Routledge, 1996, p.67. 조각난 몸(corps morcelé)의 환영은 최초로 자아(ego)가 형성되는 거울 단계에서 거울 속에서 비친 자기 이미지의 통합성과 유아의 실제적 불완전성 사이의 간극으로 인해 발생한다. 신경증 환자의 꿈이나 자유 연상 중에 불쑥 나타나는 이런 조각난 몸의 환영은 그가 상상적으로 통합한 자아 동일성을 파괴하면서, 근원적으로 주체란 불완전한 욕망의 다발이라는 것을 보여준다.

민의 환상 공간이 "꼭 있어야 할 동상이 옮겨진 대석같은" 분수대를 중심으로 구성된 미로 공간이라는 점에서 분명해진다. 여기서 부재하는 동상이 남근을, 그 동상이 없는 분수대는 '거세'를 암시한다는 것은 어렵지 않게 유추할 수 있다. 상징적 질서에 편입되기를 거부하던 독고민은 결국 그 분수대 위에서 총살당함으로써 스스로 동상(남근)이 된다. 그 순간, 풍문인의 욕망이 고착된 어머니(늙은 댄서)가 다가와서 죽은 아들의 몸을 벗겨 부활시키고 자기 자신은 젊고 아름다운 여자(연애 대상)로 변신한다.

정리하면, 풍문인의 환상 속에 되돌아 온 억압적 현실은 한 개인이 사회적 주체로 형성되기 위해 요청되는 외디푸스 콤플렉스 즉, 어머니와의 성 관계로 표상되는 완전한 성적 만족의 포기라고 할 수 있다. 그것을 이데올로기적 주체 형성의 문제로 재조명하면, 풍문인의 환상 속에 되돌아 온 것은 상상적 자아 동일성을 지탱하기 위해 억압한 무의식적 진실 즉, 그는 언제나 이미 사회 역사적 이데올로기로부터 호명 받은 주체라는 사실이다. 최인훈의 소설적 주체(풍문인)가 굉장히 넓은 범위에서 전형성을 띠는 것은 이처럼 그의 환상 속에서 상연되는 무의식의 드라마가 개인의 외디푸스적 주체 형성 과정과 사회적 주체 형성 과정을 통합적으로 보여주기 때문이다.

최인훈은 이데올로기라는 풍문 속에서 풍문 듣듯 인생을 살아가는 사람이 "풍문에 만족지 않고 현장을 찾아갈 때" 운명을 만난다"고 말한다.[206] 지금까지 살펴본 것처럼, 풍문인은 자기 욕망의 한계로부터 부정적 거리를 취하고 있는 신경증적 주체이다. 그 신경증적 주체가 자기 '운명'을 만난다는 것은 자기 욕망의 내적 한계를 만난다는 것을 의미한다. 그 욕망의 한계는 성 관계의 한계이면서, 동시에 이데올로기의 호명에 대한 자기동일화의 한계이다. 풍문인이 자신의 운명을 만나는 구체적 상황은 그의 욕망이 결코가 닿을 수 없는 여성과의 완전한 성 관계를 몸으로 체험하는 것이며, 동시

---

206) 최인훈, 「광장」 서문, <새벽>, 1960, 10.

에 그의 자아가 억압한 이데올로기적 호명에 자신의 전존재를 내 던지는 상황이다. 이런 외상적 체험은 억압된 것이 되돌아오는 환상 속에서도 보여지지 않는데, 신경증적 환상은 단지 그 외상적 체험을 에두르며 그것을 향해 점근선적으로만 접근할 뿐 그 '운명'의 순간 자체를 상연하지는 않기 때문이다.

『서유기』에서 "그 여름날"의 W시에서 일어난 운명적 사건은 주인공의 환상을 이끈 실재적 원인이지만, 그 외상적 장면은 몇 겹의 환상과 꿈으로 둘러싸인 채 모험 중인 주인공의 의식으로부터 소외되어 있다. 그 외상 장면은 모험 중인 독고준이 석왕사 밴치에 앉아서 꾼 꿈속에서 구렁이로 변해버린 독고준이 꾼 꿈속에서, 즉 이중적으로 겹쳐진 꿈속에서 나타난다. 그 외상 장면에는 풍문인의 욕망을 구조화하는 원인이자 내적 한계인 성 관계의 체험과 이데올로기적 호명에의 응답이 함축되어 있다.

> 그때 그는 중학교 3학년이었는데 학교에서 소집이 있다는 연락을 받고 그는 고지식하게 마을에서 아침 일찍이 떠나서 학교에 나간다. 학교에는 아무도 없다. 그는 빈 거리를 헤매고 다닌다. (…인용자) 그때 비행기의 폭음이 은은히 들려온다. 빈 집의 문이 열리고 한 젊은 여자가 달려 나온다. 달리면서 그의 팔을 잡고 함께 뛴다. 가까운 곳에 있는 방공호로 들어갔을 때 폭음은 머리 위에서 들렸다. (182쪽)

이데올로기적 체험과 성적 체험이 융합된 이 외상 장면은 최인훈의 소설적 주체(풍문인)가 살아가는 방식(풍문 듣듯)을 결정짓는 욕망의 원인이다. 풍문인이 이데올로기적 실천에 대해 부정적 거리를 취할 수밖에 없는 것은 이데올로기의 내적 한계를 몸으로 체험했기 때문이다. "그 여름날"의 W시에서 어린 주인공은 다음과 같이 이데올로기의 호명을 받는다.

> "학생 동무. 내일 학교로 나오시오. 지금 거리는 놈들의 폭력으로

> 부서지고 부상자가 속출하고 있습니다. 민청과 소년단이 동원되어 건
> 설과 간호 사업을 하도록 되었습니다."[207]

평소에 소년단 지도원 선생으로부터 부르조아적 관념에 물들어 있다며
핍박받던 주인공은 연합군 폭격이 한창인 가운데 학교로부터 온 소집 명령
에 따라 학교로 간다. 가족은 물론이고 그의 집과 학교 사이에 있는 "석왕
사" 역장 역시 학교의 호출에 따를 필요가 없다고 만류하지만 주인공은
그 이데올로기적 호명을 "고지식하게" 따른다. 물론 학교에는 소년단 "동
무"들은 물론이고 지도원 선생도 오지 않았다. 그 순간, 상상의 스크린 속에
서만 존재했던 B29 폭격기가 주인공을 향해 실재로 엄습해 온다. 외부 현실
로부터 자신을 보호해 주던 상상의 장막이 찢어진 것과—B29의 폭격—동시
에 그는 이데올로기의 자기 내적 한계를 체험한다. 이데올로기의 한계는
그와 적대 관계에 있는 다른 이데올로기가 아니라 자기 자신이 명시적으로
표방한 규칙과 실재 행위사이의 미세하지만 결코 건널 수 없는 간극에 있다.
가령, "그 여름날"의 W시에서의 체험과 동일한 성격을 갖는 『광장』의 이북
체험에서 주인공(이명준)은 '조선인 꼴호즈'의 생활을 현지 보도한 기사 때
문에 자아비판을 강요받는다. 꼴호즈의 생활 모습을 사실 그대로 보도한
기사에 대해 편집장은 다음과 같이 말한다.

> 그러면 좋습니다. 그렇다면 설사 그것이 사실이라고 하더라도, 그
> 사실을 보도한 것이 잘못이라고 생각하지 않습니까?[208]

인민의 생활을 진실하게 반영해야 한다는 (사회주의) 리얼리즘 원칙에
대해 가장 위협적인 것은 심미적 왜곡이나 형식적 기교가 아니라 그것이

---

207) 「회색인」, 『최인훈 전집 2』, 문학과지성사, 1977, 40쪽.
208) 「광장」, 『최인훈전집 1』, 문학과지성사, 1976, 126쪽.

외재적으로 표방한 원칙 자체, 즉 있는 그대로의 역사적 사실을 기록하는 것이다.『서유기』의 주인공이 몸으로 체험한 것은 이데올로기적 명령은(소집 명령) 그 명령을 곧이곧대로 이행하는 것과 근원적 적대 관계에 있다는 사실이다. 독고준처럼 그 이데올로기의 호명에 문자 그대로 응답할 때 거기에는 더 이상 이데올로기 같은 것은 없다.

『서유기』의 독고준이 이데올로기의 호명(학교의 소집 명령)에 문자 그대로 응답한 것은『광장』의 이명준이 공산군 일원으로 6. 26 전쟁에 몸을 내 던진 것에 대응한다. 이데올로기적 현실에 대해 성찰적 거리를 유지하며 살아온 풍문인(이명준)에게 있어 이런 이데올로기적 몸짓은 상징적 자살 행위와 같다. 지극히 위악적인 태도로 옛 친구인 태식을 고문하고 능멸하던 이명준은 자신의 행위에 대해 다음과 같이 고백한다.

> 내가 자원한 일이야. 나는 이번 싸움을 겪어서 다시 태어나고 싶어.
> 아니 비로소 나고 싶단 말이야.(147쪽)

풍문인에게 자기 성찰적 자아를 포기하고 이데올로기적 부름에 몸 바치는 행위는 곧 죽음을 의미한다.『서유기』의 독고준과『광장』의 이명준에게 그 '죽음'의 침범은 B29의 폭격으로 표상되고, 그 죽음의 상황에는 어김없이 여성과의 성 관계가 자리잡고 있다. 먼저,『서유기』와『회색인』의 주인공은 텅 빈 W시내를 배회하다가 누님 또래의 한 여자에 이끌려 방공호 속으로 들어간다. 폭격기의 폭음과 죽음에의 공포 속에서 독고준은 자기 몸에 밀착된 그 여자의 살을 느끼며 성(性)과 죽음간의 비밀스러운 연관을 체험한다.

> 폭음. 더운 공기. 더운 뺨. 더운 살. 폭음. 갑자기 아주 가까이에서
> 땅이 울렸다. 어둠 속에서 사람들이 한꺼번에 웅성거렸다. 폭음. 또
> 한번 굴이 울렸다. 아우성 소리. 폭음. 살냄새…209)

　　풍문인이 이데올로기의 호명에 응답하는 행위와 여성과의 성 관계를 자기 욕망의 내적 한계로 설정하는 이유는 이처럼 그 두 행위가 죽음과 결부되어 있기 때문이다. 풍문인의 욕망에 대해 마지막으로 살펴볼 사항은 이 죽음과 사랑의 관계이다. 죽음이 단지 이데올로기적 폭력(전쟁)에 대한 공포뿐만 아니라 타자와의 신체적 결합으로 인해 자아의 동일성이 붕괴되는 성적 체험과도 연관되는 것처럼, '사랑' 역시 여자와의 관계뿐만 아니라 이데올로기의 호명에 대한 응답과도 연관된다. 즉, 최인훈 소설에서 사랑은 신경증적 욕망의 자기 내적 한계를 넘어서는 유일하면서도 불가능한 경로라고 할 수 있다.210)

　　『가면고』는 신경증적 주체(풍문인)에게 사랑이 의미하는 바를 간명하게 보여준다. 이 소설의 주인공에게 사랑은 자아가 구원받을 수 있는 유일한 길이다. 그것은 지식의 밀실에 갇힌 자아로부터 벗어나 타자(여성)와 완전히 소통하는 경험이다. 그 완전한 성 관계의 상태는 일종의 작은 죽음과도 같다.

> 　　미라와의 사이만 해도 그랬다. 어떤 격렬한 마지막 것을 바랐다.
> 마지막 것을 일시에 가지고 싶다는 것은, 죽음을 앞에 둔 사람이 느끼
> 는 초조함이 아닐까. (200쪽)

　　여성에 대해 그가 원하는 것은 단지 신체 기관의 결합이 아니라 몸과 정신이 어떤 분열도 일으키지 않으면서 자신의 전 존재가 타자와 교감하는

---

209) 「회색인」, 『최인훈전집 2』, 문학과지성사, 1977, 50쪽.

210) Bruce Fink, The Lacanian Subject: Between Language and Jouissance, p.115. 정신분석 상황에서 신경증을 넘어서는(beyond of neurosis) 것은 일차적으로 자기 욕망의 원인을 주체화하는 것, 즉 그 원인이 되는 것이다. 라깡에 따르면 이 신경증의 구조는 근본적으로 남성적 욕망의 구조인데, 그는 세미나 XX에서 그 남성적 구조를 넘어서는 양상을 여성적 구조(feminine structure)로서 해명한다. 남성적 경로가 욕망의 경로(자기 욕망의 원인이 되는 것)로 특징지어진다면, 이 여성적 경로는 사랑의 경로라고 할 수 있다.

상태이다. 이 소설의 마지막 부분에서 주인공(다문고)은 그 '사랑'을 얻게
되는데, 여기서 주목할 점은 사랑은 자아의 죽음을 요구한다는 사실이다.
지금까지 자아의 공고한 벽을 유지한 채 욕정의 대상으로만 여자(미라)를
대해온 주인공은 부모와 조국은 물론 자신의 생명까지 내 거는 마가녀의
사랑을 대하고는 자신의 욕망을 포기하고 죽음을 원하게 된다.

> 그 얼굴은, 목숨을 모독당한 그 자리에서까지도 끊임없이 소리없는
> 사랑을 호소하고 있는, 사람 얼굴의 모양을 하고 쟁반에 담겨진 사랑
> 의 모형이었다. 나는 오늘 싸움에서 죽기를 바랐다. 그러나 나는 죽지
> 못하고 다시 한번 흥분 뒤에 오는 덩그런 허전함을 격었다. 이제는
> 스스로 죽는 길만이 남아 있었다. (261쪽)

그 순간 저주스러운 자아의 가면이 벗겨지고 주인공은 구원(사랑)을 성취
한다. 그러나, 이 사랑의 구도론이 이데올로기적 현실에 적용될 때는 문제가
그리 간단하지 않다. 『구운몽』에서 주인공의 자아 동일성을 위협하며 쫓아
오는 이데올로기적 타자들은 그에게 사랑을 요구하고 있다.

> "선생님 우리를 버리십니까?" / "사장님 결심하십시오!" / "여보 우
> 리 사랑은 승리한 거예요." / "선생님 대답해 주세요" / "사랑해요."
> / "사랑합니다."211)

이런 사정은 『서유기』에도 마찬가지다. "그 여름날"을 향한 환상 여행
중 만난 사회 역사적 이데올로기의 인격적 구현자들은 한결같이 주인공에
게 어떤 책임과 대답을 요구한다. 그들이 요구한 것은 이데올로기 체제 내에
고유한 모순을 주체화하라는 것, 다시 말해서 해소불가능한 결여를 안고
있는 역사를 사랑하라는 것이다. 그러나 최인훈의 소설적 주체는 그 역사에
대한 사랑 앞에서 주저하고 있다. 주체의 사랑을 받기 위해서는 『가면고』의

---

211) 「구운몽」, 『최인훈전집 1』, 문학과지성사, 1976, 277쪽.

'마가녀'처럼 아집(我執)을 벗고 투명한 얼굴로 다가와야 하는데 역사는 아직 너무나 두꺼운 이데올로기적 가면을 쓰고 있기 때문이다. 소설가에게 교육자로서의 책임을 물을 수 없다면, 이데올로기의 호명에 응답하지 않는다고 해서 최인훈의 소설적 주체(풍문인)를 비난할 수는 없다. 그 신경증적 주체의 환상 속에 드러난 진실, 즉 우리 모두는 이데올로기 체제 내에 고유한 아포리아(aporie)에 응답할 책임을 부여받고 있다는 진실만으로도 최인훈의 소설은 역사에 대한 사랑을 다했다고 할 것이다.


## 3. 2 <風聞人>의 언어와 자기 분열적 지식

최인훈의 소설 세계에서 현실은 저기 바깥에 현존하는 객관적 실재가 아니라 이데올로기적 "풍문", 즉 사회적 상징 체계를 구성하고 있는 '떠도는 말들'로 존재한다. 그래서, 타자의 수수께끼 같은 욕망이 상연되는 환상 속에서 풍문인이 되돌려 받는 이데올로기의 호명은 한 개인을 공적인 의사 소통체계 속의 말하는 주체로 위치시키는 담화적 구성이라고 할 수 있다.[212] 이 신경증적 주체의 환상이 제기하는 문제는 결국 현실에 대한 객관적 지식—공통 감각(common sense)—을 생산하는 담화적 소통 체계의 내적 분열이라고 할 수 있는데, 이런 자기 분열로 말미암아 최인훈 소설의 주인공들은 현실과 환상, 사실과 허구 사이의 경계를 확정짓지 못하고 "풍문"처럼 떠돈다. 그들은 자아 자신의 지식과 상호 주관적 소통 체계 속의 타자가 소유한

---

212) Michel Pêcheux, Language, Semantics and Ideology, St. Martin Press, 1975, p.113. 모든 담화적 구성은 거기서 구성되는 의미의 투명성을 통해서 그것이 이데올로기적 구성체와 연루되어 있다는 사실을 은폐한다. 개인을 주체로 호명하는 이데올로기의 작동은 이런 담화적 구성을 통해 작동하며, 그 담화적 구성은 각각의 개인에게 현실 감각과, 명백한 진실성과, 지각 경험을 부여하는 의미화 체계 속에서 말하는 주체가 차지하는 위치를 부여한다.

지식 사이의 불가해한 간극과 불일치 앞에서 놀라고·두려워하고·주저한다. 가령, 『구운몽』이나 『서유기』에서 주인공이 직면한 환상적 사태는 주인공의 자아 정체성에 관한 주인공 자신의 지식과 환상 속의 '그들'이 알고 있는 지식 사이의 극단적 불일치로부터 발생한다. 다음 인용문은 『구운몽』의 주인공이 그런 기이한 상황에 대해 반응하는 부분이다.

> "여러분 선생님, 무슨 잘못 아신 모양인데요… 저는 독고민이라고, 간판삽니다." 떠나갈 듯한 폭소가 일어났다. 어떤 사람은 너무 우스워서 발을 동동 굴렀다. "우리 선생님 멋쟁이셔!" (…인용자) 독고민은 부끄러웠다. 자기는 무엇인가 잘못 알고 있다는 것을 차츰 깨달았다. (213쪽, 230쪽)

여기서 제기되는 문제는 주인공의 자기 인식과 타자가 알고 있는 지식 사이의 관계와 성격이지, 둘 중 어느 것이 옳고 어느 것이 그른가가 아니다. 먼저, 풍문인의 자기 인식은 자아 동일성을 구성하는 지식이다. 풍문인은 '사유하는 인간'이라고 부를 수 있을 정도로 책을 통한 지식 획득에 집착한다. 그에게 책과 지식은 실재에 대한 명증한 인식의 수단이 아니라 물리적 현실로부터 자아의 상상 공간을 방호하는 수단이다. 『그레이 구락부 전말기』에서 회색의 지식은 "움직임의 손발을 갖지 못하고 내다보는 창문만을 가진" 지식인의 상상적 스크린(창)이며, 『가면고』의 주인공은 '너무 많은 지식으로부터 야기된 고뇌'(多聞苦) 때문에 여성과의 진정한 성 관계(사랑)를 맺지 못하며, 『서유기』(『회색인』)의 독고준은 독서를 통해 자기만의 상상 공간을 구축한다. 풍문인에게서 지식이란 이렇게 자아 동일성을 유지하는 상상적―이미지 형성적, 나르시즘적, 자기 폐쇄적― 성격을 지닌다.

이에 반해 상상적 자아는 알지 못하지만 환상 속의 타자들은 알고 있는 지식은 상징적 지식이다. 그 지식이 '상징적'이라는 것은 그것이 사회적 상징체계와 주체의 관계에 관한 지식이라는 의미이면서, 동시에 상호 주관적인 의사 소통 회로로부터 생산되는 지식이라는 뜻이다.[213] 풍문인의 자아가 억압한 것은 언제나 이미 그는 이데올로기로부터 호명 받은 주체라는 사실이다. 정확히 말해서, 그(의식적 자아)가 억압한 것은 그 이데올로의 호명에 관한 지식이며, 그가 모르는 것은 그 자신(무의식적 주체)이 그 호명 사실을 알고 있다는 점이다. 그런 의미에서, 환상 속의 '그들'은 주인공이 알지 못하는 지식을 소유한 관료주의적 주인이 아니라, 언제나 이미 주체 자신의 것이었던 지식을 주체에게 되돌려주는 배달부이다.

그 지식이 '언제나 이미' 주체 자신의 것이라는 말은 옛날에는 소유하고 있었는데 어느 순간 그것을 망각했다는 의미가 아니다. '언제나 이미'란 말은 연대기적인 '과거'가 아니라 공시적인(논리적) '필연성'으로 이해되어야 한다. 『크리스마스 캐럴 3』에서 주인공이 순경에 의해 감찰반원으로 오인되는 장면은 상징적 지식의 공시적 필연성을 잘 보여준다. 호콩(땅콩)을 먹으며 길거리를 배회하던 주인공은 아까부터 자신을 의심의 눈초리로 쳐다보던 순경에게 다가가 "수고하십니다"라는 인사말과 함께 호콩을 한 움큼 건넨다. 주인공을 수상한 사람으로만 여기는 순경과 주인공 사이에 약간의 언쟁이 오가다가 화제는 어느 새 공무원 생활의 고충으로 넘어간다.

> "그러실 겁니다. 그러나 사회의 약속이, 그렇다고 해서 공직에 있는 사람이 시민을 상대로 인간적인 감정을 배설하지는 않기로 돼 있는 것 아닙니까?" / "봉급에 비해서는 지나친 요구지요." / "옳습니다. 하

---

213) Dylan Evans, An Introductory Dictionary of Lacanian Psychoanalysis, p.94. 라깡은 두 종류의 지식, 즉 자아에 관한 상상적 지식(connaissance)과 주체에 관한 상징적 지식(savoir)을 구별한다. 상상적 지식은 상상적 등록소에 속하는 일종의 자기-지식(self-knowledge)으로 자아의 상상적 통일성과 자기 지배의 환상을 형성하며, 상징적 지식은 주체의 상징적 우주에서 분절되는 기표 사슬 속에서 생산되는 지식으로 상징적 질서와 주체의 관계에 관한, 그리고 그 관계 자체로서의 지식이다.

지만 나라 근대화 길에 있는 우리로서는 꾹 참아야죠.” “그야 그렇습죠
만. 선생님께서는 혹시 감찰반…” / “허허 아니요 아니요, 천만에. 자
네…” (80쪽)

　이 장면은 『구운몽』이나 『서유기』에서 환상적인 사건으로 묘사된 상황,
즉 주인공의 정체성에 대한 주인공 자신의 인식과 환상 속의 타자가 알고
있는 지식 사이의 극단적 불일치로부터 야기된 기괴한 상황과 흡사하다.
여기서 중요한 점은 순경을 비롯한 사회적 타자—『구운몽』의 시인, 은행감
사, 무용수, 혁명군 등과 『서유기』의 논개, 이순신, 이광수, 등—의 오해가
아니라, 상징적 체계 속에서 주체가 차지하고 있는 위치에 관한 지식이 어떻
게 우연에 의해서 필연적으로(언제나 이미) 생산되는가 하는 점이다. 인용문
에서 주인공의 “나라 근대화 길에 있는 우리로서 꾹 참아야죠”라는 말과
“아닙니다.”라는 말이 순경과의 상호 주관적 소통 회로 속에서 감찰반원의
말로 등록되는 것은 주인공의 의도나 말실수 때문도 아니고, 순경의 자격지
심이나 오해 때문도 아니다. 다시 말해서, 주인공은 감찰반원이다.—『구운
몽』에서는 주인공은 시인들의 선생이고, 은행 사장이며, 무용 연출가이고,
혁명가이고, 정부 고관이다. 나아가, 개인은 자아의 의도와는 무관하게 언제
나 이미 사회적 상징 체계 속의 특정한 위치를 부여받고 있다.— 라는 낯선
지식은 주인공의 것도 아니고 사회적 타자(순경)의 것도 아니다. 그것은 그
둘 ‘사이’의 상호 주관적 소통 회로에서 주인공이 특정한 자리를 우연히
차지하게 되는 순간 자동적(필연적)으로 생산된다.

　환상 속의 타자가 지식의 소유자가 아니라는 것은 자신들이 해결하지
못한 어떤 문제에 대해 주인공에게 묻고 있는 정황을 통해서도 확인된다.
가령, 『서유기』에서 진찰실의 의사는 의료정책의 공공성과 상업성간의 화
해 불가능성에 대해 묻고 있고, 고문실의 논개는 공적 대의를 위한 자기
희생과 사적 욕망(결혼) 사이의 모순에 대해, 상해 정부의 방송은 부르조아

적 자유를 위한 독립 운동과 프롤레타리아 혁명을 위한 독립 운동 사이의 간극에 대해, 감옥에 갇힌 사학자는 이데올로기적 상부구조(문화형)와 역사적 실천에 대해, 이광수를 두둔하는 일본헌병은 서양 제국주의에 맞서 동양적 근대를 창출해야 한다는 논리 위에 세워진 대동아 공영권의 역사적 정당성에 대해 묻고 있다. 사회 역사적 이데올로기의 인격적 구현자인 그들은 한결같이 그 문제를 해결할 수 있는 지식을 주인공에게 요구하고 있다. 따라서, 지식과 관련하여 최인훈의 소설적 주체가 제기하는 문제는 관료제적 사회 체제로부터 소외된 개인도 아니고—환상 속의 '그들'은 지식의 소유자가 아니라 오히려 자신들이 결여하고 있는 지식을 주체에게 요구하고 있다.— 자기 폐쇄적 지식인의 냉소주의도 아니다.—그는 환상 속에서 이데올로기로부터 호명된 주체에 관한 지식을 돌려 받는다. 최인훈의 소설적 주체에게 있어 지식은 한편으로는 외부 현실로부터 상상적 자아 동일성을 보호하며, 다른 한편으로는 사회 역사적 아포리아(aporie)를 내재하고 있는 이데올로기적 상징 체계와 그로부터 호명 받은 주체와의 윤리적 관계를 탐구하도록 한다.

최인훈의 소설적 주체가 의식적 자아의 상상적 지식과 무의식적 주체의 상징적 지식으로 분열되어 있다는 것은 사실주의 이데올로기에 대한 위반과 수용의 양가적 태도를 이해하는 데 도움을 준다. 먼저, 외부 현실로부터 자아의 상상 공간을 보호하려는 지식은 경험적 리얼리티로부터 벗어나 자기 폐쇄적 상상의 세계를 구성하려는 반사실주의적 충동의 자원이 된다. 이 나르시즘적 지식을 표출하는 방식은 언어를 통해 자기 내면의 상상적 이미지와 추상적 관념을 표현하는 것으로, 알레고리적 구성과 사변적 담화가 여기에 해당한다.

다른 한편, 이데올로기로부터 호명 받은 주체에 관한 지식은 사실주의 이데올로기의 수용과 자기 반성적 소설 형식의 자원이 된다. 작중 현실은 결코 실재 현실이 아니라는 앎과 그럼에도 불구하고 그것을 실재 현실인 것처럼 믿는 자기 내적 분열을 통해서만 사실주의는 작동한다. 최인훈의 소설적 주체는 이 사실주의의 자기 분열성에 관한 지식을 서사적 형식으로 드러낸다. 그는 마치 그 내적 분열을 알지 못하는 듯 사실주의적 원칙에 따라 외부 현실과 닮은 작중 현실을 재현하는 동시에, 그렇게 재현된 현실은 작가의 상상력에 의해 인공적으로 구성된 것임을 드러낸다. 최인훈 소설에서 서사적 현실의 작위성(허구성)을 드러내는 방식은 재현 규칙을 위반하는 초자연적 현실을 묘사하는 것인데, 사실주의 이데올로기에 호명 받은 주체는 그 초자연적 현실이 알레고리적 해석 지평으로 수렴되는 것을 방지하기 위해 그것이 단지 가상일 뿐인지 아니면 현실 속의 일부분인지 확정할 수 없게 만드는 심연 두기(mise en abyme) 장치를 도입한다. 현실과 꿈, 사실과 허구의 경계가 심연으로 무한 소급되는 이런 상호 반사적 액자를 통해 최인훈의 비사실주의적 소설 형식은 사실주의 내부에서 사실주의의 한계를 드러낸다.

# ❧ Ⅳ ❧
# 박상륭: 현실 생성에 대한 탐색과 <人神>의 탄생

## 1. 정상성과 재현 규칙의 한계 위반

### 1.1 무의식적 금기 체계의 교란

### [1] 성적 한계 위반

박상륭 소설의 초자연성은 외부 세계에 대한 현실 감각의 교란이 아니라 문명화된 인간의 삶에 부여된 선험적 도덕률의 위반과 무제한적 성욕의 과잉으로 인해 발생한다. 거기서 시간과 공간 같은 지각 의식 체계의 구성 요소는 죽음충동과 융합된 도착적 성욕이 분출되는 구성적 무대로 기능할 뿐 그 자체로 환상성을 불러일으키는 파열의 요소로 작용하지는 않는다. 이런 형태의 초자연성이 문제화하는 것은 현실과 환상의 불확정성이 아니라 정상적인 성(性)과 그로부터 배제·억압된 무의식적 충동 사이의 불안정한 경계이다. 정상성의 한계를 넘어선 성적 충동이 실현되는 그 신화 세계는 현실이 생성된 발생의 기원을 서사화한다.214)

---

214) Wendell C. Beane and William G. Doty ed., Myths, Rite, Symbols: A Mirea Eliade Reader, Harper Colophon Books, 1975, p.4. 신화는 기원(시작하기)의 무속적 시간과 연관되어 있다. 다른 말로 하면, 신화는 초자연적인 존재들의 행위를 통해 어떻게 현실이 존

　박상륭 소설에 나타난 도착적 성행위 중 가장 초자연적인 것은 종(種)의 차이를 넘어선 성 관계이다. 박상륭 소설에서 가장 충격적인 장면은 늙은 여인과 뱀과의 질펀한 정사를 묘사하고 있는 『유리장』 첫 부분이다.

> 벼락 맞고 죽은 나무로부터 반 마장쯤 저쪽엔 소나무도 여남은 그루 있어, 그런대로 그늘도 짙었는데도, 하필이면 벼락 맞고 죽은 나무를 지고 앉아 따님은, 큰 한 얼룩뱀의 애무가 발끝까지 아파서, 발가락을 꼼질꼼질 비틀어대며, 쥐난 것 모양으로 겨우 그렇게 신음했다. 하면서 쥐난 것 같은 웃음 소릴 뒤 토막 잘라냈는데, 그러자 이 색골이 더욱 미치고 들었다.[215]

　남계 짐승(male animal)과 인계 여성(human female)의 인수교합(人獸交合)은 민담 세계의 한 보편적인 정식으로,[216] 이 초자연적인 장면은 두 가지 상황적 의미를 함축하고 있다. 먼저, 우주적 남근을 상징하는 뱀과 대모신의 인격적 구현자인 따님 사이의 성교는 계절의 순환 속에서 영원히 반복되는 생명의 잉태 과정을 표상한다. 이 우주적 성교는 매년 백중날 따님이 주관하는 통과제의에서 주기적으로 반복되는데, 그 성년제 때 따님은 숫총각들의 첫 번째 정액을 자신의 자궁에 받는다. 따님과의 성 관계를 통해 마을의 소년들은 비로소 성인으로 거듭나는 것이다. 이 성년식은 또한 풍요제의 의미를 지녀서, 따님과 소년들의 성교는 식물의 풍요와 인간의 다산(多産)을 위한 '첫 번째 씨뿌리기'를 의미한다.

　둘째, 얼룩뱀과 따님의 성교는 사복과 따님의 반복되어온(iterative) 성교

---

재하게 되었는지 보여준다. 그 현실이란 현실의 총체, 즉 우주일 수도 있고, 인간의 특정한 행위, 제도, 성적 차이 등 현실의 한 분편일 수도 있다.

215) 「유리장」, 『열명길』, 문학과지성사, 1986, 285쪽.

216) 이재선, 「변신의 논리」, 『문학주제학이란 무엇인가』, 민음사, 1996, 366쪽. 남계 짐승 (male animal)과 인계 여성(human female)의 인수교합(人獸交合)적인 결합, 즉 이류 혼인(異類婚姻) 이야기는 민담 세계의 한 보편적인 정식이며 고유성이다.

를 일회적으로 표현한 것이다. 이 소설의 주인공인 사복은 소쿠리 장수가 낳아 놓은 뱀알에 큰비암이 정수(精水)를 뿌려서 태어난 반인반수(伴人半獸)의 신화적 인물로, 큰비암이 떠나고 난 후 따님은 사복과의 성교를 통해 우주적 생명력을 공급받아 왔었다. 다음 인용문은 얼룩뱀을 향한 사복의 독백으로, 사복과 따님과의 내연관계를 암시해 준다.

> 「싫더라고, 허긴 어쩌면, 한번 더 자드려야 될지도 모르는데,」(…인용자) 「친구네, 나도 허긴 알겠었다, 글쎄 늙다 보니 잘 익은 배맛이야 남길 수 없었어도, 살콤하게 썩은 곶감맛이야 있더라구. 오참 내게 물었었구나, 「얘 요놈 보게나 엥, 요놈 이거 보통이 아닌데 이 따위 수단은 어디서 배웠지엥, 어디서?」 (303쪽)

따님과 얼룩뱀의 성교 장면은 현재 큰비암상에 묶여 있는 사복이 꾸고 있는 일종의 백일몽으로, 따님과 정사를 벌이고 있는 얼룩뱀은 사복 자신의 객관적 상관물이라고 할 수 있다. 이 소설에서 따님은 모든 소년들의 보편적 어머니이고 사복은 따님의 성적 파트너인 큰비암의 아들이기 때문에 사복과 따님의 성교는 어머니와 아들의 근친상간을, 따님의 자궁 속으로 기어 들어가는 얼룩뱀은 어머니의 자궁 속으로 빨려 들어가는 아들의 모습을 표상한다. 어머니의 자궁 속으로 빨려드는 이 모태 회귀 환상은 흔히 탄생 이전의 낙원 상태로 회귀하려는 욕망을 표상한다고 이해되지만, 박상륭 소설에서 반복되는 모태 회귀 환상은 그런 퇴행 충동의 부정적 이면으로서 자궁 내 생활의 고유한 속성인 반(半) 마비 상태―사복은 현재 묶여 있다― 의 삶에 대한 불안과 공포가 투영된 것이다.[217]

---

217) 프로이트, 「기괴함에 대해 Das Unheimliche」, 『프로이트 전집 18』, 열린 책들, 1996. 프로이트는 기괴함을 불러일으키는 환상 중에서 여자의 질 속으로 빨려 들어가는 환상은 인간이 태어난 옛 고향(Heimat)에 대한 양가감정(친숙함과 두려움)을 드러낸다는 면에서 Unheimliche(기괴함)의 Un이 지닌 억압의 표식성을 보여주는 전형적 사

박상륭 소설에 나타난 성적 한계 위반의 두 번째 양상은 늙은 어머니(할머니[218])와 어린 아들(손자)간의 근친상간이다.『유리장』의 첫 장면에 암시된 늙은 어미와 어린 아들간의 근친상간은『남도 2』의 플롯을 지배하는 중심 모티프로 기능한다. 이 소설은 사회적 현실과 격리된 채 살아가는 늙은 할미와 젊은 손자 사이의 갈등을 그리고 있다. 그 둘이 살고 있는 두메 산골은 지리적 고립성 때문이 아니라 그 공간의 신화적 시원성으로 말미암아 현실로부터 격절되어 있다. 다시 말해서, 사회적 현실 공간(읍내)과 두메 산골 사이를 가로막고 있는 "재"는 지리적 장벽이 아니라 개인의 주체 형성 과정에서 반드시 넘어서야 할 모성 지배적 국면을 표상한다. 할미와 손자를 제외한 모든 인간 관계가 사상(捨象)되어 있는 이 신화적 폐쇄 공간에서 손자(아들)에 대한 편집증적 욕망에 사로잡혀 있는 늙은 할미(어머니)와 재 너머를 향한 욕망을 떨쳐 버릴 수 없는 젊은 손자(아들)는 '탯줄'을 상징하는 "새끼줄"로 연결되어 있다. 둘 간의 분리와 결합의 쟁투는 그 줄이 끊어지고 나면서부터 시작된다. 필사적으로 도망치는 손자를 뒤쫓다가 다리가 부러진 할미는 손자의 등에 업혀 지내게 되는데, 등에 업힌 늙은 할미와 할미를 등에 업은 젊은 손자는 식물의 줄기와 뿌리에 유비된다.

> 「요 돌가지 대궁탱이는 새로 돋은 것 아닌개비?」 / 「고걸 누가 모르겠오?」 / 그라먼 작년에 있던 대궁탱이는 워디를 갔단가?」 / 「고걸 누가 모르겠오? 말라비틀어져 안 죽었는그라우?」 / 「그라먼 뿌렝이도 안 죽었었겠다고?」 / 「고걸 누가 모루겠오?」 / 「그란디 또 요로케 살아

---

례라고 말한다.

218) M. Eliade,『상징, 신성, 예술』, 박규태 역, 서광사, 1991, 41쪽. 샤만 후보자의 통과제의에서 어머니의 자궁을 상징하는 지하 세계로의 여행은 많은 경우 지모신 역을 담당하고 있는 할머니의 몸 속으로 빨려드는 것으로 표현된다. 박상륭의 소설에서 자주 등장하는 늙은 할머니는 부재하는 젊은 어머니와 대응짝을 이루어 자궁적 이미지의 어머니를 대리 표상한다.

났단가.」/「고걸 누가 모루겄오?」/「그란개 늙은 것은 죽는 거여」
/「고걸 누가 모루겄오?」/「그란개 늙은 것은 죽는다고.」/「참말이제
할매는, 지끔 무신 소리를 한단 거여?」/「나는 대궁탱이고 너는 뿌렝
이란 말이여.」/「참말이제 할매는, 지끔 무신 소리를 한단 거여?」「죽
었던 뿌렝이가 요로케 안 살아났나고?」[219)]

『유리장』의 따님과 마찬가지로 무속적 지모신의 인격적 구현자인 할미는
자신을 업고 있는 어린 손자에게 생명의 탄생과 죽음이 영원히 반복되는
우주적 순환에 대해 말하고 있다. 늙은 것은 죽고 그 죽음을 숙주로 해서
새로운 생명이 태어나는 순환적 재생의 우주 속에서 늙은 할미는 대지로,
젊은 손자는 씨앗으로 유비된다. 죽음을 생명의 근원으로 보는 이런 식물적
상상력은 식물과는 다른 동물계(畜生道)에 살고 있는 인간에게 있어서는
죽음 충동과 성적 충동의 그로테스크한 융합으로 구현된다. 젊은 손자의
등에 달라붙어 지내던 할미(어미)는 젊은 손자의 성욕을 일깨움으로써 손자
(아들)의 양육자가 아니라 성적 유혹자로 변모해 간다.[220)]

> 「워디, 요놈이 그랑개 시악씨 생각이 났내벼, 글매 그랬내벼, 워디,
> 대처니 붕알이 월매나 영글었는지 워디, 흐흐흐, 할미 약손으로 한번,
> 흐흐흐흐, 만치 보끄나? 허헛따 놈 참, 허헛따 참말로, 옹골차다,」(…
> 인용자) 「할매 손은 워찌 그리 차침차침 뜨겁어진다요 글씨?」(180쪽)

손자의 성기를 어루만짐으로써 성적 유혹자로 변모하게 된 할미는 손자

---

219) 「남도 2」, 『열명길』, 문학과지성사, 1986, 179쪽.

220) J.V. Noël, 『문학텍스트의 정신분석』, 최애영·심재중 역, 현대신서, 2001, 32쪽. 성
  그 자체의 발견은 어른이 아이에게 성애적인 접근을 하는 내용의 삽화적인 사건(유
  혹이라고 명명되는)으로 환상 처리된다. 이 소설에서 손자(아들)의 성기를 어루만짐
  으로써 자신의 성적 흥분을 손자(아들)에게 전이시키는 할미의 모습은 프로이트가
  말한 유혹의 환상을 적나라하게 재현한다.

의 자위 행위를 금지함으로써 거세 위협자가 된다.

> 고것이 약손이란 것이여 그랑개. 아무나 다 갖고 있는 것이 아니라
> 고. 그랑개 니 손일랑 곌단코 대지 말란 말여. 깟딱꾸다간(까딱 잘못하
> 다간) 니 몸땡이가 고자배기맹이 썩어삐릴 것이여. 그랑개 쇠피 볼
> 때 말고는 암만 근지럽어도 참아야 된다고. (181쪽)

이 거세 위협은 성욕으로 달뜬 손자로 하여금 재 너머로 도망치지 못하게
하는 심리적 굴레로 작용한다. 이 소설에서 손자에 대한 할미의 거세 위협은
'눈'의 제거로 대리 표상된다.[221] 할미는 손자로 하여금 만약 자신을 버리고
도망가면 눈이 뽑아져도 좋다고 맹세케 한 것이다. 이처럼 눈이 남근을 대신
할 수 있는 일차적 요인은 둘 다 할미(어머니)로부터 분리되고자 하는 욕망
을 일으키기 때문이다. 눈은 자아에의 눈뜸 혹은 외부 세계에 대한 각성을,
남근은 재 너머에 있을 성적 대상에 대한 욕망을 불러일으킨다. 다른 한편,
눈과 남근은 할미(어머니)에의 의존과 종속을 추동하는 유인이 되기도 한다.
눈의 제거 위협 이후 손자는 어둠과 밝음 모든 곳에 편재하는 할미의 응시에
사로잡히고, 할미에 의해 눈뜬 손자의 성 충동은 더욱 더 할미의 "약손"을
찾게 만든다.

미수에 그친 도주 이후 손자와 할미는 지극히 그로테스크한 방식으로
묶여진다. 손자의 목에 할미의 가랑이를 걸치고 할미의 다리를 묶어 버린
것이다.

> 고란디 앉아서 본개, 아닌갸아니라, 이쉬지기는 딱 이쉬졌는디, 내
> 가 본개, 내 다리 둘은 둘인 채로 있고 말이지라우, 내 가심꽉에도

---

221) 눈과 거세 위협과의 관계는 「기괴함에 대해」에서 프로이트가 호프만의 『모래인간』
　　의 핵심 주제로 설정한 것이다. 『죽음의 한 연구』를 비롯해서 눈과 남근, 눈의 제거
　　와 거세와의 관계는 박상륭 소설에서 중심적인 모티프로 기능한다

또 다리 둘이 늘어져 있었고 말이지라우, 내 펄은 내 펄대로 있고,
또 펄 두개가 내 대가리 우에 얹히고 말이지라우. (190쪽)


사람 등에 귀신이 붙어 있는 것 같기도 하고, 신화 속의 괴물 같기도
하고, 끔찍한 기형 쌍둥이 같기도 한 이 신체 접합은 썩어 문드러지는 살과
분비물로 인해 극도의 기괴함을 불러일으킨다. 할미의 자궁에 손자의 머리
가 빨려 들어갈 듯이 밀착해 있고 손자의 목과 할미의 허벅지 안쪽이 썩어서
흐느적거리며 그 경계를 지워갈 때 이 장면은 자식을 자궁 속에 집어넣으려
는 어머니와 어머니의 자궁 속으로 빨려 들어가는 아들의 모태 회귀 환상을
예고한다. 이런 환상은 박상륭 소설 곳곳에서 자기 꼬리를 꿀떡 꿀떡 집어삼
키는 우로보로스(Ouroboros)나 교미 중인 수컷을 삼켜 대는 미얀마재비(사
마귀) 암컷으로 표현되어 왔던 것이다.

늙은 할미와 손자와의 '몸 잇기'는 할미가 손자의 성적 대상으로 전락하
면서 새로운 국면으로 접어든다. 양육자에서 성적 유혹자로, 그리고 "포란
치매 누런 저구리" 입은 늙은 "색시"로 역할을 바꿔 가던 늙은 할미는 급기
야 젊은 손자와의 성교를 감행한다.


「할매가, 그랑개로, 할, 할매가, 그, 그랑개 말여, 꽃각씨란 것이요?
그랑개 할매가 말이지라워?」/「흐으흐 그랴, 그려. 왜 할매가 꽃각씨
먼 싫으냐?」(…인용자) 그러장개 나도 왁왁 심을 썼일 것인디, 심을
씨면 씰시록 할매는, 더 미치고 들었당개요. 똑 무신 미친 여시하고
싸운 것맹이이었다고라오. 그라장개 나도 썽이 나덩만이요. (200쪽)


금기의 둑이 무너진 성적 충동은 죽음을 향한 폭력을 불러온다. 할미와의
첫 성교 동안 손자는 알 수 없는 충동에 휩싸여 할미의 발목을 꺾어버리려
하고 할미는 손톱으로 손자의 한 쪽 눈을 후벼판다. 며칠 후 할미는 손자의
한 쪽 눈마저 후벼 파내는데, 할미가 손자의 눈알을 파내는 장면은 『유리장』

에서 따님(할미)이 사복(손자)의 두 고환을 삼켜 버리는 장면과 동일한 의미 기능을 갖는다. 두 소설 모두 손자의 거세는 둘 사이의 역학 관계를 역전시킨다. 지금까지 수동적인 위치에 있던 손자는 거세 이후 능동적인 충동을 실행한다. 『남도 2』에서 그 가학 충동은 할미와의 성교 후 자기 눈을 찾아, 할미와 완전한 한몸이 되어 할미의 눈으로 세상을 보기 위해 할미를 목졸라 죽이는 것으로 표출되고 『유리장』에서는 따님이 삼킨 자신의 고환을 찾기 위해 따님의 자궁 속에 뱀을 집어넣는 행위로 표현된다. 큰비암의 아들인 사복은 곧 작은 뱀이므로 따님의 자궁에 뱀을 집어넣었다는 것은 따님과 성 관계를 맺었다는 것을 의미한다. 그리고 나서 그는 따님을 살해한 것이다. 이처럼 늙은 어머니(할미)와 어린 아들(손자)간의 근친 상간은 아들이 수동적인 위치를 점하는 피학적 형태와 아들이 능동적인 위치를 점하는 가학적 형태로 나눌 수 있는데, 가학적 형태의 근친상간은 어김없이 어머니 살해로 귀결된다.

늙은 어머니에 대한 가학적 폭력이 가장 먼저, 가장 끔찍하게 묘사된 작품은 『아겔다마』이다. 이 소설의 주인공인 유다는 예수를 고발하고 돌아와 예수에 대한 애증과 예수를 사랑한 막달라 마리아에 대한 억제된 성욕을 자신을 길러준 사마리아 여인에게 발산한다.

> 노파가 정신을 차릴 수도 없는 빠른 사이에 노파의 치마가 찢겼다. 다음엔 속옷 찢기는 소리가 그 방의 벽에 살점처럼 튀겼다. 노파는 있는 힘을 다해 발을 구르고 꼬집고 고함을 질러 반항해 보았지만, 끝내는 오른편 팔을 분질려 기절하고 말았다. 유다는 이번엔 자기의 바짓자락을 찢었다.[222]

어머니라고 부르던 노파를 강간한 유다는 비탄에 빠진 노파에게 예수를

---

222) 「아겔다마」, 『아겔다마』, 문학과지성사, 1997, 16~17쪽.

판 돈 은 삼십 세겔을 '몸값'이라며 던져 준다. 앞의 두 소설과 관련하여 예수의 몸값과 늙은 어머니의 몸값이 등가를 이루는 것은 늙은 어머니 살해가 상징하는 바를 암시한다. 유다의 환각 속에 유령처럼 되돌아온 예수는 서른 세겔의 은을 받아가기 위해 돌아왔노라고 말하는데, 예수가 요구한 몸값은 개별적 신체(노예)에 부여된 가치가 아니라 <몸> 일반, 즉 신의 육체성에 부여된 보편적 가치이다. 그 신의 몸에 대한 부채 상환은 예수와 짝패 관계를 이루고 있는 유다가 모성적 대지를 표상하는 어머니의 '자궁/시체' 속에서 죽음을 맞음으로써 이루어진다. 유다가 죽은 아켈다마는 어느 나그네에 의해 다음과 같이 묘사된다.

> 구데기 뭉치가 그 사내의 배때기에서 술에라도 취한 듯이 꾸물거렸으니까요. 그런데도 그 사내는 웃는 얼굴을 하고 있었어요. 물론 바짓가랑이가 찢어진 사이로 그 해괴스러운 고깃덩이가 나와 있었는데, 그놈이 그 노파의 가랑이를 보고 뭐라고 이야길 했던 게지요? 하기야 노파의 가랑이는 피투성이였지만 말예요.(25쪽)

이 그로테스크한 장면은 유다의 시체 강간(屍姦)을 암시한다. 『유리장』이나 『남도 2』와 마찬가지로 늙은 어머니에게 가해진 유다의 가학적 죽음 충동은 개인(個人)이 주체(神으로서의 예수)로 탄생하기 위해 반드시 치러야 할 모성적 우주의 파괴를 불러온다. 다만 이 소설에서는 『유리장』에서 분명히 예시될 모성 파괴의 생산성이 말세의 분위기 속에 잠재되어 있을 뿐이다.

성적 위반의 세 번째 형태는 유다의 자살이 집단적 죽음 충동으로 변주된 카니발적 통음난무이다. 『뙤약볕 2』에서 신세계를 찾아 항해하던 섬 주민들은 폭풍우를 만나고 난 후 카니발적 난교의 소용돌이 속에 빠져든다.

> 그에 따라 천 찢기는 소리가 여기 저기서 귀에 즐겁게 시끄러웠다. 「구미호(九尾狐)는 죽었다!」 누가 되는 대로 짖었다. 「우린 풀렸다!」

여자들은 좀 기다리며 외면하는 척 사내들의 사타구니를 홀끔거렸지
만, 곧이어 농악이 울리고, 사내들의 뜨거운 손이 나꿔채 되는 대로
찢어 벗겼을 땐, 좀 반항하는 듯, 치부보다는 젖통일 감쌌지만 그녀들
도 차차로 번열(煩熱)을 나타내기 시작했다.[223]

그들의 위반적 성행위는 신성의 에로티즘과 연관되어 있다. 폭풍우가 그
치자 바람기 한점 없는 뙤약볕이 대기를 황폐하게 만들고, 그들은 자신들이
살고 있는 배를 아무 것도 생산하지 못하는 "늙은 화냥년"으로 여긴다. 두고
온 고향에 대한 그리움, 사라져버린 <말>(神性)에 대한 향수, 그리고 무겁
게 짓누르는 삶의 권태가 금기의 문턱을 넘어선 에로티즘을 부른다. 그들에
게는 <말>, 즉 로고스(logos)를 대신할 신성한 축제가 필요했던 것이다.
옷이 벗겨지고 피가 튀기고 친척과 이웃을 불문한 혼교 행위가 아무런 죄의
식도 없이 자행된다. 누군가의 말처럼 그들은 금기와 규칙으로부터 "풀렸
다". 바람쇠로부터 촉발된 이 통음난무의 축제는 <말>과는 또 다른 신성을
발견케 한다. 불연속적(유한한) 존재인 인간을 연속적 존재(무한)에 이르게
해 주는 것이 신성이라면, 금기와 규칙의 위반을 통해 개체의 유한성을 무화
시키는 이 극한의 에로티즘은 신성으로 통하는 또 다른 통로이다.[224] 질서
와 이성으로서의 <말>로부터 풀려나 혼돈과 충동으로서의 디오니소스적
신성을 체험한 주민들은 통음 난무의 축제에 이어 집단 전체의 소멸로까지
이어진 죽음의 향연을 벌인다.

「정말이야, 이젠 죽고 싶을 뿐이야」

---

223) 「뙤약볕 2」, 『열명길』, 문학과지성사, 1986, 116쪽.

224) G. Bataille, 『에로티즘』, 조한경 역, 민음사, 1989, 90쪽. 신격의 연속성은 불연속적
　　　존재의 근본이라 할 수 있는 규칙의 위반과 깊은 관련이 있다. 금기가 유지된 채
　　　위반의 에로티즘이 죽음의 문턱에까지 다다를 때 신격의 연속성과 같은 상태가 도
　　　래한다.

「아 그럼 죽지 그래」(…인용자)

바람쇠가 숨가빠했다. 「되든, 안되든, 우리를 송두리째 바칠 수 있는

일이면 된단 말야」(117~118쪽)


비를 부르는 공희(供犧)의 명목으로 자행된 이 죽음의 축제는『아겔다마』
에서 묘사된 유다의 자살과 동일한 성격을 지니고 있다. 유다의 자살과 어머
니(노파) 시간(屍姦)이 예수의 몸값 상환을 위한 것이었듯이 그들이 벌인
죽음의 카니발 역시 신의 대리자인 "당굴"에 대한 부채 상환의 결과이다.


「그렇다면 넌 왜 벌금을 물잖았나?」용바우의 추궁이었다. 「이, 이

사람들아, 다, 당굴이 보이지 않았으니 그랬을 밖엔」(125쪽)


<말>의 전달자인 당굴(예수)에게 진 벌금(몸값)을 갚는 방법은『아겔다
마』와 마찬가지로, 죽음의 '바다'와 "늙은 화냥년"같은 '배'로 표상된 황폐
한 모성과 채무자, 즉 바람쇠를 비롯한 집단간의 죽음을 향한 성교이다.

박상륭 소설에 나타난 성적 금기 위반의 네 번째 형태는 누이와의 근친상
간이다. 남매간 근친상간이 중심 테마로 설정된 작품은『뙤약볕 3』이다.
이 소설에서 누이와의 근친상간을 유인하는 상황은 세계를 표상하는 "섬"
이 텅 비어 있는 상황, 즉 이전의 세계가 소멸하고 새로운 우주가 개벽하는
상황이다. 빈 섬에 홀로 남은 점쇠는 곧 죽을 아기를 낳은 여인을 발견하고
는 억제할 수 없는 충동과 환희에 휩싸인다. 유일자로서의 고독과 타인에
대한 그리움에 목말라 있던 점쇠는 그 여인의 젖가슴과 무성한 음모를 응시
하며 탈혼 망아와도 같은 상태(ecstasy)에 빠진다. 한 여인과 한 남자를 제외
하고는 세상에 아무도 존재하지 않는 이 에덴적 상황은 인간이 꿈꾸어 온
환상 중 가장 기원적이고도 에로틱한 상황이다. 그러나 그 유일한 여인이
자신의 누이라는 것을 알게되는 순간 알몸이었던 점쇠는 어떤 사내가 입었

던 물잠뱅이를 입어 걸친다. 에덴 동산에 신의 금기가 작용하게 된 것이다. 그러나 이 금기의 장벽은 누이(이브)의 유혹으로 인해 무너지고, <말>의 사당을 허물어 버리게 만든 첫 번째 근친상간 이후 점쇠는 <말>의 율법을 잡아먹은 "버마재비" 암컷 같은 누이를 향해 달려든다.

> 점쇠의 하복부에 누이의 수축과 흡입이 소금같은 쾌감으로 느껴져 왔다. 그때에야 점쇠는 자기의 피와 혼이 산화(散華)되고 있음을 아스라히 보았다.225)

첫 번째 근친상간이 금기의 한계를 위반하는 성행위라면 두 번째 성행위는 삶의 한계를 넘어서 죽음으로까지 파고든 에로티즘의 신성을 보여준다. 『죽음의 한 연구』에서 수도부와의 마지막 성교를 떠올리게 하는 이 근친상간에 배태된 신성은 누이와 오라비, 여자와 남자, 주체와 객체 사이의 구별과 차이를 무화시키는 모성적 혼돈이다. "子正의 意志"로 표현된 이 모성적 혼돈은 남매간의 근친상간을 통해 개시될 무성생식의 우주에 새로운 생명을 잉태시킬 대지모신의 자궁이다. 그때 점쇠가 목 졸라 죽인 것은 '누이'로서의 여성, 혹은 '범부'(凡婦)로서의 여성이고 점쇠의 정수(精水)가 뿌려진 자궁은 누이나 범부의 자궁이 아니라 '대지'로서의 자궁이다. 누이가 대지모신으로 거듭난 것에 상응해서 점쇠는 대지의 자궁에 씨앗을 뿌리는 유일한 남성 즉 식물적 인신(人神226))으로 거듭난다.

박상륭 소설에 나타난 비정상적 성 관계의 다섯 번째 형태는 여성화된

---

225) 「뙤약볕 3」, 『열명길』, 문학과지성사, 1986, 147쪽.

226) Jessie L. Weston, 『제식으로부터 로망스로』, 정덕애 역, 문학과 지성사, 1988, 185쪽. 이 人神은 어부왕, 아도니스, 아티스 등으로 불려진다. 아도니스 혹은 아티스는 위대한 대지모신에 의해 사랑 받은 유한한 생명을 지닌 젊은이로 그는 비극적인 죽음 이후에만 신의 속성을 얻게 된다. 그의 죽음은 부활에 있어 자연의 생명력을 의인화한 인물로 받아들여진다.

대지나 동성(남성)을 대상으로 하는 성교이다.『늙은 개』의 주인공은『뙤약볕 3』에서 대지로 전화된 여성의 유일한 성적 파트너로 거듭난 점쇠가 늙었을 때의 모습을 보여준다. 이 소설은 시체실을 지키고 있는 늙은이의 현재와 깊은 산 속에 살았던 젊은 날을 교차 서술하고 있는데, 젊었을 때 그는『뙤약볕 3』에서처럼 곧 죽어 버릴 여아를 해산하다가 임종한 아내를 묻고 나서 견딜 수 없는 고독과 그칠 줄 모르는 성욕으로 몸부림치며 아내의 무덤과 성교한다.

> 그의 생각에, 하매 봄 볠랑 안 멀다고 했을 때 그는 바지춤에 손을 찌르고 뒷뜰로 돌아가서는, 계집을 묻은 무덤의 흙은 손가락으로 좀 헤집은 뒤, 그 속에다 사정을 해 넣었다.[227]

봄이 되자 그가 사정한 무덤에는 할미꽃이 한 송이 피어나고, 그는 알 수 없는 충동에 휩싸여 그 할미꽃을 씹어 삼킨다. 모든 유정물을 성적 대상으로 바라보는 그는 새로운 여자가 필요하다고 생각했지만 죽은 아내의 혼령이 씌운 듯한 암캐의 애잔한 눈빛을 바라보며 자신의 고독한 운명을 수락한다. 이 암캐는『뙤약볕 3』에서 누이를 비유했던 버마재비 암컷과 동일한 상징성을 내포하고 있다. 수컷과의 성교 시 수컷의 머리를 삼켜드는 암사마귀와『유리장』에서 제 꼬리를 물고 도는 커다란 뱀(Ouroboros)은 자신의 "사태기 사이에 자기 얼굴을 처넣고, 조용히, 그러면서도 그 내부는 미친 듯이 뛰고 있는, 그런 둥그스런 고리를 만드는[228]" 암캐와 함께 삶의 모성적 국면과 윤회를 상징하는 동물들이다. 그 암캐를 태워 버리고 대처로 나온 주인공은 거울 속에서 "추하게 늙은 암캐가 한 시든 남근을 어중간하게 매달고[229]" 있는 자기 자신을 발견한다. 그가 자신을 암캐로 간주하는

---

227) 「늙은 개」,『열명길』, 문학과지성사, 1986, 214쪽.
228) 「늙은 개」, 같은 책, 212쪽.

것은 자기가 삼킨 할미꽃과 태워 죽인 암캐의 여성성이 그에게 전이되었기 때문이다. 『뙤약볕 3』의 점쇠 역시 누이를 죽이고 나서 자기 자신을 버마재비의 암컷으로 간주하는데, 『늙은 개』의 주인공이 관곽 속에서 "모로 누워 두 손을 자기 사타구니 사이에 용케도 찔러넣고" 한 마리 암캐의 형상으로 죽음을 맞이하는 것은 『뙤약볕 3』의 점쇠에게 열린 모성적 전망이 '생명'이 아니라 '죽음'을 향하고 있음을 암시한다.

『죽음의 한 연구』에도 이와 유사한 상황이 재현된다. 주인공은 고독한 구도의 여로에서 여성성을 띠는 자연물을 상대로 한 성교(수음)로 외로움을 달래곤 했다.

> 그래 허기는 나는 언제나, 하천이며 강이나 바닷가로 통한 길을 걸을 때면, 왠지 이상스런 고달픔, 이상스런 정념으로 하여, 그것들 속에 안겨지기를 바라는데, 그래서 어떤 밤의 물가에서는, 그 둔덕에 서서 수음도 해보았었다.[230]

이 소설에서 대지·강·바다 등과 같은 자연물은 여성, 혹은 모성을 띠고 있다. 이 장면에서 주목할 점은 자위행위 자체가 아니라 물화된 모성에 대해 주인공이 느끼는 성적 충동의 성격이다. 그는 수음 후 자기의 전신이 하나의 돌출한 남근으로 변해지는 것을 느끼며 걷잡을 수 없는 죽음 충동에 휩싸인다.

> 자아가 왜소해지고, 어떤 의지가 본능의 형태로 확대된다. 정직하게 말하면, 나는 투신해버리고 싶은 것이다. 그저 한 번 열정으로 죽어버리고 싶은 것이다. (65쪽)

모성을 향한 성욕과 죽음 충동의 연관성은 박상륭 소설의 외상적 중핵이

---

229) 「늙은 개」, 같은 책, 224쪽.
230) 『죽음의 한 연구 (상)』, 문학과지성사, 1986, 65쪽.

라 할 수 있는 다음 인용문에서 구체화된다.

나는, 어머니를 빼앗아가는 모든 아버지들에 대한 형언할 수 없는 질투와 증오 같은 것으로, 비질비질 울며 바다로 달려내려가서는, 그 고요한 물 속에 나를 파묻어놓는 것이었다. (…인용자) 그래서는 눈물을 떨어뜨리며 어머니를 저주하고 있노라면, 나도 모르는 새, 저 어린 잠지가 불어나서, 물 속에 잠겨 앉은 아이는 아이가 아니라, 그것은 하나의 돌출한 남근, 하나의 더러운 아버지로 느껴지는 것이었다. (85쪽)

어머니를 향한 욕망이 죽음 충동과 연관되는 이유는 부재하는 아버지와 어머니를 빼앗아 가는 아버지 대역자들을 향한 동경과 증오의 복합 감정 때문이다. 아버지가 되고 싶은 욕망과 상징적 아버지들에 대한 증오, 그리고 그 복합감정의 근원에 도사리고 있는 모성 컴플렉스에 사로잡힌 주인공은 그 참을 수 없는 쾌락 원칙의 둑을 넘어 딱 "한 번 열정으로" 모성적 우주 속의 남근으로 투신하여 "죽어버리고" 싶은 것이다.

여성화된 자연물을 상대로 한 성교와 함께 이 소설에는 여성화된 남성을 상대로 한 성행위가 나타난다. 주인공은 유리로 들어 온 지 삼일 째 되는 날 "허여멀쑥한 얼굴에 고운 눈, 고운 코, 고운 입술, 수염을 잘 밀어낸 고운 턱을 갖고 있어서, 대체로 너무 예쁘게 보이는 사내라는 인상[231]"을 주는 촛불중을 만난다. 『아겔다마』의 예수와 유다처럼 주인공(유리)과 짝패 관계를 형성하게 될 이 촛불중은 주인공에 의해 계간(鷄姦)을 당함으로써 여성화된다.

촛대를 내 앞으로 끌어당겨 쥐어, 그것이 내 손 속에 담긴 느낌을 음미하며, 그의 후문에의 그리움을 더하여 느꼈다. (…인용자) 그러는

---

231) 『죽음의 한 연구 (상)』, 116쪽.

순간, 그러나 안은 일시에 칠흑처럼 어두워지고, 그 어둠 가운데서, 흰 살이 사태기를 꼬우고 주리를 틀며, 목젖이라도 뜯어뱉듯이 비명을 질러내는 소리가 들렸다. "이 사미는 오늘, 헤헤헤, 그래서 대사가 대오철저한 암구렁이인 것을 알았댔습죠." (176~177쪽)

촛불중과 '유리'의 동성애적 관계의 원형은『경외전 세 편』에서 젊은 어머니를 매개로 결혼하려고 하는 두 아들에게서 찾을 수 있다. 이 쌍둥이 형제는 "두 개의 극단적인 양(陽)"을 체현하고 있는 짝패(double)로서, 그 둘은 어머니의 자궁(陰)속에 하나의 생명을 잉태시키기 위해 어머니를 겁탈한다.

그래서 우리는 어머니를 무지막지하게 쓰러뜨리곤, 어머니의 저고리와 치마와 속곳을 찢으면서 벗겨냈다. 그리고 나니, 살이 솜처럼 피어난 곳에서, 십몇 년 동안이나 간직해왔던 암내가 코를 쑤셔댄다. 우리는 그녀의 자식이므로 그녀를 사랑하여 이렇게 하는 것이다.[232]

『죽음의 한 연구』에서 쌍둥이 아들들, 즉 주인공(유리)과 촛불중에 의해 겁탈 당하는 모성은 수도부와 읍장 딸, 혹은 "유리"라는 황폐한 대지에 구현되어 있다. 주인공이 촛불중을 여성화시킨 것에 대응해서 촛불중은 주인공의 눈을 제거함으로써 상징적으로 그를 거세시킨다. 이러한 성적 차이의 제거와 짝패간의 상호적 폭력은 주인공—미래의 人神—의 희생 제의를 통해서 집단적 황폐를 치유한다는 박상륭식 구도론의 전제 조건으로 작용한다. 먼저, 성적 차이의 제거가 지닌 특권적 가치는『유리장』에서 제시된 바 있다. 남근을 가진 여성(따님)에 의해 거세된 사복만이 늙고 황폐해진 대지를 갈아 업고 새로운 우주를 맞이할 수 있는 것이다.『죽음의 한 연구』에서도 여성화된 남성(촛불중)에 의해 거세된 주인공만이 황폐한 삶의 늪으로부터 생명(물고기)을 소생시킬 수 있는 대속양으로서의 자격을 획득한다.

---

232) 「經外典 세 篇」,『아겔다마』, 문학과지성사, 1997, 164~165쪽.

한편, 짝패간의 상호적 폭력은 『아겔다마』의 유다와 예수의 관계에서 그 원형을 찾을 수 있다. 『죽음의 한 연구』에서 예수의 역할을 맡고 있는 주인공은 유다역을 맡고 있는 촛불중에 의해 고발당함으로써 대속의 십자가에 묶이게 된다. 『아겔다마』에서 죽은 예수가 살아 있는 유다에게 행한 폭력, 즉 신의 지상적 <몸>값을 상환 받기 위해 자신의 짝패인 유다의 죽음을 요구한 것을 상기한다면, 예수 역할을 맡고 있는 6조의 죽음을 기록한 『죽음의 한 연구』가 촛불중(7조)의 죽음을 기록한 『칠조어론』에 의해 보충되어야 하는 이유를 짐작할 수 있을 것이다.

지금까지 살펴본 것처럼, 박상륭 소설의 초자연성은 동물과 인간, 자연물과 인간 등 종(種)의 차이를 넘어선 성 관계와 모자간 · 남매간 · 동성간 성교 등 문명화된 인간 사회에서 금지된 성 관계처럼 성적 대상이 도착되거나, 삶의 충동으로서의 에로스가 죽음의 영역으로까지 파고드는 가학적 충동이나, 카니발적 통음난무처럼 성 목적이 도착되는 등 전체적으로 정상적인 성 관계의 한계를 넘어서는 도착증적 충동으로부터 발생한다. 물론, 이런 도착증적 충동이 문학적 환상을 불러일으키기 위해서는 특별한 예술적 상상력이 필요하다. 박상륭 소설에서 죽음 충동과 융합된 도착증적 성 충동은 신화적 상상력을 통해 문학적 환상으로 승화된다. 뱀이나 대지, 혹은 바다와 같은 자연물의 상징성을 고려한다면 박상륭 소설에 나타난 한계 위반의 성행위는 늙은 어머니와 젊은 아들간의 근친상간, 남매간의 근친상간, 거세된 남성과의 성적 결합, 카니발적 통음난무 등으로 정리할 수 있는데, 종국에는 죽음충동으로 치닫는 이런 도착증적 성 관계는 죽음을 정점으로 하는 인간의 육신적(肉身的) 존재구조를 해명하는 데 있어 상징적 열쇠로 기능한다.

[2] 죽음의 한계 위반

죽음은 너무나 일상적이고 자연스러운 현상이라서 죽음 자체에는 어떤 기괴함이나 초자연성도 없는 것 같다. 그럼에도 죽음만큼 불가해한 두려움을 자아내는 사건도 없다. 죽음이 친숙하고 자연스러운 것은 그것이 삶의 영역 바깥에 있기 때문이며 죽음이 두려운 금기의 영역인 것은 그것이 삶의 내부에 침입하기 때문이다. 부패한 시체·죽은 자의 생환·귀신과 유령 등 삶의 영역에 침입한 죽음은 참을 수 없는 공포와 낯설음(uncanny)을 불러일으킨다.

박상륭 소설에 나타난 기괴한 죽음의 첫 번째 양상은 부패한 시체가 불러일으키는 공포이다. 『아켈다마』에서 유다는 죽은 노파와 동침한 지 엿새째 되는 날 유령처럼 되돌아 온 예수를 만난다. 유다가 죽은 자와 동침했다는 것은 그가 이미 삶과 죽음의 중간 지대(바르도[233])에 들어갔다는 것을 의미한다. 이 바르도는 귀신 혹은 유령이 출몰하는 영역으로, 삶도 아니고 죽음도 아닌 둘 사이(Bar-do)의 중간 지대이다. 죽은 예수가 죽음의 세계, 즉 신(神)의 세계에 편입되지 못하고 바드로의 영역에 머물러 있는 이유는 자신의 죽음에 대해 미납된 부채 때문이다.

> "도대체 당신은 무엇 때문에 나에게 오셨습니까?" (…인용자) "서른 세겔의 은(銀)을 받아가기 위해서니라" 하는 말소리가 들려왔다. "그, 그것이라면, 저…" 유다는 더듬거렸다. 그러다간 갑자기 빠른 말씨로, "저 사마리아 노파의 속치마 값으로 지불되어 버렸소" "그러나 나는

---

233) C.G. Jung, 『융 심리학과 동양종교』, 김성관 역, 일조각, 1995, 51쪽. 바르도(Bardo)는 티벳 불교에서 死者를 가르치기 위한 책 『Bardo Thödol』에서 온 개념으로, 어휘적 의미는 둘(do) 사이(bar)이다. 즉 바르도란 絶命과 再生 사이의 中有(中陰) 상태를 의미한다. 티벳에서 그 기간은 49일이지만, 엘리아데의 『샤마니즘-고대적 접신술』(이윤기 역, 까치. 1992, 200쪽)에 의하면 알타이와 시베리아 장송의례에서 사자가 이승의 삶에 대한 미련을 끊지 못하고 떠도는 기간은 사흘, 이레, 혹은 40일이다. 따라서 『죽음의 한 연구』의 40일은 예수가 광야에서 머문 기간이면서, 동시에 신의 첫 번째 죽음(유리의 스승 살해)과 두 번째 죽음(유리 자신의 죽음) 사이, 즉 바르도 기간을 표지한다고 할 수 있다.

그것을 받아야만 하느니라" (20쪽)

예수의 유령은 마치 말하는 기계처럼 집요하게 자신의 몸값인 서른 세겔의 은을 요구하고, 유다는 결국 자신의 처참한 주검으로써 예수에게 진 빚을 갚는다. 부패한 노파의 시체와 엉켜있는 유다의 시체는 지극히 그로테스크하게 묘사된다. 썩어 가는 배에서 꾸물거리는 구더기, 창자인지 성기인지 구별되지 않는 물컹한 고깃덩이, 찢어져 피를 쏟아내는 노파의 가랑이 등이 부패한 시체는 삶의 대기와 대지, 바다와 강물을 오염시킬 듯한 혐오와 공포를 불러일으킨다.

박상륭 소설에서 시체가 부패하는 기간(바르도)은 아주 중요한 의미를 지닌다. 특히 죽은 자가 대지의 생명력을 응축하고 있는 사제-왕(roi-prêtre)일 때, 그가 절명(絕命)했을 때부터 뽀얀 해골만 남기고 완전히 육탈될 때까지의 바르도 기간은 역병과 가뭄으로 대지가 황폐해지는 시간이다.234) 『뙤약볕』에서 사제-왕(당굴)이 죽자, 섬은 지독한 장마와 창병으로 인해 죽음의 땅으로 변한다. 죽음에 오염된 이 삶의 땅은 "빈들"로 표현되는데, 그곳은 부패한 시체들과 아직 죽지 않은 사람의 차이가 지워진 채 뒤엉켜 있는 바르도적 공간이다. 그 빈들에 버려졌던 누이는 곧 죽어 버릴 아이를 해산한다. 박상륭 소설에서 이 갓난아기의 시체는 대지의 불모성을 표상하는 메타포이다. 『강남견문록』은 이 사산아의 시체를 다음과 같이 묘사하고 있다.

> 아이는 죽어 있는 한 핏덩이였다. (… 인용자) 아이는 나도 저주를 퍼부어 대며, 뒷다리라고 생각되는 곳을 붙들고 빙빙 돌리다가 바다 가운데로 던져 넣어 버렸다. 그 핏덩이는 한 이십 미터 저쪽으로 날아

---

234) Roger Caillois, 『인간과 聖』, 권은미 역, 문학동네, 1996, 174쪽. 약탈, 살인, 매음 등과 같은 축제적 방종이 일어나는 시간이란 왕의 시체가 부패하는 시간이다. 이 시간은 죽음이 표현하는 악취와 오염에 민감한 시간으로 죽음의 유독성이 최고조에 올라 강하게 뿜어 나와 작용하며 전염성을 띠는 시간이다.

가더니 풍덩 가라앉았다.[235]

잉태된 지 5개월만에 목 졸려 죽어 가는 여자의 자궁에서 태어난 이 흐물흐물한 핏덩이는 썩어서 진물을 흘리는 시체와 함께 바르도적 주검이 지닌 무정형성으로 인해 지극히 공포스러운 이물감을 자아낸다. 그 형체가 분명치 않고, 그 존재가 모호한 대상에 대해 느끼는 감정이 기괴함이라면 삶과 죽음의 중간 지대에서 흐물거리는 이 시체들은 기괴함의 극치를 이룬다. 특히, 기관없는 신체를 지닌 미숙아의 시체는 삶으로부터 빠져나가는 주검이 아니라 삶 속으로 들어오는 죽음이기 때문에 그 공포의 강도는 더욱 크다. 이 미숙아의 시체는 『쿠마장』의 첫 부분과 『유리장』의 마지막 장면에 거의 동일한 모습으로 다시 나타난다.

난, 어떤 가난한 여자가 나무 다리 위에서, 거 왜 개장국집 앞 내 위로 통나무 세 개를 가지런히 묶어 걸어놓은 거 있잖습네까. 그 위에서 애를 낳고 기절해 버린 걸 보았는데 말입죠. 핏덩이야 뭐 다리 아래로 꿀방울처럼 떨어져 돌아 부딪혀 묵사발이 되어버리더군입쇼.[236]

다리 위 임산부의 자궁으로부터 삐쳐 나와 다리 아래 돌덩이에 부딪혀 "묵사발" 난 이 사산아는 사제-왕의 시체가 부패하는 동안의 대지에는 어떤 생명도 태어나지 못한다는 것을 증명한다. 이 황폐해진 대지가 다시 생명력을 얻게 되는 것은 왕, 혹은 인간의 육체를 입은 신(神)이 두 번째로 죽을 때, 즉 그의 죽음이 희생제의를 통해 사회적 상징체계 속으로, 혹은 지상으로부터 완전히 사라질 때이다. 그때까지 바르도의 대지는 삶 속에 만연한 죽음의 병균 때문에 황폐를 겪어야 한다. 『죽음의 한 연구』에서 바르도의

---

235) 「江南見聞錄」, 『아겔다마』, 문학과지성사, 1997, 79쪽.
236) 「쿠마장」, 『아겔다마』, 문학과지성사, 1997, 88~89쪽.

시간(40일) 동안 썩고 있는 시체는 5조 촌장의 주검이다.

> 칙살맞게 흐느러진 살이, 부러진 뼈에 엉겨 욱 쏟아져내렸다. 코가
> 깨어진데다, 눈으로는 그 눈구멍들만한 모래기둥이 박혀들어가 있고,
> 터진 뒤통수에서 앞으로 흘러내린 피와 골이 범벅이 되어, 비록 모래
> 에 처박혀 그 형태가 완전히 깨어진 얼굴은 아니더라도, 얼굴은 자세
> 치가 않았는데, 그로부터 벗겨냈던 장옷으로 그 얼굴을 문지르고 보고,
> 닦고 보고, 또 훔쳐내고 보다가, 나는 백년이나 두고 머리가 아팠
> 다.(105쪽)

5조 촌장의 시체가 부패하는 기간은 주인공이 황폐한 대지(유리)에서 사
역을 받는 기간이다. 그 어부왕의 시체가 완전히 육탈될 때 주인공은 예수처
럼 희생제의에 대속양으로 매달려 죽는다. 따라서, 유리의 생명력을 육화하
고 있는 어부왕 5조의 죽음은 <몸> 입은 신의 첫 번째 죽음이며, 희생양이
자 치유자로서의 6조의 죽음은 신의 두 번째 죽음이라 할 수 있다.

박상륭 소설에서 죽음의 금기를 위반하는 두 번째 형태는 사디즘적 폭력
이다.『강남견문록』에서 주인공이 애 밴 여자의 목을 조르는 장면,『뙤약볕
3』에서 점쇠와 누이와의 정사 장면,『산동장』에서 각설이와 언청이 창녀와
의 정사 장면,『죽음의 한 연구』에서 주인공 유리와 수도부와의 마지막 정사
장면 등이 여기에 속한다. 이들 장면은 죽음을 쾌락의 영역으로 끌어들임으
로써 죽음으로까지 파고든 에로티즘의 진수를 보여준다. 여성에 대한 성욕
이 죽음 충동으로 전화되는 이런 사디즘적 희열과 함께『아켈다마』에서의
노파 살해,『남도 2』에서의 할미 살해,『유리장』에서의 따님 살해 등 늙은
어미 살해는 여성의 신체에 가해진 가학적 죽음 충동의 두 번째 계열을
이룬다. 박상륭 소설에 나타난 친족 살해의 세 번째 계열은 늙은 아버지에
가해진 가학적 폭력이다.

먼저,『뙤약볕』에서 성불구인 아버지는 토막 살해당한다. 이 소설에서

섬돌이가 뚝쇠를 살해하는 장면은 그 살해 방법과 성격에 있어서 일상성의
한계를 넘어선다. 섬돌이가 뚝쇠를 살해한 일차적인 이유는 죽은 아버지를
대신한 복수 때문이다. 섬돌이 여섯 살 때 섬돌 아버지가 뚝쇠의 아내와
간통한 일이 있었는데, 그 사실을 알게 된 뚝쇠가 섬돌 아비를 심하게 구
타·모욕했고—성기에 똥칠을 해서 개로 하여금 핥게 함— 그 충격으로
섬돌 아버지는 9년 동안 내종(內腫)을 앓다가 죽은 것이다. 그러나 뚝쇠에게
가해진 섬돌의 사형(私刑)은 세속적 보복의 차원을 넘어 신화·제의적 성격
을 띤다.

> 나무에 묶어놓고, 발톱에서부터 톱질을 했죠. 천천히 했습니다. 허
> 벅지를 묶어놓고. 그랬더니 좀체 죽지 않더군요. 으흐훗. 난 아주 이상
> 했죠. 그런데 짜식은 고자더군요. 처음에 톱을 댈 땐 떨렸지만, 목까지
> 썰 땐 웃음이 나왔습니다.[237]

　섬돌이 뚝쇠의 시체를 토막낸 것은 자기 아버지를 능멸함으로써 얻어진
뚝쇠의 권능에 대한 편집증적 공포—시체가 다시 살아날지도 모른다는—에
서 비롯된 제의적 행위이다. 그러고 나서 섬돌은 토막난 사체를 뚝쇠 친척집
마다 던져 주는데, 이 행위 역시 사적 보복의 차원을 넘어 희생 위기라는
제의적 의미를 내포한다. 상호적 폭력을 부르는 이 행위로 말미암아 섬돌은
희생할 만한 신성한 제물이 되는 것이다.[238] 또한, 뚝쇠가 고자라는 점, 뚝쇠

---

237) 「뙤약볕」, 『열명길』, 문학과지성사, 1986, 88쪽.

238) René Girard, 『폭력과 성스러움』, 김진식, 박무호 역, 민음사, 1997, 406쪽. 모든 희생
　　제의는 두 가지 대체에 근거하고 있다. 첫 번째 대체는 공동체의 모든 구성원들을
　　단 하나의 희생물로 대체하는 초석적 폭력에 나타나는 대체이며 두 번째 대체는 속
　　죄의 제물(victime émissaire)을 희생할 수 있는 제물(victime sacrifiable)로 바꾸는 대체
　　이다. 희생될 수 있는 제물들의 본질적 특징은 사회 바깥에 위치해 있다는 점이다.
　　이에 반해 속죄의 제물은 사회의 일부를 이루고 있다. 섬돌의 사체 토막과 사체 배
　　분 행위는 상호적 폭력의 무한 증식을 불러와 필연적으로 섬돌을 희생물로 삼는 희

의 아내가 섬돌의 친모였다는 점, 뚝쇠가 나무(십자가)에 묶인 채 토막살해 당했다는 점을 종합할 때 섬돌의 뚝쇠 살해는 생식력을 상실한 아버지 살해라는 신화적 의미를 갖게 된다.

『산동장』에도 이와 유사한 장면이 나온다. 여기서 토막 살해되는 사람은 성부(聖父)의 형상을 한 병신들의 "선생"이고 그를 간접적으로 살해한 사람은 예수의 형상을 한 각설이 구도자이다. 각설이는 감람나무가 있는 언덕에 병신들을 불러 놓고 산상수훈을 한다. 그 산상수훈의 주요 내용은 병신들의 결핍은 선생(神)에게서 되돌려 받아야 한다는 것이다. 그 말을 들은 불구병신들은 선생에게로 몰려가서 자기가 갖지 못한 신체를 문자 그대로 뜯어낸다.

> 꼽추가 이렇게 말하며 선생께 달려들자, 모두 꿀통에 달려들듯 선생께 달라붙었다. 외다리는 다리에, 외눈은 눈에, 벙어리는 혀에, 그리곤 미쳐서 자기가 잃은 부분들을 뜯어내기 시작했다.[239]

선생(神)의 입장에서 이 사지 절단은 소멸이 아니라 재생(부활)을 위한 통과제의적 죽음을 의미한다.[240] 그래서 죽어 가는 선생(성부)은 "그 장돌뱅이가 내 피에 혼을 적시겠구나"라고 말한 것이다. 『山北場』은 신의 입문적 죽음이 지닌 연금술적 속성을 분명하게 보여준다. 이 소설에는 세 차례에 걸친 가학적 살해가 일어난다. 먼저 대장장이 늙은이는 성부의 형상을 하고 있는 "서역 잡귀 들린 사내"의 손을 잘라 이글거리는 불화로 속에 집어넣는다. 다음 인용문은 희생된 사내와 대장장이 늙은이의 종교적 성격을 드러낸다.

---

생제의를 불러온다. 섬돌이 희생될 만한 제물이라는 것은 그가 사회의 일원이었다가 초-세속적 범죄 행위를 통해 신성의 지위로 초월 내지 배제되기 때문이다.

239) 「山東場」, 『아겔마다』, 문학과지성사, 1997, 132쪽.

240) Wendell C. Beane and William G. Doty ed., Myths, Rite, Symbols: A Mirea Eliade Reader, p.173. 오시리스 입문식에서 입문자의 상징적 죽음은 신체 절단과 조각난 몸의 환각을 통해서 이루어진다.

"전쟁의 씹구멍에서 태어난 이 후레새끼야! 손이 오셨다 찬송하라.
찬송하라 손이 오셨다. 마을님(村長)아, 찬송하고, 전파하라"[241]

여기서 "손"은 '신'의 음성적 변조이다. 신을 "손"으로 표현한 것은 신의 외경스러운 강림(손: 客)과 그의 역사 운행 작업(손: 手)을 동시에 표상하기 위함이다. 한편, 연금술사의 선조격인 대장장이[242] 늙은이는 전쟁과 노동의 역사 속에서 무속적 비의(秘儀)를 이어가는 세속왕(村長)이다. 이 대장장이의 기독신 살해는 예수의 십자가형을 상징한다. 두 번째, 대장장이 늙은이는 황폐해진 대지의 생명력을 소생시킬 메시아를 위해 늙은 할미를 화덕 속에 집어넣는다. 여기서 늙은 할미는 연금을 위한 원초적 물질(materia prima), 즉 대장장이의 "쇠우쇠" 역할을 맡고 있다. 또한 그녀는 토속적 무속 신앙을 믿는 무녀로, 그녀의 죽음은 황폐해진 대지모신의 죽음을 의미한다. 마지막으로 그것을 지켜보고 있던 주인공 각설이는 대장장이 영감마저 화덕 속에 집어넣는다. 이 대장장이 영감의 죽음은 대지의 생명력을 체현하고 있는 어부왕의 죽음과 부친 살해라는 신화적 의미를 지닌다. 그래서 불타는 용광로 속에는 탈지상적(혹은 서구적) 기독신과 지상적(혹은 토착적) 세속왕이라는 상극적 양(陽)이 늙은 대지모신(陰)을 촉매로 하여 비가역적 융합 반응을 일으키고 있다.

세 번째로 살펴볼 죽음의 금기 위반은 연금술적 성격을 지닌 제의적 죽음이다. 죽음이 집단의 삶 속에 제도화되는 방식은 제의나 축제를 통해서이다.

---

241) 「山北場」, 『아겔다마』, 문학과지성사, 1997, 318쪽.

242) S. Vierne, 『통과제의와 문학』, 이재실 역, 문학동네, 1996, 17쪽. 연금술은 종교나 숭배 의식의 형태로 나타나는 것은 아니다. 그러나 구전된 비의(秘儀)에 의해 드러난 여러 양상에 의거해 볼 때 연금술도 우선은 종교나 숭배 의식의 형태를 생각하게 한다. 연금술의 이런 비의는 적어도 초기에는 진정한 비밀결사였던 마법사이자 연금술사들의 선조이며 부의 지배자인 대장장이들의 비밀 결사의 전유물이었다. 특히 연금술의 목적은 그야말로 통과제의적이다

제의와 축제의 시간은 일상 생활을 지배하던 규칙과 금기가 일시적으로 사라지는 시간으로, 그 시간 동안 집단은 신의 무제한적 특권 행위를 모방함으로써 시원적 혼돈을 재현한다. 『뙤약볕 2』에서 <말>을 상실한 배 위의 주민들은 통음난무의 축제에 이어 죽음의 향연에 빠져든다. 먼저, 족장이 희생양으로 바다에 던져지고, 이어서 여자들·늙은이들·젊은이들이 비의 신을 위로하는 희생 제단(바다)에 바쳐진다. 언뜻 보면, 이 인신공양은 적자 생존의 동물적 본능만이 무제한적으로 표출된 것처럼 보인다. 그러나 그들의 상호적이고 파괴적인 폭력은 어떤 새로운 질서를 창출하기 위한 희생 위기라는 점에서,[243] 그리고 불연속적인 인간 존재의 한계를 넘어 존재의 연속성에 도달하려는 디오니소스적 축제[244] 행위라는 점에서 제의적 신성을 함축하고 있다.

집단적 자살로 끝난 이 죽음의 향연은 『열명길』에 와서 희생 번제(燔祭) 형식으로 반복된다. 매달 열무날(음력 4일과 19일) 치러지는 이 희생 번제에 참여한 군중은 인간의 개체성에 대한 증오와 무한에 대한 열망에 사로잡혀 상상할 수 없이 잔혹한 방법으로 희생물의 신체를 파괴한다. "쑥대머리제사"라고 불리는 이 희생 제의는 입을 벌리고 있는 화룡 형상의 형구(形具) 아래·위 이빨에 희생물의 머리카락과 발을 묶고 연자를 돌려 신체를 길게 뽑아 늘이는 것으로 시작된다. 희생물의 "핏줄은 터질 듯이 부풀어오르고, 근육은 제멋대로 떨며", "오줌을 질질 흘리고, 설사를 갈기며, 위에로도 아래로도, 구멍있는 곳으로마다 피를 흘리며" 곧 "눈방울은 튀어나오고 콧구

---

243) René Girard, 『폭력과 성스러움』, 김진식·박무호 역, 민음사, 1997, 123쪽. 폭력에 사로잡혀 있던, 혹은 불가항력적인 재앙에 시달리던 공동체 전체는 이른바 희생양을 찾아내는데 무조건 달려든다.

244) René Girard, 『폭력과 성스러움』, 192쪽. 지라르는 유리피데스의 비극 『바카스의 여신도들Les Bacchantes』에 나타난 디오니소스적 축제 속에 내포하고 있는 희생 제의의 메카니즘을 분석하는데, 이 디오니소스적 축제는 차이소멸이라는 희생 위기의 본질적인 모습을 보여준다.

멍은 기력을 다해 벌름거리고", 목은 몸의 길이보다도 더 길어진다. 숨이 끊어지기 일보 직전이 되면 망나니가 도끼를 들고 춤을 추다가 집전관의 박수 소리에 맞춰 길게 늘어난 목을 두 동강낸다. 그러면 절단된 신체는 활활 타는 화룡의 입 속으로 빨려 들어간다.[245] 이 그로테스크한 처형 과정의 목적은 범죄자의 제거가 아니다. 지극히 심미적인 기술과 형식적 절차로 구성된 이 신체 훼손이 겨냥하는 것은 인간 개체의 육체적 한계를 죽음 직전으로까지 확장시키는 것이다. 그렇게 팽창되고 분절된 신체를 통해 집단은 인간의 한계를 넘어 신의 신체를 갖게 되는 것이다. 인간 개체의 불연속성을 초월하여 무한의 연속성을 획득하려는 이 제의적 폭력은 공동체의 생명력을 육화하고 있는 왕을 희생시킴으로써 결국 집단적 자살로 종결된다.

　박상륭 소설에서 죽음은 종교적 형이상학에서처럼 인간의 숙명적 유한성과 무한에의 열망과 같은 영원 불변의 상수가 아니라, 성적 충동과 결합하여 인간의 삶 속에 침입하고 있는 물질적 사건으로 그려진다. 시체와의 성교나 성교 중의 살해, 카니발적 통음난무에 이은 죽음의 향연이나 제의적 살해, 부패중이거나 형성중이거나 토막난 시체 등 박상륭 소설에서 죽음은 인간의 가학적 충동이 삶의 물질적 국면 한 가운데서 분출되는 사건이다. 이런 죽음의 사건들은 늙은 어머니에 대한 죽음 충동과 인간의 육신을 입은 아버지 신의 두 번에 걸친 죽음, 그 사이에(바르도) 만연한 죽음의 질병과 그 집단적 희생 위기를 중화시키기 위한 희생 제의에 바쳐진 인신(人神)의 죽음으로 구성된 박상륭 특유의 신화적 상징 체계로 계열화된다.


## [3] 제의적 사이-시간: 時中

　지금까지 박상륭 소설에 나타난 초자연성을 성적 금기 위반과 죽음의 한계 위반의 측면에서 살펴보았다. 이런 초자연적 사건은 역사적 구체성이

---

245) 「열명길」, 『열명길』, 문학과지성사, 1986, 57~58쪽.

사상된 신화적 시공간 속에서 전개된다. 박상륭 소설에서 시간과 공간은 단지 배경 조성 기능에 그치는 것이 아니라 플롯과 주제 형성을 위한 예술적 형식으로 작용한다.246)

박상륭 소설은 두 가지 종류의 에피소드를 포함하고 있는 이야기 구조로 단순화시킬 수 있다. 어떤 균형 상태와 또 다른 균형 상태를 묘사하고 있는 에피소드와 둘 사이의 이행을 묘사하고 있는 에피소드가 그것인데, 이때 초자연적 사건은 하나의 균형 상태 상태에서 새로운 균형 상태로의 이행을 추동한다. 이에 따라 소설 속의 시간 역시 '이전'과 '이후'의 정적인 우주를 순환하고 있는 시간과 그 사이에 끼어 있는 '혼돈'의 시간으로 나누어지며, 초자연성은 두 개의 우주(Cosmos) 사이에 끼어 있는 혼돈(Chaos)의 <사이-시간>에 발생한다.

박상륭의 문단 데뷔작 『아겔다마』는 예수가 십자가에 못 박혀 죽은 날로부터 유다가 아겔다마(피밭)에서 자살한 날까지의 시간을 다루고 있다. 종교적 관점에서, 예수의 죽음과 유다의 죽음 사이의 이 틈새 시간(interval)은 예수(말씀)의 시대로부터 성령(마음)의 시대로의 결정적인 이행이 이루어지는 시간이다. 제의적 관점에 따르면, 이 이행의 시간은 인간 예수가 상징적 죽음을 통해 신적 존재로 재생하는 통과제의적 시간이다. 여기서 주목할 점은 이 소설에서 다뤄지고 있는 제의적 죽음이 예수의 죽음이 아니라 유다

---

246) M. Bakhtin, 『장편소설과 민중언어』, 전승희·서경희·박유미 역, 창작과비평사, 1988, 261쪽. 예술적으로 표현된 시간과 공간은 긴밀한 내적 연관성을 지니는데 바흐찐은 이것을 크로노토프(chronotope: 시공간)라고 지칭한다. 문학 예술 속의 크로노토프에서는 공간적 지표와 시간적 지표가 용의주도하게 짜여진 구체적 전체로서 융합된다. 즉 시간은 부피가 생기고 살이 붙어 예술적으로 가시화되고 공간 또한 시간과 플롯과 역사의 움직임들로 채워지고 그런 움직임들에 대해 반응하게 된다. 박상륭 소설에서 시간과 공간은 파열됨으로써 환상성을 유발하는 지각 형식으로 작용하는 것이 아니라 바흐친이 말한 것처럼 삶과 죽음에 대한 예술적 표현 형식으로 주제화된다.

의 죽음이라는 점이다. 이 소설에서 유다의 죽음은 세속적인 욕망 때문에 성스러운 인자(仁者)를 팔아 넘긴 자의 징벌이나, 자신의 잘못을 뒤늦게 깨달은 죄인의 참회와는 아무 상관이 없다. 그런 표준적인 해석을 뒤엎는 단초는 유다의 죄가 예수에 의해 '유혹'되었다는 사실에 있다. "나와 함께 그릇에 손을 넣는 그가 나를 팔리라"라고 말함으로써 예수는 성스러운 자기 희생을 위한 죄의 미끼를 유다에게 던져 놓은 것이다. 따라서, 신의 계획에 따른 예수의 자기 희생이 성스러운 것이라면, 예수의 유혹을 받아들인 유다의 죽음 또한 성스러운 자기 희생이다.

그러나 유다의 성스러움은 결과적으로 그가 신의 뜻을 실현하는데 일조하게 된 데 있는 것이 아니라, 그의 죽음이 예수의 죽음과 짝패를 이루어 인신의 희생을 완성시키는 데 있다. 이 소설에서 유다는 단지 한 명의 세속적인 인간이 아니다. 그것은 그의 짝짝이 눈―오른쪽은 갈색으로 정면을 향하고 있고 왼쪽은 하늘색 바탕으로 하늘을 향하고 있는 눈에서 확인된다. 그는 '바라바'로 대표되는 지상 혁명을 향한 갈증과 예수로 대표되는 천상적 구원을 향한 염원을 동시에 지니고 있다. 두 개의 파란 눈을 가진 예수의 죽음은 신의 지상성을 체현하고 있는 이 유다의 죽음으로 보충될 때만 비로소 완성되는 것이다. 이렇게 예수가 죽은 제 9시부터 유다가 죽을 때까지의 사이 시간은 짝패 관계에 있는 상극적 요소가 일치되는(coïncidentia opposition) 제의적 혼돈의 시간이다.[247]

『경외전 세 편』은 예수가 십자가에 못 박힌 제 3시, 하늘이 닫혀진 제 6시, 예수가 임종한 제 9시를 예수가 태어나는 기원 시간으로 역투사시키고 있다. 예수의 탄생/죽음이 선포되는 기원 제 3시에는 온갖 병자들이 '베데스다'라는 연못가에서 자신들의 병을 고쳐줄 성수(聖水)가 고이기를 기다리고 있다. 아무리 기다려도 물이 동(動)하지 않자 삼십 팔 년 동안 마른 못을

---

247) S. Vierne, 『통과제의와 문학』, 168쪽.

바라보던 혈기 마른 자(중풍환자)를 제외한 병자들은 어디선가 들려 온 메시아(예수) 탄생의 풍문을 좇아 떠난다. 그때 한 사람(예수)이 나타나 마른 늪에 물을 고이게 하고, 그 혈기 마른 자는 병을 고쳐 고향으로 돌아간다.

지상으로부터 하늘이 닫혀진 기원 제6시에는 상원갑년(천지창조) 전쟁에 식구들을 모두 잃은 채 가축(피조물)들에 의지하며 늙어 가던 영감(성부)이 묶여 있는 소(인간)를 향해 외로움과 자기 모멸로 응어리진 흙덩어리(시련)를 던지고 있다. 결국 고난의 소는 죽음을 통해 그 늙고 외로운 영감으로부터 자유로워지고, 소의 죽음과 함께 영감도 죽어간다. 그렇게 해서 아버지신(聖父)의 시대가 끝난 것이다.

예수의 탄생/죽음이 완성되는 제9시에는 “잿빛 얼굴의 여윈 녀석”과 “젖빛 얼굴의 통통한 곱추”가 젊은 어머니의 몸을 숙주(宿主)로 삼아 연금술적 결혼을 감행하고 있다. 여기서 “안쪽에서 바깥쪽으로 나가려고”하는 잿빛 얼굴의 여윈 ‘나’는 탈지상적인 구원(잿빛 죽음)을 지향하는 자아이고 “바깥쪽에서 안쪽으로 들어오려고” 하는 젖빛 얼굴의 ‘나’는 지상 해방을 (젖빛 풍요) 추구하는 자아이다. 이 두 상극적 배자가 어머니의 자궁 속에서 결합하여 탄생한 존재가 바로 예수이다.

박상륭의 연금술적 사유 방식이 신화적 상상력을 통해 선명하게 드러난 이 소설은 『아겔다마』에서 예수의 죽음이 유다의 죽음으로 보충될 수밖에 없는 이유를 보여준다. 『경외전 세 편』에서 죽음의 잿빛 얼굴을 한 아이는 『아겔다마』에서 천상의 푸른 눈을 가진 예수에, 지상낙토의 젖빛 얼굴을 한 아이는 지상 혁명을 기획했던 바라바의 갈색 눈을 가진 유다에, 그 두 배자가 결합되도록 숙주 노릇을 했던 젊은 어머니는 늙은 사마리아 여인에 각각 대응한다. 이 짝패의 탄생이 젊은 어머니를 겁탈함으로써 이루어졌던 것처럼 이 짝패의 죽음 역시 늙은 어머니의 죽은 몸을 숙주로 삼아 완성되는 것이다.

이처럼, 박상륭은 처음부터 대립물의 연금술적 융합이 이루어지는 특이한 시간을 탐색해왔다. 더 이상 삶도 아니고 아직 완전한 죽음도 아닌 시간, 탄생 이전과 죽음 이후의 중간에 위치한 이 미분적(未分的) 혼돈의 사이 시간은 박상륭의 소설적 우주에서 절단과 융합의 기능을 한다. 먼저, 이 시간은 '이전'의 우주와 '이후'의 우주를 절단한다. 『경외전 세 편』에서 절단된 두 우주는 성부(聖父)의 시대와 성자(聖子)의 시대이고 『아켈다마』에서 분절된 우주는 성자의 시대와 성령(聖靈)의 시대이다. 따라서, 이들 두 작품을 통해 탐색된 시간은 성부의 시대(몸의 우주)에서 성자의 시대(말씀의 우주)로, 성자의 시대에서 성령의 시대(마음의 우주)로의 비가역적 운동을 위한 파괴와 생성의 '사이 시간'이라 할 수 있다. 둘째, 이 혼돈의 시간은 인간 존재가 품고 있는 두 가지 상극적 속성을 연금술적으로 융합시킨다. 위의 두 작품에서 확인할 수 있는 대립물은 예수와 잿빛 아이로 대표된 탈지상적 염원과 유다와 젖빛 아이로 대표된 지상적 갈증이다.

『2월 30일』은 달력상에 존재하지 않는 시간 동안 드러난 인간의 존재론적 양면성을 그리고 있다. 이 소설은 평년의 2월 28일도, 윤년의 2월 29일도 아닌, 책력의 편의 때문에 어디론가 숨겨져 버린 '非시간' 동안의 사건을 기록한 수기(手記) 형식의 소설이다. 이 소설에서 '나'(Z)는 A와 함께 전신 마비증에 걸려 있다. A는 자신의 병을 신이 부여한 소명이라고 믿으며 자신을 구원해줄 구세주를 기다리고 있고, 나(Z)는 자신의 병을 몸입은 인간 존재가 감내해야 할 실존적 소여로 인식하며 그 마비된 몸(발가락)을 태워버릴 방법에 대해 성찰하고 있다. 종국에 가서 A는 오지 않는 구세주를 저주하며 모든 것이 태워 없어질 말세를 외치게 되고, 나(Z)는 움직이기 시작한 몸을 시큰둥하게 바라보고 있다. 결국 이 소설의 두 인물(A와 Z)은 시작과 끝, 영혼과 몸, 종교적 인간과 실존주의적 인간, 구원에 대한 염원과 삶의 부조리함에 대한 수락 등 인간 존재의 양면성을 구현하고 있는 짝패(double)이다.

『뙤약볕』은 『아켈다마』의 예수에 해당하는 사람, 즉 신의 <말>을 전달하는 샤만(당굴)의 죽음을 다루고 있다. 이 소설에서도 사제-왕은 당굴과 섬돌의 '짝패'로 존재한다. 당굴은 신의 대리자인 점에서 예수의 신적(神的) 속성을 지니고 있고, 섬돌은 희생제의를 요구하는 군중에 의해 나무에 매달려 죽는다는 점에서 예수의 대속양적 속성을 지니고 있다. 『아겔다마』에서 유다의 죽음과 함께 몸입은 신이 지상에서 사라져 버린 것처럼, 섬돌의 죽음과 함께 당굴은 자신의 오각 돌집에 들어가 다시는 나오지 않는다. 그 후 섬은 장마와 역병으로 황폐해지고, 더 이상 들려오지 않는 <말>에 분노한 백성들은 오각 돌집을 부셔 버린다. 『뙤약볕』이 이렇게 <말>의 소멸을 그리고 있다면 『뙤약볕 2』와 『뙤약볕 3』은 신의 부재에 대한 인간의 두 가지 대응 방식을 그리고 있다.

먼저, 『뙤약볕 2-下元甲 섣달 그믐』에서 점쇠를 제외한 섬 주민들은 새로운 족장의 지도 아래 미지의 신세계를 찾아 고난의 항해에 들어간다. 이 '근대인'들의 전망과 운수는 이 소설의 부제 「하원갑 섣달 그믐」에 암시되어 있다. '하원갑'이란 주역에서 세 번째 60화갑을 일컫는 말로[248] 동학은 이 우주의 순환주기를 이용하여 후천 개벽의 전망을 제시하였다.[249] 『뙤약볕 2』의 주민들이 갈망하는 새 세상 역시 동학이 추구하는 대동사회적 유토피아이다. 이 공화국이 처한 운세는 섬을 떠난 지 19일 째 되는 날을 기점으로 급격히 하락하는데 이 19일이란 날짜 역시 주역의 운수론에서 온 것이다. 섬을 떠난 시점을 기준으로 18일(180년의 1/10)까지가 상원갑으로, 이들의 운세는 동학의 이념이 실현된 것처럼 좋았다.

---

248) 南懷瑾, 『역경잡설』, 신원봉 역, 문예출판사, 1998, 113쪽. 주역에서는 천체 운행을 60년을 하나의 큰 주기로 삼아 60화갑으로 계산하여, 첫 번째 60년을 상원 갑자, 두 번째 60년을 중원 갑자, 세번째 60년을 하원갑자라 하는데, 이들을 모두 합치면 180년이 된다. 이를 다시 확대하면, 첫 번째 180년을 상원, 두 번째 180년을 중원, 세번째 180년을 하원이라 한다.

249) 민족문화연구소, 『동학사상의 새로운 조명』, 영남대학교 출판부, 1998, 83쪽.

울타리도 없고, 계급도 없고, 부자도 가난한 사람도 없었다. 무엇이
든 공평하게 분배되었으며, 연령에 알맞게 일했다. 사유(私有)도 원치
않았지만, 무엇이든 공유(公有)였다. 어느 때엔가는 그렇게 되어졌으
면 하고, 가난스러웠던 자들이 바랐던 그 이상적인 제도가 어느덧 성
공되어 있었다. (111쪽)

그러나 19일째 되는 날의 폭풍우로 스물 일곱 명만 살아 남은 이후 그들
공화국의 운세는 급격히 하락한다. 중원갑의 그들은 고향을 그리워하기 시
작했고, 무엇보다 사라져 버린 <말>을 대신할 무언가를 찾아야 했다. <말>
의 신성을 대신한 것은 죽음 충동과 융합된 에로티즘이었다. 그들은 디오니
소스적 충동에 몸을 맡긴 채 어떤 제한도 없는 혼교의 난장에 빠져들고,
그것마저 시들해지자 집단적 자살 충동에 몸을 맡긴다. 결국 디오니소스적
충동을 체현하고 있던 바람쇠마저 폭력의 짝패들에 의해 죽임을 당하고,
마지막 남은 섬순이는 乞神(에뤽시톤)처럼 바닷물을 퍼 마시기 시작한다.
하원갑 섣달 그믐에 일어난 일이다. 그런데, 섬순의 자궁 속에는 또 하나의
새로운 생명이 잉태되어 있었다. 주역의 개벽론에 따르면 그 생명으로부터
새로운 상원갑년이 시작될 터인데, 하원갑 섣달 그믐과 새로운 상원갑 정월
초하루 사이의 그 사이 시간 동안에 잉태된 아이의 아버지는 족장과 바람쇠
이다.

「내가 애를 뱄다면 누구의 앨까?」 하고 생각했다. 그 순간 족장의
얼굴이 바람쇠 얼굴 위로 깔리며, 전혀 같지 않은 다른 얼굴이 떠오르
는 것이었다. (126쪽)

족장과 바람쇠는 신이 사라진 근대 사회의 양면성을 체현하고 있는 짝패
이다. 족장이 <말>의 아폴론적 이성을 계승하고 있다면 바람쇠는 신성의
디오니소스적 정념을 계승하고 있다.250) 이 상극적 배자가 물은 물이지만

마실 수 없는 죽음의 바닷물을 양수 삼아 잉태시킬 생명은 "제국주의적 맹아를 키우고" 있다. 결국, 하원갑 섣달 그믐은 한 우주의 종말과 새로운 우주의 탄생이 응축되어 있는 순전한 카오스의 시간으로, 그 사이 시간은 서로 대립되었던 요소가 무시무시한 힘의 결정체로 융합되는 생성의 시간이기도 하다.

『열명길』은『뙤약볕 2』의 마지막에 언급된 "제국주의적 생명"이 길러낸 근대 사회의 모습을 상징적으로 보여준다.『뙤약볕』연작과 마찬가지로『열명길』연작의 공간적 배경 역시 섬이다.『뙤약볕』의 신이 <말>이었다면『열명길』의 섬 주민들이 섬기는 신은 "화룡" 즉,  <불>이다.『뙤약볕』에서 <말>이 파괴된 이후 그 죽은 <말>의 저주가 뙤약볕(불)의 저주였다는 점을 상기한다면 이 두 작품간의 연관성을 쉽게 짐작할 수 있다.『열명길』의 중심 인물은 왕과 대목수로, 이 둘은『뙤약볕 2』의 하원갑 섣달 그믐날 섬순의 자궁에 잉태된 "제국주의적 생명"이 길러낸 두 근대인이다. 앞서 언급했듯이 그 제국주의적 생명에는 바람쇠의 디오니소스적 정념과 족장의 아폴론적 이성이 동시에 잉태되어 있었는데, 바람쇠의 배자는『열명길』의 왕을 낳고 족장의 배자는 대목수를 낳았다. 따라서 이 둘은 하나의 자궁에서 태어난 짝패라 할 수 있다.

『뙤약볕 2』에서 말세와 창세가 응축되어 있는 '하원갑 섣달 그믐'은『열명길』에서 '열무날'이라는 제의적 시간으로 반복된다. 열무날은 무수기(썰물과 밀물의 차)로 볼 때 조수간만의 차가 같은 음력 4일과 19일을 일컫는다. 한 달에 두 번씩 치러지는 이 열무날의 제사에서 왕은 자신의 선조들을

---

250) Friedrich Nietzhe,『비극의 탄생/바그너의 경우/니체 대 바그너』, 김대경 역, 청하, 1992, 37~43쪽. 니체에 따르면 아폴론적인 것과 디오니소스적인 것 사이의 대립은 조형적(형식적)인 것과 비조형적(무형식적인 것), 가상을 통한 진리(완전성)와 도취를 통한 실재(자연)와의 신비로운 통합으로부터 출발한다. 특히 니체는 그리스의 디오니소스 축제 동안 이루어지는 과도한 성적 방종과 신성한 법규의 위반으로부터 디오니소스적인 것의 본질을 찾고 있다.

삼켜버린 뙤약볕(불)의 신, 즉 화룡에게 살아 있는 인간을 제물로 바친다. 쑥대머리 제사로 불리는 이 희생제의에서 형구(形具)이자 신상(神像)인 화룡은 그들의 선조가 항해했던 배의 용골두(龍骨頭)를 본떠 만든 것인데, 그 용골두는 『뙤약볕 2』에서 족장이 부러진 용골을 제재로 깎으려다 실패한 무정형의 신상(神像)이 괴물스럽게 부활한 것이다.

> 족장은 부러져나간 용골을 며칠째나 깎고 있다. 다섯모 꼴로 깎아서 사당 형상이라도 만들 모양이었다. 그러는 동안 그는 안정을 얻은 것 같았었는데, 다 깎았을 땐 얼굴을 찌푸리더니 다시 아무 형상도 아닌 것으로 깎아댔다. (115쪽)

족장의 실패로 인해 그 무정형의 신성은 바람쇠의 파괴적 충동으로 구현되어 결국 공동체의 파멸을 초래했던 것이다. 그 족장의 피를 이어받은 대목수(大木睒)의 아버지는 바람쇠의 피를 이어받은 왕과 정반대 방향에서 <불>의 신성을 탐구한다. 대목수의 아버지와 어린 시절의 왕이 나눈 다음 대화는 대목수 아버지가 생각하는 <불>이 『뙤약볕』의 <말>이나 『아겔다마』의 '예수'와 같은 계열임을 시사한다.

> 내 조부님의 땅에선 사람이 바로 신의 상징으로 되어 있더군요. 신이 <자기 닮게 사람을 창조했다>는 것입니다. (…인용자) 신상에 입이 있어야 됩니다. 이것의 언어는 절대적인 것으로 되어져야 합니다. (…) 태초에 불이 있었느니라. 불은 신과 함께 계셨고 이 불은 곧 신이었던 것이니라. (46, 47, 49쪽)

대목수의 가계가 푸른 벽(碧眼)을 가지고 있다는 것은 그들이 푸른 눈의 예수로부터 출발하는 당굴(『뙤약볕』)과 족장(『뙤약볕 2』)의 계보를 잇고 있다는 것을 말해준다. 대목수의 가계가 <불>의 신성을 로고스에서 찾는데 반해, 유다-섬돌-바람쇠의 계보를 이은 왕은 종교적 희열에서 그 신성을 찾는다. 그는 아편과 최음제를 통해 백성들의 자아를 말살하고, 이성의 이름 하에 억압되어 왔던 본능적 충동을 쑥대머리 번제에 집중시킨다. 한편, 대목 수는 왕이 추구하는 디오니소스적 신성이 종국에는 말세로 귀결될 것임을 알면서도 목숨에 대한 집착 때문에 왕의 정책을 방조하거나, 더 나아가 자신 의 지식을 아편과 최음제 제조에 사용하기까지 한다. 변질된 신성과 방관적 지성의 결합이 파시즘적 정치 권력을 낳게 되는 장면을 보여주는 이 소설은 왕과 대목수의 공동 번제(燔祭)로 끝난다. 하나의 자궁에서 잉태되었던 것처 럼 그 둘은 하나의 입, 즉 이빨 달린 요니와 같은 화룡의 입 속에서 소멸된 것이다. 그 날은 하원갑의 열무날이다.

『뙤약볕 3』은 『뙤약볕 2』와는 전혀 다른 시간론적 전망을 열어 놓는다. 『뙤약볕 2』에서의 족장이 <말>의 부성적 이성을, 바람쇠가 <말>의 부성 적 충동을 이어 받았다면 『뙤약볕 3』의 점쇠는 <말>의 모성적 신체를 찾게 된다. 『뙤약볕 2』에서와 마찬가지로 점쇠의 운세 역시 18일까지의 상원갑, 그 이후의 중원갑, 하원갑의 국면 전환을 통해 펼쳐진다. 상원갑의 시간 동안 배 위의 주민들이 새 세상에 대한 희망과 타인과의 연대감으로 들떠 있었다면 섬에 홀로 남은 점쇠는 절대적 고독과 다른 존재와의 육체적 교감에 사로잡힌다. 미칠 것 같은 외로움 속에서 "빈들"을 헤매던 점쇠는 버려진 시체, 섬의 대지, 수송아지, 갓난아기 등과 신비로운 육체적 교감을 나눈다. 그 교감이 절정에 달한 것은 죽어 가는 아기의 입에 자신의 혀를 빼물려 줄 때이다.

힘있게 빨진 못했지만, 아이도 외로움에 지쳐 있었던 모양이었다. 혀끝을 통해서 아이의 외로움이 점쇠의 심령에로 번져 왔다. 그리하여 그것은 쉰 인간의 속 깊은 데에 잠복해 있던 거머리 같은 이기심을 죽이고 언제나 타인들끼라는-이제까지는 뛰어넘을 수 없던 간막이를

헐게 하였으며, 자아를 확대시키게 하였다. 이 교감은 아주 낯선 것이
었기 때문에 점쇠는 전율했다. (136쪽)

　여기서 주목할 점은 타자와의 교감이 절정에 달하는 순간이 자정(子正)이
라는 점이다. 자정은 "어제의 끝이고, 내일의 시작이고, 헌데 오늘이 끼이질
못했고….그것은(零時) 묘혈(墓穴)이며 산실(産室)"이다. 점쇠는 그 어제와
오늘의 사이 시간 속에 거소를 잃은 <말>이 살고 있을 거라 생각한다.
『뙤약볕』에서의 <말>이 밀폐된 오각 입체 돌집 속에, 즉 혼돈의 '공간'
속에 처소했다면 여기서는 이미 아닌 과거와 아직 아닌 미래가 배태되어
있는 혼돈의 '시간' 속에 존재한다. 이전(오늘/어제)과 이후(어제/오늘)를 분
절하는 이 사이 시간은 이전의 하원갑 섣달 그믐(『뙤약볕 2』)이나 열무날
(『열명길』)보다 그 순환 주기가 현저히 짧아졌다는 점과 함께 몇 가지 새로
운 특질을 갖고 있다.
　첫째, 하루라는 일상적 순환 주기 속의 이 사이 시간 동안 융합되는 것은
상극적 '대립물'이 아니라 性的·類的 '차이'이다. 갓난아이에게 수유하는
동안 점쇠는 개체들 사이의 불연속성이 무화되는 체험을 하게 되고 자기
속에 내재해 있던 모성을 발견하게 된다. 둘째, 『아겔다마』와 『경외적 세
편』의 비가역적 진화(성부→성자→성령)의 시간이나 『뙤약볕 2』와 『열명
길』의 나선형적 순환(상원→중원→하원→상원…)의 시간과 달리 자정을 결
절점으로 하는 이 시간은 원형적 순환을 그린다. 물론 『뙤약볕 2』이나 『열명
길』의 시간 역시 순환의 궤적을 그리고 있지만 그 순환 운동에서 이전의
우주와 이후의 우주는 질적으로 다르다. 이 비가역적 순환 운동이 변증법적
운동의 성격을 지니는데 반해 『뙤약볕 3』에서 새롭게 발견된 시간은 완전한
동심원을 그리는 영원 회귀의 성격을 지닌다. 셋째, 『아겔다마』의 시간이
부계 종교적 속성을, 『뙤약볕 2』와 『열명길』의 시간이 부계 역사적 성격을
지니는 것과 달리 『뙤약볕 3』의 원형적 시간은 모성적 자연의 속성을 띠고

있다. 이 모성적 시간은 계절의 변화에 따른 식물의 생장·소멸·재생의 순환 운동 속에 내재한다.

『7일과 꿰미』는 『뙤약볕 3』에 나타난 모성적 시간의 순환성을 잘 보여준다. 이 소설의 주인공은 알퀴오네와 케익스라는 물총새(翡翠) 부부이다. 인간보다 더 인간다운 이 부부 새에게 "삼백 예순날 성만 내던 바다가 동지를 전후한 추운 철에, 잠잠히 잠들어 주는 일곱날[251]"은 새로운 생명이 탄생하는 생성의 시간이며, 삶의 근원적인 의미를 되새기는 명상의 시간이며, 새로운 생명체를 위해 자신의 몸을 희생하는 죽음의 시간이다. 죽음과 생성이 동시에 배태된 그 사이 시간(7일)을 정점으로 모든 살아 있는 존재들은 둥글게 꿰어진 시간의 고리 속에서 윤회를 거듭하는 것이다.

『유리장』에서 이 모성적 시간은 제 꼬리를 물고 도는 우주적 뱀(Ouroboros)으로 표상된다. 대지모신인 따님의 성적 파트너인 이 뱀은 만물의 생성과 소멸에 내재하는 영겁회귀의 순환적 시간을 표상한다. 이 소설에서 따님은 성년제 때 그해 열 여덟이 되는 사내의 첫 번째 정액을 받는데, 그녀와 숫총각의 성행위는 대지에 첫 씨앗을 뿌리는 파종 행위와 유비적 관계를 이룬다. 그러나, 이 성년식에 참여할 수 없는 남자가 한 명 있다. 그는 따님의 아들이기 때문에 근친상간 금기의 율법에 가로막혀 성인이 되지 못한다. '시계공'으로 불리는 그는 자신의 성적 고뇌를 시간에 대한 형이상학적 성찰로 승화시킨다. 그는 완전한 원으로 표상된 모성적 시간 안에는 어떤 정지의 '일점'이 있음을 발견한다. 그는 그 사이 시간을 "時中"이라 부른다.

> 時中이란 자시, 또는 자정이라고 말해지면 더 쉬운데, (⋯인용자) 오늘이 어제로, 어제가 오늘로 갈아드는 그 사이의 일점이다. 그러니까 자시란, 오늘의 끝과 오늘의 시작 사이에 있는, 그 공백한 시각을

---

251) 「7일과 꿰미」, 『열명길』, 문학과지성사, 1986, 228쪽.

말하는 것이다. (371쪽)

시계공이 이렇게 "시중"에 집착하는 이유는 그가 따님의 모성적 윤회의 시간 속에 포함될 수 없는 존재이기 때문이다. 그것은 따님의 아들인 시계공 개인의 문제가 아니라 모든 인간 존재가 안고 있는 보편적 문제이다. 인간은 자연의 완전한 순환 회로 속에 포함될 수 없는 잉여적 존재이다. 그것은 인간만이 지닌 고뇌이면서, 동시에 인간만이 지닌 신성함이기도 하다. 시간론적 잉여라고 할 수 있는 "시중"을 성찰함으로써 따님의 윤회론적 시간으로부터 벗어나는 인물은 사복(蛇福)이다. 큰비암의 아들인 그는 정기적으로 따님과 정사를 벌이는데, 그런 면에서 그는 『뙤약볕 3』에서 대지모신의 자궁에 생명을 뿌리는 점쇠의 계보를 잇는 인물이다. 종국에 가서 그가 찾은 "시중"은 "자정"(『뙤약볕 3』)이나 천체 운행의 주기에서 하원갑과 상원갑이 갈아드는 일점(『뙤약볕 2』)처럼 자연적 순환 주기의 결절점이 아니라, 무한한 시작과 무한한 종말이 만나는 절대적 '현재'이다.

> 내 생각에 원이란, 뱀의 자취와 같은 궁형의 연속의 완성이라고 한 것이다. 그러나 나는 그것에 만족할 수가 없었는데, 그것은, 물론 원이란 완전한 것이어서 진행과 정지의 극치를 이루고 있는 건 사실이었으나, 그 극치에서의 분열이 불가능한 듯했기 때문에, 결국은 무의미로 전락되는 결과를 그 원에서 보았기 때문이다. (…인용자) 그 불모해져 버리는 완전이 아니라, 생명이 영원히 갈아들 수 있는, 양극을 갖는 원은, 그래서 진원(眞圓)으로 나타날 수 있었다. 이 원에는 시작과 종말의 양극이 있고, 종말은 동시에 시작으로, 시작은 동시에 종말로 이어지는, 그 출산과 묘혈이 있다. (339~400쪽)

그래서, 박상륭의 시간은 시작과 끝을 가지면서도, 즉 진화의 성질을 가지면서도 영원히 순환하는, 즉 기원을 향한 역진화의 성질을 지닌, 양극을 갖는 타원형으로 종합된다. 이 타원의 시간론에서 시중(時中)은 창세와 말세, 陽과 陰, 인간의 탈지상적 신성과 동물적 신성, 아폴론적 신성과 디오니소스적 신성과 같은 상극적 요소가 연금술적 융합을 이루는 시간으로, 이 사이 - 시간은 매 찰나의 전이 속에 끼어 드는 영원한 현재이다.

## [4] 제의적 사이-공간: 場

시간과 함께 박상륭 소설을 엮어짜는 또 다른 코드는 장(場)이라는 '정착'의 공간과 그 사이의 '이동' 경로이다. 앞 장에서 살펴본 시간의 순환 운동과 일시적 정지는 길 위에서의 구도적 편력과 장(場)에서의 일시적 정지에 투사된다. "각설이"로 불리는 구도자의 편력이 전개되는 길의 행로는 『쿠마장』에서부터 시작해서 『산동장』, 『산남장』, 『산북장』을 거쳐 『유리장』의 마지막 부분에서 다시 『쿠마장』으로 되돌아오는, 혹은 『강남 견문록』의 남녘 장에서부터 『죽음의 한 연구』의 남녘 '유리'로 되돌아오는 순환의 궤적을 그린다.

순환적 궤적의 길과 그 사이의 장(場)에서 전개되는 구도 편력기는 『쿠마장-却說이 일기 基 一』에서부터 시작되지만, 그전에 발표된 『장끼전』과 『강남견문록』에서부터 이미 그 틀이 갖춰져 있었다. 먼저, 박상륭의 두 번째 발표작인 『장끼전』은 박상륭 소설이 지속적으로 문제삼고 있는 '황폐해진 대지로서의 삶의 장(場)'을 그리고 있다. 이 삶의 장(場)은 지금 지독한 가뭄으로 메말라 버렸다. 그 죽음의 마을에 한 명의 병든 나그네가 와서 자신은 모든 병을 여윌 수 있는 "다비소"(茶毘所: 화장터)로 가는 길이라고 말한다. 그러나 마을 사람들 중 그를 따라 나서려는 사람은 아무도 없다.

   "우리 땅을 워찌 버리고 갈 꺼여?"[252]

---

252) 「장끼傳」, 『아겔다마』, 문학과지성사, 1997, 31쪽.

삶에 대한 애착이 담긴 이 일구는 『삼국유사』 「경덕왕, 충담사, 표훈대덕」 편에 실려 있는 「안민가」의 한 구절 -"이 땅을 버리고 어디로 가리[253]"(此地肹捨遣只於冬是去於丁)에서 따 온 것이다. 『삼국유사』의 해당 편과 이 소설의 상호 텍스트성은 삶의 대지가 황폐해진 원인을 해명하는 데 중요한 단서를 제공한다. 이 소설에서 대지의 황폐를 해명할 열쇠는 "태주 할미"가 쥐고 있다. 이 태주 말미는 『삼국유사』의 표훈대덕처럼 천상과 지상을 오가며 천제의 뜻을 전달하는 샤만(巫)이다. 그녀의 말에 따르면 땅이 황폐해진 이유는 천제의 막내둥이가 죽어 천제가 앓아 누웠기 때문이다. 천제에게 자식이 없기 때문에 대지가 황폐해진 상황은 『삼국유사』 「표훈대덕」편에서 왕(경덕왕)의 아들이 없기 때문에 나라가 위태로워진 상황에 대응한다. 이에 경덕왕은 샤만(표훈대덕)을 통해 천제에게 아들을 점지해 줄 것을 부탁한다. 표훈대덕은 아들은 불가능하고 딸은 가능하다는 천제의 뜻을 전하지만 왕은 딸을 아들로 바꿔 줄 것을 재차 요구한다. 결국 왕은 여성화된 아들, 즉 생명력이 거세된 왕을 낳게 된다. 이 과정에서 천제는 지상과 천상을 연결하는 표훈대덕에게 더 이상 천상에 오지 말라고 명한다. 그리하여 천상과 지상은 완전히 단절된다. 『장끼전』의 태주 할미 역시 두 번에 걸쳐 천제의 뜻을 마을 사람들에게 전하고 나서는 죽어 버린다. 이렇게 해서 황폐해진 마을(국가)에는 죽음(패망)의 그림자가 드리워진다.

『장끼전』이나 『삼국유사』 「경덕왕, 충담사, 표훈대덕」에서 대지(마을, 국가)가 황폐해지는 원인은 공동체의 생명력을 응축하고 있는 왕의 생명력이 고갈되었기 때문이다. 『삼국유사』에서 왕의 생명력 상실은 세속왕(혜공대왕)의 여성화와 사제(표훈대덕)의 신통력 상실(천상과의 단절)로 표현되고, 『장끼전』에서는 천제의 병과 무녀(태주할미)의 죽음으로 표현된다. 그러나, 주의 깊게 살펴보면 『장끼전』에서 땅이 메말라 가는 원인은 태주 할미의

---

253) 일연, 『삼국유사』, 최남선 편, 瑞文文化史, 1996, 80쪽.

말처럼 천제가 병들어서라기보다는 대지모신인 태주할미 자신의 생산력이 고갈되었기 때문이다. 천제가 태주 할미를 희생양으로 요구한 것 역시 더 이상 생명을 잉태할 수 없는 태주할미 대신 손주딸로 하여금 그 자리를 잇게 함이다. 그러나 태주할미의 삶에 대한 집착 때문에 손주딸마저 죽어버리고 생명이 잉태될 자궁을 읽어버린 마을은 죽음의 땅으로 변해 버린다. 그때 다비소를 향해 가는 세 번째 나그네가 피리를 불며 마을로 들어온다. 마을 사람들은 그제서야 생명의 물이 넘친다는 다비소, 즉 죽음의 세계를 갈망하게 되고 마포건에 짚신을 신은 그 나그네를 따라 길 떠난다. 마을 사람들을 생명의 땅으로 인도하는 메시아이자, 고난의 삶에 집착하는 사람들을 죽음의 세계로 인도하는 저승사자인 이 피리(퉁소) 부는 나그네는 이후 『각설이 일기』 연작에서 생명과 진리를 찾아 떠도는 각설이로 그려진다.

『강남견문록』에서 그 각설이 구도자는 사생아이다. 예수와 마찬가지로 이 사생아는 지상에 아버지가 없기 때문에 '스스로 아버지 되기'의 구도 여정에 나선다. 그는 외할아버지의 대를 이어 서자와, 사생아와, 혼혈아의 고향이자 "희망과 평화와 결속과 번영으로 넘치는" 유토피아를 향해 길을 떠난다. 길에서 길로, 마을에서 마을로 이어진 주인공의 구도 여행은 어느 바닷가 마을에서 끝난다. 길의 끝에 있는 이 삶의 장(場)에서 그는 아름다운 몸과 순수한 영혼을 가진 한 여자를 사랑하게 되고, 주인공의 낭만적 아우라(aura)에 매혹된 이 아가씨는 급기야 주인공과 성 관계를 맺는다. 오 개월 후 자신의 아기를 임신한 여인을 다시 만난 주인공은 낭만적 환상과 차가운 현실간의 괴리를 깨닫고 자살을 결심한 그녀를 목 졸라 죽인다. 죽어 가는 여자는 사산아를 출산하고, 주인공은 핏덩이 아기의 다리를 잡고 빙빙 돌리다가 바다 한 가운데 던져 버린다.

이 소설에서 바닷가 마을은 관념적 유토피아와 낭만적 환상을 붕괴시켜 버리는 냉혹한 삶의 공간이다. 이 환멸의 장(場)은 아무 것도 생산하지 못하는 불모의 공간이지만, 그 불모성은 외할아버지로 대표되는 계몽주의적 이상으로부터의 단절과 새로운 구도 행로를 촉발하는 생산적 불모성이다. 그 새로운 구도 여정은 『쿠마장』에서부터 시작된다. 쿠마(Cumae)라는 지명은 페트로니우스(Petronius)의 『사티리콘 The Satyricon』 48장에 나오는 이탈리아의 도시명으로, T.S. 엘리옷의 『황무지』 제사(題詞)에 인용되고 있다.254) 쿠마장터의 입구에서 주인공은 『강남견문록』에서 바다 속으로 던져 버린 사산아를 다시 목격한다.

　　난 어떤 가난한 여자가 나무 다리 위에서, 거 왜 개장국집 앞 내 위로 통나무 세 개를 가지런히 묶어 걸쳐놓은 거 있잖습네까? 그 위에서 애를 낳고 기절해 버린 걸 보았는데 말입죠. 핏덩이야 뭐 다리 아래로 꿀방울처럼 떨어져 돌에 부딪혀 묵사발이 되어버리더군입쇼. (89쪽)

　각설이의 장터 순례기 들머리를 장식하고 있는 이 장면은 각설이 연작의 종착지인 『유리장』의 마지막 부분에 다시 나타남으로써 구도 여정의 순환 고리 역할을 한다. 이 사산아의 어머니는 고자인 장감독(場監督)의 아내로, 장감독은 생식력을 상실한 자신의 삶을 저주하듯 아내가 보는 앞에서 "섬돌에다 머리를 짓찧어" 자살한다. 쿠마장의 감독자인 그는 거세된 왕을 상징한다. 『장끼전』과 마찬가지로 이 황폐해진 삶의 장(場)에는 세속왕(장감독)

---

254) Petronius, The Satyricon, Trans. P. G. Walsh, Oxford University Press, 1997, p.39. "나(트리말키오)는 어렸을 때 호머의 책에서 이런 이야기들을 읽곤 했죠. 그리고 무녀(Sibyl)에 대해서라면, 나는 쿠마에서 내 눈으로 직접 그녀를 봤답니다. 그녀는 단지(bottle) 속에 매달려 있었죠. 아이들이 "무녀야, 넌 무엇을 원하니?"라고 물을 때면 그녀는 대답하곤 했죠. "나는 죽고 싶어"라고." 이 쿠마의 무녀 이야기는 T. S. 엘리엇의 『황무지』(황동규 역, 민음사, 1974, 44쪽) 제사(題詞)에 인용되고 있다. 앞날을 점치는 힘을 지닌 이 무녀는 아폴로 신에게 손안에 든 먼지만큼 많은 햇수의 수명을 허용 받았으나, 그 만큼의 젊음도 달라는 청을 잊고 안 했기 때문에 죽지도 않고 늙기만 하여 단지 속에 들어가 아이들의 구경거리가 된다.

의 죽음에 이어 샤만의 죽음이 각설이를 기다리고 있다. 쿠마(Cumae)의 무녀와 마찬가지로 이 장터의 샤만인 독장수 역시 항아리 속에 살고 있다. 그는 항아리(관)에 묻힌 시체의 신기(神氣)를 빨아먹음으로써 죽지 않고 늙기만 한다. 소설 말미에서 그 독(관) 장수는 장감독을 장사지내고 나서 항아리 전에다 이마를 찧어 자살한다.

『장끼전』과 거의 동일한 구도를 그리고 있는 이 소설에서 각설이 구도자의 역할은 좀더 명료해진다.『장끼전』의 피리 부는 나그네와 마찬가지로 그는 죽지도 못하고 늙기만 하는 독장수로 하여금 자살하게 하거나 장(場)의 불모성을 표상하는 사산아와 장감독의 죽음을 목격하는 등 삶의 현장(場)으로부터 한발 빗겨나 있는 제삼자이지만, 독장수는 그에게 새로운 역할을 부여한다.

> 자네에게선 죽음 속으로 용감히 걸어가는 목숨 냄새가 나고 있기 때문이라. 삶 속으로 비틀거리며 걸어가는 죽음 냄새완 다르다. 달라.(95쪽)

독장수가 주인공에게서 왜 그런 메시아적 자질을 발견하게 되었는지는 알 수 없지만, 독장수는 내년 이맘때쯤 그가 돌아와 사산아를 낳은 여인과 결혼하리라는 예언을 한다.『장끼전』에서는 지나가는 나그네로,『쿠마장』에서는 죽음의 전령사이자, 목격자이자, 잠재적 메시아로 그려진 각설이 구도자는『산동장』에 와서는 완연히 예수의 형상을 하고서 장(場)의 파괴와 재생의 운명에 개입한다.『山東場-却說이 日記 基二』에서 장(場)은 병신들과 창녀들의 공간이다. 이 결핍과 불모의 삶터는 '병신들의 선생'으로 불리는 자가 군림하고 있다. 그의 설교에 따르면 장(場)은 "순댓국솥"과 같다. 그 삶의 솥은 온갖 더럽고 구역질나는 잡동사니들을 끓여서 신(神)이라는 그윽한 향기를 자아낸다.

> 이 냄새의 구수함, 그윽함, 고상함, 이 거룩함, 이 탈속-이것이 바로
> 나니라. 나는 너희들과 같은 병신 나부랭이들이 끓여져서 승화된 향기
> 니라. 나는 너희들의 질서며 너희들의 사상이다.(115~116쪽)

그의 말처럼 신(神)이란 결핍을 안고 있는 인간 존재(병신들)가 자신의 결핍을 역 투사하여 만들어 낸 '완전'과 '질서'의 관념 형상에 다름 아니다. 이 주인(신: 선생)과 노예(인간: 병신)의 관계는 각설이 구도자의 개입으로 인해 파괴된다. 그는 병신들을 위한 산상 수훈에서 인간의 결핍과 죄는 신(神)으로 인해 생긴 것이지, 신이 인간의 결핍을 메워주고 죄를 사해주는 것이 아니라는 것을 일깨워 준다. 그러자 병신들은 선생에게서 자신의 결핍을 되돌려 받기 위해 선생(신)을 조각내서 죽인다.

신의 독생자, 즉 예수의 형상을 하고 있는 주인공은 선생의 반대 극인 '운동'과 '혼돈'의 구도론을 체현하고 있다. 병신들의 선생과 주인공의 상극성이 가장 극명하게 드러나는 것은 창녀촌에서이다. 선생은 창녀들에 대해 "여자가 남자를 받고도 자식을 가질 수 없는 메마른 이단자들"이라며 저주를 퍼붓는데 반해 주인공은 창녀 중에서도 가장 창녀다운 "백치 인상이 도는 언청이"에게서 어떤 새로운 생명을 잉태시킬 자궁을 발견한다. 각설이는 그녀에게서 세 가지 여성을 발견하는데, 첫째는 생각도 감정도 이성도 없는 순전한 '몸'으로서의 여성이고, 둘째는 질서화할 수도 없고 분절할 수도 없는 혼돈을 구현하고 있는 백치로서의 여성이며, 셋째는 삶의 고단함과 고독을 위로 받을 수 있는 고향 같은 어머니로서의 여성이다. 그는 『쿠마장』의 항아리 장수가 예언한 것처럼 메마른 대지에 새로운 생명의 싹을 틔우기 위해 그 백치 여자와 성 관계를 맺는다. 그러나 그는 자신 또한 병자들의 선생과 마찬가지로 단지 한쪽 극(極)에만 서 있음을 깨닫고는 "불모하고, 광막한, 그 속에 아무 신비도 없는 빔(虛)"만을 지닌 그녀의 눈을 바라보며 그녀를 목 졸라 죽인다.

『山南場-却說이 日記 基三』에서 장(場)은 다시 황폐한 모성적 대지로 그려진다. 문둥병으로 황폐해진 이 대지의 신성은 문둥이 노파가 구현하고 있다. 그녀는 『장끼전』에서의 태주할미와 마찬가지로 이미 생산력을 상실한 대지모신이자, 천상과 지상을 연결하는 무녀(巫女)이다. 그리고 『장끼전』에서의 병든 천제는 문둥이 노파를 호위하고 있는 살아 있는 시체 같은 사내에, 태주할미의 손주딸은 문둥이 노파의 손주딸인 듯한 아름답고 순진무구한 소녀에 대응한다. 이처럼 『장끼전』과 동일한 상황―병든 대지―과 인물 구도―늙은 대지모신/병든 어부왕/순진무구한 소녀―을 재현해 놓고 나서 이 소설이 새롭게 설정해 놓은 것은 각설이 구도자가 떠맡을 희생양으로서의 역할과 『산동장』에서 구체화되었던, 백치 여인과의 성 관계가 열어 놓은 '아버지 되기'의 전망이다.

먼저, 각설이가 문둥이들의 병(죄)을 대속할 수 있는 것은 오직 그만이 아름다운 몸, 즉 죄가 없는 몸을 가지고 있기 때문이다. 이 소설의 문둥이 노파는 『산동장』에 나온 병신들의 선생처럼 삶의 대지에 스며 있는 죽음의 병균을 숙주 삼아 자신의 신성을 유지해 오고 있던 터라 무균(無菌)의 이방인(각설이)에 대해 질투와 두려움의 양가감정을 갖게 되고, 종국에는 이 "흠 없는 어린 양"을 대속(代贖)의 십자가에 매달려고 한다. 완연히 예수의 역할을 맡고 있는 각설이는 그러나 예수와 달리 대속양에의 호명을 받아들이지 않고, 따라서 죽지도 않는다.

> 내가 무슨 이 고장 사람들의 죄 많은 육신을 위해 스스로 대속물이 되려는 생각이 조금이라도 있었다면 소영웅 심리 탓이고, 정작 나로서는 내 발가락뼈라도 하나 던져줄 만큼 부자가 아니다.(…인용자) 왜냐하면 아직은 나는, 존재와 색을 사랑하며, 그것들에 탐닉되어 있으므로 갓 서른 살이란 무섭게 흔들린다.(198쪽)

십자가에 묶여 죽는 대신 각설이는 자신을 대신해서 죽고 싶어하는 사내를 돌로 쳐죽인다. 그리고 나서 그는 아름답고 백치 같은 소녀와 성 관계를 맺는다. 『산동장』의 언청이 창녀와 동일한 성격을 지닌 이 백치 소녀와의 성 관계는 각설이 구도자가 지닌 두 가지 역할, 즉 '질병'으로 표현된 희생 위기를 종식시킬 성스러운 대속양으로서의 역할과 늙은 부모(늙은 어부왕과 대지모신)의 장을 파괴하고 새로운 장에서 스스로 아버지가 되는 역할 중 두 번째 역할을 위한 신성 결혼을 의미한다.

> 명년 봄에, 오늘 묻은 내 동정(童貞)이 되살아 날 때는 나는 또, 동정
> 으로, 이 장(場)의 뭇계절을 통과해갈 게다. 난, 아버지가 되고 싶은
> 그놈의 동정 때문에, 늘 멈추지 못한다. (206쪽)

아버지가 되는 삶의 공간이라는 점에서 장(場)은 길 위의 여정이 끝나는 귀환의 종착지 같은 공간이다.[255] 그러나 인용문에 제시된 것처럼 각설이의 동정(童貞)은 계절의 순환 속에서, 혹은 그 시간적 순환이 공간으로 투사된 길의 순환적 운동성을 통해 끊임없이 재생하기 때문에 삶의 장(場)은 결코 도달할 수 없는 유토피아(No place)가 된다.

『山北場-却說이 日記 基四』에서 각설이 구도자는 생명이 움트는 봄이 오기 직전의 겨울장터로 들어선다. 각설이의 구도 여정이 일단락 지어지는 이 겨울 장터에는 이전의 장터에서 제시된 상황과 인물들이 망라되어 나타난다. 먼저, 이 겨울 장터는 너무나 황량하여 "밀폐의 열두 겹 항아리(甕棺) 속에서 우는 사산아[256]"(『쿠마장』)의 노래 소리만이 들리는 메마른 삶의

---

255) 장(場)은 길과 고향으로 이루어진 생의 공간적인 이중 운동에서 '고향'의 의미를 지닌다. 즉, 장(場)은 생명의 근원인 동시에 감성을 기르고 최초의 경험을 비장하는 세계요, 상상력과 기억의 보고인 동시에 생의 목표 설정과 가능성을 향한 외부로의 출발의 기점이요, 향수의 대상이며 귀환의 마지막 종점인 고향과도 같은 공간이다. 이재선, 『한국문학 주제론』(서강대출판부, 1989, 178쪽) 참고.

공간이다. 주인공은 그 장터의 들머리에서 서역 귀신(기독신) 들린 사내의 죽음(『산동장』)을 목격한다.

> 옷소매를 잘라내어 어깨로부터 맨살이 드러난 왼쪽 어깨엔, 고추와 숯을 꿴 외로 꼰 새끼줄을 둘렀고, 벗은 그 팔뚝은 피로 보이는 붉은색을 온통 철갑해 소름이 끼치게 하는 사내가, 누구나 다 달고 있는 그런 평범한 오른쪽 팔뚝의 오른손으론, 내놓은 자신의 음경(陰莖)을 잔뜩 움켜쥐고 바쁜 듯이 골목을 통과해나갔다. (310쪽)

피 묻은 왼쪽 어깨에 두른 금줄은 육신의 죽음을 통한 인신(人神)의 탄생을 표상한다. 그 사내는 (예수가 십자가에서 못 박혀 죽은) "제구시"의 탄생을 선포하며 미친 듯이 헤매 다니다가 여성의 성기 형상을 한 고목 나무 밑둥치에서 자위 행위를 한다. 그러나 이 기독신의 피 묻은 정액은 대지에 생명을 틔우지 못하는데, 왜냐하면 대지의 자궁이 생명력을 상실했기 때문이다. 『산동장』에서 황폐한 대지를 인격화하고 있었던 문둥이 노파는 이 소설에서 삼시랑(三神靈)을 섬기는 늙은 할미로 등장한다.

한편, 이 소설에는 지금까지의 장터에서는 나타나지 않았던 신성의 담지자가 등장한다. 그는 (삼신) 할미의 남편으로, 이 마을의 촌장이자 대장장이이다. 연금술사의 선조격인 그는 늙은 할미를 시우쇠 삼아, 서역 귀신(기독신) 들린 사내를 촉매로 해서, 대지를 일굴 보습과 신세계의 개벽을 일굴 창을 만들려고 한다. 그러나 자신은 단지 산파(産婆)일 뿐 연금의 주체는 아니라는 것을 알고 있는 그는 황폐한 대지로부터 생명(金)을 연단할 연금술사(손: 客)의 손(手)을 기다리고 있다. 그는 기독신(미친 사내)이 죽은 날 마을로 들어온 각설이를 그 연금술사로 여기고서 각설이가 보는 앞에서 살아 있는 할미를 화덕 속에 집어넣는다. 할미가 타는 것을 지켜보다가 화덕에서

---

256) 「山北場」, 『아겔다마』, 문학과지성사, 1997, 310쪽.

튀어나온 숯덩이에 한쪽 눈마저 잃어버린 이 애꾸 대장장이는 결국 각설이 구도자에 의해 화덕 속에 던져지고, 각설이는 기독신의 손과, 할미와, 대장장이를 삼켜버린 불을 뒤로하고 "새벽"을 향해 눈보라치는 밤을 헤쳐 나간다. 이 소설에서 각설이 구도자는 동서양의 전통적 신성을 연금술적으로 융합하여 새로운 시대의 장(場)을 개척해 나갈 역사적 주체로 그려진다.

『유리장』과 『죽음의 한 연구』는 지금까지의 『각설이 일기』 연작을 종합한 작품이다. '유리'라는 장터는 앞서의 모든 장(場)들을 응축한 단 하나의 장(場)이면서, 동시에 지금까지의 장들이 지닌 양면적 속성을 대표하는 두 공간이다. 먼저, 박상륭 소설에서 장(場)은 신화적 공간이면서 동시에 일상적 삶의 공간이다. 『유리장』의 유리는 인간과 동물과의 성교가 자연스럽게 묘사되는 신화적 공간이며, 『죽음의 한 연구』의 유리는 일상 세계(읍내)와 질적으로 다르지 않은 현실적 신성 공간이다. 둘째, 장(場)은 모성적인 신성 공간이면서 동시에 부성적인 신성 공간이다. 『유리장』의 유리를 지배하고 있는 신성은 '따님'이라 불리는 무녀에게 구현되어 있다. 제 꼬리를 물고 있는 큰비암과 이 마을 공지니(여자 점쟁이) 사이에서 태어난 그녀는 대지의 순환적 재생을 주관하는 대지모신이다. 이에 반해 『죽음의 한 연구』의 '유리'를 관장하는 신성은 선불교적 사제 왕(祖師)이면서 동시에 어부왕인 '촌장'에게 구현되어 있으며 세속(읍내)의 권력은 기독교의 근대적 계승자인 읍장(장로)에게 있다.

셋째, 장(場)은 거기서 나오는 공간이면서 동시에 거기로 들어가는 공간이다. 『유리장』에서 사복은 따님의 영토에서 나와 『쿠마장』부터 시작되는 각설이의 장터 순례에 들어선다. 이에 반해, 『죽음의 한 연구』의 유리는 각설이 구도자가 일련의 장터 순례를 마치고 최종적으로 죽음을 맞이하게 되는 종착지이다. 넷째, 장(場)은 죽음과 탄생을 비롯한 일련의 상극적 요소가 연금술적으로 융합되는 공간이다. 『유리장』은 따님이라는 모성적 대지의 파괴(죽음)를 극화하고 있고, 『죽음의 한 연구』는 새로운 생명의 재생 방법을 모색한다. 이렇게 각설이 구도자는 '유리'라는 모성적 대지로부터 벗어나(『유리장』) 성욕과 살욕이 상극적 질서 속에서 갈아드는 삶의 장(場)들을 순례하다가(『각설이 일기』 연작) 삶의 장에 쌓여 가는 상호적 폭력 충동을 중화시킬 신성한 희생 제단에 바쳐진다.(『죽음의 한 연구』)

## 1. 2 상징적 의미화

지금까지 살펴본 것처럼, 박상륭 소설에 나타난 초자연성은 정상적인 인간 관계의 한계를 넘어선 성적 충동과 죽음 충동의 그로테스크한 융합으로부터 발생한다. 고삐 풀린 성욕과 살욕이 난무하는 이 기괴하고도 신성한 세계는 우리의 일상적 현실과는 전혀 다른 세계이지만 그렇다고 우리의 경험 세계를 초월한 신비 세계도 아니다. 그 기이한 세계의 시공간은 구체적인 역사적 지표가 사상되어 있다는 측면에서 추상적·관념적·폐쇄적 시공간이지만, 우리 삶의 실재적 지각 경험을 핍진하게 재현하고 있다는 측면에서 구상적·현실적·개방적 시공간이기도 하다. 박상륭 소설의 작중 현실이 지닌 이런 이중성은 그것이 의미화 되는 방식을 통해 보다 분명하게 파악된다.

박상륭 소설의 작중 현실은 두 가지 의미 지향성을 내재하고 있다. 첫째는 일차적·축자적 의미 지향성이고, 둘째는 이차적·함축적 의미 지향성이다. 그의 작중 현실은 자기 지시적인 리얼리티를 구축하려는 의미 작용과 '다른 어떤 것'을 지시하려는 의미작용 사이의 긴장과 종합을 통해 의미화된다. '재현적' 의미화와 '알레고리적' 의미화라 명명할 수 있는 이 두 의미 지향성은 아주 특이한 중간 지대에서 변증법적으로 지양되는데, 그 바르도적 의미장은 <상징>의 생산과 수용이 이루어지는 해석 지평이다. 이 장에서는 이 세 가지 의미화 방식―재현·알레고리·상징―을 지배적으로 보여주는 세 작품에 한정해서 논의하고자 한다.

먼저, 재현적 의미화 방식을 두드러지게 보여주는 작품은 『시인 일가네 겨울』이다. 이 소설은 박상륭 소설에서는 아주 드물게 작중 인물에 고유명사가 부여되어 있다. 고유명사는 인물의 개성, 혹은 단독성을 부여하는 가장 일차적인 방법으로, 정엽, 홍선, 봉기 등 딱히 그 명명법의 알레고리적 의미를 찾을 수 없는 경우 그 인물은 손쉽게 현실적 실존성을 획득하게 된다. 또한 이 소설은 여타의 소설과 달리 시·공간적 배경이 역사적 구체성을 확보하고 있다. '다방', '레지', '호롱', '플래시', '재봉틀', '신문', '오바', '라디오', 재봉틀', '순경' '형사', '물레방아', '과수원', '교회', '읍' 등과 같은 단어들이 지시해주는 것처럼, 이 소설의 작중 현실은 이 소설이 쓰여진 시대(1968년)와 동시대의 산골 마을을 시공간적 배경으로 삼고 있다. 그리고 이 소설에는 작중 현실의 리얼리티를 의심할 만큼 기괴하거나 신비한 장면도 없고, 서사성을 침해할 만큼 관념적인 언설도 노출되지 않는다. 한마디로, 이 소설은 박상륭 소설에서는 보기 드물게 사실주의적인 형상화 방법을 따르고 있다.

이 소설은 이런 현실 재현의 토대 위에 아홉 개의 서사 장면을 매우 독특한 방법으로 결합시킨다. 작중 인물의 심리와 행위 묘사로 이루어진 각각의 서사 장면(sequence) 끝 문장과 첫 문장은 서로 긴밀한 의미 연관을 이루어 어떤 제삼의 의미를 형성하는 몽타쥬 형식으로 접합되어 있다.

첫 번째 장면은 정엽의 내적 독백과 행위를 묘사하고 있다. 그는 이전과 달리 산출이 시원치 않은 과수원을 경작하고 있고, 성적 매력을 상실한 그의 아내는 현재 장인 회갑연에 가고 없다. 그는 지금 삶에 대한 지독한 회의와 눈보라 치는 날씨에 대한 불길한 예감에 사로잡혀 있다. 그는 방에서 나와 잉걸불을 돋우고 나서 다시 방문을 열고 "신발을 갖고 들어가 웃목에 펴 놓은 신문지 위에 **장화**(강조: 인용자)와 짜란히 놓았다.[257]" 그리고 나서

**정엽**인 경련하듯 한번 떨곤, 종일 입고 있었던 **오바를 벗어 벽에다
걸었다**.(25쪽. 강조: 인용자)

두 번째 서사 장면은 "**걸어 두었던 오바를 떼어 걸치고, 홍선**이는 장갑
을 꼈다". 라는 문장으로 시작한다. 이 단락은 홍선의 내적 독백과 행위를
묘사한다. 정엽의 과수원 아랫동네에 사는 홍선은 집을 뛰쳐나와 '성영감'
으로 불리는 늙은 거지의 물레방앗간을 향해 걸어간다. 가난하고 비굴한
삶에 대한 저주로 똘똘 뭉친 그는 성영감을 살해할 마음을 먹은 것이다.
이 단락의 마지막 문장은 성영감에 대한 홍선의 상념을 기술하고 있다.

「**그는**(성영감: 인용자) 몇천 번이고 죽음을 생각했을 것이다. 고통
없는 **죽음을 원했을** 것이다. 그리고 기도하겠지」 (28쪽)

세 번째 장면은 「한울님, 제발 **목숨을 소롯이 데려가 주옵시오!**」 라는
성영감의 기도로 시작한다. 이 서사 단락은 가난과 추위에 떨고 있는 성영감
의 내적 독백을 주로 묘사하는데, 그는 굶주림과 모욕으로 점철된 삶에 절망
한 나머지 차라리 죽는 게 낳다고 생각하면서도 고통이 두려워 죽지도 못하고
있다. 이 서사 단락의 마지막 문장은 그 고통에 대한 항거를 묘사한다.

성영감은 눈에 보이는 그 고통을 흐린 눈으로 쏘아보며, 희미한 목
소리로 **대어들기** 시작한다.(30쪽)

네 번째 장면은 「그래서 **나를 어쩔 셈이야**, 나를?」 이라는 정엽의 독백으
로 시작한다. 정엽은 잠깐 동안 악몽에 시달리고 있었는데, 꿈인지 생시인지
잘 구분되지 않는 그 악몽 속에서 그는 "장갑을 끼고 장화를 신은" 사내에게

---

257) 「詩人 一家네 겨울」, 『열명길』, 문학과지성사, 1986, 25쪽.

살해 위협을 당한다. 텍스트에 내포된 독자는 두 번째 서사 단락에서 얻은 정보 때문에 '장갑'을 낀 이 악몽 속의 사내와 홍선을 연결시킨다. 또한 첫 번째 단락에서 정엽의 방안에 있었던, 그 주인을 알 수 없는 "장화"를 떠올리며 홍선이 박차고 나온 방은 홍선의 가난한 집이 아니라 어쩌면 정엽의 방일지도 모른다고, 즉 홍선은 정엽의 무의식적 충동을 인격화하고 있는 정엽의 분신(double)일지도 모른다고 생각한다. 게다가 "그의 얼굴이 차차로 낯익어졌을 때 정엽이는 깜짝 놀랐다. 그는 자기와 너무도 흡사하게 닮아 있었다.(31쪽)"라는 문장에 이르면 이런 혐의는 점차 굳어진다. 이 단락 마지막 부분에서 정엽은 홍선이 그랬던 것처럼 장갑을 끼고 장화를 신고 집 밖으로 뛰쳐나오는데, 악몽 속의 사내로부터 도망치려는 것인지 아니면 그 사내의 살인 충동에 동화된 것인지 모호한 태도로 그는 칼(과도)을 휘두르며 물레방앗간으로 향한다. 그는 논두렁에 걸려 넘어져 환각 속의 사내를 향해 절규한다.

기, 기어코, 내, **내가 죽어야 하는가?** 사, 사, 사람 살려! (32쪽)

다섯 번째 장면은 「안됐지만, 후후, 정말 안됐지만, **자네는 죽어야겠어!**」 라는 홍선의 내적 독백으로 시작한다. 자신이 죽이려는 성영감에게 해 주려고 준비한 이 말에서 '자네'라는 인칭 대명사의 주인은 성영감이면서, 동시에 앞 단락에서 "내가 죽어야 하는가?"라고 말한 정엽이기도 하다. '자네'와 '나' 라는 언동소(shifter)가 지닌 상황적 가변성을 십분 이용한 이 교차 편집 장면을 통해 정엽과 성영감의 동일성은 다시 한번 굳어진다. 이 단락에서 성영감을 살해하고 난 홍선은 "이렇게 해서…나는 죽었다! 내 손으로 죽었어!(35쪽)"라 고 외치는데, 홍선과 성영감의 동일성은 앞에서 도출한 홍선=정엽 : 정엽=성 영감이라는 전제로부터 얻어진 연역적 결론이다. 물론, 이런 연역추리는 '논 리적'인 추리가 아니라 '환상'의 논리이다. 이 단락의 끝은 죽은 성영감의 뻔히 뜬 두 눈을 보고 홍선이 문을 박차고 뛰어 나오는 장면이다.

> 그렇게 달리다가 **홍선인 푹 꼬꾸라지고 말았다**. 논두렁에서였다.
> (35쪽)

여섯 번째 장면은 "기를 **써서 일어난 뒤**, 켜진 채 버려져 있는 플래쉬를 움켜쥐고, **정엽**이는 다시 뛰기 시작했다."라는 문장으로 시작한다. 네 번째 장면에 이어진 이 장면은 다섯 번째 장면(바로 앞 장면)과 연결되어 다시금 정엽과 홍선의 분신관계를 확인시킨다. 이 여섯 번째 서사 단락 후반부에서 정엽은 환각 속의 사내로부터 도망치는 것을 포기하고 오히려 그를 기다린다. "그런데 바라보고 있는 사이 그 그림자는 사라지고 말았다(36쪽)." 홍선의 그림자가 사라졌다는 것은 정엽이 홍선의 그림자로부터 자유로워졌다는 것을 의미하는 게 아니라, 그가 완전히 그림자(환영 속의 홍선)와 동일화되었다는 것을 뜻한다. 이 단락의 마지막 문장은 더 이상 삶의 충만함을 주지 못하는 집(과수원)에 대한 회의와 집착의 양가감정에 시달렸던 정엽의 변화를 증명한다.

> 아직도 내가 과수원에 있는 줄 아는 모양이지? 허지만 난 여기에
> 있다네, **뛰쳐나오길 얼마나 잘했나**.(36쪽)

일곱 번째 서사 단락은 「**나오긴 정말 싫었지만**」이라는 봉기의 내적 독백으로 시작한다. 여기서 처음 등장한 '봉기'는 평소 성영감에게 도움을 많이 주던 인정 많은 젊은 거지이다. 이 교차 편집된 독백을 통해 독자는 정엽과 봉기 사이에도 혹시 분신 관계가 설정된 건 아닐까 하고 생각한다. 이 서사 단락의 마지막 장면은 성영감이 기다리고 있을 물레방앗간으로 향하는 봉기를 묘사하고 있다.

그는 몹시 초조해 **서둘렀다.** (36쪽)

여덟 번째 서사 단락은 "**차분한 마음**이 되어서 정엽인, **서두름 없이** 눈을 털며 일어섰다."라는 문장으로 시작한다. 여기서 정엽과 봉기 사이의 분신 관계가 확인된다. 나오기 잘했다 ⇔ 나오기 싫다 · 느긋해지다 ⇔ 서두르다 라는 대립 관계 속에서 봉기는 정엽이 이미 던져 버린 선한 속성을 인격화하고 있는 정엽의 또 다른 자아임을 알 수 있다. 이 서사 단락은 이미 죽어 버린 성영감을 발견한 정엽이 (전혀 뜻밖의 장면이라서) 놀라서 그런지, 아니면 (성영감을 살해한 이후라 힘이 들어) 피곤해서 그런지 알 수 없는 모호한 상태에서 주저앉는 장면으로 끝난다.

그대로 조용히 허물어져 **주저앉았다.** 피로했던지도 모른다. (37쪽)

마지막, 아홉 번째 장면은 "얼굴에 차가움을 느끼고야 정엽이는 **정신을 차렸다.**"라는 문장으로 시작한다. 유독 이 서사 단락만 이전과 달리 앞 단락과의 몽타쥬식 연결이 없는 것은 여섯 번째 장면에서 홍선의 그림자가 사라진 이후 정엽은 이미 홍선과 동일화 되었기 때문이다.—이후 홍선은 다시 등장하지 않는다.— 그렇기에 정엽은 경찰에 잡혀가면서도 자신의 혐의 사실을 부인하지 않는다. 이 서사 단락(이 소설)의 마지막 문장은 정엽이 형사에게 하는 말이다.

「내 피에 대하여 당신은 죄가 없으니, 빌라도여, 당신은 손을 씻으시오」

정엽의 이 말은 이 소설의 의미화 과정에 새로운 전기(轉機)를 가져온다. 형장에 끌려가는 예수에 대해 빌라도가 한 말[258]을 예수가 직접 하는 방식으로 인용된 이 문장으로 인해 독자는 지금까지의 순차적 독서를 되짚어 처음부터 다시 시작해야 하는 상황에 놓인다.

먼저, 첫 장면에서 과수원에 있는 정엽은 태초의 신의 아들(아담)을 환기시킨다. 그리고 황폐해진 사과 과수원은 신으로부터 버림받은 에덴 동산을, "허영을 잃은", "소박하지만 정서가 없는" 아내는 젊음과 매혹을 상실한 여자(이브)를, 회갑을 맞은 아내의 아버지는 아담의 갈비뼈로 여자를 창조한 늙은 성부를, 정엽이 기르는 검둥 개는 에덴 동산의 뱀을 환기시킨다. 개와 뱀의 등가성은 『늙은 개』와 『유리장』에서 이미 확인된 바 있다. 이 서사 단락에는 장인 영감 말고 또 다른 늙은이인 성영감이 언급된다. 집이 없어서 과수원(聖)과 읍(俗)의 중간에 위치한 물레방앗간에 거처하는 이 불쌍한 늙은이는 겨울이라 곡식을 빻지 못하는 물레방아간의 주인으로 그려진 『세變調』의 경작왕(耕作王)과 동일한 성격을 지닌 인물이다. 박상륭 소설에서 이 늙은 경작왕은 병든 어부왕, 혹은 에덴의 타락을 선포함으로써 스스로 에덴에서 쫓겨난 늙은 성부(聖父[259])이다.

두 번째 장면에 등장한 홍선은 원래는 정엽(아담)과 같은 집에 살았지만 ―그가 신은 장화가 정엽의 방에 있었다― 신으로부터 버림받아 비참한 삶의 나락으로 추방된 '카인'을 환기시킨다. 성영감을 살해한 도구가 '돌'이라는 점은 이런 암시를 부연한다. 그는 스스로를 "장난감도 없는 방" 속에 갇혀 있는 존재로 여기는데, 여기서 방은 근원적인 유희 충동이 금지된 삶의 굴레를 비유한다. 그는 힘없는 생명에 대한 가학적 살해―『죄와 벌』의 라스콜리니코프적 살해―를 통해 그 금기의 굴레를 벗어나려 한다. 절대악의 화신처럼 표현된 홍선 또한 예수의 징표를 지니고 있다. 그는 성영감을 살해

---

258) 마태복음 27장 24절, "빌라도가 아무 효험도 없이 도리어 민란이 나려는 것을 보고 물을 가져다가 무리 앞에서 손을 씻으며 가로되 이 사람의 피에 대하여 나는 무죄하니 너희가 당하라"

259) "성영감"은 聖영감, 즉 늙은 聖父의 알레고리적 명명이다.

하기에 앞서 자신을 "난 사람이야. 십자가 뿌리로 방울져 내리는 보혈이야!"
라고 소개한다. 따라서 그가 성부를 표상하는 성영감 살해를 자기 살해로
인식할 때[260) 그가 죽인 것은 신의 인간적(육체적) 속성이다.

세 번째 장면에서 처음 언급되고, 일곱 번째 장면의 중심 인물로 등장한
봉기는 굶주린 자에게 동정을 베푸는 거지(각설이)라는 점에서, 그리고 먹다
남은 빵 조각을 '물고기'에게 던져 주고, 성영감에게 주려던 빵이 '다섯
덩이'라는 점에서(五餠二漁) 가난한 생명들의 구원자인 예수를 환기시킨다.
예수의 상극적 속성을 나누어 구현한 홍선과 정엽이 각기 환상과 실재 속에
서 성영감을 살해했다면, 예수의 구원자적 속성을 구현하고 있는 봉기는
성영감을 살리려고 한다. 그러나 봉기에 의해 고발된 정엽은 다음과 같이
말함으로써 봉기 역시 잠재적으로는 성영감의 살해자임을 주장한다.

> 내가 여기 닿았던 시간에 당신이 닿았고, 당신이 여기 닿았던 시간
> 에 내가 닿았더라면 경우가 바뀐다는 걸 말요. 알겠소? (38쪽)

그러므로 봉기 역시 잠재적으로 성영감 살해에 동참하고 있다고 봐야
한다. 그는 아직 '홍선'化 되지 않은 '정엽'일 뿐이다. 결국 이 소설은 세
명의 예수가 실행한 하나의 성부 살해 사건을 그리고 있다. 그 살해 혹은
자살의 구도론적 의미는 마지막 장면에 제시되어 있다. 형장으로 끌려가는
정엽은 짙은 새벽과 새하얀 눈송이 속에 드러난 가난한 마을을 바라보며
대속의 사명을 떠올린다.

> 어디에론가, 가야 할 사람들이, 값싼 일숙박비를 지불치 못해 몸뚱

---

260) 성영감을 살해하고 나서 「이렇게 해서…나는 죽었다! 내 손으로 죽었어! 나는 지금
바꾸어져 있을 것이다.」라는 홍선의 외침은 그의 살해가 자살의 성격을 지닌다는
것을 말해준다.

이를 담보로 살며 빚을 갚아 줄 소식을 기다리고 있거나, 유배 온 죄인들이 죄를 벗겨 줄 전령을 기다리며 막연하게 살고 있는 곳만 같이 생각되었다. (39쪽)

그(정엽: 예수)에 의하면 인간의 삶이란 '빚'진 삶이며 '죄'진 삶이다. 홍선이 성영감을 살해한 것은 인간이 진 빚(죄)을 갚기 위한 것이며 정엽이 자신의 혐의 사실을 인정한 것은 죄(빚)를 대신 갚기 위함이다. 정엽의 마지막 말 "나를 담보로 삼아 두고, 모두 떠나 주기를 원합니다. 고향으로 가야 될 곳으로"이 암시하는 것처럼, 이 대속의 목적은 인간을 추방된 삶으로부터 구원의 땅으로 인도하는 것이다.

이처럼, 『시인 일가네 겨울』에 등장하는 인물의 성격과 행위는 축자적 의미 너머 '다른 어떤 것'을 환기시킨다. 이 텍스트와 상호 텍스트적 관계를 형성하고 있는 텍스트는 기독교 성서이다. 그러나 이 소설은 기독교라는 종교적 관념 체계의 알레고리(비유담, 교훈 예화)가 결코 아니다. 다시 말해서, 이 텍스트와 성서 텍스트가 맺고 있는 함수 관계는 일 대 일 대응 관계가 아니다. 이 소설은 성서 텍스트를 완전히 뒤집어 놓기도 하고—아담과 카인의 동일화— 심각하게 굴절시키기도 하면서—예수는 살해자이다— 성서 텍스트를 그와는 전혀 다른 해석 지평 속에 옮겨 놓는다.

그 지평 중 하나는 정신 분석학적 해석 지평으로, 정엽은 초자아와 이드 사이에 있는 에고를, 홍선은 이드의 파괴적 충동을, 봉기는 도덕적 양심으로 내면화된 초자아를 구현하고 있으며, 성영감 살해는 외디푸스 컴플렉스의 발현이라고 해석할 수 있다. 굳이 정신분석적 해석 기계의 도움을 받지 않더라도, 이 소설은 1960년대 후반을 살아가는 고뇌 어린 영혼들을 통해 인간 존재의 근원적 이중성과 초월에 대한 갈망을 표현하고 있음을 알 수 있다. 한마디로, 이 텍스트는 성서적 비유담(parable)이 아니라 잠재적으로 무한한 의미를 생산하는 자기 충족적 세계이다.

이 소설의 작중 현실이 환상적 불확정성을 불러일으키는 점은 이 소설이 알레고리로 환원되지 않는다는 것을 방증한다. 어떤 작중 현실이 환상적 불확정성을 띠기 위해서는 일단 그것이 실제 현실을 재현하는 것으로 받아들여져야지, 다른 어떤 이차적 관념을 대신하는 것으로 여겨져서는 안 된다. 앞서 언급한 것처럼, 이 소설의 작중 현실은 사실적으로 의미화 된다. 이런 재현적 의미 작용에 기반해서 이 소설은 분신의 모티프와 언어적 몽타쥬 기법을 통해 사실과 상상간의 모호한 경계 영역을 그리는데 성공하고 있다. 이 소설을 읽는 독자는 누가 (살인) 행위를 했는지, 누가 누구에게 말하고 있으며, 그들의 관계는 무엇인지, 어떤 것이 사실이고 어떤 것이 사실이 아닌지(상상, 환각) 확정할 수 없다. 결론적으로, 이 텍스트는 일차적·축자적 의미 지향성을 견지하는 동시에 이차적·비유적 의미 지향성을 지니고 있다. 서로 길항 관계에 있는 이 두 의미 지향성이 어떤 모순도 일으키지 않고 공존하는 의미화 방식은 <상징>적 의미화이다. <상징>은 다른 어떤 관념을 의미하면서 동시에 단독자로서의 자기 존재성을 견지한다.

박상륭 소설 중에서 알레고리적 의미 작용을 가장 현저하게 보여주는 작품은 『열명길』이다. 이 소설을 우화 소설로 읽는다는 것은[261] 이 소설의 작중 현실을 축자적 현실이 아니라 다른 어떤 역사적 사건이나 추상적 개념을 대신하는 것으로 받아들인다는 의미이다. 그럴 수 있는 일차적 요인은 이 소설의 작중 현실이 연대기적·지리적 위치[262]를 가늠할 수 없는 중성적 시공간을 배경으로 하고 있음에도 불구하고 특정한 사회 역사적 현상을 강하게 환기시키기 때문이다. 이 소설이 인유(allusion)하고 있는 사회 역사

---

261) 천이두, 「박상륭의 『열명길』」, <월간문학>, 창간호, 1968, 11. 저자는 박상륭의 『열명길』을 우화소설로 상정하고, 이 소설의 작중 인물이 구현하고 있는 우의적 의미를 해석한다.

262) 이 소설의 공간적 배경은 『뙤약볕』 연작과 마찬가지로 '섬'이다. 섬은 그 폐쇄성으로 인해 작가의 세계상(imago mundi)이 구현되는 알레고리적 공간으로 자주 등장한다.

적 정치 현상은 이 소설과 연작 관계를 맺고 있는 『뙤약볕 2』의 마지막 장면을 통해 짐작할 수 있다.

> 그리고 마지막 시민인 그 젊은 여자는 바닷물을 퍼올려 마시기 시작했다. 에뤼식톤처럼. 이 세계를 송두리째 삼키기 시작했다. 그녀의 자궁 속에서 어떤 생명이 제국주의적인 맹아를 키우고 있었는지 어쨌는지는 알 수가 없다. (127쪽)

디오니소스적 충동을 체현하고 있던 바람쇠와 아폴론적 이성을 체현하고 있던 족장의 배아가 죽음의 독성을 함유하고 있는 양수(바닷물) 속에서 결합되어 탄생시킬 생명은 "제국주의적인 맹아"를 내포하고 있다. 『열명길』은 그 바람쇠의 충동성을 이어받은 왕과 족장의 이성을 이어받은 시의(侍醫) 대목수가 <집단>이라는 양수 속에서 탄생시킨 제국주의적263) 권력 현상을 인유하고 있다. 일단, 이 소설이 우화 소설이라는 가정 하에 이 소설에 구현된 가상 국가의 구성 요소들이 환기하는 알레고리적 의미를 추출해보자.

먼저, 이 가상 국가의 왕은 정치의 종교화를 추구하는 파시즘적 지도자 내지 폭압적 권력을 표상한다. 왕은 선왕의 대를 이어 집권하자마자 검센

---

263) 임우기, 「'매개'의 문법에서 '교감'의 문법으로」, <문예중앙>, 1993, 여름. 저자는 박상륭의 『열명길』은 서구 제국주의(왕) 이념과 그 서구 이념의 전달자로서의 '제3세계적 지식인'(대목수) 그리고 피해자로서의 '제3세계적 민중'(백성들) 사이의 관계를 종교형과 이념형의 관계 속에서 알레고리로 보여주고 있다고 말하는데, 이런 결론은 합리적 이성을 기본 이념으로 하는 4·19 세대 비평가들에 대한 적대감과 이 소설에서 그 합리적 이성을 체현하고 있는 侍醫 대목수에 대한 부정적 편견으로부터 비롯된 다소 왜곡된 평가로 보여진다. 대목수가 碧眼(푸른 눈)이라는 것과 토착민이 아니라는 사실로부터 이 소설의 갈등 축을 토착 민중과 서구 제국주의와의 대립으로 단정짓는 것은 이 소설의 신화적 성격뿐만 아니라 구체적인 세부 현실을 충분히 고려하지 않은 성급한 결론이다.

종자—그는 무력을 표상한다—의 날선 도끼를 앞세워 일단의 정치 개혁을
단행한다. 대신직을 祭長職으로 개칭하고 집정관을 祭堂으로 개축하는 한
편 이 왕국의 상징물인 용골두를 본떠 석재로 만든 우상을 神現(화룡)으로서
누구나 생명을 느낄 수 있도록 만드는 등 그는 지금까지의 과두 정치 형태를
종교적 전제 국가 조직으로 바꾼다. 그와 함께 왕은 백성들에게 아편 재배를
적극 권장, 그것을 고가로 사들여 담배로 제조한다. 다음 인용문은 그의
행위가 근대 사회의 어떤 정치 현상을 인유하고 있는지 말해준다.

> 그 몇 해는 아편이 되기도 잘 되었다. 이땐 벌써 제장들의 횡포는
> 삼가 대미를 감춘 뒤였다. 백성은 왕만의 심복한 신민으로서 제장들은
> 물 위에 뜬 나무조각이었다. 사들인 아편은 대목수의 지도 아래 공장
> 에서 담배로 제조되었다. (…인용자) 이러는 동안에 숨겨졌던 유전(遺
> 錢)은 바닥이 드러나고 있었지만 백성의 신망과 아편은 불어났다. (53
> 쪽)

  대신들을 통한 대의정치(代議政治)가 백성들의 광신을 등에 업은 왕의
전제군주제로 바뀌었다는 것은 근대 사회의 대의 민주주의 체제가 백성들
의 맹목적 열광을 등에 업은 일인 독재 체제(파시즘)로 바뀐 것을 인유한다
고 볼 수 있다. 실제로 왕은 자신을 신(神)—불: 정념과 디오니소스적 충동의
표상[264]—의 대리자로 자임하고 민중들 역시 자신들에게 경제적 부와 생명

---

[264] 대목수 아버지는 불교와 기독교를 융합하여 이 불의 신성에 대해 설명한다. 먼저,
그는 요한 복음 1장 1절~3절까지의 말을 인용하여 "태초에 불이 있었느니라. 불은
신과 함께 계셨고, 이 불은 곧 신이었던 것이니라. 그가 태초에 그와 함께 계셨고,
만물이 그로 말미암아 지은 바 되었으니, 지은 것이 하나도 그가 없이는 된 것이
없었느니라"라고 말한다. 따라서 기독교의 관점에서 불은 <말씀>(로고스)이다. 한
편, 그는 불에 귀의하는 수행법을 말함에 있어서는 불교적 관점을 취해 "자신을 비
우고 또 비워 진공이 될 때까지 비우는 방법(…인용자) 그러나 부정하는 방법으로
관찰(명상: 인용자)을 계속해 간다면 틀림없이 불을 찾을 수 있을 것입니다. (…) 그

력의 고양을 제공하는 왕에게 맹목적으로 복종한다. 여기서 제기되는 문제
는 집단으로 하여금 개성과 이성을 상실케 만들고, 나아가 파시스트[265]에게
자신의 생명을 헌납하게끔 만드는 이 아편의 알레고리적 의미이다. 민중들
의 물질적 충동을 유인하면서 동시에 그들의 의식을 마비시키는 이 아편은
(무솔리니, 히틀러의) 파시즘적 이데올로기일 수도 있고, (제 3공화국의) 근
대화의 약속일 수도 있고, 자본주의 이데올로기나 물질 만능주의일 수도
있다. 어느 것이든 아편은 무정형의 집단(군중) 속에 잠재해 있는 파괴적
충동[266]을 일깨우는 촉매제를 표상한다.

왕은 집단적 생명 속에 도사리고 있는 그 폭력 충동을 일깨워 죽음의
제단에 바쳐진 희생양을 향해 분출되도록 하는데, 이것은 파시스트가 군중
의 파괴적 공격성을 내·외부의 적을 향해 분출되도록 조작하는 현상을
연상시킨다. 다음 인용문은 열무날의 희생제의에 참여한 백성들에 대해 대
목수가 품고 있는 생각을 묘사한 대목으로, 이를 통해 아편의 상징적 의미를
보다 명확히 파악할 수 있다.

> 열닷새 후에는 단추없는 웃들만이 스적스적 걸어 나가겠지. 그 이후

---

리하여 불의 전체(브라흐만: 인용자)를 찾았다면 자기의 불(아트만: 인용자)을 거기
에 귀의시키는 노력을 해야 됩니다."라고 말한다. 그때 불(火)은 불(佛)의 음독(音讀)
이라고 할 수 있다. 한편, 왕은 통종교적인 신성으로서의 불에 내재한 디오니소스
적 정념(passion)을 끄집어내어 자기 희생(수난: Passion)을 통해 불과의 합일을 추구
한다.

265) 천이두, 「박상륭의 『열명길』」, <월간문학>, 창간호, 1968, 11. 저자는 왕의 모습에
    서 히틀러나 3. 15 부정선거의 원흉들이 저질렀던 것과 같은 파괴적 에너지의 비극
    적 자폭의 단적인 표현을 보게 된다고 말한다.

266) S. Moscovici, 『군중의 시대』, 이상률 역, 문예출판사, 1996, 127~129쪽. 군중의 주된
    성격은 공통된 성격과 감정 속에 개인들을 융합시키는 것인데, 이것은 개성의 차이
    를 희미하게 하고 지적인 능력을 저하시킨다. 군중은 범죄적 집단이나 동기없는 폭
    력을 휘두르는 미친 사람들(folles)이라고 불릴 정도로 파괴적 충동을 내재하고 있다.

엔 성벽을 두들기며, <우리에게 담배를 주시오. 담배를 주시오>하고
아우성칠 게다. 떨어진 단추를 달라는 사람도 있을 것인가? 손이 피투
성이가 될 것이다. (…인용자) 대목수는, 눈에 뜨이는 빨간 단추 하나를
주워 엄지손가락 바닥에 놓고 꾹 눌러 보았다. 그리곤 호주머니 속에
다 깊이 간직했다. (69쪽)


아편과 함께 이 소설에서 가장 중요한 메타포는 빨간 "단추"이다. "단추
없는 옷"이라는 표현이 암시하는 것처럼 아편과 단추는 상극적 관계에 있다.
아편은 인간만이 입고 있는 옷의 단추를 떨어지게 만들어 동물적 본능에
몸을 맡기게끔 한다. 이에 반해『열명길』의 대목수가 실현하지 못한 이상을
『宿主-열명길 其二』의 난쟁이 광대로 하여금 실현케 한[267] 이 "빨간 단추"
는 집단적 생명력의 핵이나, 유동적이고 무제한적인 충동의 제어점, 혹은
문명과 이성을 표상하며, 그 빨간 단추의 소유자인 대목수(大木瞍[268]))는 근
대적 이성을 표상한다.[269] 벽안(碧眼: 푸른 눈[270]))의 시의(侍醫[271]) 대목수는

---

267)『열명길』마지막 장면에서 대목수는 처형 직전 빨간 단추를 삼키는데, 그의 목이 절
단됨과 동시에 그 빨간 단추는 용상 아래에 가서 떨어진다.『숙주-열명길 기이』에
서 난쟁이 광대는 자신의 사명인 양 그 빨간 단추를 집어 든다.

268) 大木瞍란 이름에서 나무(木)는 대목수의 말 "그러나 불잉걸의 정말 깊은 속엔 정작
불음 없죠. 그게 불이 되었을 땐 재만 남을걸요"(51쪽)에서 암시된 것처럼 왕이 합
일하고자 하는 <불:火>과는 상극이면서, 동시에 그 불에 태워짐으로써 새로운 생
명이 싹틀 대지의 거름(재)이 된다는 의미를 함축한다. 박상륭 소설에서 이 나무는
세속과 신성을 연결하는 세계수의 표상이기도 하다. 몸의 우주(땅)에서 마음의 우
주(하늘)로 통하는 이 세계수에서는 "스스로 고자되기"(『칠조어론 1』, 31쪽)로 표현
된 희생 제의가 일어나는데, 그의 이름에서 瞍(소경)는 단어는 '눈', 곧 '남근'이 제
거된 희생양의 의미를 함축한다.

269) 천이두, 「박상륭의『열명길』」, 저자는 대목수를 학문과 과학과 문명의 알레고리로
파악하면서, 결국 자신의 신념을 굽힌 그는 신념 없는 지식인, 표적이 투명치 못한
과학발전의, 야만적 파괴의 생리를 구현하고 있으며, 히틀러에 의해 동원된 최고의
학문과 기술, 3. 15에 이용된 숱한 어용 이론과 장비의 정체를 담지하고 있다고 말
한다. 한편, 임우기는 「'매개'의 문법에서 '교감'의 문법으로」(<문예중앙>, 1993,

종교·철학·학문의 영역을 담당해온 선조들의 역할을 이어받아 근대적
이성(과학정신·합리주의·실증주의)을 통해 진리(불)를 탐색한다.

> 대목수는 왕자가 그러는 동안을 해부실에서 보냈었다. 그의 방법은
> 달랐다. (…인용자) 그이 방에선 헤아릴 수 없이 많은 개구리와 쥐와
> 토끼가 난도질되어 쓰레기 처리장으로 보내어졌다. 그리소의 그의 결
> 론은 「나는 아무리 애썼지만 뼈와 살과, 골과, 털과, 물과, 찌꺼기밖에
> 불은 찾지 못했다. 유기적으로 구성된 세포들의 운동으로서만 생명은
> 가능했는데 그렇다고 그 운동이 불에 의해 야기되는 것 같진 않았다.
> 불은 없었다. (51쪽)

  왕이 추구한 정치의 종교화가 파시즘을 인유한다면, 대목수로 표상된 근
대적 지성이 그 파시즘에 대해 어떤 태도를 취하고 있는지가 문제의 핵심으
로 떠오른다. 그는 왕이 도입하려 하는 <불>의 신성이 종국에는 파국적

---

여름)에서 대목수는 서구 합리주의와 과학주의에 물든 토착 지식인을 대표한다고
규정한다. 대목수를 서구로부터 온 과학적 이성의 알레고리로 보는 데 있어서는 둘
의 의견이 일치한다. 그러나 임우기가 대목수를 토착적 정서를 부정하고 제국주의
적 권력(혹은 제 3 공화국)에 봉사하는 서구 합리주의의 맹목적 신봉자라고 몰아
부칠 때 그 비판의 대상은 4·19 세대 비평가들인데, 이는 (4·19세대 비평가인) 천
이두가 대목수를 3. 15 부정선거에 이용된 어용 지식인에 빗댄 것과 기묘한 대조를
이룬다.

270) 대목수가 벽안의 사대 혼혈이라는 사실로부터 그가 서구 제국주의 세력을 표상한다
고 규정하는 것은 성급한 결론이다. 박상륭 소설에서 '푸른 눈'은 '토착인'의 대립
항으로서의 '서양인'을 의미한다기보다는 『아겔다마』에서 푸른 눈을 가진 예수처
럼, '갈색 눈'으로 표상된 지상적(육체적) 갈망과 짝패를 이루는 탈-지상적(종교적)
열망을 표상한다. 『죽음의 한 연구』이후 이 푸른색은 '白色'으로 탈색되어 나타난
다.

271) 이 가상 왕국이 수립된 이후 사대 째 내려오는 왕과 시의(侍醫)와의 관계에서 정치
적 수장으로서의 왕과 한 짝을 이루는 이 시의라는 직책은 주술적 치료사(Healer:
샤만)를 의미한다.

결과를 낳으리라는 것을 알고 있었고, 또 지속적으로 왕을 만류해 왔다. 아편 재배를 한사코 반대하던 대목수는 왕에 의해 소금 뒤주에 갇히게 되고, 시간의 흐름으로부터 소외된 것 같은 그 폐쇄 속에서 변절을 결심한다.

> 「될 수만 있다면 난 언제까지고 살고 싶었다. 내 것이 아닌, 다른 사람의 꼭두각시 생명이면 어떠냐? 무엇을 즐길 수 있다는 건 좋은 것이다. 나는 나 하나가 죽어짐으로 세상이 천국이 된다더라도, 난 안 죽을 수 있으면 안 죽을 것이다.」 —이것이 대목수가 소금 뒤주를 회상할 때면 스스로도 믿지 않으면서 하는 말이다. 「그러나 사실 난 꼭 한 번 죽고 싶었을 뿐이다. 그래서 난 죽고 있다.」 (52쪽)

대목수의 변절을 단순히 "신념 없는 지식인의 비겁"[272]으로 환원할 수 없는 이유는 인용문의 끝부분에 말해진 바 그가 자신의 변절[273]을 최후의 "꼭 한번" 죽기 위한 죽음의 지연 과정으로 인식하고 있기 때문이다. 그것을 변절자의 자기 변명으로 받아들이기는 그의 고뇌[274]가 너무 무겁고 왕을 독살하려는 그의 계획은 너무나 치밀하다. 그는 석달 전부터 왕에게 비소제 (砒素: 생명력의 비약과 탈취)를 조금씩 복용시켜 왔고 왕이 중독 증세를

---

272) 천이두, 「박상륭의 『열명길』」. 저자는 대목수를 비겁하고 신념 없는 지식인으로 파악한다.

273) 대목수는 자신의 이상 실현에 "실패"한 것이지, 결코 세속적 욕망에 눈이 멀어 변절한 것이나(천이두의 견해) 왜곡된 신념에 따라 동조한 것(임우기의 견해)으로 보기는 어렵다. 그는 자신의 실패를 만회하려고 하는 대신 왕의 파괴적 충동이 왕 자신의 파괴로 귀결될 때까지 밀고 나간다. 악화를 촉진함으로써 악화가 양화로 전화되도록 하는 그의 동조 행위는 그래서 변증법적, 혹은 연금술적 성격을 지닌다.

274) 박상륭 소설을 알레고리로 해석하기 힘들게 하는 것은 인물들 각각이 자기만의 강력한 파토스를 지니고 있기 때문이다. 아무리 주변적이거나 부정적인 인물이라도 그들의 존재론적 고뇌는 그들을 어떤 단일한 가치 체계나 의미 체계로 가둬놓기 힘들게 한다. 전체적으로 이런 종교·철학적 고뇌는 그의 소설에 비극적 신화의 에너지를 불어넣는다.

보이자 구토제(주석: 촉매)를 복용시켜 감홍 반응을 기다리다가 오르기트
시럽을 처방해서 최종적으로 왕의 몸에서 부식성 수은이 생성되도록 한
다.275) 생명력의 비약을 통해 신성에 도달하려는 왕의 구도론을 역으로 이
용한 그 연금술적 독살 계획에 따라 왕은 수은 중독으로 죽어가다가 종국에
는 대목수와 함께 자신의 육체를 화룡의 제단에 바친다. 왕과 대목수가 함께
화룡의 불 속에 던져지는 이 소설의 마지막 장면은 연금술적 상상력에 입각
한 작가의 역사관이 함축되어 있다. 작가는 파시즘적 권력과 실패한 과학
이성이라는 상극적 짝패가 파괴와 재생의 <불> 속에 융합됨으로써 그로부
터 피폐한 역사와 가난한 삶을 구원할 현자의 돌276)이 생성되기를 기대하고
있다.

『宿主-열명길 其二』는 자기 파멸로 종결된 파시즘적 권력의 폐허로부터
민주 공화제가 탄생하게 되는 과정을 인유하고 있다.『열명길』과 반대로,
이 소설에서는 대목수의 대를 이어 시의(侍醫) 자리에 오른 "난쟁이 광대"가
정치 권력의 주도권을 쥐고 있다. 제비뽑기에서 죽은 왕의 용포를 얻게 된
"검은 피부의 검센 종자"는 무력을 앞세운 꼭두각시일 뿐이고, 모든 국사는
지혜로운 난쟁이 광대가 주도한다.277) 전편의 대목수 목구멍으로부터 튀어

---

275) 이 과학적(화학적) 독살 과정은 연금술의 논리를 따른다. 여기서 orgy(과도한 활력)
를 환기시키는 오르기트 시럽은 연금술사들이 수은을 응고시켜 현자의 돌을 만들
기 위해 사용하는 엘릭시르(alichsir), 즉 만병통치(不死) 약을 의미한다. Allison,
Coudert,『연금술 이야기』(박진희 역, 민음사, 1995, 275~296쪽)를 보면 수은, 비소
성분이 함유된 이 엘렉시르를 섭취하여 불사(不死)를 얻으려다 납·비소·수은 중
독으로 죽은 사람들이 많은데, 대목수의 독살 계획은 이 연금술을 이용한 것이다.

276) 왕을 죽음으로 몰아간 이 수은은 불 속에 고정됨으로써 현자의 돌로 변성한다. 일단
고정되면 수은은 현자의 돌로서의 성질을 획득하여 가난한 자들을 부유하게 하고
병든 자들의 고통을 덜어주는 데 쓰이게 된다. 결국 현자의 돌은 완전한 조화 속에
서로 반대의 성질을 띠고 있는 것들의 결합통일로 이루어져 있다. Allison Coudert,
『연금술 이야기』, 96쪽.

277) 르네 지라르는『폭력과 성스러움』, 182쪽에서 왕이 직접 개입하지 않은 축제에서

나온 "빨간 단추"를 넘겨받은 이 난쟁이 광대는 용의주도하게 권력을 장악해 가며 종국에는 허수아비 왕(검센 종자)을 제거[278]하고 스스로 왕이 된다. 그를 왕위에 세운 근대적 병사 조직은 그 새로운 왕을 <人神>이라 부른다.

> 왕위에는 그리고 바로 그날로, 병사들의 열광적인 환호와, 제장들의 어중간한 박수 갈채 속에서, 저 꼽추 대제장이 올려졌는데, 그것은 병사들에 의한 아주 돌변적이며, 이상스러운 분위기에 의해서 그렇게 되어진 것이다. 그리고 병사들은, 저 깨끗한 말께 올라탄 저 추저분한 꼽추를 삼겹 사겹으로 싸면서, 창검과 횃불을 하늘 높이 쳐들어 올려, "인신(人神)이 오셨다!" "화룡 만세!"를 외쳐댔었다. (446쪽)

권력의 공백기를 틈타 무력(검센 종자)을 앞세워 국정을 주도해 가고, 조직적으로 군대를 양성하여 이웃 섬을 식민지화하고, 종국에는 군부 세력에 의해 최고 권력자의 지위에 오른 이 난쟁이 광대는 소설 말미에 가서 근대적 민주 공화국을 선포한다.

> "과인은 이 위를, 과인 종신토록, 그리고 세습적으로 지키려고 하지는 않을 것이노라. 이것이 과인이, 백성을 과인보다 더 높이 존경하고

---

그 역시 곧 희생제의에 쓰일 희생물인 일시적 왕, 혹은 <광대 왕roi du fou>에 대해 보고하고 있다. 이 소설의 난쟁이 광대가 맡고 있던 역할, 즉 왕의 장난감이자 말동무(répondant)인 궁정 광대(fou)가 왕을 대신해서 희생되는 것이 일반적인 희생 메카니즘인데, 여기서는 오히려 그 광대에 의해 희생 위기가 중화되고 대신 무력을 표상하는 검센 종자가 희생된다. 이런 역전을 통해 신화·제의적 문법의 현대적 변용과 작가의 역사의식을 엿볼 수 있다.

278) 광대왕(검센 종자)의 죽음은 더 이상 희생제의적 성격을 지니지 않는다. 난쟁이 광대의 음모에 의해 아편 방화의 책임을 떠맡게 된 검센 종자의 재판은 극히 간단하고 형식적으로 진행되고, 사형집행은 군중들이 모인 광장이 아니라 바닷가 다져진 모래펄에서 이루어진다.(「숙주」, 『아겔다마』, 443쪽) 즉, 그의 죽음은 제의적 희생이 아니라 근대적 형집행의 성격을 띤다.

있다는 표현이 되어지기를 또한 바라노라."(447쪽)

　제 3 공화국의 출범이나, 보다 일반적으로 공화국의 형태를 갖춘 제국주의적 국가 권력의 출현을 강하게 암시하는 이 소설은 그래서 박상륭의 정치의식과 역사관을 엿볼 수 있는 문제작이다.

　그러나, 『열명길』과 마찬가지로 그 사회 정치적 의미 지평의 근저에는 신화·연금술적 상상력이 내재해 있다. 제목이 암시하는 것처럼 이 소설은 전편에서 화룡의 입 속에 수은으로 융합된 왕과 대목수라는 상극적 혼합물을 숙주(宿主) 삼아 그로부터 현자의 돌을 연금해 내는 과정을 그리고 있다. 그 연금 과정에서 난쟁이 광대(대제장)가 가장 고심한 것은 백성의 집단적 생명력을 고갈시킨 '아편'을 어떻게 중화시킬 것인가 하는 문제이다. 『열명길』에서 집단 속에 내재하고 있는 죽음 충동을 불러내기 위해 왕의 명령 하에 재배된 이 아편은 『뙤약볕 2』에서 섬순이가 들이마신 바닷물과 같은 것이다. 바닷물은 물은 물이지만 마실 수 없는 물이고, 모성은 모성이지만 생명을 잡아먹는 이빨달린 요니(vagina dentata)[279]로서의 모성이다. 『宿主-열명길 基二』에서 난쟁이 광대는 그 아편의 모성성에 대해 다음과 같이 말한다.

　　그는(대제장: 인용자) 다만, 아편은 어떤 수분 같은 것, 또는 어떤 발효, 어떤 변질을 돕는 어떤 매개체 같은 것일지도 모른다고-그런 식으로밖에 달리 아무 결론도 이끌어낼 수가 없었다. (…인용자) 어느 시대든 그 시대마다에는, 그 시대의 악이든, 선이든, 그것을 동시에 감싸는 모성적 정신이 그 시대의 그늘 쪽에는 있는 것이고,…그것은 비록 악만을 싸안고 있었대도 아름답다. 어쨌든 아름답다…그리고 그

---

279) 연금술에서 원초적 물질을 얻기 위한 시원적 혼돈으로의 귀환은 통과제의에서 이빨 달린 요니(vagina dentata)로 형상화되는 지옥의 대모 품으로의 하강과 상동적 의미를 지닌다. S. Vierne, 『통과제의와 문학』, 43~48쪽.

> 것은 바뀌어진 시대의 악이든 선이든 그것을 감쌀 새로운 모성적 정신
> 의 거름이 된 뒤, 어쨌든 사라지지 않으면 추하고 거추장스러운 것으
> 로 변한다. (400쪽, 405쪽)

난쟁이 광대(대제장)는 아편을 새로운 생명을 잉태시킬 모성적 숙주(宿主)로 파악하고 이 디오니소스적 충동을 술과 음악으로 승화시킨다. 그리고 쑥대머리 번제가 벌어지던 열무날의 제사는 정기적인 교양강좌로 바꾼다. 그렇게 해서 새로 선포된 민주 공화국엔 대목수의 아들이 건강하게 태어날 것이다.

지금까지 살펴본 것처럼, 『열명길』 연작의 플롯은 당대의 정치 현상에 대한 작가의식, 즉 알레고리적 관념에 의해 전개된다기보다는 보다 심층적이고 원형적인 연금술적·신화적 논리에 따라 전개된다. 그러면서도 이 소설은 파시즘이나 민주 공화제와 같은 당대의 권력 현상에 대한 알레고리적 의미 작용을 강하게 내포하고 있다. 알레고리와 신화적 상징은 논리적으로든 역사적으로든 그 근원에 있어서는 서로 구분되지 않는다.[280] 이 소설은 그 둘이 이미 분리 설정된 근대적 해석 지평 속에서 신화적 상징과 알레고리를 융합시키고 있다. 그 때, 독자는 알레고리적 비판(풍자) 정신과 신화적 신성함(진정성)간의 간극 속에서 이 소설이 과연 민주 공화제의 형식을 띤 파시즘, 구체적으로 제 3공화국의 출현을 풍자 내지 비판한 것인지, 아니면 그것의 역사적 필연성 내지 불가피성을 인정하고 있는 것인지 명확히 결정

---

280) Herbert J. Levine, "The Marriage of Allegory and Realism", Genre 15, Winter, 1982, pp.422-425. 알레고리는 인간 삶의 진실을 재현하려는 목적에 효과적인데 왜냐하면 그것은 문학 양식이면서 신앙에 대한 철학적 틀을 함축하고 있기 때문이다. 단테나 바이런 등 위대한 종교적 작가들 역시 알레고리를 사용하는데, 왜냐하면 그들은 문학에서 중요한 주제는 외재적 관점으로는 포착할 수 없는 영혼의 삶의 내적 사건이기 때문이다. 인간과 세계를 어떤 보편적인 이미지 틀(grand schematic forms)로 바라본다는 점에 있어서 신화적 상징과 알레고리는 근본적으로 동일한 표상 방식이다.

하지 못하는 바르도적 해석 지대에 던져진다.

　박상륭 소설 중에서 신화적 상징으로 의미화 되는 대표적 작품은『유리
장』이다. 작가 <노트>에서 밝히고 있듯이 이 소설은 역사성(시간성)이 추
상된 신화적(공시적) 지평에서 쓰여졌다.

> 　신화적으로밖에 가능시킬 수 없었다는 말은, 어느 한 시작에서 어느
> 한 종말에 걸치는 한 시대를 共時態에서 보았을 때 일어나는 현상
> 때문인데, 그때 한 시대는, 河圖나 洛書같은, 암호만을 남기고, 그 저변
> 에 길게 누운 時體로부터 유리되고, 그래선 그것 자체로 폐쇄되어 버
> 렸던 것이다.[281]

　신화적 상징이 드러내고자 하는 것은 인간의 보편적 존재 구조 내지 욕망
의 구조이다. 신화는 그 공시적 구조를 선조적으로 펼쳐지는 이야기 속에
담아 낸다. 일반적으로 신화는 카오스적 국면(자연)으로부터 코스모스적 국
면(문화)으로의 결정적인 이행과 그 이행 과정에서 발생하는 초석적 폭력을
서사화 한다. 그 폭력이 신성한 이유는 그것이 만인에 대한 만인의 상호적
폭력을 유일한 일자(희생양)에게 집중시킴으로써 집단 내부에 잠재해 있는
파괴적 충동을 중화시키기 때문이다. 이 소설 역시 전체적으로 이런 신화적
플롯을 구현하고 있다.

　이 소설에서 최초의 자연계는 '따님'이라는 무녀가 지배하는 무속적 우주
이다. 이 무속적 신화세계에서 따님이 섬기는 물신은 제 꼬리를 물고 있는
큰비암인데, 이 뱀은 대지모신의 자궁에 생명의 씨앗을 뿌리는 남근이면서
동시에 만물의 순환적 재생에 내재하는 영원회귀의 시간을 표상한다. 대표
적인 가부장적 종교인 기독교는 이 모성적 물신(뱀)을 타자화함으로써 형성
되었다. 그로 인해, 뱀은 우주적 생산력의 상징으로부터 악마나 동물적 성욕

---

281)「유리장」<노트>,『열명길』, 문학과지성사, 1986, 409쪽.

의 화신으로 전락한다. 그 큰비암의 아들이면서 따님의 모성적 자연계로부터 벗어나는 일종의 문화 영웅인 사복은 그 뱀을 발뒤꿈치로 쳐죽인다.[282] 그 살해 행위에 대한 징벌로 그는 따님이 주관하는 통과제의에 희생양으로 바쳐져 거세된다. 따님의 성적 파트너인 뱀이 죽음으로써 따님의 무속적 자연계는 파괴되고, 사복은 문화적 상징계를 대표하는 시계공을 매개로 독자적인 구도 여정에 들어간다.

수사학적 의미 작용의 측면에서, 이 소설에 구현된 초자연적 장면들은 외부 현실을 축자적으로 재현한 것도 아니고 그렇다고 어떤 추상적 개념을 대신한 것도 아니다. 결론부터 말하자면, 그 신화적 현실은 관념적 의미와 물질적 존재가 통합된 <상징>으로 의미화 된다. 가령, 이 소설의 첫 장면에서 얼룩뱀과 따님이 정사를 나누는 장면은 어떠한 비유적 의미로 해소되는 알레고리가 아니라, 그 자체로 자족적인 신화적 실재이다. 이런 신화적 장면 외에도 이 소설에는 정신적인 것이 물리적으로 구현됨으로써 환상성을 유발하는 대목이 많이 나온다. 다음 인용문은 사복이 큰비암상을 묘사한 장면이다.

> 그 큰 비암의 황금빛 추악한 머리가, 언제나처럼, 황금빛 꼬리를 여태도 물고 빨아들이고만 있었는데, 그것은 그때 쓰륵쓰륵 몸을 움직이기 시작했던 것이다. 죽은 것으로 거기에 있어 왔던, 그 추악하게 구워진 흙이, 그 꼿꼿하던 장승이, 천천히, 아주 부드럽게, 휘어지며, 제 꼬릴 제가 물곤 또아리를 치기 시작한 것이다. (300쪽)

---

282) 뱀을 발뒤꿈치로 밟아 죽인다는 것은 그가 예수의 성격을 지니고 있다는 것을 의미한다. 그 외에도 신성한 기둥(큰비암상/십자가)에 묶여 있다는 점, 순수한 여인(백치 소녀/막달라 마리아)이 긴 머리칼로 그의 발을 침(기름)발라 씻어준다는 점, 세속적 율법에 의해 묶였지만 인간의 보편적 죄를 대속하고 있다는 점, 어머니(따님/마리아)에 의해 묶여 있으며 아버지(시계공/신)의 방관 속에 희생된다는 점을 통해 사복 속에는 예수의 형상이 잠재해 있음을 알 수 있다.

사복이 묶여 있었던 큰비암 형상의 토상(土像)이 살아 움직이는 이 몽환적 장면은 이 소설을 감싸고 있는 초자연적 아우라(aura)를 해명할 수 있는 단서를 제공한다. 이와 유사한 장면을 하나 더 인용하면,

> 그러나 뱀 대가리를 손가락으로 열씩이나 한 손에 가지는, 그 이상 한 손으로 그것은 변했다가, 어떻게 해서 그렇게 변해져 버린지는 모르지만 나는 갑자기 여자의 하체를 갖게 되는데, 그것은 그 속으로 휘집고 들어간다. 그래서 자궁을 긁어 헤치는데 그러한 일은 매번마다 같았다. (384쪽)

남성이 여성의 하체를 갖게 되고 그 자궁 속으로 도마뱀이 기어 들어가는 이 그로테스크한 변신 장면은 고도로 활성화된 사복의 의식 속에 펼쳐진 영상이다. 요가 수행자들이 무아경에 들어갔을 때 나타나는 환영과 흡사한 이 장면이 초자연적으로 느껴지는 것은 인물의 의식 속에서 상상된 장면이 물리적 현실처럼 제시되기 때문이다. 이 소설의 초자연성은 이처럼 정신적인 것이 물질적인 것으로 변성하고 물질적인 것이 정신적 생명을 얻음으로써 발생한다. 이런 신화적 경이 세계(le merveilleux) 속에서 문제가 되는 것은 그 세계의 객관적 사실성이 아니라, 세계에 대한 관념 형상이기 때문에 작중인물이나 독자는 눈앞에 펼쳐진 초자연적 현상에 대해 어떠한 정서적 충격이나 인식상의 불확실성도 갖지 않는다.

그러나 이 소설에 구현된 사건과 인물의 성격은 어떤 단일한 신화적 관념으로 환원되지 않으며, 그렇게 해석되어서도 안 된다. 가령, 따님은 대지모신을 상징하고, 뱀은 남근을, 사복은 예수를 상징한다는 등의 의미 부여는 단지 이차적이고 제유적인 것이지 그것이 내포하고 있는 무한한 의미 함축성을 말소하는 것은 아니다. 이 소설의 작중 현실은 『열명길』 연작과 마찬가지로 신화적 원형(archetype)뿐만 아니라 사회 역사적 현실에 대한 작가의

정치적 무의식까지 함축하고 있다. 신화는 진공 상태의 시공간이 아니라 구체적인 역사적 지평에서 생산·수용되며, 더구나 현대에 되불러진 신화 체계라면 거기에는 작가의 정치적 무의식이 개입되기 마련이다.

　지금까지 박상륭의 소설 세계는 신비주의적 의미화 방식(신화적 상징)과 지성적 해석 지평(알레고리), 그리고 일상적 의미 지평(재현)이 연금술적으로 융합된 세계임을 살펴보았다. 일차적·자기 지시적 의미 지향과 이차적·알레고리적 의미 지향이 <상징>으로 지양·종합되는 그의 작품 세계는 신화가 사라진 현대 사회에서 <상징>의 수사학이 지니고 있는 의미 생성력을 증명하고 있으며, 세련된 언어감각과 풍부한 상상력으로 그 상징적 의미 지평 속에 현대 사회의 일상적 고뇌와 역사적 문제 의식을 담아 내고 있다. 다음 장에서는 신화적 플롯과 몽환적 장면에서의 상징과 함께, 박상륭 소설 특유의 시적 문체 속에 작용하는 상징의 의미 생성 작용에 대해 검토하고자 한다.


## 2. 언어의 물질성과 무속적 상상력

### 2. 1 생성론적 <상징>관

　박상륭의 신화적 글쓰기는 언어를 자의적 기호 체계가 아니라 물질성을 내재하고 있는 <상징>으로 파악한 데서 비롯된 것이다. 앞서 살펴본 것처럼, 그의 작품 세계는 공시적 현재가 비롯된 신화적·무의식적 생성 과정을 서사화하고 있는데, 이것은 소설의 질료가 되는 언어에 대해서도 동일하게 적용된다. 즉, 그의 상징 언어는 일정한 제도적·문화적·(종교) 이데올로기적 의미 체계에 종속된 정립적 상징이 아니라, 언어의 물질성을 견지하려는 측면과 기의를 생성하려는 측면이 여전히 긴장 상태로 남아 있는 의미 '생성’ 중의 상징이다. 박상륭의 용어법으로 말하자면 그의 말(말씀)은 언어의 몸(기표)과 언어의 마음(기의) 사이의 바르도 지대에 처해 있다.

> 우리들이 ‘무의식’이라고 이르는 것은, 우리들의 ‘밖’에 있다고 알게 됩습지. 그러니 우리들 입은 ‘몸’이, 우리들의 ‘무의식’ 자체라는 결론 인뎁지, 왜냐하면 ‘의미’란, ‘의식’화를 치른 것이기 때문에, ‘의미’는 ‘무의식’일 수가 없다면, 당연한 귀결은, 그 ‘의미’(signified)를 담은 用器, 또는 기호(signifier)가 ‘무의식’의 영역에 속한다고 되겠습지.283)

그때 성욕과 살욕이 상극적 질서를 이루며 갈아드는 몸의 우주로부터 어떻게 벗어날 수 있을까? 라는 신화적 구도론은 언어의 육체, 즉 물리적 실체로서의 “기호”(기표)로부터 어떻게 “의미”(기의)를 생성시킬 수 있을까? 라는 수사학적 구도론을 낳게 된다. 이런 수사학적 구도론은 그의 문체에 투영되어 한글 산문이 다다를 수 있는 시적 문체의 극한을 시험토록 한다. 지금부터 박상륭의 신화적 구도가 가장 명증하게 드러난 『유리장』을 중심으로 그의 독특한 시적 산문체를 구성하고 있는 세 가지 요소를 추출하고, 그것들간의 관계로부터 도출되는 수사학적 구도론의 윤곽을 그려보자.

박상륭 소설의 시적 문체를 형성하는 가장 원초적 성분은 언어의 물질성이다. 이 소설에서 따님의 노래는 언어의 물질성 자체가 의미를 내포하게 되는 특이한 방식을 보여준다. 다음 인용문은 성년제 때 따님이 부르는 무가(巫歌)이다.

---

283) 『칠조어론 1』, 문학과지성사, 1990, 8~9쪽. 기표와 무의식간의 관계와 무의식의 외재성에 대한 성찰은 분명 라깡(Jacques Lacan)을 연상시킨다. 실제로 그는 『칠조어론 2』에서 라깡의 에크리를 인용하며 “사람의 무의식은 한 벌의 언어체계(구조)로 이뤄졌다는 매우 탁월한 견해를 이루게도 하겠습지”(88쪽)라고 쓰고 있다.

<table>
<tr><td>리로 리런나</td><td>러리러 리러루 런러리루</td></tr>
<tr><td>로리라 리로리</td><td>러루 러리러루 리러루</td></tr>
<tr><td>로라리 리로런나</td><td>리러루리 런러리루리</td></tr>
<tr><td>로라리 리로리런나</td><td>리러루리 러리로리</td></tr>
<tr><td>로리라 리로리로라리</td><td>러루 러리 로리</td></tr>
<tr><td>(318쪽)</td><td>(319쪽)</td></tr>
</table>

이 노래는 기표와 기의의 자의적 결합이 아니라, 언어의 물질적 자질만으로 어떤 비분절적 의미를 생성한다. 먼저, 이 노래의 도상적 배치는 또아리를 틀고 푸는 뱀을 형상화 한다. 그것은 뱀과 따님 사이의 특별한 관계를 암시한다. 또한, 이 노래는 오직 子音 <ㄹ>과 일련의 母音만으로 이루어져 있는데, 문자 도상적으로 <ㄹ>은 자연의 변역(變易)을 상징하는 궁상(弓狀: 곧 태극)과 그 태극의 신화적 상관물인 뱀의 모습을 표상하고, 음성적 자질(流音)로는 만물의 영원한 흐름을 나타낸다. 그래서, 모성적 음(母音)과 그 모성의 성적 파트너인 뱀의 언어적 표상 <ㄹ>만으로 이루어진 이 무가(巫歌)는 자의적 기호 체계가 정립되기 이전의 기호적 코라(la chora sémiotique)[284]를 보여준다. 따님의 무가(巫歌)가 남근을 소유한 어머니의 기호적 율

---

284) 기표와 기의의 자의적 결합을 통해 어떤 대상을 지시하는 기호가 아니라 음성적 자질만으로 어떤 상징적 의미를 생성시키는 이 따님의 무가(巫歌)는 크리스테바가 la chora sémiotique(기호적 코라)라고 부른 의미 생성 활동의 전형적 사례를 제공한다. 여기서 기호적(sémiotique)이라는 용어는, 변별적 표지·흔적·지표·전조적 기호· 증거·새겨지거나 쓰여진 기호·각인·비유·흔적 등을 지칭하는 그리스어 δημετο υ의 용법을 수용한 것이다. 따라서 기표와 기의의 자의적 결합 체계를 지칭하는 소쉬르의 기호(signe)와 혼동해서는 안 된다. 한편 코라(chora)라는 용어는 플라톤의 <Timée:티마이오스>에서 온 것으로 말(word) 내의 존재의 수용소(réceptacle)를 가리키는 용어이다. 크리스테바는 그 용어를 상징적 담론 체계의 모태이면서, 동시에 그것에 저항하는 의미화 실천(가령 음성 또는 신체 근육의 리듬을 통한 의미생성)을 지칭하기 위해 사용한다.(Julia Kristeva, La révolution du langage poétique, Seuil, 1974, pp.22-23)

동을 보여준다면 사복의 애를 밴 미친 계집의 동요는 거세된 모성의 기호적 코라를 표상한다.

> 개구나 개구나 장개가구나
> 바지가 없어 못가궀다
> 쭈쭈쭈쭈 쭈쭈쭈
> 형의 바지 입구가제
> 부난이 없어 못가궀다
> 쭈쭈쭈쭈 쭈쭈쭈           (340쪽)

따님의 노래가 여성적 남근의 음현(音現)인 <ㄹ>과 모음만으로 이루어진 것에 반해, 이 미친 계집의 말은 그 음성화된 남근 <ㄹ>이 결여되어 있다. 그래서 그녀는 <ㄹ> 발음을 하지 못하고 대신 <ㄹ>이 반 토막 난 <ㄴ> 발음에 제약되어 있다. 그녀의 노래에서 결여된 <ㄹ>을 보충 대리하는 소리는 아이가 엄마 젖을 빨 때 내는 소리 <쭈>이다. 이 구강적 음성은 그녀가 '젖 주는 어머니'를 대역하고 있음을 나타낸다.[285] 따님의 무가(巫歌)와 미친 계집의 동요에 고스란히 구현되어 있는 이 기호적 코라의 물질성은 박상륭 소설의 문체적 리듬에 기저음으로 작용한다.

먼저, 이 언어의 물질성은 그 자체만으로 상징적 의미를 생성함으로써 박상륭 소설의 형이상학적 관념에 육체성을 부여한다. 다음 인용문은 따님의 무속적 우주를 지배하고 있는 삼위 일체의 신성을 설명한 부분이다.

> 따님과, 땅님과 땉님[<따라붙게,> <따붙게,> <땉게,>] 세 몸 일신이 큰비암이다. (334쪽)

---

285) 이 반편이 계집이 사복의 구강적 어머니를 대역하고 있다는 것은 사복이 거세되기 직전 "어머니라고 막연히 믿어지는 여인"(326쪽)을 만나는 꿈을 깨고 나서 "젖에의 조갈"에 시달렸을 때 그녀가 나타나 사복의 발등을 때리는 대목에서 분명하게 알 수 있다.

따님의 신성은 모성적 삼위일체를 이루는데, 그 삼위 일체의 기본형은 <따>, 즉 '땅'이자 '딸'이다. 거기에 <ㅎ>이 붙어 시간을 땋는 "땋님"이 되고, <ㅌ>이 붙으면 시간 속에서 분절된 만물에 '따라붙어' 그것들을 서로 융합하는 "땉님"이 된다. 이처럼 박상륭 소설은 지극히 추상적인 관념에 음성적 육체를 부여함으로써 형이상학(形而上學)의 형상화(形象化)를 실현한다. 그러나, 무엇보다 이 기호적 코라는 박상륭의 소설 문체에 특유의 시적 리듬을 부여한다. 다음 인용문은『죽음의 한 연구』에서 읍장 딸이 연주하는 가야금 소리를 묘사한 대목이다.

> 내가 저 소리에 의해 병들고, 그 소리의 번열에 주리틀려지며, 소리의 오한에 뼈가 얼고 있는 중에 저 새하얗게 나는 천의 비둘기들은 삼월도 도화촌에 에인 바람 람드린 날 날라라리 리루 루러 러르르흐 흩어지는 는 는 는느 느둥 둥드 드둥 둥드 드도 도동 동 동도 도화 이파리 붉은 도화 이파리, 이파리로 흩날려 하늘을 덮고, 덮어 날을 가리고, 가려 날도 저문데, 저문 해 삼동 눈도 많은 강마을, 강마을 밤중에 물에 빠져 죽은 사내, 사내 떠 흐르는 강흐름, 흐름을 따라 중모리의 소용돌이 자진모리의 회오리 휘몰아치는 휘모리, 휘몰려 스러진 사내, 사내 허기 남긴 한 알맹이의 흰소금, 흰소금 녹아져서, 서러이 봄꽃 질 때쯤이나 돼설랑가, 돼설랑가 모르지, …계면(界面)하고 있음의 덧없음이, 그리하여 덧없음으로 끝나고, 한바탕 뒤집혔던 저승이 다시 소롯이 닫겨 버렸다. (179~180쪽)

여기서 언어 단위를 분절시키는 동력은 의미론적 체계나 통사론적 규칙이 아니라, 가야금 소리로부터 시작된 음성적 연쇄와 반복의 리듬이다. "삼월도 도화촌에 에인 바람 람드린…"처럼 동일한 음성을 매개로 한 단어 연쇄는 "도화 이파리 이파리로 흩날려 하늘을 덮고 덮어 날을 가리고 가려…"와 같이 동일한 단어를 매개로 한 연쇄로 확장되다가 가야금 소리와 어울리는 애절한 사연을 파생시키고 "회오리 휘몰아치는 휘모리, 휘몰려

스러진 사내”에 와서는 장단과 사설이 음성적 유희로 연결되어 급박한 리듬을 타고 어우러진다. 이건 하나의 극단적 예에 불과하고 박상륭 소설은 “눈은 나날이 더 쌓이고, 눈은 나날이 더 흐릿해져 간 것이다. 그 눈으로 보고, 그 눈을 그는 치우지 않으면 안 되었다.”286) “혼돈이 혼돈이 아닌 혼돈으로서 혼돈스러운데”287)와 같이 음성적 반복을 통한 리듬 창출의 예를 거의 모든 문단마다 구비해놓고 있다.

　박상륭 소설의 시적 문체를 구성하는 두 번째 요소는 언어의 은유적 기능이다. 『유리장』에서 언어의 사물 대체 기능을 체현하고 있는 인물은 시계공이다. 따님의 아들인 그는 처음에 “해를 해라 하지 않고 똥그라미 속에다 점을 하나 찔러 놓거나, 달을 달이라 하지 못하고, 부러진 낫조각 같은 모양에다 두 버팀 쐐기를 찔러 놓은”(290쪽) 상징 부호를 통해 우주의 질서를 해명하려고 하는 상징 주술사였다. 이후 그는 제 꼬리를 물고 도는 큰비암이 구현하고 있는 따님의 자연적 시간을 모래시계라는 문화적 상징물로 대체함으로써 모성적 우주로부터 벗어나려 한다. 다음 인용문은 큰비암을 모래시계 속에 가둬놓는 것에 대해 따님이 짜증스러운 반응을 보이는 부분으로, 시계공이 체현하고 있는 언어의 사물 대체 기능이 실패함으로써 야기된 문체적 효과를 엿볼 수 있다.

　　　그러고 보면 아마도, 그 시계와 이 현실과의 사이에 있는 어떤 종류의 간극이, 아직은 메꿔지지 않은 채 있었던 모양이었다. 그리하여, 썩어가는 옷궤짝이니, 벽의 균열, 또는 꿈틀거리는 뱀자루 같은 것에 발톱을 박고 거꾸로 매달려 있었던 **박쥐들**—가령, 늙은 여자의 씻지 않은 몸냄새라든지, 침 타는 냄새를 연상시키는 구렁이 냄새, 또는 곰팡이라든가, 어젯밤에 누고 간 어린것들의 정액 냄새 같은 **것들**을 깨웠기에, 그는 더욱 쩔쩔매지 않으면 안 되었다. (310쪽. 강조: 인용자 )

---

286) 「늙은 개」, 『열명길』, 문학과지성사, 1986, 219쪽.
287) 『죽음의 한 연구 (상)』, 문학과지성사, 1986, 65쪽.

인용문의 첫 번째 문장이 전달하는 실재와 상징간의 간극은 두 번째 문장에 의해 부연되는데, 이 두 번째 문장은 줄표(—)의 모호한 사용 때문에 명확한 의미 확정이 불가능하다. 즉, 줄표 바로 앞의 단어 "박쥐들"이 "것들을"을 목적어로 취하는 주어인지, 아니면 줄표 이하에 열거된 "것들"과 등가를 이루는 목적어인지가 모호하다. 만약 "박쥐들"이 주어라면 그것은 실제 대상을 지시하는 단어가 되지만, 줄표가 지니는 대체 기능을 곧이곧대로 받아들여 그것을 목적어로 간주한다면, 그 단어는 줄표 이하에 나열된 이러저러한 엽기적인 냄새를 대체하는 은유가 된다. 사물(시간)과 상징(모래시계)의 관계에 대한 앞의 대화 내용을 고려했을 때, 사물을 지시하는 '박쥐'와 다른 단어들—늙은 여자의 씻지 않은 몸냄새, 침 타는 냄새를 연상시키는 구렁이 냄새, 또는 곰팡이라든가, 어젯밤에 누고 간 어린것들의 정액 냄새—을 대신하는 '박쥐'간의 모호성을 창출하는 이 줄표는 시계공이 처해 있는 수사학적 난국, 즉 상징을 통한 사물 대체 기능의 실패 자체를 표상한다고 할 수 있다.

수사학적 은유 효과는 이처럼 하나의 언어가 사물을 지시하는 기능과 다른 언어를 대신하는 기능을 동시에 포함할 때 그 동시적 공존이 야기하는 의미론적 긴장으로부터 발생한다. 박상륭 소설에서 이런 은유 효과는 비유적 언어를 축자적 언어처럼 사용함으로써 초현자연성을 불러일으키기도 하지만 다음과 같은 문체적 효과를 발생시키기도 한다.

> 그래서 사복은, **열 두깐 마음** 중 두 깐은 무척 시원해, 굴 속 같은 **방**에 엎드려, 담배도 뻐끔거려 보고, 불알도 긁어 보고 지냈는데, (294쪽. 강조: 인용자)

인용문에서 "열 두깐 마음"이라는 어구에 함축된 '방'은 단지 '마음'의 은유였는데 "두깐은 무척 시원해"라는 구절—여기서 "시원하다"는 형용사는 '마음의 여유'를 비유한 것이면서 동시에 실제로 방이 '시원하다'는 것을 지시한다──을 경유하여 어느 새 슬그머니 그 안에 엎드려 담배도 피우는 실제 방을 지시하는 단어로 사용되고 있다. 이처럼 박상륭 소설에는 비유적 표현을 축자적 표현으로(혹은 그 반대로) 전용하거나, 은유적 등가의 원리를 환유적 연쇄의 축에 투사시킴으로써 시적 문체를 창출하는[288] 대목을 곳곳에서 찾아볼 수 있다. 한 구절만 더 인용해 보면,

> 한데 이 대사 나으리 해탈도 아주 기저귀 떼어내버렸을 때부터 해버린 모양으로, 새끼똥구멍에 괴어놓은 서 말의 그늘 말고, 다른 것은 아무것도 입혀 있지 않아서, 내게 경련을 일으켰다. 그것은 어쩐지, 꽃뱀 쓰륵여서 숨어드는 해당화 덤불이었고, 산그늘 막 서리고 드는 아랫녘답 모밀꽃 한 뙈기였다. 그것은 그런 깊은 두려움, 그런 두려움 깊음으로, 달빛 아래 소리없이 흘러가는, 어떤 구름 흘린 그림자였다. 나는 어째서라도 떨림을 멈출 수가 없었고, 그래서 그 경련으로, 저 둔중한 엉덩이에 서른 차례 한하고 손바닥찜을 퍼부어대기 시작했다. 그러자, 그럴 때마다 저 모밀밭 한 뙈기로 바람이 불어갔던가, 꽃들이 스적이고, 스적이며 엉기고, 엉겼다가 스적이며 석양이었을거나, 꽃들이 붉어 달빛도 붉어졌다.[289]

주인공이 수도부와 처음 정사를 나누기 직전의 이 장면은 환유적 연쇄의 축에 투사된 은유적 등가성이 탁월한 시적 효과를 불러일으킨다. 이 문장에서 수도부 엉덩이에 드리워진 달빛 그림자는 "해당화 덤불", "모밀꽃", 밤하늘의 "그림자"로 대체(은유)되고 그것은 일련의 환유적 연쇄 속에 병치되었다가 마지막 장면에서 "모밀밭 한뙈기", "스적이는 꽃", 달빛에 붉어진

---

288) 야콥슨에 따르면 시적 기능은 등가의 원리를 선택의 축에서 결합의 축으로 투사함으로써 발생한다. R. Jakobson, 『문학속의 언어학』, 신문수, 편역, 문학과지성사, 1989, 61쪽.

289) 『죽음의 한 연구 (상)』, 문학과지성사, 1986, 45~46쪽.

“석양”으로 다시 한번 은유화 된다. 이런 비유적 표현은 음성적 리듬과 함께 박상륭 소설 특유의 시적 산문체를 형성한다.

그러나 박상륭 소설의 문체적 특이성은 단지 은유적 표현이나 반복적 리듬만으로는 설명되지 않는다. 박상륭의 문체적 특징을 구성하는 세 번째 요소는 과잉된 환유성이다. 『유리장』에서 이런 문체적 특성을 체현하고 있는 인물은 사복이다.

> 「아 그런데, 그게, 글쎄 묘하게도 그렇더구먼요, 글쎄 그랬어요, 역시 이 친군 좀, 섬뜩지근한 건 사실 아니냐 이 말이죠, 헤헤, 글쎄 맞는 얘긴 얘기죠, 그래서는 더 반하게 하는데 말이죠, 글쎄 그게 반편이 계집애 서답하고 뭐가 다르냐는 이 말을 하려는 중이죠, 후훗, 아하 그러구 보니, 보니, 그것이 글쎄, 죽음을 끄집어냈구나, 아 그러구 보니깐, 깐은,」 (293쪽)

사복의 말이 지닌 일차적 특징은 문장의 시작과 끝이 경계가 불분명하다는 점이다. 어두의 “아 그런데, 그게” 같은 잉여적 표현은 마치 이 말이 이전의 말에 이어진 것인 양 가장하며, 문말의 “깐은,” 역시 이 말이 아직 끝나지 않았다는 것을 암암리에 주장한다. 말을 새로 시작하는 것의 어려움을 방증하는 또 다른 특징은 문장 단위와 성분(語句) 단위의 경계를 모호하게 하기 위해 쉼표를 남발하는 것이다. 마침표를 찍어야 할 때 쉼표를 사용하거나, 쉼표 사용이 불필요할 때도 쉼표를 찍는 것 역시 문장의 경계 확정에 대한 무의식적 공포의 수사적 징후이다. 이와 함께 그의 말에는 “그것”, “그렇다”, “그래서”와 같은 대명사·대명 부사·연결어나 조동사처럼 단지 문 구성을 위해서만 기능하는 단어들이 과도하게 많이 나타난다. 의사 소통의 연결 고리만 남고 구체적 사물을 지시하는 단어는 희박한 이런 문장은 문장 경계의 모호함과 함께 사물을 대체하는 언어 능력의 결핍을 드러낸다.[290]

사복의 말이 이렇게 사물 대체 능력이 결핍된 면모를 보이는 것은 그가
따님의 세계, 즉 모성적 자연(사물)의 우주에 종속되어 있는 상황과 연관된
다. 『죽음의 한 연구』에서 사복과 동일한 위치, 즉 모성적 몸의 우주와 부성
적 말씀의 우주간의 대립 관계에서 몸의 우주에 위치해 있는 촛불중의 말을
살펴보면,

> "여기에 수도청이 있고, 수도부들이 있다는 그 하나의 이유로 말입
> 습지, 그것이 이곳에 오신 스님들께 도전이 되고 있어서 말인뎁지,
> 대사께서는 대체로 어느 쪽이시냐 이 말인뎁지, 저 색념을 두고 말인
> 뎁지, 소승 생각으로는입지, (…인용자) 지금 이러구설랑은 서로 뜻이
> 안 통하고 있는데 말입지" (117쪽)

촛불중의 말은 사복의 말처럼 말을 시작하고 끝맺는 것의 지난함을 드러
낸다. 그의 말에 선명한 개성을 부여하는 "말입(습)지", "입지"라는 半말(문
장이 덜 끝난)식 교착어구는 문장 성분에 붙어서는 그 성분을 문장 단위로
전환시키고, 반대로 문장 단위(서술어)에 붙어서는 문장을 성분화함으로써
문장의 경계를 흐릿하게 만든다. 이처럼, 모성적 대지에 속박되어 있는 사복
과 촛불중의 말은 사물을 언어로 대체하는 능력이 결여됨으로써 마치 뱀이
기어가는 것처럼 끊어진 듯 이어지고 이어진 듯 가쁘게 단속되는 환유적
연쇄의 사슬에 사로잡혀 있다. 물론 이들의 말투가 남도 사투리 내지 육자배
기 리듬과 연관된 측면을 부정할 수는 없지만, 그것까지 포함하여 대지와
밀착된 이들의 말은 분절된 기호 체계로의 종속에 저항하는 자연적 리듬의

---

290) 야콥슨은 실어증을 유사성(선택 능력) 장애와 인접성(결합 능력) 장애로 구분하는데,
사복의 말은 선택 능력 장애의 형태를 보인다. 야콥슨이 든 사례와 사복의 말을 비
교해 보면 이것을 금방 알 수 있을 것이다. "난 여기 아래쪽에 있는데, 내가 있었다
면, 그것이 어쩐지 모르겠어. 만일 내가, 그것이 이제 그렇지만 아직, 당신은 여기
서, 만일 내가…"(R. Jakobson, 『문학 속의 언어학』, 100쪽)

환유적 표현으로 이해할 수 있다. 이런 과잉된 환유성은 음성적 반복과 함께 박상륭 소설 특유의 만연체 문장에 율조적(律調的) 리듬을 부여한다.

지금까지 따로 따로 살펴본 세 요소는 서로 어우러져서 박상륭 소설 특유의 시적 산문체를 형성한다. 다음 인용문은『죽음의 한 연구』의 주인공이 자신의 삶을 뒤돌아보는 대목이다.

> 별들이 드러나 보이고, 그것들은 추억이나 고뇌처럼 보였다. 내가 살아온 서른세 해 동안에, 나를 스쳐간 모든 것들은, 어쩌면 사라졌거나 소멸되어진 것이 아니라, 어쩌면 수풀 우거진 남녘 어디 아홉 구릉에서 살지도 모르는, 억천만 새끼빛들의 어머니, 그러나 질투를 아는 눈을 피해, 어디 그늘 가운데 소롯이 숨어 있다가, 그 어미 질투의 눈에 잠이 퍼붓고 나면, 나타나 명멸하는 듯하다. (137쪽)

시적인 언어 감각과 함께 위 문장에서 주의 깊게 봐야 할 부분은 "명멸하는 별"이 은유하고 있는 주인공의 추억과 고뇌가 "질투를 아는" "억천만 새끼빛들의 어머니"와 맺고 있는 관계이다. 그의 고뇌는 어머니에 대한 그리움과 어머니로부터의 자유라는 양가성 속에서 명멸하는 빛이다. 박상륭 소설의 시적 문체는 기호적 코라에 속박된 두 명의 아들(시계공과 사복)이 그로부터 벗어나 '의미'를 획득해 나가는 의미 생성 과정에서 명멸하는 빛과 같은 것이다. 음성적 육체에 은유와 환유의 의미론적 일탈이 결합함으로써 빛나는 그 시적 언어의 빛은 모성적 육체로부터 벗어나 상징적 질서를 수립하고자 하는 신화적 구도 과정으로부터 얻어진 수사학적 금(金)이다.


## 2. 2 무속적 〈통과제의〉 서사

박상륭 소설은 힌두교 · 불교 · 도교 · 무속 · 기독교를 비롯해서 동서양을 망라한 다양한 종교·신화적 관념 체계가 중층적으로 겹쳐 있다. 그 상이한 종교·신화적 관념들은 서로 대화하거나 충돌하는 것이 아니라, 어떤 원초적 질료를 매개로 연금술적 융합을 통해 단일한 사유와 상상 체계를 형성한다. 박상륭은 그 원초적 질료, 즉 모든 종교·신화 체계의 원형을 <무속>으로 파악한다. 그에 따르면 인간의 존재 구조는 성욕과 살욕의 상극적 질서에 의해 운행하는 몸의 우주와 그로부터 벗어나 얻고자 하는 불생불멸의 마음의 우주와 그 둘 사이를 연결하는 말씀의 우주로 이루어져 있다.[291] 거칠게 말해서, 몸의 우주에 해당하는 종교는 무속이며, 마음의 우주에 해당하는 종교는 불교이며, 말씀의 우주에 해당하는 종교는 기독교라고 할 수 있다.

그래서 박상륭 소설의 어떤 부면에 초점을 맞추느냐에 따라 그의 소설을 지배하고 있는 종교적 원관념은 다르게 설정될 수 있다. 가령, 박상륭 소설은 죽음과 재생을 통한 구원을 추구한다고 하면 자연히 기독교적 사유와 성서적 신화 체계가 부각될 것이고, 서구 기독교의 권위에 대한 부정의식과 동양적 생명 사상에 관심을 집중시키면 인도 철학이나 불교가 부각될 것이다. 박상륭 소설을 독해할 때 명심해야 할 점은 그의 소설에 제시된 지극히 난해하고 복잡한 종교적 관념 체계들에 현혹되거나 어떤 가치 평가적 선입견에 얽매이지 말고 일단 그의 소설 세계가 제시해 놓은 존재론적 사태를 있는 그대로 봐야 한다는 점이다. 작가 자신의 정리된 말을 참조하면, 그의 소설 세계는 살욕과 성욕이 서로 갈아들며 궁극적으로 죽음을 향해 가는 삶의 파괴적 국면(축생도)과 성스러운 일자(人神)의 희생을 통한 연금술적

---

291) 『칠조어론 1』, 문학과지성사, 1990, 88~89쪽. 몸의 우주와 마음의 우주 사이를 중개하는 말씀의 우주를 대표하는 존재는 예수(기독)이다. 박상륭에 따르면, 기독은 육신 속의 불멸의 자아의 상징이다. 이 불멸의 자아(아뜨만)는 육신 속의 <말씀>, <하나님>, <생명>, <빛>으로 불린다. 이 기독은 마음의 우주의 측면에서는 불자이며, 몸의 우주의 측면에서는 보살이다.

중화의 필연성을 그리고 있다.

> 헌데 저것이, 어떤 부정적으로 '유전된 음기'의 팽창·포화에 의해
> 逆天性을 드러내면, 알다시피, 그것은 末世인뎁지, 그러면 그 팽창된
> 독기의 중화가 필요해지고, 그럴 때마다, 전쟁을 포함해, 산 짐승을
> 잡아, 그 피를 뿌리는 祭祀行이 있어오는 것은, 주지하는 바대로이겠
> 습지. (…인용자) 저런 제사는, '살(肉身)의 우주', 즉슨, '易理가 섭리하
> 는 축생도 소속'인데, (…) 그러다 보니 축생도는, 殺慾과 生殖慾을
> 두 磁場으로, 완벽한 상극적 질서에 의해 운영되는 것을 알게 됩습
> 지.292)

박상륭의 세 우주 중에서 몸의 우주(축생도)에 초점을 맞춰야 하는 이유는
그의 소설을 (기독교적) '구원'이나 (불교적) '생명'과 같은 관념론적 문제틀
로부터 떼어 내어 당대의 사회 역사적 신체에 다시 접속시키기 위해서이다.
박상륭은 그 축생도(몸·대지·삶·역사)의 종교를 <巫>라고 부른다.

> 그러면 諸道流는, 촌승이 아끼는, 代贖祭란 무엇보다도 축생도와
> 연관이 있다고 말한 것에 보태, 이것은 또한, 巫祭라고 이르는 것을
> 눈치채셨겠습지. 이것에도 그 제단은, 축생도가 돼 있다는 것을 놓치
> 지 마십습지.293)

그에 따르면 대표적인 기독교적 사건이라 할 수 있는 예수의 대속제(代贖
祭) 역시 축생도에서 요청되고 축생도의 제단에서 일어나는 사건이다. 박상
륭에게 있어 축생도의 종교인 巫는 한국의 巫俗(mu-ism, 중국발음: wu-isme)
이나 시베리아·만주·몽고의 샤마니즘294)에 한정되는 것이 아니라 모든

---

292) 『칠조어론 1』, 문학과지성사, 1990, 18쪽.

293) 『칠조어론 1』, 문학과지성사, 1990, 29쪽.

294) 佐佐木宏幹, 『샤머니즘의 이해』, 김영민 역, 박이정, 1999, 27~28쪽. 샤마니즘은 샤

종교적 관념 체계의 원형(proto-type)이 되는 제의 · 신화 복합 현상을 아우른다.295)

> 그리고 畜生道의 宗敎는, 그 원전을 무엇에 두고 있든, '巫'라는 것이, 필자의 의견이다. 우리는 그리고, 畜生道의 것은, —예를 들면, 왕이나 족장이 서거하여 매장하게 되면, 저승에서의 그의 안녕을 위해, 그의 권속들이며, 가축들을 함께 매장한다거나, 또는 그의 이름이라거나, 무슨 말(單語) 따위도 함께 매장한다는 식으로,— 그것이 여하히 추악한, 또는 불필요한 詩學이라고 한다 해도, 그것은 'reality'로 쳐야 된다.296)

신화적 실재성(reality)을 내재하고 있는 축생도의 종교(巫)에서 가장 중요한 요소는 희생 제의이다. 희생 제의는 개별 주체나 한 집단이 축생도(자연)로부터 말씀의 우주(문화)로 통과해 가는 과정에서 일어나는 초석적(fondatrice) 사건이다. 지금부터 박상륭 소설을 지배하고 있는 무속적 상상력을 통과제의적 신화 체계를 중심으로 살펴보자.

샤머니즘에서 가장 핵심적인 요소는 신성과 세속을 중개하는 샤만이

---

먼(영:shaman, 독: Schamane, 불: chaman)이라는 주술-종교적 직능자를 중심으로 하는 종교 현상을 가리키는 개념으로, 샤먼의 주술-종교적 특질은 신이나 초자연적 정령과의 직접 접촉(direct contact)으로부터 능력을 얻고 그 초자연적 존재와의 직접 교통(direct intercourse)에 의해 예언, 託宣, 점복, 치료 행위와 같은 역할을 다하고, 그 능력을 행사하고 있는 동안에는 보통 때와는 다른 정신 상태(脫魂ecstasy, 忘我trance, 憑依possession)를 갖게 되는 것이다. 이 샤마니즘은 북아시아, 시베리아, 중앙 아시아에 주로 분포한다.

295) Ruth-Inge Heinze, Shamans of the 20th century, Irvington, 1991, p.139. 샤마니즘은 고등 종교와 같은 교리(doctrine)와 제도는 없지만 그럼에도 존재의 보편적 질서에 대한 개념을 공식화하는 상징 체계와 영혼의 지속성에 대한 형이상학적 믿음을 내포하고 있다는 면에서 일종의 종교 현상이라고 할 수 있다. 더 나아가 샤마니즘은 모든 기존에 설립된 종교의 근저를 이루는 원형적 형태(proto-type)라고 할 수 있다.

296) 『칠조어론 1』, 문학과지성사, 1990, 1장 각주 19번, 407쪽.

다.297) 박상륭 소설에서 샤만은 남성(覡)과 여성(巫)으로 뚜렷이 구분된다. 먼저, 여성 샤만(巫女)은 『장끼전』의 태주할미, 『남도2』의 할미, 『산북장』의 대장장이 늙은이의 아내, 『산남장』의 문둥이 노파, 그리고 『유리장』의 따님 등 주로 늙은 여자로 표현된다. 한국적 샤마니즘, 즉 무속 신앙을 믿거나 혹은 직접 무당 역할을 맡고 있는 그들의 신화적 형상은 대지모신이다. 그녀들은 늙거나 병든 어부왕298)—『장끼전』의 병든 천제(天帝), 『쿠마장』의 독장수 영감299), 『산북장』의 늙은 대장장이, 『산남장』의 문둥이 사내, 『유리

---

297) Ruth-Inge Heinze, Shamans of the 20th century, p.13. 샤만은 자기 의지를 통해 의식의 또 다른 상태로 들어갈 수 있으며, 자기 집단의 필요를 충족시켜 주기 위해 신성과 세속 사이를 중개하는 사람이다. 그는 상징과 제의를 통해 영적 세계로부터의 불가해한 메시지를 해독하는 사람이다.

298) 어부왕 신화와 그에 부속된 물고기의 상징성(생명) 때문에 박상륭 소설, 특히 『죽음의 한 연구』가 기독교적 사유 체계를 신화화하고 있다고 해석하는 것은 온당치 못하다. 왜냐하면 어부왕 신화(성배 이야기)는 기독교 신화 본래의 것도 아니고 그로부터 비롯된 것도 아니기 때문이다. 성배 이야기가 기독교적이라 주장하는 사람들은 성찬식의 상징에서 그 뿌리를 찾으며, 어부왕이란 칭호를 자연히 초기 기독교에서 물고기를 상징으로 사용했던 것—Ic(h)thys'(히랍어로 물고기), 사제들에게 주어졌던 인간들의 어부(Fichers of Men)이란 칭호, 로마 교황의 어부 반지 등—과 연관시킨다. 그러나 기독교 상징체계를 아무리 조종해 봐도 그 칭호를 가졌던 사람에게 부여된 비통한 상태에 관해 만족할 만한 해명을 주지 못한다. 어부왕 신화와 물고기의 상징 체계는 단지 기독교에서 이용했을 뿐 그 뿌리는 훨씬 더 오래되었다. 인도의 진화론에서 보면 Manu는 그가 손을 씻던 물에서 작은 물고기를 발견했고, 창조주 Vishnu의 맨 처음 화신이 물고기였으며, 이 물고기 화신은 부처로 전래된다. Mahayana 경전을 보면 부처는 상사라(Samsara) 바다에서 물고기를 구원의 빛으로 낚아 올리는 어부로 묘사된다.(Jessie L. Weston, 『제식으로부터 로망스로』, 140~145쪽)

299) 『쿠마장』에서 병든 어부왕의 세속왕적 측면은 거세된 장감독(場監督)이, 주술-종교적 측면은 독장수 영감이 맡고 있다. 박상륭 소설에서 남자 샤만은 대부분 병든 어부왕을 죽이거나 병든 대지를 치유하는 구원자의 기능을 맡고 있는데 유독 이 작품의 남자 샤만(독장수 영감)만 늙은 어부왕의 역할을 맡고 있는 것은 그가 페트로니우스(Petronius)의 『사티리콘The Satyricon』에 나오는 쿠마의 무녀(巫女 Sibyl)를 대신하고 있기 때문이다.

장』의 큰비암—과 짝을 이루어 대지적 삶의 생성과 소멸을 육화한다. 이 대지적 삶은 탄생-죽음-재생의 조화로운 순환을 거듭하는 植物道와 성욕과 살욕이 상극적 질서를 이루며 유전(流轉)하는 畜生道를 포함하는데, 박상륭이 주목하는 것은 식물적 윤회가 아니라, 파괴적 에너지(陰氣)를 쌓아 가는 동물적 윤회이다.[300] 이 동물적 삶에 축적되어 가는 부정적 陰氣는 전염병(『산남장』)이나 가뭄(『장끼전』), 혹은 마른 연못(『죽음의 한 연구』)으로 비유되기도 하고, 『뙤약볕 2』나 『열명길』에서처럼 말세적 폭력으로 표현되기도 한다.

한편, 박상륭 소설이 지속적으로 제기하는 대지는 왜 황폐해지는가? 라는 문제가 식물도적 문제라면, 집단은 왜 자살을 꿈꾸는가? 라는 문제는 축생도적 문제라고 할 수 있는데, 인간 존재는 식물적 윤회가 아니라 동물적 윤회의 법칙에 종속되어 있으므로 인간의 삶에 보다 직접적으로 관련된 문제는 후자라고 할 수 있다. 또한, 식물도에서 대지가 황폐해지는 원인은 대지의 생명력을 체현하고 있는 어부왕과 대지모신의 생명력이 다했기 때문이며, 따라서 그 해결 방책은 늙고 병든 부모를 죽이고 그 대신 젊고 건강한 아들과 딸의 결혼을 통해 생명력 넘치는 대지를 일구는 것이다. 박상륭 소설에서 늙은 부모에 가해진 가학적 살해 모티프와 남매간 근친상간 모티프는 모두 이런 문제의식으로부터 나온 것이다. 그러나 이 식물도적 황폐와 구원은 축생도의 폭력과 희생제의로 보충될 때만 '인간적' 진실을 획득할 수 있다.

박상륭 소설에서 늙은 여무(女巫)의 축생도적 표상은 『남도 2』의 할미와 『유리장』의 따님처럼 아들을 삼키는 이빨 달린 요니를 가진 어머니이다.

---

300) 박상륭은 『칠조어론 1』(문학과지성사, 1990, 125쪽, 127쪽)에서 프라브리티 우주(살의 우주의 變易)의 상극성에 대해 "調和"나 "균형"의 시학을 떠올리려는 "도류"(독자)들에 대해 거듭 주의를 주고 있다. "그 특정한 어느 한 시대가, '비위지기'와 '채워지기'의 갈아듦(易)을 가능케 하는, (도류들이 '조화'라거나, '균형'이라고 이르는, 그러나 촌승께는 다름 아닌) 相剋性에 反剋性이 끼어들어 일으킨, 어떤 한 氣만의 포화상태가 꼽히겠습지."

이 자궁적 이미지의 어머니와 아들간의 성 관계는 한결같이 죽음으로 이어지는데, 그것은 아들과 어머니와의 이자(二者) 관계가 지배하는 이 무속적 국면이 목가적인 유토피아가 아니라 가학증과 피학증이 서로 얽혀드는 무시무시한 충동의 세계라는 것을 웅변한다. 이 '삼키는 어머니'의 짝패는 『뙤약볕 2』와 『열명길』에서처럼 한 집단의 생명력을 죽음 충동으로 내모는 폭군적 아버지(바람쇠/왕)로 표상된다. 따라서, 무속적 우주는 <늙은 대지 모신/삼키는 어머니>, <병든 어부왕/폭군적 아버지>라는 두 쌍의 짝패 부모로 구성되어 있으며, 박상륭의 소설 세계는 그 늙고도 무시무시한 부모의 우주로부터 어떻게 벗어날 수 있을까? 하는 문제를 탐구한다.

박상륭 소설에서 축생도에 만연해 있는 폭력의 전염병을 치료하는 샤만은 예수의 형상을 한 남자 주인공으로 그려진다.[301] 박상륭 소설에서 예수는 그의 부활을 믿는 자마다 영생을 얻게 된다는 기독교적 관념 체계 속의 신이 아니라, 집단적 질병을 치유하기 위해 스스로 희생 제의에 바쳐진 샤만이다. 기독교 관념 체계 속에서 예수는 유일신의 아들이며, 그의 희생이 신성한 것은 그가 죄없는 존재이기 때문이다. 그러나 박상륭 소설에서 예수 형상을 한 인물들은 희생될 만한 존재(victime sacrifiable)가 되기 위해, 즉 사회 체제 바깥의 신성을 육화하기 위해 스스로 금기 위반 행위를 자행한다. 정확히 말해서, 박상륭에게 있어 희생양으로서의 예수가 무죄냐 유죄냐 하는 신학적 판단은 전혀 의미가 없다. 왜냐하면 그에게 있어 예수는 기독교 관념 체계 속의 존재가 아니라 무속적 희생 메카니즘 속의 존재이기 때문이다.

희생 메카니즘 속에서 희생양은 보편적 악을 육화하고 있는 해로운 신체인 동시에 그 신체의 희생을 통해 질서와 평화를 회복하게끔 하는 이로운 존재이다. 희생양이 지닌 이런 파르마콘(phàrmakon)[302]적 이중성을 형상화

---

301) 샤만과 예수의 공통점 중 가장 일차적인 것은 이 둘이 인간이면서 동시에 신이라는 점이다. (佐佐木宏幹, 『샤머니즘의 이해』, 김영민 역, 박이정, 1999, 24쪽) 샤만은 신의 憑依를 받고 있는 동안에는 신으로서 존숭되므로 이를 生神이라 불러도 상관없다.

하기 위해 박상륭 소설의 남자 주인공은 대부분 짝패로 등장한다. 『아겔다마』의 예수/유다, 『이월삼십일』의 A/Z, 『뙤약볕』의 당굴/섬돌, 『뙤약볕 2』의 족장/바람쇠, 『시인 일가네 겨울』의 정엽/홍선, 『열명길』의 대목수/왕, 『경외전 세 편』의 잿빛 얼굴의 아이/젖빛 얼굴의 아이, 『유리장』의 시계공/사복, 『죽음의 한 연구』의 유리/촛불중 등 대체로 빗금 앞(왼쪽)의 인물은 <말씀>의 우주에 속한 존재로 탈지상적 신성—아폴론적 신성, 로고스와 질서—을, 빗금 뒤(오른쪽)의 인물은 <몸>의 우주에 속한 존재로 동물적 신성—디오니소스적 신성, 충동과 혼돈—을 구현하고 있다. 이 짝패는 서로를 보충 대리하며 집단의 생명력을 고갈시키는 폭력의 전염병을 치유하기 위해 축생도의 희생 제단에 바쳐진다.

　질병을 치료하는 임무를 맡은 샤만이 이렇게 희생양의 위치를 점하게 되는 상황은 샤만의 입문의식에서 나타난다. 여타의 통과제의 중에서 샤만의 입문의식은 그 시련의 강렬함과 모험의 기괴함으로 희생 메카니즘의 전형을 보여준다. 개인이나 집단적 신체 내부의 독(毒)을 제거하는 샤먼(人神)이 되기 위해 그는 그 독(毒), 즉 해로운 폭력에 몸을 맡겨야 하는데, 샤만의 입문의식에서 그것은 사지가 절단되는 환상이나[303] 커다란 물고기나 늙은 대지모신의 자궁에 삼켜지는 환상[304]으로 표현된다. 박상륭 소설에서 첫 번째 형태의 입문적 환상은 『山東場』에서 '선생'의 신체가 갈기갈기 조각나는 장면처럼 늙은 성부나 어부왕 역할을 맡고 있는 인물에 가해진

---

302) R. Girard, 『폭력과 성스러움』, 433~434쪽. 그리스인들이 <카타르마katharma>라고 부른 것은 샤머니즘의 주술과 아주 유사한 제의적 수술 중에 병자의 신체로부터 꺼내는 상징적 <독>이다. 이것을 끄집어내는 카타르시스(katharsis)의 약은 나쁜 기질이나 물질의 배설을 부추기는 강력한 약으로, 이 약은 그 병과 똑같은 성질을 가진 것이다. 약이면서 독인 이 파르마콘(phàrmakon)은 정확히 희생 제의에서 희생물이 지닌 이중성과 동일한 지위를 갖는다.

303) R. Girard, 『폭력과 성스러움』, 432쪽.

304) M. Eliade, 『상징, 신성, 예술』, 서광사, 1991, 41쪽.

가학적 폭력으로 형상화된다. 『뙤약볕』에서 토막 살해당하는 뚝쇠, 『시인일 가네 겨울』에서 살해당하는 성영감, 『산북장』에서 손 잘린 미친 사내와 화덕 속에 던져진 대장장이 늙은이, 『죽음의 한 연구』에서 바위에 짓이겨지는 5조 촌장 등은 모두 예수 형상을 하고 있는 인물에 의해 직·간접적으로 살해당한다. 이처럼 예수 행역자가 성부 행역자를 살해하는 것은 한편으로는 예수 자신의 희생을 유인하는 친부살해를, 다른 한편으로는 신의 육체적 죽음(자살)을 의미한다.

두 번째 형태의 입문적 환상, 즉 어머니의 자궁에 삼켜지는 환상은 『아겔다마』에서 유다가 노파를 강간(屍姦)하는 장면, 『열명길』에서 왕이 화룡의 입(자궁) 속으로 삼켜지는 장면, 『경외전 세편』에서 두 아들이 어머니를 강간하는 장면, 『남도 2』에서 주인공이 할머니와 정사를 나누고 죽이는 장면, 『유리장』에서 사복이 따님의 자궁으로 빨려 들어가는 장면 등에서 나타난다. 이들 장면에 공통된 모태 회귀 환상, 즉 늙은 대지모신의 자궁으로 되돌아가는 환상은 유독(有毒)한 모성의 파괴와 새로운 생명(人神: 샤만)의 탄생을 위한 통과제의적 의미를 지닌다.

부모 살해로 객관화된 이런 상징적 죽음을 통해 개인은 집단적 질병을 치유하는 성스러운 주체, 즉 샤만(人神)으로 거듭난다. 샤만의 통과제의 과정에서 일어나는 이 상징적 죽음은 '한알의 밀알이 땅에 떨어져 썩어야 열매를 맺는다'는 식물도적 순환의 성격보다는 공동체 전체의 희생 위기를 중화시키기 위해 신성한 일자(신, 주체)에 가해진 초석적 폭력(희생제의)의 성격을 지닌다. 다시 말해서, 현자의 돌을 얻기 위해 물질의 원래 성질을 제거하는 연금술에 유비될 수 있는 이 샤만의 입문 과정은 사회 역사적 현실과는 동떨어진 신화적 원형의 수준에서 '일어났던' 사건이 아니라, 사회적 상징 체계의 재생산 과정에서 '일어나고 있는' 개별 주체의 외디푸스 콤플렉스와 사회체 내부에 쌓여 가는 파괴적 죽음 충동의 국지화 과정을 상영한다.

박상륭은 한국적 특수성과 인류학적 보편성을 동시에 지니고 있는 무속을 통해 인간의 존재 구조와 정체성 획득 과정을 신화화 한다. 그에게 있어 무속적 신화의 세계는 개별 인간이 사회적 주체로 형성되기 위해 반드시 통과해 나와야 하는 모성 지배적 국면이자, 부정적 음기(陰氣)의 축적으로 말미암아 집단적 죽음 충동이 말세적 폭력을 부르는 사회체 내부의 무의식적 국면이다. 그 무속적 몸의 우주를 극복함으로써 자아 정체성을 회복하는 동시에 집단적 죽음 충동을 중화시키는 자는 기독교를 가장 기독교답게 만들면서, 동시에 제도화된 기독교 체제의 자기 내적 한계 영역에 자리잡고 있는 '人神'(샤만)이라는 무속적 주체이다. 다음 장에서는 지금까지 고찰한 내용을 정리하면서 이 무속적 주체의 욕망과 그 욕망을 구조화하는 신화 체계의 성격을 고찰하고자 한다.


## 3. 자기 부인적 주체의 도착증적 신화

### 3. 1 <人神>의 욕망과 모성적 타자

박상륭은 <신화>라고 하는 가장 원초적인 문학적 환상을 통해 인간 존재가 안고 있는 삶과 죽음의 수수께끼를 탐구한다. 그 수수께끼는 살 입은 인간 존재가 안고 있는 성욕과 살욕의 비밀로, 박상륭 소설은 쾌락 원칙을 넘어선 죽음 충동의 신화적 상상계를 통해 인간의 性과 聖스러운 죽음간의 비밀스런 연관에 대해 질문한다. 그가 제기한 물음은 성욕과 살욕이 서로 변역(變易)하는 축생도의 대지는 왜 황폐를 면할 수 없으며, 그 황폐해진 대지로부터 생명을 소생시킬 사람은 누구인가? 혹은, 축생도의 집단은 왜 자살을 꿈꾸게 되며 그 집단적 죽음 충동을 중화시키기 위해서는 누구의 희생이 요청되는가? 로 귀결된다. 그리고 그 물음에 대한 해답은 "스스로

고자되기”로 표현된 숭고한 자기 희생을 통해 축생도의 삶에 만연한 죽음의 전염병을 치유하도록 소명 받은 <人神>에게 있다. 그래서, 박상륭 소설은 <人神>의 탄생을 위한 신화적 뮈토스(mythos)라고 할 수 있는데, 만약 박상륭 소설을 신비화하거나 종교소설이니 구도 소설이니 하는 관념의 허공 속에 내던져 버리고 싶지 않다면 <人神>의 신화 체계가 당대의 사회 역사적 지평과 관계 맺는 방식과 그 ‘신화의 귀환’에 내재해 있는 욕망의 정치학을 살펴볼 필요가 있다.

앞서 살펴본 것처럼, 박상륭의 소설 세계는 문명화된 성인의 세계에서 망각되거나 억압·배제된 죽음 충동으로 치닫는 도착적 성 충동의 신화적 실연(實演) 장면을 그리고 있다. 성욕과 살욕이 융합된 이 동물적 충동의 세계(畜生道)는 대지모신의 형상을 하고 있는 늙은 어머니이자 아들을 삼키는 이빨 달린 요니를 가진 자궁적 이미지의 어머니가, 늙고 병든 아버지이자 집단 내부의 죽음 충동을 불러일으키는 폭군적 아버지와 짝을 이루어, 태어나는 아들마다 삼키려 드는 그로테스크한 환상의 세계이다. 그 축생도의 세계를 극복함으로써 생성된 주체가 인신(人神)이라고 할 수 있는데, 박상륭의 소설적 주체인 인신(人神)의 탄생을 상연하는(mettre en scène) 이 상상의 무대는 다음 인용문에 함축된 원초적 외상 장면으로부터 비롯된 것이다.

나는, 어머니를 빼앗아가는 모든 아버지들에 대한 형언할 수 없는 질투와 증오 같은 것으로, 비질비질 울며 바다로 달려내려가서는, 그 고요한 물 속에 나를 파묻어놓는 것이었다. 상점이 잇대어진 거리를 다니고도 싶었었지만, 그러다 보면 나만한 또래 애들의 돌팔매에 맞기가 일쑤였었고, 개가 물려 달려들어도 아무도 말려주려고 하지 않는 것이었다. 결국 바다로밖에 내가 갈 곳은 없던 것이다. 그래서는 눈물을 떨어뜨리며 어머니를 저주하고 있노라면, 나도 모른 새, 저 어린 잠지가 불어나서, 물 속에 잠겨 앉은 아이는 아이가 아니라, 그것은 하나의 돌출한 남근, 하나의 더러운 아버지로 느껴지는 것이었다.[305]

이 장면이 박상륭 소설의 원초적 외상 장면이라고 하는 것은 작가 자신의 실체험이 반영되어 있다는 의미가 아니라, 그 속에 함축된 모성 콤플렉스, 즉 어머니를 빼앗아 가는 아버지들에 대한 증오와 자기 속에 그 "더러운 아버지"가 내재해 있음에 대한 죄의식이 인신(人神)의 신화 체계를 구조화하는 욕망의 원인으로 작용하고 있다는 의미이다. 이 외상적 장면에는 人神의 탄생을 위한 환상 시나리오(신화 체계)에 등장하는 세 명의 어머니와 두 명의 아버지, 그리고 짝패 아들이 함축되어 있다. 먼저, 주인공의 어머니는 아들의 서러움을 위로하는 "고요한 물"과 같은 젖을 주는 어머니와 "더러운 아버지들"에게 빼앗긴 가련한 어머니, 그리고 "色氣"를 띠고 아버지들(손님)과 성 관계를 맺는 창녀로서의 어머니로 구분된다. 첫 번째 어머니는 나머지 두 어머니들의 기능을 흡수 · 변형시켜 <人神>으로의 재생을 완성시키는 구강적 이미지의 어머니이고 두 번째, 더러운 아버지들에게 빼앗기는 어머니는 '연인'의 이미지를 지닌 외디푸스적 어머니이며 세 번째, 창녀로서의 어머니는 주인공 자신을 "더러운 아버지"의 "돌출한 남근처럼" 느끼게 하는 질이나 자궁의 이미지를 지닌 어머니이다.306) 이에 상응해서 아버지는 첫 번째 이미지의 어머니(과부)에 대응하는 '부재하는' 아버지와, 두 번째 이미지의 어머니를 빼앗아 가는 '증오스러운 아버지들'로 나누어지고, 주인공 자신(아들)은 부재하는 아버지의 자리를 차지하고픈 자아와, 창녀같은 어머니의 자궁 속에 틀어박힌 "돌출한 남근"으로서의 자아로 분열된다.

---

305) 『죽음의 한 연구 (상)』, 문학과지성사, 1986, 85쪽.

306) Gilles Deleuze, Présentation de Sacher-Masoch : le froid et le cruel, Minuit, 1967, p.83. 들뢰즈에 따르면, 어머니의 거세 사실을 부인함으로써 발생하는 도착증적(메저키즘) 환상에는 세 명의 모성적 이미지가 나타난다. 첫 번째는 자궁이나 창녀와 같은 원시적 어머니로 하수구나 늪의 어머니이다. 두 번째는 연인의 이미지를 지닌 외디푸스적 어머니로 사디즘적 아버지와 연결되어 희생자나 공모자의 이미지를 띤다. 세 번째는 이 사이에 존재하는 죽음의 담지처이자 위대한 양육의 어머니로, 대초원의 이미지를 지닌 구강적 어머니이다.

그때 축생도의 아버지들에 대한 "증오"—뒤집어 말하면 어머니에 대한 죄의식—는 구강적 이미지의 어머니 품에 안기고픈 욕망—곧, 부재하는 아버지가 되고픈 욕망—과 결합하여 人神의 탄생을 향한 서사의 진행 방향을 결정한다.

人神 탄생을 향한 이 상상의 시나리오를 도착증적 환상이라고 부를 수 있는 이유는 그것이 도착증을 특징짓는 욕망의 구조, 즉 부성적 권위의 부인(disavowal)과 모성적 사랑에 대한 특별한 가치 부여로 짜여져 있기 때문이다.307) 이 도착증적 부인의 시나리오는 세 가지 단계(국면)로 구성된다. 첫 번째 국면은 어머니의 거세 사실을 부인함으로써 남근을 소유하게 된 어머니와 그 자궁적 이미지의 어머니에게 종속된 아들이 상연하는 매저키즘적 국면이고, 두 번째 국면은 아버지의 권위를 부인함으로써 아들의 재생 과정에서 아버지를 배제시키는 국면이며, 세 번째 국면은 재생의 쾌락을 위해 생식 기능을 중심으로 한 충동 체계를 탈성화시키는 국면이다.308)

---

307) Bruce Fink, A clinical introduction to Lacanian psychoanalysis, p.167. 정신분석학에서 '도착증'은 정상적인 성행위와는 다른 변태적 성행위를 하는 이상한 사람들을 가리키는 경멸적인 용어가 아니라 신경증이나 정신병과는 구별되는 특정한 임상적 구조로 이해된다..도착증을 구조화하는 부인(disavowal)이란 단어는 페티시즘에서 전형적인 모습을 찾게 되는데, 페티시즘에서 부인되는 것은 여성의 거세에 대한 지각·관찰 사실이다. 그때 어머니의 거세에 대한 관찰은 암점 속으로 사라지고 대신 프로이트가 모성적 남근(maternal phallus)라고 부른 물신(fetish)이 결여의 자리를 차지하게 된다. 라깡은 도착증적 구조에 있어서 어머니가 차지하는 지배적 위치에 대해 다음과 같이 말한다. "도착증의 제 문제는 유아가 어머니와의 관계 속에서— 생물학적인 의존성에 의해 형성된 관계가 아니라 그녀의 사랑에 대한 의존성, 즉 그녀의 욕망에 대한 욕망에의 의존성에 의해 형성된 관계 안에서 아이가 어떻게 그녀의 욕망의 상상적 대상—어머니 자신이 남근 안에서 상징화하는 그것— 과 자기 자신을 일치시키는가를 아는 것에 있다."(Jacques Lacan, Écrits, Paris : Seuil, 1966, p.554)

308) Gilles Deleuze, Présentation de Sacher-Masoch : le froid et le cruel, p.87. 박상륭 소설에서 <人神: 예수>의 탄생 과정은 예수의 재생(renaître)에 내재하고 있는 메저키즘적 환상 구조에 관한 들뢰즈의 분석 내용과 대체로 동일한 양상을 보인다. 들뢰즈에

『유리장』은 신화적 상상력을 통해 도착증적 환상 시나리오의 이 세 국면을 보여준다. 첫 번째 국면에서 여성적 남근을 소유한 어머니는 따님이다. 그녀는 우주적 남근을 표상하는 뱀(Ouroboros)과 성 관계를 맺음으로써 대지의 생명을 잉태하는 자궁(땅/딸님)이자, 순환적 재생의 시간 속에서("딿님") 그 생명을 기르는 유모("딿님")인 전능한 대지모신의 이미지를 지니고 있다. 남근을 소유한 이 어머니는 흔히 '어머니'라는 존재에 부여하는 포근함과 그리움과 충만함의 이미지가 아니라, 이빨 달린 요니로 자기 자식을 삼키려 드는 자궁적 이미지의 어머니이다. 다음 인용문은 입이 요니이고 요니가 입인 따님이 사복을 삼키려드는 모습을 묘사한 대목이다.

> 그때 다시 털빠진 고양이가 사복의 그 잠 위를 느실느실 넘어가자 귀신 같은 계집이 히히 웃더니 자궁을 꺼내 입에 물고, 그 수캐 같은 잠을 향해, 발정한 똥갈보처럼 달리기 시작했다. (317쪽)

이 자궁적 이미지의 어머니와 메저키즘적 계약 관계를 이루고 있는 아들은 사복이다. 소쿠리 장수 옌네가 낳아 놓고 간 뱀알에 큰비암이 정수를 뿌려 태어난 이 반인반수(半人半獸)의 신화적 인물은 따님과의 정기적 성 관계를 통해 따님의 모성적 권위에 생명력을 부여해 왔다. 위의 인용문에서 사복을 삼키려 달려드는 따님의 모습을 목격하고 있는 인물이 시계공이라는 점은 시계공과 사복과의 짝패 관계를 암시한다. 따님의 아들이기 때문에 그녀와 동침함으로써만 성인이 되는 이 모계 사회에서 성인(아버지)이 될 수 없는 운명을 타고난 이 시계공은 근친상간 금지에 묶여 있는 외디푸스적 아들이고, 시계공이 결코 넘을 수 없는 금기의 문턱을 넘어 어머니와의 성

---

따르면, 예수의 부활에 내재한 메저키즘적 부인은 첫 번째, 재생을 위해 남근을 부여함으로써 어머니의 가치를 과장하는 부인, 두 번째, 아버지를 배제시킴으로써 재생 과정에서 아버지는 어떤 역할도 하지 못한다고 여기는 부인, 세 번째, 재생의 쾌락을 실행하기 위해 성가신 생식 기능을 말소하는 부인이다.

관계를 실행하는 사복은 도착증적 아들이다. 이 둘의 짝패 관계는 이 소설의 첫 장면에 이미 함축되어 있었다. 이 장면에서 큰비암 像(상징)에 묶여 있는 사복은 한 마리 얼룩뱀이 따님과 정사를 나누는 장면을 바라보고 있다. 이 초자연적 장면은 실은 상징적 아버지(큰비암 像)에 묶여 있는 아들, 즉 사복 속에 있는 시계공의 환상이며, 그 판타지 스크린 속에서 따님과 정사를 벌이고 있는 얼룩뱀은 따님의 성적 파트너인 사복(작은 비암) 자신이다. 따라서 이 장면은 상징적 아버지에게 묶여 있는 아들(시계공)이 어머니의 자궁 속에 들어가는 자기 자신(사복)을 바라보는 도착증적 환상—시계공의 편에서는 관음증적 환상, 사복의 편에서는 메저키즘적 환상을 상연한 것이다.

따님과 사복간의 이 매저키즘적 계약관계[309]는 사복이 따님과 정사를 마치고 다가온 얼룩뱀을 발뒤꿈치로 밟아 죽임으로써 희생 제의의 국면으로 치닫는다. 사복의 얼룩뱀 살해는 모성적 자궁 속에 틀어박혀 있는 아버지(큰비암) 살해와, 그 아버지와 동일시된 자기(작은 비암) 살해, 그리고 남근적 어머니의 거세라는 세 가지 효과를 동시에 발생시킨다. 사복의 이 자살적 몸짓으로 인해 따님의 물신적 권능은 파괴될 위기에 처하고, 그는 모성적 계약 파기에 대한 징벌로 따님이 주관하는 통과제의에서 거세(불알 제거)된다. '어머니에게 벌받는 아들'이라는 이 메저키즘적 의식(儀式)에서 핵심적인 요소는 더러운 아버지들과 닮은 자아의 희생이다.

도착증적 환상 시나리오의 두 번째 국면은 아버지 대역자들에 가해진 가학적 살해를 중심으로 펼쳐진다. "잠 속에서" 따님을 살해한 이후 사복은 자신의 양아버지인 시계공을 살해할 때까지 무차별적 대상들을 향한 가학적 구도 여정에 오른다.

어떤 잠 속에서의 일을 저는 늘 현재의 일로 깨우고 싶었었거든요.

---

309) Gilles Deleuze, *Présentation de Sacher-Masoch : le froid et le cruel*, p.81. 매저키즘적 계약은 아버지를 배제하고 어머니로 하여금 부성적 법을 실행하고 적용하게 한다.

> 그래서 전 잠결에서처럼, 자다가 벌떡 일어나, 저의 길벗이었던 그
> 장돌뱅이의 대가리를 돌로 짓바수고, 그 똥구멍에다 이 통소를 쑤셔넣
> 어 휘저어 보기도 했지만, 결국은 헛일이었습니다. (359쪽)

길동무하던 장돌뱅이, 옹기짐 아래 졸고 있던 옹기 장수, 최종적으로 양아버지인 시계공에게 가해진 이 구도적 살해 행위는 단지 '부처를 만나면 부처를 죽이고 스승을 만나면 스승을 죽여라'는 『임제록』의 권유을 환기시키고 마는 것310)이 아니라 희생물이 파괴되는 찰라, 그 대상을 상실할지도 모르는 위험의 순간에만 드러나는 어떤 숨겨진 보물(佛性)을 통해 유아독존(唯我獨尊)의 주체로 재생하고자 하는 사디즘적 욕망의 표현이다.311) 여기서 주의해야 할 점은 이 가학적 폭력의 희생물은 자기와 닮은 아버지들—『뙤약볕』의 뚝쇠,『시인 일가네 겨울』의 성영감,『산동장』의 선생,『산북장』의 대장장이,『죽음의 한 연구』의 5조(祖)—이라는 점이다. 그런 의미에서 이 소설에 나타난 가학적 폭력은 사디즘 고유의 욕망, 즉 궁극적으로 어머니라는 존재를 부정하고 초법적 존재로서의 아버지로 고양하고자 하는 욕망이기보다는312) 메저키즘적 욕망을 보충하는 기능, 즉 아들의 재생 과정에서 아버지를 배제시키는 기능을 한다.

도착증적 환상의 마지막 국면은 생식 기능에 종속된 성(性)을 탈성화(dé

---

310) 김현, 「人神의 고뇌와 방황」, <현대문학>, 1976, 4, 234쪽.

311) Bruce Fink, A clinical introduction to Lacanian psychoanalysis, p.191. 사디스트가 원하는 것은 타인(희생양)의 불안(anxiety) 자체가 아니라 그 불안(고뇌)이 증명하는 것, 즉 법이 적용되는 대상이다. 그 대상은 법, 혹은 그 법 속에 체현된 타자의 욕망이나 의지에 기인해서 나타나게 되는데, 법을 체현하고 있는 사디스트는 희생양이 파괴되는 찰라, 즉 그 대상을 상실할 지도 모르는 위험의 순간에만 그 희생양 속에 숨겨진 대상을 발견하게 된다.

312) Gilles Deleuze, Présentation de Sacher-Masoch : le froid et le cruel, p.53. 모든 면을 고려할 때, 사디즘은 결국 어머니에 대한 부정 행위와 모든 법을 넘어서는 아버지에 대한 고양을 나타낸다.

sexualisation)하여 무성생식의 주체로 거듭나는 것이다. 이 과정은 사복의 거세(불알 제거)로 표현되는데, 시계공은 사복의 거세가 불러올 전망에 대해 다음과 같이 말한다.

> 나는 생각에, 대지와 세월과, 어떤 큰 친화력으로부터 다른 모양의 어떤 큰 부름이 네게 있을 것이라고, 그래 그렇게 생각된다. (…인용자) 너는 이 절단(불알 거세: 인용자)로부터 어떤 통할 길을 찾게 될 거다. 그 길은 분명 있을 거고, 너는 지금부터 이 세상 사람인 것을 일단 떠났다 돌아와라. (338쪽)

박상륭 소설에는 분명히 아버지가 되고픈 갈망이 곳곳에 드러나 있다. 이 소설에서 아버지 되기에의 갈망은 외디푸스적 어머니(연인) 역할을 맡고 있는 반푼이 계집을 잉태시키는 행위로 나타난다. 그러나 그 결과는 언제나 부정적이어서, 잉태된 생명은 태어나자마자 죽거나 태내에서 어머니와 함께 죽임 당한다. 그런 측면에서 人神을 향한 박상륭의 구도적 전망은 '아버지 되기'의 경로가 아니라 '모성으로의 회귀'와 통해 있다. 그러나 이 모성은 자궁적 이미지의 어머니가 아니라 탈성화된 구강적 이미지의 어머니이다. 이 소설 말미에서 그 구강적 어머니는 우주적 방위의 중앙에 위치한 검은 암컷(玄牝)으로 표현된다.

> 「어머니, 아 어머니, 내 어머니,」 (…인용자) 「아 그러구 보니 나도, 한 송이, 노란 꽃이 되었구나.」 사복은 떠올려지고 있음을 느끼고, 그렇게 중얼거렸다. 「아 저 노란 방이 문을 열고, 그 속의 암흑을 내게 보이누나. 아 그러나, 그건 암흑 같지만 암흑은 아닌지도 모르겠는데, 텅 빈 듯해 뵈지만, 또 꽉 찬 듯도 해 뵈고, 그러니, 후훗,」 (404～405쪽)

생식력을 상실한 사복이 자궁의 독성이 중화된 어머니의 품으로 들어가는 이 장면은 거세된 사복이 바르도 상태에서 따님이 삼켜버린 불알을 되찾기 위해 그녀의 자궁에 산 뱀, 즉 자기 자신을 집어넣는 장면을 반복·상연한 것이다. 이 장면은 『죽음의 한 연구』에서 '마른 늪에서 고기 낚기'로 표현된 연금술적 구도 과정의 두 번째 단계를 표상한다. 일차 연단 과정이 어머니의 자궁에 남근으로 심어진 자기 자신(陰 속의 陽)을 파괴함으로써— 사복의 얼룩뱀 살해— 모성적 대지의 독성(毒性)을 스스로 제거하는 단계라면, 이차 연단 과정은 그 중화된 모성적 자궁으로부터 잃어버린 불알을 되찾아 오는 과정이다. 그때 그 '불의 알'은 최초의 "더러운" 남근이 아니라 대지에 만연한 고사병(枯死病)을 치유하는 '현자의 돌'이 된다. 그 현자의 돌은 무정형의 집단 속에 내재해 있는 부정적 음기(陰氣)를 중화시키는 대속양에 다름 아니다. 『유리장』이 『열명길』에 의해 보충되어야 하는 이유가 여기에 있다.

『유리장』에서 축생도적 어머니(따님)의 성적 파트너였던 큰비암은 『열명길』에서 화룡으로 등장한다. 큰비암과 마찬가지로 화룡은 이빨 달린 요니 같은 아가리를 벌리고 있는 모성적 남근이다. 이 소설에서 여성적 남근을 지니고 있는 자궁적 이미지의 어머니는 '집단'이다. 박상륭 소설 세계에서 집단과 개인의 관계는 어머니와 아들의 관계와 같아서, 개인은 집단이라는 모성적 자궁으로부터 벗어날 때만 진정한 주체(人神)가 될 수 있다. 다음 인용문은 집단에 대한 작가의 견해를 직설화법으로 드러내고 있다.

> 물론 '집단'도, '이상향'이라는 어휘로 총괄할, 그런 어떤 원대한 꿈을 갖지 않는 것은 아니겠습지만, 문제는, '집단'이라는 이 (…인용자) 공룡의 거대한 몸이 전부 '욕망'이라고 한다면, 그것의 머리는 '능력'이랄 것이어서, 어떤 세상은, 그 '능력'만 소모해버리고, '욕망'만 남기는 수가 있어, 그것은 不發力의 형태로 응결된다고 이해되어집습지. 보다 더 秘儀的 어휘로는, 출구나 대상을 못 얻은 '성욕'이라고 해온, 그것 말입습지.313)

박상륭 소설에서 집단을 자기 파괴적 죽음 충동으로 내몰아 가는 "출구나 대상을 못 얻은 성욕"이 "流轉된 陰氣"로 불려지는 것은 집단이 여성성, 보다 정확히 자궁적 어머니의 속성을 띠고 있음을 시사한다. 이 소설에서 개인성(자아)을 삼키는 이 무정형의 집단(군중)과 메저키즘적 계약 관계를 맺고 있는 인물은 왕이다. 『유리장』의 사복과 마찬가지로 그는 집단이라는 모성적 자궁에 생명력을 부여하는 작은 화룡(남근)으로 기능한다.

> 「과인이 불의 언어며, 불의 뜻이며, 백성의 구주임을 경은 의심한단 말요? 모름지기 모든 객체는 파괴되어져야 될 것이어늘, (…인용자) 불로 해서 장작을 태우잖으면 장차는 장작은 썩고 말 것. 그래서 과인 은 불을 붙이려 하며, 붙은 불을 위대한 불에 귀의시키려 하는 것이 아니오? 그것이 합(合)이며, 질서며, 국토(國土)란 말이오. 알겠소? 과인 은 전체의 불과 부분의 불과의 사이에 가로놓인 교량이오」 (61쪽)

畜生道의 집단은 이렇게 왕이라는 보편적 일자314)를 매개로 해서만 자신의 생명력을 실현시켜 나간다. 여기서 강조되어야 할 점은 파시즘과 같은 전체주의 이데올로기는 그 가부장적 외관 이면에 자궁적 어머니와의 메저키즘적 계약 관계를 함축하고 있다는 사실이다. 다시 말해서, 파시즘은 탈지상적 신성으로까지 고양된 대지적 충동이며, 단일한 신체처럼 움직이는 집

---

313) 『칠조어론 1』, 문학과지성사, 1990, 31쪽.

314) Slavoj Zizek, For they know not what they do, Verso, 1991, pp.82-83. 군주는 집단의 상징 이다. 그는 여타의 개인들로부터 제외된 '하나'로, 그 예외적 일자는 무정형의 "군 중"을 구체적인 관습의 총체성으로 변형시키는 사회·문화적 상징 체제 내의 비이 성적(자연적) 돌기, 혹은 잔여물이다. 이 군주의 사회적 위치는 그의 혈통, 그의 생 물학적 자질에 의해 직접적으로 결정된다. 오직 그만이 개인들 중에서 자신의 "자 연성"에 의해 이미 그의 (사회적) 존재가 되는 유일한 사람이다. 이 소설에서 군중 은 그 왕의 신체를 통해 <불>이라는 잃어버린 자연성을 회복하려고 한다. 이처럼 군주가 자신의 자연성을 집단 전체로 확장시키려 할 때, 그 국가는 자기 파괴적 파 시즘의 길로 들어서게 된다.

단 속에서 유기적 직접성—어머니와의 二者的 관계—을 회복하려는 충동이 외부의 대상을 향한 파괴적 충동으로 분출되는 정치적 현상이다. 인용문에서처럼 파시스트들이 국토(國土), 대지, 자연, 흙의 신성을 부르짖는 것도 이 때문이다.

이 소설에서 집단적 죽음 충동을 가장 선명하게 형상화한 "쑥대머리" 제사는 도착증적(메저키즘적) 환상과 파시즘의 관계를 잘 보여준다. 여기서 화룡의 입은 어머니의 이빨 달린 요니이고, 그 모성적 자궁 속에 삼켜진 희생물은 그것을 지켜보고 있는 박해자(왕) 자신의 외적 투영물이다. 즉, 이 쑥대머리 제사 장면은『유리장』에서 사복이 얼룩뱀과 따님과의 정사를 지켜보는 첫 장면과 동일한 구조를 내포하고 있다.『유리장』에서 사복이 자기 자신의 객관적 상관물인 얼룩뱀을 살해하는 것은 쑥대머리 제사를 바라보는 위치에 있던 왕이 희생양의 위치를 점하는 장면, 즉 자기 자신을 쑥대머리 제사의 희생양으로 바쳐 화룡의 입 속에 삼켜지는 마지막 장면에 대응한다. 이렇게 집단적 생명(충동)을 육화하고 있던 왕이 자살함으로써 집단은 맥빠진 따님처럼, 즉 황폐한 대지처럼 무정형의 카오스 상태로 되돌아간다.

『유리장』에서 확인된 도착증적 시나리오를 따라 간다면『宿主-열명길 其二』에서는 그 중화된 모성적 자궁으로부터 잃어버린 생명력을 되찾아 오는 과정을 상연할 것이다. 이 소설에서 죽음의 독(毒)을 함축하고 있는 자궁적 어머니—『열명길』에서는 아편에 취한 집단—가 삼켜 버린 개인의 생명력은 대목수와 함께 화룡의 아가리 속에 삼켜졌다가 튀어나온 "빨간 단추"로 표상된다. 왕의 궁정 광대였던 난쟁이 꼽추는 그 "빨간 단추"를 되살리기 위해 카오스 상태의 집단, 즉 황폐한 모성적 대지 속으로 들어간다. '아편 속에 빠진 단추 찾기'—『죽음의 한 연구』에서는 '마른 늪에서 고기 낚기'—로 표현할 수 있는 난쟁이 광대의 연금 작업에서 가장 중요한 것은 아편이라는 모성적 충동을 구강적 이미지의 모성으로 중화시키는 작업이다. 다음 인용문은 꼽추 제장이 아편 중독자를 치료하는 장면이다.

> 광견 우리 속에, 그래도 살아남았던 저 세 사내들은, 광란했던 닷새
> 를 지나고서는, 물론 여전히 아편에 대한 광적인 집념은 끊지를 못하
> 고, (…인용자) 대제장은 그들께 독한 고량주를 들여보내라고 하고선
> (…) 아편쟁이들에게 술을 들여보내주었던 자는, 시간마다 와서 상황
> 을 보고했다. 나중에 대제장은 그들을 한 우리에 넣고 꽹과리며 징이
> 며 소고 등을 넣어주어 보라고도 했다. 보고하는 자는 웃으며 "그네들
> 이 드디어 풍악을 만들고 있삽니다."315)

아편을 독한 술과 광란의 풍악으로 대체시켰다는 것은 아편이 디오니소
스적 충동과 동일한 뿌리에서 온 것임을 보여준다. 난쟁이 광대는 집단적
광기를 불러일으켰던 그 디오니소스적 죽음 충동을 포도주와 음악으로 승
화시킨 것이다. 그리고 열무날의 쑥대머리 제사는 교양 강좌로, 광란의 종교
집단은 조직화된 군대로, 희생양을 향한 가학적 폭력은 외국을 향한 제국주
의적 무력으로 변성시킨다. 아편에 취한 종교 '집단'이라는 자궁적 어머니
를 조직화된 근대 '사회'라는 구강적 어머니로 바꾸는데 성공한 그는 폭군
적 아버지(왕)의 자리에 앉혀 두었던 검센 종자를 제거하고 나서 병사들에
의해 왕으로 추대된다. 그렇게 왕위에 오른 난쟁이 광대는 백성들에게 자신
은 종신토록 세습적으로 왕위를 지키려고 하지 않을 것임을 선포함으로써
전제 군주적 부계 혈통에 종지부를 찍는다. 백성은 그런 그를 <人神>으로
부른다.

> 그래서 미래의 땅에, 그들의 모든 것은 새 시녀장(대목수의 아내:
> 인용자)의 자궁 속의 그것처럼 지금 자라고 있고, 또한 만삭으로 치달
> 려갈 것이었다. 인신이 오셨다. 옴. (447쪽)

---

315) 「숙주-열명길 其二」, 『아겔마마』, 문학과지성사, 1997, 423~423쪽.

지금까지 살펴본 <人神>의 신화체계를 도착증적 욕망과 타자의 맥락에서 정리해 보면, 먼저 <人神>이라는 박상륭의 소설적 주체는 개인을 사회적 주체로 형성하는 부성적 호명을 부인하는 주체이다. 그럼으로써 이 주체는 제도적 성향의 부성적 초자아에 대항하여 구강적 어머니와 메저키즘적 계약 관계를 체결한다.316) 이 도착증적 주체에게 두려우면서도 욕망할 만한 타자는 아버지가 아니라 어머니이다. 그가 두려워하는 어머니는 과장된 권능을 부여받은 어머니, 즉 아들을 자신의 남근으로 소유하려는 자궁적 이미지의 '삼키는' 어머니이고, 그가 욕망할 만한 어머니는 사생아 아들에게 '젖을 주는' 구강적 이미지의 어머니이다.

아버지를 배제한 채 구강적 어머니와 함께 무성 생식하는 이 도착증적 주체에게 열린 정치적 전망은 (서구의 계몽주의적) '아버지 되기'의 경로도 아니고, 그렇다고 (토착적) 어머니의 대지로 퇴행하는 것도 아니다. 그것은 어떤 제3의 길로, 『宿主』에서 구체화된 것처럼 전제 군주제를 중화시켜 형성된 민주 공화제일 가능성이 크지만, 그 정치적 미래를 속단할 수 없다. 왜냐하면 <人神>이란 어떤 새로운 역사를 개척하는 주체라기보다는 부모의 역사를 종식시키기 위해 축생도의 희생제단에 자신을 바치는 주체이기 때문이다. 한마디로, 그는 '건설하는' 메시아가 아니라 '종식시키는' 메시아이다.

## 3. 2 <人神>의 언어와 秘儀的 지식

박상륭 소설은 크게 두 가지 언어로 구성되어 있다. 첫 번째는 신화나

---

316) 그런 의미에서 박상륭의 신화 체계는 메저키즘적 환상이다. 들뢰즈에 따르면 메저키즘적 계약에서 아들은 아버지와 닮은 모습과 아버지의 모습이 부과하는 성을 포기하기 위해 구강적 이미지의 어머니와 계약적 협력 관계를 체결하여 제도적 성향의 초자아에 대항한다. (Gilles Deleuze, Présentation de Sacher-Masoch : le froid et le cruel, p.111)

로망스를 서술하는 데 사용되는 육체적 언어이고, 두 번째는 종교·철학적인 논증에 사용되는 사변적 언어이다. 이 두 가지 언어는 경험 세계에서는 결코 주어지지 않는 죽음의 본능을 표현하는 두 가지 형태의 도착증적 수사학과 연관되어 있다.[317] 첫 번째는 일종의 메저키즘적 계약의 언어로, 작가는 죽음의 본능이라는 재현 불가능한 진실을 파악하기 위해 작중 인물의 비현실적인 행위가 다양한 동기(성격)나 어쩔 수 없는 운명 내지 필연적인 상황(플롯)의 결과인 것처럼 받아들여지는 신화적 현실을 창조한다. 그 작중 현실은 『죽음의 한 연구』처럼 일상 현실에 가까운 세계일 수도 있고 『열명길』처럼 알레고리적 현실일 수도 있으며, 혹은 『유리장』처럼 초현실적 신화 세계일 수도 있지만 모두 상징적 의미 지평 속에서 자기 충족적 실재성을 획득한다. 작가는 존재와 의미가 통합된 이 물신적 텍스트를 매개로 독자와 신화·상징적 계약 관계를 체결고자 하는데, 그러기 위해 그는 각각의 작중 인물에 강한 밀도의 개성과 파토스(pathos)를 불어넣어 죽음을 향한 그들의 운명에 강도 높은 필연성을 부여한다.

근대 소설의 재현 규범을 부인하는 이런 신화·상징적 계약 관계를 지속시키는데 있어 가장 뚜렷한 성과를 거두고 있는 것은 박상륭 특유의 시적 산문체이다. 앞서 살펴본 것처럼, 그의 소설에 문학적 생명력을 부여하는 시적 산문체는 모성적 계약 관계를 회복하려는 人神의 신화 체계가 수사학에 투영된 것이다. 박상륭에게 언어는 단지 표현 매체가 아니라, 그 자체로 구도론의 핵심 대상이다. 그는 언어의 물질적 성분인 기표(signifier)를 몸과 무의식에, 언어의 의미적 성분인 기의(signified)를 마음과 초의식에 연결시

---

317) 들뢰즈는 사디즘과 메저키즘의 근본적인 차이는 부정적인(négatif) 것과 부정(la né gation), 혹은 부인(dénégation)과 지연적인 것(suspensif)이라는 상반된 과정 안에서 나타난다고 말한다. 첫 번째 과정은 경험 세계에서는 결코 주어지지 않는 죽음의 본 능(l'instinct de mort)을 파악하기 위한 사변적이고 분석적인 방식을 보여주며, 두 번째는 신화적, 변증법적, 상상적 방법을 드러낸다.(Gilles Deleuze, Présentation de Sacher-Masoch : le froid et le cruel, p.32)

키면서[318] <몸>의 우주으로부터 <마음>의 우주로의 변증법적 부정 과정을 언어의 자궁(chora)[319]으로부터 기의가 생성되는 지난한 의미화 과정에 투사시킨다.

박상륭 소설에 사용된 언어는 투명한 산문적 기호가 아니라 언어의 물질적 불투명성이 여전히 살아 있는 시적 언어이다. 그 시적 언어의 기저에는 『유리장』의 따님이 부른 무가(巫歌)에서처럼 언어의 물질성만으로 의미를 생성시키는 기호적 코라가 내재해 있다. 이런 음성적 리듬과 함께 박상륭 소설의 시적 문체는 기호적 코라(자궁)로부터 벗어나려 하는 두 아들의 수사학적 욕망으로부터 의미론적 쾌락[320]을 얻는다. 먼저, 『유리장』의 시계공으로 대표되는 외디푸스적 아들은 어머니(따님)가 소유한 여성적 남근(Ouroboros)을 '모래 시계'라는 상징으로 대체하려고 한다.

> 어머니 보십세요, 시계입니다, 아버집죠, 큰비암입니다, 아 황금의 태자(胎子)입죠, 어머니께서 들려주신 그 모든 전설입니다. 저것입니다. (309쪽)

그러나 어머니의 남근을 아버지의 이름으로 대체하려는 시계공의 은유 작용[321]은 실패한다. 그 실패는 실재(자연적 시간)와 상징(모래 시계)간의

---

318) 『칠조어론 1』, 9쪽. 『칠조어론 2』, 88쪽.

319) Julia Kristeva, La révolution du langage poétique, Seuil, 1974, p.25. 플라톤은 코라(chora) 라는 集積所(réceptacle)를 신이 부재하기 때문에 아직 단일한 우주로 통합되지 않은, 양육자나 모성적인 어떤 것으로 지칭한다.

320) Bruce Fink, The Lacanian Subject: Between Language and Jouissance, p.106. 생물학적 의미 에서가 아니라 욕망의 구조에 있어서 남자의 쾌락은 기표 자체의 유희에 의한 쾌락 에 제한되어 있다. 라깡이 남근적 희열이라고 부른 이것은 또한 상징적 희열이라고 부를 수 있다. 라깡은 그것을 세미나11권에서 "기호적 희열"(semiotic jouissance)라고 부르는데 이 의미의 유희(jouis-sense)는 모성적 언어인 라랑그(lalangue)로부터 파생된 것이다.

간극을 낳고, 시계공은 그 간극을 메우기 위해 끊임없이 새로운 단어들을 대체해 나간다. 그로 인해 언어의 대상 지시적 기능과 메타 언어적 기능간의 충돌과 긴장이 야기되고, 그 긴장으로부터 시적인 은유 효과가 발생한다. 따라서 박상륭의 은유적 문체는 부성적 상징 체계의 정립에 실패한, 혹은 그것에 저항하는 기호적 코라의 흔적으로부터 발생한다고 할 수 있다.

다른 한편, 사복으로 대표되는 도착증적 아들의 말은 사물 대체 기능의 실패 자체를 반복하는 환유적[322] 연쇄로 특징지어진다. 어머니(따님)의 작은 남근으로서 어머니와의 물신적 계약 관계에 종속되어 있는 사복의 말은 사물의 세계로부터 언어적 질서로 비약하는 것의 지난(至難)함을 드러낸다. 말을 시작하는 것 자체의 힘겨움과, 상징으로 사물을 대체하는 것의 공포 때문에 그의 말은 단속적으로 끊어지다가 지지부진하게 이어지는 특징을 보인다. 비유컨대, 사복의 말은 따님이 삼켜 버린 자신의 불알을 되찾기

---

321) 시계공은 어머니(따님)가 무엇을 욕망하고 있는지 결코 의미화할 수 없다. 따님의 아들인 그는 어머니가 다른 모든 소년들에 대해 원하는 것처럼 성년식 때 자신과 성 관계를 맺기를 원하는지, 아니면 그러지 않기를 원하는지 명확히 파악할 수 없다. 어머니와의 근친상간과 부재하는 아버지의 금기 사이에서 꼼짝달싹 못하는 시계공은 결국 어머니의 욕망을 명확히 대체할 (아버지의) 이름을 찾는 데 실패한다. 참고로, 라깡에 따르면 하나의 기표가 다른 기표(들)를 대체하는 은유 작용에서 핵심적인 사안은 어머니의 욕망을 아버지의 이름으로 대체하는 것이다. 라깡은 이것을 동음이의적 유희에 의해, 아버지의 금기(non!: 안돼)와 아버지의 이름(nom)을 동시에 의미하는 nom du père이라는 단어로 표현한다. (Bruce Fink, The Lacanian Subject: Between Language and Jouissance, p.57)

322) 여기서 환유란 한 단어가 그것과 물리적으로나 의미론적으로 인접해 있는 다른 단어로 대체되는 수사학적 환유가 아니라, 야콥슨이 단어와 단어의 결합관계를 지칭할 때 사용하고 그것을 정신분석학 안에 끌어들인 라깡의 환유 개념이다. 라깡에 따르면, 은유는 하나의 의미화 연쇄 내부에 있는 하나의 기표가 다른 의미화 연쇄(수직적 관계)에 있는 다른 기표로 대체되는 방식이고, 환유는 단일한 의미화 연쇄 내부에 있는 기표들이 결합/연결되는 방식이다. 그래서, 은유가 새로운 기의로의 의미화에 성공하는 것이라면, 환유는 의미화에의 저항 내지 실패와 연관된다. (Dylan Evans, An Introductory Dictionary of Lacanian Psychoanalysis, pp.113-114)

위해 어머니의 자궁 속에 집어넣은 뱀처럼, 문장의 '의미'를 찾기 위해 무한히 지연·연쇄되는 기표들의 행렬 같다. 문장의 의미화에 저항하는, 혹은 기의 생성을 회피하는 듯한 이 미끄러지는 말들의 환유적 연쇄는 박상륭 소설 특유의 유장하고도 숨가쁜 만연체를 형성한다. 박상륭 소설에 사용된 첫 번째 형태의 도착증적 언어는 이처럼 재현적·산문적 의미 작용을 부인하는 신화적·시적 언어로, 기호적 코라의 의미 생성 작용을 내재하고 있는 이 육체적 언어는 죽음이라는 재현불가능한 타자에 문학적 생명과 서정적 아름다움을 부여한다.

박상륭 소설을 구성하는 두 번째 언어는 죽음의 본능에 관한 형이상학적 지식을 생산하는 언어이다. 박상륭 소설의 인물들은 어떤 행동을 하기 전에 먼저 사유하고 성찰한다. 심지어 반이성적 광기에 사로잡힌 『열명길』의 왕조차도 자신의 행위에 정당성을 부여하는 형이상학을 갖고 있다. 박상륭 소설의 인물들은 '성격'을 지니기 전에 먼저 형이상학적 '지식'을 갖고 있다고 할 정도로 그의 소설에서 사변적 언어가 차지하는 비중은 크다. 여기서 제기되어야 하는 문제는 박상륭 소설의 관념성이 아니라, 人神의 신화 체계에서 사변적 언어가 기능하는 방식과 그로부터 생산되는 지식의 성격이다.

먼저, '행위'와 관련하여 '사유함'의 의미를 살펴보자. 근본적인 차원에서 행위와 사유는 모순관계에 있다. 즉, 행위는 사유함으로부터 떠나야 가능하며, 사유함의 상태는 행위가 부재하는 상태이다. 행위와 사유간의 이 모순관계를 체현하고 있는 인물은 『열명길』의 대목수와 『유리장』의 시계공이다. 『열명길』의 대목수는 행동인이 아니라 오직 '사유하는 존재'이다. 그는 자기 아버지의 대를 이어 분석적 이성을 통해 <불>의 신성을 사유하고 성찰한다. 그 결과 그는 만물에 내재하는 초월적 신성(불)이란 존재하지 않는다는 결론에 도달한다. 그러나 그의 이성은 아편 제조나 최음제 제조의 경우처럼 왕의 비이성적 사업을 완성하는 데 기여한다. 그것은 그가 왕의 권위에 굴복해서라기보다는 계몽주의적 기획 자체의 자기분열, 즉 이성의 자유로

운(공적) 사용과 권위에 대한 (사적) 복종 사이의 밀월 관계로부터 기인한 것이다.323)

상징적 아버지의 부계 혈통을 이어받았다는 측면에서 대목수와 동일한 성격을 지니고 있는 『유리장』의 시계공은 행위로부터 소외되어 있는 사유의 성격을 단적으로 보여준다. 부재하는 아버지의 법에 사로잡혀 있는 그는 따님(어머니)과의 성 관계를 통해서만 성인이 될 수 있는 모권적 상징 체계로부터 소외된 유일한 남자이다. 그런 의미에서 외디푸스적 아들이라 할 수 있는 그는 어머니와의 근친상간 행위를 감행할 것인지, 아니면 그것을 포기하고 영원한 미성년으로 늙을 것인지 결정짓지 못하고 있다. 성년식 전날 그는 급기야 어머니(따님)와의 성 관계를 결심하고는 다음과 같이 말한다.

> 「오늘은 아무것도 생각하지 않는 것이다. 지난 밤으로 모든 건 끝났
> 으며, 지난밤의 시달림은 지난 밤으로 족했다. (…인용자) 「더 이상
> 아무것도 생각하지 않는 것이다.」 (307쪽)

근친상간 행위를 결심하면서 "생각하지 않는다"라는 말을 반복하는 것은 어떤 결정적인 행위를 실행하는 것과 '생각'(사유)하는 것간의 모순 관계를 시사한다. 그러나 그는 끝내 따님과의 성 관계를 실행하지 못한다. 그것을 실행하는 아들은 사복이다. 성(性) 행위로부터 소외된 시계공은 그 대신 성

---

323) 슬라보예 지젝은 계몽주의의 완성자 칸트의 <계몽이란 무엇인가What Is Enlightenment>에서 '다른 사람의 지도 없이 자유롭게 이성을 사용하라'고 하는 계몽의 모토는 "네가 의지하는 만큼, 그리고 네가 의지하는 것에 관하여 논하라. 그러나 복종하라!"라는 모토에 의해 보충된다고 말하면서 계몽주의 자체에 내재한 앎과 행위간의 분열을 지적한다. 공적인 학문의 장(reading public)에서는 자유롭게 이성을 사용하라. 그러나 사적으로는(가족 안에서의 위치, 사회적 기계 속의 톱니로서의 위치) 권위에 복종하라! 라고 하는 냉소주의(cynicism)적 자기 분열은 '계몽'이라는 관념 자체에 내속해 있다. (Slavoj Zizek, Enjoy Your symptom: Jacques Lacan in Hollywood and out, Routledge, 1992, ix-x)

(聖)에 대해 사유한다. 그가 사유하는 대상은 탈성화된 따님의 남근(큰비암), 즉 영겁회귀의 시간성이다. 시계공이 시간에 대해 사유하는 것은 뜬금 없는 관념 취향 때문이 아니라, 그의 존재론적 위치가 따님의 순환적 시간 내의 불연속적 단락(短絡) 지점, 즉 "時中"과 동일하기 때문이다. 다음 인용문은 시계공이 모래 시계를 보며 자신의 외디푸스 콤플렉스를 상기하는 대목이다.

> 시계공은 시계를 턱으로 가리켜 보였다. 「내겐 두 모습을 떠올리기
> 도 하고, 두 모습을 한꺼번에 잃게도 한다. 두 모습이란, 한 모습은
> 물론 그 옌네(사복의 생모: 인용자)의 것이고, 다른 한 모습은, 꿈에도
> 본 적 없는 내 아버지의 것이다. 무척 우스운 말이다만, 이것을 상정해
> 냈을 때 나는, 슬프게도 내 옌네를 내 아버지에게 뺏기고 말았었다.」
> (366쪽)

시계공에게 모래 시계는 단순한 시간 계측기가 아니라 어떤 '상실'의 표상이다. 그에게 모래 시계는 어머니(따님)와의 근친상간을 가로막는 아버지와 그 아버지에게 빼앗긴 구강적 이미지의 어머니(사복의 생모)를 연상케한다. 모래 시계와 외디푸스 콤플렉스 사이의 이 유비 관계는 인간이 상징적 질서 속에 진입할 때 필연적으로 감내해야 하는 어떤 결여나 상실을 통해 이해된다. 먼저, 시간론적 결여는 자연적 시간과 상징화된 시간 사이의 불연속적 간극으로부터 발생한다.

> 그러고 보면 아마도, 그 시계와 이 현실과의 사이에 있는 어떤 종류
> 의 간극이, 아직은 메워지지 않은 채 있었던 모양이었다. (310쪽)

이 간극으로 인해 시간성 자체가 망각된다. 망각된 시간성이란 공간적 연장(延長)을 갖지 않는 순수 지속으로서의 시간이다. 이 망각된 시간성은 現在라는 현상학적 사태 속에 혼적을 남긴다. 현재는 '이미 아님'의 과거와

‘아직 아님’의 미래를 매순간 분할·생성하는 <둘 사이: 바르도>이기 때문에, 다시 말해서 일정한 연장(延長)이 없기 때문에 결코 표상될 수 없다. 인간은 旣來의 시간과 到來의 시간을 분절하는 이 현재를 사유함으로써만 <있음在>이 드러나는(現) 현존재가 된다. 시계공은 그 절대 현재를 <時中>이라고 부른다. 시계공의 성찰에 의하면 시중이란 제 꼬리를 물고 도는 순환적 시간(Ouroboros)의 머리(시작)와 꼬리(끝)가 합쳐지는 일점에서 찾아진다. 이 시중을 시간론적 결여라고 할 수 있는 것은 이미 아님과 아직 아님의 ‘사이’로서의 시중은 흐름이 제거된 “공백한 시간”으로로밖에 존재할 수 없기 때문이다.

> 「그건 그러니까, 그건 어떤 결핍하고만 관계가 있었던 것이어서,
> 나로서는 나중에 그 용(用)을 신뢰    할 수가 없게 되었던 것이다.」
> (369쪽)

시계공이 이처럼 따님의 순환론적 시간 안에 내재한 “결핍”에 대해 성찰하는 이유는 그 자신이 따님의 모권적 상징 질서에 편입될 수 없는 ‘결여’의 자리에 위치해 있기 때문이다. 이처럼 박상륭 소설에서 ‘사유’는 모성적 자연계로부터 비약하려는 존재론적 기획이다. 박상륭식 용어법으로, 사유는 몸의 우주로부터 말씀의 우주로 통과해 가려는 인간 존재의 본연성이며 시간 내적 존재, 즉 죽음을 내재하고 있는 현존재에 대한 자각이다.

그러나 <행위>로부터 소외된 시계공은 죽을 때까지 그 시중을 포착하지 못한다. 왜냐하면 그는 시중을 “오늘이 내일로 넘어가는 자정”이나 유월 말일과 칠월 초 사이 “큰두꺼비별이 대좌성좌의 열두 번째 별과 열세 번째 별 사이를 지나는 미묘한 일점”과 같이 자연적 순환 주기의 결절점에서 찾으려고 하기 때문이다. 이에 반해 사복은 ‘時中’을 인식 주체 ‘외부’가 아니라 주체의 ‘행위’로부터 개시(開示)되는 매 순간의 절대적 ‘현재’에서

발견한다.

> 오시(五時)란 나의 생각인데, 나는 세월이란 다섯의 얼굴을 가진 괴
> 물이라고 생각한 것이다. 우선 과거·현재·미래가 있고, 그리고 그런
> 세월이란 가로줄의 모양이고, 헌데 현재는 현재의 시간을 가지면서,
> 세로줄 형상의 두 시간을 동시에 갖는 것이었다. 다시 말하면 현재의
> 시간은, 그 시간의 현재 속에, 가장 작은 시간과 가장 작은 시간을
> 갖고 있다. (401쪽)

그 <時中: 현재>은 점찍을 수도 없고 사유할 수도 없으며 더더욱 계측할
수도 없다. 그럼에도 그 현재가 여타의 시간 사태보다 탁월하게 실재적인
것은 현존재의 기투[324] '행위' 속에 드러나(現) 있기(在) 때문이다. 시중은
관찰을 통해서 포착되는 외부의 어떤 시점이 아니라 주체의 행위[325]를 통해
이전과 이후가 결정적으로 분할되는 바로 '지금 이' 순간이다. 그 행위는

---

324) 하이데거에 따르면 인간 현존재는 기획투사(Entwurf) 안에서 자신을 위하여 가능성
을 가능성으로 앞에 던지며, 가능성으로 존재하도록 해준다. (이기상, 구연상, 『존
재와 시간 용어해설』, 까치, 1998, 52쪽) 여기서 문제는 '이해'함의 기투 속에서 개
방된 가능성이 "세계 안으로 내던져져 있는 한"에서의 가능성이지 "세계 밖에서의
가능성"일 수 없는데 반해, 지금 논의하고 있는 '행위'함의 기투가 지닌 성격은 자
신이 존재할 수 있는 특정한 가능성 바깥으로 자신을 내던지는 탈존적(ex-sistence)
성격을 내포한다는 점이다.

325) 여기서의 <행위act>는 일상적인 행동(action)과는 다른 것이다. 그것은 우리의 행동
을 이미 앞서서 규정하고 있는 상징적 질서로부터의 근본적인 자기 철폐를 의미한
다. 다시 말해서, 그것은 주어진 상징적 질서 안에서는 구조적으로 불가능한 것에
자신을 내던짐으로써 상징적 질서로부터 자기 자신을 철폐시키는 일종의 상징적
자살 행위이다. 주어진 상징적 전망 안에서는 도대체 설명 불가능한 이런 폭력적
행위에 대한 정의는 공간으로 환원할 수 없는 시간성에 대한 정의와 맞닿아 있다.
행위는 '이전'으로부터 '이후'를 분리하는 절단을, 요소들의 공간적 배열로는 설명
할 수 없는 불연속성을 나타낸다. (Slavoj Zizek, Enjoy Your symptom: Jacques Lacan in
Hollywood and out, Routledge, 1992, pp.44-45)

어떤 의도 표출로서의 행동이나 무의식적인 행위가 아니라, 언제나 이미 (always-already) 주어진 상징적 질서 속에서는 근본적으로 불가능한 것에 몸을 내던지는 일종의 자살 행위이다. 이 소설에서 사복의 자살적 행위는 자기 자신이기도 한 얼룩뱀을 살해하는 행위로 나타난다. 자궁적 어머니와 체결한 물신적 계약 관계로부터 자기 자신을 철회하는 이 행위로 인해 따님의 모성적 자연은 붕괴되고 새로운 전망이 열린다.

이처럼 박상륭 소설에서 시간(時中) 사유를 통한 존재론은 사유 자체가 아니라 행위를 통해서·행위 안에서·행위로서 완성된다. 다시 말해서, 박상륭 소설에서 사유와 그로부터 얻어진 지식은 주체의 자기 희생적 행위 안에서만 진리에 도달할 수 있다. 박상륭 소설에서 人神의 행위는 주어진 상징적 질서 내에서 근본적으로 '불가능한 것'을 실행하는 도착증적 행위이며, 그것을 위해 생산되는 지식은 합리주의적 이성의 한계를 넘어서는 비의적(秘儀的) 지식이다. 그러나, 박상륭 소설의 지행합일(知行合一)이 계몽주의적 패러다임을 넘어선다고 할 때 그것은 단지 知와 行이 합리적 지성과 정상적 행위의 범위 바깥에 있다는 것만을 가리키는 게 아니다. 그것의 탈계몽주의적 성격은 계몽주의적 전망에서는 근본적으로 불가능한 '앎'과 '행위'의 동시적 일치 자체에 있다. 계몽주의적 상징 체계에서 유일하게 가능한 상태는 『열명길』의 대목수나 『유리장』의 시계공처럼 지식과 행동이 어떤 미세한 간극, 그러나 결코 건널 수 없는 장벽을 통해 분열된 상태이다. 정상적인 상황에서 우리는 실재 자체를 알 수도 없지만—언제나 이미 구성되어 있는 이데올로기적 상징체계에 의해 우리의 앎이 제약되어 있기 때문에—실재 자체를 안다고 하더라도 그것을 문자 그대로 행동으로 옮기는 것은 어떤 의미에서 미친 짓이다. 우리의 행위와 지식은 이데올로기적 상징 질서가 용인하는 한에서만 합치될 수 있다.

박상륭의 소설적 주체인 人神은 사회적 상징 체계의 자기 내적 실재이자 한계 영역에 대한 지식을 추구한다. 그래서 그의 사변적 언어는 난해하기

이전에 비의적(秘儀的)이다. 그의 통종교적 관념 체계가 보편적 존재 구조를
지향하면서도 지극히 내밀한 사유의 궤적과 비의전수적 소통 방식을 취하
는 것은 이 때문이다. 人神의 지식 체계는 보편 타당성을 지향하는 지식이
아니라 이전의 상징적 질서를 붕괴시키고 전적으로 새로운 질서(들)를 수립
하기 위한 실재적 행위를 규명하는 지식 체계이기 때문에, 그 내밀한 바깥의
영역326)을 포착하는 그의 사변적 언어는 명증성의 원칙이 아니라 언어화할
수 없는 '그 무엇'을 포착하는 비의적(秘儀的) 원칙 하에 자기 증식한다.

---

326) Bruce Fink, The Lacanian Subject: Between Language and Jouissance, p.122. 라깡은 상징적
구조 내부에서 구조를 생성시키면서도 구조로부터 탈존(ex-sistence)해 있는 이 바깥
의 실재(the real)를 지칭하기 위해 외밀한(extimate)이란 신조어를 만든다. "그것은 내
부에 포함되지 않는 어떤 것, 내밀하다기보다는 외밀한(extimate) 어떤 것이다."

# 결 론

    문학에서 환상적 상상력은 모방적 상상력에 비해 결코 열등한 미적 생산 양식이 아니다. 소설은 외부 현실을 있는 그대로 반영하는 장르라는 권위적 명제 아래 환상적인 현실을 그리는 것은 현실로부터의 도피에 불과하다고 주장하는 것이야말로 사실에 대한 환상에 사로잡힌 주장이다. 아무리 외부 현실을 객관적으로 관찰하고 사실적으로 묘사하더라도 그들이 찾는 총체적 실재는 결코 반영될 수 없다. 왜냐하면 '객관적' 현실은 그 자체로 언제나 이미 일정한 사회 역사적 담론으로 '구성된' 현실이기 때문이다. 외부 현실의 추종(반영)자들이 재현하고자 하는 현실은 총제적 '실재'가 아니라 그 역시 일정한 이데올로기적 담론에 의해 구성된 총체성의 '이미지'일 뿐이다.

    사실주의 담론이 지배적 담론으로 자리잡은 이래, 한동안 소설 미학의 중심 권역으로부터 밀려났던 환상적 상상력은 근대적 질서에 대한 미적 부정의 역사적 필연성을 감지했던 작가들—장용학, 최인훈, 박상륭에 의해 복권되었다. 이들에 의해 되불러진 환상적 상상력은 외부 세계의 총체적 이미지가 아니라, 이데올로기적 지배 질서가 체계 내적 총체성을 위해 배제하거나·억압하거나·부인한 자기 내적 실재를 재현한다. 먼저, 환상 속에 재반사된 이데올로기 내적 실재는 주체를 위한, 주체에 의해서가 아닌 이데올로기란 없다라는 것, 다시 말해서 이데올로기는 그것을 세계에 대한 진실한 반영이라고 믿는 이데올로기적 대주체(Subject)에 자신을 동화시키는 개별 주체들을 통해서만 작동한다는 사실이다. 지금까지 살펴본 것처럼, 환상은 근대적 이데올로기의 호명에 자신을 동화시키지 않는 부정적 주체 형성 과정에서 발생하며, 그 자기 배제적 주체(非人)·자기 억압적 주체(風聞人)·자기 부인적 주체(人神)의 환상 속에서 이데올로기는 주체에 의해 배제되거나·억압되거나·부인된 모습으로 자신의 호명 사실을 드러낸다. 장용학은 근대적 이성을 부정한 자리에서 惡神의 지위로까지 고양된 非人으로 호명 받는 환상을 통해, 최인훈은 이데올로기적 타자로부터 호명 받은 무의식적 주체와 그것을 억압한 의식적 자아로 분열된 風聞人의 환상을 통해, 박상륭은 아버지의 이름을 부인하고 그 대신 어머니로부터의 희생 요구에 응답하는 人神의 환상을 통해 근대적 이데올로기의 주체 호명 과정을 상연한다.

근대적 이데올로기의 호명을 배제·억압·부인한 이들 주체의 환상은 계몽적 이성의 이름으로 배제·억압·부인된 근대적 상징 체계 이면의 부권적 욕망을 상연한다. 먼저, 근대적 이데올로기의 호명을 배제한 非人의 환상은 합리적 이성의 이름으로, 혹은 이데올로기의 이름으로 인간의 생(生)을 압살한 근대적 상징 체계의 미친 욕망, 즉 어떤 제한도 없이 반인륜적인 행위를 자행하는 근대적 초자아의 정신병적 욕망을 상연한다. 그 惡神的 타자의 욕망을 모방함으로써 근대적 질서를 거부하고자 하는 장용학의 소설적 주체(非人)는 그래서 어떤 미래적 인간상이나 완전 무결한 주체상이 아니라, '부정성의 밤' 속에서만 세계와 대면하는 자기 배제적 주체이다.

사실주의 이데올로기에 대한 태도에 있어서도 동일한 논리가 적용된다. 사실주의 이데올로기의 호명을 배제한 장용학의 소설적 주체는 사실주의가 배제한 자기 내적 실재, 즉 소설이란 결국 세계에 대한 작가의 관념 형상을 표현하기 위해 현실의 단면들을 재배치한 건축학적 구성물에 불과하다는 사실을 교술적 언술과 알레고리적 구성으로 드러낸다. "픽션에 종지부를 찍고” “존재” 자체를 담아내고자 하는 그는 음성 언어를 매개로 현실의 객관적 반영을 추구하는 사실주의를 간단히 거부해 버리고, 대신 “존재”에 대한 “사상”을 직접 드러내는 문자 언어의 세계를 구축하고자 한다. 전근대의 교술적 충동, 알레고리적 충동, 환상 충동이 어떤 제약도 없이 분출·결합되는 장용학의 소설 세계는 그래서 사실주의를 넘어서는 소설 형식이 아니라, 그 조각난 서사적 신체로부터 어떤 새로운 근대 소설이 창출되도록 하는 서사적 제로 지대라 할 수 있다.

장용학의 소설적 주체가 근대적 질서 <바깥>을 욕망한다면, 최인훈의 소설적 주체(風聞人)는 그 <안>에 이미 들어온 상태에서 근대적 담론 질서 내부의 제 문제들을 탐구한다. 근대적 이데올로기의 호명을 자기 내부에서 억압한 최인훈의 소설적 주체는 외부 현실로부터 상상적 자기 동일성을 보호하려는 자아와 언제나 이미 이데올로기의 호명을 받고 있는 무의식적 주체로 분열되어 있다. 환상은 그렇게 분열된 주체의 분열성을 드러내는 징후적 형식이다. 그 속에서 주체는 자신이 억압한 무의식적 진실을 되돌려 받는다. 환상 속에서 상연되는 분열된 주체의 진실은 사회적 상징 체계 속의 개인은 언제나 이미 이데올로기의 호명을 받고 있었다는 것, 즉 개인은 사회 역사적 담론 질서에 내재한 어떤 근원적 아포리아(aporie)를 해명할 책임을 지고 있다는 것이다. 이렇게 분열된 주체의 환상을 도입함으로써 최인훈 소설은 개인의 내면 풍경에서부터 사회 역사적 국면을 거쳐 종교적 형이상학의 층위에 이르기까지 중층적으로 구성된 이데올로기와 개인의 상호 의존적 길항 관계를 형상화할 수 있었던 것이다.

최인훈의 비사실주의적 형식 실험 역시 이런 맥락에서 이해된다. 사실주의 이데올로기의 호명을 억압한 최인훈의 소설적 주체는 사실주의 소설 양식에 대해 위반과 수용의 양가적 태도를 취한다. 먼저, 외부 현실과의 부정적 거리를 통해서만 상상적 통일성을 유지하는 서사적 자아는 경험적 리얼리티에 구애받지 않는 자기 폐쇄적 상상 세계를 구성하려 한다. 최인훈 소설에서 이런 반사실주의적 충동은 세계에 대한 상상적 이미지와 추상적 관념을 언어 세계로 직접 투사하는 알레고리적 구성과 사변적 담화를 생산한다. 그러나 이런 반사실주의적 충동은 언제나 이미 사실주의 이데올로기로부터 호명 받은 서사적 주체에 의해 제약받는다. 그는 사실주의 이데올로기의 자기 내적 분열, 즉 사실주의는 사실에 대한 가장된 신뢰—작중 현실은 결코 실재 현실이 아니라는 앎과 그럼에도 불구하고 그것을 실제 현실처럼 믿는 가장된 신뢰—를 통해서만 작동한다는 것을 알면서도 그것을 받아들인다. 그는 장용학처럼 사실주의적 재현 규범을 파괴하는 것이 아니라, 사실주의와 그것을 받아들인 자기 자신의 내적 분열성을 형식화한다. 그렇게 해서 구현된 서사 형식이 메타 재현적 환상이다. 그는 사실주의적 원칙에 따라 외부 현실과 닮은 작중 현실을 재현하는 동시에 그 작중 현실은 단지 허구적 가상에 지나지 않는다는 것을 자의식적으로 드러낸다. 최인훈 소설에서 서사적 현실의 작위성(허구성)을 노출하는 방식은 현실 재현과 초자연적 환상을 지속적인 긴장 속에서 공존시키는 것이다. 그렇게 함으로써 그의 소설 텍스트는 현실과 꿈, 사실과 허구 사이의 경계가 심연 속으로 빠져드는 효과를 생산한다. 특히, 환상성을 유발하고 지속시키기 위해 도입한 상호 중첩적 거울 액자 형식은 사실과 허구의 경계에 대한 자기 반성적 성찰의 산물이라 할 수 있다.

장용학과 최인훈의 소설적 주체가 근대적 상징 체계의 '바깥'과 '안'쪽에서 근대적 이데올로기에 대해 부정적 태도를 취한다면, 박상륭의 소설적 주체(人神)는 근대적 상징 체계 <아래>에서 그것의 생성 과정을 재검토한다. 그리고, 非人의 환상이 근대적 초자아의 정신병적 욕망에 대해, 풍문인의 환상이 근대적 이데올로기의 담론적 상징성에 대해 탐구한다면, 박상륭의 신화적 환상은 근대적 상징 체계의 성(性) 정체성을 탐구한다. 박상륭의 소설적 주체(人神)는 근본적으로 부성적 속성을 띠는 근대적 이데올로기의 호명을 부인한 주체이다. 문명화된 인간 사회에서 금지된 성 충동이 기괴한 죽음의 영역에서 분출되는 그 그로테스크한 신화 세계는 아버지의 이름으로 근대적 상징 체계가 정립되기 이전의—여기서 '이전'이란 시간적 과거가 아니라 논리적 '이전', 즉 어떤 공시적 체계가 정립되기 이전의 '생성' 과정을 가리킨다— 생성 국면을 드러낸다. 그 생성 국면에서 폭로된 것은 삶의 모성적 국면에 사로잡혀 있는 집단은 그 속에 축적되어 가는 부정적 陰氣로 말미암아 상호적 폭력 충동에 사로잡히게 되며, 그 파괴적 죽음 충동을 흡수하여 파시즘적 광기로 분출시키는 부성적 폭군을 부르게 된다는 것이다. 근대적 계몽 이성이 파시즘적 광기로 전이되는 이 궤도를 끊어 버리는 길은 집단 내부의 상호적 폭력을 신성한 일자(人神)를 향한 초석적 폭력으로 중화시키는 것이며, 그렇게 중화된 모성과 새로운 계약관계를 체결하는 것이다. 따라서, 부성적 이데올로기의 호명을 부인한 박상륭의 소설적 주체(人神)는 집단적 희생 위기를 종식시키기 위해 어머니의 대지에 세워진 희생 제단에 결연히 자신을 내던지는 자기 부인적 주체라 할 수 있다.

사실주의 이데올로기의 호명을 부인한 박상륭의 소설적 주체는 마치 자기 자신은 그 호명을 받지 않은 듯, 사실과 허구가 분리되기 이전의 신화적 상징 세계를 창조한다. 그러나 박상륭의 신화적 글쓰기는 먼 과거에 유행했던 신화나 전설을 흉내내는 복고·퇴행적 글쓰기가 아니라, 근대의 사실주의 양식을 완전히 흡수하여 그로부터 새로운 신화적 에너지를 창출하는 글쓰기 양식이다. 그의 소설은 신화나 로망스, 혹은 소설의 서술에 사용되는 육체적 언어와 종교·철학적인 논증에 이용되는 사변적 언어로 구성되어 있다. 첫 번째 언어는 각각의 작중 인물에 강한 밀도의 개성과 파토스(pathos)를 부여하여 죽음을 향한 그들의 운명에 강도 높은 필연성을 부여한다. 특히 그의 작품에 소설적 육체성을 부여하는 것은 한국어의 음성적 리듬과 시적 비유가 유장한 호흡 속에 펼쳐지는 특유의 시적 산문체이다. 두 번째 언어는 박상륭 소설에 비의(秘儀) 경전적 성격을 부여한다. 박상륭의 통종교적 관념 체계는 인간 일반의 존재 구조를 해명한다는 점에서 보편

담론적 성격을 지니면서도 지극히 은밀한 사유의 궤적과 비의전수적 소통 방식을 취하는데, 이로 말미암아 그의 소설은 경전적 난해함과 시적 내밀함을 동시에 지니게 된다.

장용학, 최인훈, 박상륭 소설 연구에서 재조명되어야 할 중요한 사안은 그들의 소설 양식과 동양의 전통적 환상 서사간의 관계이다. 초자연적 장경과 추상적 관념이 알레고리적 구성을 통해 결합된 장용학의 비사실주의적 소설 형식은 『장자』의 寓言 양식으로부터 그 서사적 원형을 찾을 수 있다. 서사 양식뿐만 아니라 그의 반문명주의・반이성주의・반음성주의적 세계관 역시 노장 철학과 맥이 닿아 있다. 동양의 고전을 현대적으로 재창조한 최인훈의 경우는 환상적 양식의 동양적 기원을 보다 쉽게 파악할 수 있다. 그는 『서유기』나 『구운몽』, 『금오신화』나 『옹고집전』 같은 전통 서사의 환상적 모티프를 사실주의에 대한 자기 반성적 성찰의 매개체로 삼았다. 뿐만 아니라, 사회적 제 관계 속에 던져진 개인의 자아 동일성과 욕망의 윤리학에 대한 성찰은 傳奇 양식의 사상적 배경인 불교적 사유와 밀접하게 연관되어 있다. 박상륭의 경우는 작품 형상화의 측면이나 관념 체계의 면에서 동양적인 것과 서구적인 것의 이음새가 감지되지 않을 정도로 동양적 사유(상상력)의 보편성을 증시(證示)하고 있다. 무속적 신화 체계를 근간으로 불교・도교・禪・주역・기독교의 종교・철학적 관념 체계를 자유롭게 넘나들며 인간의 보편적 존재 구조를 해명하려는 그의 시도는 지성사적 측면에서나 문학사적 측면에서 시대를 앞서간 선구적 가치를 지닌다.

근대 사실주의 담론에 대한 미적 부정이 동양적 사유 방식과 동양의 전통적 서사 양식을 되불러 왔다는 것은 서구 문학의 패러다임 안에서 전개된 한국 근대 문학의 근대성과 탈근대성에 대한 논의에 중요한 시사점을 제공한다. 한국 근대 문학은 서구적 근대성과 동양적 봉건성, 서구적 보편성과 동양적 특수성이라는 패러다임으로부터 자유롭지 못했다. 특히, 식민 상황 하에서 형성・발전된 한국의 근대 문학사에서 이 문제는 제국주의와 민족주의의 대립구도와 얽혀들 수밖에 없었기 때문에, 주체적인 관점에서 이 문제를 토론한다는 것은 거의 불가능했다. 일본의 팽창주의가 동양적 담론과 서구적 담론의 대립 구도로부터 자기 근거를 마련한 이상 서구적 근대성의 극복이나 동양적 근대의 창출을 주장하는 것은 곧 일제의 대동아 공영론을 직·간접적으로 수긍하는 결과를 초래할 수밖에 없었던 것이다. 그런 의미에서 1930년대 후반 문단과 지성계의 중심 화두였던 고전 부흥 운동[327]과 달리 이 세 작가는 보다 단순한 구도 속에서 서구적 근대성에 대한 미적 반성과 동양적 사유의 관계를 탐색할 수 있었다.

물론, 이 세 작가는 이 문제에 대해 공통적인 목소리는 물론이고 개별적으로도 문단 전체가 주목할 만큼 분명한 목소리를 내지 않았다. 특히 장용학의 경우는 한번도 노장 철학이나 장자의 우언(寓言) 양식에 대해 발언하지 않았다. 오히려 그의 직설화법이 천명하고 있는 입장은 '민족문학'이니 '전통성'이니 하는 구시대적—김동리로 대표되는— 발상을 폐기처분하고 서구적 보편성에 동참하자는 것이다. 장용학의 양식적 일탈은 분명 한국 문학의 전통을 부정하고 전적으로 새로운 지반 위에서 신문학을 건설하려는 세대론적 감각의 산물이었다. 그런 장용학의 소설을 노장 철학이나 전통적 寓言 양식과 비교한다는 것은 어불성설처럼 보이기까지 한다. 그러나 앞서 살펴본 것처럼, 노장적 사유 방식과 상상력, 그리고 우언적(寓言的) 서사 문법은 그의 소설 문면과 이면에 걸쳐 중요한 서사 구성 요소로 작용하고 있다. 이런 불일치는 그의 반전통주의가 근대적 이성 중심주의에 대한 총체적 부정 속에서 제 위치를 찾지 못하고 있음을 보여준다. 장용학은 반전통주의

---

327) 이에 관해 참조할 만한 논문으로는 황종연, 「1930년대 고전부흥운동의 문학사적 의의」, 유임하, 「문학 연구와 근대/근대성」, 『한국문학과 근대성의 형성』(동국대학교 한국문학연구소 엮음, 아세아문화사, 2001)와 소영현, 「1940년 전후 동양담론 분석」, 이명희, 「<문장>이 보여준 '전통'의 의미와 의의」, 『1930년대 후반문학의 근대성과 자기성찰』(상허문학회, 깊은샘, 1998) 등이 눈에 띈다.

의 기치를 내걸고 사르트르의 실존주의나 도스토예프스키의 관념 소설을 자기화하는 가운데 그 속에 스며있던 동양적(특히 노장적) 사유 방식과 寓言的 글쓰기 양식을 되돌려 받고 있음에도 불구하고 그것을 의식하지 못했던 것이다. 혹은, 의식은 했지만 신세대론과 동양적 사유간의 부조화 때문에 감히 말하지 못했든 간에 장용학의 반사실주의적·반근대적 소설 양식은 현상학적 실존주의라는 서구적 사유 체계와 동양의 도가(道家) 철학, 혹은 서구의 해부(Anatomy) 양식과 동양의 寓言 양식이 접속하고 있는 문학적 현장이라 할 수 있다.

최인훈의 동양담론 역시 서구적 근대성을 초극하고 전통적, 혹은 동양적 사유 방식에 기반한 민족 문학을 건설하려는 목적 의식의 산물이 아니다. 물론, 최인훈은 장용학보다 훨씬 의식적으로 서구의 오리엔탈리즘과 동양적(특히 선불교) 사유 방식에 대해 성찰했으며, 그것을 전통 서사의 현대적 변용으로 미학화 했다. 특히 그의 소설 곳곳에서 목격되는 바, 일본의 대동아 공영론에 대한 비판적 성찰은 단순히 제국주의 논리에 대한 비판에 그치는 것이 아니라 동아시아 근대성과 서구적 근대성간의 정치·역사적 역학 관계 속에서 한국 문학이 동양적 사유와 다시 만날 수 있는 가능성에 대한 고민을 담고 있다. 그러나, 동양담론이 비합리적 신비주의나 또 다른 패권주의로 전락할 위험성에 대해 너무나 잘 알고 있었던 그는 그 정신사적 난제를 난제 자체로 남겨둘 뿐 섣부른 해결 방안을 제시하지는 않았다. 한편, 소설 형식의 측면에서 전기(傳奇) 양식과 카프카식 환상 기법의 결합, 혹은 불교적 형이상학과 정신분석적 이데올로기론의 결합과 같은 동·서, 전·근대의 접합은 그것이 자기 의식적 접합의 수준—"패러디 정신"이라는 단어 속에 함축된—에서 이루어졌기 때문에, 혹은 형식 미학의 측면보다는 지적 사유의 측면에 치중해 있었기 때문에 새로운 소설 형식의 창출에 있어 지속적이고도 전범적인 성과를 거두지 못했다.

그런 면에서 박상륭 소설이 보여준 이음새 없는 동·서 융합은 훨씬 강렬하고 독창적인 생명력을 지니고 있다. 리얼리즘 아니면 모더니즘, 외부 현실 아니면 내면적 자아, 현실성 아니면 관념성, 전통적(토속적) 민족성 아니면 서구적 보편성이라는 이원적 대립 구도에 강박되어 있던 당대 문학 풍토에서 박상륭이라는 존재는 무국적자처럼 여겨졌다. 그만큼 그의 소설 세계는 동양적 사유의 인류학적 보편성을 증명해 보였던 것이다. 그러나, 그 담론의 성격상 추상적 형이상학으로 귀결될 수밖에 없는 종교적 관념 체계를 준거로 삼은 결과, 그가 거둔 소설 미학적 성과는 문학사적 성과로 확장되지 못했다.

전근대에서부터 현대에 이르기까지 환상적 상상력의 운명과 역사를 탐구하는 것은 모방적 상상력에만 치중해 왔던 지금까지의 문학(사) 연구를 보완하는 차원에서 더 이상 미룰 수 없는 과제이다. 전근대 서사 담론에서 환상이 차지하고 있는 위상에 대해, 개화기부터 해방 전까지의 근대 문학사에서 환상적 상상력이 주변부로 밀려나게 된 원인과 경과에 대해, 그리고 이 논문에서 다루지는 못했지만 해방 이후 지금까지 환상적 모티프를 통해 근대 소설의 자기 갱신을 모색한 작가들까지 포함하여 환상적 서사 문학의 역사와 운명에 대한 연구가 활발히 진행되기를 기대한다.

# 참고문헌

## 1. 기본 자료

장용학,    『地動說』,『한국문학대전집 13』, 태극출판사, 1976.
             『未練素描』, <문예>, 1952. 1.
             『人間의 終焉』, <문화세계>, 1953. 11.
             『復活未遂』, <신천지>, 1954. 9.
             『死火山』, <문학예술>, 1955. 10.
             『肉囚』, <사상계>, 1955. 3.
             『요한 詩集』, <현대문학>, 1955. 7.
             『非人誕生』, <사상계>, 1956. 10.~1957. 1.
             『易姓序說』, <사상계>, 1958. 3~6.
             『現代의 野』, <사상계>, 1960. 3.
             『原形의 傳說』, <사상계>, 1962. 3.~11.

최인훈,    『최인훈전집 1』, 문학과지성사, 1976.
             『최인훈전집 2』, 문학과지성사, 1977.
             『최인훈전집 3』, 문학과지성사, 1977.
             『최인훈전집 6』, 문학과지성사, 1976.
             『최인훈전집 8』, 문학과지성사, 1976.

박상륭,    『열명길』, 문학과지성사, 1986.
             『아겔다마』, 문학과지성사, 1997.
             『죽음의 한 연구』, 문학과지성사, 1986.
             『칠조어론 1』, 문학과지성사, 1990.

## 2. 장용학, 최인훈, 박상륭 소설에 대한 비평문


김경수, 「삶과 죽음에 대한 연금술적 탐색」, <작가세계>, 가을, 1990.

김진수, 「죽음의 신화적 구조」, <문학과 사회>, 겨울, 1990.

김송현, 「장용학론:『태양의 아들까지』」, <현대문학> 1970, 5.

김경임, 「한국의 관념소설고」, <한국어문학 연구> 10, 1970.

김주연, 「관념소설의 역사적 당위」, <문학 정신>, 1992. 6.

장수익, 「한국 관념소설의 계보」,『1960년대 문학 연구』, 문학과 비평 연구회 편, 예하, 1993.

김교선, 「심리적 지적 사색과 소설적 형성」, <현대문학>, 1964, 5.

김윤식, 「장용학론: 우화성과 이데올로기 비판」,『(속)한국근대작가논고』, 일지사, 1981.

「앓는 세대의 문학」, <현대문학>, 1969, 10.

김  현, 「이름없는 세계에의 갈구」,『현대한국문학전집』, 신구문화사, 1981.

「에피메니드의 역설: 장용학론」,『현대한국문학전집』, 신구문화사, 1981.

「테로리즘의 문학」, <문학과 지성>, 여름, 1971.

「60년대 문학의 배경과 성과」,『분석과 해석』, 문학과 지성사, 1992.

「전반적 검토」,『우리시대의 작가연구총서』, 은애, 1979.

「헤겔주의자의 고백」,『한국대표문학전집 11』, 삼중당, 1970.

「최인훈의 정치학」,『광장』, 민음사, 1973.

「풍속적 인간」, <한국문학>, 가을 · 겨울, 1966.

「병든 세계와 같이 아프기」, 박상륭,『칠조어론 1』, 문학과 지성사, 1990.

「요나 컴플렉스의 한 표현: 박상륭」,『박상륭 소설집』, 한국문학사, 1991.

박태순, 「죽음의 한 연구에 대한 한 연구」, <한국문학>, 1975, 8.
백  철, 「신세대적인 것과 문학」, <사상계>, 1955, 2.
        「한국문단 10년」, <사상계>, 1960, 2.
        「상반기 신구의 창작계-월간지의 작품을 중심」, <사상계
        >, 1957, 7.
        「한국문단 10년-하나의 서론적인 글」, <사상계>, 1958, 10.
서영채, 「알레고리의 내적 형식과 의미」, 『민족문학사연구』, 민족문
        학사연구회 편, 창작과비평사, 1993.
서정기, 「죽음의 한 연구 시론」, <동서문학>, 1989, 10.
        「살 속에서 살을 넘어 나아가기」, <작가세계>, 겨울, 1990.
송재영, 「꿈의 연구-최인훈의 초현실주의 소설」, <작가세계>, 4,
        1990.
염무웅, 「실존과 자유」, 『현대한국문학전집』, 신구문화사, 1981.
        「망명자의 초상」, <세대>, 1964.
        「상황과 자아」, 『한국현대문학전집』, 신구문화사, 1974.
        「관념의 모험」, 『한국문학의 반성』, 민음사, 1976.
우남득, 「뙤약볕의 기호론적 공간 분석」, 『소설 읽기의 새로움』, 이
        가출판사, 1993.
        「남도2의 카니발적 공간 연구」, 『소설 읽기의 새로움』, 이
        가출판사, 1993.
        「박상륭 소설의 물질 상상력의 체계」, 『소설 읽기의 새로
        움』, 이가출판사, 1993.
이준재, 「존재의 고뇌와 자유의 의미」, <사상계>, 1963, 12.
이태동, 「문학의 인식작용과 야누스의 얼굴」, <세계의 문학>, 여
        름, 1978.
이재전, 「요한시집과 실존사상」, <수련어문논집 9>, 1982.
이어령, 「문제성을 찾아서」, 『전후 문제 작품집』, 신구 문화사,
        1964.
        「주제와 방법」, 『현대한국문학전집』, 신구문화사, 1981.
이철범, 「소외된 인간의 비극: 현대의 야」, 『현대한국문학전집 4』,

신구문화사, 1981.

「관념 세계의 설정과 한계」, <사상계>, 1968, 12.

「장용학론 : 도그마에의 집념」, <문학춘추>, 1965, 2.

「두 가지 태도의 혼란: 상립신화」, 『현대한국문학전집』, 신구문화사, 1981.

임헌영, 「장용학론: 아나키스트의 幻歌」, <현대문학>, 1966, 3.

임우기, 「죽음의 현실과 생명성에의 희원」, <문예중앙>, 겨울, 1987.

김치수, 「지식인의 망명」, 『한국현대문학의 이론』, 민음사, 1972.

김병익, 「사랑, 혹은 현대의 구원」, 『최인훈 전집 6』, 문학과지성사, 1976.

「60년대 문학의 가능성」, 『현대한국문학의 이론』, 민음사, 1972.

천이두, 「나와 남들과의 관계-최인훈 『구운몽』, 『종합에의 의지』, 일지사, 1974.

「안타오스의 자유: 장용학씨의 『현대의 야』를 중심한」, <현대문학>, 1960, 11.

「박상륭의 『열명길』」, <월간문학>, 창간호, 1968, 11.

「박상륭의 『열명길』」, <월간문학>, 창간호, 1968, 11.

「우화와 현실」, 『종합에의 의지』, 일지사, 1974.

「불모의 신화」, 『종합에의 의지』, 일지사, 1974.


## 3. 비사실주의적 형식에 관한 논문

김건우, 「장용학 소설 연구」, 서울대 석사논문, 1995.

김명신, 「박상륭 소설 연구」, 연세대 박사 논문, 2000.

김주성, 「죽음의 한 연구의 신화적 요소 연구」, 중앙대 석사논문, 1989.

김형중, 「장용학 소설의 낙원의식 연구」, 전남대 석사논문, 1995.

나은진, 「1950년대 소설의 서사적 세 모형 연구」, 이화여대 박사논문, 1999.

문승준, 「장용학 소설 연구-신화적 구조와 원형상징을 중심으로」, 성균관대 석사논문, 1987.

박승준, 「요한시집의 신화적 연구」, 명지대 석사논문, 1982.

방민호, 「전후소설에 나타난 알레고리 연구」, 서울대 석사논문, 1993.

송명진, 「최인훈 소설의 사실효과와 환상효과 연구」, 서강대 석사논문, 2000.

신성환, 「박상륭 소설 연구」, 한양대 석사논문, 1998.

윤상기, 「장용학소설 연구」, 전남대 박사논문, 1996.

윤초선, 「최인훈의 반사실주의 소설 연구」, 이화여대 석사논문, 1998.

이숙경, 「장용학의 소설에 나타난 신화적 원형고」, 서울대교육대학원 석사논문, 1981.

이부순, 「한국 전후소설 연구」, 서강대 박사 논문, 1994.

이현이, 「박상륭 소설의 한 연구-우로보로스 상징을 중심으로」, 경희대 석사논문, 2000.

임영하, 「장용학 소설의 笑劇性 연구」, 서강대 석사 논문, 1999.

임금복, 「한국 현대소설의 죽음의식 연구」, 성신여대 석사논문, 1996.

정혜영, 「최인훈 소설의 환상성 연구」, 숭실대 석사논문, 1992.

정해성, 「박상륭 소설의 ‘죽음’ 변이 양상 연구」, 부산대 석사논문, 1999.

최정민, 「장용학 소설연구-정신분석학과 신화비평적 접근」, 충남대 석사논문, 1997.

최보라미, 「최인훈 소설의 환상성 연구」, 서울대 석사논문, 1999.

황순재, 「최인훈 소설의 환상기법 연구」, 부산대 석사논문, 1989.

　　　　「한국 관념소설의 재현방식 연구」, 부산대 박사논문, 1996.

한민주, 「장용학 소설의 알레고리적 특성 연구」, 서강대 석사논문, 1997.

## 4. 환상문학에 관한 서적과 논문

Sartre, Jean Paul. "Aminadab ou du fantastique considéré comme un langage", *Situation 1: essais critique*, Gallimard, 1947.

Todorov, Tzvetan. *Introduction à la littérature*, Seuil, 1970.

Vax, Louis. *L'art et la littérature fantastiques*, Presses Universitaires de France, 1974.

__________. *Les chefs-d'oeuvre de la littérature fantastique*, Presses Universitaires de France, 1979.

Manlove, C.N.. *Modern Fantasy: Five Study*, Cambridge University Press, 1975.

Rabkin, Eric S. *The Fantastic in Literature*, Princeton University, 1976.

Hook, R.H. (ed.), *Fantasy and Symbol*, Academic Press, 1979.

Jackson, Rosemary. Fantasy: *The Literature of subversion*, Routledge, 1981.

Rose, Christine Brooke. *A Rhetoric of the Unreal*, Cambridge University Press, 1981.

Schlobin, Roger C. (ed.), *The Aesthetics of Fantasy Literature and Art*, University of Notre Dame Press and Harvester Press, 1982.

Apter, T.E. *Fantasy literature : An approach to reality*, The Macmillan Press, 1982.

Hume, Kathryn. *Fantasy and Mimesis*, Methuen, 1984.

Hunter, Lynette. *Modern Allegory and Fantasy*, St. Martin's Press, 1989.

Cornwell, Neil. *The Literary Fantastic*, Harvester Wheatsheaf, 1990.

Fabre, Jean. *Le miroir de sorcière : essai sur la littérature fantastique*, José Corti, 1992.

Grivel, Charles. *Fantastique-Fiction*, Presses Universitaire de France, 1992.

Armitt, Lucie. *Theorising the Fantastic*, Arnold, 1996.

Manlove Colin. *The Fantasy Literature of England*, Macmilan Press, 1999.

Freud, Sigmund. "Das Unheimliche", 『프로이트 전집 18』, 정장진 역, 열린 책들, 1996.

Helgerson. Richard. "Inventing Noplace, or the Power of Negative Thinking", *Genre*, Winter 1982,

Lewis, Paul. "Mysterious Laughter : Humor and Fear in Gothic Fiction", *Genre*, Fall 1981.

Nelson, William. "The Grotesque in Darkness Visible and Rite of Passage", *Twentieth Century Literature*, Summer 1982.

Levin, Gerald. "The Sadic Heroes of C.P. Snow", *Twentieth Century Literature*, Spring 1980.

Miller, David M. "Mythic, Realist and SF : A Zero-Sum Game", *Modern Fiction Studies*, Spring 1986.

Zgorzelsk, Andrzej. "On Differentiating Fantastic Fiction : Some Suprageneological Distinctions in Literature" *Poetics Today*, Vol. 5;2, 1984.

Schleifer, Ronald. "Rural Gothic : The Stories of Flannery O'Connor", *Modern Fiction Studies*, Autumn 1982.

Genty, Marshall Bruce. "The Eye vs The Body : Individual and Communal Grotesquerie in Wise Blood", *Modern Fiction Studies*, Autumn 1982.

Pezold, Dieter. "Fantasy fiction and related genre", *Modern Fiction Studies*, Spring 1986.

Olsen, Lance. "A Janus-Text : Realism, Fantasy and Nabokov's Lolita", *Modern Fiction Studies*, Spring 1986.

Castle, Terry. "Phantasmagoria : Spectral Technology and the Metaphorics of Modern Reverie", *Critical Inquiry*, Autumn 1988.

Burns, Christy L. "Fantastic Language : Jeanette Winterson's Recovery of the Postmodern world", *Contemporary Literature*, 37. 1996.

Sandor, Andras. "Myths and the Fantastic", *New Literary History*, Spring 1991.

Dolezel, Lubomir. "Possible Worlds of Fiction and History", *New Literary History*, Spring 1980.

Daston, Lorraine. "Marvelous Facts and Miraculous Evidence in Early

Modern Europe", *Critical Inquiry*, Autumn 1991.

김욱동. 「환상적 상상력과 소설」, <상상>, 가을, 1996.

김성곤. 「미국 포스트모던 소설과 환상문학」, <상상>, 가을, 1996.

김춘식, 「데카르트가 모르는 곳」, <문학동네>, 봄, 2001.

김춘진. 「『알렙』과 『픽션집』: 혼돈의 시대와 환상 문학의 논리」, <외국문학>, 가을, 1997.

박설호, 「문학과 환상에 관한 12개의 테제」, <실천문학>, 겨울, 2000.

박종탁. 「중남미 현대소설과 환상적 리얼리즘」, <오늘의 비평>, 겨울, 1996.

송명선. 「중남미 문학의 환상과 마술」, <상상>, 가을, 1996.

이재실. 「환상문학이란 무엇인가」, <오늘의 비평>, 겨울, 1996.

임혹희, 「환상, 그 위반의 시학」, <여/성이론> 2호, 1999.

장석주. 「환상의 제국」, <상상>, 가을, 1996.

황국명. 「90년대 소설의 환상성, 그 상상력의 모험」, <외국문학>, 가을, 1997.

황순재. 「사이버공간에서 환상적 글쓰기」, <오늘의 비평>, 겨울, 1996.

## 5. 환상의 수사학적(미학적) 특질에 관한 서적과 논문

Todorov, Tzvetan. *Theories of the Symbol,* Trans. Catherine Porter, Cornell University Press, 1982.

__________. 『산문의 시학』, 신동욱 역, 문예출판사, 1992.

Ricoeur, Paul. *A Ricoeur Reader*, (ed.), Mario J. Valdés, Harvester Wheatsheaf, 1991.

__________. 『악의 상징』, 양명수 역, 문학과 지성사, 1994.

__________. 『해석이론』, 김윤성 · 조현범 역, 서광사, 1994.

Bataille, Georges. *The Absence of Myth,* Trans. Michel Richardson, Verso, 1994.

_______________. *Théorie de la religion*, Gallimard, 1973.

_______________. 『에로티즘』, 조한경 역, 민음사, 1989.

_______________. 『문학과 악』, 최윤정 역, 민음사, 1995.

Bakhtin, Mikhail. *The Bakhtin Reader*, (ed.), Pam Morris, Edward Arnold, 1994.

_______________. 『도스또예프스끼 시학』, 김근식 역, 정음사, 1988.

Bal, Mieke. *On Meaning Making*, Polebridge Press, 1994.

Dällenbach, Lucien. *Le Récit speculaire: Essai sur la Mise en abyme*, Seuil, 1977.

Brooks, Peter. *Reading for the Plot*, Random House, 1984.

Ronen, Ruth. *Possible world in literary theory*, Cambridge University Press, 1994.

Barthes, R. · Bersani, L. · Hamon, Ph. · Riffaterre, M. · Watt, I. *Littérature et réalité*, Seuil, 1982.

Furst, Lilian R. *All is True*, Duke University Press, 1995.

Furst, Lilian R. (ed.), *Realism*, Longman, 1992.

Stevenson, Fandall. *Modernist Fiction*, Harvester Wheatsheaf, 1992.

Spencer, Sharon. *Space, Time and Structure in the Modern Novel*, New York University Press, 1971.

Mchale, Brian. *Postmodernist Fiction*, Routledge, 1987.

Waugh, Patricia. Metafiction: *The theory and practice of self-conscious fiction*, Methuen Series, 1984.

Hutcheon, Linda. *Narcissistic Narrative: the metafictional paradox*, Methuen, 1980.

Currie, Mark. (ed.), *Matafiction*, Longman, 1995.

Girard, René. *To double business bound: Essay on Literature, Mimesis, and Anthroplogy*, The Johns Hopkins University Press, 1978.

Suleiman, Susan Rubin. *Authoritarian Fiction: The ideological Novel as a Literary Genre*, Columbia University Press, 1983.

De Man, Paul. *Blindness and Insight*, Methuen, 1983.

Watts, Cedric. *The Deceptive Text*, The Harvester Press, 1984.

Pile, Steven. *The Body and the City*, Routledge, 1996.

Moles, Abraham. *Labyrinthes du Vecu, Librairie des Meridiens*, 1982.

Marcuse, H. 『에로스와 문명』, 김인환 역, 나남출판, 1989.

Durand, G. 『상징적 상상력』, 진형준 역, 문학과 지성사, 1983.

Levine, Herbert J. "The Marriage of Allegory and Realism", *Genre*, 15, Winter 1982.

Bernard, Catherine. "A Certain Hermeneutic Slant : Sublime Allegories in Contemporary English Fiction", *Contemporary Literature*, 38, 1997.

Krieger, Murray. " Fiction, History, and Reality", *Critical Inquiry*, December 1974.

Clayton, Jay. "Narrative and Theories of Desire", *Critical Inquiry*, 16, 1989.

Hirsch, Jr, E.D. "Transhistorical Intentions and the Persistence of Allegory", *New Literary History*, 25, 1994.

Flieger, Jerry Aline. "Postmodern Perspective", *New Literary History*, 28, 1997.

Whitman, Jon. "From the Textual to the Temporal: Early Christian Allegory and Early Romantic Symbol", *New Literary History*, 22, 1991.

Greimas, Algirdas Julien and Courtés, Joseph. "The Cognitive Dimension of Narrative Discourse", *New Literary History*, 20, 1989.

Jones, Richard Hubert. "A Philosophical analysis of mystical utterances", *Philosophy East and West*, July 1979.

Reeves, Charles Eric. "Vice Versa Rhetorical Reflection in an Ideological Mirror" *New Literary History*, 23, 1992.

Rand, Nicholas and Torok, Maria. "Question to Freudian Psychoanalysis : Dream Interpretation, Reality, Fantasy", *Critical Inquiry*, 19, 1993.

## 6. 환상의 주체 형성 기능에 관한 서적


Lacan, Jacques. *Écrits*, Seuil, 1966.

___________. *Le Seminaire XI*, Seuil, 1973.

Althusser, Louis. *Lenin and Philosophy and other essays*, Trans. Ben Brewster, Nonthly Review Press, 1968.

P ê cheux, Michel. *Language, Semantics and Ideology*, St. Martin Press, 1975.

Foucault, Michel. *The Foucault Reader*, (ed.), Paul Rabinow, Pantheon Books, 1984.

Juranville, Alain. *Lacan et la philosopie*, PUF, 1984.

Fink, Bruce. *The Lacanian Subject: Between Language and Jouissance*, Princeton University Press, 1995.

___________. *A clinical introduction to Lacanian psychoanalysis*, Harvard University Press, 1997.

Silverman, Kaja. *The Subject of Semiotics*, Oxford University Press, 1983.

Paul Kerby, Anthony. *Narrative and the Self*, Indiana University Press, 1991.

Coates, Paul. *The Double and the Other*, The Macmillan Press, 1988.

Reis, Carlos. *Toward a Semiotics of Ideology*, Mouton de Gruyter, 1993.

Dowling, William C. *Jameson, Althusser, Marks: An introduction to the Political Unconscious*, Cornell University Press, 1984.

Laplanche, J. and Pontalis, J.B. *The Language of Psychoanalysis, Trans. Donald Nicholson Smith*, Presses Universitaires de France, 1967.

Fink, Bruce, Feldstein, Richard and Jaanus, Maire. (ed.), *Reading Seminars I and II: Lacan's Return to Freud*, State University of New York Press, 1996.

Feldstein, Richark, Fink, Bruce and Jaanus, Maire. (ed.), *Reading Seminar XI: Lacan's Four Fundamental Concepts of Psychoanalysis*, State University of New York, 1995.

Evans, Dylan. *An Introductory Dictionary of Lacanian Psychoanalysis*, Routledge, 1996.

Julien, Philippe. *Pour lire Jacques Lacan: Le retour à Freud*, E.P.E.l, 1990.

Nasio, J.D. *Cinq Leçons sur la Theorie de Jacques Lacan*, Rivages, 1992.

__________. *Enseignement de 7 concepts cruciaux de la psychanalyse*, Payot, 1992.

__________. *Les Yeux de Laure : Transfert, Objet a et Topologie dans La Théorie de J. Lacan*,  Flammarion, 1995.

Zizek, Slavoj. *The Sublime Object of Ideology*, Verso, 1989.

__________. *For they know not what they do*, Verso, 1991.

__________. *Enjoy Your symptom*, Routledge, 1992.

__________. *The Metastases of Enjoyment*, Verso, 1994.

__________. *The Plague of Fantasies*, Verso, 1997.

__________. *The Ticklish Subject*, Verso, 1999.

__________. *The Fragile Absolute*, Verso, 2000.

__________. "A Leftist Plea for Eurocentrism", *Critical Inquiry*, Summer 1998.

Mellard, James M. *Using Lacan, Reading Fiction*, University of Illinois Press, 1991.

Appignanesi, Richard. (ed.), *Lacan-for beginners*, Icon Books, 1995.

Grosz, Elizabeth. *Jacques Lacan: A feminist introduction*, Routledge, 1990.

Silverman, Kaja. *The Subject of Semiotics*, Oxford University Press, 1983.

Sullivan, Ragland. (ed.), *Lacan and The Subject of Language*, Routledge, 1991.

Ffrench, Patrick. *The Time of Theory: A History of Tel Quel(1969-1983)*, Oxford University Press, 1995.

Rimmon-Kenan, Shlomith. (ed.), *Discourse in Psychoanalysis and Literature*, Methuen, 1987.

Kristeva, Julia. *The Kristeva Reader*, (ed.), Blackwell, 1986.

__________. *La révolution du langage poétique*, Seuil, 1974.

__________. *Strangers to Ourselves, Trans. Leon S. Roudiez*, Columbia University Press, 1991.

Deleuze, Gilles. *Présentation de Sacher-Masoch : le froid et le cruel*, Minuit, 1967.

淺田彰(아사다 아키라).『구조주의와 포스트구조주의』. 이정우역, 새
　　　길, 1995.
Eagelton, Terry.『이데올로기 개론』, 여홍상 역, 한신문화사, 1994.
炳谷行人(가라타니 고진).『일본근대문학의 기원』, 박유하 역, 민음
　　　사, 1997.
________.『탐구 1』, 권기돈 역, 새물결, 1998.
Girard, René.『폭력과 성스러움』, 김진식·박무호 역, 민음사, 1997.
Moscovici, Serge.『군중의 시대』, 이상률 역, 문예출판사, 1996.

## 7. 도교·불교·무속적 상상력에 관한 서적과 논문

張涵, 史鴻文 編著.『中國美學史』, 西苑出版社, 1995.
郭慶潘 撰.『莊子集釋』, 中華書局, 1961.
陳鼓應 主編.『道家文化研究: 郭店楚簡 專號』第17輯, 三聯書店, 1999.
溝口雄三.『中國的思想』, 趙士林 譯, 中國社會科學出版社, 1995.
叶舒憲.『莊者的文化解析-前古典与后現代的視界融合』, 湖北人民出版
　　　社, 1997,
魯　迅.『중국소설사략』, 조관희 역, 살림, 1998.
徐復觀.『중국예술정신』, 권덕주 외 역, 동문선, 1990.
劉偉林.『중국문예심리학사』, 沈揆昊 역, 동문선, 1999.
김진곤 편역.『이야기·小說·Novel』, 예문서원, 2001.
짱 롱시.『도와 로고스』, 백승도·서은숙·조미원·최정섭 역, 도서
　　　출판 강, 1997.
陳鼓應.『老莊新論』, 최진석 역, 소나무, 1997.
蘇兵.『노자와 성』, 노승현 역, 문학동네, 2000.
葛兆光.『도교와 중국문화』, 沈揆昊 역, 동문선, 1993.
중국소설연구회 편.『중국소설사의 이해』, 서울 학고방, 1997.
김용옥.『노자와 21세기』, 통나무, 1999.
______.『금강경 해제』, 통나무, 1999.

한국도가철학회 편.『노자에서 데리다까지』, 예문서원, 2001.

한국도교사상 연구회 편.『도교의 한국적 변용』, 아세아문화사, 1996.

Steffney, John, 외.『서양철학과 禪』, 김종욱 편역, 민족사, 1993.

Hempel, Hans-Peter.『하이데거와 禪』, 이기상, 추기연 역, 민음사, 1995.

高懷民.『주역철학의 이해』, 정병석 역, 문예출판사, 1995.

南懷瑾.『역경잡설』, 신원봉 역, 문예출판사, 1998.

박재주.『주역의 생성논리와 과정철학』, 청계, 1999.

Varma, Vishwanath Prasad.『불교와 인도사상』, 김형준 역, 예문서원, 1996.

T.R.V. Murti.『불교의 중심 철학 : 중관 체계에 대한 연구』, 김성철 역, 경서원, 1995.

Conze, Edward, 외.『불교사상과 서양철학』, 김종욱 편역, 民族社, 1990.

三枝充悳.『존재론, 시간론』, 김재천 역, 1995.

C. G. Jung.『융 심리학과 동양종교』, 김성관 역, 일조각, 1995.

__________.『인간과 상징』, 이윤기 역, 열린 책들, 1996.

佐佐木宏幹.『샤머니즘의 이해』, 김영민 역, 박이정, 1999.

이재선.『한국문학주제론』, 서강대학교 출판부, 1989.

박희병.『한국전기소설의 미학』, 돌베개, 1997.

성오 소재영 교수 환력 기념논총 간행위원회.『고소설사의 제문제』, 1993.

정요일.『한문학의 연구와 해석』, 일조각, 2000.

윤채근.『소설적 주체, 그 탄생과 전변-韓國傳奇小說史』, 도서출판 월인, 1999.

Rubin, Jeffrey B. *Psychotherapy and Buddhism: Toward an Integration*, Plenum Press, 1996.

Hsiao-peng Lu, Sheldon. *From Historicity to Fictionality*, Stanford University Press, 1994.

May, Reinhard. *Heidegger's hidden sources: East Asian influences on his work,* Trans. Graham Parkes, Routledge, 1989.

Heinze, Ruth-Inge. *Shamans of the 20th century*, Irvington, 1991.

Eliade, Mircea. *Myths, Dreams, and Mysterie*, Trans. Philip Mairet, Harper, Torchbooks, 1967.

__________. *Myths, Rite, Symbols: A Mircea Eliade Reader*, Beane, C. Wendell and Doty, William G. (ed.), Harper Colophon Books, 1975.

__________. *Images and Symbols*, Trans, Philip Mairet, A Search Book, 1969.

__________. 『샤마니즘-고대적 접신술』, 이윤기 역, 까치, 1992.

Vierne, S. 『통과제의와 문학』, 이재실 역, 문학동네.1996.

Weston, Jessie L. 『제식으로부터 로망스로』, 정덕애 역, 문학과 지성사, 1988.

Caillois, Roger. 『인간과 聖』, 권은미 역, 문학동네 1996.


Alt, Wayne. "There is no paradox of desire in Buddhism", *Philosophy East and West*, 30, no. 4, 1980.

Jones, Richard Hubert. "A Philosophical analysis of mystical utterances", *Philosophy East and West*, July 1979.

Hansen, Chad. "Linguistic skepticism in the Lao Tzu", *Philosophy East and West*, 31, July 1981.

Nishitani, Keiji. "Ontology and utterance", *Philosophy East and West*, 31, January 1981.

Kasulis, T.P. "Truth and Zen", *Philosophy East and West*, 30, October 1980.

Nordstrom, Louis. "Mysticism without transcendence: Reflection on liberation and emptiness", *Philosophy East and West*, 34, January 1981.

Thurman, R.A.F. "Philosophical nonegocentrism in Wittgenstein and Candrakīrti in their treatment of the private language problem",

*Philosophy East and West*, 30, July 1980.

Coward, Harold. "Mysticism in the analytical psychology of Carl Jung and the yoga psychology of Patanjali", *Philosophy East and West*, 29, July 1979.

Inada, Kenneth K. "Problematics of the Buddhist nature of self", *Philosophy East and West*, 29, April 1979.

Legge, Russel D. "Chuang Tzu and the free man", *Philosophy East and West*, 29, January 1979.


## 8. 기타

Koerner, S. 『칸트의 비판철학』, 강영계 역, 서광사, 1983.

나카지마 요시미치. 『시간을 철학한다』, 양억관 역, 한뜻, 1997.

Touraine, A. 『현대성 비판』, 정수복 역, 문예출판사, 1995.

Bienel, Walter. 『사르트르』, 구연상 역, 한길사, 1999.

Robert, M. 『기원의 소설, 소설의 기원』, 김치수·이윤옥 역, 문학과 지성, 1999.

Eysteinsson, A. 『모더니즘 문학론』, 임옥희 역, 현대미학사, 1996.

Bohrer, K.H. 『절대적 현존』, 최문규 역, 문학동네, 1998.

Lukacs, G. 『소설의 이론』, 반성완 역, 심설당, 1985.

Bollnows, O.F. 『실존철학』, 최동희 역, 이성과 현실, 1989.

Kearney, R. 『현대 유럽철학의 흐름』, 임헌규·곽영아·임찬순 역, 한울, 1992.

Coudert, A. 『연금술 이야기』, 박진희 역, 민음사, 1995.

김상환. 『예술가를 위한 철학』, 민음사, 1999.

신상희. 『시간과 존재의 빛: 하이데거의 시간 이해와 생기사유』, 한길사, 2000.

김학동. 『비교문학론』, 새문사, 1984.

새미학술신서시리즈12

# 현대 소설과 환상

인쇄일 초판 1쇄　2002년 11월 01일
　　　　　2쇄　2015년 08월 10일
발행일 초판 1쇄　2002년 11월 20일
　　　　　2쇄　2015년 08월 18일

지은이 박 정 수
발행인 정 찬 용
발행처 **국학자료원**
등록일 1994 3 10, 제17-271호

서울시 강동구 성내동 447-11 현영빌딩 2층
Tel : 442-4623~4 Fax : 442-4625
www. kookhak.co.kr
E- mail : kookhak2001@hanmail.net
ISBN 978-89-5628-033-2 *93800
가 격 20,000원

*저자와의 협의 하에 인지는 생략합니다.